Diogenes Taschenbuch 130/iv

de
te
be

DIE MENSCHLICHE KOMÖDIE

Honoré de Balzac

# Albert Savarus

Erzählungen

Diogenes

MIT FREUNDLICHER GENEHMIGUNG DER
ROWOHLT VERLAG GMBH, REINBEK BEI HAMBURG
VERÖFFENTLICHT ALS DIOGENES TASCHENBUCH, 1977

100/77/E/I
ISBN 3 257 20444 2

## Inhalt

# HONORÉ DE BALZAC · ALBERT SAVARUS

☆

UNTER DER RESTAURATION ZEIGTE SICH DER Erzbiſchof von Beſançon nur in wenigen Salons; die größte Vorliebe hegte er für den der Baronin de Watteville. Zunächſt ein Wort über dieſe Dame, die vielleicht das meiſte Anſehen als Frau in Beſançon genoß.

Der Baron de Watteville, Großneffe des berühmten Watteville, des glücklichſten und erlauchteſten Mörders und Renegaten, deſſen außergewöhnliche Abenteuer viel zu hiſtoriſch ſind, als daß ſie noch einmal erzählt werden müßten, war mit ſeiner ruhigen Weſensart gerade das Gegenteil des Großoheims. Urſprünglich hatte er in der Comté gelebt wie eine Aſſel in der Holzverſchalung, dann aber die Erbin der berühmten Familie Rupt geheiratet. Fräulein de Rupt brachte zu den zehntauſend Franken Rente aus Liegenſchaften, über die Herr de Watteville verfügte, weitere zwanzigtauſend aus Landbeſitz. Das Wappen des Schweizer Edelmannes – die Watteville ſtammen aus der Schweiz – vereinigte ſich mit dem der de Rupt. Diese Heirat, bereits im Jahre 1802 beſchloſſen, wurde nach der zweiten Reſtauration 1815 vollzogen. Drei Jahre nach der Geburt einer Tochter waren alle älteren Verwandten von Frau de Watteville geſtorben und ihr Nachlaß aufgeteilt. Das Wattevilleſche Haus wurde daraufhin verkauft, und man bezog in der Rue de la Préfecture das ſchöne Hotel de Rupt, deſſen großer Garten bis zur Rue du Perron reicht. Frau de Watteville, ſchon als junges Mädchen überaus fromm, wurde mit ihrer

Heirat noch frömmer. Sie thront als eine der Königinnen über der heiligen Brüderſchaft, von der die hohe Geſellſchaft in Beſançon ihr düſteres Gepräge und all die Prüderie hat, die ſo gut mit dem Weſen der Stadt harmoniert.

Der trockene, magere, geiſtloſe Baron de Watteville ſchien völlig verbraucht, ohne daß man eigentlich gewußt hätte, wodurch, denn er erfreute ſich einer fabelhaften Ahnungsloſigkeit; da aber ſeine Frau von brennendem Blond und ſprichwörtlicher Magerkeit war (noch heute ſagt man: ſpitzig wie Frau de Watteville), behauptete der Spott etlicher Richter, der Baron hätte ſich an dieſem Felſen aufgerieben. Offenbar kommt Rupt von rupes. Gelehrte Beobachter ſozialer Verhältniſſe werden gewiß unterſtreichen, daß Roſalie die einzige Frucht der Watteville-Ruptſchen Ehe war.

Herr de Watteville verbrachte ſeine Tage in einer pompöſen Drechſlerwerkſtatt: er drechſelte! Und gewiſſermaßen als Ergänzung dazu hatte er ſich dem Phantaſieleben eines Sammlers hingegeben. Philoſophiſch angehauchte Ärzte, die ſich mit dem Studium des Irrſinns beſchäftigen, halten dieſe Sammelwut auf Spielereien für ein erſtes Stadium geiſtiger Verwirrung. Baron de Watteville ſammelte Muſcheln, Inſekten und geologiſche Überbleibſel aus der Gegend von Beſançon. Ein paar Widerſpruchsgeiſter, namentlich Frauen, ſagten von Herrn Watteville:

„Er hat eine ſchöne Seele! Seit dem erſten Tag ſeiner Ehe hat er begriffen, daß er ſeine Frau keinesfalls beherrſchen würde, und ſich lieber auf eine mechaniſche Beſchäftigung und gutes Eſſen geworfen.“

Der Glanz des Hotel Rupt hätte in der Ära Ludwigs XIV. würdig bestanden, und er sprach für den Adel der beiden 1815 vereinigten Häuser. Hier galt ein alter, zeitloser Luxus. Die Kristallüster mit den Blattmotiven, die Seidenstoffe, Damaste, Teppiche und die vergoldeten Möbel, alles paßte ausgezeichnet zu den altmodischen Livreen und den alten Dienern. Das Menu war, obwohl in schwarz gewordenem Familiensilber, rund um einen gläsernen Tafelauffsatz mit Meißener Dekor, serviert, dennoch erlesen. Die Weine des Herrn de Watteville, der zur eigenen Beschäftigung und Unterhaltung bei sich den Kellermeister abgab, kannte man im ganzen Departement. Frau de Wattevilles Vermögen war beträchtlich, während das ihres Gatten, das aus Liegenschaften in Rouxey etwa zehntausend Franken Rente zog, eine Vergrößerung durch Erbschaft nicht zu erwarten hatte. Unnütz, hinzuzufügen, daß die sehr enge Freundschaft zwischen Frau de Watteville und dem Erzbischof auch die drei oder vier bedeutenden und geistreichen Abbés des Erzbistums zu ihr geführt hatte, die eine gute Tafel keineswegs verachteten.

Bei einem großen Diner, das im September 1834 in Erwiderung Gott-weiß-welcher Hochzeitsfeier gegeben wurde, standen die Damen gerade am Salonkamin beieinander und die Herren in Gruppen an den Fenstern, als man aufs lebhafteste den eben gemeldeten Abbé de Grancey begrüßte.

„Nun, und der Prozeß?" rief man ihm zu.

„Gewonnen!" antwortete der Generalvikar. „Das Urteil des Gerichts, an dem wir schon verzweifelten, Sie wissen, warum . . ."

Er spielte damit auf die Zusammensetzung des Königlichen Gerichtshofes ſeit 1830 an. Die meiſten Legitimiſten hatten um ihre Entlaſſung nachgeſucht.

„... Das Urteil gibt in allen Punkten uns recht und hebt das der erſten Inſtanz auf.“

„Jeder glaubte, Sie würden verlieren.“

„Und ohne mich hätten wir auch verloren. Unſerm Anwalt habe ich bedeutet, er ſolle nach Paris verſchwinden; ſo konnte ich, als die Schlacht begann, einen anderen Advokaten nehmen, dem wir den glücklichen Erfolg des Prozeſſes verdanken, einen außergewöhnlichen Mann ...“

„In Beſançon?“ fragte ziemlich naiv Herr de Watteville.

„In Beſançon!“ erwiderte der Abbé de Grancey.

„Ah, ganz richtig, Savaron“, rief da ein junger ſchöner Mann namens de Soulas, der nahe bei der Baronin ſaß.

„Er hat in fünf, ſechs Nächten ſämtliche Aktenſtöße durchgewälzt, hat ſieben oder acht mehrſtündige Konferenzen mit mir gehabt“, fuhr Herr de Grancey fort, der ſich ſeit drei Wochen zum erſtenmal wieder im Hotel de Rupt ſehen ließ. „Und dann hat Herr Savaron den berühmten Anwalt, den unſere Gegner ſich aus Paris verſchrieben haben, gründlich geſchlagen. Nach Ausſage der Räte iſt der junge Mann einfach fabelhaft geweſen. So iſt das Kapitel Sieger in doppelter Hinſicht: es hat juriſtiſch geſiegt; dann aber auch politiſch, denn in der Perſon des Magiſtratsverteidigers hat es zugleich den Liberalismus geſchlagen. ‚Die Gegner‘, führte unſer Advokat aus, ‚ſollen ſich ja nicht einbilden, daß ſie überall Entgegenkommen finden, um Erzbistümer kaputt zu machen ...‘ Hier mußte der Präſident mit der Glocke Ruhe ſchaffen: alle Beſançoner hatten Beifall geklatſcht. Das Beſitzrecht am Gebäude des ehemaligen Kloſters verbleibt alſo dem Kapitel der Kathedrale von Beſançon. Herr Savaron hat übrigens beim Hinausgehen aus dem Juſtizpalaſt ſeinen Pariſer Kollegen zum Eſſen eingeladen. Und der hat mit einem ‚Dem Sieger alle Ehre!‘ angenommen und ihn neidlos zu ſeinem Triumph beglückwünſcht.“

„Wo haben Sie denn dieſen Anwalt aufgeſtöbert?“ fragte Frau de Watteville. „Ich habe den Namen noch nie gehört.“

„Aber ſeine Fenſter können Sie von hier aus ſehen“, bemerkte der Generalvikar. „Herr Savaron wohnt Rue du Perron, ſeine Gartenmauer ſtößt unmittelbar an die Ihre.“

„Stammt er etwa aus der Comté?“ fragte Herr de Watteville.

„Er iſt ſo wenig auf irgendeine Gegend feſtzulegen, daß man gar nicht weiß, woher er ſtammt“, meinte Frau de Chavoncourt.

„Wer aber iſt er denn?“ fragte Frau de Watteville, während ſie Herrn de Soulas' Arm nahm, um in den Speiſeſaal zu gehen. „Wenn er ein Fremder iſt, — welcher Zufall hieß ihn dann ausgerechnet ſich in Beſançon niederzulaſſen? Für einen Anwalt immerhin ein ſonderbarer Einfall.“

„Höchſt ſonderbar!“ wiederholte der junge Amédée de Soulas, über den, zum beſſeren Verſtändnis dieſer Geſchichte, hier ein paar Daten folgen mögen.

Zu allen Zeiten gab es zwiſchen Frankreich und England einen Austauſch von mancherlei Nichtigkeiten, der um so herzhafter betrieben wurde, als er der Zolltyrannis nicht unterlag. Die Mode, die man in Paris die engliſche nennt, heißt in London die franzöſiſche, und umgekehrt. Der Gegenſatz zwiſchen den beiden Völkern hört in zwei Punkten auf: wenn es ſich um gewiſſe Ausdrücke — und wenn es ſich um die Kleiderfrage handelt. „God save the king“, worin der nationale Begriff Englands liegt, hat ſeine Muſik aus Lullis Chören zu „Eſther“ und „Athalie“. Die Reifröcke, wie ſie eine Engländerin in Paris einführte, wurden, man weiß warum, von einer Franzöſin in London erfunden, nämlich von der Herzogin von Portsmouth; zu Anfang ſpöttelte man ſo darüber, daß die erſte Engländerin, die ſie in den Tuilerien trug, von der Menge erdrückt wurde; aber man akzeptierte ſie. Ein halbes Jahrhundert lang hat dieſe Mode die Frauen Europas tyranniſiert. Nach dem Frieden von 1815 lachte man ein Jahr über die langen Taillen der Engländerinnen, ganz Paris sah ſich Potier und Brunet in „Les Anglaises pour rire“ an; 1816, 17 aber rutſchten den Franzöſinnen die Gürtel, die noch 1814 den Buſen hoch gedrückt hatten, nach und nach ſo weit, bis ſie die Hüften herausmodellierten. Seit zehn Jahren hat uns die Sprachwiſſenſchaft zwei kleine Geſchenke aus England gebracht. Dem ‚Incroyable‘, dem ‚Merveilleux‘, dem ‚Élégant‘, dieſen drei Erben der ‚Petits-Maîtres‘, deren Etymologie ziemlich unanſtändig iſt, folgte der ‚Dandy‘, ſchließlich der ‚Lion‘. Vom ‚Lion‘, dem Stutzer, kommt keineswegs die ‚Lionne‘. Die ‚Lionne‘ gehört vielmehr in das berühmte Lied von Alfred de Musset:

> „Avez-vous vu dans Barcelone . . .
> C’est ma maîtreſſe, ma lionne . . .“;

es hat da zwiſchen den beiden Begriffen und den beiden Grundideen eine Fuſion oder, wenn man will, eine Konfuſion geſetzt. Sobald einmal Paris ſich über eine Albernheit amüſiert – und es ſchwärmt ebenſo für Meiſterwerke wie für Albernheiten –, vermag ſich auch die Provinz nicht leicht davon frei zu halten. Und ſeitdem in Paris der Stutzer ſeine Mähne ſpazieren trägt, ſeinen Bart und Schnurrbart, ſeine Gilets und das Lorgnon, das nicht mehr mit der Hand gehalten, ſondern zwiſchen Wange und Brauenbogen eingeklemmt wird, ſeitdem haben in einigen Departementshauptſtädten Unterleutnants mit ihren eleganten Stegen gegen die Nachläſſigkeit ihrer Mitbürger proteſtiert. Beſançon hatte alſo 1834 das Vergnügen, einen Stutzer in der Perſon des Herrn Amédée Sylvain Jacques de Soulas zu beſitzen, der ſich aus der Zeit der ſpaniſchen Okkupation Souleyas ſchrieb. Dieſer Amédée de Soulas iſt in Beſançon vielleicht der einzige Abkömmling einer ſpaniſchen Familie. Spanien ſchickte wohl Geſchäfte halber Leute in die Comté, aber nur wenige Spanier ließen ſich da nieder. Die Soulas blieben wegen ihrer Verbindung mit dem Kardinal de Granvelle dort. Der junge Herr de Soulas ſprach andauernd davon, Beſançon zu verlaſſen, dieſe triſte, bigotte, unliterariſche Kriegs- und Garniſonſtadt, deren Sitten und Gebräuche und deren Phyſiognomie man ſchon einmal ſchildern ſollte. Weil er ſo dachte und noch keinen feſten Zukunftsplan hatte, konnte er es ſich auch erlauben, in drei ſpärlich eingerichteten Zimmern am Ende der Rue Neuve, Ecke Rue de la Préfecture, zu wohnen.

Der junge Herr de Soulas mußte unter allen Umſtänden einen Reitknecht haben. Dieſer Diener war der Sohn eines ſeiner Pächter, ein Bürſchchen von vierzehn Jahren, kurz und ſtämmig, und hieß Babylas. Der Stutzer hatte ſeinen Diener ſehr fein livriert:

einen kurzen Überrock aus eiſengrauem Tuch mit Lackledergürtel, knallblaue Samthoſen, rotes Gilet, Lackſtiefel mit Stulpen, runden Hut mit ſchwarzem Band, gelbe Knöpfe, auf denen das Wappen der Soulas prangte. Amédée ſtellte dem Burſchen außerdem weiße Baumwollhandſchuhe, die Wäſche und ein monatliches Koſtgeld von fünfunddreißig Franken, was die Griſetten in Beſançon ungeheuerlich fanden: vierhundertzwanzig Franken, ohne die Geſchenke, für ein Kind von fünfzehn Jahren! Nebeneinnahmen floſſen ihm zu aus dem Verkauf abgelegter Anzüge, aus einem Trinkgeld, ſobald Soulas eins ſeiner beiden Pferde bewegte, und aus der Veräußerung des Düngers. Die beiden mit geradezu filziger Sparſamkeit gehaltenen Pferde koſteten zuſammen im Jahr achthundert Franken. Seine Rechnung in Paris für Parfümerien, Krawatten, Schmuck, glaſierte Töpfe, Anzüge ſtellte ſich, ebenfalls im Jahr, auf zwölfhundert Franken. Rechnet man den Lohn für Groom oder Reitknecht, für das Drum-und-Dran und die Miete mit ſechshundert Franken hinzu, ſo kommt man auf insgeſamt dreitauſend. Nun beſaß aber der junge Herr de Soulas aus ſeinem väterlichen Erbe nicht mehr als viertauſend Franken Rente, und die floſſen aus ein paar recht dürftigen Meiereien, deren Zuſtand ſeine Einkünfte immer höchſt problematiſch ſein ließ. So verblieben dem Stutzer kaum drei Franken für ſein tägliches Leben und als Taſchen- und Spielgeld. Er ſpeiſte alſo häufig in der Stadt und frühſtückte mit bemerkenswerter Mäßigkeit. Mußte er ſich unbedingt auf eigene Koſten verpflegen, ſo ließ er ſich durch ſeinen Diener aus einer Wirtſchaft zwei Gerichte für höchſtens fünfundzwanzig Sous holen. Der junge Herr de Soulas galt als Verschwender, als ein Mann, der auch über den Strang hieb, während der arme Bursche sich doch gerade mit List und Tücke durch das Jahr mogelte, wie es einer guten Haushälterin alle Ehre gemacht hätte. Noch weiß man nicht, vor allem nicht in Besançon, was in der Hauptstadt sechs Franken für Stiefel- oder Schuhlack ausmachen, und fünfzig Sous für gelbe Handschuhe, die man heimlich säubert und dreimal trägt, und zehn Franken für Krawatten, die drei Monate halten, und fünfundzwanzig Franken für vier Westen und für Hosen, die man über die Stiefel zieht. Könnten sonst in Paris Frauen ihre besondere Aufmerksamkeit den Einfaltspinseln schenken, die bei ihnen die hervorragendsten Männer ausstechen durch ein paar eitle Vorzüge, welche man sich um fünfzehn Louisdors beschaffen kann, inklusive Haarkrause und holländisches Leinenhemd? Scheint einem nun dieser wenig begüterte junge Mann einigermaßen leicht zum Stutzer geworden, so erfahre man, daß Amédée de Soulas dreimal in der Schweiz war, zu Wagen und in kleinen Tagereisen; zweimal in Paris und einmal von Paris aus in England. Er wurde für einen wohlunterrichteten, weitgereisten Mann gehalten, der sagen durfte: „In England, wo ich war“, usw. Die adligen Witwen redeten ihn an: „Sie waren doch in England“, usw. Er war bis in die Lombardei vorgedrungen und die italienischen Seen entlang gefahren und las Neuerscheinungen. Säuberte er gerade seine Handschuhe, so gab der Diener Babylas den Besuchern zum Bescheid: „Der gnädige Herr arbeitet.“ Man hatte auch schon versucht, den jungen Herrn Amédée de Soulas durch die Behauptung: „Ist das aber ein Fortschrittler!“ in Mißkredit zu bringen. Amédée beſaß das Talent, mit dem Ernst eines Beſançoners die gerade kurſierenden Gemeinplätze an den Mann zu bringen, weshalb er für einen der hellſten Köpfe des Adels galt. Auf dem Leibe trug er den modiſchen Schmuck, im Schädel die Tagesmeinung der Preſſe. 1834 war Amédée fünfundzwanzig Jahre alt, mittelgroß, brünett; hatte einen ſchön gewölbten Thorax, entſprechende Schultern, leicht rundliche Schenkel; die Füße waren ſchon etwas fett, die Hände weiß und fleiſchig; er trug einen Bart ums Kinn, und ſein Schnurrbart war mindeſtens ſo ſchön wie der der Offiziere; in ſeinem gutmütigen, dicken, rotbäckigen Geſicht ſaßen eine platte Naſe und braune, gänzlich belangloſe Augen; überhaupt nichts Spaniſches. Mit Rieſenſchritten näherte er ſich einer für ſeinen Ehrgeiz gefährlichen Fülle. Seine Nägel waren gepflegt, ſein Bart war friſiert, und die geringſten Einzelheiten ſeines Anzugs zeigten eine engliſche Akkurateſſe. Amédée de Soulas wurde deshalb auch für den ſchönſten Mann von Beſançon gehalten. Ein Coiffeur, der ihn täglich zur genau feſtgeſetzten Minute friſieren mußte, verkündete allenthalben das Lob dieſes unanfechtbaren arbiter elegantiarum. Amédée ſchlief in den Tag hinein, machte dann Toilette und ritt gegen Mittag auf eine ſeiner Meiereien, wo er Piſtole ſchoß. Er legte auf dieſe Beſchäftigung den gleichen Wert wie Lord Byron in ſeinen letzten Tagen. Gegen drei Uhr etwa kehrte er wieder heim, als Reiter bewundert von den Griſetten und den Leuten, die in den Fenſtern lagen. Bis vier Uhr tat er, als ob er irgend etwas arbeitete; darauf kleidete er ſich an, um in der Stadt zu dinieren, und verbrachte den Abend beim Whiſt in einem der ariſtokratiſchen Salons von Beſançon; etwa um elf Uhr ging er nach Hauſe und ins Bett. Keine Exiſtenz konnte offener zutage liegen und ſo untadelhaft und vernünftig geführt werden, denn er ging ganz gewiſſenhaft an Sonn- und Feiertagen in die Kirche.

Will man den Eindruck dieſer Lebensweiſe ganz plauſibel machen, so muß man auch ein paar Worte über Beſançon ſagen. Keine Stadt iſt ſo wie ſie taub und unempfindlich für den Fortſchritt. In Beſançon faßt man den ganzen Verwaltungsapparat, Beamte, Offiziere, überhaupt alles, was die Pariſer Regierung auf irgendeinen Poſten dahin beordert, unter dem höchſt bezeichnenden Namen „Die Kolonie“ zuſammen. Die Kolonie iſt das einzige neutrale Gebiet der Stadt, auf dem ſich, ähnlich wie in der Kirche, Ariſtokratie und Bürgertum anſtandslos begegnen dürfen. Und hier entzündet ſich, an einem Wort, einem Blick, einer Geſte leidenſchaftlicher Haß, züngelt von Haus zu Haus, von den Ariſtokratinnen zu den Bürgerfrauen, um bis in den Tod zu dauern und den an ſich ſchon zwiſchen beiden Geſellſchaftsklaſſen klaffenden Riß noch zu vertiefen. Dabei war der Adel von Beſançon, außer den Clermont-Mont-Saint-Jean, den Beauffremont, den de Scey, den Gramont und noch einigen, die nur ihre Güter in der Comté hatten, ſelbſt kaum älter als zweihundert Jahre, das heißt aus der Zeit der Eroberung durch Ludwig XIV. Dieſe Geſellſchaft iſt im Allgemeinen Parlamentsadel, aber ſo hochmütig und ſtockſteif, ſo ernſt, gemacht und von einer Überlegenheit, wie ſie nicht einmal der Habsburger Hof hat; darin würden die Beſançoner ſogar die Wiener Salons beſchämen. Von Victor Hugo, Nodier, Fourier, den großen Söhnen der Stadt, iſt keine Rede, niemand beſchäftigt ſich mit ihnen. Die Ehen des Adels werden ſchon an der Wiege der Kinder ausgemacht, ſo unverrückbar feſt ſteht hier Wichtiges und Nichtiges. Ganz ausgeſchloſſen, daß ein Fremder, ein Eindringling ſich Zutritt zu dieſen Häuſern verſchaffte; und ſelbſt wenn ſich unter den hohen Offizieren der Garniſon Söhne aus den beſten Familien Frankreichs befanden, konnten ſie ihren Empfang nur durch diplomatiſche Kniffe erreichen, die Fürſt Talleyrand mit Vergnügen beim Kongreß angewandt hätte. 1834 war Amédée in Beſançon der einzige Mann, der Stege an den Beinkleidern trug. Schon das ließ den jungen Herrn de Soulas als Stutzer erſcheinen. Schließlich möge hier noch eine kleine Anekdote ſtehen, aus der man Beſançon recht gut kennenlernen kann.

Kurz vor dem Tag, an dem dieſe Geſchichte einſetzt, erwog man in der Präfektur die Notwendigkeit, aus Paris einen Redakteur für ihr Journal kommen zu laſſen; man wollte ſich gegen die kleine „Gazette“, den Beſançoner Ableger der großen „Gazette“ wehren und auch gegen den „Patrioten“, den die Republik dort vom Stapel ließ. Paris ſchickte einen jungen Mann, der ſeine Comté nicht kannte und mit einem „Beſançoner Leitartikel“, frei nach dem „Charivari“, debütierte. Der Führer der Mittelpartei, ein Mann aus dem Rathaus, ließ ſich den Journaliſten kommen und ſagte:

„Hören Sie, mein Herr, wir ſind ernſt, mehr als das: wir ſind langweilig, wir wollen gar nicht unterhalten ſein, ſind ſogar wütend, wenn es etwas zu lachen gibt. Seien Sie genau ſo unverdaulich wie die dickſten Wichtigkeiten der ‚Revue des deux mondes‘ — und Sie werden den Beſançoner Ton richtig treffen.“

Der Redakteur ließ ſich das geſagt ſein und ſprach den unverſtändlichſten philoſophiſchen Patois. Er hatte damit durchſchlagenden Erfolg.
Wenn der junge Herr de Soulas die Hochſchätzung der Salons von Beſançon nicht verlor, ſo lag das zu einem guten Teil an ihrer Eitelkeit: es ſchmeichelte der Ariſtokratie, den Eindruck zu erwecken, als werde ſie modern, und den Pariſer Nobilitäten bei ihren Beſuchen in der Comté mit einem jungen Mann aufwarten zu können, der ihnen gliche. All dieſe geheime Mühe — dieſes Sand-in-die-Augen-Streuen, dieſe zur Schau getragene Narrheit und dieſe verſteckte Klugheit — hatte freilich einen Zweck! Amédée wollte eines Tages in der Lage ſein, eine vorteilhafte Ehe einzugehen, indem er nachwies, daß ſein Beſitz hypothekenfrei ſei und er obendrein noch Erſparniſſe habe. Er wollte die Stadt von ſich reden machen und ihr ſchönſter Elegant ſein, um erſt einmal das Intereſſe des Fräuleins Roſalie de Watteville und darauf ihre Hand zu erobern. Ah!
1830, als der junge Herr de Soulas ſeine Dandylaufbahn begann, war Roſalie vierzehn Jahre alt. Demnach ſtand ſie 1834 juſt im dem Alter, in dem junge Menſchen ſich leicht von Abſonderlichkeiten faszinieren laſſen wie die, durch die Amédée damals gerade auf das Intereſſe von ganz Beſançon wirkte. Manch einer iſt Stutzer aus gründlichſter Berechnung. Seit zwölf Jahren verfügten die Wattevilles über eine Rente von fünfzigtauſend Franken, von denen ſie jährlich trotz ihrer ariſtokratiſchen Montag- und Freitagempfänge kaum mehr als vierundzwanzigtauſend ausgaben. Montags ſpeiſte man bei ihnen, Freitags hielt man lediglich Soirée. Welche

Summe war da aus Jahr für Jahr ſechsundzwanzigtauſend zuſammengekommen und ſicherlich mit der bei dieſen alten Familien gewohnten Vorſicht angelegt worden! Faſt allgemein war man der Meinung, daß die Erſparniſſe der Madame de Watteville aus ihrem ziemlich umfänglichen Landbeſitz 1830 drei Prozent Zinſen abwürfen. Roſalies Mitgift mußte demnach jährlich ihre vierzigtauſend Franken Rente geben. Seit fünf Jahren hatte nun der Stutzer wie ein Maulwurf gewühlt, ſich in die Wertſchätzung der ſtrengen Baronin hinaufzuarbeiten und zugleich der Eigenliebe des Fräuleins de Watteville zu ſchmeicheln. Die Baronin kannte das Geheimnis der Kniffe, die es Amédée erlaubten, in Beſançon ſtandesgemäß aufzutreten; und ſie rechnete ihm ſeine Lebensführung hoch an. Soulas hatte ſich unter den Schutz der Baronin geſtellt, als ſie dreißig Jahre alt war, und die Kühnheit beſeſſen, ſie zu bewundern und zu ſeinem Idol zu machen; ihr, nur ihr, konnte er jene gewagten Scherze erzählen, die die meiſten bigotten Frauen gern hören: dank ihrer großen Tugenden vermögen ſie in alle Abgründe zu ſchauen, ohne abzuſtürzen, an allen Teufelsfallen vorüberzugehen, ohne ſich fangen zu laſſen. Nun wird es klar, warum dieſer Stutzer ſich nicht die einfachſte Intrige erlaubte; er lockerte ſein Daſein zu vollſter Durchſichtigkeit auf, lebte förmlich an offner Straße, um in den Augen der Baronin als der wahrhaft geheiligte Liebhaber dazuſtehen, aber auch, um ihr jenen ſündhaften Geiſt zublaſen zu dürfen, den ſie ihrem armen Fleiſch nicht gönnte. Ein Mann, der das Vorrecht hat, einer Frau leichtfertige Dinge zuzuflüſtern, iſt in ihren Augen ein wirklich reizender Menſch. Hätte dieſer Stutzer par excellence das

Menſchenherz beſſer gekannt, ſo hätte er ſich ohne Gefahr die eine oder andere Liebelei mit Griſetten aus Beſançon leiſten können, von denen er ohnehin wie ein König angeſtaunt wurde; das hätte die ſtrenge, prüde Baronin nur noch mehr für ihn eingenommen. Vor Roſalie mimte unſer Cato den Verſchwender: er billigte unbedingt eine elegante Lebensführung und ſkizzierte ihr die glänzende Rolle einer Modedame in Paris, wohin er als Deputierter gehen würde. Derartige geſchickte Manöver hatten vollen Erfolg. 1834 hießen die Mütter von vierzig adeligen Familien, die den Kern der hohen Beſançoner Ariſtokratie bildeten, Herrn Amédée de Soulas den reizendſten jungen Mann der Stadt; kein Menſch wagte ſeine Stellung als Hahn im Korbe Rupt anzufechten, und ganz Beſançon ſah in ihm ſchon den künftigen Gatten Roſalies de Watteville. Obendrein waren zwiſchen der Baronin und Amédée ein paar Worte gefallen, denen die abſolute Bedeutungsloſigkeit des Barons ein gewiſſes Gewicht verlieh.

Fräulein de Watteville, der der künftige goldene Hintergrund ein beträchtliches Relief verlieh, war durch ihre deſpotiſche Mutter in der Abgeſchloſſenheit des Hotels Rupt, die die Baronin dem teueren Erzbiſchof zuliebe nur ganz ſelten durchbrach, aus Prinzip ſtreng gehalten und auf eine rein religiöſe Erziehung beſchränkt worden. Roſalie wußte überhaupt nichts. Oder heißt das etwas wiſſen, wenn man Geographie aus dem Guthrie, Bibliſche Geſchichte, Altertumskunde, Franzöſiſche Geſchichte und die vier Spezies von einem alten Jeſuiten eingetrichtert bekam? Zeichnen, Muſik, Tanz waren aufs ſtrengſte verpönt, als könnten ſie das Leben häßlich machen, anſtatt es zu verſchönen. Die Baronin unterwies ihre Tochter in allen Arten Stickerei und in kleineren weiblichen Handarbeiten, wie Nähen, Stricken, Häkeln. Geleſen hatte die ſiebzehnjährige Roſalie nur Erbauungsſchriften und heraldiſche Werke. Niemals waren ihre Blicke von einer Zeitung befleckt worden. Jeden Morgen hörte ſie mit ihrer Mutter die Meſſe in der Kathedrale, kam dann zum Frühſtück heim, erging ſich ein wenig im Garten, arbeitete und empfing an der Seite der Mutter die Beſuche, bis es Zeit zum Diner war; ſpäterhin, außer an Montagen und Freitagen, begleitete ſie ihre Mutter zu den Abendgeſellſchaften, tat aber dort den Mund nur auf, ſoweit mütterliche Weiſung es ihr geſtattete. Mit ſiebzehn Jahren war Fräulein de Watteville zart, grazil, flachbrüſtig, blond, von weißem Teint — und gänzlich unbedeutend. Das Spiel der Wimpern verſchönte ihre mattblauen Augen; ſenkten ſie ſich, ſo glitt ein Schatten über die Wangen. Etliche Sommerſproſſen ſtörten die Klarheit einer ſonſt wohlgeformten Stirn. Ihr Antlitz ähnelte ſehr den Heiligenbildern Albrecht Dürers und der Vorläufer des Perugino: bei aller Zartheit die gleiche üppige Form, dieſelbe von Ekſtaſe und Trauer getragene Feinheit, dieſelbe ſtrenge Naivität. Jeder Zug an ihr, bis in die Haltung hinein, ließ an Madonnen denken, deren Schönheit mit all ihrem myſtiſchen Glanz ſich nur dem aufmerkſamen Kennerauge gibt. Sie hatte zwar rote, doch ſchöne Hände und den hübſcheſten Fuß, den Fuß einer Schloßherrin. Für gewöhnlich trug ſie einfache Baumwollkleider, nur Sonn- und Feiertags erlaubte die Mutter Seide. Ihre Garderobe wurde in Beſançon angefertigt und ließ ſie beinahe häßlich erſcheinen, während ſich die Mutter in Grazie, Schönheit, Ele-

ganz nach der Mode von Paris kleidete, woher ſie selbſt die kleinſten Zutaten dank der Vermittlung des jungen Herrn de Soulas kommen ließ. Roſalie hatte noch nie ſeidene Strümpfe oder Atlasſchuhe gehabt, ſondern immer nur baumwollene Strümpfe und Lederſchuhe. An Galatagen trug ſie ein Muſſelinfähnchen, Goldkäferſchuhe und das Haar hoch friſiert. Hinter dieſer Erziehung und Roſalies beſcheidener Haltung ſteckte ein eiſerner Charakter. Phyſiologen und gründliche Kenner der menſchlichen Natur werden die vielleicht erſtaunliche Tatſache beſtätigen können, daß Launen, Charaktere, Geiſt, Genie bei einer Familie in denſelben großen Perioden wiederkehren, die man an erblichen Krankheiten behauptet. Ein Talent zum Beiſpiel überſpringt genau ſo wie die Gicht mitunter zwei Generationen. Wir haben für dieſes Phänomen ein berühmtes Beiſpiel in George Sand, in der die Kraft, der Machtwille und die glänzende Auffaſſungsgabe des Marſchalls von Sachſen — deſſen natürliche Enkeltochter ſie iſt — erneut zutage treten. Der entſchiedene Charakter, die romanhafte Kühnheit des berühmten Watteville lebten in der Seele ſeiner Großnichte wieder auf, verſtärkt noch durch die Zähigkeit und das ſtolze Blut der Rupt. Dieſe, wenn man will, guten wie ſchlechten Eigenſchaften ſchlummerten in der Seele des ſcheinbar läſſigen und ſchwachen jungen Mädchens etwa ſo wie kochende Lava unter einem Berg, ehe er zum Vulkan ausbricht. Allenfalls Madame de Watteville ahnte etwas vom Erbteil beider Raſſen. Sie verhielt ſich Roſalie gegenüber ſo ſtreng, daß der Erzbiſchof meinte, ſie ſei doch wohl zu hart; aber ſie antwortete ihm:
„Laſſen Sie ſie nur unter meiner Führung, Eminenz,

ich kenne Roſalie! In dieſer Haut ſteckt mehr als ein Teufel!"

Die Baronin behielt ihre Tochter um ſo aufmerkſamer im Auge, als ſie ſich hiermit in ihrer Mutterehre engagiert ſah. Und ſchließlich hatte ſie auch ſonſt nichts weiter vor. Clotilde de Rupte, damals fünfunddreißig Jahre alt und ſozuſagen die Witwe eines Mannes, der den Ehrgeiz hatte, aus allen möglichen Holzſorten Eierbecher zu drechſeln, in eingeſchientes Holz ſechsſtreifige Ringe zu befeſtigen und Tabakdoſen für ſeine Bekannten anzufertigen, flirtete in allen Züchten und Ehren mit Amédée de Soulas. Sobald der junge Mann nur im Hauſe war, ſchickte ſie ihre Tochter hinaus oder rief ſie zurück, lediglich um in den jugendlichen Seelen Regungen von Eiferſucht zu konſtatieren, die ſie dann hätte bändigen können. Sie verfuhr wie die Polizei mit den Republikanern; aber es nützte ihr nichts, Roſalie kannte ihre Mutter viel zu gut, um zu wiſſen: ſie brauchte den jungen Herrn de Soulas nur einmal nett zu finden, um ſofort eins drauf zu bekommen. Deshalb wich ſie allem Geſtichel der Mutter mit Phraſen aus, die man unpaſſenderweiſe jeſuitiſch nennt; denn die Jeſuiten wären dagegen noch offenherzig, während dieſe Art, zu ſchweigen, ſich hinbaut wie ſpaniſche Reiter, die nur die Schwäche decken. Nunmehr wurde ſie von der Mutter als Heuchlerin behandelt. Trat unglücklicherweiſe doch einmal ein Strahl vom wahren Weſen der Watteville und der Rupt zutage, ſo hißte die Mutter ſchleunigſt den Reſpekt, den Kinder ihren Eltern ſchulden, um Roſalie zum paſſiven Gehorſam zurückzuführen. Dieſer geheime Kampf geſchah hinter verſchloſſenen Türen im allerengſten häuslichen Kreis.

Sogar der Generalvikar, der gute Abbé de Grancey, der Freund des verſtorbenen Erzbiſchofs, konnte bei all ſeinem Geſchick als Bußprieſter der Diözeſe nicht herausbekommen, ob der Kampf zwiſchen Mutter und Tochter irgendwie zum Haß geführt hatte, ob vielleicht die Mutter eiferſüchtig von vornherein war, oder ob die Art, wie Amédée der Tochter über die Mutter den Hof machte, die Grenzen überſchritt. Da er der Freund des Hauſes war, fungierte er weder bei der Mutter noch bei der Tochter als Beichtiger. Roſalie, die des jungen Herrn de Soulas wegen wohl allzuviel Moralpredigten hatte einſtecken müſſen, konnte ihn ſozuſagen nicht riechen. Sie empfing ihn alſo jedesmal äußerſt kühl, wenn er gerade glaubte, ihr Herz überrumpeln zu können. Dieſer nur dem Auge der Mutter ſichtbare Widerwille war andauernd ein Gegenſtand der Ermahnungen.

„Roſalie, ich verſtehe dich nicht, warum du gegen Amédée ſo kalt biſt; etwa weil er der Freund des Hauſes iſt und deinem Vater und mir gefällt? ..."

„Aber, liebe Mama," antwortete das arme Kind einmal, „ich weiß wirklich nicht, ob es nicht noch ſchlimmer für mich wäre, wenn ich mich nett zu ihm ſtellte!"

„Was ſoll das heißen?" rief Madame de Watteville. „Was willſt du damit ſagen? Iſt deine Mutter vielleicht ungerecht? Und denkſt du immer ſo? Daß du mir, deiner Mutter, ja nie wieder eine ſolche Antwort gibſt! ..." uſw.

Der Streit dauerte dreidreiviertel Stunden, und das fiel Roſalie auf. Die Mutter erblaßte vor Wut, ſchickte die Tochter auf ihr Zimmer, wo Roſalie ſich den Kopf über dieſe Dinge zerbrach, ohne einen Sinn hineinzubekommen, ſo harmlos war ſie! In Wirklichkeit alſo ſtand der junge Herr de Soulas, den ganz Beſançon ſchon dicht am Ziele wähnte, — ſoviel Krawattenluxus er trieb, ſoviel ſchwarze Pomade er ſich in den Schnurrbart ſtrich, ſo hübſche Gilets er anhatte, ſo viele Hufeiſen er blank ritt und ſo gutſitzende Korſetts er trug (denn er trug das modiſche Lederkorsett des Stutzers) — dennoch dieſem Ziel viel weniger nahe als ſonſt einer, obwohl er den würdigen und edlen Abbé de Grancey auf ſeiner Seite hatte. In dem Augenblick, wo dieſe Geſchichte beginnt, wußte Roſalie übrigens noch nicht, daß der junge Graf Amédée de Soulas für ſie beſtimmt war.

„Madame," begann Herr de Soulas, während er wartete, daß die zu heiße Suppe ſich etwas abkühle, und auch um ſeinen Bericht ein wenig romantiſch einzukleiden, „eines Morgens ſetzte die Poſt am ‚Hotel National' einen Herrn aus Paris ab, der ſich alsbald nach einer Wohnung umſah und für den erſten Stock im Hauſe des Fräuleins Galard, Rue du Perron, entſchied. Dieſer Fremde begab ſich geradeaus auf die Mairie, um dort einen phyſiſchen und politiſchen Heimatsſchein vorzulegen. Er ließ ſich fernerhin in die Liſte der Anwälte eintragen, nachdem man ſeine Papiere auch in dieſer Hinſicht einwandfrei befunden hatte; ſchließlich gab er bei ſeinen neuen Kollegen, den Miniſterialbeamten, den Räten und ſonſtigen Herren vom Gericht ſeine Karte ab, auf der zu leſen war:

ALBERT SAVARON."

„Der Name Savaron iſt berühmt", fiel Roſalie ein, die ja in Heraldik äußerſt beſchlagen war. „Die

Savaron de Savarus zählen in Belgien zu den älteſten, vornehmſten und begütertſten Häuſern."
„Er iſt Franzoſe und Troubadour", bemerkte Amédée de Soulas. „Will er das Wappen der Savaron de Savarus führen, ſo muß er ihm noch einen Querbalken einfügen. In Brabant gibt es nämlich nur noch ein Fräulein Savaron, eine reiche Erbin."
„Der Querbalken deutet in Wirklichkeit den Baſtard an; der Baſtard eines Grafen de Savarus aber iſt von Adel", warf Roſalie dazwiſchen.
„Genug, Roſalie!" winkte die Baronin ab.
„Sie wünſchten es ja, daß ſie ſich mit Wappenkunde beſchäftigt", widerſprach der Baron. „Sie kennt ſich gut aus!"
„Fahren Sie fort, Amédée!"
„Sie verſtehen, daß in einer Stadt wie Beſançon, wo man alles nach Art und Klassen beſtimmt, kennt, ordnet, mit Chiffre und Nummer verſieht, Albert Savaron von unſeren Anwälten ohne jede Schwierigkeit aufgenommen wurde. Man ſagte nur: ‚Ein armer Kerl, der ſein Beſançon nicht kennt. Wer hat ihm bloß den Floh ins Ohr geſetzt, ausgerechnet hierherzukommen? Was will er hier? Warum gibt er ſeine Karte bei den Behörden ab, anſtatt perſönlich ſeine Aufwartung zu machen?... Wie töricht!' Nach drei Tagen dachte kein Menſch mehr an ihn. Er hat Jérôme, den alten Kammerdiener des verewigten Herrn Galard, übernommen, der auch ein wenig kochen kann. Und da man ihn nirgends ſieht noch trifft, iſt er vollends vergeſſen."
„Hört er denn nicht die Meſſe?" fragte Madame de Chavoncourt.
„Sonntags in Saint-Pierre, aber ſchon die erſte um acht Uhr. Er ſteht nachts regelmäßig zwiſchen eins

und zwei auf, arbeitet bis gegen acht, frühſtückt, arbeitet weiter. Promeniert fünfzig-, ſechzigmal rund um den Garten, geht wieder ins Haus, ſpeiſt zur Nacht, legt ſich zwiſchen ſechs und ſieben zu Bett.“

„Woher haben Sie denn das alles?“ fragte Madame de Chavoncourt Herrn de Soulas.

„Erſtens, Madame, wohne ich Rue Neuve, Ecke Rue du Perron. Meine Fenſter ſehen gerade auf jenes Haus, in dem dieſe geheimnisvolle Perſönlichkeit wohnt. Dann aber gibt es ſo eine Art Protokollwechsel zwischen Jérôme und meinem Diener.“

„Sie unterhalten ſich alſo mit Babylas?“

„Was ſoll man unterwegs tun?“

„Und wieſo haben Sie ausgerechnet einen Fremden zum Anwalt genommen?“ Die Baronin gab damit wieder dem Generalvikar das Wort.

„Der erſte Präſident wollte ſich mit dieſem Advokaten einen Spaß machen und übertrug ihm die Offizialverteidigung eines halb idiotiſchen, des Betruges angeklagten Bauern vor dem Schwurgericht. Herr Savaron erzielte für ſeinen Mann einen Freiſpruch: Er wies ſeine Unſchuld nach und obendrein, daß er nur das Werkzeug der wirklich Schuldigen geweſen wäre. Nicht allein, daß er mit ſeiner Verteidigung ſiegte, man mußte vielmehr noch zwei Zeugen in Haft nehmen und als die eigentlichen Betrüger aburteilen. Seine Plädoyers machten tiefen Eindruck auf den Gerichtshof und die Geſchworenen. Einer von ihnen, ein Kaufmann, betraute Herrn Savaron andern Tags mit einem höchſt heiklen Prozeß, und auch den gewann er. Als nun Herr Berryer nicht nach Beſançon kommen konnte und wir dadurch in eine peinliche Lage gerieten, empfahl uns Herr de

Garcenault diesen Herrn Albert Savaron und sagte uns den Erfolg voraus. Ich sah ihn, hörte ihn, faßte Vertrauen und behielt recht."

„Hat er denn so etwas Besonderes an sich?" fragte Madame de Chavoncourt.

„Gewiß!" erwiderte der Generalvikar.

„Erklären Sie uns das doch näher", bat Madame de Watteville.

„Bei meinem ersten Besuch", fuhr der Abbé de Grancey fort, „empfing er mich im ersten Raum hinter dem Vorzimmer (wo sich ehemals der Salon des Biedermanns Galard befand), er hat ihn in der Farbe alter Eiche streichen lassen; die Wände sind hoch hinauf vollgestellt mit Schränken juristischer Werke, und auch diese Schränke haben einen altertümlichen Holzanstrich. Anstrich und Bücher — das ist sein einziger Luxus, denn an Mobiliar hat er nur noch einen alten geschnitzten Sekretär, sechs Sessel mit gemusterten Bezügen, an den Fenstern mattbraune Vorhänge mit grüner Einfassung und auf dem Boden einen grünen Teppich. Der Ofen des ersten Zimmers heizt zugleich diesen Bibliotheksraum. Während ich dort wartete, konnte ich mir den Anwalt gar nicht als einen jungen Menschen vorstellen. Doch paßt die seltsame Umgebung vollkommen zu seiner Erscheinung, denn Herr Savaron trat in einem schwarzwollenen Schlafrock mit roter Gürtelschnur ein, in roten Pantoffeln, roter Flanellweste und einem roten Käppchen.

„Die richtige Teufelslivree!" fiel Madame de Watteville ein.

„Ganz recht," nickte der Abbé, „gleichwohl ein prachtvoller Kopf: Schwarzes, schon leicht durchsilbertes Haar, wie es auf unseren Bildern Petrus und Paulus haben, in dichten ſchimmernden Locken, Haar, ſo hart wie eine Pferdemähne, der weiße rundliche Hals einer Frau und eine wundervolle ſtarkdurchfaltete Stirn, wie gewaltige Pläne, mächtige Gedanken und tiefes Nachſinnen ſie an allen hervorragenden Männern meißeln; ſein Teint iſt olivfarben mit rötlichen Flecken, ſeine Naſe eckig, in den Augen flackert Feuer, ſeine hohlen Wangen tragen die Male zweier langer Leidensfalten, den Mund umſpielt ſardoniſches Lächeln, ſein Kinn iſt ſpitz und etwas zu kurz; Krähenfüße ſtrahlen in die Schläfen, die Augen erſcheinen als zwei brennende Kugeln tief unter den Brauenbogen; aber trotz all dieſer Stigmata eines leidenſchaftlichen Temperaments macht er einen ruhigen, tief reſignierten Eindruck; und ſeine Stimme iſt von ſanfter Entſchiedenheit, ſchon im Juſtizpalaſt überraſchte es mich, wie geſchmeidig ſie iſt, eine echte Rednerſtimme, die klar und verſchlagen, ſchmeichelnd und gewitternd und dann, auf Sarkasmus eingeſtellt, ſchneidend ſein kann. Herr Albert Savaron iſt von mittlerer Statur, weder fett noch mager. Obendrein hat er die Hände eines Geiſtlichen. Bei meinem zweiten Beſuch empfing er mich im Zimmer neben der Bibliothek und lachte doch ſehr, als er meine Verwunderung über eine ſcheußliche Kommode, einen miſerablen Teppich, ein Schülerbett und über die Fenſtervorhänge aus unſchönem Kattun bemerkte. Er kam aus dem Arbeitszimmer, in das niemand hinein darf, wie Jérôme mir geſtand, der ſelber auch nur an die Türe geklopft hatte. Herr Savaron ſchloß eigenhändig die Türe vor meinen Augen ab. Und dann beim dritten Mal ſaß er in der Bibliothek vor einem recht einfachen Frühſtück; inzwiſchen hatte er über Nacht ſchon unſere Akten ſtudiert, ich war alſo bei unſerem Sachwalter, und da wir ohnedies noch länger beieinander ſitzen mußten, unſer lieber Herr Girardet auch recht weitſchweifig iſt, konnte ich mir den Fremden genaueſtens anſehen. Er iſt ganz ohne Zweifel kein gewöhnlicher Menſch. Hinter dieſer furchtbaren und milden, geduldigen uud trotzigen, kompakten und leeren Larve wohnt mehr als ein Geheimnis. Er geht etwas vornüber gebeugt, wie alle Menſchen, die an einer ſchweren Laſt tragen."

„Warum hat dieſer ſo redegewandte Mann Paris verlaſſen? Weshalb iſt er nach Beſançon gekommen? Hat man ihm die ſpärlichen Ausſichten verſchwiegen, die ein Fremder hier hat? Man wird ihn ausnutzen, die Beſançoner ihrerſeits dürften ſich kaum von ihm ausnutzen laſſen. Und da er nun einmal da iſt, warum hat er ſich ſo zurückgehalten, daß erſt die Laune des Präſidenten auf ihn aufmerkſam machen mußte?" fragte die ſchöne Madame de Chavoncourt.

„Seitdem ich dieſen wundervollen Kopf betrachtet habe," fuhr der Abbé de Grancey fort und ſah die Fragerin auf eine feine Weiſe an, die ihr zeigte, daß er noch etwas verſchwiegen habe, „vor allem aber, ſeitdem ich heute morgen Zeuge war, wie er einem dieſer Stars der Pariſer Advokatur replizierte, bin ich feſt überzeugt, daß dieſer Mann mit ſeinen fünfunddreißig Jahren noch einmal eine bedeutende Rolle ſpielen wird . . ."

„Ah, was kümmert uns das! Ihr Prozeß iſt gewonnen. Sie haben ihn bezahlt", meinte Madame de Watteville, während ſie ihre Tochter nicht aus den Augen ließ, die ihrerſeits an den Lippen des Generalvikars hing.

Dann wandte ſich das Geſpräch anderen Dingen zu,

und von Albert Savaron war nicht weiter die Rede. Die Charakteriſierung, die da der geſchickteſte Generalvikar der Diözeſe entworfen hatte, wirkte auf Roſalie um ſo romanhafter, als ſie tatſächlich einen Roman umſchloß. Zum allererſtenmal ſtreifte ihr Leben das Abſonderliche und Wunderbare, das allen jugendlichen Phantaſien ſchmeichelt, und die lebhafte Neugierde, die nun einmal dem Alter Roſalies eignet, war geweckt. Was für ein ideales Weſen war doch dieſer düſtere, leidende, redegewandte und fleißige Mann, den Fräulein de Watteville mit jenem pausbäckigen, geſundheitsſtrotzenden Grafen verglich, der lauter nichtsſagendes Zeug ſchwatzte, und den der Glanz der alten Grafen Rupt vom eleganten Leben faſeln ließ! Amédée war für ſie nur die Quelle ewigen Zanks und Tadels, und dann kannte ſie ihn ſchon in- und auswendig, während ihr dieſer Albert Savaron allerlei Rätſel aufgab.

‚Albert Savaron de Savarus!‘ wiederholte ſie bei ſich. ‚Man müßte ihn ſehen! . . .‘ Das war der Wunſch eines bis dahin wunſchloſen jungen Mädchens. Ihr Herz, ihre Phantaſie, ihr Kopf ſagten ſich unaufhörlich die nebenſächlichſten Bemerkungen wieder her, die der Abbé de Grancey hatte fallen laſſen; denn alles war von der größten Bedeutung.

‚Eine ſchöne Stirn,‘ dachte ſie und betrachtete reihum die Stirnen aller Männer an der Tafel, ‚ich ſehe nicht eine einzige ſchöne Stirn . . . Die von Herrn de Soulas iſt zu gewölbt, die von Herrn de Grancey wohl ſchön, aber bei ſeinen ſiebzig Jahren hat er kein Haar mehr, und man weiß eigentlich nicht recht, wo ſeine Stirne aufhört.‘

„Was iſt mit dir, Roſalie, du ißt nicht? . . .“

„Ich habe keinen Hunger, Mama“, antwortete ſie. — ‚Hände eines Geiſtlichen,‘ dachte ſie weiter, ‚freilich, ich weiß nicht mehr, wie die unſeres ſchönen Erzbiſchofs waren, der mich gefirmelt hat.‘
Und mitten auf den labyrinthiſchen Wegen ihrer Träumereien fiel ihr ein, daß ſie nachts. wenn ſie zufällig einmal aufgewacht war, von ihrem Bett aus durch die Äſte des Nachbargartens ein erleuchtetes Fenſter geſehen hatte.
‚Sein Licht!‘ dachte ſie, ‚ich könnte ihn alſo ſehen! Und ich werde ihn ſehen!‘
„Herr de Grancey,“ platzte Roſalie in eine Stille hinein, „iſt der Prozeß des Kapitels jetzt definitiv zu Ende geführt?“
Madame de Watteville wechſelte einen raſchen Blick mit dem Generalvikar.
„Und was geht dich das an, liebes Kind?“ fragte ſie Roſalie mit erheuchelter Milde, die dem lieben Kind Vorſicht fürs ganze Leben einimpfte.
„Natürlich kann man Berufung gegen uns einlegen,“ erwiderte der Abbé, „aber unſere Gegner würden ſich dabei ins eigene Fleiſch ſchneiden.“
„Ich hätte es nie für möglich gehalten, daß Roſalie ein ganzes Diner lang ſich mit einem Prozeß beſchäftigen könnte“, ſtichelte Madame de Watteville.
„Ich auch nicht“, Roſalie ſagte das leicht verträumt, und alle mußten lachen. „Herr de Grancey hat ſo ausführlich darüber geſprochen, daß es auch mich intereſſierte. Da iſt doch wohl nichts weiter dabei.“
Man erhob ſich von der Tafel und kehrte in den Salon zurück. Den ganzen Abend über lauſchte Roſalie, ob das Geſpräch noch einmal auf Albert Savaron käme; indeſſen außer in den Glückwünſchen, die jeder Neuankommende dem Abbé für den Erfolg

des Prozesses spendete, ohne freilich den verdienstvollen Anteil des Anwalts auch nur zu erwähnen, war von der ganzen Geschichte überhaupt nicht mehr die Rede. Ungeduldig erwartete Fräulein de Watteville die Nacht. Sie hatte die feste Absicht, morgens zwischen zwei und drei Uhr aufzustehen, um die Fenster von Alberts Arbeitszimmer zu sehen. Als es dann so weit war, spürte sie geradezu eine Lust an diesem Kerzenschimmer, der aus dem Kabinett des Anwalts durch die Bäume drang. Mit den neugierscharfen Augen eines jungen Mädchens sah sie Albert schreiben, ja sie glaubte sogar die Farbe seiner Möbel — und zwar Rot — erkennen zu können. Aus dem Kamin quoll eine dicke Rauchlocke über das Dach.

„Während alles schläft, wacht er . . . wie Gott!" flüsterte sie.

Die Mädchenerziehung umschließt äußerst schwierige Probleme; denn in den Müttern liegt die nationale Zukunft, aber seit erdenklichen Zeiten kümmert sich die französische Universität nicht mehr um solche Fragen. Und das ist das eine von diesen Problemen: Soll man junge Mädchen aufklären? Soll man sie in ihrer geistigen Enge belassen? Fraglos macht das religiöse System engherzig: Klärt man sie auf, werden sie vorzeitig zu Dämonen; behindert man sie im Denken, so wird man wohl eine heftige Explosion auslösen — wie es Molière in seiner Agnes so wundervoll gestaltete — und dieser beengte, unerfahrene, hitzige, schnelle Geist, der auch noch zäh wie bei einer Wilden ist, wird unter der Einwirkung eines Ereignisses eine überaus gefährliche Krise zeitigen, wie etwa bei Fräulein de Watteville dank der unklugen Schilderung, die des klugen Ordenskapitels

zu Beſançon allerklügſter Generalvikar bei Tiſch gemacht hatte.
Am andern Morgen während des Ankleidens ſah Fräulein de Watteville natürlich Albert Savaron in dem Garten, der an den des Hotel Rupt ſtieß, ſpazierengehen.
‚Was wäre aus mir geworden, wenn ich anderswo wohnte?‘ dachte ſie. ‚Ich kann ihn ſehen. Woran er wohl denkt?‘
Nachdem ſie dieſen außerordentlichen Mann erſt einmal aus der Ferne beobachtet hatte, deſſen Phyſiognomie als einzige bisher ſich entſchieden von der gewöhnlichen Maſſe der Beſançoner abhob, faßte Roſalie auch ſchon den Vorſatz, in ſein Innerſtes vorzudringen, das Geheimnis um ihn herum zu ergründen, ſeine redeſichere Stimme zu hören und einen Blick ſeiner ſchönen Augen aufzufangen. Das alles wollte ſie, aber wie es anſtellen?
Den ganzen Tag über zog ſie die Nadel durch ihre Stickerei mit jener gründlichen Aufmerkſamkeit eines jungen Mädchens, das, wie Agnes, gar nicht zu denken ſcheint, während es gerade um ſo eindringlicher ſeinen Gedanken nachgeht, und ſo wird ihre Liſt unfehlbar. Aus dieſer erſchöpfenden Betrachtung entſprang in Roſalie der Wunſch: zu beichten. Am andern Morgen nach der Meſſe in Notre-Dame hatte ſie eine kurze Unterredung mit dem Abbé Giroud, die ſie ſo geſchickt drehte, daß ihre Beichte auf den kommenden Sonntag früh halb acht Uhr, eben vor der Acht-Uhr-Meſſe, angeſetzt wurde. Sie machte ein Dutzend Lügen, nur um ein einziges Mal zur ſelben Stunde in der Kirche ſein zu können, in der der Advokat zur Meſſe kam. Daraufhin hatte ſie einen jähen Zärtlichkeitsanfall für

ihren Vater, machte ihm einen Befuch in feiner Werkftatt, befragte ihn über taufend Einzelheiten in der Kunft des Drechfelns und meinte fchließlich, er foll einmal große Sachen, etwa Säulen, drehen. Nachdem fie alfo den Vater auf gewundene Säulen, eine der fchwierigften Drechflerarbeiten, gebracht hatte, bohrte fie weiter, er folle aus einem großen Steinhaufen im Garten eine Grotte herrichten laffen, darauf könne man dann ein Tempelchen ftellen, und zu dem Tempelchen könne er feine gewundenen Säulen benutzen: das würde der Gefellfchaft mächtig in die Augen ftechen.

In die Freude hinein, die diefer Vorfchlag bei dem armen unbefchäftigten Manne auslöfte, küßte ihn Rofalie und befchwor ihn:

„Sage aber um Gottes willen Mama nicht, woher du diefen Gedanken haft, fie würde fonft böfe auf mich fein."

„Hab' keine Bange", erwiderte Herr de Watteville, der genau fo wie feine Tochter unter dem fchrecklichen Druck der geborenen de Rupt ftöhnte.

Auf diefe Weife war Rofalie ficher, daß fehr bald ein reizender Beobachtungspoften entftehen würde, deffen Ausficht direkt auf das Arbeitszimmer des Anwalts ginge. Mitunter bringen folche junge Mädchen Meifterftücke der Diplomatie um der Männer willen zuftande, die dann, wie Albert Savaron, lange Zeit überhaupt nichts davon wiffen.

Der heiß erfehnte Sonntag erfchien, und Rofalie kleidete fich mit einer Sorgfalt an, daß Mariette, die Zofe von Frau und Fräulein de Watteville, doch lächeln mußte.

„Gnädiges Fräulein waren noch nie fo penibel", meinte Mariette.

„Das bringt mich darauf,“ antwortete Roſalie mit einem Blick gegen Mariette, der der Zofe flammende Röte in die Wangen trieb, „daß Sie an manchen Tagen ſehr zu wünſchen übriglaſſen.“

Während Roſalie die Terraſſe verließ, den Hof durchſchritt, aus der Türe trat, die Straße entlang ging, klopfte ihr Herz, wie es uns allen im Vorgefühl eines großen Ereigniſſes geht. Bisher hatte ſie gar nicht gewußt, was das heißt: über die Straße gehen; ſie hatte geglaubt, die Mutter würde ihr den Plan von der Stirne ableſen und verbieten, daß ſie zur Beichte ginge, ihr war, als ſtröme neues Blut durch ihre Füße, und ſie hob ſie, wie wenn ſie über Feuer ſchreiten müſſe. Die Beichte war natürlich auf Viertel nach acht angeſetzt, während ſie ihrer Mutter acht Uhr geſagt hatte, ſo daß ſie eine Viertelſtunde in Alberts Nähe verbringen konnte. Sie kam in die Kirche, ehe die Meſſe begonnen hatte, verrichtete ein kurzes Gebet und überzeugte ſich dann, ob der Abbé Giroud in ſeinem Beichtſtuhl ſäße, einzig und allein, um einmal durch das Schiff gehen zu können. Ihr Platz war ſo gewählt, daß ſie Albert im Augenblick ſeines Eintretens ſehen mußte. Ein Mann hätte ſchon von abſtoßender Häßlichkeit ſein müſſen, wenn das neugierige Fräulein de Watteville ihn auch wirklich häßlich gefunden hätte. Savaron, an ſich eine auffallende Erſcheinung, machte auf Roſalie einen um ſo tieferen Eindruck, als ſein ganzes Gehabe, Gang und Geſte, alles, bis zur Kleidung, jenes undefinierbare Etwas hatte, was ſich nur als geheimnisvoll bezeichnen läßt. Er kam. Die bis dahin dunkle Kirche ſchien Roſalie mit einemmal von Glanz durchflutet. Begeiſterung packte das junge Mädchen, als es dieſes verhaltene, faſt fei-

erliche Schreiten eines Mannes ſah, auf deſſen Schultern eine Welt ruhte, aus deſſen unergründlichen Augen und aus deſſen Haltung zugleich zerſtöreriſche wie ſchöpferiſche Kräfte ſprachen. Da begriff Roſalie völlig den Sinn deſſen, was der Generalvikar geſagt hatte; ja, hinter ſeiner braungelben, golddurchſprenkelten Iris flackerte eine Glut, die in blitzenden Blicken ausbrach. So wenig hatte Roſalie ſich in der Gewalt, daß ſogar Mariette es merkte, wie abſichtlich ſie den Weg des Advokaten kreuzte, nur um einen Blick mit ihm wechſeln zu können, und dieſer Blick durchzuckte ihr Blut, daß es wie unter verdoppelten Hitzegraden aufkochte. Sobald Albert ſaß, ſuchte Fräulein de Watteville einen Platz, von dem aus ſie ihn die ganze Zeit über, die der Abbé Giroud ihr noch ließ, beobachten konnte. Als Mariette flüſterte: „Da kommt Herr Giroud“, meinte Roſalie, es ſeien erſt ein paar Minuten verſtrichen. Und als ſie wieder aus dem Beichtſtuhl trat, war die Meſſe vorüber, und Albert hatte die Pfarrkirche verlaſſen.
‚Der Generalvikar‘, dachte ſie, ‚hat recht, er leidet. Warum wohl iſt dieſer Adler, denn er hat Adleraugen, auf Beſançon niedergeſtoßen? Oh, ich muß alles wiſſen . . . Aber wie?‘
Unter der Glut dieſes neuen Wünſchens verbarg ſich auf fabelhafte Weiſe die ganze Roſalie, und mit ihrer Nachdenklichkeit wirkte ſie ſo unſchuldig, daß ſogar Frau de Watteville ſich täuſchen ließ. Seit jenem Sonntag, an dem Fräulein de Watteville den Blick — oder ſozuſagen die Feuertaufe — empfangen hatte, um ein herrliches Wort Napoleons auf die Liebe anzuwenden, betrieb ſie die Angelegenheit des Belvédère mit Hochdruck.

„Mama,“ begann ſie eines Tages, als zwei Säulen ſchon fertig waren, „Papa hat ſich da was Komiſches ausgedacht: er dreht Säulen für ein Belvédère, das er auf einem Steinhaufen im Garten errichten will, finden Sie das richtig? Mir ſcheint, als ob . . .“
„Ich billige alles, was dein Vater tut,“ antwortete Frau de Watteville trocken, „Frauen haben ſich ihren Gatten abſolut zu unterwerfen, ſelbſt wenn ſie deren Meinungen keineswegs billigen . . . Und warum ſollte ich gegen einen an ſich gänzlich gleichgültigen Plan ſein, wenn er Herrn de Watteville Spaß macht?“
„Immerhin können wir von da aus in Herrn de Soulas' Wohnung ſehen, und Herr de Soulas kann uns beobachten, wenn wir uns dort aufhalten. Das möchte Redereien geben.“
„Haſt du etwa die Abſicht, Roſalie, deine Eltern zu belehren und zu tun, als wäreſt du in Fragen des Lebens und Sichgebens klüger?“
„Ich ſage ja ſchon gar nichts, Mama. Überdies meinte Papa, in der Grotte würde es einen allzeit hübſch luftigen Raum geben, und dort könnten wir ja dann Kaffee trinken.“
„Dein Vater hat da wirklich einen guten Gedanken gehabt“, bemerkte Frau de Watteville und nahm ſich vor, die Säulen anzuſehen.
Sie pflichtete dem Projekt des Barons bei, ſchlug nur für die Aufſtellung einen Platz weiter hinten im Garten vor, wo man von Herrn de Soulas aus nicht geſehen werden, hingegen zu Herrn Albert Savaron hinüberſchauen konnte. Ein Unternehmer wurde alſo beauftragt, oben auf den Hügel eine Grotte zu ſetzen, zu der man auf einem drei Fuß breiten Weg gelangen konnte, in deren Muſchel-

werk Immergrün, Iris, Schneeball, Efeu, Geißblatt, wilder Wein kommen ſollten. Die Baronin war der Anſicht, man könnte das Innere der Grotte mit Naturholz auslegen, wie das damals an Blumentiſchen üblich war, in der Tiefe einen großen Spiegel anbringen, dann einen verſtellbaren Diwan und einen Tiſch mit Verzierungen aus Baumrinde. Herr de Soulas ſchlug vor, den Boden zu aſphaltieren. Roſalie ihrerſeits riet, in der Mitte einen holzgeſchnitzten Lüſter aufzuhängen.

„Die Wattevilles ſtellen ſich da was ganz Allerliebſtes in ihren Garten“, hieß es in Beſançon.

„Die ſind ja auch reich und können ruhig mal tauſend Taler für eine Laune ſpringen laſſen!“

„Tauſend Taler . . .?“ fragte Madame de Chavoncourt.

„Ja, ja, tauſend Taler,“ rief der junge Herr de Soulas, „und für den inneren Rohbau haben ſie ſich ſogar einen juegnn Mann aus Paris verſchrieben, aber es wird wirklich hübſch. Herr de Watteville ſchnitzt ſelber aus Holz den Lüſter.“

„Man ſagt, Berquet ſolle einen Keller ausheben“, warf der Abbé ein.

„Nein,“ erwiderte der junge de Soulas, „der Kiosk wird über einem Betonblock errichtet, damit er immer trocken ſteht.“

„Sie wiſſen aber auch die kleinſte Kleinigkeit dort im Haus“, bemerkte Madame de Chavoncourt ſpitz und mit einem Seitenblick auf ihre erwachſenen Töchter, die nun ſchon ein Jahr lang heiratsfähig waren. Fräulein de Watteville ſpürte eine Regung des Stolzes, als ſie ſich den Erfolg ihres Belvédères vergegenwärtigte, und fand ſich ihrer ganzen Umgebung grenzenlos überlegen. Kein Menſch ahnte, daß die-

ſes junge Ding, das man für geiſtlos und nichtsnutzig hielt, ſich ganz einfach die Arbeitsſtätte des Advokaten aus einiger Nähe anſehen wollte!
Albert Savarons glänzendes Plädoyer für das Ordenskapitel geriet um ſo ſchneller in Vergeſſenheit, als auch der Neid ſeiner Kollegen ſich wieder regte. Zudem blieb Savaron ſeiner zurückgezogenen Lebensweiſe treu und ließ ſich nirgendwo ſehen. Da er keine Lobhudler hatte und niemanden bei ſich ſah, wuchs für ihn die Möglichkeit des Vergeſſenwerdens, die in einer Stadt wie Beſançon für Fremde an ſich ſchon groß iſt, um ſo mehr. Gleichwohl führte er vor dem Handelsgericht drei erheblich komplizierte Fälle, die zur Berufungsinſtanz weitergehen mußten. Auf dieſe Weiſe bekam er ſchließlich vier von den Großkaufleuten der Stadt zu Klienten, und ſie fanden ihn ſo hervorragend und was man in der Provinz eine tüchtige juriſtiſche Kraft nennt, daß ſie ihn mit allen ihren Angelegenheiten betrauten. An jenem Tage, an dem das Haus de Watteville ſein Belvédère einweihte, errichtete Savaron auch ſein Denkmal. Durch ſeine heimlichen Beziehungen zum Beſançoner Großhandel hatte er eine Halbmonatsſchrift, die „Revue de l'Est“, gründen können auf Grund von vierzig Aktien zu fünfhundert Franken, die in den Händen von zehn ſeiner wichtigſten Klienten lagen, denen er auseinandergeſetzt hatte, man müſſe dem Glück Beſançons ein wenig auf die Sprünge helfen und die Stadt zum Umſchlagplatz zwiſchen Mülhauſen und Lyon, zum Hauptort zwiſchen Rhein und Rhone machen.
Wollte Beſançon mit Straßburg rivaliſieren, mußte es dann nicht ebenſo ein Zentrum des Geiſtes wie des Handels ſein? Nur in einer Revue ließen ſich

die vornehmſten Fragen behandeln, die die oſtfranzöſiſchen Intereſſen angingen. Welch ein Ruhm, Straßburg und Dijon den literariſchen Rang abzulaufen, Licht über den Oſten Frankreichs auszugießen und gegen die ganze Pariſer Zentraliſation anzugehen! Solche Erwägungen Alberts wurden von zehn durchaus damit einverſtandenen Kaufleuten weiterlanciert.

Der Advokat Savaron war keineswegs ſo dumm, ſich mit ſeinem Namen zu engagieren, vielmehr überließ er die finanzielle Seite der Angelegenheit ſeinem erſten Klienten, Herrn Boucher, der ſeinerſeits durch ſeine Frau Verbindungen zu einem der tüchtigſten Verleger kirchlicher Werke unterhielt; doch behielt er ſich die Redaktion vor und als Gründer auch ſeinen Anteil am Gewinn. Von den Handelskreiſen gingen Anregungen aus nach Dôle, Dijon, Salins, Neufchâtel, in den Jura hinüber nach Bourg, Nantua, Lons-le-Saunier. Unter den tätigen Leuten der drei Provinzen Bugey, Bresse und Comté wurden die bedeutendſten Köpfe zur Mitarbeit veranlaßt. Durch Handelsbeziehungen und freundſchaftliche Empfehlungen gewann man einhundertundfünfzig Abonnenten; und das Abonnement war nicht teuer: es koſtete acht Franken pro Quartal. Um die provinzleriſche Eitelkeit nicht durch die Ablehnung von Aufſätzen zu kränken, verwirklichte der Advokat einen geſchickten Plan: er ſtellte dem älteren Sohn des Herrn Boucher, einem jungen Mann von zweiundzwanzig Jahren, der zwar erklecklichen Ehrgeiz, aber nicht den leiſeſten Schimmer von den ſchmerzlichen Hintergründen literariſcher Angelegenheiten hatte, die literariſche Leitung ſeiner „Revue“ als verlockend hin. Insgeheim aber behielt

Albert die Oberhand und machte ſich Alfred Boucher zum Vaſallen. Alfred war der einzige Menſch in Beſançon, mit dem der König der Barreaus ſich anfreundete. Vormittags kam Alfred in den Garten, um mit Albert den Inhalt der Lieferung zu beſprechen. Überflüſſig, zu bemerken, daß die Probenummer eine „Meditation" Alfreds enthielt, die ganz im Sinne Savarons war. In ſeiner Unterhaltung mit Alfred ließ Albert großzügige Gedanken durchblicken, Sujets zu Aufſätzen, aus denen der junge Boucher ſeine Anregungen zog. Auch der Kaufmannsſohn wähnte den großen Mann auszunutzen. Für Alfred war Albert ein genialer Menſch und tiefſinniger Politiker. Der Erfolg der „Revue" entzückte die Aktionäre, ſie brauchten nur drei Zehntel des Kapitals einzuzahlen. Zweihundert weitere Abonnenten, und die „Revue" warf ſchon fünf Prozent Dividende für die Aktionäre ab; damit war zwar die Redaktion nicht bezahlt, dieſe Redaktion war aber unbezahlbar. Seit der dritten Nummer ſtand die „Revue" bereits in Tauſchverkehr mit allen franzöſiſchen Journalen, die Albert daheim las. In dieſer Nummer erſchien, A. S. ſigniert, eine Novelle, die dem bedeutenden Anwalt zugeſchrieben wurde. Wiewohl ſich die gute Geſellſchaft von Beſançon nicht ſonderlich um die auch noch als liberal verdächtigte Zeitſchrift kümmerte, kam man doch im Laufe des Winters bei Madame de Chavoncourt auf dieſe erſte in der Comté entſtandene Novelle zu ſprechen.

„Papa," ſagte Roſalie, „in Beſançon erſcheint eine ‚Revue', du ſollteſt ſie doch abonnieren und zu dir ſtecken; denn Mama würde ſie mich kaum leſen laſſen, aber du leihſt ſie mir ſicher!"

Herr de Watteville, nur darauf erpicht, ſeiner teueren Roſalie zu folgen, die ihn ſeit fünf Monaten mit Zärtlichkeiten überſtrömte, abonnierte die „Revue de l'Est" gleich auf ein ganzes Jahr und lieh ſeiner Tochter die vier ſchon herausgekommenen Nummern. Roſalie konnte nun über Nacht dieſe Novelle verſchlingen, die erſte ihres Lebens. Freilich glaubte ſie ja auch erſt ſeit zwei Monaten wirklich zu leben. Man darf alſo die Wirkung dieſes Werkes nicht beurteilen, als ſei ſie unter normalen Verhältniſſen eingetreten. Ob man einem Pariſer, der dieſe Manier oder ſozuſagen literariſche Schule in die Provinz verpflanzte, ein größeres oder geringeres Verdienſt an ſeiner Arbeit zubilligt, iſt hier ganz gleichgültig: für eine junge Perſon, die ihre unverbrauchte Intelligenz und ihr Herz an ein derartiges Werk hängt, iſt es unbedingt ein Meiſterwerk. Und dann hatte ſich Roſalie aus allem, was ſie darüber erfahren hatte, rein intuitiv eine Vorſtellung gebildet, die den Wert dieſer Novelle noch bedeutend erhöhte. Aus der Novelle hoffte ſie Alberts Empfindungen, vielleicht aber auch Aufſchlüſſe über ſein Daſein zu bekommen. Schon nach den erſten Seiten befeſtigte ſich ihre Meinung, am Schluß war ſie ſicher, daß ſie ſich nicht getäuſcht hatte. Es folge hier dieſes Bekenntnis, worin, wie man im Salon der Madame de Chavoncourt behauptete, Albert einige moderne Autoren nachahmte, die aus Phantaſiemangel ihre eigenen Freuden und Leiden oder die myſtiſchen Hintergründe ihres Daſeins ausbreiten.

☆

# DER EHRGEIZIGE AUS LIEBE

☆

AN EINEM SCHÖNEN JULIMORGEN 1823 FUHREN zwei junge Leute, die die Schweiz bereiſen wollten, auf einem Boot mit drei Ruderern von Luzern nach Flüelen und nahmen ſich vor, an jedem berühmten Orte des Vierwaldſtätter Sees haltzumachen. Die Uferlandſchaft zwiſchen Luzern und Flüelen bietet alles, was die anſpruchsvollſte Vorstellung an Bergen und Flüſſen, Seen, Felſen, Bächen, Triften, Bäumen und Waſſerfällen nur wünſchen mag. Da gibt es bald herbe Einſamkeit und anmutige Vorgebirge, bald reizende friſche Täler, dann Wälder, die wie Helmbüſche oben über ſteile Felſen wehen, kühle Buchten tun ſich abſeits auf, und die Reize mancher Gründe treten in der träumeriſchen Weltverlorenheit noch ſchöner zutage.

Als ſie an dem idylliſchen Flecken Gerſau vorüberfuhren, betrachtete der eine von den beiden Freunden lange ein Blockhaus, das erſt kürzlich erbaut zu ſein ſchien und eingezäunt auf einer Landzunge beinahe ſchon im Waſſer ſchwamm. Gerade als das Boot vorüberfuhr, hob ſich vom Hintergrund der Kammer, die im oberſten Stockwerk des Hauſes lag, der Kopf einer Frau ab, die wohl den Anblick des Boots auf dem See genießen wollte. Der eine junge Mann fing einen gleichgültigen Blick der Unbekannten auf.

„Laß uns hier haltmachen," ſagte er zum Freunde, „wir wollten Luzern zum Hauptquartier während unſerer Schweizerreiſe wählen; aber du wirſt es mir nicht verübeln, Leopold, wenn ich meine Anſicht ändere und mit unſeren Sachen hierbleibe. Tue du ruhig, was du vorhatteſt, meine Reiſe iſt zu Ende. Leute, legt das Boot um und ſetzt uns hier am Dorf ab, wir wollen da einen Imbiß einnehmen. Ich werde aus Luzern unſer ganzes Gepäck holen, und du wirſt vor deiner Weiterreiſe meine Wohnung erfahren, ſo daß du mich bei der Rückkehr findeſt."

„Hier oder Luzern", erwiderte Leopold, „iſt weiter kein Unterſchied, und ich wüßte nicht, warum ich dir deine Marotte ausreden ſollte."

Die beiden jungen Leute waren Freunde im wahrſten Sinne des Wortes. Sie ſtanden im gleichen Alter, hatten ihre Studien an derſelben Schule abſolviert und benutzten nun nach beſtandener Rechtsprüfung die Ferien zu der klaſſiſchen Schweizerreiſe. Leopold war bereits, in Verwirklichung des väterlichen Willens, für die Kanzlei eines Pariſer Notars verpflichtet. Ein gerader Geiſt, eine ſanfte Natur, Beherrſchtheit und ſichere Auffaſſung ſprachen für ſeine Anpaſſungsfähigkeit. Schon ſah Leopold ſich als Notar in Paris: ſein ganzes Leben ſtreckte ſich vor ihm aus wie eine der großen Heerſtraßen, die Frankreich weithin durchqueren, und mit philoſophiſcher Reſignation überſchaute er es in voller Ausdehnung.

Der Charakter des Begleiters, den wir Rudolf nennen wollen, ſtand dazu in einem Kontraſt, deſſen Antagonismus die Bande der Gemeinſchaft nur noch enger knüpfte. Rudolf war der natürliche Sohn eines vornehmen Mannes, den der Tod zu früh hinweggerafft hatte, als daß er die Exiſtenz der zärtlich geliebten Frau und Rudolfs hätte ſichern können. So durch einen Schickſalsſchlag um alles betrogen, hatte Rudolfs Mutter ihre Zuflucht zu einem heroiſchen Mittel genommen. Sie verkaufte alles, was ſie dem großmütigen Vater ihres Kindes verdankte; erzielte daraus eine Summe von einhundert und etlichen Tauſend Franken, legte ſie als lebenslängliche Rente auf ihren eigenen Namen und zu hohen Zinſen an und verfügte ſo über etwa fünfzehntauſend Franken jährlich; hierbei nahm ſie ſich vor, alles an die Erziehung ihres Sohnes zu wenden, um die perſönlichen Fähigkeiten in ihm zu ſtärken, die ihn einmal ſein Glück machen laſſen ſollten, und um ihm für den Zeitpunkt ſeiner Großjährigkeit auf wirtſchaftliche Weiſe ein Kapital zur Verfügung zu ſtellen. Das war kühn und hieß mit ihrem Leben rechnen; aber ohne ſolche Kühnheit hätte dieſe famoſe Mutter zweifellos nicht leben noch ihr Kind, ihre einzige Hoffnung und Zukunft und ihre letzte Freudenquelle, gut erziehen können. Als Sohn einer der entzückendſten Pariſerinnen und eines der vornehmſten Abkömmlinge aus Brabanter Adel und als die Frucht einer beiderſeits gleich tiefen Leidenſchaft litt Rudolf an ungewöhnlicher Empfindſamkeit. Von klein auf war er an alles mit glühender Hingabe herangetreten. Bei ihm wurde die Sehnſucht zur überlegenen Kraft, zum treibenden Faktor ſeines ganzen Daſeins, zum Hebel ſeiner Phantaſie und zum Wegweiſer für ſeine Handlungen. Trotzdem ſeine geiſtvolle Mutter ſich über ſolch eine Veranlagung unabläſſig beſorgt zeigte, ging Rudolf doch ganz in jener Sehnſucht auf, die den Dichter geſtalten, den Gelehrten ſpekulieren, den Maler zeichnen und den Komponiſten Melodien faſſen läßt. Er war von Natur genau ſo zart wie ſeine Mutter und ſtürzte ſich doch mit leidenſchaftlicher Hartnäckigkeit und mit ſeinen letzten Geiſteskräften auf den erſehnten Gegenſtand, er verſchlang geradezu die Zeit. Lebte er träumend in der Erfüllung ſeiner Pläne, ſo vergaß er ganz die Mittel, die zu ihrer Ausführung nötig waren.

„Sollte mein Sohn einmal Kinder haben," meinte die Mutter, „dann möchte er ſie gleich erwachſen haben."

Dieſer ſchöne, von der Mutter verſtändnisvoll geleitete Eifer ließ Rudolf ſeine Studien glänzend abſolvieren und das werden, was die Engländer einen Gentleman nennen. Seine Mutter war alſo ſtolz auf ihn, lebte aber unaufhörlich in Furcht vor irgendeiner Kataſtrophe für den Fall, daß einmal eine ſtarke Leidenſchaft über dieſes zärtliche wie ſenſitive, gewaltſame und doch ſo gute Herz hereinbrechen würde. Daher hatte die kluge Frau auch die Freundſchaft genährt, die Leopold mit Rudolf und Rudolf mit Leopold verband; denn der etwas reſervierte Notar ſchien ihr gerade recht zum Vormund und Vertrauten, der ſie bis zu einem gewiſſen Moment bei Rudolf vertreten könnte, wenn ſie ihm etwa unglücklicherweiſe entriſſen würde. Mit dreiundvierzig Jahren noch ſchön, hatte Rudolfs Mutter Leopold eine lebhafte Verehrung eingeflößt, und dieſer Umſtand knüpfte das Band zwiſchen den beiden jungen Leute noch inniger.

Leopold kannte ſeinen Rudolf gut genug und war gar nicht weiter überraſcht, daß der Freund nach einem Blick auf einen Giebel in einem Dorf verweilen und die geplante Tour nach dem Sankt Gotthard aufgeben wollte. Während man im Gaſthof „Zum Schwan" ihr Eſſen anrichtete, ſahen die beiden Freunde ſich das ganze Dorf an und gelangten ſchließlich auch in die Gegend des reizenden neuen

Haufes. Rudolf fragte fich bei den Leuten durch und fand fchließlich ein kleinbürgerliches Quartier, wo man, wie in der Schweiz allgemein üblich, den Gaft gerne in Penfion nehmen wollte. Man bot ihm ein Zimmer mit Ausficht auf den See und die Berge an; hier tat fich auch der Blick nach einer der wundervollften Kehren auf, die den Vierwaldftätter See für die Reifenden fo anziehend machen. Nur ein Durchgang und eine kleine Lände trennten fein Haus von jenem neuen, an deffen Fenfter Rudolf das Antlitz der fchönen Unbekannten entdeckt hatte

Er mußte monatlich hundert Franken zahlen, dafür brauchte er fich um die alltäglichen Bedürfniffe nicht zu kümmern. Aber der Unkoften halber, die das Ehepaar Stopfer aufzuwenden verfprach, wünfchte es eine Vorausbezahlung für drei Monate. — Gebt einem Schweizer fo wenig als ihr wollt, er wuchert doch noch etwas heraus! — Nach dem Frühftück hielt Rudolf fofort Einzug, indem er alles, was für die Tour nach dem Sankt Gotthard gerüftet war, in fein Zimmer brachte und nun zufah, wie Leopold vorüberfuhr, der gewiffenhaft den Ausflug für fie beide machen wollte. Als dann Rudolf von einem Felfenfitz am Ufer aus Leopold nicht mehr fehen konnte, befchaute er fich pfiffig das neue Haus, in der Hoffnung, die Unbekannte wieder zu entdecken. Aber leider mußte er heimkehren, ohne daß das Haus eine Spur Leben verraten hätte. Beim Abendeffen, das Herr und Frau Stopfer, frühere Böttchersleute aus Neufchâtel, ihm vorfetzten, horchte er fie über die Umgebung aus und erfuhr bald alles, was er über die Unbekannte nur wiffen wollte, aus dem Gefchwätz feiner Wirtsleute, die, ohne fich lange bitten zu laffen, viel zu gerne loslegten. Die Unbekannte hieß Fanny Lovelace; das ist ein alter englischer Familienname, der sich ‚Loveleß' ausspricht; Richardson freilich hat ihn so berühmt gemacht, daß kein anderer daneben aufkommen kann. Miß Lovelace hatte sich der Gesundheit ihres Vaters zuliebe, dem das Klima des Kantons Luzern ärztlich verordnet war, am See niedergelassen. Die beiden Engländer waren ohne weitere Bedienung, lediglich in Begleitung eines kleinen, etwa vierzehnjährigen Mädchens angekommen, das sehr an Miß Fanny hing, stumm war und ihr mit kluger Aufmerksamkeit diente; sie hatten im vergangenen Spätherbst ein Arrangement getroffen mit Herrn und Frau Bergmann, früheren Obergärtners Seiner Exzellenz des Grafen Borromeo auf Isola Bella und Isola Madre im Lago Maggiore. Diese Schweizer, die eine Rente von ungefähr tausend Talern bezogen, vermieteten den Lovelace das obere Stockwerk ihres Hauses für jährlich zweihundert Franken auf drei Jahre. Der alte Lovelace, ein gebrechlicher Greis von neunzig Jahren, war viel zu arm, um sich kleine Annehmlichkeiten leisten zu können, und so ging er nur selten aus; seine Tochter arbeitete für seinen Lebensunterhalt, wie es hieß: durch englische Übersetzungen, dann auch durch eigene Schriftstellerei. Die Lovelace wagten nicht einmal ein Boot zu Spazierfahrten auf dem See zu mieten, noch Pferde und Führer zu Ausflügen in die Umgebung. Eine Bedürftigkeit, die solche Entbehrungen mit sich bringt, stimmt die Schweizer um so mitleidiger, als sie ihnen eine Verdienstmöglichkeit raubt. Die Köchin des Hauses verköstigte die drei Engländer um, alles in allem, einhundert Franken im Monat. Aber ganz Gersau war überzeugt, daß die alten Gärtnersleute trotz ihrer bürgerlicher Ehrbarkeit dennoch mit ihrer Köchin durchſteckten, um aus dem Handel einigen Profit zu ſchlagen. Die Bergmanns hatten rings um ihre Beſitzung wundervolle Gärten und auch ein Treibhaus angelegt. Die Blumen, die Früchte, die botaniſchen Merkwürdigkeiten hatten die junge Miß bei der Fahrt durch Gerſau zu ihrer Wahl veranlaßt. Miß Fanny durfte ungefähr neunzehn Jahre alt und als letztes Kind des alten Mannes wohl ſein beſonderer Verzug ſein. Vor knapp zwei Monaten hatte ſie ſich ein Mietklavier aus Luzern kommen laſſen, und ihre Leidenſchaft ſchien ausgeſprochenermaßen der Muſik zu gehören.

‚Sie liebt die Blumen und die Muſik', dachte Rudolf, ‚und iſt noch frei —? Welch Glück!'

Andern Tags bat Rudolf um die Erlaubnis, die Gewächshäuſer und Gartenanlagen beſichtigen zu dürfen, deren Ruf allmählich ſchon die breitere Öffentlichkeit beſchäftigte. Dieſe Erlaubnis wurde indeſſen nicht ſofort zugeſtanden. Sonderbarerweiſe wünſchten die ehemaligen Gärtnersleute Rudolfs Paß einzuſehen, der ihnen auch unverzüglich ausgehändigt wurde. Erſt am folgenden Tage bekam er ihn durch die Köchin zurück, die ihm ausrichtete: ihre Herrſchaft würde ſich ein Vergnügen daraus machen, ihm ihre Gartenanlagen zu zeigen. Rudolf ging zu den Bergmanns nicht ohne ein gewiſſes bängliches Zögern, wie es Menſchen mit lebhaften Empfindungen an ſich haben, bei denen der Traum eines einzigen Augenblicks mehr Leidenſchaft umſchließt als bei anderen die Wachheit eines ganzen Lebens. Er hatte ſich mit äußerſter Sorgfalt angekleidet, weil er den früher borromeiſchen Gärtnersleuten gefallen wollte, denn in ihnen ſah er die Hüter ſeines Schatzes;

ſo ſchlenderte er durch die Anlagen, und nur ab und zu warf er einen Blick auf das Haus, immer freilich mit Bedacht: denn die beiden alten Beſitzer bezeugten ihm ein hinlängliches Mißtrauen. Bald aber wurde ſeine Aufmerkſamkeit durch die kleine ſtumme Engländerin gefeſſelt, in der ſein Scharfblick eine Tochter Afrikas, zum mindeſten aber eine Sizilianerin zu finden meinte. Das kleine Mädchen hatte den goldtonigen Teint, der an eine Havannazigarre erinnert, feurige Augen, armeniſche Lider mit Wimpern, wie ſie in England nicht vorkommen, rabenſchwarzes Haar, und die Nerven unter faſt olivfarbener Haut vibrierten mit ſeltſam fiebriſcher Kraft. In den forſchenden Blicken, mit denen ſie Rudolfs leiſeſte Bewegungen verfolgte, ſteckte ein unglaublicher Trotz.

„Zu wem gehört denn die kleine Maurin da?“ fragte er die reſpektable Frau Bergmann.

„Zu den Engländern“, antwortete der Mann.

„Sie dürfte kaum in England geboren ſein!“

„Vielleicht haben ſie ſie aus Indien mitgebracht“, meinte die Bergmann.

„Man hat mir erzählt, die junge Miß Lovelace liebe die Muſik; ich wäre ſo entzückt, wenn ſie mir, ſolange ich auf ärztliche Verordnung hier am See bleiben muß, erlauben wollte, einmal mit ihr zu muſizieren . . .“

„Sie empfangen niemanden und wollen auch niemanden ſehen“, ſagte der alte Gärtner.

Rudolf biß ſich auf die Lippen; er ging, ohne daß er aufgefordert worden wäre, ins Haus einzutreten oder ſich jenen Teil des Gartens anzuſehen, der zwiſchen der Hausfront und dem Vorgebirge lag. An dieſer Seite wies das Haus oberhalb des erſten Stockwerkes eine hölzerne Galerie auf, über die das

Dach ſehr weit vorſprang, wie man das an einem Schweizer Chalet ringsherum findet. Rudolf hatte eine ſo gediegene Anordnung ſehr gelobt und auch auf die Ausſicht von dieſer Galerie angeſpielt, aber umſonſt. Als er ſich von den Bergmanns verabſchiedet hatte, ſchalt er ſich ſelber einen Dummkopf, wie es jeder geſcheite, phantaſievolle Mensch tut, dem ein Plan mißlingt, mit deſſen Erfolg er beſtimmt gerechnet hat.

Abends unternahm er ſelbſtverſtändlich eine Spazierfahrt auf dem See, ums Vorgebirge herum bis Brunnen und Schwyz und kehrte bei Anbruch der Nacht zurück. Von weitem ſah er ſchon, daß das Fenſter hell erleuchtet und offen war, und er konnte ſogar die Töne eines Klaviers und die Laute einer entzückenden Stimme hören. Das Boot mußte halten, und nun überließ er ſich dem Zauber einer herrlich geſungenen italieniſchen Melodie. Als der Geſang verklungen war, ſtieg Rudolf aus und ſchickte Boot und Ruderer fort. Er ließ ſich auf der granitnen Bank nieder, gegen die die Wellen ſpülten, und kümmerte ſich nicht darum, daß ſie auch ſeine Füße benetzten; und über ihn hinaus ragte eine kräftige dornige Akazienhecke, zu der im Bergmannſchen Garten eine Allee junger Linden parallellief. Nach Verlauf einer Stunde hörte er über ſich Stimmen und Schritte; aber die Worte, die an ſein Ohr ſchlugen, waren alle italieniſch und kamen aus dem Munde zweier Frauen, zweier jungen Frauen. Den Augenblick, da die beiden Sprechenden ſich am einen Ende der Allee befanden, benutzte er, um lautlos ans andere zu ſchleichen. Das koſtete eine halbe Stunde größter Anſtrengung, bis er ſich unentdeckt und ungehört ans Allee-Ende vorgepirſcht und dort ſo Poſten gefaßt hatte, daß er die beiden Frauen bei ihrer Wiederkehr beobachten konnte, ohne ſelbſt geſehen zu werden. Wie groß war Rudolfs Erſtaunen, als er in der einen die kleine Stumme erkannte! Sie redete italieniſch mit Miß Lovelace. Es mochte elf Uhr abends ſein. Die Ruhe auf dem See und rund ums Haus war ſo groß, daß die beiden Frauen ſich völlig in Sicherheit wähnen durften: in ganz Gerſau konnten nur ihre Augen noch offen ſein. Rudolf vermutete, die Stummheit der Kleinen ſei eine notwendige Liſt. Aus der Art ihrer italieniſchen Ausſprache erriet Rudolf, daß es die Mutterſprache beider Frauen ſein müßte, und ſchloß nun, daß auch hinter der Engländerei ſich eine Liſt verberge. Er dachte: Das ſind wohl geflüchtete Italiener, Verbannte, die ſich zweifellos vor der öſterreichiſchen oder ſardiniſchen Polizei vorzuſehen haben. Das junge Mädchen erwartet die Nacht, um Luft ſchöpfen und in aller Ruhe ein wenig plaudern zu können. Er ſtreckte ſich alsdann längelang unter der Hecke aus und verſuchte ſich zwiſchen zwei Akazienwurzeln durchzuſchlängeln. Auf die Gefahr hin, ſeinen Anzug zu zerreißen oder den Rücken zu verletzen, klemmte er ſich durch die Hecke hindurch, während die vermeintliche Miß Fanny und die ebenſo vermeintliche Stumme am anderen Allee-Ende weilten; als ſie ſich dann auf zwanzig Schritt wieder genähert hatten, abermals ohne ſeiner gewahr zu werden, weil er im Schatten der ſonſt ganz vom Mondlicht überfluteten Hecke lag, ſprang er plötzlich auf.

„Haben Sie keine Furcht“, redete er die Italienerin franzöſiſch an. „Ich bin kein Spion. Ich vermute, Sie ſind Flüchtlinge. Ich bin Franzoſe, und ein einziger Blick von Ihnen hat mich in Gerſau feſtgehalten.“

Rudolf verſpürte in ſeiner Seite einen Schmerz vom Stoß eines Stahls und ſtürzte zu Boden.

„Nel lago con pietra!“ befahl dieſe fürchterliche Stumme.

„Oh Gina!“ ſchrie die Italienerin auf.

„Sie hat daneben getroffen“, ſagte Rudolf und zog aus der Wunde einen Dolch, der an einer falſchen Rippe abgerutſcht war; „freilich, ein wenig höher und er ſaß mir im Herzen. Ich tat unrecht, Francesca,“ fuhr er fort in Erinnerung daran, daß die kleine Gina mehrmals dieſen Namen ausgeſprochen hatte, „ich zürne ihr nicht, ſeien auch Sie ihr nicht böſe: das Glück, mit Ihnen ſprechen zu dürfen, iſt wohl einen Dolchſtich wert. Nur zeigen Sie mir den Weg, ich muß wieder ins Haus Stopfer zurück. Seien Sie ohne Sorge, ich werde ſchweigen.“

Francesca hatte ſich von ihrer Beſtürzung erholt und half nun Rudolf, ſich aufzurichten, dabei ſagte ſie einige Worte zu Gina, deren Augen ſich mit Tränen füllten. Die beiden Frauen nötigten Rudolf auf eine Bank, er mußte auch Rock, Weſte und Krawatte ablegen. Gina öffnete ihm das Hemd und ſaugte die Wunde tüchtig aus. Francesca war gegangen und kam mit einem breiten Stück Engliſchpflaſter wieder, das ſie ihm auf die Wunde legte . . .

„So werden Sie wohl bis zu ihrem Haus gehen können“, meinte ſie.

Sie faßten Rudolf an beiden Seiten unterm Arm und führten ihn an ein Türchen, dessen Schlüſſel Francesca in der Schürzentaſche hatte.

„Spricht Gina Franzöſiſch?“ fragte Rudolf Francesca.

„Nein, aber ſo halten Sie doch ſtill!“ Francescas Stimme verriet ein wenig Ungeduld.

„Darf ich Sie wiederſehen?“ fragte Rudolf zart.

„Denn vorerſt werde ich wohl längere Zeit nicht kommen können . . ."
Er lehnte an einem Pfoſten des Türchens und betrachtete die ſchöne Italienerin, die ſich einen Augenblick lang in dieſer köſtlichſten Stille der köſtlichſten Nacht anſchauen ließ, die je den König der Schweizer Seen verklärt hat. Francesca war der klaſſiſche Typ der Italienerin und ſo, wie ſich die Phantaſie gewiſſermaßen alle Italienerinnen vorſtellt und erträumt. Was Rudolf insbeſondere feſſelte, war die anmutige Eleganz ihrer Erſcheinung, die nach Zartheit ausſah und doch kräftig und ſehr geſchmeidig war. Ambrabläſſe überzog ihr Antlitz und verriet ein jähes Intereſſe, ohne daß das Entzücken aus ihren ſchimmernden ſamtſchwarzen Augen wich. Zwei ſchöne Hände, viel ſchöner, als je ein griechiſcher Bildhauer ſie zum glatten Arm der Statue gefügt hat, ſtützten Rudolf, und in blendender Weiße hoben ſie ſich von ſeinem ſchwarzen Rock ab. Der unvorſichtige Franzoſe vermochte nur eben das etwas längliche Oval ihres Geſichtes zu ſehen, aus deſſen von Trauer umſpieltem, halboffenem Mund, zwiſchen zwei geſchwungenen friſchen roten Lippen, die Zähne ſtrahlten. Francescas Züge waren von ſo ebenmäßiger Schönheit, daß ihr Glanz nicht von heute zu morgen erlöſchen konnte. Was aber Rudolf am meiſten feſſelte, war das wundervolle Sichgehenlaſſen, dieſe italieniſche Offenheit der Frau, die ſich ganz ihrem Mitgefühl hingab.
Francesca ſagte etwas zu Gina, die nun Rudolf bis ans Haus Stopfer den Arm reichte und, als ſie geläutet hatte, wie eine Schwalbe entſchwand.
„Dieſe Patrioten halten es mit dem Tod", meinte Rudolf, als er ſich wieder allein und im Bett be-

fand und als die Schmerzen zurückkehrten. „,Nel lago!' Gina hätte mich todſicher mit einem Stein um den Hals in den See geworfen!"

Andern Tags ließ er den beſten Chirurgen aus Luzern rufen; und als dieſer eingetroffen war, verpflichtete er ihn zum tiefſten Stillſchweigen und machte ihm die Andeutung, es drehe ſich um einen Ehrenhandel. Leopold kam von ſeiner Tour an dem Tage zurück, an dem der Freund das Bett verließ. Rudolf band ihm irgendein Märchen auf und ſchickte ihn nach Luzern, damit er dort Gepäck und Briefe abhole. Leopold brachte die furchtbarſte Trauerbotſchaft mit: Rudolfs Mutter war geſtorben. Während die beiden Freunde zwiſchen Baſel und Luzern unterwegs waren, hatte Leopolds Vater die betrübende Nachricht nach Luzern geſandt, aber ſie war erſt an dem Tage dort eingetroffen, an dem ſie ſchon nach Flüelen weitergefahren waren. So vorſichtig Leopold auch ſeine Mitteilung herausbrachte — Rudolf wurde doch daraufhin von einem Nervenfieber befallen. Sobald der künftige Notar ſeinen Freund außer Gefahr wußte, begab er ſich mit deſſen Vollmacht nach Frankreich. So konnte Rudolf noch in Gerſau bleiben, dem einzigen Ort auf der Welt, wo er Ruhe in ſeinem Schmerz finden mochte. Die Lage des jungen Franzoſen, ſeine Verzweiflung und die Umſtände, die den Verluſt doppelt ſchlimm machten, ſprachen ſich herum, und ganz Gerſau wandte ihm ein mitleidiges Intereſſe zu. Morgen für Morgen beſuchte ihn die angebliche Stumme und brachte ihm Nachrichten von ihrer Herrin.

Sobald Rudolf wieder ausgehen konnte, begab er ſich zu Bergmanns, um Miß Fanny Lovelace und ihrem Vater für das Intereſſe zu danken, das ſie ihm bezeigt hatten. Zum erſten Male, ſeit ſie bei den Bergmanns wohnten, ließ der alte Italiener einen Fremden in ſeine Räume, und Rudolf wurde dort mit einer Herzlichkeit empfangen, die ebenſoſehr ſeinem Unglück galt wie ſeiner jedwedes Mißtrauen ausschließenden Eigenſchaft als Franzoſe. Francesca ſtrahlte im Lichte dieſes Abends bis tief in ſein gebrochenes Herz. Ihr Lächeln ſtreute die Roſen der Hoffnung über ſeinen Kummer. Sie ſang, aber keine luſtigen Lieder, ſondern ernſte und erhebende Melodien, wie ſie Rudolfs Herzenszuſtand entſprachen, und er nahm dieſe zarte Rückſicht voller Rührung auf. Gegen acht Uhr ließ der Greis die beiden jungen Leute allein, er ſchien nicht eiferſüchtig zu ſein und zog ſich zurück. Als dann Francesca zu müde war, um weiterzuſingen, führte ſie Rudolf auf die Galerie mit dem herrlichen Ausblick auf den See und bedeutete ihn durch ein Zeichen, er möge ſich neben ſie auf eine hölzerne Bank ſetzen.

„Iſt es indiskret, Sie nach Ihrem Alter zu fragen, cara Francesca?“ begann Rudolf.

„Neunzehn Jahre,“ antwortete ſie, „aber ſchon geweſen.“

„Wenn etwas auf der Welt meinen Schmerz lindern könnte,“ fuhr er fort, „ſo wäre es die Hoffnung, Sie aus der Hand Ihres Vaters empfangen zu dürfen. Wie es auch um Ihr Vermögen beſtellt ſein mag, Sie ſind ſo ſchön, daß Sie mir reicher als eine Fürſtentochter erſcheinen. Und deshalb bebe ich auch jetzt, wo ich Ihnen die Empfindungen bekenne, die Sie mir eingeflößt haben, doch ſind ſie tief und ewig.“

„Pſt!“ machte Francesca und legte einen Finger ihrer Rechten auf ſeine Lippen. „Nicht weiter: ich bin nicht frei, ich bin ſeit drei Jahren verheiratet . . .“

Einige Augenblicke lang herrſchte tiefes Schweigen zwiſchen ihnen. Als die Italienerin, erſchrocken über ſeine Haltung, ſich zu Rudolf beugte, fand ſie ihn ohnmächtig.

„Povero!“ meinte ſie, „und ich glaubte ſchon, er ſei eine kühle Natur.“

Sie holte Riechſalz und brachte Rudolf wieder zu ſich, indem ſie ihn darüber atmen ließ.

„Verheiratet!“ Rudolf ſtarrte Francesca an.

Und ein Strom von Tränen quoll aus ſeinen Augen.

„Kind,“ ſagte ſie, „es beſteht eine Hoffnung. Mein Mann iſt . . .“

„Achtzig Jahre alt?“ . . . fragte er.

„Nein,“ und ſie lächelte, „aber fünfundſechzig. Er markiert den Greis, um die Polizei zu täuſchen.“

„Teure,“ ſagte Rudolf, „noch ein oder zwei ſolche Aufregungen und ich ſtürbe . . . Erſt nach zwanzig Jahren Bekanntſchaft werden Sie ermeſſen können, wie ſtark und mächtig mein Herz iſt, und wie leidenſchaftlich meine Natur ſich nach dem Glück ſehnt. Dieſe Pflanze“, und er deutete auf den Jasmin, der die ganze Baluſtrade umwucherte, „reckt ſich nicht ſo leidenſchaftlich auf, um ihre Blüten der Sonne entgegenzubreiten, wie ich mich ſeit einem Monat Ihnen entgegenneige. Ich liebe Sie mit einer einzigartigen Liebe. Und dieſe Liebe wird die geheime Triebkraft meines Lebens ſein, vielleicht muß ich ſogar daran ſterben.“

„O Sie Franzoſe! Sie Franzoſe!“ und dann verzog ſie ein wenig ungläubig das Geſicht.

„Muß ich mich nicht gedulden, um Sie aus den Händen der Zeit zu empfangen?“ fuhr er ernſthaft fort. „Wenn aber das Wort, das Sie ſich eben entſchlüpfen ließen, aufrichtig gemeint war, ſo will ich in Treue auf Sie warten, ohne je ein anderes Gefühl in meinem Herzen aufkommen zu laſſen.“ Sie ſah ihn prüfend an.

„Nicht, auch nicht einmal eine Laune! Es gilt für mich ein Vermögen, und ſogar ein glänzendes, zu erwerben, denn die Natur hat Sie als Prinzeſſin geſchaffen . . .“

Bei dieſem Wort konnte Francesca ein ſchwaches Lächeln nicht unterdrücken, das ihrem Antlitz den entzückendſten Ausdruck gab, etwa wie ihn der große Lionardo in der „Gioconda“ ſo fabelhaft gemalt hat. Dieſes Lächeln machte Rudolf ſtutzig.

„. . . Ja,“ fuhr er dann fort, „Sie müſſen zweifellos unter der Entbehrung leiden, die das Exil Ihnen auferlegt. Oh, wenn Sie unter allen Sterblichen mich glücklich machen und meine Liebe heiligen wollen, ſo ſehen Sie mich als Ihren Freund an. Muß ich denn nicht auch Ihr Freund ſein? Meine Mutter hat mir ſechzigtauſend Franken Erſparniſſe hinterlaſſen — nehmen Sie die Hälfte davon!“

Francesca ſah ihn ſtarr an. Dieſer Blick drang Rudolf tief ins Herz.

„Wir benötigen nichts, und für unſeren Luxus genügt der Ertrag meiner Arbeiten“, ſagte ſie ernſt.

„Muß es mir nicht wehtun, eine Francesca arbeiten zu ſehen?“ rief er aus. „Eines Tages werden Sie in Ihr Vaterland zurückkehren und alles wiederfinden, was Sie dort gelaſſen haben . . .“ — Von neuem fixierte die junge Italienerin Rudolf. — „Und Sie werden mir zurückerſtatten, was Sie von mir anzunehmen geruhten", fügte er mit einem zartſinnigen Blick hinzu.

„Laſſen wir dieſes Thema", ſie hatte eine unvergleichliche Vornehmheit in Geſte, Blick und Haltung. „Schaffen Sie ſich ein großes Vermögen, werden Sie einer der bedeutendſten Männer Ihres Landes, das will ich! Berühmtheit iſt eine freiſchwebende Verbindung, die den Abgrund überbrückt. Seien Sie ehrgeizig, das iſt nötig! Ich glaube, Sie verfügen über große und mächtige Fähigkeiten; doch bedienen Sie ſich ihrer lieber zum Glück der Menſchheit, als um mich zu erringen: das wird Sie in meinen Augen nur noch größer machen."

In dieſer Unterhaltung, die zwei Stunden währte, entdeckte Rudolf in Francesca eine Begeiſterung für liberale Ideen und die Verehrung für die Freiheit, wie ſie die dreifache Revolution in Neapel, Piemont und Spanien ausgelöſt hatte. Als er ging, begleitete die angeblich ſtumme Gina ihn bis zu dem Pförtchen. Es war elf Uhr, kein Menſch ſtreifte mehr im Dorf herum, kein Schwätzer war zu fürchten; da zog Rudolf Gina in einen Winkel und fragte ſie leiſe in ſchlechtem Italieniſch:

„Wer ſind deine Herrſchaften, mein Kind? Sag' es mir, dann gebe ich dir dieſes funkelnagelneue Goldſtück."

„Mein Herr," antwortete Gina und nahm das Geld, „der gnädige Herr iſt der berühmte Buchhändler Lamporani aus Mailand, einer der Führer und Mitverſchworenen der Revolution, den Öſterreich am liebſten auf dem Spielberg in Gewahrſam hätte."

„Die Frau eines Buchhändlers! . . . Nun, deſto beſſer," dachte er, „wir ſind ebenbürtig." — „Aus welcher Familie ſtammt ſie denn?" fragte er jetzt lauter, „denn ſie ſchaut wie eine Königin aus."

„Alle Italienerinnen ſchauen ſo aus“, antwortete Gina ſtolz. „Der Name ihres Vaters iſt Colonna.“ Ermutigt durch Francescas einfachen Stand, ließ Rudolf ſeine Barke mit einem kleinen Schutzzelt verſehen und ins Hinterſchiff Kiſſen legen. Nach dieſer Veränderung ſchlug der Verliebte Francesca einen Ausflug auf den See vor. Die Italienerin nahm an, zweifellos um vor den Augen des Dorfes ihre Rolle als Miß zu ſpielen; doch brachte ſie Gina mit. Francesca Colonna verriet im leiſeſten Sichgeben eine überaus gediegene Erziehung und eine hohe ſoziale Stellung. Aus der Art, wie die Italienerin ſich an der Spitze der Barke niederließ, ſpürte Rudolf, wie ſie gleichſam eine Schranke zwiſchen ihm und sich errichtete, und vor dieſem Ausdruck eines echten Adelsſtolzes ſtürzte all ſeine vorausbedachte Vertraulichkeit zuſammen. Mit einem Wimpernzucken wuchs Francesca zur Prinzeſſin, die alle Privilegien des Mittelalters genoß. Sie mochte die geheimen Gedanken ihres Vaſallen erraten haben, der ſich kühn zu ihrem Beſchützer aufwerfen wollte. Schon an der Einrichtung des Salons, in dem Francesca ihn empfangen hatte, an ihrer Toilette und all den Kleinigkeiten, deren ſie ſich bediente, hatte Rudolf die Merkmale von Vornehmheit und bedeutendem Vermögen bemerkt. An all dieſe Beobachtungen mußte er mit einemmal wieder denken; er wurde zum Träumer, nachdem er durch Francescas Würde ſozuſagen an die Wand gedrückt worden war. Selbſt Gina, die noch nicht erwachſene Vertraute, ſchien eine ſpöttiſche Maske zu tragen, wie ſie Rudolf da ſo von unten und von der Seite her anſah. Das offenſichtliche Mißverhältnis zwiſchen den äußeren Umſtänden und dem Auftreten der Italienerin wurde zu einem neuen Rätſel für Rudolf, der dahinter wieder eine Liſt witterte wie hinter Ginas falſcher Stummheit.

„Wohin möchten Sie denn gern, Signora Lamporani?“ fragte er.

„Gegen Luzern zu“, antwortete Francesca franzöſiſch.

‚Gut!‘ dachte Rudolf, ‚es erſtaunt ſie nicht weiter, daß ich ſie bei ihrem Namen nenne. Allem Anſchein nach war ſie verſchlagen genug und hat meine Frage an Gina vorausgeſehen.‘ — „Was haben Sie eigentlich gegen mich?“ fragte er und ſetzte ſich zu guter Letzt doch noch neben ſie, und mit einer Geſte bat er Francesca, ſie möge ihm ihre Hand überlaſſen; aber ſie zog ſie zurück. „Wie kalt und förmlich Sie ſind! Oder um im Konverſationsſtil zu reden: wie ſpröde!“

„Sie haben recht“, entgegnete ſie und lächelte. „Und ich habe unrecht. Es iſt nicht gut. Es iſt bürgerlich. Sie in Frankreich würden ſagen: es ſei nicht künſtleriſch. Es iſt wohl beſſer, ſich einem Freunde zu erklären, als gegen ihn feindliche und kalte Gedanken zu hegen, und Sie haben mir Ihre Freundſchaft ſchon bewieſen. Vielleicht ging ich Ihnen gegenüber zu weit. Sie haben mich wohl für eine ſehr gewöhnliche Frau halten müſſen . . .“

Rudolf ſchüttelte mehrmals verneinend den Kopf.

„. . . Aber ja“, fuhr die Gattin des Buchhändlers fort, ohne auf das Gebärdenſpiel einzugehen, das ſie wohl ſah. „Ich habe es natürlich bemerkt und muß nun auf mich ſelbſt zurückkommen. Ich will alles mit ein paar offenen Worten klarſtellen. Sehen Sie, Rudolf: ich weiß in mir die Kraft, ein Gefühl zu erſticken, das nicht in Harmonie mit meinen Anſchauungen und mit meinem Wissen um die echte Liebe steht. Ich vermag zu lieben, wie wir in Italien eben lieben können; doch kenne ich meine Pflichten: kein Rausch kann sie mich vergessen lassen. Ohne meine Zustimmung diesem armen alten Manne vermählt, könnte ich wohl die Freiheit ausnutzen, die er mir so großmütig gewährt; aber drei Jahre Ehe bedeuten die Anerkennung des Verbundenseins. So würde nicht einmal die heftigste Leidenschaft mir, sogar ungewollt, den Wunsch: nun wieder frei zu sein, entreißen. Emilio kennt meinen Charakter. Er weiß, daß zwar mein Herz mir allein gehört, und daß ich es verschenken kann, aber auch, daß ich niemandem erlauben würde, meine Hand zu ergreifen, und ebendeswegen habe ich sie Ihnen verweigert. Ich will geliebt sein und erwartet werden mit Treue, Adel und Feuer, während ich selbst nur eine unendliche Zärtlichkeit zu geben habe, deren Ausdruck nie den Bereich meines Herzens, den Bereich des Erlaubten, überschreiten wird. All das wohlverstanden . . . oh!" und sie benahm sich wie ein junges Mädchen, „dann will ich wieder kokett sein, will lachen und ausgelassen sein wie ein Kind, das die Gefahr der Vertraulichkeit nicht kennt."

Diese so klare und freimütige Erklärung wurde in einem Ton und in einem Ausdruck gegeben und war von Blicken begleitet, die insgesamt von tiefster Wahrheit zeugten.

„Eine Fürstin Colonna hätte nicht besser reden können", versicherte Rudolf und lächelte.

„Ist das", wandte sie mit einem gewissen Hochmut ein, „etwa ein Vorwurf gegen meine bescheidene Herkunft? Hat Ihre Liebe ein Wappen nötig? In

Mailand ſtehen über den Läden die ſchönſten Namen: Sforza, Canova, Visconti, Trivulzio, Urſini; es gibt einen Apotheker namens Archinto; aber ſeien Sie überzeugt, daß ich trotz meiner Kaufmannsabkunft die Empfindungen einer Herzogin habe."
„Ein Vorwurf? Nein, gnädige Frau, ich hatte Ihnen nur eine Eloge machen wollen ..."
„Durch einen Vergleich?" fragte ſie fein.
„Oh, ſo hören Sie," fuhr er fort, „damit Sie mich nicht mehr foltern, wenn meine Worte meine Empfindungen falſch wiedergeben: Meine Liebe iſt unbedingt und umſchließt Gehorſam und grenzenloſe Achtung."
Sie neigte den Kopf — die Frau in ihr hatte Genugtuung erhalten — und ſagte:
„Der Herr nimmt alſo den Vertrag an?"
„Ja", erwiderte er. „Und ich verſtehe, daß eine kraftvolle und vielſeitige Frau die Fähigkeit zu lieben niemals verlieren kann, ſie aber aus Zartgefühl einſchränken möchte. Ach, Franceſca, wenn in meinem Alter eine ſo erhabene und königlich ſchöne Frau wie Sie meine Zärtlichkeit teilt, dann ſehe ich alle meine Wünſche erfüllt. Sie lieben, wie Sie geliebt ſein wollen, erfordert das nicht von einem jungen Manne, ſich vor allen Torheiten in acht zu nehmen? Heißt das nicht, ſeine Kraft an eine edle Leidenſchaft zu ſetzen, auf die man dereinſt einmal ſtolz ſein kann, und die lauter ſchöne Erinnerungen ſchafft? ... Wenn Sie wüßten, mit wieviel Farbe und Poeſie dank Ihnen dieſe Bergkette vom Pilatus und Rigi und dieſer zauberhafte See träumt ..."
„Ich will es wiſſen", ſagte ſie mit italieniſcher Naivität, in der ſtets eine gewiſſe Feinheit mitſchwingt.
„Nun gut, dieſe Stunde wird über meinem Leben

strahlen, wie ein Diamant auf der Stirne einer Königin."

Statt aller Antwort legte Francesca ihre Hand auf Rudolfs Hand.

„O Teure, für ewig Teure, haben Sie niemals geliebt?" fragte er.

„Niemals!"

„Und ich darf Sie ganz lieben und vom Himmel alles erwarten?"

Sie neigte sanft den Kopf. Zwei große Tränen rannen über Rudolfs Wangen.

„Oh, was ist?" fragte sie und ließ ihre kaiserliche Rolle im Stich.

„Daß ich meiner Mutter nicht mehr sagen kann, wie glücklich ich bin, sie ging von dannen, ohne noch zu erleben, was in der Sterbestunde sie hätte trösten können . . ."

„Was?" forschte sie.

„Daß ihre Zärtlichkeit durch eine gleiche ersetzt würde!"

„Povero mio!" stieß die Italienerin gerührt hervor, und nach einer Pause fuhr sie fort: „Glauben Sie mir, es ist sehr süß und eine tiefe Gewähr für die Treue, wenn eine Frau weiß, daß sie dem Geliebten alles ist, und wenn sie in seinem Herzen nicht die Familie, nichts sonst, nur sich weiß, daß sie ihn ganz für sich hat."

Wenn zwei Liebende sich so verständigt haben, genießt das Herz eine köstliche und erhabene Ruhe. Die menschlichen Empfindungen verlangen eine Sicherheit, auf der sie ruhen können, wie sie dem religiösen Gefühl niemals mangelt: der Mensch ist sich dessen immer gewiß, daß Gott ihn belohnt, wenn er sich zu ihm hält. Die irdische Liebe fühlt ſich nur geborgen, wenn ſie der göttlichen ähnlich iſt. Man müßte ſie wohl auch vollgültig beweiſen können, um die Luſt dieſes im Leben einzigartigen Augenblicks zu begreifen: er kehrt ebenſowenig wieder wie die Erſchütterungen der Jugend. An eine Frau glauben, ſie zu ſeiner menſchlichen Religion machen, zum Lebensprinzip, zum geheimſten Licht ſelbſt der geringfügigſten Gedanken — heißt ſo etwas nicht für einen Menſchen: abermals geboren werden? Ein Jüngling miſcht dann in ſeine Liebe noch etwas von der, die er für ſeine Mutter hegte. Rudolf und Francesca verharrten eine Zeitlang im tiefſten Schweigen, nur ihre Blicke redeten aus Liebe und Andacht. Sie begriffen einander mitten in dieſem berauſchend ſchönen Naturſchauſpiel, deſſen Prächte ihnen halfen, die Erinnerung an die flüchtigen Eindrücke einer ſo einzigartigen Stunde im Herzen zu befeſtigen. Aus Francescas Verhalten ſprach nicht die mindeſte Koketterie. Sie war frei, ganz erfüllt und ohne Falſch. Solche Größe erſchütterte Rudolf tief, ihm ging daran der Unterſchied zwiſchen der Italienerin und der Franzöſin auf. See, Erde, Himmel, Weib — all das war unerhört ſüß; die Liebe ſelbſt mitten im Zuſammenklang dieſes weiten Gemäldes enthüllte ſich reich an Einzelheiten; und wo die ernſten beſchneiten Gipfel ihre ſtarren Falten klar vom Azur abhoben, erinnerten ſie Rudolf an die Bedingungen, von denen ſein Glück umſchloſſen war: ein üppiges Land in einem Rahmen von Schnee.

Indeſſen, dieſe ſüße ſeeliſche Verſunkenheit mußte geſtört werden. Ein Boot näherte ſich aus Luzern; Gina, die es ſchon länger aufmerkſam beobachtet hatte, machte eine freudige Bewegung, ohne aus ihrer Rolle als Stumme zu fallen. Das Boot trieb heran, und als Francesca endlich die Gesichter zu unterscheiden vermochte, erkannte sie einen jungen Mann und rief:

„Tito!"

Trotz aller Gefahr zu ertrinken stand sie auf, schwenkte ihr Taschentuch und schrie: „Tito! Tito!"

Tito wies seine Leute an, wie sie rudern sollten, und nun legten sich die Boote Bord an Bord. Die Italienerin und der Italiener redeten so lebhaft miteinander und in einem Dialekt, wie er für einen, der kaum die Schriftsprache beherrscht und nicht einmal in Italien war, so wenig verständlich war, daß Rudolf aus ihrer Unterhaltung weder etwas begreifen noch erraten konnte. Titos Schönheit, Francescas Vertraulichkeit, Ginas vergnügte Mienen, alles bereitete ihm Schmerzen. Übrigens ist jeder Verliebte unzufrieden, wenn er aus irgendeinem Grunde allein gelassen wird. Tito warf Gina ein zweifellos goldgespicktes Lederbeutelchen zu und Francesca ein Bündel Briefe, in die sie sich sogleich vertiefte, während sie Tito mit einem Wink der Hand verabschiedete.

„Sofort kehrt nach Gersau!" befahl sie den Bootsleuten. „Keine zehn Minuten länger soll mein armer Emilio warten!"

„Was gibt es?" fragte Rudolf die Italienerin, als er sah, daß sie mit dem letzten Brief fertig war.

„La libertà!" brach sie mit der Begeisterung eines Künstlers aus.

„E denaro!" fiel Gina wie ein Echo ein und hatte endlich ihre Sprache wiedergefunden.

„Ja!" gab Francesca zu, „die Not ist aus! Ich arbeite seit elf Monaten, und ich fing schon an die Lust zu verlieren. Eine literarische Frau bin ich bestimmt nicht ..."

„Wer ist dieser Tito?" fragte Rudolf.

„Der Staatssekretär im Finanzdepartement unseres armseligen Ländchens Colonna, das heißt: der Sohn unseres ersten Ragionato. Der arme Bursche! Er konnte weder über den Sankt Gotthard, noch über den Mont Cenis, noch über den Simplon hereinkommen: also reiste er übers Meer, über Marseille und dann quer durch Frankreich. In drei Wochen sind wir endlich in Genf und können dort in Ruhe leben. Nun, Rudolf," sagte sie, als sie die Niedergeschlagenheit im Antlitz des Parisers aufkommen sah, „ist der Genfer See nicht genau so schön wie der Vierwaldstätter See? ..."

„Sie müssen mir schon erlauben, daß ich um das entzückende Haus Bergmann trauere", antwortete er und wies auf die Landzunge.

„Sie werden mit uns speisen, damit Sie noch mehr Erinnerungen mitnehmen, povero mio", sagte sie. „Heute ist Festtag, wir sind außer Gefahr. Meine Mutter schreibt mir, daß wir vermutlich in einem Jahr begnadigt sein werden. O la cara patria! ..."

Über diese drei Worte mußte Gina weinen, und sie sagte:

„Noch einen Winter, und ich wäre hier gestorben!"

„Armes sizilianisches Zicklein", meinte Francesca, und ihre Hand streichelte über Ginas Kopf in einer so teilnehmenden Art, daß Rudolf gern ebenso geliebkost worden wäre, selbst ohne soviel Herzlichkeit. Das Boot legte an, Rudolf sprang an den Strand, reichte der Italienerin die Hand, geleitete sie bis an die Haustüre bei Bergmanns und entfernte sich, um sich für später umzukleiden.

Als er den Buchhändler und ſeine Gattin auf der äußeren Galerie antraf, vermochte er nur ſchwer ſein Überraſchtſein über die jähe Verwandlung, die die gute Nachricht bei dem Neunzigjährigen hervorgerufen hatte, zu verbergen: er ſah einen etwa ſechzigjährigen, gut konſervierten Mann, einen etwas trockenen Italiener, der gerade war wie ein I, mit zwar ſpärlichem, aber noch ganz tiefſchwarzem Haar, durch das ſein Schädel weiß hervorſchimmerte, mit lebhaften Augen, einer vollſtändigen Reihe weißer Zähne, mit einem Cäſarengeſicht und um den diplomatiſchen Mund ein geradezu ſardoniſches, faſt falſches Lächeln, unter dem der Mann aus guter Geſellſchaft ſeine wahren Empfindungen verbirgt.

„Dies iſt mein Mann in ſeiner eigentlichen Geſtalt“, ſagte Francesca ernſt.

„Das gibt eine völlig neue Bekanntſchaft!“ Rudolf war ganz betroffen.

„Durchaus“, unterſtrich der Buchhändler. „Ich habe Komödie geſpielt und verſtehe mich ausgezeichnet aufs Schminken. Oh, zur Zeit des Empire habe ich in Paris zuſammen mit Bourienne, Madame Murat, Madame d'Abrantès e tutti quanti geſpielt... Alles, was man in ſeiner Jugend mühſam erlernte, ja ſelbſt läppiſche Dinge kommen einem da zuſtatten. Hätte meine Frau nicht eine ſo männliche Erziehung genoſſen, für Italien etwas geradezu Unſinniges, ſo hätte ich, um hier leben zu können, Holzhacker werden müſſen. Arme Francesca, wer mir einmal geſagt hätte, ich würde mich eines Tages von dir ernähren laſſen!“

Als Rudolf dem würdigen Buchhändler in ſeiner ſo natürlichen, friſchen, freundlichen Art zuhörte, glaubte er an irgendeine Myſtifikation und verharrte im beobachtenden Schweigen eines geprellten Menſchen.

„Che avete, signor?“ fragte ihn Francesca naiv. „Sollte unſer Glück Sie traurig ſtimmen?“

„Ihr Gatte iſt ein junger Mann!“ flüſterte er ihr ins Ohr.

Sie ließ ein ſo offenes und zutrauliches Lachen hören, daß er davon noch betroffener wurde.

„Er vermag nur fünfundſechzig Jahre aufzuweiſen“, meinte ſie; „aber ich verſichere Sie, daß da noch mehr dahinter ſteckt . . . etwas höchſt Beruhigendes!“

„Ich ertrage es nicht, daß Sie Ihren Spott mit einer ſo heiligen Liebe treiben, wie es die iſt, deren Bedingungen Sie ſelbſt feſtgelegt haben!“

„Pſt!“ machte ſie, während ſie mit dem Fuß aufklopfte und nachſah, ob ihr Gatte ſie etwa hörte. „Beunruhigen Sie nie den Frieden dieſes teueren Mannes, der rein wie ein Kind iſt, und mit dem ich dennoch tue, was ich will. Er ſteht unter meinem Schutz“, fügte ſie hinzu; „wenn Sie wüßten, mit welcher Vornehmheit er ſein Leben und ſein Vermögen riskiert hat, nur damit ich meinem Liberalismus folgen konnte! Denn er teilt durchaus nicht meine politiſchen Anſichten. Heißt das lieben, mein Herr Franzoſe? — Aber man iſt ſo in dieſer Familie. Emilios jüngerer Bruder wurde von einer Frau, die er liebte, um eines reizenden Bengels willen verraten. Er hat ſich ſeinen Degen ins Herz geſtoßen, zehn Minuten nachdem er zu ſeinem Kammerdiener geäußert hatte: ‚Ich würde meinen Rivalen wohl töten, doch möchte ich die Diva nicht betrüben.‘“

Eine derartige Miſchung aus Nobleſſe und Spott,

Großzügigkeit und Kinderei machte in dieſer Stunde Francesca zum anziehendſten Weſen von der Welt. Das Diner und dann der ganze Abend trugen ein durchaus heiteres Gepräge, was wohl von der Befreiung der Flüchtlinge herkam, Rudolf aber ſehr traurig ſtimmte.

‚Iſt ſie oberflächlich?' dachte er bei ſich, während er wieder dem Haus Stopfer zuſchritt. ‚Sie hat Anteil an meiner Trauer genommen, ich aber teile ihre Freude nicht!'

Er haderte mit ſich und fand Entſchuldigungen für dieſes Weib-Mädchen.

‚Scheinheilig iſt ſie nicht, ſie überläßt ſich ihren Eindrücken . . .,' meinte er, ‚und ich wünſchte ſie mir als Pariſerin!'

Den nächſten Tag und die folgenden, ganze drei Wochen hindurch, verbrachte Rudolf all ſeine Zeit im Hauſe Bergmann und beobachtete Francesca, ohne ſie eigentlich beobachten zu wollen. Bewunderung erwächſt in manchen Herzen nicht ohne einen gewiſſen Scharfblick. Der junge Franzoſe erkannte in Francesca das ſorgloſe junge Mädchen, die eigentliche Natur der noch nicht unterworfenen Frau, die bisweilen gegen ſeine Liebe anging und zu anderer Zeit wieder ſich auf gefällige Weiſe gehen ließ. Der alte Herr benahm ſich ihr gegenüber wie ein Vater zu ſeiner Tochter, und Francesca bezeigte ihm tiefgefühlte Dankbarkeit, die in ihr die edelſten Inſtinkte auslöſte. Dieſe Situation ſowie dieſe Frau ſtellten Rudolf vor ein undurchdringliches Rätſel, aber die Löſung feſſelte ihn mehr und mehr.

Die letzten Tage waren voll heimlicher Feſte, untermiſcht mit Melancholie, mit Streitereien, mit Zwiſten, die reizender waren als die Stunden, in denen Rudolf und Francesca ſich verſtanden. Schließlich wurde er mehr und mehr von der Naivität dieſer geiſtloſen Zärtlichkeit beſtochen, die in allem war wie ſie ſelbſt, von einer Zärtlichkeit, die in beſtändiger Eiferſucht lebte auf ein Nichts . . .

„Sie lieben wohl den Luxus?“ fragte er eines Abends Francesca, die den Wunſch äußerte, Gerſau zu verlaſſen, wo ſie ſo vieles entbehrte.

„Ich —,“ meinte ſie, „ich liebe den Luxus, wie ich die Künſte liebe und ein Bild von Raffael, ein ſchönes Pferd, einen ſchönen Tag oder den Golf von Neapel. — Emilio,“ fragte ſie, „habe ich mich in den Tagen des Elends hier über irgend etwas beklagt?“

„Dann wäreſt du nicht du ſelbſt geweſen“, antwortete ernſt der alte Buchhändler.

„Iſt es denn ſchließlich nicht natürlich, daß die Bürger nach Größe trachten?“ fragte ſie weiter und warf einen boshaften Blick auf Rudolf und auf ihren Gatten. „Sind meine Füße“ — und ſie ſtreckte zwei reizende kleine Füße vor — „fürs Müdewerden geſchaffen? Sind meine Hände (ſie ſtreckte Rudolf eine Hand hin) — ſind dieſe Hände da zum Arbeiten beſtimmt? — Laſſen Sie uns allein,“ wandte ſie ſich an den Gatten, „ich möchte mit ihm ſprechen.“

Der alte Herr trat in ſeiner gutmütigen Überlegenheit wieder in den Salon zurück: er war ſeiner Frau ſicher.

„Rudolf, ich möchte nicht, daß Sie uns nach Genf begleiten. Genf iſt ein Klatſchneſt. Und wenn ich auch über die Nichtigkeiten dieſer Welt erhaben bin, ſo möchte ich gleichwohl nicht verleumdet werden, nicht meinet-, ſondern ſeinetwegen. Ich ſetze meinen Stolz darein, das Glück des alten Mannes zu ſein, der doch ſchließlich mein einziger

Beschützer ist. Wir reisen, Sie aber werden noch ein paar Tage hierbleiben. Wenn Sie nach Genf kommen, besuchen Sie zuerst meinen Gatten, lassen Sie sich mir von ihm vorstellen. Wir müssen unsere unwandelbar tiefe Zuneigung vor den Augen der Welt verbergen. Sie wissen, ich liebe Sie, ich möchte es Ihnen aber auch auf folgende Art beweisen: mein Betragen wird Ihnen in nichts auch nur die kleinste Veranlassung zur Eifersucht geben."

Sie zog ihn in einen Winkel der Galerie, nahm seinen Kopf, küßte ihn auf die Stirn und eilte von dem Verblüfften fort.

Andern Tags erfuhr Rudolf, daß die Bewohner des Hauses Bergmann in aller Frühe abgereist wären. Der Aufenthalt in Gersau dünkte ihm nun unerträglich, und er versuchte, Vevey auf dem längsten Wege zu erreichen; so reiste er schneller, als er sollte; gegen Ende Oktober traf er in Genf ein. Um den Unannehmlichkeiten der Stadt auszuweichen, mietete er sich in einem Haus außerhalb der Wälle in Eaux-Vives ein. Erst einmal untergebracht, war es seine erste Sorge, seinen Wirt, einen ehemaligen Juwelier, auszufragen, ob sich etwa italienische Flüchtlinge, und zwar Mailänder, in Genf niedergelassen hätten.

„Nicht daß ich wüßte", gab der Wirt zur Antwort. „Der Fürst und die Fürstin Colonna aus Rom haben hier für drei Jahre das Landhaus des Herrn Jeanrenaud, eines der schönsten am See, gemietet. Es liegt zwischen der Villa Diodati und dem Landhaus des Herrn Lafin-de-Dieu, das die Gräfin de Beauséant gemietet hat. Fürst Colonna ist wegen seiner Tochter und seines Schwiegersohnes, des Fürsten Gandolphini, gekommen, eines Neapolitaners oder, wenn Sie wollen, Sizilianers, der als ehemaliger Parteigänger König Murats ein Opfer der jüngsten Revolution wurde. Diese Herrschaften sind als letzte in Genf eingetroffen, Mailänder sind sie aber keineswegs. Es bedurfte außerordentlicher Fürsprache und besonderen Schutzes seitens des Papstes, der sich der Familie angenommen hat, damit die fremden Mächte und der König von Neapel dem Fürsten und der Fürstin Gandolphini erlaubten, sich hier niederzulassen. Genf wird nichts unternehmen, was etwa der Heiligen Allianz mißfallen könnte, da es ihr seine Unabhängigkeit verdankt. Es ist nicht unsere ‚Aufgabe', fremde Höfe zu beleidigen. Übrigens weilen viele Fremde hier: Russen, Engländer ..."

„Es gibt wohl sogar Genfer?"

„Aber gewiß, mein Herr. Unser See ist so schön! Vor ungefähr sieben Jahren hat Lord Byron in der Villa Diodati gewohnt, die sich nun jeder ansehen will, wie Coppet, wie Ferney."

„Können Sie nicht herausbekommen, ob vor ungefähr einer Woche ein Mailänder Buchhändler namens Lamporani, einer der Führer der letzten Revolution, hier mit seiner Gattin eingetroffen ist?"

„Ich könnte es wohl im ‚Cercle des Étrangers' erfahren", erwiderte der ehemalige Juwelier.

Selbstverständlich galt Rudolfs erster Spaziergang der Villa Diodati, der Residenz Lord Byrons, der der kürzlich erfolgte Tod des Dichters noch eine besondere Anziehungskraft verlieh: der Tod ist die Weihe des Genies! Der Weg von Eaux-Vives am Genfer See hin ist, wie alle Straßen in der Schweiz, reichlich schmal, und an manchen Stellen läßt das hügelige Terrain kaum so viel Platz, daß zwei Wagen einander begegnen können. Einige Schritte vor dem Haus Jeanrenaud, dem Rudolf sich ahnungslos näherte, vernahm er hinter sich das Geräusch von einem Wagen; da er gerade an einer Senkung stand, stieg er die Böschung hinan, um die Durchfahrt freizugeben. So konnte er den Wagen bequem kommen sehen, es war eine elegante, mit zwei prachtvollen englischen Pferden bespannte Kalesche. Ein Schwindel befiel ihn, als er im Fond dieser Kalesche Francesca, fabelhaft gekleidet, neben einer alten, förmlich aus Stein gemeißelten Dame — so steif war sie — sitzen sah. Hinten auf dem Tritt stand ein goldbetreßter Diener. Francesca erkannte Rudolf, und ein Lächeln umspielte ihre Lippen, da sie ihn wie eine Statue auf dem Sockel erstarrt fand. Der Wagen wandte sich gegen das Tor eines Landhauses, dem er dann zusteuerte, und der Verliebte erklomm die Böschung vollends, um ihm mit den Blicken folgen zu können.

„Wer wohnt hier?“ fragte er den Gärtner.

„Der Fürst und die Fürstin Colonna, sowie der Fürst und die Fürstin Gandolphini.“

„Waren das die beiden Fürstinnen, die da eben zurückkehrten?“

„Gewiß, mein Herr!“

Nun fiel ein Schleier von Rudolfs Augen, klar erkannte er das Vergangene.

Der Verliebte war sehr niedergeschlagen. Hoffentlich, dachte er, war das die letzte Mystifikation!

Er zitterte bei dem Gedanken daran, daß er das Spielzeug einer Laune gewesen sein könnte, denn er hatte oft davon reden hören, was einer Italienerin ein ‚Capriccio‘ bedeutet. Welch ein Verbrechen aber mußte es in den Augen einer Frau sein, die

Fürſtin war und als Fürſtin geboren war, für eine Bürgerliche genommen zu werden, als Tochter aus berühmteſtem Haus für die Gattin eines Buchhändlers zu gelten! Das Bewußtſein ſeiner Torheiten verdoppelte in Rudolf den Wunſch, zu erfahren, ob man ihn nun nicht mehr kennen, ſondern zurückweiſen möchte. Er fragte alſo nach dem Fürſten Gandolphini und ließ ihm ſeine Karte hineintragen; alsbald wurde er von dem falſchen Lamporani empfangen, der auf ihn zueilte, ihn mit der vollendetſten Liebenswürdigkeit und mit echt neapolitaniſcher Geſprächigkeit begrüßte und ihn auf einer Terraſſe ſpazieren führte, von der aus man Genf, den Jura und ſeine villenbedeckten Hänge und dann weithin das Seeufer überblicken konnte.

„Sie ſehen, meine Frau bleibt dem Waſſer treu", ſagte er, nachdem er den Gaſt auf die einzelnen Punkte der Landſchaft aufmerkſam gemacht hatte. „Wir haben heute abend ſo etwas wie ein Konzert," fuhr er fort, während ſie wieder auf das Haus zuſchritten, „ich hoffe, Sie machen der Fürſtin und mir das Vergnügen! Zwei Monate gemeinſam durchlebter Not wiegen jahrelange Freundſchaft auf!"

Obgleich von Neugier verzehrt, wagte Rudolf doch nicht zu fragen, ob er die Fürſtin begrüßen dürfe; langſam kehrte er nach Eaux-Vives zurück, ſchon ganz mit dem kommenden Abend beſchäftigt. In wenigen Stunden war ſeine zuvor ſchon ſo tiefe Liebe durch Angſt und die Erwartung kommender Ereigniſſe ins Ungemeſſene geſteigert. Jetzt ſah er ein, wie wichtig es war, ſich auszuzeichnen, um in ſozialer Hinſicht die Höhe ſeines Idols zu erklimmen. In ſeinen Augen wurde Francesca durch die natürliche Einfachheit ihres Benehmens in Gerſau geradezu groß. Das von Natur aus hochmütige Gesicht der Fürstin Colonna machte Rudolf erbeben, der Francescas Vater und Mutter für seine Feinde hielt, wenigstens glaubte er sie dafür halten zu müssen; und das Geheimnis, das die Fürstin Gandolphini ihm so nachdrücklich ans Herz gelegt hatte, erschien ihm als ein wunderbarer Beweis von Zärtlichkeit. Bewies Francesca nicht, daß sie Rudolf liebte, indem sie ihre Zukunft nicht kompromittieren wollte?

Endlich schlug es neun Uhr. Rudolf konnte in den Wagen steigen und mit nur zu gut verständlicher Erregung sagen:

„Zum Hause Jeanrenaud! Zum Fürsten Gandolphini!"

Er betrat den Salon, in dem es von Fremden der höchsten Distinktion wimmelte, mußte aber bei einer Gruppe an der Türe stehenbleiben, denn man sang eben ein Duett von Rossini. Jetzt endlich konnte er Francesca sehen, ohne doch von ihr gesehen zu werden. Die Fürstin stand zwei Schritt vom Flügel entfernt. Ihr wundervolles, reiches, langes Haar wurde von einem goldenen Reif gehalten. Ihr kerzenbestrahltes Antlitz schimmerte in der den Italienern eigenen Blässe, die eben nur im Licht so zauberhaft wirkt. Sie trug eine Balltoilette, die ihre prachtvollen Schultern, eine Jungmädchenfigur und Arme einer klassischen Statue sehen ließ. Ihre erhabene Schönheit hatte nicht ihresgleichen, obwohl entzückende Engländerinnen und Russinnen, die schönsten Frauen von Genf und andere Italienerinnen zugegen waren, unter ihnen die erlauchte Fürstin Varese und die berühmte Sängerin Tinti, die gerade sang. Rudolf lehnte gegen den Türrahmen und betrachtete die Fürſtin mit dem unbeirrbar tiefen, anziehenden Blick, in dem die menſchliche Willenskraft das Gefühl ‚Sehnſucht' konzentriert, aus der dann Befehl wird. Berührte dieſer flammende Blick Francesca? Erwartete ſie, im nächſten oder übernächſten Augenblick Rudolf zu ſehen? Nach wenigen Minuten wandte ſie ihre Augen nach der Türe, als wäre ſie vom Strom der Liebe angezogen, und ſenkte ſie, ohne zu zögern, in Rudolfs Augen. Ein leichter Schauer zitterte über das wundervolle Antlitz und durch den herrlichen Leib: die ſeeliſche Erſchütterung wirkte ſich aus, Francesca errötete. Für Rudolf lag ein ganzes Leben in dieſem Wechſel, der plötzlich geſchah wie nur ein Blitz. Er wurde geliebt! Die erhabene Fürſtin hielt inmitten ihrer Welt, im Hauſe Jeanrenaud das Wort, das die arme Emigrantin, die Kapriziöſe im Hauſe Bergmann gegeben hatte. Der Rauſch eines ſolchen Augenblicks macht zum Sklaven für immer. Ein feines, elegantes, doch verſchlagenes Lächeln, unſchuldig und triumphierend, kräuſelte die Lippen der Fürſtin Gandolphini, die in einem Augenblick, da ſie ſich unbeobachtet wähnte, Rudolf anſah, als wolle ſie ihn um Verzeihung dafür bitten, daß ſie ihn über ihre äußeren Umſtände getäuſcht hatte. Als der Geſang verklungen war, konnte Rudolf bis zum Fürſten vordringen, der ihn in liebenswürdiger Weiſe zu ſeiner Frau führte. Rudolf tauſchte Begrüßungen aus mit dem Fürſten und der Fürſtin Colonna und mit Francesca. Kaum war das überſtanden, als die Fürſtin einen Part in dem bekannten Quartett ‚Mi manca la voce' übernehmen mußte, das von ihr, der Tinti, dem berühmten Tenor Genovese und einem damals exilierten italieniſchen Fürſten geſungen wurde, der, wäre er nicht zufällig Fürst gewesen, wohl zu einem Fürsten im Reiche der Kunst aufgestiegen wäre.

„Setzen Sie sich hierhin“, sagte Francesca zu Rudolf und wies auf ihren eigenen Sessel. „Oimè! Ich glaubte, da läge ein Irrtum im Namen vor: seit einem Augenblick bin ich die Fürstin Rudolphini!“ Das sagte sie mit so viel Anstand und naivem Scharm, daß er an das unter Scherzen verborgene Geheimnis der glücklichen Gersauer Tage denken mußte.

Rudolf genoß das beseligende Gefühl, der Stimme einer angebeteten Frau aus so großer Nähe lauschen zu dürfen, daß ihr Kleid und ihr Schal schon seine Wange streifte. Wurde in solch einem Augenblick „Mi manca la voce“ von einem Quartett der herrlichsten italienischen Stimmen gesungen, dann durften Rudolfs Augen, man wird es leicht verstehen, sich mit Tränen füllen. In der Liebe, wie wohl in allen Dingen, gibt es gewisse, an sich geringfügige Tatsachen, die im Ergebnis aus zahllosen kleinen unvorhergesehenen Umständen zu großer Bedeutung anschwellen, und deren Fassungskraft ungeheuer wird, indem sie das Vergangene aufsaugen und der Zukunft entgegenführen. Wohl an die tausendmal hat man den Wert des geliebten Menschen gespürt; doch ein Nichts, die vollkommene Berührung der durch ein Wort, durch einen unerwarteten „Beweis“ von Liebe miteinander vereinten Seelen trägt die Empfindnng zur höchsten Höhe. Schließlich, um diese moralische Tatsache in einem Bilde wiederzugeben, das seit den erdenklichsten Zeiten stets einen unbestreitbaren Erfolg gehabt hat: in einer langen Kette existieren notwendigerweise festere

Punkte, bei denen der Zuſammenhang ſtärker iſt als in den einzelnen Gliedgefügen. Das Wiedererkennen zwiſchen Rudolf und Francesca an dieſem Abend und vor aller Welt umſchloß einen der ſeligſten Augenblicke, in dem Zukünftiges ſich an Vergangenes knüpfte und ſchon im vornherein die innigſte Zuneigung ſozuſagen in den Herzen feſtgenagelt wurde. Vielleicht dachte Boſſuet an Nägel von ſolcher Dünne, als er ſie den ſeltenſten Glücksſtunden in unſerem Leben verglich, die die Liebe mit ſo verſchwiegener Leidenſchaft erlebt.

Auf das Vergnügen, eine Frau zu bewundern, die man ſelbſt liebt, folgt die Luſt, zu ſehen, wie alle ſie bewundern. Rudolf genoß hier beides zugleich. Die Liebe iſt eine Schatzkammer voll Erinnerungen; und obgleich ſie für Rudolf ſchon bis an den Rand angefüllt war, tat er doch noch die koſtbarſten Perlen hinzu: ein Lächeln, nur für ihn, Blicke und ein Modulieren im Geſang, das Francesca ihm zuliebe erfand, das aber, als man daraufhin applaudierte, die Tinti vor Eiferſucht erblaſſen ließ. So hängte ſich ſeine ſtarke Begierde, als die beſondere Ausdrucksform ſeiner Seele, an die ſchöne Römerin, die unumſtößlich zum A und O all ſeiner Gedanken und Taten wurde. Rudolf liebte, wie alle Frauen ſich das Geliebtſein erträumen, mit einer Kraft, Beharrlichkeit und Zähigkeit, die aus Francesca ganz und gar die Subſtanz ſeines Herzens machte: er ſpürte ſie als das reinere Blut in dem ſeinen und wie eine vollkommenere Seele in ſich; ſie regte ſich unter der Schicht des Tages wie der goldene Sand am Mittelmeer unter der Woge. Und der leiſeſte Atemzug bei Rudolf wurde ſchließlich zur tätigen Hoffnung.

Nach einigen Tagen erkannte Francesca dieſe ab-

grundtiefe Liebe; aber diese Liebe war so natürlich und einzigartig, daß Francesca darüber nicht erstaunte: sie war ihrer Liebe würdig.
Einmal, als sie mit Rudolf auf der Gartenterrasse spazieren ging und er einen albernen Ausdruck gebraucht hatte, wie ihn die Franzosen in ihren Empfindungsäußerungen mitunter an sich haben, fragte sie: „Was ist eigentlich überraschend oder merkwürdig an der Tatsache, daß Sie eine junge schöne Frau lieben, die immerhin so weit Künstlerin ist, um wie die Tinti sich ihren Lebensunterhalt selbst verdienen zu können, und auch der Eitelkeit ein paar Freuden bereiten mag? Welcher Tölpel wäre da nicht Amadis? Zwischen uns kann doch aber davon keine Rede sein. Man muß mit Beständigkeit, Ausdauer und aus der Entfernung jahrelang lieben, ohne eine andere Befriedigung, als eben der Gegenliebe gewiß zu sein."
„Ach," antwortete Rudolf, „meinen Sie nicht, daß meine Treue kein Verdienst ist, da ich voller Ehrgeiz bin? Glauben Sie etwa, ich ließe zu, daß Sie eines Tages den schönen Namen einer Fürstin Gandolphini ablegen, um den eines nichtssagenden Mannes anzunehmen? Ich will einer der hervorragendsten Männer in meiner Heimat werden, reich und groß sein, damit mein Name Sie ebenso stolz macht wie der Name Colonna."
„Ich würde es Ihnen auch sehr übelnehmen, wenn andere Empfindungen in Ihrem Herzen lebten", erwiderte sie mit dem bezauberndsten Lächeln. „Doch vergessen Sie sich in Ihrem rasenden Ehrgeiz nicht: bleiben Sie jung . . . Man sagt, Politik lasse einen Mann rasch altern."
Bei den Frauen fehlt oft ein gewisser Frohsinn, der

der Zärtlichkeit keineswegs Abbruch tut. Dieſe Miſchung aus tiefem Gefühl und jugendlicher Ausgelaſſenheit machte Francesca in dieſer Stunde beſonders anziehend. Und hierin lag der Schlüſſel ihres Charakters: ſie lachte und war erſchüttert, ließ ſich hinreißen, und dann wieder ſpottete ſie auf eine feine Art, mit einer natürlichen Leichtigkeit, die ſie zur reizendſten, köſtlichſten und deshalb über ganz Italien hin berühmten Perſönlichkeit machte. Unter der Anmut dieſer Frau verbarg ſich eine gründliche Bildung, die ſie dem äußerſt eintönigen und geradezu klöſterlichen Leben im alten Schloß der Colonna verdankte. Als viertes Kind des Fürſten und der Fürſtin Colonna war die reiche Erbin urſprünglich dem Kloſter zugeſprochen; doch der Tod ihrer beiden Brüder und ihrer älteren Schweſter entriß ſie plötzlich ihrer Zurückgezogenheit und machte ſie zu einer der glänzendſten Partien in den römiſchen Staaten. Ihre ältere Schweſter war dem Fürſten Gandolphini verlobt geweſen, einem der wohlhabendſten Grundbeſitzer Siziliens; nun wurde Francesca ſeine Frau, damit ſich in den Familienangelegenheiten nichts zu ändern brauche. Die Colonna und die Gandolphini heirateten ſtets untereinander. Francesca hatte zwiſchen ihrem neunten und ſechzehnten Jahr, unter der Anleitung eines Monſignore aus der Familie, die ganze Bibliothek der Colonna ausgeleſen, um ihrer ſchweifenden Phantaſie alle Abwechſlung zu ermöglichen durch das Studium von Wiſſenſchaft, Kunſt und Literatur; darüber aber fand ſie Geſchmack an liberalen Ideen, die ſie ſpäter, ebenſo wie ihren Gatten, in die Revolution verwickelten. Rudolf wußte noch nicht, daß Francesca außer fünf lebenden Sprachen auch

Griechiſch, Lateiniſch und Hebräiſch beherrſchte Dieſes bezaubernde Geſchöpf hatte vollkommen begriffen, daß bei einer Frau die Grundbedingung aller Bildung iſt: nicht damit zu prahlen.

Rudolf blieb den ganzen Winter über in Genf, und dieſer Winter verging ihm wie ein Tag. Mit dem einſetzenden Frühling litt der Liebende trotz der köſtlichen Freuden, die die Geſellſchaft einer geiſtvollen, jungen, lebensluſtigen Frau bereitet, grauſame, wenn auch mit Mut ertragene Qualen; mitunter aber traten ſie allzu deutlich in ſeinem Geſicht, ſeiner Haltung und ſeiner Rede zutage, vielleicht glaubte er gar nicht, daß es ſo leicht erkennbar wäre. Manchmal irritierte ihn die erſtaunliche Ruhe Francescas, die, wie die Engländerinnen, den Ehrgeiz zu haben ſchien, ein unbewegliches Geſicht zu machen, deſſen Heiterkeit der Liebe Trotz bietet; er hätte ſie gern in Erregung geſehen, und er warf ihr vor, ſie empfände nichts, und er hielt ſich dabei an das Vorurteil, das den Italienerinnen eine fiebriſche Leidenſchaft zuſchreibt.

„Ich bin Römerin", antwortete Francesca ihm eines Tages nachdenklich, da ſie ein paar Scherze Rudolfs ernſt genommen hatte. Im Ton ihrer Antwort lag eine Tiefe, die wie heftige Ironie ausſah und Rudolf gleichfalls nachdenklich ſtimmte. Der Mai entfaltete die Schätze ſeines jungen Grüns, die Sonne ſtrahlte manchmal ſo heiß wie im Hochſommer. Die beiden Liebenden ſtanden gegen die ſteinerne Baluſtrade gelehnt, die dort, wo die Terraſſe ſich über den See erhob, am Mäuerchen einer Treppe entlang führte, auf der man zum Boot hinunterſteigt. Von der Nachbarvilla, bei der eine Art Landungsplatz war, ſtieß ſchwanenartig eine reichbewimpelte Jolle ab

mit karmeſinrotem Baldachin; darunter ruhte eine reizende Frau auf roten Kiſſen, natürliche Blumen im Haar, und in Begleitung eines jungen Mannes, der ein Matroſenkoſtüm trug und um ſo hübſcher ruderte, als er es unter den Augen dieſer Frau tat.
„Sie ſind glücklich!“ ſagte Rudolf mit herber Betonung. „Claire de Bourgogne, die Letzte aus dem einzigen Haus, das mit dem Hauſe Frankreich rivaliſieren könnte ...“
„Oh! ... Sie ſtammt aus einem Baſtardzweig, noch dazu weiblicherſeits ...“
„Schließlich aber iſt ſie die Gräfin Beauséant und hat nicht ...“
„... gezögert, nicht wahr, ſich mit Herrn Gaston de Neuil zurückzuziehen“, meinte die Tochter der Colonna. „Sie iſt nur Franzöſin, ich aber bin Italienerin, verehrter Herr.“
Francesca entfernte ſich von der Baluſtrade — Rudolf blieb dort ſtehen — und ging bis ans Ende der Terraſſe, von wo man einen unermeßlichen Blick über den See genießt. Als Rudolf ſie langſam dahingehen ſah, fürchtete er, dieſe zugleich ſo unſchuldige wie kluge, ſo ſtolze wie demütige Seele verletzt zu haben. Ihn fröſtelte; er folgte Francesca, obwohl ſie ihm durch einen Wink bedeutete, er möge ſie allein laſſen; doch kümmerte er ſich nicht darum und überraſchte ſie dabei, daß ſie Tränen aus den Augen wiſchte ... Tränen bei ſolch einer ſtarken Natur!
„Francesca,“ flehte er und ergriff ihre Hand, „verbirgt dein Herz irgendein Geheimnis? ...“
Schweigend zog ſie ihre Hand zurück und trocknete von neuem mit einem geſtickten Taſchentuch die Augen.
„Verzeih mir!“ fuhr Rudolf fort.

Und im Feuer ſeiner Leidenſchaft küßte er ihr die Tränen aus den Augen.

Francesca war ſo tief erſchüttert, daß ſie ſeine heftige Erregung nicht bemerkte. Rudolf nahm es als Erwiderung und wurde kühner; er umfaßte ſie, drückte ſie ans Herz und raubte ihr einen Kuß, aber ſchon riß ſie ſich mit einer herrlichen Bewegung beleidigten Schamgefühls los, trat zwei Schritt zurück und ſagte, zwar ohne Zorn, doch entſchloſſen:

„Reiſen Sie noch dieſen Abend ab, wir werden uns erſt in Neapel wiederſehen!“

Rudolf befolgte getreulich dieſen ſtrengen Befehl, denn Francesca wollte es so.

Nach Paris zurückgekehrt, fand Rudolf in ſeiner Wohnung das Bildnis der Fürſtin Gandolphini vor: Schinner hatte das Porträt gemalt, wie eben nur Schinner es malen konnte. Auf der Reiſe nach Italien war der Maler auch in Genf geweſen. Da er ſich grundſätzlich geweigert hatte, die Bilder einiger Damen zu malen, glaubte Rudolf nicht, daß der Fürſt, der über alle Maßen gern ein Porträt ſeiner Gattin gehabt hätte, eine Abſage des berühmten Künſtlers herausgefordert hätte; zweifellos aber hatte Francesca ihn ſo bezaubert und von ihm wunderbarerweiſe erreicht, daß er ein Originalporträt für Rudolf und eine Kopie für Emilio anfertigte. Das geſtand ihm auch ein überaus reizender Brief, deſſen Gedanken Entſchädigung genug war für die durch die Geſetze der Konvention auferlegte Zurückhaltung. Der Verliebte antwortete. So hub, um nie zu enden, eine Korreſpondenz zwiſchen Rudolf und Francesca an, das einzige Vergnügen, das ſie einander gönnten. Rudolf verfiel einem Ehrgeiz, der ſeine Liebe heiligte, und er machte ſich alsbald ans Werk. Er wollte ſich zuerſt ein Vermögen ſchaffen und wagte ſich in ein Unternehmen, an das er nicht nur all ſeine Kräfte, ſondern auch ſein ganzes Vermögen ſetzte; aber ſeine unerfahrene Jugend hatte gegen Betrug zu kämpfen, der über ihn ſiegte. An dieſem weitläufigen Unternehmen verlor er drei Jahre, drei Jahre Mühe und Mut.

Zur Zeit dieſer Kataſtrophe ſtürzte auch das Miniſterium Villèle. Und nun wollte der unerſchrockene Liebhaber von der Politik erreichen, was die Induſtrie ihm verweigert hatte; doch bevor er ſich in die Stürme dieſer Laufbahn warf, ging er, tief verwundet, nach Neapel, um zu geſunden und neuen Mut zu ſchöpfen. Dort waren der Fürſt und die Fürſtin Gandolphini aus Anlaß der Thronbeſteigung des Königs zurückgerufen und in ihre Güter wiedereingeſetzt worden. In ſeinem Kampf war dieſer Aufenthalt eine ſüße Erholung; er verbrachte in der Villa Gandolphini drei hoffnungsſelige Monate.

Rudolf begann nun mit dem Aufbau ſeines Vermögens. Schon beachtete man ſeine Talente, und ſeine ehrgeizigen Wünſche näherten ſich der Erfüllung; eine bedeutende Poſition war ihm in Ausſicht geſtellt als Belohnung für ſeinen Eifer und in Anerkennung ſeiner hingebenden Dienſte, als der Juliſturm 1830 losbrach; und wieder erlitt er Schiffbruch.

Francesca und Gott ſind die Zeugen der mutigſten Verſuche und kühnſten Anſtrengungen eines vortrefflichen jungen Menſchen, denen aber bisher der Gott der Dummen, das Glück, ſeinen Beiſtand verſagte! Und immer neue Kämpfe nimmt dieſer unermüdliche Streiter um ſeiner Liebe willen auf ſich, ein ſtets liebevoller Blick und ein getreues Herz umleuchten ihn! . . . Liebende, betet für ihn!

☆

ALS FRÄULEIN DE WATTEVILLE MIT DIESER Erzählung zu Ende war, bewunderte ſie ſie ſehr, ihre Wangen glühten, Fieber kreiſte durch ihre Adern, ſie weinte, freilich vor Wut. Dieſe von der damals modernen Literatur inſpirierte Novelle war die erſte derartige Lektüre, an die Roſalie herankam. Darin war die Liebe, zwar nicht mit Meiſterhand, aber doch von einem Manne geſchildert, der wohl von ſeinen eigenen Erlebniſſen ſprach; und ſo mußte die noch ſo geſchickte Umſchleierung eine jungfräuliche Seele tief berühren. Hier liegt das Geheimnis der furchtbaren Erregungen des Fiebers und der Tränen bei Roſalie: Sie war eiferſüchtig auf Francesca Colonna. Sie war keinen Augenblick im Zweifel, daß ſeine Dichtung aufrichtig wäre: Albert hatte es ein Vergnügen bereitet, den Anfang ſeiner eigenen Leidenſchaft zu erzählen, wobei er ſicherlich die Namen, möglicherweiſe ſogar die Orte, verändert hatte. Roſalie geriet in eine geradezu teufliſche Neugier hinein. Welche Frau hätte nicht wie ſie den wahren Namen der Rivalin erfahren mögen, denn ſie liebte ja! Als ſie dieſe ihr ſo gefährlichen Seiten las, bekannte ſie ſich feierlichſt: „Ich liebe!" Sie liebte Albert und ſpürte im Herzen die mörderiſche Luſt, ihn der unbekannten Rivalin ſtreitig zu machen und zu entreißen. Sie vergegenwärtigte ſich, daß ſie weder muſizieren konnte noch ſchön war:
„Er wird mich niemals lieben!"
Dieſes Wort verdoppelte ihr Verlangen, zu erfahren, ob ſie ſich nicht täuſchte, ob Albert wirklich eine italieniſche Fürſtin liebte und von ihr wiedergeliebt wurde.

Während dieſer verhängnisvollen Nacht trat die Gabe zu ſchnellem Entſchluſſe, die ſchon den berühmten Watteville ausgezeichnet hatte, in ſeiner Erbin voll in Entfaltung. Sie brütete bizarre Pläne aus, wie ſie in der Phantaſie faſt aller jungen Mädchen kreiſen, wenn ſie in der Einſamkeit, in der törichte Mütter ſie gefangenhalten, von einem Kapitalereignis erregt werden, das das zwingende Iſolierungsſyſtem weder vorausſehen noch verhindern kann. Vom Kiosk aus wollte ſie auf einer Leiter hinunterſteigen in Alberts Garten und, während der Advokat gerade ſchlief, durch ſein Fenſter ins Innere des Kabinetts ſpähen. Sie dachte ſogar daran, ihm zu ſchreiben, ſie wollte die Geſetze der Beſançoner Geſellſchaft brechen und Albert in den Salon des Hotels de Rupt einführen. Eine ſolche Unternehmung wäre ſelbſt dem Abbé Grancey als eine Meiſterleiſtung an Unmöglichem erſchienen; hier war ſie die Frage eines einzigen Gedankens.

„Ach," überlegte ſie, „mein Vater hat Streitigkeiten wegen ſeiner Liegenſchaft Les Rouxey. Sollten ſie nicht zum Prozeß führen, ſo werde ich es dahin bringen, und er wird in unſern Salon kommen". Sie ſprang aus dem Bett und ans Fenſter, um das Licht ſtrahlen zu ſehen, das Alberts Nächte erhellte.

Es ſchlug ein Uhr, er ſchlief noch.

Ich werde ihn ſehen, wenn er aufſteht, vielleicht tritt er an ſein Fenſter!

In dieſer Minute wurde Fräulein de Watteville Zeugin eines Vorgangs, der ihr die Mittel in die Hand ſpielen ſollte, Alberts Geheimniſſe zu erfahren. Im Mondſchein ſah ſie zwei Arme ſich aus dem Kiosk ſtrecken und Jérôme beim Überklettern der Mauer und beim Einſteigen in den Kiosk helfen. In Jérômes Komplicen erkannte ſie ihre eigene Zofe.

Mariette und Jérôme! dachte ſie. Mariette iſt doch ein häßliches Mädchen! Sie werden ſich gewiß ſchämen.

Die häßliche Mariette war ſechsunddreißig Jahre alt, aber ſie hatte einige Morgen Land geerbt. Seit ſiebzehn Jahren ſtand ſie in Madame de Wattevilles Dienſten, die ſie um ihrer Ergebenheit, Rechtſchaffenheit und Anhänglichkeit willen überaus ſchätzte, und zweifellos hatte ſie ſich dort Erſparniſſe an Lohn und Trinkgeldern gemacht. Sie mußte an die fünfzehntauſend Franken beſitzen. In Jérômes Augen änderten fünfzehntauſend Franken die Geſetze der Optik: Er fand, Mariette ſei hübſch gewachſen, er überſah auch die Löcher und Buckel, die die Blattern in dieſem flachen, trockenen Geſicht hinterlaſſen hatten; ihn dünkte der ſchiefe Mund gerade, und ſeitdem der Anwalt Savaron ihn in ſeine Dienſte gezogen und damit in die Nähe des Hotel de Rupt gebracht hatte, ſchnitt er der bigotten Zofe, die ebenſo ſpröd und prüde war wie ihre Herrin, die Cour, die nach Art aller häßlichen alten Jungfern anſpruchsvoller als die ſchönſten jungen Mädchen auftrat. War für klarblickende Leute dieſe nächtliche Szene am Kiosk durchaus eindeutig, ſo war ſie es ganz und gar nicht für Roſalie. Sie entnahm ſich aber daraus die gefährlichſte Lehre, nämlich das ſchlechte Beiſpiel. Eine Mutter erzieht ihre Tochter auf das ſtrengſte, hält ſie ſiebzehn Jahre lang unter ihren Fittichen, und oft zerſtört ein Dienſtbote in einer einzigen Stunde durch ein Wort, durch eine Bewegung dieſe lange mühevolle Arbeit! Roſalie legte ſich wieder zu Bett und dachte angeſtrengt darüber nach, wie ſie ihre Entdeckung nun für ſich ausnutzen könne. Als ſie am andern Morgen in Mariettes Be-

gleitung (die Baronin war unpäßlich) zur Meſſe ging, nahm ſie den Arm der Zofe, die dieſe gräfliche Gnade ſeltſam anmutete.
„Mariette," fragte ſie, „beſitzt Jérôme das Vertrauen ſeines Herrn?"
„Ich weiß nicht, gnädiges Fräulein."
„Tu doch nicht ſo unſchuldig vor mir", antwortete Roſalie trocken. „Du haſt dich doch heute nacht unterm Kiosk von ihm küſſen laſſen. Da brauche ich mich nicht mehr zu wundern, daß du meiner Mutter ſo zugeredet haſt, die geplanten Verſchönerungen dort ausführen zu laſſen!"
Hier ſpürte Roſalie, wie Mariettes Arm zitterte.
„Ich will dir nicht übel," fuhr Roſalie fort, „beruhige dich, ich werde Mama kein Wort erzählen, und du kannſt deinen Jérôme ſehen, ſooft du magſt."
„Aber, gnädiges Fräulein," erwiderte Mariette, „was geſchieht, geſchieht in allen Ehren. Jérôme hat keine andere Abſicht, als mich zu heiraten . . ."
„Warum trefft ihr euch denn dann nachts?"
Mariette war niedergeſchlagen und wußte darauf nichts zu antworten.
„Höre Mariette, ich liebe auch! Ich liebe, nur ich, und im geheimen! Schließlich bin ich das einzige Kind meiner Eltern, und ſo haſt du einmal von mir mehr zu erwarten als von irgendwem ſonſt . . ."
„Gewiß, gnädiges Fräulein, Sie können auf uns im Leben und Tod rechnen!" rief Mariette aus, glücklich über die unerwartete Löſung.
„Zunächſt: Verſchwiegenheit gegen Verſchwiegenheit!" ſagte Roſalie. „Ich will gar nicht Herrn de Soulas heiraten; aber ich will etwas, unbedingt etwas ganz Beſtimmtes — mein Schutz gehört dir nur um dieſen Preis!"

„Das wäre?“ fragte Mariette.

„Ich möchte die Briefe ſehen, die Herr Savaron durch Jérôme auf die Poſt bringen läßt.“

„Aber wozu das?“ fragte Mariette erſchrocken.

„Oh, nur um ſie zu leſen. Dann kannſt du ſie ja ſelbſt auf die Poſt bringen. Lediglich eine kleine Verzögerung — das iſt alles.“

Roſalie und Mariette betraten eben die Kirche, und jede hing ihren Gedanken nach, anſtatt die Meſſe ordentlich zu hören.

„Mein Gott, wie viele Sünden mag das nun wieder geben!“ dachte Mariette.

Roſalie, deren Seele, Herz und Verſtand von der Novelle erſchüttert waren, ſah in ihr gewiſſermaßen eine für die Rivalin geſchriebene Geſchichte. Wie ein Kind bohrte ſie mit ihren Gedanken immer in derſelben Sache herum und endete ſchließlich bei der Überlegung, daß die „Revue de l'Eſt“ wohl auch an die von Albert geliebte Frau geſandt würde.

„Oh,“ ſagte ſie ſich, auf den Knien liegend, den Kopf in die Hände geborgen und ganz, als ſei ſie in ihr Gebet verloren, „wie könnte ich wohl meinen Vater dahin bringen, in die Liſte derer hineinzuſchauen, denen die „Revue“ zugeſandt wird?“

Nach dem Frühſtück machte ſie mit ihrem Vater einen Gang durch den Garten und dirigierte ihn unter Schmeicheleien zum Kiosk.

„Glaubſt du, liebes Väterchen, daß unſere ‚Revue‘ auch ins Ausland geht?“

„Sie ſteht ja erſt in den Anfängen . . .“

„Nun ich wette, daß . . .“

„Es iſt kaum möglich.“

„Such' es doch zu erfahren und merke dir die Namen der ausländiſchen Abonnenten.“

Nach zwei Stunden ſagte Herr de Watteville zu ſeiner Tochter:
„Ich hatte recht, es gibt noch keinen Abonnenten im Ausland. Man hofft, welche in Neufchâtel, Bern und Genf zu bekommen. Es geht wohl ein Exemplar nach Italien, aber gratis, an eine Mailänder Dame, und zwar an die Adreſſe ihres Landhauſes in Belgirate am Lago Maggiore."
„Und ſie heißt?" fragte Roſalie lebhaft.
„Die Herzogin d'Argaiolo."
„Kennſt du ſie, Vater?"
„Ich habe natürlich von ihr reden hören. Sie iſt eine geborene Fürſtin Soderini, eine große Dame aus Florenz, ebenſo reich wie ihr Mann, der zu den vermögendſten Leuten der Lombardei zählt. Ihre Villa am Lago Maggiore iſt eine italieniſche Sehenswürdigkeit."
Zwei Tage ſpäter brachte Mariette Roſalie folgenden Brief:

Albert Savaron an Leopold Hannequin.

„Nun alſo, teurer Freund, ich bin in Beſançon, während Du mich auf Reiſen wähnſt. Du ſollteſt nichts von mir erfahren, bis der Erfolg da wäre, und nun dämmert ſein Morgen. Ja, lieber Leopold, nach ſo viel fehlgeſchlagenen Unternehmungen, an die ich mein Herzblut, meine reichſten Kräfte und all meinen Mut verſchwendet hatte, wollte ich es machen wie Du: wollte einen vorgezeichneten Weg, und zwar den längſten und ſicherſten, gehen! Ha, wie Du da aus Deinem Notarſeſſel aufſpringſt! Aber glaube nicht, daß ich mich innerlich irgendwie geändert habe. Nur Du in aller Welt kennſt mein Geheimnis und dazu die Vorbehalte, die ‚ſie' mir auferlegt hat.

Ich habe Dir darüber nichts geäußert: aber Paris ließ ſich für mich ſehr hart an. Die Liquidierung meines erſten Unternehmens, in das ich meine ganze Hoffnung geſetzt hatte, und das dank der abgründigen Ruchloſigkeit meiner beiden Teilhaber um all und jeden Ertrag gebracht wurde, da ſie mich erſt belogen und dann ausplünderten — mich, auf deſſen Tatkraft ſie ſich ſtützten —, dieſe Liquidierung hieß mich darauf verzichten, mein Glück beim Geld zu ſuchen; das hatte mich drei Jahre meines Lebens, eins allein mit Prozeſſieren, gekoſtet. Vielleicht wäre ich noch übler davongekommen, wenn ich nicht hätte mit zwanzig Jahren Jura ſtudieren müſſen. Ich wollte Politiker werden, einzig und allein, um eines Tages bei einem Pairsſchub unter dem Titel des Grafen Albert Savaron de Savarus aufzutauchen und in Frankreich einen ſchönen Namen wiedererſtehen zu laſſen, der in Belgien erloſchen iſt, obwohl ich weder legitim noch legitimiert bin . . ."

„Oh, ich wußte beſtimmt, daß er von Adel iſt", ſeufzte Roſalie auf und ließ den Brief eine Weile ſinken.

„Du weißt, wie gewiſſenhaft ich gearbeitet habe, was für ein unbekannter und doch ergebener und brauchbarer Journaliſt und was für ein hervorragender Sekretär ich für den Staatsmann war, der mir auch 1829 zugetan blieb. Durch die Julirevolution ins Nichts zurückgeſtoßen, gerade als mein Name anfing, Aufmerkſamkeit zu erregen, gerade als ich, der Chef im Bittſchriftenbureau, ein Rad der politiſchen Maſchinerie werden ſollte, beging ich den Fehler, den Beſiegten treu zu bleiben und, ohne ſie, für ſie zu kämpfen. Ach, warum war ich auch erſt dreiunddreißig Jahre alt! Und wie habe ich Dich angefleht,

Du ſollteſt mir die Wählbarkeit verſchaffen! All meine Hingabe und meine ausgeſtandenen Gefahren habe ich Dir verheimlicht. Was willſt Du? Ich beſaß ja den Glauben an die Zukunft! Wir hätten nicht miteinander übereingeſtimmt. Zehn Monate lang ſahſt Du mich heiter und zufrieden, ich ſchrieb meine politiſchen Artikel und war doch verzweifelt: ich ſah mich ſchon in einem Alter von ſiebenunddreißig Jahren mit einem Vermögen von im ganzen zweitauſend Franken, ohne die geringſte Berühmtheit, eben dabei, in einem glänzenden Unternehmen Schiffbruch zu leiden, nämlich bei einer Tageszeitung, die, anſtatt auch den täglichen Anregungen ihr Teil zu gewähren, nur den Zukunftshoffnungen diente. Ich wußte einfach nicht mehr, wohin! Und ich fühlte mich! Düſter und weh verkroch ich mich in die entlegenſten Winkel jenes Paris', das ſich mir nicht geben wollte, hing meinem getäuſchten Ehrgeiz nach, ohne aber von ihm zu laſſen. Oh, was für wütende Briefe habe ich nicht damals geſchrieben — an ‚ſie', an mein zweites Gewiſſen, an mein anderes Ich. Zuweilen fragte ich mich: Warum habe ich mir im Leben ein ſo weites Ziel geſteckt? Warum alles wollen? Warum nicht einfach auf das Glück warten und mich ſo lange irgendeiner quaſi mechaniſchen Beſchäftigung widmen?

Ich hatte damals mein Augenmerk auf einen beſcheidenen Platz gerichtet, an dem ſich leben ließ: ich war eben dabei, die Leitung eines Journals unter einem ziemlich dummen, aber geldſchweren und ehrgeizigen Chef anzutreten, als mich ein Schrecken packte:

‚Würde ſie dich noch zum Manne haben wollen, da du ſo weit heruntergekommen biſt?' fragte ich mich.

Dieſe Überlegung machte mich wieder jung, wie mit zweiundzwanzig Jahren! Oh, mein lieber Leopold, wieviel Seele verſchwendet man in ſolchen Verlegenheiten! Was müſſen die Adler im Käfig und die eingeſperrten Löwen ausſtehen? . . . Sie müſſen all das erdulden, was Napoleon durchmachte, nicht auf Sankt Helena, wohl aber auf dem Quai der Tuilerien, als er am 10. Auguſt Ludwig XVI. ſich ſo miſerabel verteidigen ſah — er, der die Meuterei niedergeworfen hätte, wie er es denn auch ſpäter, im Vendémiaire, an der gleichen Stelle tat. Nun, eines Tages werden dieſe vier Jahre Leidens hinter mir liegen. Wieviele Reden für die Kammer habe ich nicht in den leeren Alleen des Bois de Boulogne gehalten! Solche unnützen Improviſationen haben wenigſtens meine Ausdrucksweiſe geſchärft und mein Hirn daran gewöhnt, ſeine Gedanken in Worten zu formulieren. Während ich insgeheim dieſe Marter durchlitt, haſt Du Dich verheiratet, konnteſt Du Dir Deinen Rang erkaufen und in Deinem Arrondiſſement der Gehilfe des Maires werden, nachdem Du Dir ſchon als Verwundeter bei Saint-Merri das Kreuz geholt hatteſt.

Hör'! Als ich noch ganz klein war und Maikäfer quälte, ließ mich bei den armen Inſekten eine Bewegung regelrecht in Fieber geraten: das war, wenn ich ſah, wie ſie immer wieder zum Fluge anſetzten und doch nicht fortflogen, obwohl es ihnen jedesmal glückte, die Flügel auszubreiten. Wir würden von ihnen ſagen: Sie zählen! War das Sympathie? Zukunftsviſion? Ach, die Flügel ſpreizen und doch nicht fliegen können! Ich kenne das ſeit jener famoſen Unternehmung, mit der man mich 'reingelegt hat, und an der vier Familien reich geworden ſind!

Und nun paß weiter auf: Vor ungefähr ſieben Monaten beſchloß ich, mir in der Anwaltskammer einen Namen zu ſchaffen, da ich feſtgeſtellt hatte, wieviel Advokatenſitze dort an den wichtigſten Stellen offen waren. Ich mußte an die ewigen Rivalitäten denken, die ich innerhalb der Preſſe erlebt hatte, und wie ſchwer es iſt, irgend etwas in Paris zu erreichen, in dieſer Arena, wo ſo viele Champions aufeinanderſtoßen. So faßte ich denn einen für mich ziemlich grauſamen Entſchluß, der aber ſicherer und ſchneller als ſonſt einer zum Erfolg führen mußte. In Unterhaltungen hatteſt Du mir die ſoziale Struktur von Beſançon recht gut erläutert, wonach es für einen Fremden ſo ziemlich unmöglich ſein mußte, dort anzukommen, ein noch ſo geringes Aufſehen zu erregen, ſich zu verheiraten, gar in die Geſellſchaft einzudringen oder ſonſt einen Erfolg davonzutragen. Hier wollte ich mein Banner aufpflanzen und trachten, mit allem Geſchick der Konkurrenz aus dem Wege zu gehen und dann Deputierter zu werden. Die Leute der Comté mögen keine Fremden — gut, der Fremde wird ſich ihnen nicht aufdrängen! Sie wollen ihm ihre Salons nicht öffnen — er wird nicht hingehen! Er wird ſich überhaupt nirgends zeigen, nicht einmal auf der Straße. Indeſſen eine beſtimmte Klaſſe ſtartet die Deputierſen: die Kaufleute. Ich werde mich alſo in kaufmänniſchen Fragen ſpezialiſieren, über die ich ja ſchon einige Kenntniſſe beſitze; ich werde Prozeſſe gewinnen, Vergleiche ſchließen und der erſte Anwalt von Beſançon werden. Später will ich eine Revue gründen, in der ich die Intereſſen der Gegend vertrete, ich werde ſolche ſchaffen, beleben und verſtorbene wieder erwecken. Habe ich erſt einmal genug Stimmen geſammelt, dann wird auch mein Name aus der Urne ſpringen. Man wird den unbekannten Advokaten lange Zeit mißachten; irgendein Umſtand aber ſtellt ihn ans Licht, eine Armenverteidigung, eine Affäre, mit der ſich die übrigen Advokaten nicht abgeben wollen. Wenn ich erſt einmal ſpreche, bin ich auch meines Erfolges ſicher. Ich habe alſo, mein lieber Leopold, meine Bibliothek in elf Kiſten verſtaut, habe mir rechtswiſſenſchaftliche Werke erſtanden, die mir nützen könnten, und dann alles miteinander, auch meine Möbel, nach Beſançon transportieren laſſen. Ich habe mein Diplom in die Taſche geſteckt, dazu tauſend Taler und mich von Dir verabſchiedet. In Beſançon hat mich die Poſt abgeſetzt, und innerhalb drei Tagen hatte ich dort eine kleine Wohnung mit Gartenausſicht gefunden; das geheimnisvolle Arbeitszimmer, in dem ich mich Tag und Nacht aufhalte, habe ich ganz herrlich eingerichtet; dort ſtrahlt das Bild meines Idols. Ihr iſt mein Leben geweiht, ſie erfüllt es ganz und gar, ſie iſt die treibende Seele bei all meinem Tun, das Geheimnis meines Mutes, die Urſache meines Könnens! Als meine Möbel und Bücher da waren, habe ich mir einen intelligenten Diener genommen und fünf Monate wie ein Murmeltier im Winter zugebracht. Man hatte mich übrigens in die Liſte der Anwälte eingetragen. Endlich beauftragte man mich von Amts wegen mit der Verteidigung eines Unglückspilzes vor dem Schwurgericht, zweifellos, um mich wenigſtens einmal ſprechen zu hören. Zum Gerichtshof gehörte einer der einflußreichſten Beſançoner Kaufleute, der ſeinerſeits eine kitzlige Sache zu führen hatte; ich habe nun erſt einmal in jener Angelegenheit das Menſchenmögliche für meinen Mandanten getan und einen durchſchlagenden Erfolg erzielt. Mein Klient war unſchuldig. Ich ließ in dramatiſcher Weiſe die eigentlichen Schuldigen, die unter den Zeugeu ſaßen, feſtnehmen. Der Gerichtshof teilte die Bewunderung der Zuhörer. Dabei verſtand ich es, der Eigenliebe des Unterſuchungsrichters zu ſchmeicheln, indem ich nachwies, daß es geradezu unmöglich wäre, eine derartig verwickelte Intrige aufzudecken. Nun, daraufhin bekam ich meinen Großkaufmann zum Klienten und habe auch für ihn geſiegt. Das Kapitel der Kathedrale nahm mich in einem Monſterprozeß, den es ſchon vier Jahre lang gegen die Stadt führte, zum Anwalt: ich gewann! Durch drei Fälle bin ich als der bedeutendſte Anwalt der Franche-Comté geworden. Aber ich umgebe mein Leben mit dichten Geheimniſſen und laſſe mir auf dieſe Weiſe nicht in die Karten gucken. Ich habe mir Gewohnheiten zugelegt, die mich von der Annahme irgendwelcher Einladung dispenſieren. Meine Sprechzeit liegt zwiſchen ſechs und acht Uhr morgens, nach dem Abendeſſen lege ich mich ſchlafen und arbeite in der ſpäten Nacht. Der Generalvikar, ein geiſtvoller und höchſt einflußreicher Mann, der mir die — übrigens in erſter Inſtanz bereits verlorene — Sache des Kapitels übertrug, redete mir natürlich von Erkenntlichkeit. ‚Mein Herr,‘ habe ich ihm geantwortet, ‚ich werde Ihren Prozeß gewinnen, ich will jedoch kein Honorar, ich will mehr . . . (Zuſammenzucken beim Abbé). Bedenken Sie: ich verliere enorm viel, wenn ich mich als Gegner der Stadt hinſtelle; ich bin nur hierhergekommen, um als Deputierter wieder abzureiſen; ich möchte mich lediglich mit kaufmänniſchen Fragen beſchäftigen, weil die Kaufleute die Deputierten machen, die aber werden mir ihr Vertrauen nicht ſchenken, wenn ich für die Pfaffen plädiere — denn für ſie ſind Sie nun einmal „die Pfaffen“! Übernehme ich Ihre Sache, ſo tue ich es, weil ich 1828 Privatſekretär beim Miniſterium war (neues Erſtaunen des Abbés) und Chef im Bittſchriftenbureau unter dem Namen Albert de Savarus (abermaliges Erſtaunen). Ich bin den monarchiſtiſchen Grundſätzen treu geblieben; da Sie indeſſen nicht über die Majorität in Beſançon verfügen, muß ich mir auch in den bürgerlichen Kreiſen Stimmen werben. Das Honorar, um das ich Sie bitte, ſind die Stimmen, die Sie mir im ſtillen zu gegebener Zeit zuführen können. Wahren wir gegenſeitig unſer Geheimnis, dann will ich ſämtliche Angelegenheiten aller Prieſter in Ihrer Diözeſe umſonſt führen. Kein Wort alſo über meine Vergangenheit und Treue um Treue!‘

Als er dann wiederkam, um mir ſeinen Dank zu bezeugen, übergab er mir eine Fünfhundertfrankennote und flüſterte mir ins Ohr:

‚Die Stimmen werden jederzeit bereit ſein!‘

In den fünf Beſprechungen, die ich mit ihm hatte, habe ich mir, ich glaube es wenigſtens, den Generalvikar zum Freunde gemacht. Jetzt bin ich mit Arbeit überhäuft, führe aber nur die Angelegenheiten der Kaufleute unter dem Vorwand, Handelsfragen ſeien meine Spezialität. Dieſe Taktik verpflichtet mir die Kaufmannskreiſe und bietet mir die Möglichkeit, einflußreiche Männer kennenzulernen. So ſteht alſo alles gut. In ein paar Monaten werde ich mir in Beſançon ein Haus gekauft haben, das mir die Wählbarkeit ſichert. Ich zähle auf Dich, damit ich mir die für dieſe Erwerbung notwendigen Gelder leihen kann. Sollte ich ſterben oder mit meinen

Plänen ſcheitern, ſo wäre der Verluſt nicht groß genug, um etwas zwiſchen uns zu bringen. Mit dem Mietzins wären deine Anſprüche gedeckt, ich aber würde anderswo auf eine günſtige Gelegenheit warten, damit Du an dieſer für mich notwendigen Hypothek keine Einbuße erleideſt.

Ach, mein lieber Leopold, kein Spieler, der das letzte bißchen Geld in der Taſche hatte und es im Fremdenklub in einer allerletzten Nacht verſpielte, um entweder reich oder ruiniert aufzuſtehen, hat dieſes beſtändige Klirren im Ohr gehabt und in den Händen dieſen leichten nervöſen Schweiß und im Kopf dieſe fiebriſche Unruhe und im ganzen Kördieſes innerliche Zittern, wie ich es all die Tage verſpüre, da ich über der letzten Partie meines Ehrgeizes ſitze. Ach, teurer, einziger Freund, bald werden es zehn Jahre ſein, daß ich kämpfe. Dieſer Kampf mit Menſch und Ding, dem ich unabläſſig Kraft und Energie geopfert, an den ich meine ganze Sehnſucht gehängt habe, der hat mich innerlich geradezu unterminiert. So kräftig und geſund ich ausſehe, ich fühle mich doch ſehr kaputt. Jeder Tag zerrt mir einen Fetzen meines geheimſten Ichs weg. Bei jeder neuen Anſtrengung merke ich, daß ich nicht noch einmal anfangen könnte. All meine Kraft und Macht reicht nur noch für das Glück aus; und wenn es ſeinen Roſenkranz nicht auf mein Haupt legt, müßte mein Ich aufhören zu exiſtieren, ich wäre nur noch ein zerſtörtes Ding, ich hätte nichts mehr in der Welt zu ſuchen und möchte nichts mehr ſein. Du weißt, daß Macht und Ruhm, dieſes ungeheure moraliſche Vermögen, nach dem ich trachte, nur von ſekundärer Bedeutung ſind: das Mittel zum Glück, der Sockel meines Idols.

Mit letztem Atem ans Ziel kommen, wie der klaſſiſche Läufer!, an der Schwelle des Glückes ſterben!, die Geliebte halten in der Stunde, da ihre Liebe erkaltet!, keine Möglichkeit des Spiels haben, wenn man das Recht auf ein glückliches Leben hat! . . . O wie vielen Menſchen iſt das das Schickſal!
Sicher kommt einmal der Augenblick, da Tantalus ſtillſteht, die Arme kreuzt, der Hölle trotzt und ſeine ewige Arbeit aufkündigt. Ich würde dort zu ihm halten, wenn irgend etwas meinen Plan fehlſchlagen ließe; wenn ich, einmal in den Provinzdreck gekrochen, wie ein ausgehungerter Tiger um dieſe Kaufleute und Wähler herumgeſchlichen wäre, nur um ihre Stimmen einzuheimſen; wenn ich meine Zeit an ihre ſeichten Prozeſſe vergeudet hätte, eine Zeit, die ich, weiß Gott, beſſer am Lago Maggiore verbringen könnte, um die Wellen zu ſchauen, auf denen ihr Auge ruht, um mich ihren Blicken zu beugen, um ſie zu hören —, ich würde kaum noch einmal auf die Tribüne ſteigen, die Aureole für einen Namen zu erringen, der das Erbe der Argaiolo übernehmen darf. Leopold, an manchen Tagen ſpüre ich ſo etwas wie Nebel um mich und bin abgeſpannt; aus meiner tiefſten Seele ſteigt dunſtend ein tödlicher Ekel auf, beſonders wenn ich nach langen Träumereien in den Vorfreuden künftigen Liebesglückes ſchwelge. Sollte die Sehnſucht in uns nur eine beſtimmte Doſis Kraft haben und an zu großer Subſtanzverſchwendung eingehen? Nach all dem iſt mein Leben zur Stunde ſchön und hell durch den Glauben, die Arbeit und die Liebe. Leb' wohl mein Freund! Ich umarme Deine Kinder, und wecke Du im Herzen Deiner vortrefflichen Gattin die Erinnerung an Euren Albert."

Diesen Brief, dessen Sinn sich tief in ihr Herz einprägte, las Rosalie zweimal. Plötzlich konnte sie Alberts Vergangenheit überschauen; denn ihr lebhafter Verstand lockerte alle Einzelheiten auf und ließ sie die Zusammenhänge finden. Sie setzte das novellistische Bekenntnis aus der Revue damit in Verbindung, und nun verstand sie Albert ganz und gar. Natürlich sah sie seine an sich schon schöne Seele und seinen starken Willen in übertriebener Größe; und darauf schwoll ihre Liebe für Albert zur heftigen Leidenschaft, die sich an ihrer Jugendkraft, dem Kummer ihrer Einsamkeit und an ihrer verborgenen Charakterstärke nährte. Lieben ist bei jungen Menschen schon von Haus aus eine Wirkung des Naturgesetzes; klammert sich aber das Zärtlichkeitsbedürfnis an einen außergewöhnlichen Menschen, so kommt dann noch die Begeisterung hinzu, und das junge Herz strömt über. So brachten wenige Tage auch Fräulein de Watteville in ein tödliches, jedenfalls höchst gefährliches Stadium verliebten Überschwangs.

Die Baronin war sehr zufrieden mit ihrer Tochter, die vielzusehr in Gedanken versunken war, um widerspenstig zu sein; mit vollstem Eifer schien sie sich ihren verschiedenen weiblichen Handarbeiten zu widmen, und sie erfüllte das schöne Ideal der gehorsamen Tochter.

Um diese Zeit plädierte der Advokat zwei-, dreimal die Woche. Obwohl mit Arbeit überlastet, kam er doch seinen Verpflichtungen im Justizpalast, in strittigen Handelsfragen und in der Revue durchaus nach, hielt sich aber sonst in einer Wolke von Geheimnis, weil er wohl wußte, daß ihn das wichtiger, geheimnisvoller, kompetenter machen würde.

Doch vernachläſſigte er kein Mittel zum Erfolg, prüfte aufmerkſam die Liſte der Beſançoner Wähler, ging ihren Intereſſen und Eigenheiten nach, ſuchte herauszubekommen, mit wem ſie befreundet oder verfeindet waren. Kein ‚Papabile' dürfte ſich ſolche Mühe gegeben haben.

Als Mariette eines Abends heraufkam, um Roſalie beim Ankleiden zu einer Soiree behilflich zu ſein, rückte ſie, nicht ohne über den Vertrauensbruch zu jammern, mit einem Brief heraus, bei deſſen Adreſſe Fräulein de Watteville zitterte und abwechſelnd blaß und rot wurde:

An die Frau Herzogin d'Argaiolo,
geborene Fürſtin Soderini
in Belgirate.
Lago Maggiore, Italien.

Dieſe Adreſſe flimmerte ihr vor den Augen, wiewohl das Mene-Tekel-Upharſin vor denen des Belſazar geflimmert haben mochte. Sie verſteckte den Brief und ging hinunter, um ſich mit der Mutter zu Madame de Chavoncourt zu begeben. Den ganzen Abend über war ſie von Gewiſſensſkrupeln gequält. Sie hatte ſich ſchon geſchämt, das Briefgeheimnis zwiſchen Albert und Leopold verletzt zu haben, und ſich mehrmals gefragt, ob der vornehme Albert ſie nicht verachten würde, wenn er ſie dieſes Verbrechens ſchuldig wüßte, das um ſo niederträchtiger war, als es nicht beſtraft werden konnte. Ihr Gewiſſen hatte ganz energiſch ‚nein!' geantwortet. Um ihr Vergehen zu ſühnen, hatte ſie ſich als Buße auferlegt: ſie faſtete, kaſteite ſich, indem ſie, die Arme im Kreuz, ſtundenlang auf den Knien betete. Auch Mariette hatte ſie zu dieſer Buße angehalten. Wirk-

liches Asketentum mischte sich in ihre Leidenschaft, die dadurch noch gefährlicher wurde.
‚Soll ich diesen Brief lesen? Soll ich?' fragte sie sich, während sie den kleinen Chavoncourts zuhörte. — Die eine war sechzehn, die andere siebzehneinhalb. Rosalie sah ihre Freundinnen als kleine Mädchen an, weil sie noch nicht heimlich liebten. — ‚Wenn ich ihn lese,' meinte sie nach einer Stunde des Zauderns zwischen Ja und Nein, ‚so soll es bestimmt der letzte sein. Habe ich schon einmal soviel getan, um zu erfahren, was er dem Freunde schreibt, warum sollte ich nicht wissen, was er ihr, ihr zu sagen hat? So schrecklich mein Verbrechen ist, so sehr spricht es doch für meine Liebe. O Albert, bin ich denn nicht deine Frau?'
Als Rosalie im Bett lag, öffnete sie diesen, von Tag zu Tag datierten, Brief, der der Herzogin ein getreues Abbild von Alberts Leben und Empfindungen vermitteln sollte.

25.

„Geliebte Seele, alles steht gut. Meine Eroberungen haben sich um eine vermehrt: ich konnte einer bei den Wahlen besonders einflußreichen Persönlichkeit einen Dienst erweisen. Wie die Kritiker den Ruf anderer Leute machen, ohne eigentlich selbst je einen Namen zu bekommen, so macht dieser Mensch Deputierte, ohne selbst je in die Kammer zu kommen. Der brave Mann wollte sich mir auf billige Weise erkenntlich zeigen, am liebsten hätte er nicht einmal die Börse gezogen; so sagte er:
‚Wollen Sie in die Kammer eintreten? Ich könnte Ihre Nomination zum Deputierten betreiben.'
‚Sollte ich mich zur politischen Karriere entschließen', habe ich ihm ganz scheinheilig geantwortet,

‚ſo würde es im Dienſt der Comté ſein, die ich liebe, und wo ich mich einiger Schätzung erfreue.‘

‚Alſo gut, wir werden Sie nominieren und dank Ihnen einen Einfluß in der Kammer bekommen, denn Sie werden dort eine Leuchte ſein.‘

Nun, mein geliebter Engel, magſt Du ſagen, was Du willſt, meine Ausdauer wird gekrönt. In kurzer Zeit werde ich von der Tribüne Frankreichs aus zu meiner Heimat, zu Europa ſprechen. Mein Name wird Dir von der hundertſtimmigen franzöſiſchen Preſſe hinübergerufen.

Ja, Du hatteſt recht, ich bin alt nach Beſançon gekommen, und Beſançon hat mich noch älter gemacht; aber wie Sixtus V. werde ich am Tage nach meiner Wahl wieder jung ſein. Dann beginnt mein wahres Leben, ich habe meinen Wirkungskreis. Und bin ich Dir dann nicht ebenbürtig? Der Graf Savaron de Savarus, Botſchafter gottweißwo, kann eine Fürſtin Soderini, Witwe des Herzogs d'Argaiolo heiraten! Der Sieg macht die Menſchen jung, die ſich in unaufhörlichen Kämpfen ſtählen. O mein Leben! Welchen Freudenſprung habe ich von meiner Bibliothek bis vor Dein teures Bild getan, nur um Dir dieſen Fortſchritt zu erzählen, ehe ich Dir darüber ſchrieb! Die Stimme meines Herzens, die Stimme des Generalvikars, die der Leute, die mir verpflichtet ſind, machen meine Wahl ſchon ſo gut wie ſicher.“

26.

„Wir haben das zwölfte Jahr begonnen, ſeit jenem glücklichen Abend, an dem die ſchöne Herzogin mit einem Blick zu halten verſprach, was die verbannte Francesca gelobt hatte. Ach, Liebe, Du biſt jetzt zweiunddreißig und ich fünfunddreißig, der gute

Herzog ſiebenundſiebzig, das ſind zehn Jahre mehr, als wir beide zuſammen zählen, und er fühlt ſich noch immer wohl. Beſtelle ihm meine Grüße. Meine Geduld iſt faſt genau ſo groß wie meine Liebe. Und dann brauche ich noch ein paar Jahre, um mein Vermögen auf die Höhe Deines Namens zu bringen. Siehſt Du, ich bin luſtig, ich lache heute; das tut die Hoffnung. Trauer und Heiterkeit, alles kommt mir von Dir. Die Hoffnung auf ein gutes Ende läßt mich immer an den Tag denken, der Deinem erſten Anblick folgte und unſer beider Leben vereinte wie Erde und Licht. Was für Tränen in dieſen elf Jahren, denn der 26. Dezember iſt der Jahrestag meiner Ankunft in Deiner Villa am Bodenſee. Seit elf Jahren fordere ich mein Glück, ſeit elf Jahren ſtrahlſt Du Stern zu hoch, als daß eine Menſchenhand nach Dir greifen könnte!"

27.

„Nein, Teure, geh nicht nach Mailand, bleib in Belgirate. Mailand ängſtigt mich. Ich haſſe dieſe abſcheuliche Mailänder Angewohnheit, Abend für Abend in der Scala mit einem Dutzend Menſchen zu reden, unter denen ſicherlich einer Dir ein Kompliment machen wird. Mir iſt die Einſamkeit wie ein Stück Bernſtein, das für immer ein Inſekt in unverletzlicher Schönheit umſchließt. Genau ſo bleiben Leib und Seele einer Frau rein und wie in den Tagen ihrer Jugend. Bedauerſt Du dieſe Tedeſchi?"

28.

„Deine Statue wird wohl nie fertig? Ich möchte Dich in Marmor haben, im Bild, als Miniatur, in jeder Form, nur um meine Ungeduld zu zähmen. Ich warte immerzu auf die Anſicht Belgirates von

Süden und auf die der Galerie, das ſind die einzigen, die mir fehlen. Ich bin ſo mit Arbeit überhäuft, daß ich Dir nur ein Nichts ſagen kann, aber in dieſem Nichts iſt alles. Schuf Gott die Welt nicht aus dem Nichts? Dieſes Nichts iſt ein Wort, ein Gotteswort: Ich liebe Dich!"

30.

„Oh, da iſt Dein Tagebuch! Ich danke Dir für Deine Ausführlichkeit. Es hat Dir alſo große Freude bereitet, die Einzelheiten unſerer erſten Begegnung aus der Verdichtung wiederzuerkennen? . . . Ach, ich hatte doch Angſt, ich könne Dich verletzen, obwohl ich mich bemühte, alles zu verſchleiern. Es waren keine Novellen da, und eine Zeitſchrift ohne Novellen — iſt wie eine ſchöne Frau ohne Haare. Von Natur aus wenig erfinderiſch, griff ich in der Verzweiflung nach der einzigen Dichtung, die in meiner Seele ruhte, zum einzigen Abenteuer meiner Erinnerungen, brachte es auf den Ton, in dem es erzählt werden konnte; und während ich das einzige Werk aus meinem Herzen abſchrieb, habe ich unaufhörlich nur an Dich gedacht, denn mit der Feder könnte ich nicht reden. Haſt Du nicht ſehr gelacht über die Verwandlung des wilden Sormano in eine Gina?

Du fragſt, wie es meiner Geſundheit geht? Viel beſſer als in Paris. Trotzdem ich mächtig arbeite, genießt meine Seele doch die ruhige Umgebung. Das, was müde und alt macht, geliebter Engel, ſind die Ängſte getäuſchter Eitelkeit, dieſe beſtändige Beunruhigung durch das Pariſer Leben und der Krampf des wetteifernden Ehrgeizes. Die Ruhe iſt wie Balſam. Wüßteſt Du, welches Vergnügen mir Dein Brief macht, dieſer gute lange Brief, der mir die geringſten Vorfälle Deines Lebens berichtet! Nein, keine andere Frau wird ermeſſen können, wo ein Liebender durch ſolche Nichtigkeiten zu feſſeln iſt. Es hat mir auch großen Spaß gemacht, das Muſter Deines neuen Kleides zu ſehen — iſt es denn etwa gleichgültig zu wiſſen, wie Du angezogen biſt? Ob Deine erhabene Stirn ſich furcht, ob unſere Autoren Dich zerſtreuen, ob Canalis' Gedichte Dich feſſeln? Ich leſe die Bücher, die Du lieſt. Alles bis zu Deiner Spazierfahrt auf dem See geht mich etwas an. Dein Brief iſt ſchön und zart wie Deine Seele. Du himmliſche, ewigangebetete Blume, wie hätte ich dieſe elf Jahre ohne Deine teuren Briefe leben können, die mich auf meinen ſchweren Wegen geſtützt haben, da ſie ein Glanz, ein Duft, geradezu ein Geſang, eine Gottesnahrung und all das waren, was das Leben tröſtet und verſchönt! Ändere Dich nicht! Wenn Du ahnteſt, wie unruhig ich an Tagen bin, ehe Deine Nachrichten kommen, und wie weh es mir tut, wenn ſie ſich auch nur um einen Tag verſpäten! Iſt ſie krank? Oder er? Ich ſchwebe zwiſchen Hölle und Himmel, werde wahnſinnig. — O mia cara diva, pflege immer die Muſik, übe Deine Stimme und lerne. Ich bin glücklich, daß wir in Zeit und Arbeit nebeneinander gehen und, obwohl die Alpen uns trennen, genau das gleiche Leben führen. Dieſer Gedanke bezaubert mich und gibt mir Mut. Obwohl ich Dir den Wortlaut meines erſten Plaidoyers noch nicht ſchrieb, habe ich mir doch vorgeſtellt, Du hörteſt mich; und plötzlich regte ſich in mir dieſe Inſpiration, die den Dichter über die Menſchheit hinaushebt. Wenn ich in die Kammer eintrete, oh, dann wirſt Du nach Paris kommen und meinem Debut beiwohnen."

30. abends.

„Mein Gott, wie heiß ich Dich liebe! Ach, ich hab allzuviel in meine Liebe und meine Hoffnungen gelegt. Ein Zufall, der die übervolle Barke kentern läßt, koſtet mich das Leben. Drei Jahre lang habe ich Dich nicht geſehen, und wenn ich denke, ich könnte nach Belgirate kommen, ſchlägt mir das Herz ſo ſtark, daß ich innehalten muß . . . Dich ſehen, Deine kindlich rührende Stimme hören, mit den Augen dieſe Elfenbeinhaut küſſen, die ſo wundervoll ſtrahlt und ein reines Denken ahnen läßt, Deine Finger beim Spiel über die Taſten hin bewundern, Deine ganze Seele in einem Blick empfangen und Dein Herz in einem ‚Oimé!‘ oder ‚Alberto!‘, mit Dir unter blühenden Orangenbäumen wandeln, und in dieſem erhabenen Lande ein paar Monate gemeinſam leben . . . das hieße leben! Welch ein Irrſinn, der Macht, einem Namen und dem Gelde nachzulaufen! Alles iſt in Belgirate: Dichtung, Ruhm! Ich hätte Dein Verwalter werden ſollen oder, wie der teure Tyrann, den wir nicht haſſen können, uns vorſchlug, Dein cavaliere servante, um immer Deine Nähe zu atmen. Aber unſere heiße Leidenſchaft verbot uns, das anzunehmen. Lebe wohl, mein Engel! Die Hoffnung, die mir bisher ein Irrlicht ſchien, entflammte mich zu ſo viel Heiterkeit – Du wirſt mir künftig manchen Trübſinn verzeihen müſſen.“

Wie er ſie liebt! rief Roſalie aus und ließ den Brief ſinken, ſo ſchwer wog er in ihrer Hand. Nach elf Jahren noch ſo ſchreiben! — „Mariette,“ ſagte Roſalie anderntags zu ihrer Zofe, „wirf dieſen Brief in den Poſtkaſten und bedeute Jérôme, ich wiſſe nun alles, was ich wiſſen wollte, und er ſolle Herrn

Albert redlich dienen. Wir wollen unſere Sünden beichten, ohne zu ſagen, woher die Briefe kamen, noch wohin ſie gingen. Ich tat unrecht, ich allein bin ſchuldig."

„Das gnädige Fräulein hat geweint?" fragte Mariette.

„Ja, aber ich will nicht, daß meine Mutter es merkt, bring mir recht kaltes Waſſer."

Durch alle Stürme ihrer Leidenſchaft lauſchte Roſalia oft auf die Stimme ihres Gewiſſens. Erſchüttert von dieſer wunderbaren Treue zweier Herzen neigte ſie ſich zum Gebet; ſie ſagte ſich, daß ſie reſignieren müſſe, um das Glück dieſer einander ebenbürtigen Seelen zu achten, die ſich dem Schickſal beugten, auf Gott bauten und weder in Tat noch in Gedanke ein Verbrechen wollten. Nachdem ſie einmal einen Entſchluß gefaßt hatte, den das geſunde natürliche Urteil ihres jungen Herzens inſpirierte, fühlte ſie ſich beſſer, und eine gewiſſe Befriedigung ſtieg in ihr auf. Dieſe jungmädchenhafte Betrachtung ſtärkte ihren Mut: ſie opferte ſich für „ihn"!

Sie kann nicht lieben, dachte ſie, einem Manne, der mich ſo liebte, würde ich alles opfern! Geliebt werden! ... Wann werde ich geliebt werden und von wem? Dieſer kleine Herr de Soulas liebt ja nur mein Geld, wäre ich arm, ſo würde er mich überhaupt nicht anſehen.

„Roſalie, Kleines, woran denkſt du denn? Du ſtickſt ja über das Muſter hinaus!" ſagte die Baronin zu ihrer Tochter, die für den Vater Pantoffeln ſtickte.

Den ganzen Winter 1834 auf 1835 verbrachte Roſalie in beſtändiger innerer Unruhe; im Frühjahr aber, im April, um die Zeit ihres achtzehnten Geburtstages, befeſtigte ſich in ihr mehr und mehr die

Meinung, ſie könne doch ganz gut eine Herzogin d'Argaiolo ausſtechen. Die Ausſichten eines ſolchen Kampfes hatten in dieſer Abgeſchiedenheit und Stille ihre leidenſchaftlichen und böſen Gedanken aufs neue entzündet. Im vornherein ſchon ſetzte ſie ihre romanhafte Kühnheit in unabläſſiges Pläneſchmieden um. So ſelten ſolche Charaktere ſind, Roſalien gibt es leider noch viel zu viele, und dieſe Geſchichte ſollte ihnen als eine Lehre dienen. Den Winter über hatte Albert de Savarus heimlich einen mächtigen Fortſchritt in Beſançon gemacht. Voller Ungeduld erwartete er die Auflöſung der Kammer, ſeines Erfolges ſo gut wie ſicher. Von den Leuten der Mittelpartei hatte er einen der größten Macher in Beſançon, einen wohlhabenden, überaus einflußreichen Unternehmer, für ſich gewonnen.

Die Römer haben ſich allenthalben die erdenklichſte Mühe gegeben und immenſe Summen ausgeworfen, um jede Stadt ihres Reiches mit gutem Trinkwaſſer zu verſorgen. In Beſançon tranken ſie das Waſſer des Arcier, eines ziemlich weit entfernt liegenden Gebirgszuges. Der Doubs beſchreibt um Beſançon eine Hufeiſenwindung. Der Gedanke alſo, den römiſchen Aquädukt wiederherzuſtellen, um in der vom Doubs umſpülten Stadt das Waſſer der römiſchen Leitung zu trinken, war eine jener Dummheiten, wie ſie nur in der Provinz gedeihen, wo man alles furchtbar wichtig nimmt. Wenn dieſe Phantaſie im Herzen der Beſançoner Wurzel ſchlug, dann mußte ſie große Ausgaben verurſachen, und dieſe Ausgaben konnten wohl dem einflußreichen Manne zugute kommen. Albert Savaron de Savarus ſprach ſich alſo dahin aus, daß man den Doubs ruhig unter Hängebrücken weiter fließen laſſen und das Trinkwaſſer allein vom

Arcier nehmen ſolle. In der „Revue de l'Eſt“ erſchienen Auffätze, die getreu die Meinungen der Beſançoner Handelskreiſe widerſpiegelten. Adel und Bürgerſchaft, Mittelpartei und Legitimiſten, die Verwaltung und ihre Gegner, kurz alle fanden ſich darin zuſammen, daß man das Römerwaſſer trinken und ſich an einer Hängebrücke erfreuen möge. Die Frage des Arcierwaſſers war in Beſançon an der Tagesordnung. Der ganze Fall nährte ſich an gewiſſen verborgenen Intereſſen, die es in Beſançon ſowohl für die beiden Verſailler Eiſenbahnen wie für beſtimmte herrſchende Mißſtände gab. Eine übrigens nur geringe Zahl vernünftiger Leute widerſetzte ſich dem Projekt, aber ſie wurden alle als Einfaltspinſel behandelt. Man beſchäftigte ſich ausſchließlich mit den beiden Ideen des Advokaten Savaron. Nach anderthalb Jahren zäher Minierarbeit hatte es dieſer Ehrgeizige doch erreicht, die alles Fremde ablehnende und ſterilſte Stadt Frankreichs zu beſchäftigen, hier — um mit einem Sprichwort zu reden — Wind und Wetter zu machen und, ohne je ſeine vier Pfähle zu verlaſſen, einen bedeutenden Einfluß zur Geltung zu bringen. Er hatte das einzigartige Problem gelöſt: Macht irgendwo zu gewinnen und doch nicht populär zu ſein. In dieſem Winter gewann er ſieben Prozeſſe für Beſançoner Geiſtliche. Schon atmete er im voraus für Augenblicke die Luft der Kammer. Sein Herz ſchwoll in Erwartung des künftigen Triumphes. Dieſer mächtige Wunſch, der ihn ein ſo vielſeitiges Intereſſe in Bewegung ſetzen und einen ſo leidenſchaftlichen Schwung aufbringen ließ, erforderte die äußerſten Kräfte einer übermäßig angeſpannten Seele. Man rühmte, wie uneigennützig er wäre: ohne Wimpernzucken nahm er die Honorare, wie die Klienten ſie ihm anboten. Indeſſen, dieſe Uneigennützigkeit war moraliſcher Wucher: er rechnete mit einem Preis, der ihn beträchtlicher dünkte als alles Gold der Welt. Oktober 1834 hatte er, angeblich um einen in geſchäftliche Bedrängnis geratenen Kaufmann gefällig zu ſein, mit dem Geld Leopold Hannequins ein Haus erworben, das ihm die Wählbarkeit eintrug. Dieſe vorteilhafte Anlage erweckte keineswegs den Eindruck, als hätte er ſeine Wünſche unbedingt darauf konzentriert.

„Sie ſind wirklich ein bedeutender Mann“, äußerte zu Savarus der Abbé de Grancey, der den Advokaten genau beobachtete und durchſchaute. Der Generalvikar hatte dem Anwalt einen Kanonikus vorgeſtellt, der einen Rat benötigte.

Und er fügte noch hinzu: „Sie ſind ein Prieſter, der einen falſchen Weg eingeſchlagen hat.“

Dieſes Wort machte Savarus betroffen.

Roſalie ihrerſeits hatte in ihrem jungmädchenhaften Starrſinn ſich feſt vorgenommen, Herrn de Savarus in den Salon und in die Geſellſchaft des Hotels de Rupt einzuführen. Noch war es lediglich ihr Wunſch, Abert zu ſehen und zu hören. Sie hatte ſich gewiſſermaßen verwandelt, Verwandlungen aber ſind oft nur Atempauſen.

Les Rouxey, väterliches Erbgut der Watteville, warf rund zehntauſend Franken Rente ab; in anderen Händen freilich wäre es viel mehr wert geweſen. Der ſorgloſe Baron, deſſen Gattin vierzigtauſend Franken Rente haben mußte und auch hatte, überließ Les Rouxey der Verwaltung eines alten Faktotums, eines Dieners ſchon vom Hauſe Watteville her, namens Modinier. Trotzdem zogen ſich der Baron und die Baronin, wenn ſie einmal Verlangen auf

ländliche Genüſſe hatten, nach Les Rouxey zurück, das wirklich maleriſch gelegen war. Schloß, Park und alles andere ſtammte übrigens von dem berühmten Watteville her, der als tätiger Greis ſich für dieſen prachtvollen Platz begeiſtert hatte.
Zwiſchen zwei kleinen kahlen Bergſpitzen, dem Großen und Kleinen Rouxey, läuft von der Dent de Vilard her ein Paß, durch den das Bergwaſſer herabſtürzt und zur köſtlichen Doubsquelle wird: dort wollte Herr de Watteville einen rieſigen Damm errichten mit zwei Wehren für die überſchüſſige Flut. Oberhalb des Dammes bekam er einen hübſchen See und unterhalb zwei Waſſerfälle, die ſich bald nach ihrem Sturz zu einem reißenden Fluß vereinigten, mit dem er dann das trockene und unkultivierte, bisher vom Gießbach der Rouxeys verwüſtete Tal bewäſſern konnte. Den See und das Tal mit ſeinen beiden Bergen ſchloß er durch eine Mauer ab und errichtete ſich eine Kartauſe auf dem Damm; dieſen machte er dadurch drei Morgen breit, daß er alle Erde hinſchaffen ließ, die bei dem Ausſchachten von Flußbett und Kanaliſation aufgeworfen wurde. Als der Baron de Watteville den See beim Staudamm anlegte, gehörten die beiden Rouxey ihm, nicht aber das obere Tal, das er auf dieſe Weiſe entwäſſerte, wo all die Zeit über geweidet wurde, und das hufeiſenförmig an der Dent de Vilard aufhörte. Der tolle Alte verbreitete aber ſo viel Schrecken um ſich, daß zu ſeinen Lebzeiten kein Einwohner von Les Riceys, einem Dörfchen am Rücken der Dent de Vilard, Einſpruch erhob. Als aber der Baron ſtarb, hatte er die Hänge der beiden Rouxey am Fuß der Dent de Vilard durch eine ſtarke Mauer verbunden, damit jene beiden Täler nicht überſchwemmt wür-

den, die in der Rouxey-Schlucht, rechts und links vom Pic de Vilard, frei lagen. Und alſo hatte er die Dent de Vilard erobert, als er ſtarb. Seine Erben machten ſich zu Schirmherren des Dorfes Les Riceys und hielten auf dieſe Weiſe an ihrer Uſurpation feſt. Dieſer alte Mörder und Renegat, der greiſe Abbé de Watteville, hatte ſeine Laufbahn damit abgeſchloſſen, daß er Bäume pflanzte, eine wundervolle Straße anlegte, die ſeitwärts von dem einen Rouxey anfing und in die große Chauſſee einmündete. Zu dieſem Park und Wohnhaus gehörten ziemlich ſchlecht bebaute Domänen, Chalets an beiden Bergen und ausgeholzte Wälder. Das alles war wild und einſam, nur das Auge der Natur wachte, die Vegetation blieb dem Zufall überlaſſen, war aber von herrlicher Eigenart. Danach dürfte man ſich ein ungefähres Bild von Les Rouxey machen.

Es hat wohl keinen weiteren Sinn, die Geſchichte dadurch noch verwickelter zu geſtalten, daß man die heftigen Anſtrengungen und genialen Liſten wiedererzählt, mit denen Roſalie unverdächtigt an ihr Ziel gelangte. Es genügt, zu erfahren, daß ſie ihrer Mutter gehorchte, als ſie im Mai 1835 Beſançon verließ und in einer alten Berline, vor die man zwei brave ſchwere Mietgäule geſchirrt hatte, mit ihrem Vater nach Les Rouxey fuhr.

Die Liebe lehrt junge Mädchen alles. Als ſie am Morgen nach ihrer Ankunft aufſtand, bemerkte ſie aus dem Fenſter ihres Zimmers den kleinen See, von dem die Nebel rauchartig hochſtiegen und ſich den Tannen und Lärchen verflochten, die, als wollten ſie den Gipfel erobern, an den Bergen hinauf ſtanden. Da ſtieß ſie einen Schrei des Entzückens aus.

„Sie haben einander an Seen geliebt! ‚Sie' lebt an einem See! Alſo iſt ein See der Ort für die Liebe!" Ein aus Schnee entſtandener See hat die Farbe von Opalen und iſt durchſichtig wie ein großer Diamant; wenn er aber, wie der See von Les Rouxey, von zwei granitnen Felſen eingefaßt iſt, auf denen Tannen wachſen, ſo daß dort das Schweigen einer Steppe niſtet, dann entlockt das wohl jedem einen Schrei, wie Roſalie ihn ausſtieß.

„Dies alles", erklärte ihr der Vater, „ſtammt von dem berühmten Watteville."

„Meiner Treu," meinte das junge Mädchen, „er wollte ſich damit wohl eine Vergebung ſeiner Sünden erkaufen! Steigen wir in die Barke und fahren wir bis ans Ende, ſo bekommen wir zum Frühſtück Appetit!"

Der Baron kommandierte zwei Gärtnerburſchen heran und nahm den erſten Verwalter, Modinier, mit. Der See war ſechs Morgen breit, an manchen Stellen aber auch zehn und zwölf, und dann etwa vierhundert Morgen lang. Roſalie hatte bald das Ende erreicht, dort, wo die Dent de Vilard, die Jungfrau dieſer kleinen Schweiz, ſteht.

„Da ſind wir, Herr Baron", ſagte Modinier; dann wies er die beiden Gärtnerburſchen an, die Barke feſtzumachen. „Wollen der Herr Baron, bitte, ſehen . . ."

„Was ſehen?" fragte Roſalie.

„Ach nichts weiter", meinte der Baron. „Doch, du biſt ja verſchwiegen; wir haben hier Geheimniſſe, ich kann dir alſo ruhig geſtehen, was mich ärgert: Seit 1830 beſtehen ausgerechnet wegen der Dent de Vilard Streitigkeiten zwiſchen der Gemeinde Les Riceys und mir; ich wollte ſie ordnen, ohne daß deine Mutter etwas davon erführe, denn ſie würde ganz entſchieden Himmel und Hölle in Bewegung ſetzen, wenn ſie dahinter käme, daß der Maire von Les Riceys, ein Republikaner, dieſe Anfechtung ausgeklügelt hat, um ſich bei ſeiner Gemeinde lieb Kind zu machen."

Roſalie war geſchickt genug, ihre Freude nicht merken zu laſſen, ſo daß ſie ihren Vater ſtärker beeinfluſſen könnte.

„Was für eine Anfechtung?" fragte ſie.

„Gnädiges Fräulein," fiel Modinier ein, „die Leute von Les Riceys haben ſeit Ewigkeiten Futter- und Weiderechte auf dieſer Seite der Dent de Vilard. Nun behauptet Herr Chantonnit, ſeit 1830 Maire, die ganze Dent de Vilard gehöre ſeiner Gemeinde, und ſchon mehr als hundert Jahre würde auf unſerem Grund und Boden geweidet . . . Sie verſtehen, das hieße: man iſt nicht mehr Herr auf der eigenen Scholle. Und eines ſchönen Morgens würde der Burſche kommen: Die alten Leute in Les Riceys ſagten, der Abbé de Watteville habe den ganzen See geſtohlen. Und damit wäre das Ende von Les Rouxey beſiegelt."

„Ach, liebes Kind," meinte der Baron, „unter uns geſagt, es iſt ſogar richtig, das Land wurde uſurpiert, aber die Zeit hat es ſanktioniert. Um meine Ruhe zu haben, würde ich ſogar vorſchlagen, meine Grenzen ſeitwärts der Dent de Vilard in gütlicher Übereinkunft feſtzuſetzen, und dann würde ich dort eine Mauer ziehen laſſen."

„Wenn Sie vor der Republik ausweichen, wird ſie Sie ſchlucken. Es wäre doch viel eher Ihre Sache, Les Riceys zu drohen."

„Das habe ich dem gnädigen Herrn geſtern abend

auch ſchon geſagt", wandte Modinier ein. „Um aber Reſerven zu haben, ſchlug ich vor, der gnädige Herr möge ſich doch einmal auf der einen oder anderen Seite der Dent an beliebiger Mauerhöhe anſehen, wie es ausſchaut, wenn nichts da iſt."

Seit hundert Jahren nutzte man nach und nach die Dent de Vilard aus, und zwar das mittlere Mauerſtück zwiſchen den Gemeinden Les Riceys und Les Rouxey, das nicht gerade viel trug, an das man aber auch nicht mit den ſtärkſten Mittel heranging. Auch die Natur tat das Ihre, die Hitze des Streites abzukühlen, denn das ſtrittige Objekt lag das halbe Jahr unter Schnee. Erſt der feurige Sturm der 1830er Revolution mußte den Volksverteidigern um die Köpfe wehen, daß ihr Intereſſe für dieſe Angelegenheit erwachte. Herr Chantonnit, Maire von Les Riceys, wollte damit ſeine Exiſtenz an der Schweizer Grenze auf dramatiſche Weiſe begründen und ſeiner Verwaltung ein unſterbliches Gedächtnis ſichern. Chantonnit ſtammte, wie ſchon ſein Name andeutet, urſprünglich aus Neufchâtel.

„Liebſter Vater," ſagte Roſalie, als man wieder in der Barke ſaß, „ich pflichte Modinier durchaus bei. Wenn Sie die Verbindungsmauer an der Dent de Vilard erhalten wiſſen wollen, müſſen Sie mit Entſchiedenheit handeln und ein Urteil erzwingen, das Sie vor dieſem Chantonnit ſchützt. Wovor fürchten Sie ſich denn? Nehmen Sie ſich doch den berühmten Advokaten Savaron zum Anwalt, und zwar möglichſt raſch, damit ihn nicht Chantonnit für die Intereſſen ſeiner Gemeinde kapert. Der Mann, der die Sache des Kapitels gegen die Stadt gewonnen hat, wird wohl auch die Sache Watteville gegen Les Riceys zum Siege führen! Übrigens," fuhr ſie fort, „Les

Rouxey wird einmal (ich hoffe möglichst ſpät) mir gehören. Nun, hinterlaß alſo nicht mir dieſen Prozeß. Ich liebe dieſes Land und werde oft hier wohnen und alles dafür tun, was ich nur vermag. Ich werde", und ſie wies an die Talſohle der beiden Rouxey, „ſeine Säume zu Beeten zurechtſtutzen und entzückende engliſche Gärten anlegen . . . Fahren wir alſo nach Beſançon, und kehren wir nur mit dem Abbé de Grancey, mit Herrn Savaron und, wenn ſie will, mit meiner Mutter wieder zurück! Dann können Sie einen Entſchluß faſſen, ich an Ihrer Stelle hätte ihn ſchon längſt gefaßt. Sie nennen ſich Watteville und fürchten einen Kampf? Wenn Sie den Prozeß verlieren . . . nun, von mir werden Sie kein Wort des Vorwurfs zu hören bekommen."

„O, wenn du es ſo meinſt," entgegnete der Baron, „will ich es gern tun und den Advokaten aufſuchen."

„Übrigens iſt ein Prozeß doch recht unterhaltend. Er bringt Bewegung ins tägliche Leben, man kommt, man geht, rackert ſich ab. Es heißt tauſend Wege machen, ehe man bis zu dem Richter vordringt! . . . War der Abbé de Grancey nicht drei Wochen lang geradezu verſchollen, weil er ſo viel zu tun hatte?"

„Ja, aber da handelte es ſich auch um die ganze Exiſtenz des Kapitels", erwiderte Herr de Watteville „Die Eigenliebe, das Gewiſſen des Erzbiſchofs, alles, wofür die Prieſter leben, ſtand da auf dem Spiel! Dieſer Savaron wird gar nicht wiſſen, welchen Dienſt er dem Kapitel erwieſen hat! Er hat es gerettet!"

„Hören Sie mich an," flüſterte ſie ihm ins Ohr, „wenn Sie Herrn Savaron auf Ihrer Seite haben, dann haben Sie auch ſchon gewonnen. Laſſen Sie mich Ihnen raten: Herr Savaron iſt nur durch den Abbé de Grancey zu bekommen. Wenn Sie mir vertrauen, dann wollen wir zuſammen mit dem lieben Abbé reden, doch möglichſt ohne meine Mutter; denn ich weiß ein Mittel, das ihn beſtimmt, uns den Advokaten zuzuführen."

„Es wird einigermaßen ſchwer ſein, mit deiner Mutter nicht darüber zu ſprechen."

„Der Abbé de Grancey kann das hinterher tun; aber Sie müſſen ſich entſchließen, dem Advokaten Savaron bei den nächſten Wahlen Ihre Stimme zu geben — und Sie werden ſehen! . . ."

„Ich und zu den Wahlen gehen? Mich feierlichſt verpflichten?" Der Baron war entſetzt.

„Bah!" machte Roſalie.

„Und was wird deine Mutter hierzu ſagen?"

„Vielleicht wird ſie Ihnen ſogar empfehlen, hinzugehen!" entgegnete Roſalie, die aus Alberts Brief an Leopold um die Verpflichtungen des Generalvikars wußte.

Vier Tage ſpäter eilte der Abbé de Grancey in früher Morgenſtunde zu Albert de Savarus, dem er am Abend zuvor ſeinen Beſuch angekündigt hatte. Der greiſe Prieſter wollte den hervorragenden Anwalt für das Haus Watteville gewinnen, ein Schritt, der für den Takt und die Feinheit ſprach, mit dem Roſalie miniert hatte.

„Womit kann ich Ihnen dienen, Herr Generalvikar?" fragte Savarus.

Der Abbé, der ſein Anliegen mit wundervoller Biedermannsmiene auseinanderſetzte, ſtieß jedoch bei Albert auf eine kühle Aufnahme.

„Herr Abbé," antwortete er, „es iſt mir ganz unmöglich, die Angelegenheiten des Hauſes Watteville zu vertreten, und Sie werden gleich auch verſtehen, warum. Meine Rolle hier verlangt, daß ich ſtrikteſte

Neutralität wahre. Ich will keinesfalls Farbe bekennen, ich will bis an den Vorabend meiner Wahl ein Rätſel bleiben. In Paris würde es gewiß nichts ausmachen, wenn ich für das Haus Watteville plädierte, indeſſen hier ...! Hier, wo man über alles redet, wäre ich für jedermann die Kreatur Ihres Fauborg Saint-Germain."

„Und glauben Sie," warf der Abbé ein, „daß Sie unerkannt bleiben können, wenn am Tag der Wahl die Kandidaten ſich gegenübertreten? Man wird nur zu bald wiſſen, daß Sie Savaron de Savarus heißen und Chef im Bittſchriften-Bureau waren, alſo ein Mann der Reſtauration ſind!"

„Am Wahltag", erklärte Savarus, „werde ich alles ſein, was ich ſein muß. Ich rechne ſogar damit, in den vorbereitenden Verſammlungen zu ſprechen ..."

„Wenn Herr de Watteville und ſein Anhang für Sie eintritt, ſo werden Sie hundert geſchloſſene Stimmen haben, und weſentlich ſicherere als die, auf die Sie zählen. Die Intereſſen kann man immer trennen, nicht aber die Überzeugungen."

„Zum Teufel noch einmal," meinte Savarus, „ich liebe Sie und kann viel für Sie tun, mein Vater! Vielleicht kommt man mit dem Teufel zu einem Vergleich. Wie es nun auch um den Prozeß des Herrn de Watteville ſtehen mag, ſo könnte man ja Girardet nehmen und ihn veranlaſſen, die Sache hinauszuzögern, bis die Wahlen vorüber ſind. Ich ſelber wäre erſt nach meiner Wahl imſtande zu plädieren."

„Tun Sie wenigſtens eins," ſagte der Abbé, „kommen Sie ins Hotel de Rupt; es befindet ſich dort eine kleine Perſon von achtzehn Jahren, die eines Tages ihre hunderttauſend Livres Rente haben wird. Sie könnten ja tun, als ſchnitten Sie ihr die Cour ..."

„Ah, das junge Mädchen, das ich öſters unterm Kiosk ſehe . . .“

„Ja gewiß, Fräulein Roſalie“, fuhr der Abbé de Grancey fort. „Sie ſind ehrgeizig. Wenn Sie ihr gefallen, können Sie alles werden, wozu ein Mann nur Luſt hat: meinethalben Miniſter. Man wird immer Miniſter, wenn man neben einem Vermögen mit hunderttauſend Livres Rente Ihre vorzüglichen Eigenſchaften beſitzt.“

„Herr Abbé,“ ſagte Albert lebhaft, „Fräulein de Watteville dürfte noch dreimal ſo viel Geld haben und mich anbeten, es wäre mir dennoch unmöglich, ſie zu heiraten . . .“

„Sollten Sie etwa verheiratet ſein?“ entſchlüpfte es dem Abbé de Grancey.

„Nicht am Altar, auch nicht auf dem Standesamt,“ erklärte Savarus, „aber vor meinem Gewiſſen.“

„Das iſt bedenklicher, wenn man noch dazu ſo feſt daran hält wie Sie“, antwortete der Abbé. „Indeſſen, was noch nicht vollzogen iſt, kann auch wieder rückgängig gemacht werden. Gründen Sie Ihr Vermögen und Ihre Pläne nicht auf den Willen einer Frau, ein weiſer Mann rechnet, wenn er losmarſchiert, nicht mit den Stiefeln eines Toten.“

„Laſſen wir Fräulein de Watteville beiſeite,“ ſagte Albert ernſt, „und bleiben wir bei unſerer Sache. Weil ich Sie liebe und achte, werde ich Ihnen zu Gefallen für Herrn de Watteville plädieren, aber nach den Wahlen. Bis dahin mag Girardet die Sache nach meinen Weiſungen führen. Das iſt aber auch alles, was ich tun kann.“

„Jedoch, es gibt Fragen, die ſich nur nach einem Lokaltermin entſcheiden laſſen“, bedeutete der Generalvikar.

„Da mag Girardet hingehen“, erwiderte Savarus. „Ich möchte mir keinen Schritt erlauben, der in dieſer mir viel zu gut bekannten Stadt den wichtigen Intereſſen ſchaden könnte, die hinter meiner Wahl ſtehen.“

Der Abbé de Grancey verließ Savarus mit einem feinen Blick, in dem ein Lächeln über die geſchickte Politik des jungen Kämpen ſtand, und er bewunderte deſſen Entſchluß reſtlos.

‚Ich habe meinen Vater in einen Prozeß getrieben! Ach, was habe ich nicht alles getan, um ‚ihn‘ hier einzuführen‘, ſagte ſich Roſalie, als ſie auf dem Kioskhügel ſtand und den Advokaten in ſeinem Kabinett beobachtete. Es war am Tage nach der Konferenz zwiſchen Albert und dem Abbé de Grancey, deren Reſultat ſie durch ihren Vater erfahren hatte. ‚Oh, ich hätte die tödlichſten Verbrechen begangen — und Du ſollteſt gleichwohl nicht ins Hotel de Rupt kommen? Ich ſollte Deine prächtige Stimme nicht hören? Du ſtellſt Bedingungen für Deine Mitwirkung, wenn die Watteville und die Rupt Dich bitten? Nun, Gott weiß, ich bin zufrieden mit dieſen kleinen Glücksfällen: Dich ſehen, Dich hören, mit Dir nach Les Rouxey gehen, das durch Deine Gegenwart für mich überhaupt erſt ſeine Weihe erhält! Ich verlange gar nicht mehr . . . Jetzt aber werde ich Deine Frau! . . . Ja, ja, ſchau Dir nur ihre Bilder an, prüfe i h r e Salons, ihr Zimmer, die vier Mauern i h r e s Hauſes, die Ausſichtspunkte i h r e s Gartens. Du erwarteſt ihre Statue! Ich werde ſie ſogar für dich aus Marmor meißeln . . . Dieſe Frau liebt ihn nicht. Kunſt, Wiſſenſchaft, ſchöne Bücher, Geſang, Muſik haben ihm die Hälfte ihrer Sinne und ihres Geiſtes abſpenſtig gemacht. Überdies iſt ſie alt, älter als dreißig Jahre, mein Albert würde unglücklich werden!'

„Weshalb stehst du denn da so lange, Rosalie?“ fragte die Mutter und störte das Kind aus seinen Gedanken auf. „Herr de Soulas ist im Salon, deine Haltung ist ihm aufgefallen, die allerdings mehr Nachdenklichkeit verriet, als zu deinem Alter paßt.“

„Mag Herr de Soulas die Nachdenklichkeit nicht?“ gab sie zurück.

„Du dachtest also nach?“ sagte Madame de Watteville.

„Aber gewiß, Mama.“

„Nein, du dachtest nicht nach. Du starrtest vielmehr in die Fenster dieses Advokaten mit einer Zerstreutheit, die sich keineswegs schickt, und die zum allerwenigsten Herr de Soulas bemerken dürfte.“

„Nun, und warum?“ fragte Rosalie.

„Es ist wohl an der Zeit,“ erwiderte die Baronin, „daß du unsere Absichten erfährst: Amédée hat Gefallen an dir gefunden, und du wirst auch nicht unglücklich sein, Gräfin de Soulas zu werden.“

Rosalie, blaß wie eine Lilie, antwortete ihrer Mutter nicht, ihre heftig aufbegehrenden Gefühle machten sie blöde. Doch dem Manne gegenüber, den sie seit einer Minute abgrundtief haßte, fand sie irgendein Lächeln wie eine Tänzerin vor dem Publikum. Sie konnte schließlich lachen und hatte die Kraft, ihre allmählich schwindende Wut zu verbergen, denn sie wollte unbedingt diesen dicken, nichtssagenden Jungen für ihre Zwecke ausnutzen.

„Herr Amédée,“ fragte sie in einem Augenblick, da die Baronin ihnen im Garten vorausgegangen war, in der Absicht, die jungen Leute allein zu lassen, „wußten Sie, daß Herr Albert Savaron de Savarus Legitimist ist?“

„Legitimist?"
„Vor 1830 war er Chef des Bittschriften-Bureaus beim Staatsrat, war dem Präsidenten des Ministerrats beigegeben und vom Dauphin und der Frau Dauphine gern gesehen. Es wäre gut, wenn Sie nichts Nachteiliges über ihn äußern würden, und vielleicht wäre es noch besser, wenn Sie in diesem Jahr zu den Wahlen gingen und mit dafür sorgten, daß der arme Herr de Chavoncourt die Stadt Besançon nicht verträte."
„Weshalb interessieren Sie sich denn plötzlich für diesen Savaron?"
„Herr Albert de Savarus, natürlicher Sohn des Grafen de Savarus (oh! schweigen Sie über diese Indiskretion!) würde als Deputierter unser Anwalt in der Rouxeyer Angelegenheit sein. Papa hat mir gesagt, Les Rouxey würde einmal mein Eigentum; ich möchte dort wohnen, es ist entzückend! Ich wäre verzweifelt, wenn diese prächtige Schöpfung des großen Watteville zerstört würde ..."
‚Teufel noch einmal!' sagte sich Amédée beim Verlassen des Hotels de Rupt, ‚das Mädchen ist gar nicht so dumm!'
Herr de Chavoncourt ist Royalist und gehört zu den berühmten Zweihunderteinundzwanzig. Kaum war die Julirevolution vorüber, so forderte er die heilsame Doktrin der Eidesleistung und des Kampfes gegen die Ordnung der Dinge etwa nach dem Muster der Tories gegen die Wighs in England. Diese Doktrin wurde von den Legitimisten ungünstig aufgenommen, sie begingen die Ungeschicklichkeit, nach der Niederlage in Meinungsverschiedenheiten zu verfallen, untätig auf ihre Kraft und auf die Vorsehung zu bauen. Dem Argwohn seiner Partei ausgesetzt, erschien Herr

de Chavoncourt den Leuten der mittleren Gruppe als geeignetſter Kandidat; lieber als die Huldigung für einen Republikaner ſahen ſie den Sieg ihrer gemäßigten Meinungen, in dem ſich Begeiſterte und Patrioten zuſammenfanden. Herr de Cavoncourt war in Beſançon überaus geachtet und repräſentierte eine alte Familie von Parlamentsadel: ſein Vermögen mit ungefähr fünfzehntauſend Franken Rente ſtörte keinen Menſchen, zumal er auch noch einen Sohn und drei Töchter hatte. Fünfzehntauſend Franken Rente bedeuten nichts bei einer ſolchen Stellung. Bleibt unter derartigen Umſtänden ein Familienvater unbeſtechlich, dann müſſen ſeine Wähler ihn unbedingt achten. Die Wähler hegen große Begeiſterung für das ſchöne Ideal parlamentariſcher Tugend, genau ſo wie das Publikum ſeine Freude an der Darſtellung edler Gefühle hat, die es ſelbſt nur wenig aufbringt. Frau de Chavoncourt war damals etwa vierzig Jahre alt und eine der ſchönſten Frauen von Beſançon. Zuzeiten der Sitzungen lebte ſie beſcheiden auf einer ihrer Domänen, um die Ausgaben wieder hereinzuwirtſchaften, die Herr de Chavoncourt in Paris machte. Im Winter hatte ſie die rühmliche Angewohnheit an einem Wochentag, und zwar Dienstags, zu empfangen, aber ſie wollte dabei nicht mehr ſein als die Dame des Hauſes. Der junge Chavoncourt, der zweiundzwanzig Jahre alt war, ſtand in der freundſchaftlichſten Beziehung zu einem anderen jungen Mann, einem gewiſſen Herrn de Vauchelles, der auch nicht mehr Geld als Amédée hatte und ſein Schulkamerad war. Sie gingen zuſammen zu Granvelle, machten gemeinſame Jagdpartien; man kannte ſie als unzertrennlich und lud ſie gemeinſam aufs Land ein. Roſalie, in gleicher Weiſe mit den kleinen Chavoncourts liiert, wußte, daß diese drei jungen Leute untereinander nicht die geringsten Geheimnisse hatten. Sie sagte sich, falls Herr de Soulas je eine Indiskretion beginge, so könnte das nur gegenüber seinen nächsten Freunden sein. Herr de Vauchelles hätte genau so seinen Heiratsplan wie Amédée: er wollte die älteste von den kleinen Chavoncourts, Victoire, haben, für die eine alte Tante kontraktlich eine Domäne mit siebentausend Franken Rente und hunderttausend Franken Bargeld zugesagt hatte. Victoire war die Patin und der ganze Verzug der Tante. Ganz offenbar würden der junge Chavoncourt und Vauchelles Herrn de Chavoncourt vor der Gefahr warnen, die ihm aus Alberts Plänen in Aussicht stand. Das aber war für Rosalie zu wenig: mit verstellter Handschrift schrieb sie an den Präfekten des Departements einen anonymen Brief, unterzeichnet „ein Freund Louis Philipps", in dem sie ihn über die vorläufig noch geheim gehaltene Kandidatur des Herrn Albert de Savarus benachrichtigte und ihn die gefährliche Mitbewerbung zu bedenken gab, die ein royalistischer Redner für Berryer bedeuten würde; und sie enthüllte ihm, was für Hintergründe das Verhalten des Advokaten in den zwei Jahren seines Besançoner Aufenthaltes gehabt hätte. Der Präfekt war ein gerissener Bursche, dazu ein persönlicher Feind der Royalistenpartei und der Juliregierung völlig ergeben; von ihm hieß es im Innenministerium, Rue de Grenelle: „In Besançon haben wir einen Präfekten sitzen — ausgezeichnet!" Dieser Präfekt las den Brief und verbrannte ihn, wie ihm darin empfohlen war.

Rosalie wollte Alberts Wahl hintertreiben, um ihn fünf weitere Jahre in Besançon festzuhalten.

Die Wahlen waren damals eine Parteiangelegenheit, und wenn der Minifter einen Sieg davontragen wollte, fo fuchte er fich fein Terrain aus, indem er felbft den Moment des Kampfes beftimmte. Bis zum Tage der Wahlen waren es jetzt noch drei Monate. Wenn ein Menfch fein ganzes Leben lang auf eine Wahl wartet, fo ift in der Zeit zwifchen der Verfügung für den Zufammentritt des Wahlbureaus und dem eigentlichen Wahltag fein Leben überhaupt kein Leben mehr. Auch Rofalie empfand, wieviel Spielraum in diefen drei Monaten Alberts Befangenheit hatte. Rofalie hatte Mariette, wie fie fpäter zugab, verfprochen, fie und ebenfo Jérôme in ihre Dienfte zu nehmen; dafür brachte diefe ihr die Briefe, die Albert nach Italien fchicken wollte, und die anderen, die er von dort bekam. Während fie mitten in diefen Plänen fteckte, arbeitete fie mit dem unfchuldigften Geficht von der Welt an Pantoffeln für ihren Vater. Sie gebärdete fich doppelt aufrichtig und unfchuldig, wohl wiffend, daß der Anfchein von Unfchuld und Aufrichtigkeit ihr nur nützen könne.

„Rofalie macht fich ganz reizend“, äußerte die Baronin de Watteville.

Zwei Monate vor den Wahlen fand bei den alten Herrn Boucher eine Zufammenkunft ftatt, die fich zufammenfetzte aus dem Unternehmer der Brücken- und Wafferbauten von Arcier, dem Schwiegervater des Herrn Boucher, dem Herrn Granet, einem einflußreichen Mann, dem Savarus einen Dienft erwiefen hatte, und der ihn nun zum Kandidaten vorfchlug; aus dem Sachwalter Girardet, dem Drucker der „Revue de l'Est“ und dem Präfidenten der Handelskammer. Schließlich nahmen an der Verfammlung fiebenundzwanzig Perfonen teil, die man in der Provinz die „Großkopfeten" heißt. Jeder von dieſen bedeutete durchſchnittlich ſo viel wie ſechs Stimmen; beim Nachzählen wähnte man aber, ſie gälten zehn, denn man überſchätzt immer gern ſeinen Einfluß. Unter dieſen ſiebenundzwanzig Perſonen konnte der Präfekt eine für ſich buchen; ſie gehörte irgendeinem falſchen Bruder, der beim Miniſterium auf eine Gunſt für ſich oder die Seinen ſpekulierte. Auf der erſten Verſammlung wurde mit einer in Beſançon ganz unverhofften Begeiſterung der Advokat Savaron als Kandidat aufgeſtellt. Man ſchickte Alfred Boucher hin, um ihn zu holen; Albert plauderte gerade mit dem Abbé de Grancey, der ſich für dieſen tollen Ehrgeiz intereſſierte. Albert hatte die ganz bedeutende politiſche Fähigkeit der Prieſter erkannt; und der Prieſter wiederum hatte, von den Bitten des jungen Mannes bewogen, ihm gern als Führer und Berater in dieſem letzten Kampf zur Seite geſtanden. Das Kapitel ſchwärmte nicht für Herrn de Chavoncourt, denn der Schwager ſeiner Frau hatte den bekannten Prozeß in erſter Inſtanz verloren.

„Man hat Sie verraten, mein teurer Sohn", bemerkte der feine, würdige Abbé mit milder, ruhiger Stimme, wie eben die alten Geiſtlichen ſprechen.

„Verraten! . . ." brach der Verliebte los, es griff ihm ſchwer ans Herz.

„Ich weiß nicht, wer es getan hat", fuhr der Prieſter fort. „Die Präfektur iſt über Ihre Pläne völlig orientiert und durchſchaut Ihr Spiel. Ich vermag Ihnen in dieſer Stunde keinen Rat zu geben. Derartige Fälle wollen gründlich geprüft ſein. In der heutigen Abendverſammlung müſſen Sie den möglichen Angriffen zuvorkommen. Decken Sie Ihr ganzes Vorleben auf, Sie ſchwächen damit die Wirkung ab, die diese Entdeckung sonst auf die Besançoner ausüben könnte."

„Oh, darauf mußte ich wohl gefaßt sein", sagte Savarus in verändertem Ton.

„Sie wollten auf meinen Rat nicht hören, Sie hätten Gelegenheit gehabt, im Hotel de Rupt zu verkehren, anscheinend wissen Sie nicht, was Sie dabei gewonnen hätten ..."

„Was?"

„Die Einstimmigkeit der Royalisten, einen augenblicklichen Entschluß, sich an den Wahlen zu beteiligen ..., schließlich, mehr als hundert Stimmen! Fügen Sie hinzu, was wir so ‚Kirchenstimmen' nennen, die zwar noch nicht erwähnt wurden; aber Sie wären in der Stichwahl durchgedrungen. In solch einem Fall parlamentiert man und drückt durch ..."

Als Alfred Boucher eintrat und Albert begeistert über den Wunsch der vorbereitenden Versammlung unterrichtete, saßen der Generalvikar und der Advokat einander kühl, ruhig und ernst gegenüber.

„Leben Sie wohl, Herr Abbé," sagte Albert, „über Ihren Fall reden wir nach den Wahlen ausführlicher."

Und der Advokat drückte bedeutungsvoll die Hand des Herrn de Grancey und nahm Alfreds Arm. Der Priester betrachtete den Ehrgeizigen, dessen Antlitz jenen erhabenen Ausdruck hatte, den Generale haben müssen, wenn sie den ersten Kanonenschuß der Schlacht vernehmen. Er richtete die Augen gen Himmel und sagte:

„Welch einen tüchtigen Priester hätte der abgegeben!"

Beredsamkeit und Anwaltschaft bedingen einander durchaus nicht. Selten offenbart der Anwalt die eigentlichen Seelenkräfte; er würde ſonſt in ein paar Jahren am Ende ſein. An dieſem Platze alſo triumphiert kaum einmal die Rednergabe; aber bei manchen Kammerſitzungen findet man ſie, wenn ein ehrgeiziger Deputierter aufs Ganze geht und unter tauſendfachem Angriff im gegebenen Augenblick glänzend loslegt. Aber beſonders überlegen entfaltet ſie ſich an etlichen auserwählten Perſönlichkeiten in jener entſcheidenden Viertelſtunde, da ihre Pläne glücken oder ſcheitern und da ſie nun unbedingt reden müſſen. Auch während dieſer Verſammlung ſpürte Albert Savarus, daß es notwendig wäre, ſich fanatiſche Anhänger zu ſchaffen, und ſo enthüllte er all ſeine ſeeliſchen Fähigkeiten und ließ ſeine Geiſteskräfte ſpielen. Er betrat den Salon, ohne linkiſch, aber auch ohne anmaßend zu ſein, zeigte weder Schwäche noch Feigheit, ſondern war lediglich ernſt und ſah ſich, keineswegs erſtaunt, unter mehr als dreißig Perſonen. Schon hatte der Lärm der Verſammlung und die Entſcheidung ein paar beſonders folgſame Hammel die Glocke ergreifen laſſen. Ehe Albert aber Herrn Boucher anhörte, der ſich in einem Speech über die Reſolution des Comité Boucher entladen wollte, bat er mit einem Wink um Ruhe und drückte Herrn Boucher die Hand, als wolle er einer plötzlich aufſteigenden Gefahr zuvorkommen.

„Mein junger Freund Alfred Boucher überbrachte mir die Nachricht, welche Ehre mir widerfahren iſt. Bevor aber dieſe Entſcheidung definitiv wird," betonte der Advokat, „muß ich Ihnen wohl eine Erklärung darüber abgeben, wer eigentlich Ihr Kandidat iſt, damit Sie eventuell Ihr Wort zurücknehmen können, nämlich falls meine Auskünfte Ihr Gewiſſen beunruhigen."

Auf diesen Anfang folgte ein tiefes Schweigen. Etliche Leute fanden seine Haltung höchst nobel.
Albert setzte ihnen nun auseinander, woher er käme, wie er in Wirklichkeit hieße, was er unter der Restauration getan hätte und wie er seit seiner Ankunft in Besançon ein neuer Mensch geworden wäre und nun an seiner Zukunft arbeite. Diese Rede, so ganz aus dem Stegreif heraus, soll allen Zuhörern den Atem verschlagen haben. Diese Leute, von denen doch jeder seine besonderen Interessen hatte, erlagen der bewundernswerten Beredheit, die heiß aus Herz und Seele dieses Ehrgeizigen quoll. Vor der Bewunderung schwieg jede Kritik. Man begriff nur das, was Albert ihnen begreiflich machen wollte. War es für eine Stadt nicht besser, einen Mann zu haben, der zum Herrschen über die ganze Gesellschaft geboren war, als eine Abstimmaschine? Ein Staatsmann bringt von Haus aus eine Fülle an Macht mit; der mittelmäßige, wenn auch unbestechliche Deputierte bedeutet nur einen Gewissensfaktor. Welch ein Ruhm für die Provence, daß sie die Wiege Mirabeaus war, und nun wieder, daß der einzige Staatsmann, den die Julirevolution seit 1830 hervorgebracht hat, auch von dort stammte.
Unter dem Einfluß dieser Beredsamkeit glaubten alle Hörer, ihr Repräsentant werde ein ganz vorzügliches politisches Instrument abgeben. Und jedermann sah in Albert Savaron den Minister Savarus. Der geschickte Kandidat erriet die geheimsten Erwägungen seiner Zuhörer und redete ihnen ein, daß sie als erste das Recht erwürben, sich seines Einflusses zu bedienen.
Dieses Treuebekenntnis, diese Erklärung eines Ehrgeizigen, diese Eröffnung seines Lebens und Wesens

war nach Ausſage des einzigen urteilsfähigen Menſchen, der ſeither eine Kapazität in Beſançon wurde, ein Meiſterwerk an Gewandtheit, Empfindung, Warmherzigkeit und Verführung. Ein förmlicher Taumel riß die Wähler hin. Kein Menſch genoß je einen ſolchen Triumph. Unglücklicherweiſe aber hat das Wort, das eine Art ſtets bereiter Waffe iſt, nur eine unmittelbare Wirkung. Erwägung tötet das Wort, wenn das Wort nicht über die Erwägung triumphiert hat. Hätte man jetzt abgeſtimmt, ſo wäre Alberts Name ſicher aus der Urne hervorgegangen! In dieſem Augenblick war er Sieger. So aber mußte er Tag für Tag noch zwei Monate hindurch ſiegen. Alberts Herz klopfte mächtig, als er fortging. Unter dem Beifall der Beſançoner hatte er es im voraus erreicht, daß die üblen Pläne zuſchanden wurden, die man auf ſeinem Vorleben aufbauen könnte. Der Handel von Beſançon machte den Advokaten Savaron de Savarus zu ſeinem Kandidaten. Alfred Bouchers Enthuſiasmus wirkte zuerſt anſteckend; auf die Dauer aber war er nicht geſchickt.

Der Präfekt, betroffen über dieſen Erfolg, überrechnete die miniſteriellen Stimmen und wußte eine geheime Begegnung mit Herrn de Chavoncourt zu arrangieren, um im Allgemeinintereſſe eine einheitliche Front herzuſtellen. Tag für Tag verringerten ſich die Stimmen des Comité Boucher, ohne daß Albert erfahren konnte, wieſo. Einen Monat vor den Wahlen ſah Albert, daß er nur noch ſechzig Stimmen hatte. Nichts widerſtand dem langſamen Bohren der Präfektur. Drei oder vier geſchickte Leute ſetzten Savarus' Klienten auseinander:

„Wird der Deputierte noch Ihre Affären verhandeln und gewinnen? Wird er Sie fernerhin beraten? Wird er noch Ihre Verträge und Vergleiche ſchließen? Er wird aber noch weitere fünf Jahre lang Ihr Sklave ſein, wenn Sie ihn nicht in die Kammer ſchicken, jedoch ihm zu verſtehen geben, Sie würden es in fünf Jahren tun."

Dieſe Erwägung war um ſo ſchädlicher für Savarus, als auch etliche Kaufmannsfrauen ſich daran beteiligten. Die Intereſſen an den Brücken- und Waſſerbauten von Arcier fanden bei einer Beſprechung im Miniſterium keinen Widerſtand, dieſe erwies vielmehr, daß ein Schutz eher bei der Präfektur als in der Hand eines Ehrgeizigen läge. Jeder Tag wurde zu einer Niederlage für Albert, obwohl er an jedem Tag eine Schlacht entwarf, die ſeine Leutnants führten, eine Schlacht in Worten, Verhandlungen und Unternehmungen. Er wagte nicht zum Generalvikar zu gehen, und der Generalvikar ließ ſich nicht ſehen. Albert fieberte beim Aufſtehen und beim Zubettgehen, ſein Hirn brannte ihm geradezu. Endlich erſchien der erſte Wahltag, die ſogenannte vorbereitende Verſammlung, in der man die Stimmen überrechnet, in der die Kandidaten ihre Chancen wägen und die Geriſſenen bereits Erfolg oder Mißerfolg vorausſehen. Dieſe „hustings"-Szene geht höflich und ohne Volk vor ſich, aber ſie iſt ſchrecklich: die Erregung iſt nicht minder tief als in England, wenn man bei uns auch keinen phyſiſchen Ausdruck dafür hat wie dort. Die Engländer erledigen ihre Angelegenheiten mit einem Fauſtſchlag; die Franzoſen mit einem Phraſenſchwall. Unſere Nachbarn ſchlagen eine Schlacht, wir aber ſpielen unſer Los in einem kalten, ruhigen Kombinieren aus. Dieſe politiſche Handlung geſchieht im umgekehrten Verhältnis zur Weſensart beider Nationen.

Die Radikalen hatten ihren Kandidaten: Herr de Chavoncourt ſtellte ſich vor; ſodann erſchien Albert, dem die Radikalen und das Comité Chavoncourt vorwarfen, er ſei, ohne offizielle Bindung, ein Mann der Rechten, ein Doppelſieger von Berryer. Das Miniſterium hatte ſeinen Kandidaten, einen Menſchen, der ſich dazu hergab, die rein miniſteriellen Stimmen auf ſich zu vereinigen. Die daraus zerſplitterten Stimmen brachten kein Reſultat zuwege. Der republikaniſche Kandidat vereinigte auf ſich zwanzig Stimmen, der Miniſterielle fünfzig, Albert zählte ſiebzig, Herr de Chavoncourt errechnete für ſich ſiebenundſechzig. Aber der hinterliſtige Präfekt hatte dreißig von ſeinen ergebenſten Stimmen für Albert votieren laſſen, um ſeinen Gegner zu täuſchen. Die Stimmen des Herrn Chavoncourt zuſammen mit den tatſächlichen achtzig Stimmen der Präfektur beherrſchten die Wahl, zumal der Präfekt auch noch ein paar Stimmen von den Radikalen loseiſen konnte. Es fehlten einhundertundſechzig Stimmen, die des Herrn de Grancey und der Legitimiſten. Solch eine vorbereitende Verſammlung iſt für die Wahlen, was eine Generalprobe für das Theater: der größte Trug auf der Welt. Albert Savarus kam zwar in guter Haltung nach Hauſe, aber er war zu Ende. Er hatte den Witz und das Genie gehabt oder vielleicht auch das Glück, in dieſen letzten vierzehn Tagen ſich zwei Menſchen ergeben zu machen, den Schwiegervater Girardets und einen alten ſehr feinen Kaufmann, bei dem Herr de Grancey ihn einführte. Dieſe beiden braven Leute ſpionierten und ſchienen Savarus' glühendſte Feinde im gegneriſchen Lager zu ſein. Nach der vorbereitenden Sitzung ließen ſie Savarus durch Vermittlung des Herrn Boucher wiſſen, daß in ſeiner Partei dreißig unbekannte Stimmen gegen ihn ausſchlagen würden (wie ſie es ja in ſeinem Intereſſe bei den anderen taten). Ein Verbrecher, der ſeine Strafe antritt, erleidet nicht, was Albert auf dem Heimweg von der Stätte ſeines Schickſals durchmachte. Der Liebende wollte nicht, daß jemand ihn begleitete. Von elf Uhr bis Mitternacht lief er allein ſtraßauf, ſtraßab.

Drei Tage vor den Wahlen ſaß Albert, den ſeit Wochen der Schlaf mied, nachts gegen ein Uhr im Voltaireſtuhl ſeiner Bibliothek, ſterbensblaß, die Hände hingen herab, ſeine Haltung zeugte von einer Verlorenheit, als ſei er die büßende Magdalene ſelbſt. Tränen traten in ſeine Augen, Tränen, die die Augen verſchwimmen machen und niemals über die Wangen rollen: der Gedanke ſaugt ſie auf, die Seele trocknet ſie. In ſeiner Einſamkeit durfte er weinen. Unter dem Kiosk ſah er undeutlich eine weiße Geſtalt, und er mußte an Francesca denken. ‚Seit drei Monaten habe ich keinen Brief von ‚ihr' bekommen! Wie es ihr wohl geht? Zwei Monate lang habe auch ich ihr nicht geſchrieben, aber ich habe es ihr zuvor angedeutet. Ob ſie krank iſt? O meine Liebe, mein Leben! Wirſt du nie erfahren, was ich gelitten habe? Habe ich Herzerweiterung?' fragte er ſich, als er ſein Herz ſo heftig ſchlagen fühlte, daß die Pulſe laut durch die Stille hörbar waren, wie wenn leichte Sandkörner auf eine mächtige Trommel tropfen.

In dieſem Augenblick wurde dreimal leiſe an Alberts Tür geklopft, er öffnete ſogleich, und beinahe wäre ihm vor Freude ſchlecht geworden, als er den Generalvikar heiter, ja triumphierend vor ſich ſah. Er zog den Abbé herein, ſagte gar nichts, umarmte und preßte ihn an ſich, und ließ ſeinen Kopf an die Schulter des Greiſes ſinken. So wurde er wieder zum Kinde und weinte, wie damals, als er erfahren hatte, Francesca wäre verheiratet. Seine Schwäche durfte nur dieſer Prieſter ſehen, auf deſſen Antlitz ein Hoffnungsſchimmer lag. Der Prieſter war erhaben geweſen und ebenſo ſchlau wie erhaben.

„Verzeihung, lieber Abbé, Sie ſind in einem jener letzten Augenblicke gekommen, da nur das Menſchliche zurückbleibt, denn, glauben Sie mir, ich bin kein gewöhnlicher Ehrgeiziger."

„Gewiß, das weiß ich," fiel der Abbé ein, „Sie haben ja die Novelle ‚Der Ehrgeizige aus Liebe' geſchrieben. Mein Sohn, ich bin 1786, zweiundzwanzigjährig und aus Verzweiflung an meinen Liebeshoffnungen Prieſter geworden. 1788 war ich Pfarrer. Ich kenne das Leben. Dreimal ſchon habe ich ein Bistum ausgeſchlagen. Ich möchte in Beſançon ſterben."

„Sie ſollen ‚ſie' ſehen!" rief Savarus aus, nahm den Leuchter und führte den Abbé in ſein prachtvolles Zimmer, wo ſich das Bildnis der Herzogin d'Argaiolo befand. Das beleuchtete er nun.

„Eine Frau, die zum Herrſchen beſtimmt iſt!" meinte der Generalvikar, und er verſtand, wieviel Zuneigung Albert mit ſeinem ſtummen Vertrauen bewies. „Es liegt aber auch großer Stolz auf dieſer Stirne, ſie iſt unverſöhnlich und würde keine einzige Beleidigung verzeihen. Ein Erzengel Michael, ein Engel der Vergeltung, ein unbeugſamer Engel ... Alles oder nichts, das iſt der Wahlſpruch dieſer engelhaften Charaktere. Eine göttliche Wildheit verbirgt ſich hinter dieſen Zügen! ..."

„Sie haben es trefflich geraten", ſagte Savarus.

„Freilich, mein lieber Abbé, ſeit zwölf Jahren herrſcht ſie über meinem Leben, und ich habe mir nicht einen einzigen Gedanken vorzuwerfen . . .“

„Hätten Sie ſoviel Hingabe auch für Gott aufgebracht? . . .“, fragte der Abbé naiv.

„Doch reden wir von Ihren Angelegenheiten. Seit zehn Tagen arbeite ich in Ihrem Intereſſe. Sind Sie wirklich ein Politiker, dann gehorchen Sie wenigſtens jetzt meinem Rat. Wären Sie damals, als ich es Ihnen riet, ins Hotel de Rupt gegangen, dann wären Sie nie in die jetzige Situation geraten, morgen aber kommen Sie beſtimmt, ich will Sie abends dort einführen. Die Liegenſchaften Les Rouxey ſind bedroht, Sie müſſen innerhalb zweier Tage plädieren. Die Wahl wird nicht vor dem dritten ſtattfinden. Und ſchließlich wird man dafür ſorgen, daß das Bureau ſich nicht gleich am erſten Tage konſtituiert; wir werden etliche Gänge haben, ſo daß Sie in die Stichwahl kommen . . .“

„Und wie?“

„Sie werden den Rouxey-Prozeß gewinnen und dann die achtzig legitimiſtiſchen Stimmen erhalten; fügen Sie die dreißig Stimmen hinzu, die ich mitbringe, ſo haben wir einhundertundzehn. Rechnen Sie weiter Ihre eignen zwanzig vom Comité Boucher, damit erreichen Sie insgeſamt einhundertunddreißig.“

„Schön,“ bemerkte Albert, „dann fehlen immer noch fünfundſiebzig . . .“

„Ja,“ meinte der Prieſter, „denn der Reſt gehört dem Miniſterium. Indeſſen, mein Sohn, Sie haben für ſich zweihundert Stimmen, die Präfektur aber nur einhundertundachtzig.“

„Ich hätte zweihundert Stimmen? . . .“ fragte Al-

bert, und wie von einer Feder getrieben ſchnellte er auf ſeinen Abſätzen herum und blieb ſtarr vor Staunen ſtehen.
„Sie verfügen über die Stimmen des Herrn de Chavancourt“, ergänzte der Abbé.
„Und wie?“ fragte Albert.
„Sie heiraten Fräulein Sidonie de Chavancourt.“
„Niemals!“
„Sie heiraten Fräulein Sidonie de Chavancourt!“ wiederholte kühl der Prieſter.
„Aber Sie ſehen doch, ſie iſt unverſöhnlich!“ warf Albert ein und wies auf das Bildnis Francescas.
„Sie heiraten Fräulein Sidonie de Chavancourt“, wiederholte der Prieſter unbarmherzig zum drittenmal.
Und dieſes mal begriff Albert. Der Generalvikar wollte nichts mit dem Plan zu tun haben, der endlich dieſer verzweifelten Politik einen Hoffnungsſtrahl brachte. Ein Wort mehr hätte Würde und Ehre des Prieſters bloßgeſtellt.
„Sie werden morgen im Hotel de Rupt Frau de Chavancourt und ihrer zweiten Tochter begegnen: Sie werden ihr für einen Dienſt, den ſie Ihnen erweiſen will, danken und ihr bekennen, Ihre Dankbarkeit ſei ohne Grenzen; Sie würden ihr mit Leib und Seele gehören, Ihre Zukunft ſei von jetzt an die ihrer Familie, Sie hegten keine anderen Intereſſen und empfänden ſo großes Vertrauen zu ihr, daß Sie Ihre Wahl zum Deputierten als hinreichende Mitgift betrachteten. Sie werden einen Kampf mit Frau de Chavancourt auszufechten haben, denn ſie wird Ihr Wort haben wollen. Dieſer Abend, mein Sohn, umſchließt Ihre ganze Zukunft. Jedoch, denken Sie daran, ich habe mit der Geſchichte nichts zu tun.

Ich bin allein für die legitimistischen Stimmen verantwortlich, ich habe Frau de Watteville auf meine Seite gebracht, und das bedeutet die ganze Aristokratie von Besançon. Amédée de Soulas und Vauchelles werden für Sie stimmen und die Jugend mitreißen; Frau de Watteville hingegen bringt Ihnen die Älteren. Was meine Stimmen anlangt, so sind sie unfehlbar."

„Wer hat denn Frau de Chavancourt herumbekommen?" fragte Savarus.

„Fragen Sie mich nicht," antwortete der Abbé, „Herr de Chavancourt, der drei Töchter zu verheiraten hat, ist nicht mehr in der Lage, sein Vermögen noch zu vergrößern. Heiratet Vauchelles die Älteste ohne Mitgift, lediglich mit der Aussicht darauf, daß ihre alte Erbtante die Mitgift vorstreckt, was soll dann mit den beiden anderen geschehen? Sidonie ist sechzehn Jahre alt, ihr Ehrgeiz aber wiegt Schätze schwer! Irgend jemand hat Frau de Chavancourt eingeredet, es wäre lohnender, ihre Tochter unter die Haube zu bringen, als ihren Gatten in Paris Geld hinauswerfen zu lassen. Dieser Jemand leitet Frau de Chavancourt, wie Frau de Chavancourt ihren Mann leitet."

„Genug, lieber Abbé. Ich verstehe. Wenn ich erst Deputierter bin, befinde ich mich auch in der Lage, einen Jemand reich zu machen, und habe ich das in vollstem Maße getan, dann werde ich meines Wortes enthoben sein. Betrachten Sie mich als Ihren Sohn, der Ihnen sein Glück verdankt! Mein Gott, was habe ich getan, um eine so wahre Freundschaft zu verdienen?"

„Sie haben", sagte lächelnd der Generalvikar, „dem Kapitel zum Siege verholfen. Nun aber wollen wir wie das Grab über dieſes Geheimnis ſchweigen. Wir ſind nichts, und wir vermögen nichts. Wüßten die Leute, daß wir unſere Finger drin haben, die puritaniſche Linke würde uns mit Haut und Haar auffreſſen; dabei treibt ſie es viel ſchlimmer und läßt ſich noch von etlichen der unſeren reinlegen, die das ſo wünſchen. Frau de Chavancourt ahnt nichts von meinem Anteil. Ich habe mich nur Frau de Watteville anvertraut, und auf die können wir genau ſo feſt bauen wie auf uns ſelbſt.“

„Am liebſten brächte ich die Herzogin noch hierher, damit Sie ſie ſegnen“, rief der ehrgeizige Menſch aus.

Nachdem Albert den greiſen Prieſter hinausbegleitet hatte, wickelte er ſich in die Windeln ſeiner Macht. Am nächſten Abend um neun Uhr waren die Salons der Baronin de Watteville, wie man ſich denken kann, von der eigens aufgebotenen Beſançoner Ariſtokratie überfüllt. Man beſprach dort die „Ausnahme“, diesmal zu den Wahlen zu gehen, um der Tochter des Hauſes de Rupt den Gefallen zu tun. Jeder wußte, daß der ehemalige Rat und Sekretär eines dem älteren bourboniſchen Zweig treuergebenen Miniſters eingeführt werden ſollte. Frau de Chavancourt war mit ihrer zweiten Tochter Sidonie, die allerliebſt angezogen war, und mit der älteſten gekommen, die, ihres Zukünftigen ſicher, ſich nicht erſt auf Toilettenkniffe eingelaſſen hatte. In der Provinz beobachtet man aneinander ſolche Dinge. Der Abbé de Grancey tauchte mit ſeinem feingeſchnittenen Kopf von Gruppe zu Gruppe auf, hörte zu, ohne daß einer etwa merkte, er kümmere ſich darum, und ließ doch treffende Bemerkungen einfließen, die eine Frage zuſammenfaßten und feſtlegten.

„Wenn der ältere Zweig wieder auf den Thron käme," fragte er einen ſiebzigjährigen Staatsmann, „welche politiſchen Bedingungen würde er dann vorfinden?" — „Berryer weiß, wenn er allein auf ſeinem Platz ſitzt, kaum, was los iſt; er aber würde mit ſechzig Stimmen die Regierung bei guter Gelegenheit lahmlegen und das Miniſterium ſtürzen!" — „In Toulouſe wird man den Herzog de Fitz-James aufſtellen!" — „Sie helfen Herrn de Watteville ſeinen Prozeß gewinnen!" — „Wenn Sie für Herrn de Savarus ſtimmen, werden die Republikaner eher mit Ihnen gehen als mit der Mitte!" uſw. uſw..
Bis neun Uhr war Albert noch nicht erſchienen. Frau de Watteville wollte in einer derartigen Verſpätung eine Unverſchämtheit ſehen.
„Teure Baronin," begütigte Frau de Chavoncourt, „laſſen wir ſo ernſte Dinge nicht von einer Lappalie abhängen. Ein Lackſchuh, der nicht trocken wird, . . . eine Beſprechung . . . halten vielleicht Herrn de Savarus zurück."
Roſalie ſah Frau de Chavoncourt von der Seite an.
„Sie ſind recht gütig gegen Herrn de Savarus", flüſterte ſie ihrer Mutter zu.
„Aber", und die Baronin lächelte, „es handelt ſich um eine Heirat zwiſchen Sidonie und Herrn de Savarus."
Roſalie wandte ſich jäh zum Fenſter, das auf den Park hinausführte. Auch um zehn Uhr war Herr de Savarus noch nicht da. Das Unwetter brach los. Ein paar Adelige ließen ſich am Spieltiſch nieder, ſie fanden die Geſchichte unglaublich. Der Abbé de Grancey, der nicht wußte, was er denken ſollte, trat zum Fenſter, an dem Roſalie ſich verſteckt hielt, und ſagte ganz laut, denn er war völlig aus der Faſſung geraten: „Er muß geradezu geſtorben ſein!"

Der Generalvikar, Herr de Watteville und Rosalie, gingen in den Park und stiegen zum Kiosk hinauf. Bei Albert war alles geschlossen, nirgends ein Licht.
„Jérôme!“ rief Rosalie, als sie den Diener im Hof bemerkte.
Der Abbé de Grancey sah Rosalie an.
„Wo ist denn Ihr Herr!“ fragte sie, als der Diener dicht an die Mauer gekommen war.
„Fort! Mit der Post! Gnädiges Fräulein.“
„Dann ist er verloren!“ brach der Abbé aus. „Oder glücklich!“
Rosalie vermochte die Siegesfreude nicht ganz aus ihren Mienen zu verwischen, so daß der Generalvikar sie zu durchschauen begann; aber er tat, als bemerke er nichts an ihr.
‚Was hat Rosalie damit zu tun?‘ fragte sich der Priester.
Alle drei kehrten wieder in den Salon zurück, wo Herr de Watteville die seltsame, merkwürdige, überraschende Mitteilung machte, daß der Advokat Albert Savaron de Savarus mit der Post abgereist sei, ohne daß man die Gründe seiner Flucht ahne. Halbzwölf Uhr waren nur noch fünfzehn Leute da, unter ihnen Frau de Chavoncourt, der zweite Generalvikar, Abbé de Godenars, ein Mann von rund vierzig Jahren, der gern Bischof werden wollte, die beiden Fräulein de Chavoncourt und Herr de Vauchelles, der Abbé de Grancey, Rosalie, Amédée de Soulas und ein pensionierter alter Rat, der zu den einflußreichsten Persönlichkeiten der hohen Besançonner Gesellschaft zählte und viel auf die Wahl Albert Savarus’ gab. Der Abbé de Grancey setzte sich neben die Baronin, um Rosalie beobachten zu

können, deren für gewöhnlich blaſſes Geſicht hektiſche Röte zeigte.
„Was kann nur Herrn de Savarus paſſiert ſein?" fragte Frau de Chavoncourt.
In dieſem Augenblick brachte ein livrierter Diener auf ſilbernem Tablett einen Brief für den Abbé de Grancey.
„Leſen Sie!" ſagte die Baronin.
Der Generalvikar las den Brief, doch entging ihm dabei nicht, daß Roſalie blaß wurde wie ihr Spitzentuch.
‚Sie kennt die Handſchrift', dachte er, nachdem er durch die Brillengläſer einen Blick auf das junge Mädchen geworfen hatte.
Er faltete den Brief zuſammen und ſteckte ihn kühl und wortlos in ſeine Taſche. In drei Minuten ſah Roſalie ihn dreimal an mit Blicken, die ihn alles erraten ließen.
‚Sie liebt Albert de Savarus', dachte der Generalvikar.
Er ſtand auf. Roſalie zuckte zuſammen; er grüßte, tat ein paar Schritte auf die Türe zu; im zweiten Salon ſtand Roſalie ſchon wieder neben ihm. Sie ſagte:
„Herr de Grancey, das da kam von Albert!"
„Woher kennen Sie ſeine Handſchrift ſo gut, daß Sie ſie aus ſolcher Entfernung erkennen können?"
Das auf den Wellen von Ungeduld und Zorn ertappte Mädchen gab eine Antwort, die der Generalvikar erhaben fand:
„Weil ich ihn liebe! Und was iſt geſchehen?" fragte ſie nach einer Pauſe.
„Er verzichtet auf ſeine Wahl", erwiderte der Abbé.
Roſalie legte einen Finger auf die Lippen.
„Ich erbitte Ihre Verſchwiegenheit, als wäre es eine

Beichte“, ſagte ſie und kehrte in den Salon zurück. Ohne eine Wahl gab es auch keine Heirat mit Sidonie!

Als Roſalie am andern Morgen zur Meſſe ging, erfuhr ſie durch Mariette einiges über die Begleitumſtände der Flucht, die Albert im kritiſchſten Augenblick ſeines Lebens unternommen hatte.

„Gnädiges Fräulein, im Laufe des Morgens iſt vor dem ‚Hotel National‘ ein alter Herr aus Paris in einem ſchönen Vierſpänner mit Spitzenreiter und Diener vorgefahren. Jérôme, der den Wagen bei der Abfahrt geſehen hat, meinte, er müſſe einem Fürſten oder einem Lord gehört haben.“

„Befand ſich an dem Wagen eine geſchloſſene Krone?“ fragte Roſalie.

„Ich weiß es nicht“, ſagte Mariette. „Punkt zwei Uhr iſt er bei Herrn de Savarus erſchienen und hat ihm ſeine Karte bringen laſſen. Der aber iſt, kaum daß er einen Blick darauf geworfen hatte, weiß wie ein Tiſchtuch geworden, wenigſtens erzählt das Jérôme; darauf hat er ihn bitten laſſen. Da er dann eigenhändig hinter ſich abgeſchloſſen hat, weiß man natürlich nicht, was zwiſchen dem alten Herrn und dem Advokaten geſprochen worden iſt. Aber ſie ſind etwa eine Stunde beiſammen geblieben, darauf hat der alte Herr, der von dem Advokaten begleitet war, einen Diener heraufgerufen. Jérôme hat den Diener mit einem großen, etwa vier Fuß langen Paket, das ausſah wie ein mächtiger Stickrahmen, wieder davongehen ſehen. Der alte Herr trug ein dickes Bündel Papiere in der Hand. Der Advokat war totenblaß, er, der ſonſt ſo ſtolz und ſo würdevoll iſt, befand ſich in einem bemitleidenswerten Zuſtand . . . Aber er behandelte den alten Herrn ſo ehrfürchtig, daß er einem König unmöglich größere Ehrerbietung hätte entgegenbringen können! Jérôme und Herr Albert Savarus haben dann den alten Herrn an ſeinen vierſpännigen, fahrtbereiten Wagen geleitet. Schlag drei Uhr iſt der Kurier abgefahren. Der gnädige Herr iſt geradeaus auf die Präfektur gegangen, und von da zu Herrn Gentillet, der ihm die alte Kaleſche der verſtorbenen Frau Saint-Vier verkaufte; danach hat er bei der Poſt für ſechs Uhr Pferde beſtellt. Iſt heimgekommen, um zu packen; hat gewiß auch noch ein paar Briefe geſchrieben; ſchließlich hat er mit Herrn Girardet, der eintraf und bis ſieben Uhr blieb, ſeine Angelegenheiten geordnet. Jérôme hat eine Zeile zu Herrn Boucher gebracht, bei dem der gnädige Herr zum Diner erwartet wurde. Sodann iſt der Advokat halb acht Uhr abgereiſt; hat Jérôme Gehalt für drei Monate hinterlaſſen und ihm geſagt, er ſolle ſich nach einem anderen Poſten umſehen. Seine Schlüſſel hat er Herrn Girardet gegeben, den er vor deſſen Haus abſetzte und bei dem er noch einen Teller Suppe gegeſſen hat, ſo erzählt Jérôme, denn Herr Savarus hatte bis dahin noch nichts zu ſich genommen. Als er dann wieder in den Wagen ſtieg, war er totenblaß. Jérôme, der ſich ſelbſtverſtändlich von ſeinem Herrn verabſchiedete, hat noch gehört, wie er zum Poſtillon ſagte: ‚Richtung Genf!'"

„Hat Jérôme im Hotel National nach dem Namen des Fremden gefragt?"

„Da der alte Herr nur auf der Durchreiſe war, hat man ſich gar nicht danach erkundigt. Der Diener verſtand, wohl auf Weiſung, kein Wort Franzöſiſch."

„Und der Brief, den der Abbé de Grancey ſo ſpät erhielt?" fragte Roſalie.

„Hat ihm ganz gewiß Herr Girardet zugesandt! Doch sagte Jérôme, daß der arme Herr Girardet, der den Advokaten Savaron verehrte, genau so ergriffen war wie er. Geheimnisvoll, wie er gekommen, ist er auch wieder von dannen, hat Fräulein Galard gemeint.“

Auf diesen Bericht hin machte Rosalie einen sehr nachdenklichen, abwesenden Eindruck, das fiel allen auf. Es braucht wohl nichts weiter über das Aufsehen gesagt zu werden, das das Verschwinden des Advokaten in Besançon hervorrief. Es war bekannt geworden, daß der Präfekt ihm mit der allergrößten Liebenswürdigkeit einen Auslandspaß ausgestellt hatte; denn der war nun seinen einzigen Gegner los. Am andern Tage wurde Herr de Chavoncourt im ersten Wahlgang mit einer Mehrheit von einhundertundvierzig Stimmen gewählt.

„Jean kam und ging“, meinte ein Wähler, als er Albert Savarons Flucht erfuhr. Dieser Vorfall unterstützte nur noch die Vorurteile, die man in Besançon gegen Fremde hegte und die zwei Jahre zuvor, gelegentlich der Affäre mit dem republikanischen Journal, schon vertieft worden waren. Zehn Tage später sprach in Besançon kein Mensch mehr von Albert de Savarus. Nur drei Leute, der Sachwalter Girardet, der Generalvikar und Rosalie waren von dem rätselhaften Verschwinden schwer betroffen. Girardet wußte, daß der alte Herr im weißen Haar der Fürst Soderini war, denn, wie er dem Generalvikar erzählte, er hatte die Karte gesehen. Rosalie aber war noch besser unterrichtet: sie wußte die Tatsache, daß der Herzog d'Argaiolo vor drei Monaten verstorben war.

Bis zum April 1836 hatte niemand etwas von Herrn

Albert de Savarus gehört oder gesehen, Jérôme und Mariette wollten heiraten; doch hatte die Baronin zu ihrer Zofe vertraulich geäußert, sie solle noch warten, bis Rosalie heirate, dann könne man die beiden Hochzeiten zusammen feiern.

„Es ist an der Zeit, Rosalie unter die Haube zu bringen", meinte die Baronin eines Tages zu Herrn de Watteville. „Sie ist nun neunzehn Jahre alt, und seit ein paar Monaten hat sie sich besorgniserregend verändert ..."

„Ich weiß auch nicht, was sie hat", sagte der Baron.

„Wenn die Väter nicht wissen, was ihren Töchtern fehlt, so erraten es die Mütter", bemerkte die Baronin; „ganz einfach, sie muß heiraten!"

„Ich sehe das nicht ungern," entgegnete der Baron, „ich von mir aus gebe ihr Les Rouxey mit, da das Gericht uns jetzt den Vergleich mit der Gemeinde Les Riceys geschickt hat; die Grenzen werden dreihundert Meter von der Dent de Vilard an gerechnet. Dort wird dann ein Graben ausgehoben, um alles Wasser in den See abzuleiten. Die Gemeinde hat keinerlei Berufung eingelegt, das Urteil ist also rechtskräftig."

„Du hast freilich nicht erfahren," warf die Baronin ein, „daß mich dieses Urteil dreißigtausend Franken an Chantonnit kostet. Der Bauer wollte lediglich einen Profit für seine Gemeinde herausschlagen, so verkaufte er den Friedensschluß an uns. Wenn du ihr Les Rouxey gibst, dann hast du gar nichts mehr."

„Ich habe ja nichts weiter nötig," erklärte er, „ich gehe ..."

„Dabei futterst du wie ein Menschenfresser!"

„Gewiß, das muß ich auch, meine Beine werden immer schwächer ..."

„Das kommt vom Drechſeln“, ſagte die Baronin.
„Ich weiß es nicht“, antwortete er.
„Wir werden Roſalie mit Herrn de Soulas verheiraten. Wenn du ihr Les Rouxey überlaſſen willſt, ſo behalte dir wenigſtens die Nutznießung vor; ich werde ihr vierundzwanzigtauſend Franken Rente auf das Grundbuch geben. Die Kinder können hier wohnen, das wird ſie nicht unglücklich machen ...“
„Nein, ich gebe ihnen Les Rouxey ganz. Roſalie liebt Les Rouxey.“
„Sobald es ſich um deine Tochter handelt, biſt du närriſch. Mich haſt du nie gefragt, ob ich Les Rouxey liebe!“
Roſalie wurde ſofort gerufen und erfuhr, daß ſie in den erſten Maitagen Herrn de Soulas heiraten ſolle.
„Ich danke Ihnen, liebe Mutter, und auch Ihnen, lieber Vater, daß Sie an meine Ausſteuer denken, aber ich möchte mich gar nicht verheiraten, ich bin bei euch ſehr glücklich ...“
„Phraſen!“ erklärte die Baronin. „Du liebſt den Grafen de Soulas nicht, das iſt alles.“
„Wenn ich offen ſprechen darf: ich werde Herrn de Soulas niemals heiraten ...“
„Ach, das iſt das ‚Niemals‘ eines neunzehnjährigen Mädchens!“ Die Baronin lächelte bitter.
„Das ‚Niemals‘ des Fräuleins de Watteville“, ſagte Roſalie mit Betonung. „Ich kann nicht glauben, daß mein Vater mich ohne meine Einwilligung zu verheiraten gedenkt.“
„Aber gewiß nicht“, beeilte ſich der arme Baron zu ſagen und ſah zärtlich ſeine Tochter an.
„Nun ſchön!“ erklärte trocken die Baronin und hielt ihre Wut zurück. „Dann ſorge aber auch ſelbſt für die Zukunft deiner Tochter, verehrter Herr de

Watteville. Und du, Roſalie, wenn du nicht nach meinem Willen heirateſt, ſo erhältſt du von mir keine Ausſteuer!"

Der auf dieſe Weiſe zwiſchen Frau de Watteville und dem ſeine Tochter ſtützenden Baron ausgebrochene Streit ging ſo weit, daß Roſalie und ihr Vater die ſchöne Jahreszeit in Les Rouxey verbringen mußten, ſo unerträglich war ihnen der Aufenthalt im Hotel de Rupt geworden. Man erfuhr damals in Beſançon, daß Fräulein de Watteville den Grafen de Soulas definitiv abgewieſen hatte. Jérôme und Mariette hatten geheiratet und waren eines Tages Nachfolger Modiniers in Les Rouxey geworden. Der Baron ſtellte die Karthauſe nach dem Geſchmack ſeiner Tochter wieder her. Als die Baronin erfuhr, daß dieſe Reſtauration etwa ſechzigtauſend Franken verſchlungen hatte, und daß Roſalie und ihr Vater ein Treibhaus errichten ließen, erkannte ſie daran die gärende Bosheit ihrer Tochter. Der Baron kaufte einige Enklaven und eine kleine Domäne um dreißigtauſend Franken. Man hinterbrachte der Baronin, daß ſich Roſalie fern von ihr als Herrin aufſpiele und die Mittel ſtudiere, um Les Rouxey auf die Höhe zu bringen; wie eine Amazone ſteige ſie zu Pferde; der Vater ſei glücklich über ſie, er jammere nicht mehr um ſeine Geſundheit, ſondern ſetze Fett an und begleite ſie auf ihren Streifzügen. Als der Namenstag der Baronin -- ſie hieß Louiſe — näherrückte, erſchien der Generalvikar in Les Rouxey, zweifellos als Abgeſandter von Frau de Watteville und dem Grafen de Soulas, um zwiſchen Mutter und Tochter Frieden zu ſtiften.

„Dieſe kleine Roſalie ſetzt doch ihren Kopf durch!" hieß es allgemein in Beſançon.

Nachdem die neunzigtausend Franken in Les Rouxey auf noble Art vertan waren, ließ die Baronin ihrem Gatten monatlich etwa tausend Franken für den Lebensunterhalt zukommen; sie wollte sich keinesfalls ins Unrecht setzen. Vater und Tochter wünschten durchaus am fünfzehnten August nach Besançon zurückzukehren und dort bis Monatsende zu verweilen. Als dann der Generalvikar nach Tisch Rosalie beiseite nahm, um die Frage ihrer Verheiratung anzuschneiden, wobei er zu verstehen gab, daß sie ja auf Albert nicht mehr zu zählen habe, von dem seit Jahresfrist keine Nachricht mehr vorläge, da wurde er ostentativ durch eine Geste Rosalies unterbrochen. Das bizarre junge Mädchen nahm den Abbé de Grancey beim Arm und führte ihn auf eine Bank unter einem breiten Rhododendronbusch, von wo aus der See nicht zu sehen war.

„Hören Sie, lieber Abbé, ich liebe Sie wie einen Vater, weil Sie meinen Albert schätzen. Ich muß Ihnen endlich gestehen, ich habe Sünden begangen, um sein Weib zu werden. Und er muß auch mein Gatte werden . . . Da, lesen Sie!“

Sie reichte ihm ein Zeitungsblatt, das sie aus ihrer Schürzentasche herausholte, und wies auf eine Notiz, datiert: Florenz, den fünfundzwanzigsten Mai:

„Die Vermählung des Herrn Herzogs de Rhétoré, ältesten Sohnes des ehemaligen Botschafters, Herrn Herzog de Chaulieu, mit der Frau Herzogin d’Argaiolo, geborene Fürstin Soderini, wurde mit außerordentlichem Pomp vollzogen. Aus Anlaß dieser Hochzeit finden in Florenz gegenwärtig große Feierlichkeiten statt. Das Vermögen der Frau Herzogin d’Argaiolo gehört zu den größten in Italien, da der verſtorbene Herzog ſie zur Univerſalerbin eingeſetzt hat."

„Die Frau, die er liebte, hat ſich verheiratet", erklärte ſie, „ich war es, die ſie auseinanderbrachte."

„Sie?" fragte der Abbé, „und wie?"

Roſalie wollte eben antworten, als der Aufſchrei der beiden Gärtnerburſchen ſie unterbrach: ein Körper war aufklatſchend ins Waſſer gefallen.

„Gott — mein Vater! . . ."

Sie ſah den Baron nicht mehr.

Herr de Watteville hatte nach einem Stück Granit greifen wollen, an dem er den Abdruck eines Schalentiers zu entdecken wähnte, der einem geologiſchen Syſtem widerſprach; dabei hatte er ſich zuweit über den Abhang vorgewagt, dann das Gleichgewicht verloren und war in den See geſtürzt, der natürlich gerade beim Fuß der Straße am tiefſten war. Die Gärtner ſtreckten mit unendlicher Schwierigkeit dem Baron eine Stange entgegen, nach der er greifen ſollte; aber er paddelte juſt dort, wo das Waſſer ſtrudelte; er ſteckte ſehr tief im Schlamm, und da er ſich wehrte, ſank er noch tiefer ein, endlich aber zogen ſie ihn doch heraus. Herr de Watteville hatte ſtark gegeſſen, dann hatte die Verdauung eingeſetzt und war nun unterbrochen worden. Als er entkleidet, geſäubert und ins Bett gepackt war, wurde ſein Zuſtand offenbar ſo gefährlich, daß zwei Diener ſich auf die Gäule ſetzen mußten, der eine ritt nach Beſançon, der andere ſollte in nächſter Nähe einen Arzt und einen Chirurgen auftreiben.

Als Frau de Watteville acht Stunden nach dem Vorfall mit den erſten Ärzten und Chirurgen aus Beſançon eintraf, fanden ſie Herrn de Watteville trotz der aufopfernden Pflege des Arztes aus Les

Ricey bereits in hoffnungslosem Zustand. Die Angst wurde zur Gewißheit, als ein wässeriger Erguß ins Gehirn trat: die aufgehaltene Verdauung hatte den Baron getötet.

Frau de Watteville behauptete, dieser Tod wäre nicht eingetreten, wenn ihr Mann in Besançon geblieben wäre, und so schob sie alles auf den Widerstand der Tochter, gegen die sie ein Vorurteil faßte, und überließ sich ihrem Schmerz und sichtlich übertriebenen Vorwürfen. Sie nannte den Baron „ihren lieben Engel".

Der letzte Watteville wurde auf einem Inselchen im See von Les Rouxey beigesetzt, wo die Baronin ihm ein kleines gotisches Denkmal aus weißem Marmor errichten ließ; so wie Héloise es auf dem Père Lachaise bekam.

Ein Monat war seither verstrichen, und die Baronin und ihre Tochter lebten in wildem Schweigen nebeneinander im Hotel de Rupt. Rosalie war die Beute eines tiefen Schmerzes, den ihr Herz indessen nicht offen gestand: sie klagte sich an, den Tod ihres Vaters verschuldet zu haben, und vor allem war noch ein anderes schweres Unglück ihr Werk: weder der Sachwalter Girardet noch der Abbé de Grancey brachten Licht in Alberts Schicksal. Dieses Schweigen war erschreckend. In einer Anwandlung von Reue wollte sie endlich dem Generalvikar die fürchterlichen Lügen beichten, durch die sie Francesca von Albert getrennt hatte. Das aber war ebenso einfach wie ungeheuerlich. Fräulein de Watteville hatte Alberts Briefe an die Herzogin unterschlagen und auch jenen, in dem Francesca ihrem Geliebten die Erkrankung ihres Mannes mitteilte und zugleich ankündigte, daß sie während dieser selbstverständlichen

Pflege beim Sterbenden nicht ſchreiben könne. So hatte, während Albert mitten in den Vorbereitungen zur Wahl ſtand, die Herzogin ihm nur zwei Briefe geſchrieben, einen mit der Nachricht, in welcher Gefahr der Herzog d'Argaiolo ſchwebe, den anderen, daß ſie Witwe geworden ſei: zwei vornehme und ganz herrliche Briefe, die Roſalie las. Mehrere Nächte lang hatte ſich Roſalie geübt, Alberts Hand ſchrift täuſchend nachzuahmen. Und an Stelle der echten Briefe des ſo getreuen Liebhabers hatte ſie drei Briefe unterſchoben, deren Entwurf den alten Prieſter erbeben ließ, ſo ungeheuerlich trat darin das Genie des Böſen in letzter Vollkommenheit zutage. Roſalie führte die Feder an Alberts Stelle und bereitete die Herzogin auf eine Wandlung des vermeintlich ungetreuen Franzoſen vor. Roſalie hatte die Nachricht vom Tode des Herzogs d'Argaiolo mit der bevorſtehenden Vermählung Alberts mit ihr ſelbſt beantwortet. Die beiden Briefe ſollten ſich kreuzen, und ſie hatten ſich gekreuzt. Der teufliſche Geiſt, aus dem dieſe Briefe geſchrieben waren, erſchütterte den Generalvikar derart, daß er ſie noch einmal leſen mußte. Francesca, im Herzen verwundet von einem Mädchen, das die Liebe der Rivalin töten wollte, hatte zuletzt nur die einfachen Worte geſandt: „Sie ſind frei, leben Sie wohl!"

„Rein moraliſche Verbrechen," ſagte der Abbé de Grancey ſtreng, „denen die menſchliche Juſtiz nicht beizukommen vermag, ſind die infamſten und abſcheulichſten. Gott ſtraft ſie oftmals ſchon auf Erden; darin ruht der tiefe Sinn ſcheinbar unverſtändlicher, erſtaunlicher Unglücksfälle. Unter allen geheimen Verbrechen, die hinter der Gardine des

Privatlebens geſchehen, gehört zu den ehrloſeſten: das Briefgeheimnis zu brechen oder Erſchlichenes zu leſen. Wer auch immer, gleichgültig aus welchem Grund, ſich dieſe Handlungsweiſe erlaubt, trägt einen untilgbaren Flecken auf ſeiner Ehre. Empfinden Sie nicht, wie göttlich ergreifend die Geſchichte von dem jungen Pagen iſt, der fälſchlicherweiſe angeklagt, einen Brief zu beſorgen hat, in dem der Auftrag ſteht: er ſolle getötet werden, der ſich ahnungslos, mit gutem Gewiſſen auf den Weg macht, und den dann die Vorſehung in Schutz nimmt und, ſagen wir, wunderbarerweiſe errettet!... Wiſſen Sie, worin das Wunder beſteht? Die Tugend trägt dieſelbe mächtige Auriole wie die unſchuldige Kindſchaft. Ich ſage Ihnen das nicht, um Sie zu ſtrafen," bemerkte mit trauriger Miene der alte Prieſter zu Roſalie, „ach, ich bin ja hier nicht der Erzbeichtiger, Sie knieen nicht vor Gott; ich bin nur ein Freund, den die Furcht vor Ihrer Beſtrafung ſchaudern macht. Was iſt aus dem armen Albert geworden? Hat er ſich den Tod gegeben? Unter ſeiner beherrſchten Ruhe ſteckte eine unerhörte Heftigkeit. Ich begreife nun, daß der alte Fürſt Soderini, der Vater der Frau Herzogin d'Argaiolo, die Briefe und die Bilder ſeiner Tochter zurückhaben wollte. Das war der Blitz, der auf Alberts Haupt niederſauſte. Zweifellos wird er verſucht haben, ſich zu rechtfertigen ... Warum aber hat er vierzehn Monate lang nichts mehr von ſich hören laſſen?"

„Oh, wenn ich ihn heirate, wird er glücklich!..."

„Glücklich? ... Er liebt Sie ja nicht! Sie dürften ihm kaum ein großes Glück bringen. Ihre Mutter hegt eine tiefe Abneigung gegen Sie. Sie haben ihr

eine ſchlimme Antwort gegeben, die ihr ſehr weh getan hat und ſie zugrunde richten wird."
„Was habe ich denn geſagt?" fragte Roſalie.
„Als ſie Ihnen geſtern bedeutete, Gehorſam ſei das einzige Mittel, Ihre Fehler wieder gutzumachen, und Ihnen die Notwendigkeit einer Ehe nahelegte und dabei auf Amédée anſpielte, meinten Sie: ‚Wenn Sie, teuere Mama, ihn ſo ſehr lieben, ſo heiraten Sie ihn doch!' Haben Sie ihr dieſen Satz ins Geſicht geſchleudert, ja oder nein?"
„Ja!" erwiderte Roſalie.
„Nun, ich kenne ſie," fuhr Herr de Grancey fort, „in einigen Monaten wird ſie Gräfin de Soulas ſein, ſie wird zweifelsohne Kinder bekommen und Herrn de Soulas eine Rente von vierzigtauſend Franken auswerfen, ſie wird ihm auch noch andere Vorteile anbieten und, ſoweit ſie das vermag, Ihren Anteil am Grundbeſitz ſchmälern. Sie werden Ihr ganzes Leben lang arm bleiben, ſie aber iſt erſt achtunddreißig Jahre alt! Sie würden gewiß die Liegenſchaft Les Rouxey haben und die wenigen aus der Liquidation des väterlichen Nachlaſſes ſtammenden Gerechtſame, ſofern Ihre Mutter auf ihren Anteil an Les Rouxey verzichtet. Das materielle Intereſſe hat Ihr Leben bereits ſo ſchief gelagert, und Ihre Empfindungen würden es nun endgültig erſchüttern. Anſtatt zu Ihrer Mutter zu gehen . . ."
Roſalie ſchüttelte heftig den Kopf.
„— anſtatt zu Ihrer Mutter zu gehen", fuhr der Generalvikar fort, „und zur Religion, die Sie ſeit dem erſten Schlage Ihres Herzens belehrt, beraten, geführt hat — wollten Sie ſich ſelbſtändig leiten, ohne jede Lebenserfahrung, allein aus dem Impuls der Leidenſchaft heraus!"

Diese klugen Worte machten Rosalie stutzig.
„Und was soll ich tun?“ fragte sie nach einer Pause.
„Um Ihre Fehler wieder gutzumachen, sollten Sie erst einmal deren Tragweite erkennen“, erwiderte der Abbé.
„So werde ich also an den einzigen Menschen schreiben, der über Alberts Schicksal Bescheid wissen dürfte, an seinen Jugendfreund, den Notar Leopold Hannequin in Paris.“
„Schreiben Sie lediglich, um der Wahrheit die Ehre zu geben“, betonte der Generalvikar. „Vertrauen Sie mir die echten und die falschen Briefe an. Schreiben Sie Ihr Geständnis genau und in allen Einzelheiten für mich auf, als den Lenker Ihres Gewissens, und fragen Sie mich, wie Sie danach Ihre Sünden bereuen sollen. Eröffnen Sie sich mir, ich werde sehen . . . Denn in erster Linie muß dieser Unglückliche vor jenem Wesen, das er auf Erden zu seinem Gott erhoben hat, reingewaschen werden. Selbst wenn sein Glück dahin ist — Albert muß seine Rechtfertigung haben.“
Rosalie versprach dem Abbé de Grancey Gehorsam, sie hoffte immer noch, seine Schritte könnten zum Ziele führen und ihr Albert zurückbringen.
Einige Zeit nach Rosalies Beichte erschien in Besançon ein Kanzlist des Herrn Leopold Hannequin, ausgestattet mit einer Generalvollmacht Alberts; zuerst stellte er sich bei Herrn Girardet ein und ersuchte ihn, das Savaronsche Haus zu verkaufen. Der Sachwalter übernahm aus Freundschaft für den Advokaten diese Angelegenheit. Der Kanzlist veräußerte das Mobiliar und beglich mit dem Erlös die Schuld Alberts an Girardet, der ihm bei der merk-

würdigen Abreiſe fünftauſend Franken vorgeſtreckt hatte, für die er ſich anderweitig Deckung ſchaffen wollte. Als Girardet fragte, was denn aus dem vornehmen und ſchönen Streiter geworden wäre, für den er ſich ſo intereſſiert hätte, antwortete der Kanzliſt, lediglich ſein Herr wiſſe darüber Beſcheid, und der Notar ſei überaus beſtürzt geweſen über das, was im letzten Brief des Herrn Albert de Savarus geſtanden hätte.
Als der Generalvikar dieſe Neuigkeit erfuhr, ſchrieb er an Leopold; und hier folge die Antwort des würdigen Notars.

An den Herrn Abbé de Grancey, Generalvikar der Diözeſe zu Beſançon.

Paris . . .

„Ach, mein Herr, es ſteht in niemandes Macht, Albert dem weltlichen Leben zurückzugeben: er hat entſagt und befindet ſich als Novize in der Grande-Chartreuſe bei Grenoble. Sie wiſſen noch beſſer als ich, daß an der Schwelle dieſes Kloſters alles abſtirbt, was ſich dorthin flüchtet. Albert hat meinen Beſuch vorausgeſehen und den General des Karthäuſerordens zwiſchen ſich und meine Bemühungen geſchoben. Ich kenne ſein vornehmes Herz viel zu gut, um zu wiſſen, daß er das Opfer einer infamen Kabale iſt, die wir nicht überſchauen können; aber es iſt nun alles vorbei. Die Frau Herzogin d'Argaiolo, nunmehrige Herzogin de Rhétoré, ſcheint ihre Grauſamkeit zu weit getrieben zu haben. Sie weilte nicht mehr in Belgirate, als Albert dort eintraf, und hatte Weiſung hinterlaſſen, man ſolle ihm vormachen, ſie wohne in London. Von London aus begab Albert ſich nach Neapel, um ſeine Geliebte dort aufzuſpüren, von Neapel nach Rom, wo ſie ſich mit dem Herzog de Rhétoré verlobte. Endlich in Florenz, holte Albert die Herzogin d'Argaiolo ein, aber es war die Stunde ihrer Vermählung. Unſer Freund wurde in der Kirche ohnmächtig, und ſelbſt, als er in Lebensgefahr ſchwebte, konnte er von dieſer Frau, in deren Herz ein Geheimnis walten mußte, keine Erklärung erhalten. Sieben Monate lang iſt Albert hinter ihr hergereiſt wie auf der Spur eines wilden Tieres, das ſich eine Luſt daraus machte, ihm zu entſchlüpfen: er wußte nicht, wo und wie ſie faſſen! Ich habe unſern armen Freund bei der Durchreiſe durch Paris geſehen; und auch Sie hätten bei einer ſolchen Begegnung ſofort erfahren, daß man die Herzogin mit keinem Wort ihm gegenüber erwähnen durfte, wollte man nicht eine für ſeine geiſtige Verfaſſung gefährliche Kriſe hervorrufen. Hätte er gewußt, welches Verbrechen man ihm zuſchrieb, ſo hätte er gewiß auch die Mittel zu ſeiner Rechtfertigung gefunden; jedoch, was tun — da man ihn fälſchlicherweiſe bezichtigt hatte, er habe ſich verheiratet! Albert iſt tot, allzu tot für dieſe Welt. Er wollte ſeine Ruhe: hoffen wir, daß ihm die große Stille und das Gebet, in das er ſich geflüchtet hat, ein Glück in anderer Geſtalt ſchenken mögen. Wenn Sie ihn wirklich gekannt haben, ſo müſſen Sie ihn, aber auch ſeine Freunde beklagen.

Genehmigen Sie . . . uſw."

Nach Empfang dieſes Briefes ſchrieb der gute Generalvikar an den General des Karthäuſerordens; und hier folge die Antwort, die ihm Albert Savarus ſelber ſchrieb:

Der Bruder Albert an den Herrn Abbé de Grancey,
Generalvikar der Diözeſe zu Beſançon.

Grande-Chartreuſe, November 1836.

„Aus allem, was mir der hochwürdige Pater General unſeres Ordens ſoeben mitgeteilt hat, habe ich Ihre zartfühlende Seele und Ihr noch immer jugendliches Herz erkannt, lieber und verehrter Generalvikar. Sie haben den einzigen Wunſch erraten, der meinem, den weltlichen Angelegenheiten abgeſtorbenen Herzen noch übrigblieb: nämlich meinen Empfindungen bei Derjenigen Gerechtigkeit zu erwirken, die mir ſo wehgetan hat. Der General ſtellte es mir völlig anheim, ob ich auf Ihren Vorſchlag eingehen wolle; nur wünſchte er zu wiſſen, ob mein Eintritt eine ernſthaft beſchloſſene Sache wäre: er hatte die ausnehmende Güte, mir ſeine Meinung auseinanderzuſetzen, und überließ es ſodann meiner Entſcheidung, ob ich auch in dieſem Fall bei meinem abſoluten Schweigen verharren wollte. Und ſelbſt wenn ich der Verſuchung erlegen wäre, meinen weltlichen Menſchen zu rehabilitieren, ſo wäre ich gleichwohl als Gläubiger dem Kloſter verfallen geweſen. Die Gnade hat ſich in mir reſtlos erfüllt. Freilich, um mich kurz zu faſſen: der Kampf iſt darum nicht minder heftig und nicht minder grauſam geweſen. Es genügt wohl, wenn ich ſage: ich wünſche nicht wieder in die Welt zurückzukehren. Auch die Verzeihung, die Sie von mir für die Anſtifterin allen Übels erbitten, iſt vollſtändig und ohne bittere Gedanken. Ich will zu Gott flehen, er möge ihr vergeben, wie ich es tue, und wie ich auch um ein glückliches Leben für die Frau Herzogin de Rhétoré zu Gott bete. Ob nun der Tod kommt oder ein halsſtarriges junges Mädchen, das ſich unbedingt Liebe erobern möchte, oder ein Schickſalsſchlag — muß man nicht allzeit Gott gehorſam ſein? Das Unglück bereitet in manch einer Seele eine große Leere, über die die Stimme Gottes nun hintönen kann. Zu ſpät erſt habe ich die Zuſammenhänge zwiſchen dieſem und jenem Leben erkannt, denn ich bin ſehr abgeſtumpft. In den Reihen der Ecclesia militans hätte ich gewiß nicht kämpfen können; für den Reſt meines faſt ſchon erloſchenen Lebens werfe ich mich vor dem Allerheiligſten nieder. Ich ſchreibe heute zum letztenmal. Sie, der Sie mich lieben und den ich ſo ſehr liebe, mußten ſchreiben, um mich dazu zu bewegen, das Gebot des Vergeſſens zu durchbrechen, das ich mir ſelbſt bei meinem Eintritt in die Stätte des Heiligen Bruno auferlegt habe. Auch Ihnen gelten die beſonderen Gebete des

Bruders Albert."

‚Vielleicht iſt es ſo am allerbeſten', dachte der Abbé de Grancey.

Als er dieſen Brief Roſalie mitgeteilt hatte, die in frommer Anwandlung den Paſſus ſeiner Verzeihung küßte, meinte er:

„Nun, nachdem er Ihnen endgültig verloren iſt, ſollten Sie ſich doch wohl mit Ihrer Mutter ausſöhnen und den Grafen de Soulas heiraten!"

„Dazu wäre ein Befehl ſeitens Alberts nötig", erwiderte ſie.

„Sie ſehen, es iſt unmöglich, ihn zu fragen, der General würde es nicht zulaſſen."

„Und wenn ich hinginge, um ihn zu ſehen?"

„Die Karthäuſer kann man nicht ſehen. Überdies darf, außer der Königin von Frankreich, keine Frau die Chartreuse betreten", erklärte der Abbé. „Es ſteht alſo einer Vermählung mit dem jungen Herrn de Soulas nichts mehr im Wege!“

„Ich wünſche meine Mutter nicht ins Unglück zu ſtürzen!“ antwortete Roſalie.

„Satan!“ ſchrie der Generalvikar.

Gegen Ende des Winters ſtarb der gute Abbé de Grancey. Nun war kein Freund mehr da, der zwiſchen den Starrköpfen von Frau de Watteville und ihrer Tochter vermittelt hätte. Und das Ereignis vollzog ſich, wie der Generalvikar es vorausgeſehen hatte. 1837 heiratete Frau de Watteville den Herrn Grafen de Soulas in Paris, wohin ſie auf Roſalies Drängen gegangen war, die ſich jetzt liebenswürdig und nett zu ihrer Mutter ſtellte. Frau de Watteville vertraute der Freundſchaft ihrer Tochter, doch wollte Roſalie ganz einfach in Paris leben, um ſich dem Vergnügen einer wilden Rache hinzugeben: ſie dachte nur noch daran, Savarus zu rächen, indem ſie ihre Rivalin folterte.

Man hatte Fräulein de Watteville mündig geſprochen, die ohnehin bald einundzwanzig Jahre alt wurde. Ihre Mutter war, um ſich völlig mit ihr auseinanderzuſetzen, von ihren Anſprüchen auf Les Rouxey zurückgetreten, und die Tochter hatte hinſichtlich des väterlichen Nachlaſſes ihrer Mutter Entlaſtung erteilt, und ihr auch lebhaft zugeredet, den Grafen de Soulas zu heiraten.

„Laſſen wir einer dem anderen ſeine Freiheit!“ ſagte ſie zu ihr.

Frau de Soulas, in einiger Unruhe über die Abſichten ihrer Tochter, war von deren noblem Verhalten überraſcht; um ihr Gewiſſen zu erleichtern, machte ſie Roſalie eine Grundbuchrente von ſechzigtauſend Franken zum Geſchenk. Als Gräfin de Soulas hatte sie aus Grundbesitz achtundvierzigtausend Franken Einkommen, und da sie sie nicht verschleudern durfte, um etwa Rosalies Anteil zu schmälern, so war das Fräulein de Watteville eine Partie mit einer Million achthunderttausend Franken. Les Rouxey mochte nach einigen Verbesserungen zwanzigtausend Franken Rente abwerfen, ungeachtet den Vorteil, daß man dort wohnen, Zinsen ziehen und Reserven anlegen konnte. Rosalie und ihre Mutter gewöhnten sich sehr bald an den Ton und die Mode von Paris und wurden leicht in die große Welt eingeführt. Der goldene Schlüssel, in Worten: eine Million achthunderttausend Franken! war auf Rosalies Corsage gestickt und nutzte der Gräfin de Soulas weit mehr als ihre de Ruptschen Prätensionen, als ihr schlecht angebrachter Stolz, und sogar als ihre etwas an den Haaren herbeigezerrte Verwandtschaft. Etwa im Februar 1838 verwirklichte Rosalie, die von vielen jungen Leuten beharrlich umworben war, ihren Plan, der sie nach Paris getrieben hatte. Sie wollte den Weg der Herzogin de Rhétoré kreuzen, wollte diese ausgezeichnete Frau sehen und sie in ewige Gewissensqualen stoßen. Rosalie trat mit Geziertheit und kokettem Leichtsinn auf, um sich mit der Herzogin auf eine Stufe zu stellen. Die erste Begegnung fand auf dem Jahresball statt, der seit 1830 für die Pensionäre der alten Zivilliste veranstaltet wurde. Ein junger Mann, von Rosalie dazu veranlaßt, wies die Herzogin auf sie und sagte:

„Das da ist eine höchst auffallende junge Dame und ein Dickschädel! Sie hat einen überaus bedeutenden Mann ins Kloster Grande-Chartreuse getrieben: Albert de Savarus, dessen Existenz sie glatt vernichtet hat. Es ist Fräulein de Watteville aus Besançon . . .“

Die Herzogin erbleichte. Roſalie tauſchte mit ihr einen jener lebhaften Blicke, die unter Frauen tödlicher treffen als Piſtolenkugeln bei einem Männerduell. Francesca Soderini, die Alberts Unſchuld verdächtigt hatte, verließ alsbald den Ball, ließ ihren Partner ohne weiteres ſtehen, der keineswegs ahnte, welch eine ſchreckliche Wunde er der Herzogin de Rhétoré beigebracht hatte.

„Wenn Sie mehr über Albert wiſſen wollen, ſo ſeien Sie kommenden Dienstag auf dem Opernball mit einer Ringelblume in der Hand!"

Dieſes anonyme Billett hatte Roſalie der Herzogin zugeſpielt, es führte die unglückliche Italienerin auf den Ball, wo Roſalie ihr alle Briefe Alberts in die Hand drückte, dann den des Generalvikars an Leopold Hannequin ſowie die Antwort des Notars und ſogar den, in dem ſie für Herrn de Grancey ihre Geſtändniſſe aufgezeichnet hatte.

„Ich will nicht allein leiden," erklärte ſie der Rivalin, „denn wir haben uns beide, eine wie die andere, grauſam an ihm vergangen!"

Nachdem ſich Roſalie an der Beſtürzung geweidet hatte, die das ſchöne Antlitz der Herzogin widerſpiegelte, enteilte ſie und erſchien nie wieder in der Geſellſchaft, ſondern kehrte mit ihrer Mutter nach Beſançon zurück.

Fräulein de Watteville lebt allein auf ihrem Gute Les Rouxey, reitet, jagt, ſchlägt jährlich zwei, drei Partien aus, kommt im Winter vier- oder fünfmal nach Beſançon, beſchäftigt ſich damit, aus Les Rouxey etwas zu machen, und gilt als reichlich verſchrobene Perſon. Sie iſt eine Berühmtheit im Oſten von Frankreich.

Frau de Soulas hat zwei Kinder, einen Knaben und

ein Mädchen; ſie hat ſich verjüngt, während der junge Herr de Soulas ſtark gealtert iſt.

„Mein Glück kommt mich teuer zu ſtehen“, bemerkte er zu dem jungen Chavancourt. „Um eine Frömmlerin beſonders gut kennenzulernen, muß man ausgerechnet mit ihr verheiratet ſein!“

Fräulein de Watteville benahm ſich für eine junge Dame etwas ungewöhnlich. Es hieß von ihr: ſie hat Schrullen! Jahraus, jahrein ſieht ſie ſich die Mauern von Grande-Chartreuſe an. Vielleicht möchte ſie ihrem Großoheim nacheifern und die Kloſtermauern bezwingen, um ſich dort ihren Gatten zu holen, wie Watteville über die Mauern ſeines Kloſters ſprang, um die Freiheit wiederzuerlangen.

1841 verließ ſie Beſançon, und es hieß, ſie wolle ſich verheiraten. Doch ſind die wahren Beweggründe zu dieſer Reiſe bis zum heutigen Tage unbekannt. Sie kehrte jedenfalls in einem Zuſtand zurück, der ihr verbot, ſich jemals wieder in der Öffentlichkeit zu zeigen. Es war einer jener Unglücksfälle, auf die der greiſe Abbé de Grancey angeſpielt hatte; ſie hatte ſich gerade auf einem Loire-Dampfer befunden, als deſſen Keſſel explodierte. Fräulein de Watteville wurde ganz grauenhaft verſtümmelt und verlor den rechten Arm und das linke Bein. Ihr Geſicht trägt entſetzliche Narben, die ihr jegliche Schönheit nehmen; ihre Geſundheit iſt den ſchlimmſten Schwankungen unterworfen, kaum einen Tag iſt ſie ohne Schmerzen. Heute verläßt ſie die Chartreuſe von Les Rouxey nicht mehr, wo ſie ganz und gar in religiöſen Übungen aufgeht.

☆

—

## FRAU DE LA CHANTERIE

☆

AN EINEM SCHÖNEN SEPTEMBERABEND DES Jahres 1836 ſtand ein Mann von ungefähr dreißig Jahren an die Brüſtung gelehnt auf dem Quai, von dem man die Seine gleichzeitig ſtromauf vom Botaniſchen Garten bis zu Notre-Dame und ſtromabwärts über das weite Ufergelände bis zum Louvre überblickt. Es gibt keinen zweiten ſolchen Punkt in der Hauptſtadt des Geiſtes. Man befindet ſich hier wie auf dem Heck eines gigantiſchen Schiffes. Die Geſchichte von Paris ſteigt vor Einem auf von den Römern bis zu den Franken, von den Normannen bis zu den Burgundern, das Mittelalter, die Valois, Heinrich IV., Ludwig XIV., Napoleon und Louis Philipp. Jede Herrſchaft hat irgendeine Spur hinterlaſſen oder Monumente, die an ſie erinnern. Sainte-Geneviève überragt mit ihrer Kuppel das Quartier latin. Hinter einem erhebt ſich der herrliche Chor der Kathedrale. Das Hôtel de Ville erzählt von allen Revolutionen, das Krankenhaus von allem Elend der Stadt Paris. Wenn man die Herrlichkeiten des Louvre betrachtet hat, kann man ein paar Schritte davon die zerfallenen Häuſerreſte zwiſchen dem Quai de la Tournelle und dem Hôtel de Ville ſehen, die die modernen Schöffen der Stadt jetzt verſchwinden laſſen.

Im Jahre 1835 beſaß dieſes wundervolle Bild noch eine Beſonderheit mehr: zwiſchen dem an die Brüſtung gelehnten Pariſer und der Kathedrale war das Terrain, wie der alte Name dieſer einſamen Gegend lautete, noch mit den Ruinen des erzbiſchöflichen Palais bedeckt. Angeſichts ſo vieler Bilder, die die Phantaſie anregen, wo der Geiſt Vergangenheit und Gegenwart der Stadt Paris umfaßt, ſcheint die Religion hier eine Stätte gefunden zu haben, von der aus ſie beide Hände über die Schmerzen beider Ufer des Fluſſes ausbreitet und den Raum vom Faubourg Saint-Antoine bis zum Faubourg Saint-Marceau umfaßt. Wir wollen hoffen, daß eine ſo erhabene Harmonie durch die Errichtung eines erzbiſchöflichen Palais in gotiſchem Stil vervollkommnet wird, das an die Stelle des baufälligen, charakterloſen Gebäudes zwiſchen dem Terrain, der Rue d'Arcole, der Kathedrale und dem Quai de la Cité tritt.

Dieſer Punkt, das Herz des alten Paris, iſt zugleich ſeine einſamſte und melancholiſchſte Stelle. Die Wogen der Seine prallen hier geräuſchvoll an, die Kathedrale wirft bei Sonnenuntergang ihren Schatten darüber hin. Man verſteht, daß hier bei einem Manne, der an einer ſeeliſchen Krankheit litt, ernſte Gedanken lebendig wurden. Wahrſcheinlich gefeſſelt von dem Einklang zwiſchen ſeinen momentanen Gedanken und denen, die der Anblick ſo verſchiedener Bilder in ihm wachrief, blieb der Spaziergänger, die Hände auf die Brüſtung geſtützt, ſtehen, verſunken in die zwiefache Betrachtung von Paris und von ſich ſelbſt! Die Schatten wuchſen länger, Lichter wurden in der Ferne angezündet, er aber ging nicht weiter, verſunken in tiefes Nachdenken über die Zukunft, die das Überdenken der Vergangenheit ſo ernſt macht. In dieſem Augenblick hörte er, wie zwei Perſonen ſich näherten, deren Stimmen er ſchon von der ſteinernen Brücke her vernommen hatte, die die Cité-Inſel mit dem Quai de la Tournelle verbindet. Die beiden Personen glaubten ohne Zweifel, daß sie allein seien und sprachen daher lauter, als sie es an besuchten Orten oder in Gegenwart eines Fremden getan hätten. Von der Brücke her ließen die Stimmen erkennen, wie aus einigen an das Ohr des unfreiwilligen Zeugen der Szene gelangten Worten hervorging, daß es sich um eine Bitte, Geld zu borgen, handelte. Als sie in die Nähe des Spaziergängers gelangt waren, trennte sich der, der wie ein Arbeiter gekleidet war, von dem andern mit einer verzweifelten Gebärde. Der andere wandte sich um, rief den Arbeiter zurück und sagte zu ihm: „Sie haben ja keinen Sou Brückengeld. Hier," fuhr er fort und gab ihm ein Geldstück, „und denken Sie daran, daß es Gott selbst ist, der zu uns spricht, wenn wir einen guten Gedanken haben."

Diese letzten Worte ließen den Träumer erzittern. Der Mann, der sie gesprochen hatte, ahnte nicht, daß er, um einen sprichwörtlichen Ausdruck zu gebrauchen, zwei Fliegen mit einer Klappe schlug, und daß er sie an ein zweifaches Elend gerichtet hatte: an einen verzweifelten Arbeiter und an eine kranke Seele ohne Kompaß; ein Opfer dessen, was die Hämmel Panurgs „Fortschritt" nennen und die Franzosen „Gleichheit". Die an sich so einfachen Worte erhielten eine gewisse Größe durch den Ton dessen, der sie gesprochen hatte und durch seine reizvolle Stimme. Gibt es nicht solche sanften, süßen Stimmen, die auf uns wie der Anblick des Ultramarins wirken?

An der Kleidung erkannte der Pariser einen Priester und erblickte bei dem letzten Licht der Dämmerung ein bleiches, erhabenes, aber abgezehrtes Antlitz.

Der Anblick eines Prieſters, der in Wien aus dem ſchönen Stephansdom heraustrat, um einem Sterbenden die letzte Wegzehrung zu bringen, beſtimmte den berühmten Dramatiker Werner, katholiſch zu werden. Faſt ebenſo ging es dem Pariſer beim Anblick des Mannes, der ihm eben, ohne es zu ahnen, Troſt gebracht hatte; an dem mit dunklen Wolken drohenden Horizont ſeiner Zukunft erblickte er einen langen hellen Streifen, in dem das Blau des Äthers hindurchſchien, und er ging dieſem Lichte nach wie die Hirten des Evangeliums der Stimme, die ihnen von oben her zurief: „Der Heiland iſt geboren!“ Der Mann, der das heilbringende Wort geſprochen hatte, ging an der Kathedrale entlang und lenkte ſeine Schritte, dem Zufall gehorchend, der manchmal ſo planvoll iſt, der Straße zu, aus der der Spaziergänger gekommen war, und in die ihn die Fehler, die er in ſeinem bisherigen Leben begangen hatte, zurückführten.

Dieſer Spaziergänger hatte den Namen Gottfried. Der Leſer dieſer Geſchichte wird verſtehen, aus welchen Gründen nur die Vornamen der vorkommenden Perſonen genannt werden. Es ſoll nun berichtet werden, warum Gottfried, der in dem Viertel der Chauſſée d'Antin wohnte, ſich um dieſe Stunde am Chor von Notre-Dame befand.

Sohn eines Detailhändlers, der durch Sparſamkeit ein ziemliches Vermögen zuſammengebracht hatte, konzentrierte ſich der ganze Ehrgeiz von Vater und Mutter auf ihn, die ihn als Pariſer Notar zu ſehen hofften. Er wurde daher mit ſieben Jahren in dem Inſtitut des Abbé Liautard untergebracht, zuſammen mit Kindern vieler vornehmer Familien, die unter der Regierung des Kaiſers aus Anhänglichkeit an die

Religion, die in den Lyzeen ein wenig vernachläſſigt wurde, ihre Söhne in dieſer Schule erziehen ließen. Die ſozialen Unterſchiede konnten ſich unter den Kameraden noch nicht geltend machen; aber im Jahre 1821 mußte Gottfried, der nach Vollendung ſeiner Studien bei einem Notar in Stellung getreten war, ſehr bald gewahr werden, welcher Abſtand ihn von denjenigen trennte, mit denen er bisher ſo vertraut zuſammengelebt hatte.

Als er ſein Rechtsſtudium begann, gehörte er zu der Maſſe von Bürgerſöhnen, die ohne Vermögen und ohne vornehme Herkunft alles nur von ihrer perſönlichen Fähigkeit oder ihrem hartnäckigen Fleiß zu erwarten haben. Die Erwartungen, welche Vater und Mutter, die ſich inzwiſchen vom Geſchäft zurückgezogen hatten, auf ihn ſetzten, ſpornten ſeine Eigenliebe an, ohne ihm doch den nötigen Ernſt zu verleihen. Die Eltern lebten nach holländiſcher Weiſe ſehr beſcheiden und verbrauchten nur den vierten Teil ihrer Rente von zwölftauſend Franken; ihre Erſparniſſe und die Hälfte ihres Kapitals hatten ſie zum Ankauf eines Notariats für ihren Sohn beſtimmt. Da er ſich ſelbſt in dieſes ſparſame häusliche Leben fügen mußte, hielt er ein ſolches Daſein den Zukunftshoffnungen ſeiner Eltern und ſeinem eigenen für ſo wenig entſprechend, daß er verzagte. Bei ſchwachen Naturen entſteht aus ſolchem Kleinmut Neid. Während andere, bei denen die harte Notwendigkeit, der Wille und die Einſicht die Begabung erſetzen, geradeaus und entſchloſſen den Weg verfolgen, der den ehrgeizigen Anſprüchen des Bürgertums vorgezeichnet iſt, empörte ſich Gottfried dagegen; er wollte glänzen, erſchien überall, wo es hoch herging und fühlte ſich dann verletzt.

Er versuchte emporzukommen, aber alle seine Anstrengungen ließen ihn nur seine Ohnmacht erkennen. Als ihm endlich das Mißverhältnis zwischen seinen Ansprüchen und dem, was er erreicht hatte, klar wurde, ergriff ihn ein Haß gegen die sozialen Vorrechte, er wurde ein Liberaler und versuchte, sich durch ein Buch berühmt zu machen; aber der Erfolg war nur, daß er das wirkliche Talent mit denselben Augen ansah wie den Adel. Da seine Versuche mit dem Notariat, der Anwaltschaft, der Literatur nacheinander gescheitert waren, wollte er Beamter werden.

Da starb sein Vater. Weil die alte Mutter mit einer Rente von zweitausend Franken auskommen konnte, so überließ sie ihm fast das ganze Vermögen. Mit fünfundzwanzig Jahren im Besitz einer Rente von zehntausend Franken hielt er sich für reich und war es auch im Vergleich mit seinen bisherigen Verhältnissen. Bis dahin war sein Leben von einem Handeln ohne Energie, von ohnmächtigen Ansprüchen erfüllt; um mit seiner Zeit mitzugehen, um zu handeln und eine Rolle zu spielen, versuchte er es jetzt, in irgendeinen Gesellschaftskreis mit Hilfe seines Vermögens hineinzugelangen. Er stieß zuerst auf den Journalismus, der ja stets seine Arme dem ersten besten Kapital, das sich ihm nähert, entgegenstreckt. Besitzer einer Zeitung sein, das bedeutet, daß man eine Persönlichkeit geworden ist: man beutet die Intelligenz der andern aus und genießt die Annehmlichkeiten ihrer Stellung, ohne ihre Arbeit verrichten zu müssen. Nichts ist für untergeordnete Köpfe verlockender, als so, auf die Fähigkeiten anderer gestützt, emporzukommen. Paris hat mehrere solcher Parvenüs erlebt, deren Erfolg eine Schande

für ihre Zeit und für diejenigen ist, die sich zu solchen Diensten hergegeben haben.
In dieser Sphäre wurde Gottfried von dem groben Machiavellismus der einen oder der Verschwendung der andern, von reichen ehrgeizigen Kapitalisten oder geistvollen Redakteuren in den Schatten gestellt; er wurde aber bald in das ungebundene Leben, zu dem die Beschäftigung mit der Literatur und der Politik Anlaß gibt, hineingezogen, in das Treiben der Kritiker hinter den Kulissen und in die Zerstreuungen, die stark beschäftigte geistige Arbeiter brauchen. Er bewegte sich also in schlechter Gesellschaft, wo man ihm übrigens klar machte, daß er ein unbedeutendes Gesicht habe und daß eine seiner Schultern sichtlich höher sei als die andere, ohne daß dieses Mißverhältnis durch Bosheit oder durch Herzensgüte wettgemacht würde. Mit dem schlechten Ton machen sich die Künstler im voraus bezahlt, wenn sie die Wahrheit sagen.
Klein, schlecht gewachsen, ohne Geist und ohne klares Ziel — damit war einem jungen Mann das Urteil gesprochen in einer Zeit, wo in jeder Karriere der Erfolg selbst bei höchsten Fähigkeiten noch vom Glück abhängig ist oder von der Hartnäckigkeit, die das Glück herbeiruft.
Die Revolution von 1830 war Balsam für Gottfrieds Wunden, und er faßte wieder den Mut zu hoffen, der dem Mut der Verzweiflung gleichkommt; er ließ sich, wie so viele unbekannte Journalisten, einen Posten in der Verwaltung übertragen, auf dem ihn seine liberalen Anschauungen, die in Widerspruch zu den Anforderungen der neuen Regierung gerieten, zu einem widerspenstigen Instrument machten. Vom Liberalismus durchdrungen, verstand er nicht,

wie verſchiedene hervorragende Männer, ſich für die Partei zu entſcheiden. Den Miniſtern gehorchen, das hieß für ihn, ſeine Anſichten wechſeln. Außerdem ſchien ihm die Regierung den Prinzipien, auf Grund deren ſie ans Ruder gekommen war, nicht zu entſprechen. Gottfried bekannte ſich als Anhänger des „Fortſchritts", als es darauf ankam, dieſen aufzuhalten, und er kehrte faſt arm, aber den Doktrinen der Oppoſition getreu, nach Paris zurück.

Erſchreckt durch die Übergriffe der Preſſe und noch mehr erſchreckt durch die Attentate der republikaniſchen Partei, zog er ſich in das Daſein zurück, das allein für den paßt, deſſen Begabung mangelhaft iſt, der keine Kraft fühlt, um den ſtarken Stürmen des politiſchen Lebens ſtandzuhalten, deſſen Leiden und Kämpfe ſich geräuſchlos abſpielen, der durch das Scheitern ſeiner Pläne ermattet iſt, der keine Freunde hat, weil Freundſchaft hervorragende Vorzüge oder Mängel verlangt und der ein mehr unklares als tiefes Empfinden beſitzt. War das nicht das einzige, was einem jungen Menſchen übrigblieb, den die Erwartung von Freuden ſchon mehrfach getäuſcht hatte und den die Berührung mit einer ebenſo unruhigen wie beunruhigenden Geſellſchaft bereits hatte altern laſſen?

Seine Mutter, deren Leben in dem friedlichen Dorfe Auteuil zu Ende ging, rief ihren Sohn zu ſich, einerſeits um ihn bei ſich zu haben, dann aber auch, um ihm einen Weg zu weiſen, auf dem er das gleichmäßige harmloſe Glück finden konnte, das für ſolche Seelen angemeſſen iſt. Sie hatte ſchließlich Gottfrieds Weſen richtig erkannt, da ſie ſah, wie er mit achtundzwanzig Jahren ſo viel Vermögen eingebüßt hatte, daß ſeine Rente nur noch viertauſend Franken betrug, wie ſeine Wünſche kraftlos geworden, ſeine angeblichen Fähigkeiten erſchöpft, ſeine Arbeitskraft erloſchen, ſein Ehrgeiz gedemütigt und ſein Haß gegen alles, was berechtigterweiſe emporkam, durch ſeine getäuſchten Hoffnungen nur noch verſtärkt war. Sie verſuchte, Gottfried mit einem jungen Mädchen, der einzigen Tochter eines Kaufmannsehepaars, das ſich vom Geſchäft zurückgezogen hatte, zu verheiraten, die ſollte der kranken Seele ihres Sohnes Hilfe bringen; aber der Vater beſaß jenen nüchtern rechnenden Verſtand, der einen früheren Kaufmann bei der Feſtſetzung von Ehekontrakten nicht im Stiche läßt, und nachdem Gottfried ein Jahr lang als Nachbar ſich um das Mädchen bemüht hatte, wurde ſein Antrag abgelehnt. Nach der Anſicht dieſer eingefleiſchten Bourgeois' mußte der Bewerber in Anbetracht ſeines früheren Lebens ein durchaus unmoraliſcher Menſch ſein; außerdem hatte er im Verlaufe dieſes Jahres noch mehr von ſeinem Kapital verbraucht, weil er den Eltern zu imponieren und der Tochter zu gefallen wünſchte. Dieſe, übrigens ſehr verzeihliche Prunkſucht gab den Ausſchlag für die Ablehnung von ſeiten einer Familie, bei der eine ſolche Verſchwendung Schrecken erregte, nachdem ſie erfahren hatte, daß Gottfried in ſechs Jahren hundertfünfzigtauſend Franken von ſeinem Vermögen verlorengegangen waren.

Dieſer Schlag traf ſein ſchon ſo ſchwer verwundetes Herz um ſo ſtärker, als das junge Mädchen durchaus keine Schönheit war. Gottfried hatte aber, von ſeiner Mutter darauf hingewieſen, an ſeiner Zukünftigen ein ernſthaftes Weſen und den großen Vorzug eines geſunden Verſtandes ſchätzen gelernt; er hatte ſich an ihr Geſicht gewöhnt und ſich in ſeinen Ausdruck vertieft, er liebte den Klang ihrer Stimme, ihr Gebaren und ihren Blick. Dieſe Neigung war ſein letzter Einſatz für ſeine Lebensausſichten geweſen; um ſo bitterer war ſeine Enttäuſchung. Als die Mutter nun ſtarb, ſah er, deſſen Bedürfniſſe ſich dem ſteigenden Luxus angepaßt hatten, ſich im Beſitze von fünftauſend Franken Rente als ganzem Einkommen und der Gewißheit, niemals irgendeinen Verluſt wieder gutmachen zu können, da er ſich unfähig fühlte, den Fleiß zu entwickeln, den das furchtbare Wort: „Geldverdienen" erfordert.

Eine ſolche ungeduldige und grämliche Schwachmütigkeit kann ſich nicht entſchließen, ſogleich klein beizugeben. Daher verſuchte Gottfried während ſeiner Trauerzeit in Paris ſein Glück: er ſpeiſte an der Table d'hôte, ließ ſich in unvorſichtiger Weiſe mit Fremden ein, verkehrte in der Geſellſchaft und fand nur Gelegenheiten, Geld auszugeben. Wenn er auf den Boulevards ſpazierenging, litt er innerlich ſo ſehr, daß ſchon der Anblick einer von einer heiratsfähigen Tochter begleiteten Mutter ihm die gleiche ſchmerzhafte Empfindung verurſachte wie der eines jungen Mannes, der ins Bois ritt, oder eines Parvenüs in einer eleganten Equipage oder eines ordengeſchmückten Beamten. Das Bewußtſein ſeiner Ohnmacht ſagte ihm, daß er weder auf eine anſtändige Stellung zweiten Ranges noch auf irgendeinen unſchwer auszufüllenden Platz hoffen dürfte; und er beſaß ein genügendes Feingefühl, um dadurch beſtändig verletzt zu werden, und genug Geiſt, um Trauerlieder voller Galle darüber anzuſtimmen.

Unfähig zum Kampfe mit den Dingen und ſich bewußt, daß er wohl eine höhere Begabung beſitze, aber nicht die Willenskraft, ſie in Tätigkeit umzuſetzen, in dem Gefühl dieſer Unvollkommenheit ohne Kraft, etwas Großes zu unternehmen, wie ohne Widerſtand gegen die Anſprüche, die er von ſeinem früheren Leben, ſeiner Erziehung und ſeiner Sorgloſigkeit her beibehalten hatte, wurde er von mehreren krankhaften Zuſtänden aufgezehrt, von denen ein einziger genügt hätte, einem jungen Manne, der den religiöſen Glauben verloren hatte, das Daſein zu vergällen. Und ſo zeigte Gottfried jenes Geſicht, das man bei ſo vielen Männern findet, daß es für den Pariſer typiſch geworden iſt; man lieſt auf ihm getäuſchten oder erloſchenen Ehrgeiz, durch das tägliche Schauſpiel des Pariſer öffentlichen Lebens genügend beſchäftigten und dadurch abgeſtumpften Haß, eine Blaſiertheit, die nach Anreiz verlangt, ein Sichbeklagen ohne Berechtigung, eine Grimaſſe der Kraftanſtrengung, eine von früheren Mißerfolgen vergiftete Geſinnung, die dazu antreibt, ſich über alles zu mokieren, alles, was aufwärts ſtrebt, zu verhöhnen, die unumgänglichſten geſetzlichen Vorſchriften zu mißachten, ſich zu freuen, wenn ſie auf Schwierigkeiten ſtoßen, und keine Geſellſchaftsordnung anzuerkennen. Dieſes Pariſer Laſter bedeutet für die tatkräftige, andauernde Verſchwörung der Leute mit Energie dasſelbe wie der Splint für den Saft des Baumes: es behütet ſie, es unterſtützt ſie, und es hält ſie geheim.
Seiner ſelbſt überdrüſſig, wollte Gottfried eines Morgens ein neues Leben beginnen, nachdem er einem Kameraden begegnet war, der die Rolle der Schildkröte in Lafontaines Fabel geſpielt hatte,

während er selbst der Hase gewesen war. Während sich zwischen ihnen eine Unterhaltung entspann, wie sie unter Schulkameraden, die sich wieder begegnen, vor sich zu gehen pflegt, und sie in der Sonne auf dem Boulevard des Italiens auf und ab gingen, war er betroffen, zu vernehmen, daß der andere, der anscheinend weniger begabt und weniger wohlhabend als er war, seinen Weg gemacht hatte, weil er an jedem Morgen noch dasselbe wie am Abend vorher gewollt hatte. Der Bedrückte beschloß daher, dieses einfache Tun nachzuahmen.

„Das soziale Leben ist wie die Erde," hatte sein Kamerad zu ihm gesagt, „sie bringt uns um so mehr Früchte, je mehr wir sie bearbeiten."

Gottfried hatte bereits Schulden gemacht. Als erste Strafe, als erste Buße hatte er sich auferlegt, bescheiden im verborgenen zu leben und von seinem Einkommen seine Schulden zu bezahlen. Für einen Mann, der gewöhnt war, sechstausend Franken auszugeben, wenn er nur fünftausend einnahm, war es kein kleines Unternehmen, seinen Unterhalt mit zweitausend Franken bestreiten zu wollen. Er las alle Morgen die „Kleinen Anzeigen", weil er hoffte, darin ein Asyl zu finden, wo er seine Ausgaben begrenzen und die Einsamkeit finden könnte, die für einen Menschen erforderlich waren, der sich sammeln, sich prüfen und einen andern Weg für sich finden wollte. Das Leben in den bürgerlichen Pensionen des Quartier latin verletzte seine Empfindlichkeit, die Sanatorien hielt er für ungesund, und er verfiel bereits wieder in die fatale Unschlüssigkeit der Leute ohne festen Willen, als sein Auge von folgender Anzeige gefesselt wurde:

„Kleines Logis für siebzig Franken monatlich, für

einen Geiſtlichen geeignet. Es wird ein ruhiger Mieter gewünſcht; er kann Verpflegung und Möblierung der Wohnung zu mäßigen Preiſen nach Übereinkunft erhalten.
Man wende ſich an den Kolonialwarenhändler Millet, Rue Chanoinesse, in der Nähe der Notre-Dame-Kirche, der alle erforderlichen Auskünfte erteilt."
Angezogen von der biederen Form dieſer Anzeige und der bürgerlichen Atmoſphäre, die ſie verriet, war Gottfried gegen vier Uhr bei dem Kolonialwarenhändler erſchienen, der ihm ſagte, daß Frau de la Chanterie jetzt bei Tiſch ſei und niemanden empfangen könne. Die Dame ſei abends nach ſieben Uhr und morgens von zehn bis zwölf Uhr zu ſprechen. Während er das ſagte, warf Herr Millet prüfende Blicke auf Gottfried und ſtellte, wie der amtliche Ausdruck lautet, eine erſte Vernehmung mit ihm an. „Iſt der Herr Junggeſelle? Die gnädige Frau möchte jemanden haben, der ein regelmäßiges Leben führt: das Haus wird ſpäteſtens um elf Uhr geſchloſſen. Der Herr ſcheint übrigens", ſagte er ſchließlich, „in den Jahren zu ſein, wie es Frau de la Chanterie wünſcht."
„Für wie alt halten Sie mich denn?" fragte Gottfried.
„So etwa um vierzig", erwiderte der Kaufmann.
Dieſe naive Antwort verurſachte bei Gottfried einen Anfall von Menſchenhaß und Trübſinn. Er ſpeiſte am Quai de la Tournelle und kehrte dann zurück, um Notre-Dame zu betrachten in dem Moment, wo die Strahlen der untergehenden Sonne ſich an den vielen Strebebögen des Chors brachen und ſie mit ihrem Licht übergoſſen. Der Quai liegt ſchon im Schatten, wenn die Türme noch vom Glanze umſtrahlt ſind, und dieſer Gegenſatz ergriff Gottfried,

der noch unter dem bitteren Eindruck der grausamen naiven Äußerung des Kolonialwarenhändlers stand.
Der junge Mann schwankte noch zwischen verzweifelten Entschlüssen und den zu Herzen gehenden frommen harmonischen Klängen der Kirchenglocken, als er mitten in der Dunkelheit, der Stille und beim Schein des Mondes die Worte des Priesters vernahm. Obgleich wenig gläubig, wie die Mehrzahl seiner Zeitgenossen, empfand er doch ein Gefühl der Rührung und kehrte wieder in die Rue Chanoinesse, wohin er eigentlich nicht mehr hatte gehen wollen, zurück.
Der Priester und Gottfried waren gleicherweise erstaunt, als sie beide in die Rue Massillon, gegenüber dem kleinen Portal der Kathedrale, und dann zusammen in die Rue Chanoinesse einbogen, dort, wo sie, in der Gegend der Rue de la Colombe, Rue des Marmousets heißt. Als Gottfried vor der rundbogigen Tür des Hauses, in dem Frau de la Chanterie wohnte, stillhielt, wandte sich der Priester nach ihm um und betrachtete ihn beim Schein einer Laterne, die zweifellos eine der letzten sein wird, die im Herzen des alten Paris verschwindet.
„Wollen Sie zu Frau de la Chanterie, mein Herr?" fragte der Priester.
„Jawohl", erwiderte Gottfried. „Die Worte, die ich Sie eben an den Arbeiter richten hörte, haben mich überzeugt, daß dieses Haus, wenn Sie darin wohnen, für meinen Seelenfrieden heilbringend sein muß."
„Sie waren also Zeuge meines Mißerfolges?" sagte der Priester und erhob den Türklopfer; „ich habe ja nichts erreicht."

„Es ſchien mir im Gegenteil, daß es der Arbeiter war, der ziemlich energiſch Geld von Ihnen verlangte.“

„Ach“, antwortete der Prieſter, „es gehört mit zu dem ſchlimmſten Unglück, das die Revolutionen über Frankreich gebracht haben, daß jede von ihnen eine neue Prämie für den Ehrgeiz der unteren Klaſſen geſtiftet hat. Um ſich aus ſeinem Stande herauszuarbeiten und ein Vermögen zu erlangen, was man heute als die einzige Sicherheit in ſozialer Beziehung betrachtet, gibt ſich dieſer Arbeiter mit ungeheuerlichen Plänen ab, die, wenn ſie nicht von Erfolg gekrönt ſind, ihn nebſt ſeinen Spekulationen in Konflikt mit der menſchlichen Gerechtigkeit bringen müſſen. Das kommt manchmal bei einem Liebesdienſt heraus.“

Der Pförtner öffnete eine ſchwere Tür, und der Prieſter ſagte zu Gottfried: „Kommen Sie vielleicht wegen der kleinen Wohnung?“

„Jawohl, mein Herr.“

Der Prieſter und Gottfried durchſchritten nun einen ziemlich großen Hof, in deſſen Hintergrund ſich im Dunkeln ein hohes Haus abzeichnete, neben dem ſich ein viereckiger, ſichtlich ſehr alter Turm noch über die Dächer erhob. Wer die Geſchichte der Stadt Paris kennt, weiß, daß hier das Terrain vor und rings um die Kathedrale ſich ſo erhöht hat, daß keine Spur mehr von den zwölf Stufen vorhanden iſt, über die man einſtmals zu ihr hinaufſtieg. Heute befindet ſich die Baſis der Säulen der Vorhalle in gleicher Höhe mit dem Pflaſter. Das urſprüngliche Erdgeſchoß des Hauſes ſtellte daher jetzt den Keller dar. Vor dem Eingang zum Turm befand ſich eine Freitreppe, von der man zu einer Wendeltreppe gelangte, die um einen Stamm in Form einer Rebe hinaufführte. Der Stil erinnerte an den Ludwigs XII. bei den Treppen im Schlosse Blois und geht ins vierzehnte Jahrhundert zurück. Von diesen unzähligen Zeichen des Altertums gefesselt, konnte sich Gottfried nicht enthalten, lächelnd zu dem Priester zu sagen: „Von gestern stammt der Turm nicht her."

„Er hat, wie es heißt, dem Angriff der Normannen widerstanden und soll einen Teil des ersten Königspalastes in Paris gebildet haben; nach der Tradition war er aber wahrscheinlicher die Wohnung des berühmten Domherrn Fulbert, des Oheims der Héloise."

Während er so sprach, öffnete der Priester die Tür der Wohnung, die das Erdgeschoß zu sein schien und die sich, nach dem ersten und zweiten Hof zu — denn es war daselbst noch ein kleiner innerer Hof —, im ersten Stock befand.

Im ersten Zimmer arbeitete bei einer kleinen Lampe ein Dienstmädchen mit einer Batisthaube, die mit getollten Falten als einzigem Schmuck besetzt war; sie steckte die eine Nadel ins Haar und behielt ihr Strickzeug in der Hand, während sie sich erhob, um die Tür eines nach dem inneren Hof zu gelegenen Salons zu öffnen. Ihre Kleidung glich der der Grauen Schwestern.

„Gnädige Frau, ich bringe Ihnen einen Mieter", sagte der Priester und führte Gottfried in das Zimmer, wo drei Personen auf Sesseln neben Frau de la Chanterie saßen.

Diese drei und auch die Hausherrin erhoben sich; als der Priester dann einen Sessel für Gottfried herangeschoben und der künftige Mieter auf ein Zeichen der Frau de la Chanterie und ihre altmodiſche Äußerung: „Laſſen Sie ſich nieder!" Platz genommen hatte, glaubte ſich der Pariſer meilenfern von Paris, in der ſüdlichen Bretagne oder in Hinterkanada.

Die Stille hat wohl verſchiedene Grade. Gottfried, ſchon unter dem Eindruck der Stille in den Rues Massillon und Chanoinesse, durch die nicht zwei Wagen im Monat fahren, und der Stille im Hofe und im Turme, mußte ſich wie im Mittelpunkte des Schweigens in dieſem Salon fühlen, der von ſo viel alten Straßen, alten Höfen und alten Mauern beſchirmt war.

Dieſer Teil der Seineinſel, Le Cloître genannt, hat ſeinen allen Klöſtern eigenen Charakter bewahrt; er erſcheint feucht und kalt und verharrt auch in den lärmendſten Tagesſtunden im tiefſten mönchiſchen Schweigen. Es muß auch erwähnt werden, daß dieſer ganze Teil der Cité, der zwiſchen der Seitenfront von Notre-Dame und dem Fluß eingeklemmt iſt, nach Norden zu und im Schatten der Kathedrale liegt. Der Wind weht hier, ohne auf ein Hindernis zu ſtoßen, und die Seinenebel werden gewiſſermaßen von den ſchwarzen Seitenwänden der alten Metropolitankirche feſtgehalten. Daher wird ſich niemand wundern, daß Gottfried in dieſen alten Räumen in Gegenwart der vier ſchweigenden Perſonen, die ebenſo feierlich wie ihre Umgebung wirkten, ein eigenartiges Gefühl empfand. Er blickte nicht um ſich, weil ſich ſeine Neugier auf Frau de la Chanterie konzentrierte, deren Namen ihm ſchon zu denken gegeben hatte. Dieſe Dame ſtammte augenſcheinlich aus einem andern Jahrhundert, um nicht zu ſagen, aus einer andern Welt. Ihr Geſicht hatte einen milden Ausdruck, einen matten kühlen

Teint, eine Adlernaſe, eine Stirn, auf der Güte thronte, braune Augen und ein Doppelkinn: das Ganze umrahmt von ſilbernen Locken. Ihr Kleid hätte man als Futteral bezeichnen können, ſo eng lag es an, entſprechend der Mode des achtzehnten Jahrhunderts. Der Stoff, karmeliterbraune Seide mit dichten ſchmalen grünen Streifen, ſchien ebenfalls noch aus dieſer Zeit herzuſtammen. Der obere Teil, mit dem unteren aus einem Stück geſchnitten, war unter einem Umhang aus matter, mit Spitzen garnierter Seide verborgen, der über der Bruſt von einer Nadel mit einem Miniaturbilde zuſammengehalten wurde. Die Füße in ſchwarzſamtenen Hausſchuhen ruhten auf einem kleinen Kiſſen. Ebenſo wie ihre Dienerin ſtrickte Frau de la Chanterie Strümpfe und hatte unter ihrer Spitzenhaube eine Nadel in ihre gekräuſelten Locken geſteckt.

„Haben Sie mit Herrn Millet geſprochen?“ ſagte ſie zu Gottfried mit einer Kopfſtimme, wie ſie den alten Herzoginnen eigen war, um den faſt ſtumm Gewordenen zum Sprechen zu veranlaſſen.

„Jawohl, gnädige Frau.“

„Ich fürchte, daß Ihnen die Wohnung nicht zuſagen wird“, fuhr ſie fort und warf einen Blick auf den eleganten, neuen, friſchen Anzug ihres zukünftigen Mieters.

Gottfried trug Lackſtiefel, gelbe Handſchuhe, wertvolle Hemdknöpfe und eine ſchöne Uhrkette auf ſeiner ſchwarzſeidenen blaugeblümten Weſte. Frau de la Chanterie zog eine kleine ſilberne Pfeife aus der Taſche. Auf ihren Pfiff trat das Dienſtmädchen herein.

„Manon, mein Kind, zeig dem Herrn die Wohnung. Wollen Sie den Herrn begleiten, mein lieber

Vikar?“ wandte ſie ſich an den Prieſter. „Wenn die Zimmer,“ ſagte ſie, indem ſie ſich wieder erhob und Gottfried anſah, „Ihnen doch gefallen ſollten, können wir ja über die Bedingungen reden.“
Gottfried verbeugte ſich und ging hinaus. Er vernahm das Klappern von Schlüſſeln, die Manon aus einer Schublade hervorholte, und ſah, wie ſie die Kerze in einem großen Handleuchter aus gelbem Kupfer anzündete. Ohne ein Wort zu ſagen, ging Manon voraus. Als Gottfried ſie auf der Treppe einholte und in die oberen Stockwerke hinaufſtieg, kamen ihm Zweifel, ob er in der Wirklichkeit lebe; er träumte im Wachen, er betrachtete die Welt um ſich wie einen der phantaſtiſchen Romane, die er in müßigen Stunden geleſen hatte. Jeder Pariſer, der wie er aus einem der neuen Viertel, aus luxuriös möblierten Häuſern, aus eleganten Reſtaurants und Theatern, aus dem bewegten Treiben der inneren Stadt hierher gekommen wäre, hätte ebenſo empfunden. Der Leuchter in der Hand des Dienſtmädchens erhellte nur ſchwach die Wendeltreppe, über die Spinnen ihre verſtaubten Netze gezogen hatten. Manon trug einen weiten faltigen Rock aus grobem Wollſtoff; ihre Taille war vorn und hinten viereckig, ihr ganzes Kleid aus einem Stück geſchnitten. Als ſie im dritten Stock, der als der zweite galt, angelangt waren, hielt Manon ſtill, ſchloß ein altes Türſchloß auf und öffnete eine Tür, deren Anſtrich in plumper Weiſe aſtiges Mahagoniholz imitierte.
„Hier“, ſagte ſie und trat zuerſt hinein.
War es ein Geizhals oder ein verhungerter Maler oder ein Zyniker, der ſich um die Welt nicht bekümmerte, oder irgendein Geiſtlicher, der ganz zurückgezogen lebte, geweſen, der dieſe Räume be-

wohnt hatte? Man mußte ſich ſolche Fragen vorlegen, wenn man die Atmoſphäre des Elends einatmete, die Fettflecke an den verräucherten Tapeten, die geſchwärzte Decke, die Fenſter mit den kleinen ſtaubigen Scheiben, die dunkel gewordenen Steine des Fußbodens und die Holzteile mit ihrem klebrigen Überzug betrachtete. Eine feuchte Kälte entſtrömte den Kaminen mit gemalten Skulpturen, deren Spiegel aus dem ſiebzehnten Jahrhundert ſtammten. Die Wohnung umfaßte, wie das Haus, rechtwinklig den inneren Hof, den Gottfried, da es Nacht war, nicht erkennen konnte.

„Wer hat denn hier gewohnt?" fragte Gottfried den Prieſter.

„Ein früherer Parlamentsrat, ein Großonkel der gnädigen Frau, ein Herr von Boisfrelon. Kindiſch geworden zur Zeit der Revolution, iſt der alte Mann 1832 im Alter von ſechsundneunzig Jahren geſtorben, und die Hausherrin konnte ſich nicht gleich entſchließen, einen Fremden hier einziehen zu laſſen; ſie kann aber nicht länger den Mietzins entbehren."

„Oh, die gnädige Frau wird die Wohnung reinigen laſſen und ſo möblieren; daß der Herr zufrieden ſein wird", bemerkte Manon.

„Es wird darauf ankommen, was Sie mit ihr vereinbaren", ſagte der Prieſter. „Es ließe ſich hier ein hübſches Sprechzimmer, ein großes Schlafzimmer und ein Kabinett einrichten, die rückwärts nach dem Hof gelegenen beiden kleinen Räume könnten gut als Arbeitszimmer dienen. So iſt meine Wohnung, die unter dieſer liegt, eingerichtet und ebenſo die darüber gelegene."

„Ja," ſagte Manon, „Herrn Alains Wohnung iſt dieſelbe wie die Ihrige, aber ſie hat die Ausſicht auf den Turm."

„Ich meine, man müßte die Wohnung und das Haus noch einmal am Tage anſehen . . .", ſagte Gottfried ängſtlich.

„Das kann geſchehen", erwiderte Manon.

Der Prieſter und Gottfried gingen wieder hinab, während die Dienerin die Türen ſchloß und dann nachkam, um ihnen zu leuchten. Als Gottfried in den Salon zurückgekehrt war, konnte er, da er ſich an die Umgebung gewöhnt hatte, während er ſich mit Frau de la Chanterie unterhielt, die Perſonen und die Sachen um ihn herum einer Prüfung unterziehen.

Der Salon hatte alte rote Fenſtervorhänge, die mit ſeidenen Schnüren zurückgenommen waren. Rote Flieſen waren rings um einen alten gewebten Teppich ſichtbar, der den Fußboden nicht völlig bedeckte. Die Holztäfelung war grau angeſtrichen. Die Decke wurde durch einen mächtigen Balken in zwei Teile geteilt, der vom Kamin ausging und eine dem Luxusbedürfnis nachträglich gemachte Konzeſſion zu ſein ſchien. Die Seſſel aus weiß geſtrichenem Holz waren mit Stickereien bezogen. Eine elende Uhr zwiſchen zwei Leuchtern aus vergoldetem Kupfer war der Kaminſchmuck. Neben Frau de la Chanterie ſtand ein alter Tiſch mit Hirſchfüßen, auf dem Wollknäuel in einem Weidenkorbe lagen. Eine hydroſtatiſche Lampe erleuchtete den Raum.

Die vier Männer, die ſteif, unbeweglich und ſchweigend wie Bronzefiguren daſaßen, hatten, ebenſo wie Frau de la Chanterie, offenbar ihr Geſpräch abgebrochen, als ſie den Fremden zurückkommen hörten. Alle zeigten kalte, verſchwiegene Geſichter, die in

Einklang mit dem Salon, dem Hauſe und dem Stadtviertel ſtanden. Frau de la Chanterie hielt die Bemerkungen Gottfrieds für gerechtfertigt und erwiderte ihm, daß ſie nichts machen laſſen würde, bevor ſie nicht die Wünſche ihres Mieters oder beſſer geſagt ihres Penſionärs erfahren hätte. Wenn der Mieter ſich den Gewohnheiten des Hauſes anpaſſen wolle, könne er ihr Penſionär werden, aber dieſe Gewohnheiten ſeien von den in Paris üblichen ſo ſehr verſchieden! Man lebe in der Rue Chanoinesse wie in der Provinz: Um zehn Uhr müßten alle zu Hauſe ſein; man dulde keinen Lärm; weder Frauen noch Kinder dürften hier verkehren, die die hier übliche Lebensweiſe ſtören würden. Frau de la Chanterie wünſchte vor allem einen Mieter, der ein beſcheidenes, bedürfnisloſes Leben führe; ſie könne die Wohnung nur mit dem unbedingt Notwendigen möblieren. Herr Alain (ſie wies dabei auf einen der vier Herren) ſei übrigens damit zufrieden, und ſie würde ihren neuen Mieter ebenſo wie die alten behandeln.

„Ich glaube nicht," ſagte jetzt der Prieſter, „daß der Herr bereit iſt, Mitglied unſerer Kloſtergemeinde zu werden."

„Ei, warum denn nicht?" fragte Herr Alain; „wir befinden uns hier wohl, es geht uns doch durchaus nicht ſchlecht."

„Gnädige Frau," erklärte Gottfried und erhob ſich, „ich werde mir die Ehre geben, Sie morgen wieder aufzuſuchen."

Obwohl er ein junger Mann war, erhoben ſich auch die vier alten Herren und ebenſo Frau de la Chanterie, und der Vikar begleitete ihn bis auf die Freitreppe. Ein Pfiff ertönte. Auf dieſes Zeichen erſchien

der Pförtner mit einer Laterne, nahm Gottfried in Empfang, führte ihn auf die Straße und ſchloß dann die rieſige gelbliche, ſchwere, gefängnisartige Tür, die mit Schlöſſern in Arabesken, die aus einer ſchwer zu beſtimmenden Zeit herrührten, verſehen war.
Als Gottfried in ſeinem Kabriolett nach den belebten, hellen, erwärmten Teilen von Paris gelangte, erſchien ihm alles, was er geſehen hatte, wie ein Traum, und ſeine Eindrücke hatten, als er auf dem Boulevard des Italiens promenierte, bereits die Form einer Erinnerung an weit Entferntes angenommen. Er fragte ſich: „Werde ich morgen wieder zu dieſen Leuten hingehen?"
Als er am andern Morgen inmitten der Raffiniertheiten des modernen Luxus und des engliſchen Komforts erwachte, erinnerte ſich Gottfried an alle Einzelheiten ſeines Beſuchs im Kloſter Notre-Dame, und machte ſich die Bedeutung der Dinge, die er geſehen hatte, klar. Die vier Unbekannten, deren Kleidung, Haltung und Schweigſamkeit noch jetzt auf ihn wirkten, mußten ebenſo wie der Prieſter Penſionäre ſein. Das feierliche Weſen der Frau de la Chanterie erſchien ihm als die ſchweigende Würde, mit der ſie ein großes Unglück ertrug. Aber trotzdem er ſich das ſo erklärte, konnte Gottfried ſich doch nicht enthalten, hinter dieſen verſchwiegenen Geſichtern irgendetwas Geheimnisvolles zu vermuten. Er muſterte ſeine Möbel, um feſtzuſtellen, welche er behalten wollte, welche ihm unentbehrlich waren; aber wenn er ſie im Geiſte in die abſcheuliche Wohnung in der Rue Chanoinesse verſetzte, mußte er bei der Vorſtellung, wie merkwürdig ſie ſich dort ausnehmen würden, lachen, und er beſchloß, alles zu verkaufen, ſchon um Schulden zu bezahlen, und ſich von Frau

de la Chanterie einrichten zu laſſen. Er mußte ein neues Leben beginnen, und alle Gegenſtände, die ihn an ſeine frühere Lage erinnern könnten, würden ihm einen unangenehmen Anblick gewähren. In ſeinem Verlangen nach Umgeſtaltung, denn er gehörte zu den Leuten, die ſich gleich mit dem erſten Sprung weit vorwärts in eine neue Situation ſtürzen, anſtatt wie andere Schritt für Schritt vorzurücken, kam er während des Frühſtücks auf neue Gedanken: Er wollte ſein Vermögen flüſſig machen, ſeine Schulden bezahlen und den Reſt ſeines Kapitals bei dem Bankhauſe anlegen, mit dem ſchon ſein Vater in Verbindung geſtanden hatte.

Dieſes Haus war die Firma Mongenod und Kompanie, gegründet im Jahre 1816 oder 1817, deren ehrenhaftes Renommee inmitten der kaufmänniſchen Verderbtheit, in die mehr oder weniger gewiſſe Pariſer Firmen verfallen waren, niemals auch nur im geringſten angezweifelt worden war. Daher wurden, trotz ihres ungeheuren Reichtums, die Firmen Nucingen und Du Tillet, die Gebrüder Keller, Palma und Kompanie heimlich oder, wenn man will, von Mund zu Mund beredet, verachtet. Mit den übelſten Mitteln hatten ſie ſo glänzende Reſultate erreicht, und ihre politiſchen Erfolge, ihre dynaſtiſchen Grundſätze verhüllten ihre unſaubere Herkunft ſo gut, daß im Jahre 1834 niemand mehr an den Schmutz dachte, in dem dieſe majeſtätiſchen Stämme, dieſe Stützen des Staates, wurzelten. Und trotzdem gab es unter dieſen Bankiers keinen einzigen, für den der lobenswerte Ruf des Hauſes Mongenod nicht eine brennende Wunde war. Gleich den engliſchen Bankiers entfaltete das Haus Mongenod keinerlei äußeren Luxus; alles vollzog ſich dort geräuſchlos, man be-

gnügte ſich damit, Bankgeſchäfte mit kluger Vorſicht und einer Ehrlichkeit zu machen, die den Operationen von einem Ende der Welt bis zum andern Sicherheit gewährten.
Der gegenwärtige Chef, Friedrich Mongenod, war der Schwager des Vicomte von Fontaine. Deſſen zahlreiche Familie war auch durch den Baron von Fontaine mit dem Herrn Grossetête, dem Generalſteuereinnehmer, dem Bruder des Inhabers der Firma Grossetête und Kompanie in Limoges, mit Vandenesse und Planat de Baudry, dem anderen Generalſteuereinnehmer, verbunden. Dieſe Verwandtſchaft, die dem verſtorbenen alten Mongenod von großem Nutzen bei ſeinen Finanzoperationen unter der Reſtauration geweſen war, hatte ihm das Vertrauen der vornehmſten alten Adelsfamilien eingetragen, deren Kapitalien und ungeheuren Erſparniſſe in ſeiner Bank angelegt wurden. Fern davon, nach der Pairſchaft zu ſtreben, wie die Kellers, die Nucingens und die Du Tillets, hielten ſich die Mongenods von der Politik fern und wußten von ihr nicht mehr, als ein Bankhaus wiſſen muß.
Die Firma Mongenod war in einem prächtigen Hauſe in der Rue de la Victoire zwiſchen Hof und Garten untergebracht, wo auch die alte Frau Mongenod und ihre beiden Söhne, alle drei Geſchäftsteilhaber, wohnten. Die Vicomteſſe von Fontaine war beim Tode des alten Mongenod im Jahre 1827 ausbezahlt worden. Friedrich Mongenod, ein ſchöner junger Mann von etwa fünfunddreißig Jahren, von kühlem, ſchweigſamem Weſen, zurückhaltend wie ein Genfer, gepflegt wie ein Engländer, hatte ſich bei ſeinem Vater alle für ſeinen ſchwierigen Beruf erforderlichen Eigenſchaften angeeignet. Beſſer

gebildet als die meiſten anderen Bankiers, hatte ihn ſeine Erziehung mit den umfaſſenden Kenntniſſen, die der polytechniſche Unterricht verleiht, ausgerüſtet; wie viele Bankiers hatte er eine Liebhaberei außerhalb ſeines Berufs, eine Vorliebe für Mechanik und Chemie. Der zweite Mongenod, um zehn Jahre jünger als Friedrich, arbeitete bei ſeinem älteren Bruder wie der erſte Gehilfe eines Notars oder eines Anwalts; Friedrich bildete ihn, wie ihn ſelbſt ſein Vater ausgebildet hatte, in allen Fächern des richtigen Bankiers aus, der für das Geld dasſelbe bedeutet wie der Schriftſteller für die Ideen: Der eine wie der andere muß über alles Einſchlägige unterrichtet ſein. Als er ſeinen Familiennamen nannte, merkte Gottfried, welche Achtung ſein Vater hier genoſſen hatte, denn er durfte durch die Bureaus hindurch ſich bis an das Arbeitszimmer Mongenods begeben. Dieſes Zimmer hatte nur Glastüren, ſo daß Gottfried, der nicht die Abſicht hatte, zu horchen, das Geſpräch, das drinnen geführt wurde, mit anhören mußte.

„Gnädige Frau, Ihre Abrechnung beläuft ſich in Einnahme und Ausgabe auf eine Million ſechshunderttauſend Franken," ſagte der jüngere Mongenod. „Ich kenne die Abſichten meines Bruders nicht, er allein kann beurteilen, ob ein Vorſchuß von hunderttauſend Franken möglich ſein wird ... Sie waren nicht vorſichtig ... Man ſteckt doch nicht eine Million ſechshunderttauſend Franken in Handelsgeſchäfte ..."

„Nicht ſo laut, Louis," ſagte eine weibliche Stimme, „dein Bruder hat dir doch angeraten, immer nur leiſe zu ſprechen. Es kann doch jemand in dem kleinen Salon nebenan ſein."

In dieſem Augenblick öffnete Friedrich Mongenod

die Verbindungstür zwischen seiner Wohnung und seinem Arbeitszimmer, bemerkte Gottfried und durchschritt das Arbeitszimmer, während er die Person, mit der sein Bruder sprach, respektvoll grüßte. „Mit wem habe ich die Ehre ...?" sagte er zu Gottfried und ließ ihn vorangehen.
Als Gottfried seinen Namen genannt hatte, ließ ihn Friedrich Platz nehmen, und während der Bankier seinen Schreibtisch öffnete, erhoben sich Louis Mongenod und eine Dame, die niemand anders als Frau de la Chanterie war, und gingen auf Friedrich zu. Alle drei traten in eine Fensternische und sprachen leise mit Frau Mongenod, der alle Geschäftsangelegenheiten unterbreitet wurden. Diese Frau hatte seit dreißig Jahren ihrem Gatten wie ihren Söhnen so viele Beweise ihrer Fähigkeiten gegeben, daß sie tätiger Geschäftsteilhaber mit dem Recht, die Firma zu zeichnen, geworden war. In einem Kasten sah Gottfried Akten mit der Aufschrift: „Konto de la Chanterie" mit den Nummern 1 bis 7. Als die Besprechung mit der Aufforderung des Bankiers an seinen Bruder: „Also geh zur Kasse" beendet war, wandte sich Frau de la Chanterie um, erblickte Gottfried, konnte noch eine Gebärde des Erstaunens zurückhalten und richtete mit leiser Stimme Fragen an Mongenod, auf die er mit wenigen Worten ebenso leise antwortete.
Frau de la Chanterie trug kleine dunkelblaue Schuhe und grauseidene Strümpfe, dasselbe Kleid wie am Abend vorher und darüber eine Art venezianischen Umhang, der wieder in Mode gekommen war, ferner einen Kapotthut „bonne femme" aus grüner Seide, der mit weißer Seide gefüttert war. Sie hielt sich sehr gerade, und ihre Haltung verriet, wenn nicht

eine vornehme Abſtammung, ſo doch, daß ſie gewohnt war, in ariſtokratiſcher Umgebung zu leben. Ohne ihre außergewöhnliche Liebenswürdigkeit würde ſie wohl als unnahbar erſchienen ſein. Jedenfalls machte ſie einen imponierenden Eindruck.

„Es iſt weniger ein Zufall, als ein Wink der Vorſehung, der uns hier zuſammenführt, mein Herr", ſagte ſie zu Gottfried; „ich war ſchon faſt entſchloſſen, einen Penſionär abzulehnen, deſſen Lebensgewohnheiten zu denen meines Hauſes nicht zu paſſen ſchienen; aber Herr Mongenod hat mir eben Auskünfte über Ihre Familie gegeben, die mich ..."

„Oh, gnädige Frau ... Mein Herr," ſagte Gottfried, indem er ſich gleichzeitig an Frau de la Chanterie und an den Bankier wandte, „ich habe keine Familie mehr; ich kam nur her, um den früheren Bankier meines Vaters um Rat zu fragen, mit welcher neuen Lebensweiſe ich mich meinen Vermögensverhältniſſen anpaſſen müßte."

Und mit wenigen Worten erzählte Gottfried von ſeinem bisherigen Leben und äußerte den Wunſch, ein anderes anzufangen.

„Früher", ſagte er, „wäre ein Mann in meiner Lage ins Kloſter gegangen; aber wir haben ja keine Mönchsorden mehr ..."

„Ziehen Sie nur zu der gnädigen Frau, wenn ſie Sie als Penſionär aufnehmen will," ſagte Friedrich Mongenod, nachdem er mit Frau de la Chanterie einen Blick gewechſelt hatte; „verkaufen Sie Ihre Rentenpapiere nicht, ſondern laſſen Sie ſie mir. Geben Sie mir ein genaues Verzeichnis Ihrer Verpflichtungen, ich werde die Zahlungsfriſten mit Ihren Gläubigern vereinbaren, Sie werden dann ungefähr hundertfünfzig Franken monatliches Einkommen haben. Zwei Jahre dauert es, bis Ihre Angelegenheiten geordnet ſein werden. Während dieſer zwei Jahre werden Sie an Ihrem neuen Aufenthaltsorte genügend Muße haben, an einen anderen Beruf zu denken, vor allem im Zuſammenleben mit Perſönlichkeiten, die Ihnen gute Ratſchläge geben können."

Louis Mongenod brachte jetzt hundert Banknoten zu tauſend Franken und übergab ſie Frau de la Chanterie. Dann reichte Gottfried ſeiner zukünftigen Wirtin den Arm und führte ſie zu ihrem Wagen.

„Alſo auf baldiges Wiederſehn", ſagte ſie in freundlichem Tone.

„Um welche Zeit treffe ich Sie zu Hauſe, gnädige Frau?" fragte Gottfried.

„In zwei Stunden."

„Dann habe ich Spielraum, meine Möbel inzwiſchen zu verkaufen", ſagte er und empfahl ſich.

Während der kurzen Zeit, wo er Arm in Arm mit Frau de la Chanterie gegangen war, ſah Gottfried ſie immer mit der Glorie umſtrahlt, die die Worte Louis Mongenods: „Ihr Saldo beträgt eine Million ſechshunderttauſend Franken" über dieſe Frau ausgegoſſen hatten, deren Leben ſich in der Verborgenheit des Kloſters Notre-Dame abſpielte. Der Gedanke: ſie muß reich ſein! ließ ſie ihn mit völlig andern Augen betrachten. ‚Wie alt mag ſie wohl ſein?' fragte er ſich. Und vor ſeinem Geiſte ſpielte ſich ſchon ein Roman während ſeines Aufenthaltes in der Rue Chanoinesse ab. ‚Sie hat ein ſo vornehmes Auftreten! Sollte ſie Bankgeſchäfte machen?' ſagte er ſich.

In unſerer Zeit würden von tauſend jungen Männern in Gottfrieds Lage neunhundertneunundneunzig auf

den Gedanken gekommen ſein, dieſe Frau zu heiraten.
Ein Möbelhändler, der auch ein wenig Tapezierer und hauptſächlich Vermieter möblierter Zimmer war, gab Gottfried ungefähr dreitauſend Franken für alles, was er verkaufen wollte, und überließ ihm die Möbel noch für die Tage, während deren die häßliche Wohnung in der Rue Chanoinesse in Ordnung gebracht wurde, in die ſich der Gemütsleidende nun ſofort begab. Er ließ einen Maler, deſſen Adreſſe ihm Frau de la Chanterie nannte, kommen, der es übernahm, binnen einer Woche die Decke weiß anzuſtreichen, die Fenſter zu ſäubern und das Holzwerk und den Fußboden neu zu malen. Gottfried maß die Zimmer aus, um ſie vollſtändig mit billigem grünem Teppichſtoff ausſchlagen zu laſſen. Er wünſchte ſeine Zellen mit ſchlichteſter Einförmigkeit auszuſtatten. Frau de la Chanterie ſtimmte dem zu. Sie berechnete mit Manons Hilfe, wieviel Schirting für die Fenſtervorhänge und für die eines beſcheidenen eiſernen Bettes erforderlich war; dann übernahm ſie die Anſchaffung und Herſtellung für einen Preis, deſſen Billigkeit Gottfried überraſchte. Mit den mitgebrachten Möbeln koſtete ihn die Ausſtattung ſeiner Wohnung nicht mehr als ſechshundert Franken.
„Ich werde alſo ungefähr tauſend Herrn Mongenod übergeben können."
„Wir führen hier", ſagte Frau de la Chanterie, „ein chriſtliches Leben, das, wie Sie wiſſen, ſich mit dem vielen überflüſſigen Luxus, an dem Sie noch zu ſehr hängen, ſchlecht verträgt."
Während ſie ihrem zukünftigen Penſionär Ratſchläge gab, betrachtete ſie einen Diamanten, der in

dem Ring funkelte, mit dem Gottfrieds blaue Krawatte zuſammengehalten wurde.

„Ich ſpreche mit Ihnen nur davon,“ fuhr ſie fort, „weil ich ſehe, daß Sie die Abſicht haben, mit dem Leben der Zerſtreuungen, über das Sie ſich gegen Herrn Mongenod beklagt haben, zu brechen.“

Gottfried betrachtete Frau de la Chanterie, während er ſich an dem Wohlklang ihrer klaren Stimme erfreute; er prüfte ihr ganz weißes Geſicht, das einem jener ernſten kalten holländiſchen ähnelte, die der Pinſel der Flämiſchen Schule ſo gut wiedergegeben hat und auf denen man ſich keine Runzeln denken kann.

‚Sie iſt weiß und rund!‘ ſagte er ſich, als er fortging; ‚aber ſie hat ſehr viel weiße Haare ...‘

Wie alle ſchwachen Naturen hatte ſich Gottfried ſchnell damit ausgeſöhnt, ein neues Leben, das er für ein glückliches erachtete, zu führen, und ſo wollte er ſeinen Umzug nach der Rue Chanoinesse beſchleunigen; dennoch konnte er ſich der Vorſicht oder, wenn man will, des Mißtrauens nicht ganz entſchlagen. Zwei Tage vor ſeinem Umzug begab er ſich wieder zu Herrn Mongenod, um noch einige Erkundigungen über das Haus, in dem er ſeinen Aufenthalt nehmen wollte, einzuziehen. Während der kurzen Augenblicke, die er in ſeiner künftigen Wohnung verweilt hatte, um die Umgeſtaltungen nachzuprüfen, hatte er ein Kommen und Gehen mehrerer Perſonen beobachtet, deren Weſen und Haltung, wenn auch nicht etwas Geheimnisvolles, ſo doch die Ausübung irgendeines Berufes, irgendeiner heimlichen Tätigkeit der Hausbewohner vermuten ließ. Es war zu dieſer Zeit viel die Rede von Verſuchen der älteren Linie des Hauſes Bourbon, wieder auf den Thron zu gelangen, und Gottfried glaubte an irgendeine Verſchwörung. Als er in dem Arbeitszimmer des Bankiers und unter deſſen forſchendem Blick ſeine Fragen ſtellte, ſchämte er ſich ſeiner ſelbſt, da er ein ſardoniſches Lächeln die Lippen Friedrich Mongenods umſpielen ſah.

„Frau Baronin de la Chanterie“, antwortete dieſer, „iſt eine der unbekannteſten, aber zugleich eine der ehrenhafteſten Perſönlichkeiten von Paris. Haben ſie einen beſtimmten Grund, um ſich bei mir über ſie zu erkundigen?“

Gottfried beſchränkte ſich auf eine banale Antwort: Er ſolle für lange Zeit mit Fremden zuſammenleben, man müſſe doch wiſſen, mit wem man in ſo enge Verbindung trete, uſw. Aber das Lächeln des Bankiers wurde immer ironiſcher, und Gottfried, der mehr und mehr in Verlegenheit geriet, ſchämte ſich ſeines Schrittes, der von keinerlei Erfolg begleitet war, denn er wagte keine Fragen mehr zu ſtellen, weder in bezug auf Frau de la Chanterie noch auf ihre Hausgenoſſen.

Zwei Tage danach, an einem Montagabend, nachdem er zum letztenmal im Café Anglais geſpeiſt und die beiden erſten Stücke im Théâtre des Variétés geſehen hatte, erſchien er um zehn Uhr in der Rue Chanoinesse und wurde von Manon in ſeine Wohnung geführt.

Die Einſamkeit hat Reize, die mit denen des Lebens in der Wildnis verglichen werden können, die jeder Europäer, der einmal dort weilte, empfunden hat. Das mag ſeltſam erſcheinen in einer Zeit, wo jeder ſo ſehr für den andern lebt, daß ſich einer über den andern den Kopf zerbricht und ein Privatleben bald nicht mehr exiſtieren wird, ſo keck und ſo wißbegierig dringen die Augen der Zeitung, dieſes modernen Argus, in es ein; trotzdem wird diese Ansicht durch die Autorität der ersten sechs Jahrhunderte des Christentums gestützt, in denen kein Einsiedler in das gesellige Leben zurückkehrte. Es gibt wenige Seelenwunden, die die Einsamkeit nicht zu heilen vermag. So wurde auch Gottfried zuerst von der tiefen Ruhe und der vollkommenen Stille seiner neuen Wohnung gefangen genommen, ganz wie ein müder Reisender sich in einem Bade ausruht.

Am Tage, nachdem er sich bei Frau de la Chanterie in Pension gegeben hatte, sah er sich zu einer Selbstprüfung genötigt, da er sich von allem Bisherigen getrennt fühlte, selbst von Paris, obwohl er sich noch im Schatten der Kathedrale befand. Aller weltlichen Eitelkeiten beraubt, sollte er für sein Handeln keine andern Zeugen mehr haben als sein Gewissen und die Hausgenossen der Frau de la Chanterie. Das hieß, die breite Straße des Weltlebens verlassen und einen unbekannten Weg betreten; aber wohin würde ihn dieser Weg führen? Was für eine Tätigkeit sollte er aufnehmen?

Seit zwei Stunden hatte er sich diesen Überlegungen hingegeben, als Manon, die einzige Dienerin des Hauses, an seine Tür klopfte und ihm sagte, daß das zweite Frühstück aufgetragen sei und man ihn erwarte. Es schlug zwölf Uhr. Der neue Pensionär ging sofort hinab, voll Verlangen, die fünf Personen, unter denen sich von jetzt ab sein Leben abspielen sollte, näher kennenzulernen. Als er den Salon betrat, fand er dort alle Bewohner des Hauses stehend und ebenso gekleidet vor, wie an dem Tage, als er hier seine ersten Erkundigungen eingezogen hatte.

„Haben Sie gut geschlafen?“ fragte ihn Frau de la Chanterie.

„Ich bin erſt um zehn Uhr aufgewacht", antwortete Gottfried und verbeugte ſich vor den vier Hausgenoſſen, die alle ſeinen Gruß ernſt erwiderten.
„Das haben wir uns gedacht", ſagte lächelnd der Alte, der den Namen Alain trug.
„Manon hat mich zum zweiten Frühſtück gerufen," fuhr Gottfried fort, „mir ſcheint, daß ich ohne Abſicht gegen die Hausordnung gefehlt habe ... Wann pflegen Sie aufzuſtehen?"
„Wir ſtehen nicht ganz ſo früh auf, wie die ehemaligen Mönche," erwiderte Frau de la Chanterie liebenswürdig, „aber ſo früh wie die Arbeiter ... im Winter um ſechs, im Sommer um einhalb vier Uhr. Und wir gehen auch mit der Sonne zu Bett. Wir ſchlafen im Winter ſtets um neun, im Sommer um elf Uhr. Morgens nehmen wir alle ein wenig Milch, die von unſerm Pachtgut kommt, zu uns, nachdem wir gebetet haben, mit Ausnahme des Herrn Abbé de Vèze, der im Sommer um ſechs, im Winter um ſieben Uhr die erſte Meſſe in Notre-Dame lieſt, die dieſe Herren täglich hören, ebenſo wie Ihre ergebenſte Dienerin."
Frau de la Chanterie beendete dieſe Auseinanderſetzung bei Tiſch, nachdem die fünf Teilnehmer Platz genommen hatten.
Das Speiſezimmer, ganz in Grau gemalt und mit Holztäfelung im Stil Ludwigs XIV. verſehen, ſtieß an den vorzimmerartigen Raum, in dem ſich Manon aufhielt, und war dem Zimmer der Frau de la Chanterie parallel gelegen, das ſeinerſeits jedenfalls mit dem Salon verbunden war. Das Eßzimmer hatte keinen andern Schmuck als alte Wandborde. Das Mobiliar beſtand aus ſechs Stühlen mit ovaler Rücklehne, deren Stickereien offenbar von Frau de

la Chanterie verfertigt waren, zwei Büfetts und einem Mahagonitisch, auf den Manon zum Frühstück kein Tischtuch auflegte. Das Frühstück, von klösterlicher Einfachheit, bestand aus einer kleinen Steinbutte mit weißer Soße und Kartoffeln, Salat und vier Schüsseln mit Früchten: Pfirsiche, Weintrauben, Erdbeeren und grünen Mandeln; als Vorgericht Honig in der Wabe, wie in der Schweiz, Butter, Radieschen, Gurken und Sardinen. Aufgetragen wurde es auf Porzellan, das mit Kornblumen und kleinen grünen Blättern verziert war und unter Ludwig XVI. sicher als sehr luxuriös galt, das aber die erhöhten Ansprüche des modernen Lebens sehr gewöhnlich gemacht haben.

„Wir haben Fastenessen“, sagte Herr Alain. „Da wir jeden Morgen die Messe hören, werden Sie begreifen, daß wir blindlings alle, selbst die strengsten Vorschriften der Kirche befolgen.“

„Und Sie werden damit beginnen, es ebenso zu machen“, sagte Frau de la Chanterie und warf einen Seitenblick auf Gottfried, den sie neben sich gesetzt hatte.

Von den fünf Tischgenossen kannte Gottfried bereits die Namen der Frau de la Chanterie, des Abbé de Vèze und des Herrn Alain; es blieb ihm also noch übrig, die Namen der beiden letzten Personen zu erfahren. Diese verhielten sich schweigend und aßen mit der Aufmerksamkeit, die Geistliche auch den geringsten Einzelheiten ihrer Mahlzeiten zuzuwenden pflegen.

„Kommen diese schönen Früchte auch von Ihrem Pachtgut, gnädige Frau?“ sagte Gottfried.

„Jawohl“, erwiderte sie. „Wir haben, ganz wie die Regierung, unser kleines Mustergut, dort ist unser

Landhaus; es liegt drei Meilen von hier an der Straße nach Süden, nahe bei Villeneuve-Saint-Georges.“

„Es iſt eine Beſitzung, die uns allen gehört, und die auf den letzten Überlebenden von uns übergeht“, ſagte der biedere Alain.

„Oh, es hat keinen erheblichen Wert“, fügte Frau de la Chanterie hinzu, die zu fürchten ſchien, daß Gottfried dieſe Erklärung für einen Köder halten könnte.

„Es ſind“, ſagte der eine der beiden Unbekannten, „dreißig Morgen Ackerland, ſechs Morgen Wieſen und vier eingefriedigte Morgen um unſer Haus, vor dem das Pächterhaus liegt.“

„Aber ein ſolches Gut“, entgegnete Gottfried, „muß einen Wert von mehr als hunderttauſend Franken haben.“

„Oh, wir haben nicht viel anderes davon als unſern Bedarf an Lebensmitteln“, antwortete dieſelbe Perſönlichkeit.

Es war ein großer, hagerer, würdevoller Mann. Auf den erſten Anblick ſchien er ein früherer Soldat zu ſein, ſeine weißen Haare verkündeten deutlich genug, daß er die Sechzig überſchritten hatte, und ſein Geſicht trug die Spuren ſchweren Kummers, der von der Religion gemildert war.

Der andere Unbekannte, der gleichzeitig einem Gymnaſialprofeſſor und einem Geſchäftsmann ähnelte, war von mittlerem Wuchs, dick, aber trotzdem beweglich; ſein Geſicht trug den Stempel von Gemütlichkeit, wie ihn die Pariſer Notare und Anwälte zur Schau tragen.

Die Kleidung der vier Männer zeigte die Sauberkeit, die durch peinliche Sorgſamkeit erreicht wird.

Man erkannte Manons Hand an den kleinſten Einzelheiten. Die Anzüge waren vielleicht zehn Jahre alt und geſchont, wie ſich die Kleidungsſtücke der Pfarrer durch die heimliche Kunſt der Dienerin bei ſtändigem Gebrauch erhalten. Dieſe Männer trugen ſozuſagen die Livree einer ſyſtematiſch geordneten Lebensweiſe, ſie gehorchten alle demſelben Gedanken, in ihren Blicken ließ ſich dieſelbe Anſchauung leſen, ihr Geſichtsausdruck verkündete ſtille Ergebung und eine ſich den andern mitteilende Seelenruhe.

„Wäre es indiskret, gnädige Frau," ſagte Gottfried, „nach dem Namen der Herren zu fragen? Ich bin bereit, ihnen die Geſchichte meines Lebens mitzuteilen; kann ich nicht auch von dem ihrigen ſo viel erfahren, wie ich ſchicklicherweiſe wiſſen darf?"

„Dieſer Herr", erwiderte Frau de la Chanterie und wies auf den großen hageren Mann, „heißt Herr Nikolaus; er iſt penſionierter Gendarmerieoberſt mit dem Range eines Brigadegenerals. — Dieſer Herr", fuhr ſie fort und zeigte auf den kleinen dicken Mann, „iſt ein ehemaliger Rat am oberſten Pariſer Gerichtshof, der ſein Amt im Jahre 1830 aufgegeben hat; er heißt Herr Joseph. Obgleich Sie erſt ſeit geſtern bei uns ſind, will ich Ihnen doch mitteilen, daß Herr Nikolaus in der Geſellſchaft den Namen Marquis de Montauran trug, und Herr Joseph den Namen Lecamus, Baron de Tresnes; aber für uns wie für jeden andern exiſtieren dieſe Namen nicht mehr, die Herren beſitzen keine Erben; ſie haben die Vergeſſenheit, in die ihre Familien geraten werden, vorweggenommen und ſind ganz einfach Herr Nikolaus und Herr Joseph geworden, wie Sie Herr Gottfried ſein werden."

Als er die beiden Namen nennen hörte, den einen in den Annalen des Royalismus durch die Kataſtrophe, die den Aufſtand der Chouans zu Beginn des Konſulats beendete, ſo berühmt geworden, den andern in den Annalen des alten Pariſer Parlaments mit ſolcher Verehrung genannt, konnte Gottfried ein Erzittern nicht unterdrücken; aber als er dieſe zwei Reſte der beiden ſtärkſten Stützen der zuſammengebrochenen Monarchie, des Adels und des Richterſtandes, betrachtete, bemerkte er keinerlei Bewegung in ihren Geſichtszügen, keinerlei Veränderung des Ausdrucks, der einen weltlichen Gedanken verriet. Die beiden Männer erinnerten ſich nicht mehr oder wollten ſich nicht mehr an das erinnern, was ſie einſtmals geweſen waren. Das war eine erſte Lektion für Gottfried.

„Jeder dieſer Namen, meine Herren, enthält eine ganze Geſchichte“, ſagte er reſpektvoll.

„Die Geſchichte unſerer Zeit,“ antwortete Herr Joseph, „die Geſchichte von Ruinen.“

„Sie befinden ſich damit in guter Geſellſchaft“, bemerkte Herr Alain lächelnd.

Dieſer Mann kann mit zwei Worten beſchrieben werden: er war ein Pariſer Kleinbürger, ein gutmütiger Bürger mit einem runden, von weißen Haaren umrahmten Geſicht, das infolge eines beſtändigen Lächelns etwas fade wirkte.

Was den Prieſter, den Abbé de Vèze anlangt, ſo ſagte ſein Stand alles. Einen Prieſter, der ſeinen Beruf ausfüllt, erkennt man auf den erſten Blick, den er Einem oder den man ihm zuwirft.

Was Gottfried gleich anfangs auffiel, das war die tiefe Verehrung, die die vier Penſionäre der Frau de la Chanterie bezeigten; ſie ſchienen ſich alle, ſelbſt der Prieſter, trotz der erhabenen Poſition, die ihm ſein Amt verlieh, in Gegenwart einer Königin zu befinden. Gottfried fiel auch die Mäßigkeit aller Tiſchgenoſſen auf. Jeder aß nur ſo viel, wie das Nahrungsbedürfnis erforderte. Frau de la Chanterie nahm, wie faſt alle andern, nur einen einzigen Pfirſich und eine halbe Weintraube; aber ſie ſagte zu ihrem neuen Penſionär, er ſolle dieſe Zurückhaltung nicht nachahmen, und bot ihm nacheinander von jedem Gerichte an.

Durch dieſen Beginn des Zuſammenlebens wurde Gottfrieds Neugier aufs äußerſte erregt. Als man nach dem Frühſtück in den Salon zurückkehrte, ließ man ihn allein, und Frau de la Chanterie hielt in einer Fenſterniſche eine kleine geheime Beſprechung mit den vier Freunden ab, dieſe Konferenz währte ohne jede Erregung beinahe eine halbe Stunde. Man ſprach mit leiſer Stimme und wechſelte Worte, die jeder wohlüberlegt zu haben ſchien. Von Zeit zu Zeit blätterten Herr Alain und Herr Joseph in einem Notizbuche.

„Gehen Sie in den Faubourg“, ſagte Frau de la Chanterie zu Herrn Joseph, der ſich entfernte.

Das war das erſte Wort, das Gottfried verſtehen konnte.

„Und Sie in das Viertel Saint-Marceau“, fuhr ſie fort und wandte ſich an Herrn Nikolaus. „Bearbeiten Sie den Faubourg Saint-Germain und verſuchen Sie, dort das, was wir brauchen, zu finden ...“ fuhr ſie, den Abbé de Vèze anſehend, fort, der ſich ſogleich entfernte.

„Und Sie, mein lieber Alain,“ ſagte ſie lächelnd zu dem letzten, „machen Sie ſich an die Zuſammenſtellung ... So, jetzt iſt die Arbeit für heute verteilt“, ſagte ſie und begab ſich wieder zu Gottfried. Sie ſetzte ſich in ihren Seſſel, nahm von einem kleinen Tiſch von ihr zurechtgeſchnittene Wäſche und begann zu nähen, als ob ſie ein Penſum zu erledigen hätte.

Gottfried in ſein Grübeln verſunken und eine royaliſtiſche Verſchwörung vermutend, hielt die Worte ſeiner Wirtin für eine Einleitung und unterwarf ſie einer Beobachtung, indem er ſich neben ſie ſetzte. Er war erſtaunt über die beſondere Geſchicklichkeit, mit der dieſe Frau, bei der alles die vornehme Dame verriet, ihre Arbeit ausführte; ſie beſaß die Gewandtheit einer Arbeiterin, denn jeder vermag an gewiſſen Handgriffen das Tun eines Handwerkers und das eines Dilettanten zu erkennen.

„Sie arbeiten,“ ſagte Gottfried, „als ob Sie das Handwerk verſtünden!“

„Ach,“ antwortete ſie, ohne den Kopf zu erheben, „ich habe es einſtmals gezwungen ausüben müſſen ...“

Zwei dicke Tränen perlten in den Augen der alten Dame, rannen an ihren Wangen hinab und fielen auf das Wäſcheſtück, das ſie in der Hand hielt.

„Oh, verzeihen Sie mir, gnädige Frau“, rief Gottfried.

Frau de la Chanterie ſah ihren neuen Penſionär an und las auf ſeinem Geſicht ein ſo tiefes Bedauern, daß ſie ihm freundlich zunickte. Nachdem ſie ſich die Augen getrocknet hatte, nahm ihr Antlitz ſofort wieder den Ausdruck ſeiner gewohnten Ruhe an; es war weniger kalt als kühl.

„Sie befinden ſich hier, Herr Gottfried — Sie wiſſen ja bereits, daß wir Sie nur mit ihrem Vornamen nennen werden —, mitten unter den Trümmern eines großen Zusammenbruchs. Wir alle sind schwer verwundet in unserm Herzen, unsern Familienangelegenheiten und unserm Vermögen durch den vierzig Jahre dauernden Orkan, der das Königtum und die Religion gestürzt und die Grundlagen des alten Frankreichs vernichtet hat. Scheinbar gleichgültige Worte können uns alle verletzen, das ist der Grund der Schweigsamkeit, die hier herrscht. Wir sprechen selten von uns selbst; wir sind für uns in Vergessenheit geraten und haben das Mittel gefunden, an Stelle unseres früheren Lebens ein anderes zu setzen. Das ist der Grund, warum ich nach Ihren Bekenntnissen bei Mongenod an eine Übereinstimmung zwischen Ihrer und unserer Situation geglaubt und meine vier Freunde dazu bestimmt habe, Sie in unsern Kreis aufzunehmen; wir brauchen außerdem noch einen Mönch mehr für unser Kloster. Aber was werden Sie nun beginnen? Man kann sich nicht in die Einsamkeit zurückziehen ohne moralischen Fonds."

„Ich wäre nach solchen Worten sehr glücklich, gnädige Frau, wenn Sie über meine Zukunft bestimmen wollten."

„Sie sprechen wie ein Weltmann," entgegnete sie, „Sie versuchen, mir zu schmeicheln, mir, einer Frau von sechzig Jahren! . . . Mein liebes Kind," fuhr sie fort, „Sie müssen wissen, daß Sie sich unter Leuten befinden, die streng gottesgläubig sind, die seine Hand verspürt und die sich ihm fast ganz so wie Trappisten hingegeben haben. Haben Sie auf das ungeheure Sicherheitsgefühl der echten Priester geachtet, die sich dem Herrn ganz hingegeben haben, seine Stimme vernehmen und sich bemühen, ein gelehriges Instrument in der Hand der Vorsehung zu sein?

... Sie kennen keine Eitelkeit, keine Selbstliebe, nichts von dem, was den Weltleuten beständig Wunden beibringt; sie besitzen die Ruhe des Fatalisten, ihre Ergebung läßt sie alles ertragen. Der echte Priester, ein solcher wie der Abbé de Vèze, lebt dann wie ein Kind bei seiner Mutter, denn die Kirche, mein lieber Herr, ist eine gute Mutter. Nun, man kann auch ein Priester werden ohne Tonsur, nicht alle Priester gehören zu einem Orden. Sich dem Guten angeloben, das heißt, es dem echten Priester gleichtun, das heißt, Gott gehorchen! Ich predige Ihnen nicht, ich will Sie nicht bekehren, ich will Ihnen nur unser Leben erklären."

„Belehren Sie mich, gnädige Frau," sagte Gottfried hingerissen, „damit ich Ihre Vorschriften in keinem Punkte übertrete."

„Damit hätten Sie zuviel zu tun, das werden Sie von Stufe zu Stufe lernen, vor allem sprechen Sie hier niemals von Ihrem Unglück, das eine Kinderei ist im Vergleich mit den schrecklichen Katastrophen, die Gott über die, mit denen Sie jetzt zusammenleben, hat hereinbrechen lassen ..."

Während sie so sprach, hatte Frau de la Chanterie immerfort ihre Stiche mit verzweifelter Regelmäßigkeit gemacht; jetzt aber erhob sie das Haupt und sah Gottfried an, auf den die bezaubernde Süße ihrer Stimme, die, wie man sagen muß, eine himmlische Milde besaß, einen tiefen Eindruck machte. Der gemütskranke junge Mann betrachtete voller Verehrung die wahrhaft ungewöhnliche Erscheinung dieser Frau, deren Antlitz leuchtete. Ein rosiger Hauch hatte sich über ihre wachsbleichen Wangen ergossen, ihr Auge strahlte, ein jugendlicher Geist belebte ihre leichten Runzeln, die ihr einen eigenen

Reiz verliehen, und alles an ihr forderte liebevolle Zuneigung heraus. Gottfried ermaß in diesem Moment die Tiefe des Abgrunds, der diese Frau von niedrigen Empfindungen trennte; er sah, daß sie den unzugänglichen Gipfel erreicht hatte, auf den sie von der Religion geführt war, und er war noch zu weltlich gesinnt, als daß er davon nicht stark betroffen worden wäre und nicht gewünscht hätte, in den Graben hinabzusteigen und die schmale Höhe zu erklimmen, auf der Frau de la Chanterie stand, um sich neben sie zu stellen. Während er diese Frau einer eingehenden Prüfung unterwarf, erzählte er ihr von den Enttäuschungen seines Lebens und von allem, was er bei Mongenod nicht hatte sagen können, wo seine Bekenntnisse sich auf die Darlegung seiner Lage beschränkt hatten.

„Armes Kind! . . .“

Dieser mütterliche Ausruf, der den Lippen der Frau de la Chanterie entschlüpfte, legte sich wie Balsam auf das Herz des jungen Mannes.

„Was kann ich an die Stelle so vieler getäuschter Hoffnungen, so vieler verratener Liebe setzen?“ fragte er endlich und sah seine Wirtin an, die nachdenklich geworden war.

„Ich bin hierher gekommen, um nachzudenken und einen Entschluß zu fassen. Ich habe meine Mutter verloren, treten Sie an ihre Stelle . . .“

„Werden Sie auch wie ein Sohn gehorchen? . . .“ sagte sie.

„Ja, wenn Sie mir die volle Zuneigung entgegenbringen, der man so gern gehorcht.“

„Also, wir wollen es versuchen“, versetzte sie.

Gottfried streckte die Hand aus, um die Hand seiner Wirtin zu ergreifen, die sie ihm, seine Absicht ahnend, reichte, und führte ſie reſpektvoll an ſeine Lippen. Frau de la Chanteries Hände waren von wunderbarer Schönheit, ohne Runzeln, weder fett noch mager, ſo weiß, daß ſie den Neid einer jungen Frau erregen konnten, und von einer Form, daß ſie ein Bildhauer hätte abbilden mögen. Gottfried bewunderte die Hand, und fand, daß ſie zu dem Reiz der Stimme und der himmliſchen Bläue der Augen paßte.

„Bleiben Sie!" ſagte Frau de la Chanterie, erhob ſich und ging in ihr Zimmer.

Gottfried empfand eine heftige Erregung und wußte nicht, was er von ihrem Fortgehen denken ſollte; aber ſein Erſtaunen dauerte nicht lange, denn ſie kam mit einem Buch in der Hand zurück.

„Hier, mein liebes Kind", ſagte ſie, „haben Sie die Vorſchriften eines großen Seelenarztes. Wenn die Verhältniſſe des alltäglichen Lebens uns das Glück, das wir erwarteten, nicht zuteil werden ließen, dann muß man das Glück in dem höheren Leben ſuchen, und hier haben Sie den Schlüſſel zu dieſer neuen Welt. Leſen Sie jeden Abend und jeden Morgen ein Kapitel dieſes Buches; aber leſen Sie es mit vollſter Aufmerkſamkeit, ſtudieren Sie die Worte, als ob es ſich um eine fremde Sprache handele ... Nach Verlauf eines Monats werden Sie ein anderer Menſch ſein. Seit zwanzig Jahren leſe ich täglich ein Kapitel, und meine drei Freunde, die Herren Nikolaus, Alain und Joſeph, verſäumen das ebenſowenig wie das Schlafengehen und Aufſtehen; machen Sie es ebenſo aus Liebe zu Gott, aus Liebe zu mir".

Sie ſprach mit himmliſcher Freudigkeit und erhabenem Vertrauen.

Gottfried wandte das Buch um und las auf dem Rükken in Goldbuchſtaben: „Die Nachahmung Chriſti“ Die Einfachheit dieſer Frau, ihre kindliche Reinheit, ihre Überzeugung, daß ſie ihm eine Wohltat erwieſen habe, verwirrten den Exdandy. Die Haltung und die Freude der Frau de la Chanterie glich vollſtändig denen einer Frau, die einem Kaufmann, der im Begriff iſt, Konkurs anzumelden, hunderttauſend Franken darbietet.

„Ich habe mich ſeiner ſeit zwanzig Jahren bedient. Gebe Gott, daß das Buch anſteckend wirke! Gehen Sie nun, und kaufen Sie mir ein anderes; es iſt jetzt die Zeit, wo Leute zu mir kommen, die nicht geſehen werden dürfen.“

Gottfried empfahl ſich der Frau de la Chanterie und ging in ſein Zimmer hinauf, wo er das Buch auf den Tiſch warf und ausrief: „O die arme gute Frau! . . .“

Das Buch hatte ſich wie alle oft geleſenen Bücher an einer Stelle aufgeklappt. Gottfried ſetzte ſich, um ſich zu ſammeln, denn er hatte an dieſem Vormittag mehr Aufregung empfunden als während der bewegteſten Monate ſeines Lebens, und beſonders ſeine Neugierde war noch niemals ſo angeſtachelt worden. Als er ſeine Blicke planlos herumſchweifen ließ, wie es Leute tun, die in Nachdenken verſunken ſind, betrachtete er mechaniſch die beiden aufgeſchlagenen Seiten des Buches und las, ohne es zu wollen, die Überſchrift:

„Kapitel XII.

Von dem erhabenen Wege des heiligen Kreuzes.“

Er nahm das Buch auf. Und wie eine Flammenſchrift feſſelte ein Satz dieſes herrlichen Kapitels ſeinen Blick:

„Er iſt vor euch gewandelt mit ſeinem Kreuz beladen, und er iſt für euch geſtorben, damit auch ihr euer Kreuz traget und verlanget, an ihm zu sterben. Gehet, wohin ihr wollt, suchet, soviel ihr möget, ihr werdet keinen erhabeneren und keinen sichereren Weg finden, als ‚den Weg des heiligen Kreuzes‘. Machet und ordnet alles, wie es eurem Verlangen und eurer Einsicht entspricht, und ihr werdet stets aufgerufen werden, Mühsal zu erleiden, ob ihr nun wollet oder nicht, und immer werdet ihr auf das Kreuz stoßen; denn ihr werdet die Schmerzen des Körpers fühlen und die Qualen der Seele erdulden. Wenn ihr von Gott verlassen seid, werden euch die Menschen zu schaffen machen. Und noch mehr: ihr werdet euch oft selbst zur Last sein, und keine Hilfe wird euch gebracht, kein Trost euch zuteil werden; bis es Gott gefallen wird, dem ein Ende zu machen, werdet ihr leiden müssen, denn Gott will, daß ihr leiden lernet ohne Trost, damit ihr euch rückhaltlos seinem Willen unterwerfet, und damit ihr unter der Last der Drangsale demütiger werdet.“

„Was für ein Buch!“ sagte er und blätterte weiter in dem Kapitel.

Und sein Auge fiel auf die Worte:

„Wenn ihr soweit gekommen seid, die Trübsal als süß zu empfinden und sie zu begehren aus Liebe zu Jesus Christus, dann werdet ihr euch glücklich fühlen, denn dann habt ihr das Paradies in dieser Welt gefunden.“

Betroffen über diese einfachen Worte, die darum gerade so stark wirkten, und ärgerlich, daß er sich von diesem Buche geschlagen fühlte, schloß er es; aber noch auf dem grünen Maroquinleder des Einbands las er in Goldbuchstaben die Mahnung:

„Trachtet nur nach dem, was ewig ist!“

„Und haben sie das hier gefunden? . . .“ fragte er sich.

Er brach auf, um ein ſchönes Exemplar der „Nachahmung Chriſti“ zu beſorgen, da er daran dachte, daß Frau de la Chanterie abends ein Kapitel daraus zu leſen pflegte, ging hinunter und trat auf die Straße hinaus. Einige Augenblicke blieb er wenige Schritte vor der Tür ſtehen, unſchlüſſig, welchen Weg er nehmen, und überlegend, wo und in welcher Buchhandlung er das Buch kaufen ſolle; da vernahm er das dumpfe Geräuſch des ſchweren Haustors, das geſchloſſen wurde.

Wenn man den Charakter dieſes alten Hauſes recht begriffen hat, wird man verſtehen, worin ſich die alten Häuſer von andern unterſcheiden. Als Manon Gottfried am Morgen herunterholen kam, hatte ſie ihn, deutlich lächelnd, gefragt, wie er die erſte Nacht im Hauſe de la Chanterie geſchlafen habe. Zwei Männer verließen das Haus de la Chanterie. Gottfried folgte, ohne irgendwie ſpionieren zu wollen, den beiden Männern, die ihn für einen Paſſanten hielten und in dieſer ſtillen Gegend ſo laut ſprachen, daß er ihrer Unterhaltung folgen konnte. Die beiden Unbekannten gingen die Rue Massillon entlang, an Notre-Dame vorbei und quer über den Platz.

„Na, mein Alter, du ſiehſt, daß es ziemlich leicht war, Geld von ihnen herauszuholen . . . man muß ihnen zum Munde reden . . . das iſt alles.“

„Aber wir ſchulden es doch.“

„Wem?“

„Nun, der Dame.“

„Das möchte ich ſehen, ob mich die alte Schachtel verklagen würde, ich würde ihr . . .“

„Du würdeſt ihr . . . du würdeſt ihr zurückzahlen . . .“

„Du haſt recht, denn wenn ich es ihr zurückzahle, würde ich ſpäter mehr als heute bekommen . . .“

„Wäre es nicht beſſer, wenn wir ihren Rat befolgten und ein Geſchäft anfingen?“

„Ach, Unſinn!“

„Sie würde uns doch ſtille Teilhaber verſchaffen, hat ſie geſagt.“

„Dann müßte man auch ein anderes Leben anfangen . . .“

„Das jetzige habe ich bis hierher, man iſt doch kein Menſch mehr; wenn man immer benebelt herumläuft . . .“

„Jawohl; aber der Abbé hat doch neulich den alten Marin im Stiche gelaſſen und ihm alles abgeſchlagen.“

„Ach, der alte Marin wollte eine kniffige Sache unternehmen, wie ſie nur Millionäre durchſetzen können.“

In dieſem Moment wandten ſich die beiden Männer, ihrem Äußern nach Werkmeiſter, um nach der Place Maubert über den Pont de l'Hôtel-Dieu zu gehen; Gottfried trat beiſeite, aber als ſie bemerkten, daß er ſo dicht hinter ihnen war, wechſelten ſie einen mißtrauiſchen Blick, und ihr Geſicht verriet, daß ſie bedauerten, laut geſprochen zu haben.

In Gedanken hierüber ging er zu einem Buchhändler in der Rue Saint-Jacques und kehrte mit einem ſehr koſtbaren Exemplar der beſten Ausgabe der „Nachahmung Chriſti“, die in Frankreich erſchienen war, zurück. Als er langſamen Schrittes heimging, um pünktlich zur Eſſensſtunde einzutreffen, rief er ſich noch einmal die Empfindungen, die er an dieſem Vormittage verſpürt hatte, ins Gedächtnis zurück und fühlte ſich innerlich aufs köſtlichſte erquickt. Er war von einer heißen Neugier geplagt, aber ſeine Neugierde trat zurück vor einem unerklärlichen Verlangen, das ihn zu Frau de la Chanterie hinzog; er empfand ein heftiges Begehren, ſich an ſie anzuſchließen, ſich für ſie aufzuopfern, ihr zu gefallen, ſich ihr Lob zu verdienen; er war von einer platoniſchen Liebe ergriffen, er ahnte bei ihr eine unerhörte Seelengröße, er wollte ihr Inneres ganz kennenlernen. Er brannte darauf, in die Geheimniſſe der Exiſtenz dieſer Katholiken von reiner Frömmigkeit einzudringen. Und innerhalb dieſes kleinen Kreiſes der Getreuen verband ſich die Erhabenheit des frommen Handelns ſo vortrefflich mit dem, was die Franzöſin Hohes beſitzen kann, daß er beſchloß, alles zu tun, um in die Gemeinſchaft aufgenommen zu werden. Solche Gefühle wären bei einem beſchäftigten Pariſer ſehr flüchtige geweſen; aber Gottfried war, wie man geſehen hat, in der Lage des Schiffbrüchigen, der ſich an die gebrechlichſten Planken anklammert, weil er ſie für tragfähig hält, und ſeine Seele war durchfurcht und bereit, jeden Samen in ſich aufzunehmen.

Er traf die vier Freunde im Salon, überreichte das Buch Frau de la Chanterie und ſagte:

„Ich wollte Sie Ihrer Lektüre heute abend nicht berauben . . .“

„Gebe Gott,“ erwiderte ſie, während ſie den prächtigen Band betrachtete, „daß das Ihre letzte verſchwenderiſche Handlung geweſen ſein möge!“

Da er ſah, daß bei den vier Perſonen die Kleidung bis ins geringſte auf Sauberkeit und Zweckmäßigkeit beſchränkt, und daß dieſer Grundſatz im Hauſe auch bis in die kleinſten Einzelheiten durchgeführt war, begriff Gottfried die Bedeutung des ſo liebenswürdig ausgedrückten Vorwurfs.

„Gnädige Frau,“ ſagte er, „die Leute, denen Sie heute morgen Ihre Unterſtützung gewährt haben, ſind ſchlechte Kerle; ohne es zu wollen, habe ich mit angehört, was ſie für Dinge planten, als ſie von hier fortgingen; was ſie ſagten, zeugte von der ſchwärzeſten Undankbarkeit . . .“

„Das ſind die beiden Schloſſer aus der Rue Mouffetard,“ ſagte Frau de la Chanterie zu Herrn Nikolaus, „das gehört in Ihr Reſſort . . .“

„Der Fiſch entſchlüpft mehr als einmal, bevor er ſich fangen läßt“, entgegnete lächelnd Herr Alain. Die völlige Unempfindlichkeit der Frau de la Chanterie bei der Nachricht der ſofortigen Undankbarkeit der Leute, denen ſie ſicher Geld gegeben hatte, ſetzte Gottfried in Erſtaunen und ließ ihn nachdenklich werden.

Das Eſſen verlief heiter, dank Herrn Alain und dem ehemaligen Gerichtsrat; aber der alte Soldat blieb ernſt, traurig und kühl, ſein Geſicht trug den unverwiſchbaren Ausdruck bitteren Kummers und unvertilgbaren Schmerzes. Frau de la Chanterie war gegen alle gleich aufmerkſam. Gottfried fühlte ſich beobachtet von dieſen Leuten, deren Vorſicht ihrer Frömmigkeit gleichkam; ſeine Eitelkeit ließ ihn ihre Zurückhaltung nachahmen, und er achtete ſehr auf ſeine Worte.

Dieſer erſte Tag ſollte viel bewegter ſein als die folgenden. Gottfried, der ſich von allen wichtigen Beſprechungen ausgeſchloſſen ſah, war genötigt, während mehrerer Morgen- und Abendſtunden, die er allein in ſeiner Wohnung verbrachte, die „Nachahmung Chriſti“ aufzuſchlagen, und er ſtudierte das Buch ſchließlich, wie man ein Buch ſtudiert, wenn man nur ein einziges beſitzt und ſich in Gefangenſchaft befindet. Es geht Einem dann mit einem ſolchen Buche wie mit einer Frau, mit der man ſich zuſammen in der Einſamkeit befindet; ebenſo wie man dann die Frau haſſen oder lieben muß, ebenſo läßt man ſich entweder ganz von dem Geiſte des Verfaſſers durchdringen, oder man lieſt keine zehn Zeilen von ihm.

Nun iſt es unmöglich, daß man von der „Nachahmung Chriſti" nicht gepackt werde, die für die Glaubenslehre dasſelbe iſt wie die Ausführung für den Gedanken. Der Katholizismus lebt, bewegt ſich, zittert darin und ſetzt ſich mit dem menſchlichen Leben ſelbſt auseinander. Das Buch iſt ein zuverläſſiger Freund. Es ſpricht über alle Leidenſchaften, alle Schwierigkeiten, ſelbſt die der Weltleute; es beſiegt alle Einwände, es iſt beredter als alle Prediger; denn ſeine Sprache iſt deine Sprache, es wächſt aus deinem Herzen empor und redet zu deiner Seele. Es iſt das übertragene Evangelium, angepaßt allen Zeiten, angewandt auf alle Lebenslagen. Es iſt merkwürdig, daß die Kirche Gerſon nicht heiliggeſprochen hat, denn der Heilige Geiſt hat ihm ſicherlich die Feder geführt.

Für Gottfried barg das Haus de la Chanterie außer dem Buche auch eine Frau, und er verliebte ſich mit jedem Tage mehr in dieſe Frau; er entdeckte bei ihr unter dem Schnee des Winters vergrabene Blüten, er empfand die Seligkeit einer ſolchen geheiligten Liebe, die die Religion geſtattet, der die Engel zulächeln, die ſchon die fünf Menſchen untereinander verband, und bei der kein ſchlechter Gedanke aufkommen konnte. Es gibt ein Empfinden, das über allen andern ſteht, eine geiſtige Liebe, jenen Blumen ähnlich, die auf den höchſten Gipfeln der Erde wachſen, eine Liebe, von der ein oder zwei Beiſpiele alle Jahrhunderte einmal der Menſchheit geſchenkt werden, in der ſich ſeltſame Liebende vereinigen, und die Beweiſe für eine Liebestreue gibt, die im gewöhnlichen Leben unerklärlich wäre. Das iſt eine Liebe ohne Irrungen, ohne Zwiſte, ohne Eitelkeiten, ohne Kämpfe, ſelbſt ohne jede Gegenſätzlichkeit, ſo ſehr fließt das geiſtige Empfinden beider in eins zuſammen. Die Seligkeit dieſes tiefen, grenzenloſen Gefühls, das in der katholiſchen Nächſtenliebe wurzelt – Gottfried ahnte ſie. Manchmal vermochte er an das Schauſpiel, das er vor Augen hatte, nicht zu glauben und ſuchte nach Gründen für die erhabene Freundſchaft dieſer fünf Menſchen, die zu ſeinem Staunen echte Katholiken waren, Chriſten aus den erſten Zeiten der Kirche, mitten in dem Paris von 1835.

Acht Tage nach ſeinem Einzug war Gottfried ſchon Zeuge eines ſo großen Zuſtroms von Leuten und hatte Bruchſtücke von Geſprächen aufgefangen, bei denen es ſich um ſo ſchwerwiegende Dinge handelte, daß er merkte, welche ungeheure Tätigkeit die fünf Perſonen entfalteten. Er nahm wahr, daß keine von ihnen mehr als ſechs Stunden ſchlief.

Alle hatten gewiſſermaßen ſchon eine erſte Tagesarbeit vor dem zweiten Frühſtück hinter ſich. Fremde brachten oder holten Geldbeträge, die zuweilen ſehr erheblich waren. Häufig kam der Kaſſenbote Mongenods, und zwar immer ganz früh, ſo daß ſein Dienſt unter dieſen Gängen nicht litt, die vor den Bankſtunden ausgeführt wurden.

Herr Mongenod erſchien ſelbſt eines Abends, und Gottfried fiel dabei eine gewiſſe familiäre Vertraulichkeit auf, die er im Verein mit tiefem Reſpekt

Herrn Alain ebenſo wie den drei andern Penſionären der Frau de la Chanterie bezeigte.
An dieſem Abend richtete der Bankier nur einige gleichgültige Fragen an Gottfried: Ob er ſich hier wohl fühle, ob er bleiben wolle uſw., wobei er ihm empfahl, bei ſeinem Entſchluſſe zu verharren.
„Mir fehlt nur eins, um mich glücklich zu fühlen“, ſagte Gottfried.
„Und das wäre?“ fragte der Bankier.
„Eine Beſchäftigung.“
„Eine Beſchäftigung?“ bemerkte der Abbé de Vèze.
„Sie haben alſo Ihre Abſichten geändert? Sie ſind doch in unſer Kloſter gekommen, um hier Ruhe zu ſuchen?“
„Ruhe ohne die Gebete, die die Klöſter beleben, ohne die Meditationen, die die Thebais erfüllte, macht krank,“ ſagte Herr Joſeph belehrend.
„Lernen Sie doch Buchführung“, ſagte Herr Mongenod lächelnd, „Sie könnten ſich dann in einigen Monaten meinen Freunden ſehr nützlich machen...“
„Oh, mit großem Vergnügen,“ rief Gottfried.
Der nächſte Tag war ein Sonntag. Frau de la Chanterie wünſchte, daß ihr Penſionär ſie in das Hochamt begleite.
„Das iſt der einzige Zwang, den ich Ihnen aufzuerlegen wünſche,“ ſagte ſie. „Schon manchmal habe ich im Verlauf dieſer Woche mit Ihnen von Ihrem Seelenheil ſprechen wollen, aber ich hielt den Augenblick dafür noch nicht gekommen. Sie würden ſehr in Anſpruch genommen werden, wenn Sie an unſerer Glaubensbetätigung teilnähmen, denn Sie würden dann auch an unſern Arbeiten teilnehmen.“
Bei der Meſſe fiel Gottfried die Inbrunſt der Herren

Nikolaus, Joſeph und Alain auf; und da er ſich während der wenigen Tage ihres Zuſammenſeins von der Überlegenheit, dem Scharfſinn, der umfaſſenden Kenntnis und dem bedeutenden Geiſt der Herren hatte überzeugen können, ſo kam ihm der Gedanke, daß, wenn ſie ſich ſo demütigten, die katholiſche Religion Geheimniſſe in ſich bergen müſſe, die ihm bisher entgangen waren.

„Schließlich", ſagte er ſich, „iſt es ja doch die Religion Boſſuets, Paſcals, Racines, des heiligen Ludwig, Raffaels, Michelangelos, Ximenes', Bayards, du Guesclins, und ich Armſeliger kann mich mit dieſen Geiſtern, dieſen Staatsmännern, Künſtlern, Heerführern doch nicht vergleichen."

Wenn dieſe kleinen Einzelheiten nicht wichtige Fingerzeige gäben, wäre es töricht, ſich heutzutage damit aufzuhalten; aber ſie ſind für dieſe Erzählung unentbehrlich, der unſer jetziges Publikum ſchon ſchwer genug Glauben ſchenken wird, und die mit einer faſt lächerlich erſcheinenden Tatſache beginnt: mit der Herrſchaft einer ſechzigjährigen Frau über einen jungen, von allem enttäuſchten Mann.

„Sie haben nicht gebetet," ſagte Frau de la Chanterie zu Gottfried an der Tür von Notre-Dame, „für niemanden, nicht einmal für die Seelenruhe Ihrer Mutter."

Gottfried errötete und ſchwieg.

„Tun Sie mir die Liebe", ſagte Frau de la Chanterie, „gehen Sie in Ihre Wohnung und kommen Sie erſt in einer Stunde in den Salon. Wenn Sie mich liebhaben," fügte ſie hinzu, „ſo werden Sie über ein Kapitel der ‚Nachahmung Chriſti' nachdenken, das erſte des dritten Buches, das betitelt iſt ‚Von dem Geſpräch mit ſich ſelbſt'."

Gottfried empfahl ſich kühl und ging in ſeine Wohnung hinauf.

‚Der Teufel ſoll mich holen!‘ ſagte er ſich, ernſtlich in Wut geratend. ‚Was wollen ſie denn hier von mir? Was für Machenſchaften haben ſie vor? . . . Alle Weiber, ſelbſt die frommen, ſind gleich ſchlau; und wenn die gnädige Frau,‘ meinte er, indem er ſeine Wirtin ſo nannte, wie die übrigen Penſionäre es taten, ‚mich jetzt nicht haben will, ſo iſt das, weil etwas gegen mich angezettelt werden ſoll.‘

In ſolchen Gedanken verſuchte er, durch ſein Fenſter in den Salon zu ſehen, aber die örtliche Lage geſtattete ihm nicht, etwas zu erkennen. Er ſtieg eine Etage hinab, kehrte aber ſchnell wieder zurück, denn er überlegte, daß bei den ſtrengen Grundſätzen der Hausbewohner ein Akt der Spionage ihm ſofort die Verabſchiedung eintragen würde. Die Achtung der fünf Perſonen einzubüßen, ſchien ihm ebenſo unerträglich, wie wenn er ſich öffentlich entehrt ſehen würde. Er wartete etwa drei Viertelſtunden und beſchloß dann, Frau de la Chanterie zu überraſchen, indem er vor der angegebenen Zeit erſchien. Er erfand eine Lüge, um ſich zu rechtfertigen: er wollte ſagen, daß ſeine Uhr nicht richtig gehe, und ſtellte ſie zwanzig Minuten vor. Dann ging er, ohne das leiſeſte Geräuſch zu machen, hinunter. Er gelangte ſo bis an die Tür des Salons und öffnete ſie plötzlich.

Hier ſah er einen noch jungen, ziemlich berühmten Mann, einen Dichter, den er häufig in Geſellſchaften getroffen hatte, Victor de Vernisset, vor ſich, auf ein Knie vor Frau de la Chanterie geſunken und den Saum ihres Kleides küſſend. Wäre der Himmel aus Kriſtall, wie die Alten glaubten, und wäre dieſer Himmel krachend zuſammengebrochen, ſo wäre Gottfried davon weniger überraſcht worden als von dem Schauſpiel, das ſich ihm hier bot. Die häßlichſten Gedanken ſtiegen in ihm auf, und er empfand einen noch fürchterlicheren Stoß, als er bei der erſten ſarkaſtiſchen Bemerkung, die ſich ihm auf die Lippen drängte, Herrn Alain in einer Ecke des Salons wahrnahm, der damit beſchäftigt war, Tauſendfrankenſcheine zu zählen.

Im nächſten Augenblick war Vernisset auf den Beinen, und der gute Alain hielt verdutzt inne. Frau de la Chanterie warf Gottfried einen Blick zu, der ihn erſtarren ließ; denn der zweideutige Ausdruck auf dem Geſichte des neuen Gaſtes war ihm nicht entgangen.

„Der Herr", ſagte ſie zu dem jungen Dichter und zeigte auf Gottfried, „gehört zu den Unſrigen . . ."

„Sie ſind ſehr glücklich, mein lieber Herr," ſagte Vernisset, „Sie ſind gerettet! Gnädige Frau," wandte er ſich dann an Frau de la Chanterie, „und wenn ganz Paris mich ſo geſehen hätte, ſo wäre ich glücklich darüber geweſen, nichts kann meine Dankbarkeit gegen Sie wettmachen! . . . Ich bin Ihnen für alle Zeiten verpflichtet! Ich gehöre Ihnen ganz und gar. Befehlen Sie mir, was es auch ſei, und ich werde gehorchen! Meine Erkenntlichkeit wird unbegrenzt ſein. Ich verdanke Ihnen das Leben, es gehört Ihnen . . ."

„Na, na," ſagte der gute Alain, „ſeien Sie vernünftig, junger Mann, arbeiten Sie nur, und vor allem greifen Sie in Ihren Werken niemals die Religion an. Und endlich denken Sie daran, daß Sie eine Schuld übernommen haben!"

Und er reichte ihm einen mit den Bankbilletten, die

er gezählt hatte, gefüllten Umſchlag. Victor de Vernisset hatte die Augen voller Tränen, küßte ehrfurchtsvoll Frau de la Chanterie die Hand und entfernte ſich, nachdem er Herrn Alain und Gottfried die Hand gedrückt hatte.

„Sie ſind ungehorſam gegen die gnädige Frau geweſen,“ ſagte der Biedermann feierlich mit einem ſo traurigen Geſicht, wie es Gottfried noch nie bei ihm geſehen hatte, „das iſt ein ſchweres Vergehen; noch ein ſolches, und wir ſind geſchiedene Leute . . . Das wird ſehr hart für Sie ſein, da wir Sie unſeres Vertrauens für würdig gehalten haben . . .“

„Mein lieber Alain,“ ſagte Frau de la Chanterie, „erweiſen Sie mir die Freundlichkeit, über dieſe Unbeſonnenheit zu ſchweigen . . . Man muß nicht zuviel von einem Neuling verlangen, der großes Unglück durchgemacht hat, der keine Religion beſitzt, deſſen ganzes Sinnen in einer außerordentlich ſtarken Neugierde beſteht und der noch kein Vertrauen zu uns hat.“

„Verzeihen Sie mir, gnädige Frau“, erwiderte Gottfried, „von nun ab will ich mich Ihrer würdig erweiſen; ich unterwerfe mich jeder Prüfung, die Sie für nötig erachten, bevor Sie mich in die Geheimniſſe Ihrer Tätigkeit einweihen, und wenn der Herr Abbé de Vèze es auf ſich nehmen will, mich zu erleuchten, ſo werde ich mich ihm mit Geiſt und Herz hingeben.“

Dieſe Worte machten Frau de la Chanterie ſo glücklich, daß ihre Wangen ſich mit einer zarten Röte bedeckten; ſie drückte Gottfried die Hand und ſagte mit merkwürdiger Erregung: „Es iſt gut.“

Abends nach dem Eſſen ſah Gottfried einen Generalvikar der Pariſer Diözeſe, zwei Domherren, zwei ehemalige Pariser Bürgermeister und eine Barmherzige Schwester erscheinen. Es wurde nicht gespielt, die allgemeine Unterhaltung war heiter, ohne oberflächlich zu sein.

Ein Besuch, der Gottfried sehr überraschte, war der der Gräfin Cinq-Cygne, einer Dame der höchsten Aristokratie, deren Salon der Bourgeoisie und den Parvenüs verschlossen war. Die Anwesenheit dieser vornehmen Dame im Salon der Frau de la Chanterie war an sich schon sehr merkwürdig; aber die Art, mit der die beiden Damen sich begrüßten und sich gegeneinander benahmen, war für Gottfried unerklärlich; denn sie bekundete eine Vertraulichkeit und einen ständigen Verkehr, die Frau de la Chanterie eine ungeheure Bedeutung verliehen. Frau de Cinq-Cygne war liebenswürdig und freundschaftlich gegen die vier Freunde ihrer Freundin und respektvoll gegen Herrn Nikolaus. Man sieht, daß Gottfried noch von der gesellschaftlichen Eitelkeit beherrscht war; denn der bis dahin noch immer Unschlüssige beschloß nun, mit oder ohne Überzeugung, alles zu tun, was Frau de la Chanterie und ihre Freunde von ihm verlangen würden, um in ihren Orden aufgenommen oder in ihre Geheimnisse eingeweiht zu werden, wobei er sich nur noch die definitive Entscheidung vorbehielt.

Am andern Morgen begab er sich zu einem Buchhalter, den ihm Frau de la Chanterie bezeichnet hatte, vereinbarte mit ihm die Stunden, in denen sie zusammen arbeiten wollten, und hatte nun seine Zeit vollkommen ausgefüllt; denn der Abbé de Vèze unterrichtete ihn vormittags, zwei Stunden täglich verbrachte er bei dem Buchhalter, und zwischen dem zweiten Frühstück und dem Mittagessen arbeitete er an fingierten Geſchäftsbüchern, die ſein Lehrer ihn führen ließ.

So vergingen mehrere Tage, bei deren Verlauf Gottfried den Reiz einer Lebensführung empfand, bei der jede Stunde in beſtimmter Weiſe ausgefüllt iſt. Die zu feſtgeſetzter Zeit regelmäßig wiederkehrende bekannte Arbeit erklärt das Glück vieler Exiſtenzen und beweiſt, wie tief die Gründer religiöſer Orden über das Weſen des Menſchen nachgedacht haben. Gottfried, der ſich vorgenommen hatte, den Abbé de Vèze anzuhören, empfand ſchon Beſorgniſſe wegen ſeines künftigen Lebens und fing an zu erkennen, daß er nichts von der ſchwerwiegenden Bedeutung der religiöſen Fragen wußte. Dazu ließ Frau de la Chanterie, bei der er ungefähr eine Stunde nach dem zweiten Frühſtück zu verweilen pflegte, ihn täglich neue Schätze ihres Innern entdecken; niemals hatte er eine ſo vollkommene uud ſo umfaſſende Güte für möglich gehalten. Eine Frau in dem Alter, das Frau de la Chanterie zu haben ſchien, beſitzt keine der Schwächen junger Frauen mehr; ſie iſt eine Freundin, die einem alle weibliche Zartheit entgegenbringt, die die Grazie und Feinheit entfaltet, welche die Natur der Frau für den Mann mitgegeben hat, und die ſie nicht mehr verkauft: ſie iſt abſcheulich oder vollkommen; denn alles Verlangen ſchlummert unter ihrer Oberfläche oder iſt abgeſtorben; und Frau de la Chanterie gehörte zu den Vollkommenen. Sie ſchien niemals jung geweſen zu ſein, ihr Blick erzählte nichts von einer Vergangenheit. Fern davon, Gottfrieds Neugierde zu befriedigen, verdoppelten die immer genauere Bekanntſchaft mit dieſem erhabenen Charakter und die täglich neuen Entdeckungen ſein Verlangen, das frühere Leben dieſer Frau kennenzulernen, die ihm wie eine Heilige erſchien. Hatte ſie jemals geliebt? War ſie verheiratet geweſen? War ſie Mutter geweſen? Nichts an ihr verriet die alte Jungfer, ſie entfaltete alle Reize der Frau von vornehmer Geburt, und man mußte aus ihrer robuſten Geſundheit, aus der eigentümlichen Art ihrer Unterhaltung auf ein heiliges Leben und auf eine Unkenntnis des Weltgetriebes ſchließen. Ausgenommen den heiteren Alain, hatten alle dieſe Menſchen Leiden erfahren; aber ſelbſt Herr Nikolaus ſchien die Palme des Martyriums Frau de la Chanterie zu reichen, und trotzdem wurde die Erinnerung an ihr Unglück ſo vollkommen von der katholiſchen Ergebung und ihrer geheimnisvollen Tätigkeit zurückgedrängt, daß ſie immer glücklich zu ſein ſchien.

„Sie bedeuten“, ſagte Gottfried eines Tages zu ihr, „das Leben für Ihre Freunde, Sie ſind das Band, das ſie umſchlingt, Sie ſind ſozuſagen die häusliche Leiterin eines großen Werkes; und da wir alle ſterblich ſind, ſo frage ich mich, was aus ihrer Vereinigung einmal werden ſoll ohne Sie ...“

„Das macht ihnen auch Sorge; aber die Vorſehung, der wir auch unſern Buchführer zu verdanken haben,“ ſagte ſie lächelnd, „wird ſchon helfen. Übrigens werde ich mich nach Erſatz umſehen.“

„Wird Ihr Buchführer bald ſeinen Dienſt in Ihrem Geſchäftshauſe antreten?“ fragte Gottfried lachend.

„Das hängt von ihm ab“, entgegnete ſie lächelnd. „Er muß erſt wahrhaft gläubig und fromm geworden ſein, keinerlei Eigenliebe mehr beſitzen, ſich nicht um die Reichtümer unſeres Hauſes bekümmern und daran denken, ſich über die kleinlichen geſellſchaftlichen Bedenken zu erheben mit den beiden Flügeln, die Gott uns gegeben hat ..."

„Welche ſind das ...?"

„Die Einfalt und die Reinheit", erwiderte Frau de la Chanterie. „Ihre Unkenntnis verrät mir deutlich genug, daß Sie die Lektüre unſeres Buches vernachläſſigt haben", fuhr ſie fort, über die harmloſe Liſt lächelnd, mit der ſie in Erfahrung gebracht hatte, ob Gottfried in der ‚Nachahmung Chriſti' las. „Dann aber machen Sie ſich die Epiſtel des heiligen Paulus über die Nächſtenliebe zu eigen. Nicht Sie werden uns dienen," ſagte ſie mit erhabenem Ausdruck, „ſondern wir werden Ihnen dienen, und es wird Ihnen erlaubt ſein, viel gewaltigere Reichtümer zu ſammeln, als je ein König beſeſſen hat; Sie werden ſie genießen, wie wir ſie genießen; und laſſen Sie mich Ihnen ſagen, daß die Schätze Aladins, wenn Sie ſich an ‚Tauſendundeine Nacht' erinnern, nichts ſind im Vergleich mit dem, was wir beſitzen ... Daher wiſſen wir auch ſeit einem Jahre nicht mehr, wie wir es machen ſollen, wir ſind nicht ausreichend dafür, wir müſſen einen Buchführer haben ..."

Während ſie ſo ſprach, beobachtete ſie Gottfrieds Geſicht, der nicht wußte, was er von dieſer merkwürdigen Eröffnung halten ſolle; da er ſich aber häufig an die Szene erinnerte, die ſich zwiſchen Frau de la Chanterie und der alten Frau Mongenod abgeſpielt hatte, ſo verharrte er zwiſchen Zweifel und Vertrauen.

„Oh, Sie werden ſehr glücklich ſein", ſagte ſie.

Gottfried wurde dermaßen von Neugier verzehrt, daß er ſofort beſchloß, die Zurückhaltung der vier Freunde zu beſiegen und ſie über ſie ſelbſt auszufragen. Nun war von allen Hausgenossen der Frau de la Chanterie derjenige, zu dem sich Gottfried am meisten hingezogen fühlte, und der am meisten die Sympathie der Leute jeder Klasse zu gewinnen schien, der gute, heitere, harmlose Alain. In welcher Absicht mochte die Vorsehung dieses treuherzige Wesen in dieses Kloster ohne Gelübdezwang geführt haben, dessen Mönche sich einer festgesetzten Regel unterwarfen, mitten in Paris, ganz freiwillig, aber so, als ob sie den strengsten Oberen hätten? Welches Drama, welches Ereignis hatte sie von ihrem weltlichen Wege hinweggeführt, um mitten durch das Elend der Hauptstadt diesen Pfad zu wandeln?

Eines Abends wollte Gottfried seinem Nachbar einen Besuch machen, mit der Absicht, seine Neugierde zu befriedigen, die durch die Unmöglichkeit irgendwelcher Umwälzung in dieser Existenz mehr erregt wurde als durch die gespannte Erwartung bei der Erzählung einer furchtbaren Episode aus dem Leben eines Seeräubers. Bei dem Worte: Herein!, das auf sein diskretes Anklopfen erfolgte, drehte Gottfried den Schlüssel, der immer im Schloß stak, herum und fand Herrn Alain am Feuer sitzend und vor dem Schlafengehen ein Kapitel in der „Nachahmung Christi" lesend, beim Lichte zweier Kerzen, jede mit einem grünen beweglichen Lampenschirm, wie ihn die Whistspieler benutzen, versehen.

Der Biedermann trug ein langes Beinkleid und einen Schlafrock von hellgrauem Flanell und hatte die Füße am Kamin auf einem Kissen, das ebenso wie seine Pantoffeln von Frau de la Chanterie gestickt war. Sein schönes greises Haupt, wie das eines Mönchs mit seinen weißen Haaren schön umkränzt, hob sich

ſcharf von dem dunklen Hintergrunde des Überzugs ſeines rieſigen Lehnſeſſels ab.
Herr Alain legte behutſam ſein an allen vier Ecken ſtark abgenutztes Buch auf einen kleinen Tiſch mit gedrehten Säulen, wies mit der anderen Hand auf einen andern Seſſel für ſeinen jungen Freund und nahm ſeine Brille ab, die ihm auf die Naſenſpitze gerutſcht war.
„Sind Sie leidend, daß Sie zu dieſer Stunde Ihre Wohnung verlaſſen?“ fragte er Gottfried.
„Verehrter Herr Alain,“ erwiderte Gottfried freimütig, „ich bin von einer Neugierde geplagt, die ein einziges Wort von Ihnen ſehr unſchuldig oder ſehr indiskret erſcheinen laſſen kann; und damit werden Sie genügend beurteilen können, in welchem Sinne ich eine Frage an Sie richten will.“
„Und was iſt das für eine Frage?“ ſagte Alain und ſah den jungen Mann beinahe boshaft an.
„Was für ein Ereignis hat Sie beſtimmt, das Leben, das Sie hier führen, zu wählen? Denn um ſich zu einem ſolchen Verzicht auf jedes Intereſſe zu entſchließen, muß Einem das weltliche Leben zum Ekel geworden ſein, oder man muß in ihm eine Wunde empfangen oder vielleicht einen andern verwundet haben.“
„Wie denn, mein Kind,“ entgegnete der Greis und verzog ſeine breiten Lippen zu einem Lächeln, das ſeinen roten Mund ſo liebenswürdig machte, wie das nur ein Malergenie erdenken kann, „kann man nicht vom tiefſten Mitleid ergriffen werden beim Anblick des Elends, das die Mauern von Paris umſchließen? Bedurfte der heilige Vincent a Paula des Stachels von Gewiſſensbiſſen oder verletzter Eitelkeit, um ſich der ausgeſetzten Kinder zu erbarmen?“

„Das verschließt mir um so mehr den Mund, als wenn jemals ein Geist dem dieses christlichen Helden ähnlich war, dies sicherlich der Ihrige ist“, antwortete Gottfried.

Trotz der Unempfindlichkeit, die das Alter seiner gelblichen, runzeligen Gesichtshaut verliehen hatte, überzog eine tiefe Röte das Antlitz des Greises; denn es sah aus, als ob er dieses Lob provoziert hätte, woran er bei seiner allen bekannten Bescheidenheit nicht gedacht haben konnte. Gottfried wußte recht gut, daß die Hausgenossen der Frau de la Chanterie keinerlei Gefallen an solchem Weihrauch fanden. Trotzdem war die außergewöhnliche Bescheidenheit des guten Alain von diesem Skrupel mehr beunruhigt als ein junges Mädchen von irgendeinem schlimmen Gedanken.

„Wenn ich auch noch sehr weit hinter seiner moralischen Höhe zurückstehe,“ bemerkte Herr Alain, „so bin ich ihm wenigstens in meinem äußern ähnlich . . .“

Gottfried wollte etwas erwidern, aber er wurde daran durch eine Bewegung des Alten gehindert, dessen Nase in der Tat so knollig wie die des Heiligen war, und dessen Antlitz, ähnlich dem eines alten Weinbergsarbeiters, wie ein Duplikat des gewöhnlichen runden Gesichts des Begründers der Findelhäuser aussah.

„Was mich anlangt, so haben Sie recht,“ fuhr er fort; „meine Berufung zu unserm Werke wurde entschieden durch ein Gefühl der Reue, aus Anlaß eines Abenteuers . . .“

„Sie, und ein Abenteuer?“ rief Gottfried leise aus, den dieses Wort das, was er dem Alten zuerst antworten wollte, vergessen ließ.

„Oh, wahrhaftig, was ich Ihnen erzählen werde, wird Ihnen gewiß als eine Kleinigkeit, als etwas Unerhebliches erſcheinen; aber vor dem Richterſtuhl des Gewiſſens ſteht es anders damit. Wenn Sie bei Ihrem Wunſche, an unſerer Arbeit teilzunehmen, verharren werden, nachdem Sie mich angehört haben, dann werden Sie begreifen, daß das Gefühl im Verhältnis zu der Seelenſtärke ſteht, und daß ein Geſchehnis, das einen ſtarken Geiſt nicht beunruhigt, ſehr wohl das Gewiſſen eines ſchwachen Chriſten bedrücken kann."

Man kann ſich ſchwer vorſtellen, welchen Grad die Neugierde des Neophyten nach dieſer Art von Vorrede erreicht hatte. Was konnte das Verbrechen dieſes Biedermanns ſein, den Frau de la Chanterie ihr „Oſterlamm" nannte? Das mußte ebenſo intereſſant ſein wie ein Buch mit dem Titel: „Die Verbrechen eines Lammes." Vielleicht ſind die Lämmer grauſam gegen die Kräuter und Blumen? Nach der Meinung eines der gemäßigtſten Republikaner dieſer unſerer Zeit iſt auch der beſte Menſch immer noch grauſam gegen irgend etwas. Aber der gute Alain! Er, der, wie der Onkel Tobias Sternes, eine Fliege, die ihn zwanzigmal geſtochen hatte, nicht töten konnte. Und dieſe edle Seele war von Reue gefoltert!

Dieſe Überlegung füllte die Pauſe aus, die der Greis nach den Worten: „Hören Sie mich an!" machte, während er ſein Kiſſen Gottfried unter die Füße ſchob, damit er es mit ihm teile.

„Ich war damals etwas über dreißig Jahre alt", ſagte er, „es war im Jahre 98, wie mir erinnerlich iſt, eine Zeit, wo junge Leute die Erfahrung Sechzigjähriger haben mußten. Eines Morgens um neun Uhr, kurz vor meinem Frühſtück, meldet mir meine alte Wirtſchafterin einen der wenigen Freunde, die ich mir inmitten der Revolutionsſtürme noch erhalten hatte. Mein erſtes Wort war daher, ihn zum Frühſtück einzuladen. Mein Freund, er hieß Mongenod, ein junger Mann von achtundzwanzig Jahren, nahm an, aber ſichtlich bedrückt; ich hatte ihn ſeit dem Jahre 1793 nicht geſehen ..."

„Mongenod? ..." rief Gottfried aus, „der ..."

„Wenn Sie das Ende vor dem Anfang erfahren wollen," bemerkte der Alte lächelnd, „wie ſoll ich Ihnen dann meine Geſchichte erzählen?"

Gottfried machte ein Zeichen, das abſolutes Stillſchweigen verſprach.

„Als Mongenod ſich geſetzt hatte," fuhr der gute Alain fort, „bemerkte ich, daß ſeine Schuhe furchtbar abgenutzt waren. Seine getüpfelten Strümpfe waren ſo oft gewaſchen worden, daß ich ſie nur mit Mühe als ſeidene erkennen konnte. Sein aprikoſenfarbenes Kaſchmirbeinkleid, das jede Friſche verloren hatte, zeigte, wie lange es getragen war, was noch durch die verblichene Farbe an den am meiſten gefährdeten Stellen bezeugt wurde, und die Schnallen ſchienen mir, ſtatt von Stahl, von gewöhnlichem Eiſen zu ſein; die der Schuhe zeigten das gleiche Metall. Seine weiße geblümte Weſte, die vom Tragen gelb geworden, wie ſein Hemd, deſſen ſteifes Jabot zerknittert war, verrieten ein ſchreckliches, aber verheimlichtes Elend. Das Ausſehen ſeiner Huppelande (ſo nannte man damals einen Überzieher mit nur einem Kragen, nach Art eines Mantels à la Criſpin) vollendete bei mir den Eindruck, daß mein Freund ins Unglück geraten war. Dieſer außerordentlich ſchäbige Mantel von nußbraunem Tuch, der aufs peinlichſte abgebürſtet war, hatte einen von

Pomade oder Puder befleckten Kragen und rot gewordene Metallknöpfe. Der ganze ſchäbige Anzug war ſo jammervoll, daß ich ihn nicht länger zu betrachten wagte. Sein Klapphut, eine Art halbrunder Filz, den man damals nicht auf dem Kopf, ſondern unter dem Arm zu tragen pflegte, mußte ſchon mehrere Regierungen erlebt haben. Trotzdem mußte mein Freund eben einige Sous bei einem Barbier ausgegeben haben, denn er war friſch raſiert. Und ſein Haar, hinten zuſammengenommen, mit einem Kamm feſtgehalten und ſtark gepudert, roch nach Pomade. Ich nahm auch zwei parallele Uhrketten aus matt gewordenem Stahl an ſeiner Hoſe wahr, aber keine Spur einer Taſchenuhr an ſeiner Weſtentaſche. Es war Winter, und Mongenod beſaß keinen warmen Mantel, denn mehrere dicke Tropfen von geſchmolzenem und von den Dächern, an denen er entlang gegangen ſein mußte, herabgefallenem Schnee rannen von dem Kragen ſeiner Huppelande herunter. Als er ſeine Handſchuhe von Kaninchenfell auszog, ſah ich au ſeiner rechten Hand die Spuren von Arbeit, aber von mühſeliger Arbeit. Sein Vater, Advokat beim Großen Rat, hatte ihm einiges Vermögen hinterlaſſen, das ihm eine Rente von fünf bis ſechstauſend Franken abwarf. Ich begriff ſofort, daß Mongenod gekommen war, um mich anzuborgen. Ich beſaß in einem Verſteck zweihundert Louisdor, eine für die damalige Zeit enorme Summe, denn ſie betrug ich weiß nicht wie viele hunderttauſend Franken Aſſignaten. Mongenod und ich hatten dieſelbe Schule beſucht, bei den Grassins, und uns dann bei demſelben Anwalt wiedergefunden, einem ehrenwerten Manne, dem guten Bordin. Wenn man ſeine Jugend mit einem Kameraden zuſammen verbracht und die gleichen Jugendtorheiten gemacht hat, ſo entſteht eine nahe, faſt geheiligte Sympathie zwiſchen ihm und uns, ſeine Stimme, ſein Blick ſchlagen gewiſſe Saiten in unſerm Herzen an, die nur unter dem Eindruck der dabei wiedererwachenden Erinnerungen erklingen. Wenn man auch Grund zur Klage über einen ſolchen Kameraden hat, ſo ſind damit doch noch nicht alle Freundſchaftsrechte verjährt. Aber es hatte zwiſchen uns auch nicht die geringſte Entzweiung ſtattgefunden. Beim Tode ſeines Vaters im Jahre 1787 war Mongenod reicher als ich; wenn ich auch nie etwas von ihm geliehen hatte; ſo hatte ich ihm doch gewiſſe Annehmlichkeiten zu verdanken, die die väterliche Strenge mir verſagte. Ohne meinen freigebigen Kameraden hätte ich die erſte Vorſtellung von ‚Figaros Hochzeit' nicht ſehen können. Mongenod war damals, was man einen ſcharmanten Kavalier nannte, er hatte auch galante Abenteuer; ich hatte an ihm zu tadeln, daß er zu leicht Freundſchaft ſchloß und zu entgegenkommend war; ſeine Börſe ſtand andern zu leicht offen, er lebte auf großem Fuße, er hätte jedem als Sekundant gedient, den er nur zweimal geſehen hatte . . . — Ach, Sie haben mich da auf die Wege meiner Jugend zurückgelockt", rief der gute Alain aus, ſah Gottfried luſtig lächelnd an und machte eine Pauſe.

„Sind ſie mir deshalb böſe?" ſagte Gottfried.

„Ach nein! Aber an der Ausführlichkeit meiner Erzählung können Sie ſehen, welche Rolle dieſes Ereignis in meinem Leben geſpielt hat . . . Mongenod, ein vortreffliches Herz und ein mutiger Mann, ein wenig Voltairianer, war geſchaffen, als vornehmer Herr aufzutreten", fuhr Alain in ſeiner Erzählung fort; „ſeine Erziehung bei den Graſſins, wo er mit adligen Kameraden zusammen aufwuchs, und seine galanten Beziehungen hatten ihm das abgeschliffene Auftreten der Leute, die man damals Aristokraten nannte, beigebracht. Sie können sich daher vorstellen, wie groß meine Überraschung war, als ich nun bei ihm alle Anzeichen eines Elends wahrnahm, die den jungen eleganten Mongenod von 1787 so verändert erscheinen ließen, sobald meine Blicke sich von seinem Gesicht auf seine Kleidung richteten. Da aber in dieser unseligen Zeit manche schlauen Menschen äußerlich elend auftraten und genügend Gründe für andere vorlagen, sich zu verkleiden, so erwartete ich eine Aufklärung, die ich direkt erbat. ‚Wie siehst du denn aus, mein bester Mongenod?' sagte ich und nahm eine Prise Tabak, die er mir in einer Tabaksdose aus nachgemachtem Gold anbot. ‚Sehr traurig', erwiderte er. ‚Es ist mir nur noch ein Freund geblieben ... und dieser Freund bist du. Ich habe alles versucht, um diesen Schritt zu vermeiden, aber ich komme jetzt, um hundert Louisdor von dir zu verlangen. Das ist eine große Summe', sagte er, als er mein Erstaunen bemerkte; ‚aber wenn du mir nur fünfzig geben würdest, so wäre ich außerstande, sie dir jemals zurückzugeben, während, wenn mir das, was ich vorhabe, mißglückt, mir immer noch fünfzig Louisdor bleiben, um mein Glück auf einem andern Wege zu versuchen; ich weiß augenblicklich noch nicht, was die Verzweiflung mir dann anraten wird.' ‚Du hast nichts mehr?' fragte ich. ‚Ich besitze noch', bemerkte er, indem er eine Träne zurückdrängte, ‚fünf Sous, die ich auf mein letztes Geldstück herausbekommen habe. Um bei dir erscheinen zu können, habe ich mir die Stiefel putzen und mich frisieren lassen. Ich besitze nur das, was ich an mir trage. Aber‘, fuhr er fort und machte eine Bewegung, ‚ich ſchulde meiner Wirtin tauſend Taler Aſſignaten, und unſer Garkoch gibt mir ſeit geſtern keinen Kredit mehr. Ich bin alſo ohne jedes Hilfsmittel.‘ ‚Und was gedenkſt du zu tun?‘ ſagte ich, mich ſchon in Dinge einmiſchend, die er allein zu entſcheiden hatte. ‚Mich als Soldat anwerben zu laſſen, wenn du mir meine Bitte abſchlägſt.‘ ‚Du Soldat, du, Mongenod?‘ ‚Ich werde fallen oder der General Mongenod werden.‘ —‚Nun‘, ſagte ich tiefbewegt, ‚frühſtücke in Ruhe mit mir, ich bin im Beſitze von hundert Louisdor . . .‘ Ich hielt es hierbei“, ſagte der Biedermann mit einem ſchlauen Blick auf Gottfried, „für nötig, als Darleiher ein bißchen zu lügen.

‚Das iſt alles, was ich auf der Welt beſitze‘, ſagte ich zu Mongenod, ‚ich wartete auf den Moment, wo die Staatsanleihen ſo tief als möglich ſtänden, um dieſes Geld darin anzulegen; aber ich will es dir übergeben, und du wirſt mich als deinen Sozius anſehen, ich überlaſſe es deiner Rechtſchaffenheit, wann und wo du mir das Ganze zurückgeben wirſt. Das Gewiſſen eines Ehrenmannes‘, fuhr ich fort, ‚iſt das ſicherſte Staatsſchuldenbuch.‘ Mongenod ſah mich bei dieſen Worten ſtarr an und ſchien ſie in ſein Herz einzugraben. Er ſtreckte ſeine rechte Hand aus, ich legte meine Linke hinein, und wir drückten uns die Hände, ich tiefbewegt, er, ohne diesmal zwei dicke Tränen zurückzuhalten, die an ſeinen abgezehrten Wangen herabrannen. Der Anblick dieſer Tränen zerriß mir das Herz. Ich wurde noch mehr ergriffen, als Mongenod in dieſem Augenblick, alles vergeſſend, ein ſchlechtes, ganz zerriſſenes indiſches Taſchentuch herauszog, um ſich die Augen abzutrocknen. — ‚Bleib hier‘, ſagte ich zu ihm und ging eilig zu meinem Verſteck, ſo tiefbewegt, als ob ich eine Frau mir ihre Liebe hätte geſtehen hören. Und ich kam zurück mit zwei Goldrollen, jede zu fünfzig Louisdor. — ‚Hier, zähl ſie nach ...‘ Er wollte ſie nicht zählen und blickte um ſich, um ein Schreibzeug zu ſuchen und mir, wie er ſagte, eine Quittung auszuſtellen. Ich weigerte mich rundweg, irgendein Schriftſtück an mich zu nehmen. — ‚Wenn ich ſterben ſollte‘, ſagte ich zu ihm, ‚würden meine Erben dich drängen. Das muß unter uns bleiben.‘ Als er ſah, was er für einen Freund an mir beſaß, verſchwand der Ausdruck von Kummer und Angſt auf Mongenods Geſicht, und er wurde heiter. Meine Wirtſchafterin ſervierte uns Auſtern, Weißwein, eine Omelette, geröſtete Nieren, den Reſt einer Paſtete aus Chartres, die meine alte Mutter mir geſchickt hatte, dann den Nachtiſch, Kaffee und Inſelliköre. Mongenod, der ſeit zwei Tagen nichts gegeſſen hatte, lebte wieder auf. Wir ſprachen über unſer Leben vor der Revolution und blieben bis drei Uhr nachmittags bei Tiſche als die beſten Freunde von der Welt ſitzen. Mongenod erzählte mir, wie er ſein Vermögen verloren hatte. Zuerſt hatte ihm die Verkürzung der ſtädtiſchen Renten zwei Drittel ſeines Einkommens genommen, denn ſein Vater hatte den größten Teil ſeines Vermögens in Stadtanleihen angelegt; dann, nachdem er ſein Haus in der Rue de Savoie verkauft hatte, war er gezwungen worden, den Preis in Aſſignaten entgegenzunehmen; er hatte ſich damals in den Kopf geſetzt, eine Zeitung herauszugeben, ‚Die Schildwache‘, nach deren ſechsmonatigem Erſcheinen er genötigt war, zu fliehen. Jetzt ſetzte er ſeine ganze Hoffnung auf eine komiſche Oper, betitelt ‚Die Peruaner'. Dieſes letzte Bekenntnis ließ mich erzittern. Mongenod als Theaterdichter, der vorher ſein Geld in ſeiner ‚Schildwache' begraben hatte und jetzt ſicherlich beim Theater lebte, in Beziehungen zu den Sängern des Theaters Feydeau, mit Muſikern und der eigenartigen Geſellſchaft, die ſich hinter dem Vorhang verbirgt, ſchien mir nicht mehr derſelbe Mongenod zu ſein. Ich empfand ein leichtes Fröſteln. Aber wie ſollte ich meine hundert Louisdor wieder zurücknehmen? Ich ſah die beiden Rollen in jeder Taſche ſeiner Hoſe ſtecken wie zwei Piſtolenläufe. Mongenod entfernte ſich. Als ich mich allein ſah, nicht mehr vor dem Bilde dieſes bitteren, furchtbaren Elends, mußte ich gegen meinen Willen Erwägungen anſtellen, indem ich nüchtern wurde: ‚Mongenod', dachte ich jetzt, ‚iſt ſicher tief verdorben, er hat mir eine Komödie vorgeſpielt.' Seine Fröhlichkeit, als er geſehen hatte, wie ich ihm gutmütig eine ſo rieſige Summe gab, ſchien mir der Freude der Diener im Luſtſpiel zu gleichen, die irgendeinen Geronte erwiſcht haben. Ich endete damit, womit ich hätte anfangen ſollen, ich beſchloß, Erkundigungen über meinen Freund Mongenod einzuziehen, der mir ſeine Adreſſe auf die Rückſeite einer Spielkarte geſchrieben hatte. Aus Zartgefühl wollte ich ihn nicht ſchon am nächſten Tage aufſuchen; er hätte in meiner Eile ein Zeichen von Mißtrauen ſehen können. Zwei Tage ſpäter nahmen andere Sorgen mich völlig in Anſpruch, und erſt nach vierzehn Tagen begab ich mich, da ich Mongenod nicht mehr zu ſehen bekommen hatte, eines Morgens aus dem Croix-Rouge, wo ich wohnte, nach ſeiner Wohnung in der Rue des Moineaux. Mongenod hauſte in einem möblierten Hauſe unterſter Sorte.

deſſen Vermieterin eine ſehr anſtändige Frau war, die Witwe eines Generalpächters, der auf dem Schafott geendet hatte, die, vollſtändig ruiniert, mit einigen Louisdor ſich dem ausſichtsreichen Gewerbe einer Zimmermieterin zugewendet hatte. Sie hat ſeitdem ſieben Häuſer im Viertel Saint-Roch innegehabt und ein Vermögen erworben. — ‚Der Bürger Mongenod iſt nicht anweſend,‘ ſagte mir die Dame, ‚aber es ſind Leute bei ihm oben‘. Dieſe Äußerung erregte meine Neugierde. Ich ſtieg in das fünfte Stockwerk hinauf. Eine reizende Perſon öffnete mir die Tür! . . . Oh, eine junge Perſon von wunderbarſter Schönheit, die ziemlich argwöhniſch auf der Schwelle der halb geöffneten Tür verharrte. ‚Ich bin Alain, Mongenods Freund‘, ſagte ich. Sogleich öffnet ſich die Tür völlig, und ich trete in eine abſcheuliche Bodenkammer ein, die aber trotzdem von der jungen Perſon ſehr ſauber gehalten war. Sie ſchiebt mir einen Stuhl vor einen Kamin voller Aſche, aber ohne Feuer, in deſſen Winkel ich eine gewöhnliche irdene Wärmpfanne erblicke. Es war eiſig kalt. ‚Ich bin ſehr glücklich, mein Herr‘, ſagte ſie, ergriff meine Hand und drückte ſie liebevoll, ‚daß ich Ihnen meine Dankbarkeit bezeugen kann, denn Sie ſind unſer Retter. Ohne Sie hätte ich Mongenod vielleicht nie wiedergeſehen . . . Er hätte ſich . . . ach! . . . ins Waſſer geſtürzt. Er war in Verzweiflung, als er Sie aufſuchen ging . . .‘ Als ich die junge Perſon genauer betrachtete, war ich ziemlich erſtaunt darüber, daß ſie rings um den Kopf einen Schal trug und daß am Hinterkopf und an den Schläfen ein dunkler Schatten erſchien; als ich näher hinſah, entdeckte ich, daß ihr Haupt geſchoren war. ‚Sind Sie leidend?‘ fragte ich mit Bezug auf dieſes ſeltſame Ausſehen.

‚Jawohl' bemerkte ſie haſtig, ‚ich hatte furchtbare Kopfſchmerzen, und war genötigt, mein ſchönes Haar, das mir bis auf die Hacken reichte, abzuschneiden.' ‚Habe ich die Ehre, mit Frau Mongenod zu ſprechen?, fragte ich. ‚Jawohl, mein Herr', erwiderte ſie und warf mir einen wahren Engelsblick zu. Ich empfahl mich der armen kleinen Frau und ging hinunter, um die Hauswirtin auszuforſchen, aber dieſe war weggegangen. Ich hatte den Eindruck, daß die junge Frau ihr Haar hatte verkaufen müſſen, um Brot anzuſchaffen. Stehenden Fußes ging ich zu einem Holzhändler und ſchickte ihr eine halbe Klafter Holz, wobei ich den Träger und die Holzſchneider bat, der kleinen Frau eine quittierte, auf den Namen des Bürgers Mongenod ausgeſtellte Quittung zu übergeben. —
Hier endet die Periode deſſen, was ich lange Zeit hindurch ‚meine' Dummheit genannt habe", ſagte der gute Alain, faltete die Hände und erhob ſie ein wenig, als wollte er mit dieſer Bewegung ſeine Reue ausdrücken.

Gottfried konnte ein Lächeln nicht unterdrücken, aber dieſes Lächeln beruhte, wie man ſehen wird, auf einem großen Irrtum.

„Zwei Tage darauf", fuhr der gute Alte fort, „begegnete ich einer von den Perſonen, die Einem weder befreundet noch gleichgültig ſind, zu denen man entfernte Beziehungen hat, die man eben ‚eine Bekanntſchaft' nennt, einen Herrn Barillaud, der ſich bei der zufälligen Erwähnung der ‚Peruaner' als Freund des Autors bezeichnete. ‚Du kennſt den Bürger Mongenod?' ſagte ich.

„Damals waren wir alle verpflichtet, uns zu duzen", bemerkte Alain in Parentheſe.

„Dieser Bürger sah mich an“, nahm Alain seine Erzählung wieder auf, „und rief: ‚Ich wollte, ich hätte ihn nie gekannt, denn er hat wiederholt Geld von mir entliehen und bezeigt mir Freundschaft genug, um es mir nicht wiederzugeben. Das ist ein merkwürdiger Kerl, ein guter Junge, aber voller Illusionen! . . . Oh, er besitzt eine glühende Einbildungskraft. Ich will ihm Gerechtigkeit widerfahren lassen: er hat nicht die Absicht, zu betrügen; aber da er sich selbst über alles täuscht, kommt er schließlich dazu, sich wie ein Betrüger aufzuführen.‘ ‚Aber wieviel schuldet er dir denn?‘ ‚Ach, etliche hundert Taler . . . Er ist ein Verschwender. Niemand weiß, wo sein Geld hinkommt, vielleicht weiß er es selbst nicht.‘ ‚Besitzt er Hilfsquellen?‘ ‚Oh ja‘, sagte Barillaud lachend. ‚Augenblicklich spricht er davon, daß er Ländereien bei den Wilden in den Vereinigten Staaten kaufen will.‘ Ich trug diesen Tropfen Essig, den die üble Nachrede mir eingeträufelt hatte, mit mir fort und ließ alle meine guten Vorsätze davon anfressen. Ich suchte meinen alten Chef auf, um seinen Rat einzuholen. Kaum hatte ich ihm das Geheimnis meiner Geldleihe an Mongenod und die Art, wie ich dabei verfahren war, mitgeteilt, so rief er aus: ‚Was! Einer von meinen Gehilfen bekommt so etwas fertig? Sie hätten das doch auf den nächsten Tag hinausschieben und zu mir kommen müssen. Da hätten Sie erfahren, daß ich Mongenod nicht mehr empfange. Schon seit einem Jahre hat er von mir mehr als hundert Taler in Silber entliehen, einen enormen Betrag! Und drei Tage, bevor er Sie zu diesem Frühstück besuchte, ist er mir auf der Straße begegnet und hat mir sein Elend mit so erschütternden Worten geschildert, daß ich ihm zwei

Louisdor gegeben habe!' ,Wenn ich das Opfer eines geſchickten Komödianten geworden bin, um ſo ſchlimmer für ihn, nicht für mich', ſagte ich. ,Aber was ſoll ich nun tun?' ,Wenigſtens müſſen Sie von ihm ein Anerkenntnis bekommen, denn ein Schuldner, wie faul er auch ſein mag, kann einmal wieder fein werden, und dann erhält man ſein Geld wieder.' Daraufhin holte Bordin aus einer Mappe ſeines Schreibtiſches einen Umſchlag, auf dem der Name Mongenod ſtand, und zeigte mir drei Empfangsbeſcheinigungen, jede über hundert Franken. ,Sobald er wiederkommt, werde ich die Zinſen hinzurechnen, die zwei Louisdor, die ich ihm gegeben habe, und das, worum er mich noch bitten wird; dann muß er mir über alles eine Beſcheinigung ausſtellen mit dem Anerkenntnis, daß die Zinſen vom Tage des Leihens ab laufen. So iſt die Sache wenigſtens ordnungsmäßig, und ich habe die Möglichkeit, wieder einmal zu meinem Gelde zu kommen.' ,Könnten Sie nicht', ſagte ich zu Bordin, ,meine Sache ebenſo ordnen? Sie ſind ein Ehrenmann, und was Sie machen, iſt richtig.' ,Auf dieſe Weiſe bleibt man Herr des Schlachtfeldes', erwiderte mir der frühere Anwalt. ,Wenn man ſo handelt, wie Sie es getan haben, iſt man einem Menſchen ausgeliefert, der ſich über Sie luſtig machen kann. Ich will aber nicht, daß man ſich über mich luſtig mache! Einen früheren Anwalt am Châtelet zum Narren halten!... Unſinn! Jeder Menſch, dem Sie Geld borgen, wie Sie es unbedacht Ihrem Mongenod geliehen haben, glaubt nach Verlauf einer gewiſſen Zeit, daß es ihm gehöre. Es iſt nicht mehr Ihr Geld, ſondern ſein Geld, und Sie werden ſein Gläubiger, alſo ein unbequemer Mann. Der Schuldner ſucht ſich dann Ihrer zu entledigen, indem er ſich mit ſeinem Gewiſſen abfindet; und fünfundſiebzig von hundert ſolchen Menſchen werden ſich bemühen, Ihnen für den Reſt ihrer Tage nicht wieder zu begegnen . . .' ‚Sie meinen alſo, daß es unter hundert Menſchen nur fünfundzwanzig anſtändige gibt?' ‚Habe ich ſo viele geſagt?' bemerkte er mit boshaftem Lächeln. ‚Das iſt viel.' Vierzehn Tage ſpäter erhielt ich einen Brief, in dem Bordin mich bat, zu ihm zu kommen, um meine Papiere in Empfang zu nehmen. Ich ging zu ihm. ‚Ich habe verſucht, Ihnen fünfzig Louisdor wieder zurückzuholen,' ſagte er zu mir (ich hatte ihm meine Unterhaltung mit Mongenod mitgeteilt). ‚Aber die Vögel ſind davongeflogen. Sagen Sie Ihren Goldſtücken Lebewohl! Ihre Kanarienvögel ſind nach wärmeren Gegenden gezogen. Wir haben es mit einem Schwindler zu tun. Hat er nicht mir gegenüber behauptet, daß ſeine Frau und ſein Schwiegervater nach den Vereinigten Staaten gegangen ſind, um dort mit ſechzig von Ihren Louisdor Grundſtücke zu kaufen, und daß er dort mit ihnen zuſammenzutreffen gedenke, das heißt alſo, um ein Vermögen zu erwerben und dann zurückzukommen, um ſeine Schulden zu bezahlen, deren vollſtändiges ordnungsmäßiges Verzeichnis er mir übergeben hat, mit der Bitte, ihn wiſſen zu laſſen, was aus ſeinen Gläubigern inzwiſchen geworden iſt. Hier iſt das genaue Verzeichnis', ſagte Bordin und zeigte mir einen Umſchlag, auf dem die Geſamtſumme angegeben war: ‚Siebzehntauſend Franken in Silber,' ſagte er, ‚eine Summe, für die man ein Haus haben kann, das eine Rente von zweitauſend Talern abwirft!' Und nachdem er das Aktenſtück wieder verwahrt hatte, übergab er mir einen Wechsel über den Betrag von hundert Louisdors, umgerechnet in Assignaten, nebst einem Briefe, in dem Mongenod anerkannte, hundert Louisdors in Gold empfangen zu haben und mir auch deren Zinsen zu schulden. – ‚Meine Sache ist also in Ordnung‘, sagte ich zu Bordin. ‚Er kann Ihnen die Schuld nicht ableugnen,‘ erwiderte mein ehemaliger Chef; ‚aber wo nichts ist, da hat der König, das heißt das Direktorium, sein Recht verloren.‘ Nach diesen Worten entfernte ich mich. In dem Glauben, in einer Weise, die der Strafbarkeit nicht unterliegt, bestohlen worden zu sein, entzog ich Mongenod meine Achtung und tröstete mich recht philosophisch.

Wenn ich solches Gewicht auf diese so gewöhnlichen und anscheinend so unerheblichen Einzelheiten lege, so geschieht das nicht ohne Absicht," fuhr der Biedermann fort und sah Gottfried an; „ich versuche, Ihnen zu erklären, weshalb ich dazu veranlaßt wurde, so wie die Mehrzahl der Menschen zu handeln, auf gut Glück und unter Verachtung der Grundsätze, die selbst die Wilden bei den unbedeutendsten Dingen beobachten. Viele Leute würden sich damit rechtfertigen, daß sie sich auf einen würdigen Mann wie Bordin berufen; aber heute finde ich keine Entschuldigung dafür. Wenn es sich darum handelt, einen unseresgleichen zu verdammen und ihm für immer unsere Achtung zu entziehen, darf man sich nur auf sich selbst berufen, und auch das kaum! ... Dürfen wir aus unserm Herzen ein Tribunal machen, vor das wir unsern Nächsten laden? Auf Grund welchen Gesetzes? Und nach welchem Bewertungsmaßstab? Was bei uns Schwäche ist, ist das nicht Stärke bei unseren Nachbarn? So viele Wesen, so viele verschiedene Maßstäbe für jede Tatsache, denn es gibt nicht zwei gleiche Geschehnisse innerhalb der Menschheit. Die Gesellschaft allein hat das Recht der Unterdrückung gegenüber ihren Gliedern; denn das Recht zur Bestrafung bestreite ich ihr: Unterdrücken genügt, und auch das bringt noch Grausamkeit genug mit sich. Als ich diese Ansichten eines Pariser Kindes hörte und dabei die Klugheit meines früheren Chefs bewunderte, verurteilte ich also Mongenod", fuhr Alain in seiner Geschichte fort, nachdem er seine edlen Folgerungen daraus gezogen hatte. „Man kündigte die Aufführung der ‚Peruaner' an. Ich erwartete, von Mongenod eine Eintrittskarte für die erste Vorstellung zu erhalten; ich maßte mir eine Art von Oberherrlichkeit über ihn an. Mein Freund erschien mir, weil er Geld von mir geliehen hatte, wie eine Art von Vasall, der mir eine Menge von Dingen schuldete, abgesehen von den Zinsen meines Geldes. So pflegen wir zu handeln! Mongenod sandte mir nun nicht nur keine Eintrittskarte, sondern ich sah ihn auch von weitem in der dunklen Passage unter dem Theater Feydeau, gut, beinahe elegant gekleidet; er tat, als ob er mich nicht bemerkt hätte; dann, als er mich überholt hatte, und ich ihm nacheilen wollte, war mein Schuldner in einer Querpassage verschwunden. Dieser Umstand ärgerte mich sehr. Und mein Ärger wurde, fern davon, zu verschwinden, mit der Zeit noch größer, und zwar deshalb: Einige Tage nach dieser Begegnung schrieb ich an Mongenod etwa folgende Zeilen: ‚Lieber Freund, Sie dürfen nicht annehmen, daß alles Gute und Schlimme, was Ihnen passiert, mir gleichgültig ist. Sind Sie mit dem Erfolg der ‚Peruaner' zufrieden? Sie haben mich, was Ihr Recht war, bei der ersten Vorstellung, wo ich lebhaft geklatscht haben würde, vergessen. Wie dem auch sei, ich wünsche, daß Sie ein Peru finden möchten, denn ich habe jetzt eine Gelegenheit für die Anlage meines Geldes gefunden und rechne auf Sie am Verfalltage. Ihr Freund Alain.' Nachdem ich vierzehn Tage ohne eine Antwort hierauf geblieben war, begab ich mich nach der Rue des Moineaux. Die Wirtin teilte mir mit, daß die kleine Frau tatsächlich mit ihrem Vater zu der Zeit, die Mongenod Bordin angegeben hatte, abgereist war. Mongenod verlasse seine Dachkammer früh sehr zeitig und komme erst spät in der Nacht heim. So vergingen weitere vierzehn Tage, dann schrieb ich folgenden neuen Brief an Mongenod: ‚Mein lieber Mongenod, ich sehe Sie nicht, und Sie antworten nicht auf meine Briefe; ich verstehe Ihr Verhalten nicht. Was würden Sie von mir denken, wenn ich mich so gegen Sie benähme?'. Ich unterschrieb nicht mehr: ‚Ihr Freund', sondern nur: ‚Viele Grüße'. Ein Monat verging, ohne daß ich irgendeine Nachricht von Mongenod erhielt. Die ‚Peruaner' hatten nicht den großen Erfolg gehabt, auf den Mongenod gerechnet hatte. Ich ging auf meine Kosten zur zwanzigsten Aufführung, es war wenig Publikum da. Frau Scio spielte gleichwohl vortrefflich. Im Foyer erzählte man mir, daß das Stück nur noch einige Male gegeben werden würde. Siebenmal zu verschiedenen Zeiten ging ich zu Mongenod, ohne ihn anzutreffen, und jedesmal hinterließ ich meinen Namen bei seiner Wirtin. Dann schrieb ich ihm: ‚Mein Herr, wenn Sie nicht auch noch meine Achtung einbüßen wollen, nachdem Sie meine Freundschaft eingebüßt haben, dann werden

Sie mich jetzt wie einen Fremden behandeln, das heißt mit Höflichkeit, und mir mitteilen, ob Sie in der Lage sind, Ihren Wechsel einzulösen. Ich werde mich entsprechend Ihrer Antwort hierauf verhalten. Ihr ergebener Alain.' — Keine Antwort. Wir schrieben damals 1799; in zwei Monaten wäre bereits ein Jahr verflossen gewesen. Am Verfalltage suchte ich Bordin auf. Bordin nahm den Wechsel an sich, ließ ihn protestieren und einklagen. Die unglücklichen Feldzüge der französischen Armeen hatten die Kurse derart herabgedrückt, daß man die Fünffrankenrente für sieben Franken kaufen konnte. Für die hundert Louisdor in Gold hätte ich also fast fünfzehnhundert Franken Rente haben können. Alle Morgen, wenn ich meinen Kaffee trank, sagte ich beim Lesen der Zeitung: ,Verdammter Mongenod! Ohne ihn hätte ich jetzt tausend Taler Rente gehabt!' Mongenod war mein Sündenbock geworden, ich wetterte gegen ihn, wenn ich durch die Straßen ging. — ,Bordin ist ja da,' sagte ich mir, ,er wird ihn schon fassen, und das geschieht ihm recht!' Mein Haß entlud sich in Verwünschungen, ich verfluchte diesen Menschen und dichtete ihm alle Laster an. Oh, Herr Berillaud hatte ganz recht mit allem, was er mir über ihn gesagt hatte. Endlich eines Morgens sehe ich meinen Schuldner hereintreten, nicht verlegener, als wenn er mir keinen Centime geschuldet hätte; als ich ihn so sah, empfand ich all die Scham, die er hätte fühlen müssen. Ich war wie ein auf frischer Tat ertappter Verbrecher. Mir war übel zumute. Der 18. Brumaire war gewesen, alles ging vortrefflich, die Staatspapiere stiegen. Bonaparte war abgereist, um die Schlacht von Marengo zu schlagen. — ,Es ist bedauerlich, mein Herr,' sagte ich zu Mongenod, den ich ſtehend empfing, ‚daß ich Ihren Beſuch nur dem Drängen des Gerichtsvollziehers zu verdanken habe.‘ Mongenod nahm einen Stuhl und ſetzte ſich. ‚Ich komme, um dir mitzuteilen,‘ antwortete er, ‚daß ich außerſtande bin, dich zu bezahlen.‘ ‚Sie haben es mir unmöglich gemacht, mein Geld vor der Rückkehr des Erſten Konſuls anzulegen, zu einer Zeit, wo ich mir damit ein kleines Vermögen geſchaffen hätte . . .‘ ‚Das weiß ich, Alain,‘ ſagte er, ‚das weiß ich. Aber was hat es für einen Zweck, mich zu verklagen und mich durch die mir auferlegten Koſten noch mehr mit Schulden zu belaſten? Ich habe Nachrichten von meinem Schwiegervater und meiner Frau erhalten, ſie haben Grundſtücke gekauft und mir ein Verzeichnis der für ihre Einrichtung notwendigen Sachen geſchickt; ich habe alle meine Mittel für dieſe Anſchaffungen verwenden müſſen. Jetzt werde ich, ohne daß mich jemand daran hindern kann, auf einem holländiſchen Schiff in Vliſſingen, wohin ich alle meine geringe Habe geſandt habe, abfahren. Bonaparte hat die Schlacht bei Marengo gewonnen, der Frieden wird unterzeichnet werden, ich kann ohne Beſorgnis mich mit meiner Familie vereinigen, denn meine teure kleine Frau war bei ihrer Abreiſe ſchwanger.‘ ‚Sie haben mich alſo Ihren Intereſſen geopfert? . . .‘ ſagte ich. ‚Jawohl,‘ erwiderte er, ‚denn ich habe geglaubt, Sie ſeien mein Freund.‘ In dieſem Moment fühlte ich mich niedriger als Mongenod, ſo erhaben erſchien er mir, als er dieſes einfache und doch ſo bedeutungsvolle Wort ſprach. ‚Habe ich das Ihnen nicht geſagt?‘ fuhr er fort. ‚War ich nicht voller Offenherzigkeit gegen Sie, hier, an dieſer ſelben Stelle? Ich war zu Ihnen gekommen, Alain, als zu dem einzigen Menſchen, der mich verſtehen konnte. Fünfzig Louisdor, habe ich geſagt, würden verloren ſein; aber hundert würde ich Ihnen zurückgeben. Ich habe keinen Termin dafür genannt; konnte ich den Tag wiſſen, an dem mein langer Kampf mit dem Unglück enden würde? Sie waren mein letzter Freund. Alle meine andern Freunde, ſelbſt unſer alter Chef Bordin, verachteten mich, weil ich Geld von ihnen entliehen hatte. Oh, Sie kennen das furchtbare Gefühl nicht, Alain, das dem ehrenhaften Manne, der mit dem Unglück kämpft, das Herz zuſammenpreßt, wenn er zu jemandem um Hilfe bitten kommt! ... und alles, was ſich daraus ergibt! Ich wünſche Ihnen, daß Sie es niemals kennenlernen mögen, es iſt ſchauerlicher als die Todesangſt. Sie haben mir Briefe geſchrieben, die von meiner Seite in der gleichen Lage Ihnen ſehr gehäſſig erſchienen wären. Sie haben von mir Dinge erwartet, die für mich außerhalb jeder Möglichkeit lagen. Sie ſind der einzige, vor dem ich mich rechtfertigen will. Trotz Ihres ſcharfen Vorgehens und trotzdem Sie ſich aus einem Freunde in einen Gläubiger verwandelt hatten, damals, als Bordin ein Anerkenntnis für Sie von mir verlangte und ſo die edle Abmachung, die wir getroffen hatten, als wir uns die Hand drückten und unſere Tränen vereinigten, aufhob — trotzdem habe ich mir die Erinnerung an dieſen Morgen bewahrt. Und um dieſer Stunde willen bin ich hergekommen, um Ihnen zu ſagen: Sie kennen das Unglück nicht, darum erheben Sie keine Anklage! Ich hatte nicht eine Stunde, nicht eine Sekunde frei, um Ihnen zu ſchreiben und zu antworten! Vielleicht wünſchten Sie, daß ich käme, um Ihnen zu ſchmeicheln? ... Ebenſogut könnte man von einem Hasen, der auf der Flucht vor den Hunden und Jägern ermattet, verlangen, daß er sich in einer Lichtung ausruhen und Gras fressen soll! Ich habe Ihnen keine Eintrittskarte gesandt, nein; ich hatte nicht einmal so viele, um die Wünsche derjenigen, von denen mein Schicksal abhing, zu befriedigen. Ein Neuling beim Theater, wurde ich die Beute der Musiker, der Schauspieler, der Sänger, des Orchesters. Um abreisen und das, was meine Familie drüben braucht, kaufen zu können, habe ich die ‚Peruaner' dem Direktor verkauft mit noch zwei andern Stücken, die ich verfaßt hatte. Ich reise nach Holland ohne einen Sou in der Tasche; ich werde mich unterwegs von Brot ernähren, bis ich Vlissingen erreicht habe. Meine Überfahrt ist bezahlt, das ist alles. Ohne das Mitleid meiner Wirtin, die Vertrauen zu mir hat, wäre ich genötigt gewesen, die Reise zu Fuß zu machen, mit dem Ränzel auf dem Rücken. Trotzdem Sie also an mir zweifeln, bleibt Ihnen doch meine volle Dankbarkeit erhalten, denn ohne Sie hätte ich meinen Schwiegervater und meine Frau nicht nach New York schicken können. Nein ‚Herr' Alain, ich werde nicht vergessen, daß die hundert Louisdor, die Sie mir geliehen haben, heute eine Rente von fünfzehnhundert Franken bedeuten.' ‚Ich möchte Ihnen gern Glauben schenken, Mongenod', sagte ich, fast überzeugt durch den Ton, in dem er diese Erklärung vorgebracht hatte. ‚Oh, du sagst nicht mehr ‚Herr' zu mir', rief er lebhaft aus und blickte mich freundlich an. ‚Weiß Gott, ich würde Frankreich mit weniger Bedauern verlassen, wenn ich hier einen Menschen zurückließe, in dessen Augen ich nicht ein halber Betrüger, ein Verschwender, ein Mann bin, der Illusionen nachjagt. Mitten in meinem Elend habe ich einen Engel lieben dürfen. Ein Menſch, der wahrhaft liebt, Alain, iſt niemals ganz verächtlich ...' Nach dieſen Worten reichte ich ihm die Hand, er ergriff ſie und drückte ſie. ‚Möge der Himmel dich beſchützen!' ſagte ich. ‚Wir ſind alſo immer noch Freunde?' fragte er. ‚Jawohl', erwiderte ich. ‚Man ſoll von mir nicht ſagen, daß mein Spielkamerad und Jugendfreund mit meinem Zorn belaſtet nach Amerika gegangen iſt!' Mongenod umarmte mich und ſtürzte zur Tür hinaus. Als ich einige Tage ſpäter Bordin begegnete und ihm dieſes letzte Zuſammentreffen erzählte, ſagte er lächelnd: ‚Ich wünſchte, daß dies keine Theaterſzene war! ... Hat er nichts weiter von Ihnen verlangt?' ‚Nein', antwortete ich. ‚Er war auch bei mir, ich bin beinahe ebenſo ſchwach geweſen wie Sie, und er hat von mir ſo viel erbeten, daß er unterwegs zu leben hätte. Na, wir werden ja ſehen, was dabei herauskommen wird.' Dieſe Bemerkung Bordins ließ mich befürchten, daß ich in törichter Weiſe einer empfindſamen Regung nachgegeben hätte. ‚Aber,' ſagte ich mir, ‚auch er, der Anwalt, hat ja ebenſo gehandelt wie ich!' Ich halte es für überflüſſig, Ihnen auseinanderzuſetzen, auf welche Weiſe ich mein ganzes Vermögen verlor, ausgenommen meine andern hundert Louisdor, die ich ins Staatsſchuldbuch eintragen ließ, als der Kurs der Renten ſchon ſo hoch geſtiegen war, daß ich kaum fünfhundert Franken zum Leben hatte, als ich vierunddreißig Jahre alt war. Ich bekam dann auf Empfehlung Bordins eine Stelle bei dem Pfandleihamt in der Rue des Petits-Auguſtins mit achthundert Franken Gehalt. Ich mußte alſo ſehr beſcheiden leben. Ich mietete mir in der Rue des Marais im dritten Stock eine kleine Wohnung von zwei Zimmern und einer Kammer für zweihundertfünfzig Franken. Ich ſpeiſte in einer bürgerlichen Penſion für vierzig Franken im Monat. Abends verfertigte ich Abſchriften. Häßlich, wie ich war, und arm, mußte ich darauf verzichten, mich zu verheiraten."

Als er dieſe Bemerkung, die der gute Alain über ſich ſelbſt mit bewundernswerter Reſigniertheit machte, vernahm, entfuhr Gottfried eine Bewegung, die beſſer als eine Äußerung die Gleichheit ihres Geſchicks beſtätigte; der biedere Alte machte als Antwort auf dieſe ſprechende Geſte eine Pauſe und ſchien ein Wort von ſeinem Zuhörer zu erwarten.

„Sie ſind niemals geliebt worden?" fragte Gottfried.

„Niemals!" entgegnete er, „ausgenommen von Frau de la Chanterie, die uns alle mit derſelben Liebe umfaßt, die wir alle ihr entgegenbringen, einer Liebe, die ich eine himmliſche nennen möchte ... Sie haben ſich ja davon überzeugen können: wir leben ihr Leben, wie ſie das unſere lebt; und wenn auch keine ‚phyſiſchen', ſo ſind doch unſere Glücksgefühle nicht weniger warm, denn unſere Exiſtenz beruht allein auf dieſer Empfindung unſeres Herzens . . Was wollen Sie, mein Kind," fuhr er fort, „wenn die Frauen unſere moraliſchen Vorzüge zu würdigen vermögen, haben ſie mit der Außenwelt abgeſchloſſen und ſind alt geworden ... Ich habe viel gelitten, glauben Sie mir! ..."

„Ach, und ich desgleichen ..." ſagte Gottfried.

„Unter dem Kaiſerreich", nahm Alain ſeine Erzählung wieder auf und ſenkte den Kopf, „wurden die Zinſen nicht pünktlich bezahlt, man mußte damit rechnen, daß die Zahlungen eingeſtellt werden würden. Von 1802 bis 1814 verging keine einzige Woche, in der ich nicht Mongenod für meine Sorgen verantwortlich gemacht hätte. Ohne Mongenod, sagte ich mir, hätte ich mich verheiraten können. Ohne ihn hätte ich nicht unter Entbehrungen zu leiden brauchen. Manchmal aber sagte ich mir auch: Vielleicht wird der unglückliche Mann dort drüben vom Schicksal verfolgt! Im Jahre 1806, als ich an der Last des Lebens sehr schwer zu tragen hatte, schrieb ich ihm über Holland einen langen Brief. Ich erhielt keine Antwort und wartete drei Jahre, indem ich auf seine Antwort ständig meine Hoffnung setzte, die immer wieder getäuscht wurde. Endlich fand ich mich in mein Schicksal. Zu meinen fünfhundert Franken Rente, zu meinen zwölfhundert Franken Gehalt — es war aufgebessert worden — kam noch hinzu, daß ich Herrn Birotteau, dem Parfümhändler, die Bücher führte, was mir weitere fünfhundert Franken einbrachte. So konnte ich nicht nur existieren, sondern ich legte auch noch achthundert Franken jährlich beiseite. Zu Beginn des Jahres 1814 ließ ich neuntausend Franken Ersparnisse ins Staatsschuldbuch eintragen und hatte so sechzehnhundert Franken Rente für meine alten Tage sichergestellt. Ich bezog fünfzehnhundert Franken beim Pfandleihhause, sechshundert Franken für meine Buchführung, sechzehnhundert Franken Staatsrente, im ganzen dreitausendsiebenhundert Franken. Ich nahm mir eine Wohnung in der Rue de Seine und lebte nun etwas besser. Meine Stellung brachte mich in Beziehungen zu vielen Unglücklichen. Seit zwölf Jahren kannte ich besser als irgendein anderer das öffentliche Elend. Ein- oder zweimal konnte ich armen Leuten helfen. Ich empfand eine lebhafte Freude, wenn ich ſah, daß unter zehn ſolchen ſich ein bis zwei Familien wieder emporgearbeitet hatten. Ich kam auf den Gedanken, daß die wahre Wohltätigkeit nicht darin beſtehen dürfe, den Leidenden Geld hinzuwerfen. Die Mildtätigkeit im gewöhnlichen Sinne ſchien mir häufig eine Art Prämie für das Verbrechen zu ſein. Ich machte mich daran, dieſe Frage zu ſtudieren. Ich war damals fünfzig Jahre alt, und mein Leben neigte ſeinem Ende zu. Wozu bin ich noch gut? fragte ich mich. Wem ſoll ich mein Vermögen hinterlaſſen? Wenn ich mein Heim reicher ausſtatte, eine gute Köchin engagiere und ein bequemes geſichertes Leben führe, womit ſoll ich meine Zeit hinbringen? Elf Jahre Revolution und fünfzehn Jahre elenden Daſeins hatten die koſtbarſte Zeit meines Lebens verſchlungen und es in unfruchtbarer Arbeit aufgezehrt oder hatten einzig und allein zu ſeiner Friſtung gedient! Niemand kann ſich in ſolchem Alter aus einer dunklen und von der Not niedergedrückten Exiſtenz zu einer glänzenden Zukunft aufſchwingen; aber man kann ſich immer noch nützlich machen. Ich begriff endlich, daß eine ausgedehnte Überwachung, die mit gutem Rat beiſteht, den Wert des geſpendeten Geldes zu verzehnfachen vermag, denn die Unglücklichen bedürfen vor allem der Leitung; wenn man ſie an dem Ertrage der Arbeit, die ſie für andere machen, beteiligt, ſo fehlt es ihnen nicht an erfinderiſchem Geiſt. Einige gute Reſultate, die ich erzielte, machten mich ſehr ſtolz. Ich erblickte hierin zugleich ein Ziel und eine Beſchäftigung, nicht zu reden von dem köſtlichen Genuß, den das Vergnügen, im kleinen die Rolle der Vorſehung zu ſpielen, gewährt.“

„Und heute ſpielen Sie ſie im großen Stil? . . .“ fragte Gottfried lebhaft.

„Oh, Sie wollen alles wiſſen?“ ſagte der Alte; „ach nein. Würden Sie es glauben? . . .“ fuhr er nach einer Pauſe fort, „die Geringfügigkeit der Mittel, über die ich bei meinem kleinen Vermögen verfügen konnte, lenkte meine Gedanken wieder häufig auf Mongenod. Ohne Mongenod, ſagte ich mir, hätte ich viel mehr tun können. Wenn ein ſchlechter Menſch mir nicht fünfzehnhundert Franken Rente weggenommen hätte, dachte ich oft, ſo würde ich manche Familie retten können. Indem ich alſo meine Ohnmacht durch eine Anklage entſchuldigte, verwünſchten diejenigen, denen ich nur Worte als Troſt ſchenken konnte, Mongenod mit mir zuſammen. Dieſe Verwünſchungen erleichterten mir das Herz. Eines Morgens, im Januar 1816, meldet mir meine Wirtſchafterin . . . wen? Mongenod! Herrn Mongenod! Und wer erſcheint? . . . Die ſchöne, jetzt ſechsunddreißig Jahre alte Dame, begleitet von drei Kindern; dann Mongenod, jünger ausſehend als bei ſeiner Abreiſe; denn Reichtum und Glück breiten einen Strahlenkranz um ihre Günſtlinge. Mager, bleich, gelb, eingetrocknet war er abgereiſt, und ſtark, wohlgenährt, blühend wie ein Stiftsherr, gut gekleidet, kehrte er zurück. Er warf ſich in meine Arme, und als er bemerkte, daß ich ihn kühl empfing, waren ſeine erſten Worte: ‚Konnte ich früher kommen, lieber Freund? Die Meere ſind erſt ſeit 1815 wieder frei, ich brauchte auch anderthalb Jahre, um mein Vermögen flüſſig zu machen, meine Rechnungen abzuſchließen und ausſtehende Gelder einzuziehen. Ich habe Erfolg gehabt, mein Lieber! Als ich deinen Brief erhielt, im Jahre 1806, bin ich mit einem holländischen Schiffe abgefahren, um dir selbst mein kleines Vermögen zu bringen; aber infolge der Vereinigung Hollands mit dem französischen Kaiserreich haben mich die Engländer abgefangen und nach Jamaika transportiert, von wo ich nur durch einen Zufall entwichen bin. Nach New York zurückgekehrt, wurde ich das Opfer von Fallissements, denn während meiner Abwesenheit vermochte die arme Charlotte sich nicht vor Betrügern zu schützen. Ich war also gezwungen, mein Vermögen von neuem aufzubauen. Aber nun sind wir endlich wieder daheim. An der Art, wie meine Kinder dich anschauen, wirst du wohl merken, daß man ihnen häufig von dem Wohltäter der Familie erzählt hat!' ‚O ja, mein Herr,' sagte die schöne Frau Mongenod, ‚es ist kein Tag vergangen, an dem wir nicht Ihrer gedacht hätten. Bei allen Geschäften ist Ihr Anteil beiseite gelegt worden. Alle haben wir den beglückenden Augenblick herbeigesehnt, an dem wir Ihnen ein Vermögen anbieten können, ohne daß wir etwa glauben, dieser ‚Zehnte' könne jemals unsere schuldige Dankbarkeit wettmachen.' Nach diesen Worten überreichte mir Frau Mongenod die herrliche Kassette, die Sie hier sehen, in der sich hundertfünfzig Scheine zu tausend Franken befanden. — ‚Du hast viel gelitten, mein armer Alain, ich weiß es, aber wir ahnten deine Leiden und erschöpften uns in Plänen, wie wir das Geld dir übermitteln sollten, ohne daß es uns gelungen wäre,' fuhr Mongenod fort. ‚Du hast dich nicht verheiraten können, wie du mir gesagt hast; aber hier steht unsere älteste Tochter, sie ist in dem Gedanken erzogen worden, daß sie deine Frau werden soll, und sie besitzt eine Mitgift von fünfhunderttausend Franken ...' ,Gott behüte mich davor, daß ich sie unglücklich mache,' rief ich schnell aus und betrachtete das junge Mädchen, das ebenso schön war wie seine Mutter in ihrem Alter; und ich zog sie an mich und küßte sie auf die Stirn. ,Haben Sie keine Furcht, mein schönes Kind,' sagte ich zu ihr. ,Ein Mann von fünfzig Jahren und ein Mädchen von siebzehn! Und ein so häßlicher Mensch, wie ich, nein, niemals!' ,Mein Herr,' sagte sie, ,der Wohltäter meines Vaters wird in meinen Augen niemals häßlich sein.' Diese mit ehrlicher Freimütigkeit gesprochenen Worte ließen mich erkennen, daß alles, was Mongenod berichtet hatte, wahr war; ich reichte ihm die Hand, und wir umarmten uns nochmals. ,Mein lieber Freund,' sagte ich, ,ich habe dir unrecht getan, denn ich habe dich oft angeklagt und verwünscht ...' ,Das mußtest du auch, Alain', entgegnete er mir errötend; ,du littest, und durch meine Schuld ...' Ich zog nun aus einer Mappe Mongenods Akten und übergab ihm seinen Wechsel quittiert. ,Ihr werdet nun alle mit mir frühstücken,' sagte ich zu der Familie. ,Unter der Bedingung, daß du bei uns dinierst,' erwiderte Mongenod, ,sobald wir eine Wohnung haben; wir sind erst gestern angekommen. Wir wollen ein Haus kaufen, und ich will in Paris ein Bankhaus für Nordamerika errichten, um es diesem Jungen hier zu hinterlassen.' Dabei wies er auf seinen ältesten Sohn, der damals fünfzehn Jahre alt war. Den Rest des Tages verbrachten wir zusammen und gingen abends ins Theater, denn Mongenod und seine Familie waren heißhungrig danach. Am nächsten Tage ließ ich die Summe ins Staatsschuldbuch eintragen und hatte nun etwa fünfzehntausend

Franken Rente. Dieſes Vermögen erlaubte mir, auf das Buchführen am Abend zu verzichten und meine Stellung aufzugeben, zur großen Befriedigung der Supernumerare. Nach der Gründung des Bankhauſes Mongenod & Co., das bei den erſten Anleihen der Reſtaurationszeit enorme Gewinne machte, ſtarb mein Freund 1827 im Alter von dreiundſechzig Jahren. Seine Tochter, der er dann eine Mitgift von mehr als einer Million gab, heiratete den Vicomte de Fontaine. Der Sohn, den Sie kennen, iſt noch nicht verheiratet; er lebt mit ſeiner Mutter und ſeinem jüngeren Bruder zuſammen. Wir bekommen bei ihnen alle Summen, die wir nötig haben könnten. Friedrich — ſein Vater hat ihm in Amerika meinen Vornamen gegeben —, Friedrich Mongenod iſt mit ſechsunddreißig Jahren einer der gewandteſten und ehrenhafteſten Bankiers von Paris. Es iſt noch nicht lange her, daß mir Frau Mongenod ſchließlich eingeſtanden hat, wie ſie ihr Haar für zwei Taler verkauft hatte, um Brot dafür anzuſchaffen. Sie ſpendet alljährlich vierundzwanzig Klafter Holz, die ich an Bedürftige verteile, zum Andenken an die halbe Klafter, die ich ihr einſt geſchickt habe."

„Das erklärt mir Ihre Beziehungen zu dem Hauſe Mongenod," ſagte Gottfried, „und Ihr Vermögen..."

Der gute Alte ſah Gottfried lächelnd, immer noch mit dem Ausdruck freundlichen Spottes an.

„Fahren Sie doch fort...", bemerkte Gottfried, da er Herrn Alain anſah, daß er noch nicht alles geſagt hatte.

„Dieſe Löſung der Angelegenheit, mein lieber Gottfried, machte auf mich einen tiefen Eindruck. Wenn auch der Mann, der ſo viel gelitten hatte, wenn auch mein Freund mir meine Ungerechtigkeit verzieh, ſo konnte ich ſie mir ſelbſt doch nicht verzeihen."

„Oh“, machte Gottfried.

„Ich beschloß, alles für mich Überflüssige, etwa zehntausend Franken jährlich, den Zwecken einer überlegten Wohltätigkeit zu opfern“, fuhr Alain ruhig fort. „Um diese Zeit machte ich die Bekanntschaft eines Richters am Seinegericht erster Instanz, eines gewissen Popinot, den wir vor drei Jahren zu verlieren das Unglück hatten, und der fünfzehn Jahre hindurch die eifrigste Wohltätigkeit im Stadtviertel Saint-Marcel ausübte. Er hatte zusammen mit dem verehrungswürdigen Vikar von Notre-Dame und mit der gnädigen Frau den Plan zu dem Werk entworfen, an dem wir jetzt mitarbeiten und das seit dem Jahre 1825 im verborgenen manches Gute gestiftet hat. Dieses Werk hat in Frau de la Chanterie seine Seele erhalten, denn sie ist in Wahrheit die Seele dieses Unternehmens. Der Vikar vermochte uns noch frömmer zu machen, als wir vorher waren, indem er uns die Notwendigkeit bewies, selber tugendhaft zu sein, um diese Tugend andern einflößen zu können und mit gutem Beispiel voranzugehen. Je weiter wir auf diesem Wege fortgeschritten sind, um so glücklicher haben wir uns untereinander gefühlt. Es war also die Reue darüber, daß ich das Herz meines Jugendfreundes so verkannt hatte, die mir den Gedanken eingab, freiwillig den Armen das Vermögen zu opfern, das er mir zurückbrachte und das ich annahm, ohne gegen die im Verhältnis zu der geliehenen ungeheure Summe, die er mir wiedergab, Einspruch zu erheben: Eine solche Bestimmung rechtfertigte alles.“

Dieser Bericht, der ohne Emphase mit rührender Natürlichkeit in Ton, Geste und Blick gegeben war, hätte Gottfried den Wunsch, in diese fromme edle

Vereinigung einzutreten, einflößen müſſen, wenn ſein Entſchluß dazu nicht ſchon vorher gefaßt geweſen wäre.

„Sie kennen die Welt wenig,“ ſagte Gottfried, „wenn Sie ſolche Skrupel wegen einer Sache haben, die ſonſt kein Gewiſſen beunruhigen würde.“

„Ich kenne nur die Unglücklichen“, antwortete der gute Alte. „Ich habe wenig Verlangen, eine Welt kennenzulernen, wo man ſo wenig Bedenken hat, den andern falſch zu beurteilen. Aber es iſt bald Mitternacht, und ich habe noch über mein Kapitel der ‚Nachahmung Chriſti‘ nachzudenken. Gute Nacht.“

Gottfried ergriff die Hand des Alten und drückte ſie voller Verehrung.

„Können Sie mir auch die Lebensgeſchichte der Frau de la Chanterie erzählen?“ fragte Gottfried.

„Das iſt ohne ihre Einwilligung unmöglich,“ erwiderte Alain, „denn ſie hängt mit einem der ſchrecklichſten Ereigniſſe der kaiſerlichen Politik zuſammen. Ich habe die gnädige Frau durch meinen Freund Bordin kennengelernt, er kennt alle Geheimniſſe dieſes edlen Lebens, und er war es, der mich ſozuſagen in dieſes Haus gebracht hat.“

„Wie dem auch ſei,“ antwortete Gottfried, „ich danke Ihnen jedenfalls dafür, daß Sie mir Ihr Leben erzählt haben, ich kann daraus Lehren für mich ſchöpfen.“

„Wiſſen Sie auch, was die Moral davon iſt?“

„Sagen Sie es mir,“ entgegnete Gottfried, „denn ich könnte etwas anderes daraus ſchließen als Sie...“

„Alſo,“ ſagte der gute Alte, „Genießen iſt eine Nebenſache in einem chriſtlichen Leben, aber nicht ſein Zweck, und das begreifen wir zu ſpät.“

„Und was gewinnt man, wenn man ein Chriſt wird?“ fragte Gottfried.

„Sehen Sie dorthin!“ ſagte der Alte.
Und er zeigte mit dem Finger auf eine Inſchrift in goldnen Buchſtaben auf ſchwarzem Grunde, die der neue Penſionär noch nicht hatte bemerken können, da er zum erſten Male Alains Zimmer betreten hatte. Gottfried wandte ſich um und las: Transire benefaciendo.
„Das iſt der Sinn, mein Kind, den man dann dem Leben zu geben hat. Wenn Sie einer der Unſeren werden, ſo wird das Ihre einzige Deviſe ſein. Wir leſen dieſe Vorſchrift, die wir uns ſelbſt gegeben haben, zu jeder Stunde, wenn wir aufſtehen, wenn wir uns niederlegen, wenn wir uns ankleiden ... Ach! Wenn Sie wüßten, welche unendliche Freude die Erfüllung dieſer Regel mit ſich bringt! ...“
„Wie das? ...“ ſagte Gottfried, in der Hoffnung auf nähere Erklärungen.
„Zunächſt ſind wir ebenſo reich wie der Baron von Nucingen ... Aber die ‚Nachahmung Chriſti‘ verbietet uns, etwas für uns zu beſitzen; wir ſind nur die Verteiler, und wenn wir die geringſte Regung von Stolz fühlten, wären wir nicht würdig, die Verteiler zu ſein. Das wäre nicht transire benefaciendo, das wäre, in dem Gedanken daran einen Genuß zu empfinden. Wenn Sie ſich mit etwas aufgeblähten Naſenflügeln ſagen würden: Ich ſpiele die Rolle der Vorſehung!, wie Sie vielleicht hätten denken können, wenn Sie heute morgen an meiner Stelle geweſen wären, als ich einer Familie das Leben wiederſchenkte, ſo würden Sie ein Sardanapal geworden ſein, und zwar ein ſchlimmer! Keiner von den Herren hier denkt an ſich, wenn er Gutes tut, man muß ſich jeder Eitelkeit entſchlagen, jedes Stolzes, jeder Eigenliebe, und das iſt ſchwer, glauben Sie mir! ...“

Gottfried wünſchte Herrn Alain gute Nacht und begab ſich in ſein Zimmer, tief bewegt von Alains Erzählung; aber ſeine Neugierde war eher erregt als befriedigt, denn die Hauptfigur dieſes Interieurs war Frau de la Chanterie. Das Leben dieſer Frau erſchien ihm ſo bedeutungsvoll, daß er deſſen Erkundung zum Hauptzweck ſeines Aufenthalts im Hauſe de la Chanterie machte. Wohl erkannte er bereits in der Vereinigung der fünf Perſonen eine gewaltige Wohltätigkeitsorganiſation; aber er beſchäftigte ſich in ſeinen Gedanken viel weniger damit als mit ſeiner Heldin.

Der Neophyt verbrachte mehrere Tage damit, die auserleſenen Leute, in deren Geſellſchaft er ſich befand, genauer, als er es bisher getan hatte, zu beobachten, und dabei vollzog ſich in ſeinem Innern ein Phänomen, das die modernen Philantropen, vielleicht aus Unwiſſenheit, nicht beachtet haben. Die Sphäre, in der er lebte, übte einen poſitiven Einfluß auf Gottfried aus. Dem Geſetz, dem die phyſiſche Natur bezüglich des Einfluſſes des atmoſphäriſchen Milieus auf die Daſeinsbedingungen der in ihr ſich entwickelnden Exiſtenzen, unterworfen iſt, unterliegt in gleicher Weiſe auch die ſittliche Natur; daraus folgt, daß das Zuſammenleben verurteilter Gefangener eins der größten ſozialen Verbrechen, ihre Iſolierung aber einen Verſuch von zweifelhaftem Erfolge darſtellt. Die Verurteilten ſollten religiöſen Inſtituten übergeben und überreich mit dem Guten verſorgt werden, anſtatt daß ſie inmitten des ausgebreitetſten Böſen verharren müſſen. Man kann hierbei auf das opfervollſte Entgegenkommen der Kirche rechnen; wenn ſie Miſſionare zu wilden oder barbariſchen Völkern entſendet, ſo würde ſie auch mit größter Freude religiöſen Orden die Miſſion übertragen, die Wilden der Ziviliſation bei ſich aufzunehmen, um ſie zu bekehren; denn jeder Verbrecher iſt ein Gottloſer, und häufig, ohne es ſelbſt zu wiſſen. Gottfried ſah, daß die fünf Perſonen dieſelben Eigenſchaften beſaßen, die ſie bei ihm forderten; ſie alle waren ohne Stolz, ohne Eitelkeit, wahrhaft beſcheiden und fromm und ohne die Anſprüche der Scheinheiligen. Solche Tugenden ſind anſteckend; er wurde von dem Verlangen ergriffen, es dieſen unbekannten Helden gleichzutun, und kam ſchließlich dazu, mit Begeiſterung das Buch, das er anfangs verſchmäht hatte, zu ſtudieren. Binnen vierzehn Tagen geſtaltete er ſein Leben ſo einfach, wie es eigentlich ſein ſoll, wenn man es von dem hohen Geſichtspunkte aus betrachtet, zu dem die religiöſe Geſinnung hinführt. So bekam auch ſeine Neugierde, die zuerſt ſo weltlicher Art und auf ſo niedrigen Beweggründen beruhend geweſen war, einen reineren Charakter; er verzichtete zwar noch nicht auf ſie, denn es wäre ihm ſchwer geworden, ſein Intereſſe in bezug auf Frau de la Chanterie fahren zu laſſen; aber er bewies dabei, ohne es zu wollen, eine Diskretion, die von den Männern gewürdigt wurde, bei denen der göttliche Geiſt eine außerordentliche Vertiefung ihrer Fähigkeiten bewirkt hatte, wie das bei allen Frommen der Fall iſt. Die Konzentration der moraliſchen Kräfte verzehnfacht ihre Wirkung, welches Syſtem man auch dabei anwenden mag.

„Unſer Freund iſt noch nicht bekehrt,“ ſagte der gute Abbé de Vèze, „aber er verlangt danach, es zu werden . . .“

Ein unvorhergeſehenes Ereignis beſchleunigte die Enthüllung der Geſchichte der Frau de la Chanterie

für Gottfried, ſo daß ſeine hauptſächlichſte Wißbegierde ſchnell befriedigt wurde.
Paris beſchäftigte ſich damals mit dem Ausgang eines jener ſchrecklichen Kriminalprozeſſe, die in den Annalen unſerer Schwurgerichtshöfe einen Markſtein bedeuten. Bei dieſem Prozeß lenkte ſich das Hauptintereſſe auf die Verbrecher ſelbſt, die mit ihrer Keckheit, mit ihren, den gewöhnlichen Angeklagten weit überlegenem Geiſt und ihren zyniſchen Antworten die Geſellſchaft entſetzten. Dabei war nun eins auffällig: keine Zeitung fand Eingang in das Haus de la Chanterie, und Gottfried hörte von der Zurückweiſung der von den Verurteilten eingelegten Berufung nur durch ſeinen Lehrer in der Buchführung, denn der Prozeß ſelbſt war lange vor ſeinem Einzug bei Frau de la Chanterie verhandelt worden.
„Begegnen Sie auch", ſagte er zu ſeinen künftigen Freunden, „ſolchen fürchterlichen Schurken? Und wenn Sie auf ſie treffen, wie verhalten Sie ſich zu ihnen?"
„Zunächſt", ſagte Herr Nikolaus, „gibt es keine fürchterlichen Schurken, ſondern das ſind kranke Naturen, die nach Charenton gehören; aber abgeſehen von ſolchen krankhaften Ausnahmen, ſehen wir nur Menſchen, die ihre Vernunft nicht zu gebrauchen wiſſen, und es iſt die Miſſion hilfreicher Männer, ihre Seelen wiederaufzurichten und die Verirrten wieder auf den rechten Weg zu bringen."
„Und", ſagte der Abbé de Vèze, „dem Apoſtel iſt alles möglich, er hat Gott für ſich . . ."
„Wenn man Sie nun zu dieſen beiden Verurteilten entſenden würde, könnten Sie bei ihnen etwas ausrichten?"

„Die Zeit dazu würde mangeln“, bemerkte der gute Alain.

„Im allgemeinen“, ſagte Herr Nikolaus, „wendet man ſich an die Religion bei Leuten, die äußerſt unbußfertig ſind, und verlangt in unzureichender Zeit Wunder. In unſern Händen würden die Leute, von denen Sie ſprechen, ganz ausgezeichnete Männer geworden ſein, ſie beſitzen eine ungeheure Energie; aber ſobald ſie einen Mord begangen haben, iſt es nicht mehr möglich, ſich mit ihnen zu befaſſen, die menſchliche Gerechtigkeit bemächtigt ſich ihrer . . .“

„Alſo“, ſagte Gottfried, „ſind Sie ein Gegner der Todesſtrafe? . . .“

Herr Nikolaus erhob ſich ſchnell und ging hinaus.

„Erwähnen Sie niemals die Todesſtrafe vor Herrn Nikolaus; er hat in einem Verbrecher, über deſſen Hinrichtung er zu wachen hatte, ſeinen natürlichen Sohn erkannt . . .“

„Und er war unſchuldig!“ bemerkte Herr Joſeph.

In dieſem Moment kehrte Frau de la Chanterie, die ſich für einige Augenblicke entfernt hatte, in den Salon zurück.

„Immerhin müſſen Sie geſtehen,“ wandte ſich Gottfried an Herrn Joſeph, „daß die menſchliche Geſellſchaft nicht ohne die Todesſtrafe beſtehen könnte, und daß diejenigen, denen man morgen früh den Hals ab . . .“

Hier fühlte Gottfried, daß ihm von kräftiger Hand der Mund geſchloſſen wurde, und der Abbé de Vèze führte Frau de la Chanterie, bleich und wie eine Sterbende, hinaus.

„Was haben Sie getan? . . .“ ſagte Herr Joſeph zu Gottfried. „Führen Sie ihn fort, Alain!“ ſagte er und zog die Hand zurück, mit der er Gottfried zum Schweigen gebracht hatte. Dann folgte er dem Abbé de Vèze in das Zimmer der Frau de la Chanterie.

„Kommen Sie," ſagte Alain zu Gottfried, „Sie haben uns gezwungen, Ihnen die Geheimniſſe des Lebens der gnädigen Frau anzuvertrauen."

Nach einigen Minuten befanden ſich die beiden Freunde im Zimmer des biederen Alain in gleicher Weiſe wie geſtern, als der Alte dem jungen Manne ſeine eigene Lebensgeſchichte erzählt hatte.

„Nun?" ſagte Gottfried, deſſen Geſicht Verzweiflung darüber erkennen ließ, daß er die Urſache deſſen geweſen war, was man in dieſem geheiligten Hauſe eine Kataſtrophe nennen konnte.

„Ich warte, bis Manon uns beruhigt hat", antwortete der gute Alte, der das Geräuſch der Schritte des Mädchens auf der Treppe hörte.

„Die gnädige Frau befindet ſich wieder wohl, der Herr Abbé hat ihr eingeredet, daß ſie das, was geſagt wurde, mißverſtanden hat", berichtete Manon, wobei ſie einen beinahe wütenden Blick auf Gottfried warf.

„Oh, mein Gott!" rief der arme junge Mann aus, dem die Tränen in die Augen kamen.

„Setzen Sie ſich doch", ſagte Alain und nahm ſelbſt Platz.

Und er machte eine Pauſe, um ſich zu ſammeln.

„Ich weiß nicht," ſagte der biedere Alte, „ob ich imſtande ſein werde, in würdiger Weiſe die Geſchichte eines ſo grauſam geprüften Lebens zu erzählen; Sie werden mich entſchuldigen, wenn Sie die Worte eines ſo ſchlechten Redners nicht auf der Höhe der Handlungen und Kataſtrophen finden ſollten. Bedenken Sie, daß es ſchon lange her iſt, ſeitdem ich die Schule verlaſſen habe, und daß ich das Kind einer Zeit bin, wo man ſich mehr mit dem Inhalt als mit dem Ausdruck beſchäftigte, einer proſaiſchen Zeit, wo man die Dinge nur bei ihrem Namen zu nennen verſtand."

Gottfried machte eine zuſtimmende Bewegung, aus der der biedere Alain eine aufrichtige Verehrung entnehmen konnte, und die zu ſagen ſchien: ‚Ich höre zu.'

„Sie haben eben geſehen, mein junger Freund," begann der Alte wieder, „daß Sie unmöglich länger unter uns weilen können, ohne einige der furchtbaren Ereigniſſe in dem Leben dieſer heiligen Frau zu kennen. Es gibt Anſichten, Anſpielungen, verhängnisvolle Worte, die in dieſem Hauſe vollkommen verpönt ſind, wenn man nicht bei der gnädigen Frau Wunden aufreißen will, deren Schmerzen im Wiederholungsfalle tödlich für ſie ſein könnten . . ."

„Oh, mein Gott!" rief Gottfried, „was habe ich nur getan? . . ."

„Ohne Herrn Joſeph, der Ihnen das Wort abſchnitt, da er ahnte, daß Sie das verhängnisvolle Inſtrument der Hinrichtung erwähnen wollten, hätten Sie die arme Frau zu Boden geſchmettert . . . Es iſt Zeit, daß Sie alles erfahren, denn Sie werden zu uns gehören, davon ſind wir heute alle überzeugt."

„Frau de la Chanterie", ſagte er nach einer Pauſe, „ſtammt von einer der erſten Familien der Niedernormandie ab. Ihr Name war Fräulein Barbe-Philiberte de Champignelles, aus der jüngeren Linie dieſes Hauſes. Sie war daher dazu beſtimmt, den Schleier zu nehmen, wenn ſie nicht eine Heirat unter der obligaten Verzichtleiſtung auf ihre rechtmäßigen Erbanſprüche würde machen können, wie das bei armen Familien ſo üblich war. Nun wollte ein Herr de la Chanterie, deſſen Familie im Range tief hinabgeſunken war, obwohl ſie ſich bis auf den Kreuzzug Philipp Auguſts zurückdatieren konnte, die ihr gebührende Stellung als alter Adel der Normandie zurückerobern. Dieſer Edelmann hatte ſich äußerſt unwürdig betragen, denn er hatte bei Heereslieferungen für die königliche Armee während des Krieges in Hannover dreihunderttauſend Taler beiſeite gebracht. Indem er allzuſehr auf einen ſolchen Reichtum, der bei den Unruhen in der Provinz noch gewachſen war, baute, hatte der Sohn in Paris ein für einen Familienvater ziemlich beunruhigendes Leben geführt. Fräulein von Champignelles Verdienſte hatten ihr im Lande Beſſin eine ziemliche Berühmheit verſchafft. Der Alte, deſſen kleines Lehnsgut de la Chanterie zwiſchen Caen und Saint-Lô lag, hörte, wie man es beklagte, daß ein ſo vortreffliches Fräulein, ſo geeignet, einen Mann glücklich zu machen, ſeine Tage in einem Kloſter beſchließen ſollte; auf ſeinen Wunſch, dieſem Fräulein näherzutreten, ließ man ihn hoffen, daß er, allerdings ohne Mitgift, die Hand des Fräuleins Philiberte für ſeinen Sohn würde erhalten können. Er begab ſich nach Bayeux, hatte mehrere Zuſammenkünfte mit der Familie de Champignelles und war entzückt von den hervorragenden Eigenſchaften der jungen Dame. Schon mit ſechzehn Jahren verriet Fräulein de Champignelles, was dereinſt aus ihr werden würde. Sie ließ eine unerſchütterliche Frömmigkeit, einen unverrückbaren geſunden Verſtand, ein unbeugſames Rechtsgefühl und einen Charakter erkennen, der ſich niemals von einer Hingabe, ſei ſie auch eine anbefohlene, abbringen ließ. Der alte, durch ſeine ſchlechten Lieferungen reich gewordene Edelmann erkannte in dieſem reizenden Mädchen die Frau, die ſeinen Sohn durch das Beiſpiel ihrer Tugenden und durch ihre, bei aller Milde unerſchütterliche Charakterfeſtigkeit ſtützen konnte; Sie haben ja ſelbſt geſehen, daß niemand milder ſein kann als Frau de la Chanterie; aber niemand konnte auch vertrauensſeliger ſein; ſie wird ſich bis zu ihrer Lebensneige die Reinheit der Unſchuld bewahren; ſie wollte früher nicht an das Böſe glauben; das wenige von Mißtrauen, was Sie bei ihr bemerken, war die Folge der Schickſalsſchläge, die ſie betroffen haben. Der Alte verpflichtete ſich den Champignelles gegenüber, im Ehekontrakt anzuerkennen, daß Fräulein Philiberte ihr rechtmäßiges Erbteil empfangen habe; dafür verſprachen die Champignelles, die mit den großen Adelsfamilien in naher Beziehung ſtanden, daß das Lehen de la Chanterie zur Baronie erhoben werden ſollte, und ſie hielten ihr Wort. Die Tante des zukünftigen Gatten, Frau de Boisfrelon, die Frau des Parlamentsrats, der in Ihrer Wohnung geſtorben iſt, verſprach, ihr Vermögen ihrem Neffen zu hinterlaſſen. Als alle dieſe Abmachungen zwiſchen den beiden Familien erledigt waren, ließ der Vater ſeinen Sohn kommen. Berichterſtatter über die Bittſchriften im Großen Rat, fünfundzwanzig Jahre alt, hatte der junge Mann zuſammen mit den anderen jungen Adligen dieſer Zeit zahlreiche Torheiten begangen, indem er ebenſo wie ſie lebte; deshalb hatte der alte Armeelieferant ſchon mehrmals erhebliche Schulden für ihn bezahlt. Der arme Vater, der weitere Verſchwendungen ſeines Sohnes vorausſah, war recht froh, daß ſeine künftige Schwiegertochter ein gewiſſes Vermögen haben würde; aber er hatte ſolche Bedenken, daß er die Nachfolge in dem Lehen de la Chanterie auf die Kinder männlichen Geschlechts, die aus dieser Ehe entsprießen würden, übertrug. — Die Revolution", bemerkte Alain in Parenthese, „hat diese Vorsicht überflüssig gemacht. — Schön wie ein Engel, von wunderbarer Gewandtheit in allen körperlichen Übungen, besaß der junge Berichterstatter die Gabe der Verführung", fuhr er fort. „Fräulein de Champignelles verliebte sich also, wie Sie sich leicht denken können, sehr in ihren Bräutigam. Der Alte, überglücklich darüber, daß die Ehe so begann, und auf eine Sinnesänderung seines Sohnes vertrauend, schickte selbst die Neuvermählten nach Paris. Das geschah zu Beginn des Jahres 1788. Dieses Jahr war beinahe ein Glücksjahr zu nennen. Frau de la Chanterie wurde die bis ins einzelne gehende Fürsorge und die zarteste Aufmerksamkeit zuteil, wie sie nur ein liebevoller Ehemann an eine Frau, die er allein liebt, verschwenden kann. Wie kurz der Honigmond auch war, er hat doch das Herz dieser so edlen und so unglücklichen Frau mit seinem Glanze erfüllt. Sie wissen, daß die Mütter damals ihre Kinder selbst nährten, und die gnädige Frau hatte eine Tochter geboren. Diese Periode, während deren eine Frau der Gegenstand verdoppelter Zärtlichkeit hätte sein müssen, war im Gegenteil der Anfang unerhörten Unglücks. Der Berichterstatter war genötigt, alles, worüber er verfügen konnte, zu verkaufen, um alte Schulden, die er verheimlicht hatte, und neue Spielschulden, die er machte, zu bezahlen. Bald darauf verfügte die Nationalversammlung die Auflösung des Großen Rats, des Parlaments und aller so teuer gekauften Justizämter. Der junge Hausstand, noch durch eine Tochter vermehrt, stand alſo ohne andere Einkünfte da als die der vererbten Güter und der anerkannten Mitgift der Frau de la Chanterie. Nach zwanzig Monaten ſah ſich die reizende, ſiebzehneinhalb Jahre alte Frau genötigt, mit ihrer Tochter, die ſie nährte, von dem Ertrage der Arbeit ihrer Hände in einer obſkuren Gegend, in die ſie übergeſiedelt war, zu leben. Sie war damals völlig von ihrem Manne verlaſſen, der in Geſellſchaft von Kreaturen ſchlimmſter Sorte von Stufe zu Stufe herabſank. Niemals machte die Frau ihrem Manne einen Vorwurf, niemals beklagte ſie ſich auch nur im geringſten. Sie ſagte uns, daß ſie während dieſer ſchlimmen Tage für ihren teuren Heinrich zu Gott gebetet habe. — Dieſes ſchlechte Subjekt hieß Heinrich," bemerkte der gute Alte, „das iſt ein Name, der hier nie genannt werden darf, ebenſowenig der Name Henriette. — Ich fahre nun fort. Da ſie ihr kleines Zimmer in der Rue de la Corderie du Temple nur verließ, um Nahrungsmittel einzukaufen oder ſich Arbeit zu holen, ſo konnte Frau de la Chanterie ihren Unterhalt beſtreiten, dank einem Zuſchuß von hundert Franken monatlich, den ihr Schwiegervater, von ſolch tugendhaftem Verhalten gerührt, ihr zukommen ließ. Trotzdem hatte die arme junge Frau, in der Befürchtung, daß dieſe Hilfe einmal ausbleiben könnte, ſich dem ſchweren Gewerbe einer Korſettmacherin zugewendet und arbeitete bei einer berühmten Schneiderin. Und in der Tat wurde, als der alte Steuerpächter ſtarb, ſeine Erbſchaft, dank der Aufhebung der Geſetze der Monarchie, von ſeinem Sohne ſchnell verbraucht. Der ehemalige Berichterſtatter, der einer der blutgierigſten Vorſitzenden des Revolutionstribunals geworden war, wurde der Schrecken der Normandie und konnte jetzt allen ſeinen Leidenſchaften frönen. Nach dem Sturze Robespierres ſeinerſeits eingekerkert, war er durch den Haß ſeines Departements dem ſicheren Tode geweiht. Frau de la Chanterie erfuhr aus einem Abſchiedsbriefe, welches Los ihren Gatten erwarte. Sofort vertraute ſie ihre kleine Tochter einer Nachbarin an und begab ſich mit einigen Louisdors, die ihr ganzes Vermögen ausmachten, nach der Stadt, wo der Elende gefangen ſaß; dieſe Louisdors dienten ihr dazu, in ſein Gefängnis einzudringen; es gelang ihr, ihren Mann, indem ſie ihn in ihre Kleider ſteckte, unter ähnlichen Umſtänden zu retten, wie ſie ſpäter der Frau de la Valette zu Hilfe kamen. Sie wurde zum Tode verurteilt, aber man ſcheute ſich, das Urteil zu vollſtrecken; und dasſelbe Tribunal, dem einſt ihr Mann präſidiert hatte, begünſtigte unter der Hand ihre Flucht aus dem Gefängnis. Zu Fuß kehrte ſie nach Paris zurück, ohne Beiſtand, indem ſie in Bauernhäuſern ſchlief und ſich oft von Almoſen ernährte."

„Mein Gott!" rief Gottfried aus.

„Warten Sie nur . . ." fuhr Alain fort, „das iſt noch gar nichts. Während acht Jahren ſah die arme Frau dreimal ihren Gatten wieder. Beim erſtenmal blieb der Herr zweimal vierundzwanzig Stunden in der beſcheidenen Wohnung ſeiner Frau und nahm ihr all ihr Geld ab, indem er ſie mit Zärtlichkeiten überhäufte und ſie an ſeine völlige Bekehrung glauben ließ. ‚Ich war', ſagte ſie, ‚kraftlos einem Manne gegenüber, für den ich alle Tage betete und der mein ganzes Denken ausſchließlich beherrſchte.' Das zweitemal erſchien Herr de la Chanterie bei ihr todkrank und an was für einer Krankheit leidend! . . . Sie pflegte ihn und heilte ihn; dann verſuchte ſie, ihn wieder an anſtändige Geſinnung und Lebensweiſe zu gewöhnen. Nachdem er alles, worum ihn dieſer Engel bat, verſprochen hatte, verſank der Revolutionär wieder in ein furchtbar wüſtes Leben und entging der Verfolgung des Staatsanwalts nur, indem er ſich zu ſeiner Frau flüchtete, bei der er in Sicherheit ſtarb.

Oh, das iſt alles noch nichts!“ rief der biedere Alain aus, da er ſah, welches Erſtaunen ſich auf Gottfrieds Geſicht malte. „Niemand in der Welt, in der er lebte, wußte, daß dieſer Menſch verheiratet war. Zwei Jahre nach dem Tode des Elenden erfuhr Frau de la Chanterie, daß noch eine zweite Frau de la Chanterie exiſtierte, Witwe wie ſie und ebenſo ruiniert wie ſie. Dieſer Bigamiſt hatte zwei Engel gefunden, die unfähig waren, ihn zu verraten.

Gegen das Jahr 1803“, begann Alain nach einer Pauſe wieder, „kam Herr de Boisfrelon, der Onkel der Frau de la Chanterie, nachdem er von der Liſte der Emigrierten geſtrichen war, nach Paris zurück und übergab ihr eine Summe von zweihunderttauſend Franken, die ihm einſtmals der alte Steuerpächter anvertraut hatte, mit dem Auftrag, ſie für die Kinder ſeiner Nichte aufzuheben. Er veranlaßte ſeine Nichte, in die Normandie zurückzukehren, wo ſie die Erziehung ihrer Tochter vollendete und wo ſie, immer von dem früheren Beamten beraten, unter den günſtigſten Bedingungen ein Lehnsgut erwarb.“

„Ah!“ rief Gottfried.

„Auch das iſt noch nichts,“ ſagte Alain „wir ſind noch nicht bei den Stürmen angelangt. Ich fahre fort. Im Jahre 1807, nach vier ruhigen Jahren, verheiratete Frau de la Chanterie ihre einzige Tochter mit einem Edelmanne, deſſen Frömmigkeit, Vorleben und Vermögen jede Garantie darboten, einem Manne, der nach der vulgären Bezeichnung ‚Hahn im Korbe‘ bei der beſten Geſellſchaft des Hauptortes der Präfektur war, wo die gnädige Frau und ihre Tochter den Winter verbrachten. Bemerken Sie dabei, daß dieſe Geſellſchaft aus ſieben bis acht Familien beſtand, die zum hohen Adel Frankreichs gehörten, den d'Esgrignons, den Troisvilles, den Casterans, den Nouâtres und anderen. Nach anderthalb Jahren verließ dieſer Menſch ſeine Frau und verſchwand in Paris, nachdem er ſeinen Namen geändert hatte. Frau de la Chanterie erfuhr den Grund dieſer Trennung, als die Blitze des Gewitters, das über ſie hereinbrach, Klarheit brachten. Ihre Tochter, die mit peinlichſter Sorgſamkeit und nach den Grundſätzen reinſter Frömmigkeit erzogen worden war, bewahrte abſolutes Schweigen über dieſes Ereignis. Dieſer Mangel an Vertrauen verletzte das Empfinden der Frau de la Chanterie ſchwer. Schon mehrfach hatte ſie bei ihrer Tochter Züge wahrgenommen, die den Abenteurercharakter des Vaters verrieten, noch verſtärkt durch eine faſt männliche Feſtigkeit. Der Gatte hatte ſich aus freiem Antriebe entfernt und ſeine Angelegenheiten in einem jammervollen Zuſtande zurückgelaſſen. Frau de la Chanterie iſt heute noch erſtaunt über dieſe Kataſtrophe, die keine menſchliche Macht hätte verhindern können. Alle Leute, die ſie vorſichtig um Rat gefragt hatte, hatten ihr erklärt, daß das Vermögen des zukünftigen Schwiegerſohnes einwandsfrei und liquide ſei und aus hypothekenfreiem Landbeſitz beſtünde, während es bereits ſeit zehn Jahren über ſeinen Wert hinaus belaſtet war. So wurden jetzt die Beſitzungen verkauft, und die junge Frau, die nur noch ihr eigenes Vermögen beſaß, kehrte zu ihrer Mutter zurück. Frau de la Chanterie hat ſpäter erfahren, daß dieſer Menſch von den ehrenwerteſten Leuten des Landes im Intereſſe ihrer Forderungen geſtützt wurde; der Elende ſchuldete allen mehr oder weniger erhebliche Beträge. Daher war Frau de la Chanterie, ſobald ſie ſich in der Provinz niedergelaſſen hatte, als gute Beute angeſehen worden. Abgeſehen davon gab es für die Kataſtrophe aber noch andere Gründe, die Sie aus einem vertraulichen Bericht erſehen werden, der dem Kaiſer vorgelegt wurde. Jener Menſch hatte ſich außerdem das Wohlwollen der royaliſtiſchen Führer des Departements durch ſeine Hingebung an die königliche Sache während der ſtürmiſchſten Zeiten der Revolution zu erſchleichen verſtanden. Einer der tätigſten Sendboten Ludwigs XVIII., war er von 1793 an in alle Verſchwörungen verwickelt; aber er wußte ſich ſo klug und gewandt herauszuziehen, daß er ſchließlich Verdacht erregte. Von Ludwig XVIII. entlaſſen und von allen Unternehmungen ferngehalten, war er ſeit langer Zeit auf ſeine überſchuldeten Güter zurückgekehrt. Dieſe damals noch geheimnisvollen Vorgänge (die in die Geheimniſſe des königlichen Kabinetts Eingeweihten bewahrten über einen ſo gefährlichen Mitarbeiter Stillſchweigen) machten den Menſchen zu einem Gegenſtande abgöttiſcher Verehrung in einer den Bourbonen ergebenen Stadt, wo die grauſamſten Taten der Chouannerie als rechtmäßige Kriegführung angeſehen wurden. Die d'Esgrignons, die Casterans, der Ritter von Valois, kurz, die ganze Ariſtokratie und die Kirche öffneten dieſem royaliſtiſchen Diplomaten ihre Arme und nahmen ihn in ihren Schutz. Dieſe Protektion wurde noch durch den Wunſch verſtärkt, daß ſeine Gläubiger ihr Geld wiederbekommen wollten. Der Elende, ein Gegenſtück zu dem verſtorbenen de la Chanterie, verſtand es, ſich ſo drei Jahre lang zu halten; er trug die größte Scheinheiligkeit zur Schau und wußte ſeine Laſter zu unterdrücken. Während der erſten Monate, die die Neuvermählten zuſammen verbrachten, übte er einen gewiſſen Einfluß auf ſeine Frau aus; er verſuchte, ſie durch ſeine Doktrinen, wenn anders der Atheismus eine Doktrin iſt, und durch den ſcherzenden Ton, mit dem er über die heiligſten Grundſätze ſprach, zu verderben. Dieſer Diplomat niederer Ordnung ſtand ſeit ſeiner Rückkehr in die Heimat in intimen Beziehungen zu einem jungen Manne, der, wie er, mit Schulden überhäuft war, ſich aber durch ebenſoviel Freimütigkeit und Mut auszeichnete wie jener durch Heuchelei und Feigheit. Dieſer Genoſſe, deſſen Anmut, Charakter und abenteuerliches Leben auf ein junges Mädchen Einfluß ausüben mußten, war in den Händen des Gatten wie ein Inſtrument, deſſen er ſich bediente, um ſeine niederträchtigen Lehren zu unterſtützen. Niemals ließ die Tochter die Mutter wiſſen, in welchen Abgrund ſie das Geſchick geſtürzt hatte; denn man kann nicht mehr von menſchlichen Vorausſicht ſprechen, wenn man an die peinlichſten Vorſichtsmaßregeln denkt, die Frau de la Chanterie traf, als es ſich um die Heirat ihrer einzigen Tochter handelte. Dieſer letzte Schlag, der das ſo opfervolle, ſo reine, ſo fromme Leben einer Frau traf, die ſchon ſo viel Unglück erfahren hatte, machte Frau de la Chanterie mißtrauiſch gegen ſich ſelbſt, und dies Mißtrauen trennte ſie um ſo mehr von ihrer Tochter, als dieſe, zum Ausgleich für ihr trauriges Geſchick, faſt völlige Freiheit für ſich verlangte, ihre Mutter beherrſchte und ſie manchmal ſogar hart anließ. So in allen ihren liebevollen Neigungen zurückgeſtoßen, in ihrer Hingebung und Liebe für ihren Gatten, dem ſie ohne ein Wort der Klage ihr Glück, ihr Vermögen, ihr Leben geopfert hatte, getäuſcht, vergeblich bemüht, ihrer Tochter eine ſtreng religiöſe Erziehung zu geben, von der Geſellſchaft ſogar bei der Verheiratung der Tochter betrogen und von dem Herzen, in das ſie nur edle Geſinnungen zu ſäen verſucht hatte, nicht anerkannt, vereinigte ſie ſich aufs innigſte mit Gott, deſſen Hand ſie ſo ſchwer getroffen hatte. Dieſe faſt wie eine Nonne lebende Frau ging jeden Morgen in die Kirche, erfüllte die ſtrengen klöſterlichen Vorſchriften und ſparte ſich Geld ab, um die Armen zu unterſtützen.

Hat es ſchon einmal ein heiligeres und ſchwerer geprüftes Leben gegeben als das dieſer edlen Frau, die ſo ſanft trotz ihres Mißgeſchicks, ſo mutig in der Gefahr und immer ſo wahrhaft chriſtlich geſinnt iſt?“ ſagte der wackere Alain, als er Gottfrieds erſtauntes Geſicht ſah. „Sie kennen die gnädige Frau, Sie können beurteilen, ob es ihr an Verſtand, Urteil, Überlegung mangelt; ſie beſitzt alle dieſe Eigenſchaften im höchſten Grade. Nun, dieſe Unglücksfälle, die genügen würden, zu ſagen, daß ein ſolches Leben alle anderen an Mißgeſchick überträfe, ſind nichts im Vergleich mit dem, was Gott dieſer Frau noch vorbehalten hatte. Befaſſen wir uns zunächſt nur mit der Tochter der Frau de la Chanterie“, mit dieſen Worten nahm der gute Alte den Faden ſeiner Erzählung wieder auf.

„Mit achtzehn Jahren, zur Zeit als sie sich verheiratete, war Fräulein de la Chanterie ein junges Mädchen von zarter Konstitution, brünett, von frischen Farben, schlank, mit einem reizenden Gesicht. Über einer Stirn von edlem Schnitt sah man das schönste schwarze Haar, das vortrefflich zu den braunen Augen und dem heiteren Gesichtsausdruck paßte. Eine gewisse Zierlichkeit ihrer Physiognomie täuschte über ihren wahren Charakter und ihre männliche Entschlossenheit. Sie hatte kleine Hände und Füße und etwas Zartes und Schwächliches in ihrer ganzen Erscheinung, das jeden Gedanken an Kraft und Lebhaftigkeit ausschloß. Da sie immer bei ihrer Mutter gelebt hatte, so war sie von vollkommener Sittenreinheit und bemerkenswerter Frömmigkeit. Das junge Mädchen war ebenso wie Frau de la Chanterie den Bourbonen bis zum Fanatismus ergeben, eine Feindin der Französischen Republik und sah auch die Regierung Napoleons nur als eine Strafe an, die die Vorsehung Frankreich für die Attentate von 1793 auferlegt hatte. Die Übereinstimmung der Ansichten von Schwiegermutter und Schwiegersohn war, wie immer bei solchen Gelegenheiten, einer der für die Heirat entscheidenden Gründe gewesen, für die sich ja auch die ganze Aristokratie des Landes interessierte. Der Freund des Elenden hatte seit der Wiederaufnahme der Feindseligkeiten im Jahre 1799 einen Trupp der Chouans befehligt. Es scheint, daß der Baron (der Schwiegersohn der Frau de la Chanterie war Baron), als er seine Frau und seinen Freund zusammenbrachte, keine andere Absicht dabei hatte, als sich dieser Neigung zu bedienen, um dann Hilfe und Unterstützung von ihnen zu verlangen. Obgleich mit Schulden überhäuft und ohne Existenzmittel, lebte der jugendliche Abenteurer ſehr gut und konnte in der Tat den Begünſtiger royaliſtiſcher Verſchwörungen leicht unterſtützen.

Hier muß ich einige Worte über eine Vereinigung einfügen, die damals viel Lärm machte", unterbrach Alain ſeine Erzählung. „Ich will von den ‚Chauffeurs' reden. Jede Provinz im Weſten war damals mehr oder minder von dieſem Räuberunweſen bedroht, das weit weniger auf Raub ausging als auf ein Wiederanfachen des Royaliſtenkrieges. Man bediente ſich, wie es heißt, der großen Anzahl von Leuten, die ſich dem Geſetz über die Conſkription widerſetzt hatten, das damals, wie Sie wiſſen, bis zum Übermaß durchgeführt wurde. Zwiſchen Mortagne und Rennes und ſelbſt noch darüber hinaus bis zu den Ufern der Loire fanden nächtliche Streifzüge ſtatt, die in beſtimmten Teilen der Normandie, hauptſächlich gegen die, die Nationalgüter zurückbehielten, erfolgten. Dieſe Banden verbreiteten einen furchtbaren Schrecken auf dem Lande. Ich ſage Ihnen nichts Falſches, wenn ich Sie darauf hinweiſe, daß in gewiſſen Departements die Hand der Juſtiz lange Zeit völlig gelähmt war. Dieſes letzte Aufflackern des Bürgerkriegs machte nicht ſo viel Aufſehen, wie Sie glauben könnten, da wir heute an die beunruhigende Verbreitung in der Öffentlichkeit gewöhnt ſind, die die Preſſe auch den unbedeutendſten politiſchen und privaten Prozeſſen zuteil werden läßt. Die kaiſerlichen Regierungsmaximen waren dieſelben wie die aller abſoluten Herrſcher. Die Zenſur ließ nichts bekanntwerden, was ſich auf die Politik bezog, ausgenommen vollendete Tatſachen, und auch dieſe wurden entſtellt. Wenn Sie ſich die Mühe machen wollten, den ‚Moniteur' zu durchblättern oder andere damalige Zeitungen, ſelbſt diejenigen der weſtlichen Gebiete, ſo würden Sie darin nicht ein Wort über die vier oder fünf Kriminalprozeſſe finden, die ſechzig bis achtzig Briganten das Leben koſteten. Dieſe Bezeichnung, die während der Revolutionszeit den Vendéern, den Chouans und allen denen gegeben wurde, die für das Haus Bourbon die Waffen ergriffen, wurde auch unter dem Kaiſerreich von Gerichts wegen auf die royaliſtiſchen Opfer einiger vereinzelter Verſchwörungen angewendet. Für manche leidenſchaftlichen Gemüter waren der Kaiſer und ſeine Regierung der Feind; alles was ihn angriff, war ihnen willkommen. Ich erkläre Ihnen dieſe Anſchauungen, ohne mir anzumaßen, ein Urteil über ſie abzugeben, und fahre nun fort.

Stellen Sie ſich nun vor," ſagte er nach einer Pauſe, die bei ſo langen Berichten unvermeidlich iſt, „daß dieſe durch den Bürgerkrieg von 1793 ruinierten Royaliſten in die leidenſchaftlichſte Erregung geraten waren; daß es ungewöhnliche Naturen wie die des Schwiegerſohns der Frau de la Chanterie und des früheren Anführers waren, die von der Not bedrängt wurden, und Sie werden verſtehen, daß ſie ſich hinreißen laſſen konnten, im eigenen Intereſſe räuberiſche Taten auszuführen, die ihre politiſche Überzeugung gegen die kaiſerliche Regierung zugunſten der guten Sache zuließ. Der junge Anführer ging nun daran, den Brand der Chouannerie wiederanzufachen, um im geeigneten Moment loszuſchlagen. Der Kaiſer machte damals eine ſchreckliche Kriſe durch, als er, auf der Inſel Lobau eingeſchloſſen, dem vereinigten Angriff der Engländer und Öſterreicher unterliegen zu müſſen ſchien. Der Sieg bei Wagram machte die innere Verſchwörung ziemlich bedeutungslos. Die Hoffnung, die Fackel des Bürgerkrieges in der Bretagne, der Vendée und einem Teil der Normandie wiederanzufachen, traf in verhängnisvoller Weiſe mit der Zerrüttung der Vermögensverhältniſſe des Barons zuſammen, der mit dem Gedanken einer Unternehmung liebäugelte, deren Ertrag ausſchließlich dazu dienen ſollte, ſeine Beſitzungen zu retten. In ihrem vornehmen Empfinden weigerten ſich ſeine Frau und ſein Freund, im Privatintereſſe die Gelder beiſeitezubringen, die mit bewaffneter Hand aus der Staatskaſſe geraubt werden ſollten, um die Aufrührer und Chouans zu beſolden und Waffen und Munition zu beſchaffen, um eine Erhebung der Parteigänger ins Werk zu ſetzen. Als nach anzüglichen Diskuſſionen der junge Anführer, unterſtützt von der Frau, ſich definitiv weigerte, dem Ehemann hunderttauſend Franken zu überlaſſen, deren Raub zugunſten der königlichen Armee an einer der Generalſtaatskaſſen des Weſtens verübt werden ſollte, verſchwand der Baron, um ſich mehreren dringenden Haftbefehlen zu entziehen. Seine Gläubiger wollten ſich an das Vermögen der Frau halten, aber der Elende hatte das Intereſſe verſcherzt, das eine Gattin dazu bringt, ſich für ihren Mann zu opfern. Alles das war der armen Frau de la Chanterie unbekannt; aber auch das iſt noch nichts im Vergleiche mit dem Komplott, das hinter dieſer einleitenden Auseinanderſetzung verborgen war.

Heute abend“, ſagte der gute Alte, nachdem er auf die kleine Kaminuhr geſehen hatte, „iſt es ſchon zu ſpät geworden, und wir würden noch lange Zeit brauchen, wenn ich Ihnen den Reſt dieſer Geſchichte erzählen wollte. Der alte Bordin, mein Freund, der durch die Führung des Prozeſſes Simeuſe bei der

royaliſtiſchen Partei berühmt geworden iſt, der in dem Kriminalprozeß der ſogenannten Chauffeurs von Mortagne die Anklage vertrat, hat mir nach meiner Niederlaſſung hier zwei Schriftſtücke übergeben, die ich aufbewahrt habe; denn er iſt bald darauf geſtorben. Sie werden darin die Dinge in viel gedrängterer Darſtellung, als ich ſie Ihnen zu geben vermöchte, leſen können. Es ſind ſo zahlreiche Tatſachen, daß ich mich in Einzelheiten verlieren würde und mehr als zwei Stunden darüber reden müßte, während Sie ſie hier zuſammengefaßt in Händen haben. Morgen früh werde ich Ihnen das, was Frau de la Chanterie betrifft, zu Ende erzählen; Sie werden nach der Lektüre ſo gut Beſcheid wiſſen, daß ich nur noch wenige Worte hinzuzufügen brauche."
Darauf übergab der Wackere Gottfried einige vom Alter vergilbte Papiere; dieſer wünſchte ſeinem Nachbar gute Nacht und zog ſich in ſein Zimmer zurück, wo er vor dem Einſchlafen folgende beiden Aktenſtücke durchlas:

„Anklageakte.

Sondergericht für Straſſachen des Departements l'Orne.

Der Generalſtaatsanwalt beim Kaiſerlichen Gerichtshof von Caen, der mit der gleichen Funktion bei dem beſonderen Strafgerichtshof in Alençon durch Kaiſerliches Dekret vom September 1809 betraut iſt, unterbreitet dem Gerichtshof als Ergebnis des Unterſuchungsverfahrens folgenden Tatbeſtand:

Ein von langer Hand und mit unerhörter Frechheit vorbereitetes räuberiſches Komplott, das in Zuſammenhang mit dem Aufſtand der weſtlichen Departements ſteht, hat mehrfache Attentate auf Bürger und ihre Beſitzungen, vor allem aber einen Angriff und eine Beraubung eines Wagens, der am . . . Mai 180 . . . die Staatskaſſe von Caen transportierte, mit bewaffneter Hand zur Folge gehabt. Dieſes Attentat, das an den beklagenswerten, glücklicherweiſe erloſchenen Bürgerkrieg erinnert, war die Ausführung verbrecheriſcher Pläne, die ſich durch keine Gewalt der Leidenſchaften rechtfertigen laſſen.

Von ſeinem Beginn bis zu ſeiner Ausführung iſt das Komplott ſo verwickelt und ſeine Einzelheiten ſo zahlreich, daß die Unterſuchung mehr als ein Jahr gedauert hat; nun aber iſt über alle einzelnen Schritte des Verbrechens, über die Vorbereitungen, die Ausführung und die Folgen Klarheit geſchaffen worden.

Der erſte Gedanke des Komplotts iſt einem gewiſſen Charles-Amédée-Louis-Joseph Rifoël, der ſich Chevalier du Vissard nennt, da er in Vissard, einer Gemeinde von Saint-Mexme bei Ernée geboren iſt, einem ehemaligen Anführer der Rebellen, zuzuſchreiben.

Dieſer Schuldige, der von Seiner Majeſtät dem Kaiſer und König anläßlich der definitiven Beendigung der Unruhen begnadigt wurde, und der die Großmut des Souveräns mit neuen Verbrechen beantwortete, hat ſeine zahlreichen Miſſetaten bereits mit dem Tode gebüßt; aber es iſt nötig, auf einige ſeiner Taten zurückzugreifen, denn er hat ſeinen Einfluß auf die jetzt vor Gericht ſtehenden Angeklagten ausgeübt und ſteht in Beziehung zu jeder Einzelheit des Prozeſſes.

Dieſer gefährliche Agitator, der ſich, entſprechend den Gewohnheiten der Rebellen, unter dem Namen Pierrot verbarg, trieb ſich in den weſtlichen Departements herum und ſammelte die Elemente für eine neue Verſchwörung um ſich; ſein ſicherſtes Aſyl aber war das Schloß Saint-Savin, der Wohnſitz einer Dame Lechantre und ihrer Tochter, der Dame Bryond, in der Gemeinde Saint-Savin im Bezirk von Mortagne gelegen. Dieſer ſtrategiſche Punkt iſt mit den furchtbarſten Erinnerungen an den Aufſtand von 1799 verknüpft. Hier wurde der Poſtkondukteur ermordet und ſein Wagen von einer Räuberbande unter dem Befehl einer Frau, der der allzuberüchtigte Marche-à-Terre Beiſtand leiſtete, ausgeplündert. Die Räuberei iſt alſo in dieſer Gegend ſozuſagen endemiſch.

Intime Beziehungen, die wir nicht näher bezeichnen wollen, beſtanden ſeit mehr als einem Jahre zwiſchen der Dame Bryond und dem Manne, der ſich Rifoël nannte.

In dieſer Gemeinde fand nun im Monat April des Jahres 1808 eine Zuſammenkunft zwiſchen Rifoël und einem gewiſſen Boislaurier, Oberbefehlshaber und bekannt unter dem Namen Auguſt bei den verhängnisvollen Aufſtänden im Weſten, ſtatt, der der leitende Kopf in der dem Gerichtshof vorliegenden Sache geweſen iſt.

Der dunkle Punkt bezüglich der Beziehungen der beiden Anführer, der durch zahlreiche Zeugen vollkommen aufgeklärt iſt, wurde auch durch den Spruch des Gerichtshofes bei der Verurteilung Rifoëls klargeſtellt.

Boislaurier verabredete damals mit Rifoël, gemeinſam vorzugehen.

Beide, und zwar zuerſt allein, teilten ſich ihre blutigen Projekte mit, angeſtachelt durch die Abweſenheit Seiner Kaiſerlichen und Königlichen Majeſtät, die damals die Armeen in Spanien befehligte. Zu dieſer Zeit müſſen ſie, um eine Grundlage für ihre Operationen zu haben, den Raub der ſtaatlichen Kaſſen beſchloſſen haben.

Kurze Zeit danach ſandte ein gewiſſer Dubut aus Caen einen Boten nach dem Schloſſe Saint-Savin, einen gewiſſen Hiley, genannt der Laboureur und ſeit langem als Poſträuber bekannt, um Angaben über die Leute, denen man Vertrauen ſchenken könne, zu machen.

So geſchah es, daß das Komplott auf Hileys Veranlaſſung von Anfang an ſich die Mitwirkung eines gewiſſen Herbomez, genannt der Général-Hardi, eines ehemaligen Rebellen vom Schlage eines Rifoël, und wie er als Amneſtierter wortbrüchig, ſicherte. Herbomez und Hiley warben dann in den umliegenden Gemeinden ſieben Banditen an, die hier aufgezählt werden müſſen:

1. Jean Cibot, genannt Pille-Miche, einer der frechſten Briganten des von Montauran im Jahre VII gebildeten Korps, einer der an dem Überfall und der Ermordung des Kondukteurs von Mortagne Beteiligten.

2. François Lisieux, mit dem Beinamen Grand-Fils, ein Aufſtändiſcher aus dem Departement la Mayenne.

3. Charles Grenier, genannt Fluer-de-Genêt, ein Deſerteur der 69. Halbbrigade.

4. Gabriel Bruce, genannt Gros-Jean, einer der wildeſten Chouans der Diviſion Fontaine.

5. Jacques Horeau, genannt der Stuart, Exleutnant derſelben Halbbrigade, einer der Vertrauten Tinténiacs, genügend durch ſeine Teilnahme an der Expedition von Quibéron bekannt.

6. Marie-Anne Cabot, genannt Lajeunesse, ehemaliger Bereiter des Herrn Carol d'Alençon.

7. Louis Minard, Aufſtändiſcher.

Diese Angeworbenen wurden in drei verschiedenen Gemeinden untergebracht bei den Herbergs- oder Schankwirten Binet, Mélie und Lavarinière, alles dem Rifoël ergebene Leute.
Die erforderlichen Waffen wurden ihnen sofort durch den Notar Jean-François Léveillé, den unverbesserlichen Schriftführer der Briganten, das Bindeglied zwischen ihnen und mehreren sich im verborgenen haltenden Führern, mit dem Beinamen der Confesseur, geliefert; endlich auch durch einen gewissen Felix Courceuil, einen ehemaligen Wundarzt der Rebellenheere der Vendée, beide aus Alençon. Elf Flinten wurden in dem Hause verborgen, das Bryond in einer Vorstadt von Alençon besaß, und zwar ohne sein Wissen; denn er wohnte damals auf seinem Landgute zwischen Alençon und Mortagne. Als der Herr Bryond sich von seiner Frau trennte und sie auf dem verhängnisvollen Wege, den sie einschlagen sollte, allein ließ, wurden die Flinten heimlich aus dem Hause geholt und von der Dame Bryond selbst im Wagen in das Schloß Saint-Savin überführt. So konnten im Departement l'Orne und in den benachbarten Departements diese Räubertaten ausgeführt werden, die die Behörden nicht weniger als die Bewohner dieser Gegenden, die so lange in Frieden gelebt hatten, überraschten, und die beweisen, daß die verabscheuungswürdigen Feinde der Regierung und des französischen Kaiserreichs in das Geheimnis der Koalition von 1809 durch ihr Einvernehmen mit dem Auslande eingeweiht waren.
Der Notar Léveillé, die Dame Bryond, Dubut aus Caen, Herbomez aus Mayenne, Boislaurier aus Le Mans und Rifoël, also die Führer dieser Gesellschaft, zu der auch die mit Rifoël zusammen Verurteilten

gehörten, bilden den Gegenſtand des jetzigen Anklageverfahrens, und außerdem noch mehrere andere, die ſich durch die Flucht oder infolge des Schweigens ihrer Komplicen der ſtrafenden Hand der Juſtiz entzogen haben.
Von ſeinem Wohnſitz Caen aus meldete Dubut dem Notar Léveillé den Transport der Kaſſe. Darauf machte Dubut mehrere Fahrten von Caen nach Mortagne, und Léveillé war ebenfalls auf den Landſtraßen unterwegs.
Hier muß erwähnt werden, daß nach der Transportierung der Flinten Léveillé, als er Bruce, Grenier und Cibot in Mélins Hauſe aufſuchte, ſie beim Verſtecken der Flinten in einem Schuppen im Inneren des Hauſes antraf und ihnen ſelber dabei Hilfe leiſtete.
Eine Zuſammenkunft aller im Hôtel de l'Écu de France in Mortagne fand dann ſtatt. Alle Angeklagten trafen ſich dort in verſchiedenen Verkleidungen. Hier verſicherten ſich nun Léveillé, die Dame Bryond, Dubut, Herbomez, Boislaurier und Hiley, der gewandteſte der Complicen zweiten Ranges, wie Cibot der frechſte war, der Mitwirkung eines gewiſſen Vauthier, genannt Vieux-Chêne, eines früheren Dieners des berüchtigten Longuy, der damals Stallknecht in dem Hotel war. Vauthier willigte ein, die Dame Bryond zu benachrichtigen, wann der Wagen mit der Kaſſe zu erwarten ſei, der gewöhnlich in dieſem Hotel Station macht.
Der Augenblick des Handelns war bald für die vereinigten angeworbenen Briganten gekommen, die man auf Anordnung von Courceuil und Léveillé an verſchiedenen Stellen, bald in der einen, bald in der andern Gemeinde untergebracht hatte. Die Geſell-

ſchaft arbeitete unter dem Schutze der Dame Bryond, die den Briganten noch einen andern Zufluchtsort in einem unbewohnten Teile des Schloſſes von Saint-Savin gewährte, in dem ſie mit ihrer Mutter einige Meilen von Mortagne entfernt ſeit der Trennung von ihrem Gatten wohnte. Die Briganten, mit Hiley an ihrer Spitze, verbargen ſich dort und brachten daſelbſt mehrere Tage zu. Die Dame Bryond ſorgte mit ihrem Kammermädchen Godard ſelbſt dafür, daß alles für die Unterbringung und Ernährung ſolcher Gäſte Erforderliche beſorgt wurde. Sie beſchaffte ſich Strohſäcke dazu, ſie beſuchte die Briganten in dem Aſyl, das ſie ihnen verſchafft hatte, und erſchien mehrmals mit Léveillé bei ihnen. Die Vorräte und Lebensmittel wurden unter der Leitung von Courceuil beſchafft, den Rifoël und Boislaurier damit beauftragt hatten.
Die Zeit für die Ausführung kommt nun heran, alle ſind mit Waffen verſehen; die Briganten verlaſſen ihr Verſteck in Saint-Savin und rücken bei Nacht in der Erwartung der transportierten Kaſſe aus, und das Land gerät in Schrecken über wiederholte von ihnen verübte Angriffe.
Es iſt unzweifelhaft, daß die Attentate in La Sartinière, in Vonay, im Schloſſe von Saint-Seny von dieſer Bande ausgeführt wurden, deren Frechheit ihrer Schnelligkeit gleichkam und die einen ſo großen Schrecken zu verbreiten verſtand, daß alle ihre Opfer Stillſchweigen bewahrten, ſo daß die Juſtiz auf Vermutungen angewieſen blieb.
Aber während ſie von Käufern von Nationalgütern Geld erpreßten, erforſchten ſie ſorgfältig das Gehölz von le Chesnay, das ſie zum Schauplatz ihrer Verbrechen ausgewählt hatten.

Nicht weit davon liegt das Dorf Louvigny. Hier wird eine Herberge von den Brüdern Chaussard gehalten, früheren Jagdwärtern der Herrſchaft Troisville; in dieſer Herberge ſollte das letzte Rendezvous der Briganten ſtattfinden. Den beiden Brüdern war die Rolle, die ſie zu ſpielen hatten, vorher bekannt; Courceuil und Boislaurier hatten ſie ſeit langer Zeit bearbeitet, um ihren Haß gegen die Regierung unſeres erhabenen Kaiſers wiederanzufachen, und ihnen angekündigt, daß unter den Gäſten, die kommen würden, ſich Bekannte von ihnen, der gefürchtete Hiley und der nicht weniger gefürchtete Cibot, befänden.

In der Tat erſchienen am ſechſten die ſieben Banditen unter Führung Hileys bei den Brüdern Chaussard und brachten dort zwei Tage zu. Am achten führte der Anführer die Geſellſchaft weg, ſagte ihnen, daß ſie drei Meilen zu marſchieren hätten, und befahl den beiden Brüdern, ihnen Proviant zu verſchaffen, der dann an einem Kreuzweg nahe beim Dorfe niedergelegt wurde. Hiley kehrte darauf allein zum Übernachten zurück.

Zwei Leute zu Pferde, die die Dame Bryond und Rifoël geweſen ſein müſſen — denn es iſt bewieſen, daß dieſe Dame Rifoël bei ſeinen Streifzügen zu Pferde und als Mann verkleidet begleitete — erſchienen am Abend und hatten eine Unterredung mit Hiley.

Am nächſten Tage ſchrieb Hiley einen Brief an den Notar Léveillé, den einer der Brüder Chaussard beſorgte, der auch gleich wieder die Antwort zurückbrachte.

Zwei Stunden ſpäter kamen die Dame Bryond und Rifoël an, um mit Hiley zu reden.

Bei all dieſen Beſprechungen und bei dem Kommen und Gehen ſtellte ſich die Notwendigkeit heraus, in den Beſitz eines Beils zu gelangen, um die Kaſſen aufzubrechen. Der Notar begleitete die Dame Bryond nach Saint-Savin zurück, wo man ebenfalls vergeblich nach einem Beil ſucht. Der Notar kehrt zurück und trifft auf halbem Wege Hiley, dem er mitteilt, daß man kein Beil habe.
Hiley begibt ſich in die Herberge, beſtellt ein Abendeſſen für zehn Perſonen und bringt die ſieben Briganten herein, die jetzt alle bewaffnet ſind. Hiley kommandiert, daß die Waffen in militäriſcher Weiſe zuſammengeſtellt werden. Man ſetzt ſich zu Tiſch, ißt in Eile, und Hiley verlangt, daß man ihm ſehr reichlich Lebensmittel zum Mitnehmen bringe. Dann nimmt er den älteren Chaussard beiſeite und fordert von ihm ein Beil. Der Herbergswirt iſt, wenn man ihm Glauben ſchenken darf, über dieſes Verlangen erſtaunt und weigert ſich, eins herzugeben. Courceuil und Boislaurier kommen hinzu, die Nacht verrinnt, und die drei Männer gehen im Zimmer im Geſpräch über das Komplott auf und ab. Courceuil, genannt der Confesseur, der durchtriebenſte aller Briganten, bemächtigt ſich eines Beils, und gegen zwei Uhr morgens entfernen ſich alle durch verſchiedene Ausgänge.
Die Augenblicke werden koſtbar, die Ausführung des Verbrechens war für dieſen verhängnisvollen Tag angeſetzt. Hiley, Courceuil und Boislaurier bringen ihre Leute heran und weiſen ihnen ihre Plätze an. Hiley legt ſich mit Minard, Cabot und Bruce rechts vom Gehölz von le Chesnay in den Hinterhalt. Boislaurier, Grenier und Horeau ſtellen ſich in der Mitte auf. Courceuil, Herbomez und Lisieux

beſetzen einen Engpaß am Ausgang. Alle dieſe Stellungen ſind auf dem beiliegenden topographiſchen Plan verzeichnet.
Inzwiſchen war der Wagen, den ein gewiſſer Rousseau kutſchierte, welchen die Ereigniſſe genügend belaſteten, um ſeine Verhaftung zu rechtfertigen, gegen ein Uhr morgens von Mortagne abgefahren. Er mußte bei langſamer Fahrt gegen drei Uhr im Gehölz von le Chesnay eintreffen.
Ein einziger Gendarm eskortierte den Wagen, in Donnery ſollte gefrühſtückt werden. Drei Reiſende befanden ſich in Begleitung des Gendarmen.
Als der Kutſcher, der ſehr langſam gefahren war, an der Brücke von Chesnay, am Eingang des gleichnamigen Gehölzes anlangt, treibt er ſeine Pferde mit Gewalt und mit auffallender Eile an und lenkt in einen Umweg ein, der der Weg von Senzey genannt wird. Der Wagen entſchwindet den Blicken, ſein Weg iſt nur durch das Geläut der Schellen erkennbar; der Gendarm und die drei jungen Männer beeilen ſich, ihn einzuholen. Ein Schrei ertönt. Es wird geſchrien: Halt, ihr Schufte! Und vier Flintenſchüſſe werden abgefeuert.
Der Gendarm, der nicht getroffen iſt, zieht ſeinen Säbel und jagt in der Richtung vorwärts, in der er den Wagen vermutet. Er wird von vier Männern angehalten, die Feuer auf ihn geben; ſeine Eile bewahrt ihn vor einer Verwundung, denn er war zu den jungen Leuten hingeſprengt, um einem von ihnen zu ſagen, er ſolle in le Chesnay Sturm läuten laſſen; aber zwei Briganten ſtürzen ihm nach und legen auf ihn an, er iſt gezwungen, einige Schritte zurückzuweichen, und im Moment, wo er das Gehölz durchſuchen will, erhält er eine Kugel in die linke Schul-

ter, die ihm den Arm zerschmettert; er stürzt zu Boden und sieht sich sofort kampfunfähig gemacht. Die Schreie und das Gewehrfeuer waren bis nach Donnery gehört worden. Der Brigadier und ein Gendarm dieses Ortes kamen herbeigelaufen; ein Pelotonfeuer ließ sie sich nach der Seite des Gehölzes wenden, die derjenigen, wo sich die Plünderung vollzog, entgegengesetzt war. Der Gendarm versucht, durch Schreie die Briganten einzuschüchtern und damit das Herannahen von Hilfsmannschaften vorzuspiegeln. Er ruft: „Vorwärts! Hierher Feuer geben! Wir haben sie! Dorthin noch einmal schießen!"

Die Briganten rufen ihrerseits! „Zu den Waffen! Hierher, Kameraden! So schnell wie möglich!"

Der Lärm der Schüsse gestattet dem Brigadier nicht, die Schreie des verwundeten Gendarmen zu hören, noch auch ein ähnliches Manöver auszuführen wie das, womit der andere Gendarm die Briganten in Schach hält; aber er kann ein Geräusch unterscheiden, das von dem Aufbrechen und Einschlagen der Kassen herrührt. Er geht in dieser Richtung vorwärts, aber vier bewaffnete Banditen gebieten ihm Halt; er ruft ihnen zu: „Ergebt euch, ihr Verbrecher!"

Sie antworten ihm: „Komm nicht näher, oder du bist des Todes!" Der Brigadier stürzt vor, zwei Schüsse gehen los, er ist getroffen; eine Kugel geht ihm durch das Bein und bleibt in der Flanke seines Pferdes stecken. Der tapfere Soldat ist blutüberströmt genötigt, den ungleichen Kampf aufzugeben; er ruft vergeblich: „Hierher! Die Briganten sind in le Quesnay!"

Die Banditen, die dank ihrer Überzahl Herren des

Kampfplatzes geblieben ſind, plündern nun den Wagen aus, der abſichtlich in einen Hohlweg gefahren wurde. Zum Schein hatten ſie dem Poſtillon die Augen verbunden. Man bricht die Kaſſen auf, und die Geldſäcke bedecken bald die Erde. Die Wagenpferde werden ausgeſpannt und mit den Geldſäcken beladen. Dreitauſend Franken in Scheidemünze läßt man zurück, hundertdreitauſend Franken werden auf den vier Pferden weggebracht. Der Zug geht nach dem Weiler von Manneville, der an den Marktflecken Saint-Savin ſtößt. Die Horde mit ihrer Beute macht an einem einzelſtehenden Hauſe Halt, das den Brüdern Chaussard gehört und in dem ihr Onkel, ein gewiſſer Bourget, wohnt, der von Anfang an in die Anſchläge eingeweiht war. Der Alte nimmt, unterſtützt von ſeiner Frau, die Briganten auf, heißt ſie ſich ſtill verhalten, packt das Geld von den Pferden ab und bringt den Leuten zu trinken. Sein Weib ſteht inzwiſchen beim Schloſſe Schildwache. Der Alte führt die Pferde in das Gehölz zurück und übergibt ſie wieder dem Poſtillon; dann macht er die beiden jungen Leute frei, die man, ebenſo wie den willfährigen Poſtillon, gefeſſelt hatte. Nachdem ſie ſich ein wenig ausgeruht haben, machen ſich die Banditen wieder auf den Weg. Courceuil, Hiley und Boislaurier verſammeln ihre Mitſchuldigen um ſich, und nachdem man an jeden eine karg bemeſſene Belohnung ausgeteilt hat, entfernt ſich die Bande.

Als ſie an einen Ort, der Champ-Landry heißt, gelangt ſind, warfen die Verbrecher, der inneren Stimme gehorchend, die alle Schurken zu widerſpruchsvollen und falſch berechneten Schritten treibt, ihre Flinten in einem Getreidefelde weg. Dieſes gemeinſame Tun iſt das letzte Zeichen gegenſeitigen Einverſtändniſſes. Voll Schrecken über die Frechheit ihres Attentats und auch über deſſen erfolgreichen Ausgang zerſtreuen ſie ſich.

Nachdem dieſer Raub mit bewaffneter Hand und ohne vor einem Morde zurückzuſchrecken ausgeführt war, werden im Anſchluß daran andere Schritte vorbereitet, und andere Akteure treten auf, um das Geraubte ſeiner Beſtimmung zuzuführen.

Rifoël, der ſich in Paris verborgen hält, wo alle Fäden des Komplotts in ſeiner Hand zuſammenlaufen, überſendet Léveillé die Anweiſung, für ihn ſo ſchnell als möglich fünfzigtauſend Frauken bereitzuſtellen. Courceuil, der ſich für jeden verbrecheriſchen Plan als der geeignete Mann erwies, hatte ſchon Hiley abgeſandt, um Léveillé zu benachrichtigen, daß der Anſchlag gelungen ſei und daß er nach Mortagne käme. Dorthin begibt ſich auch Léveillé.

Vauthier, auf deſſen Treue man rechnen zu können glaubte, macht ſich anheiſchig, den Onkel der Chaussards aufzuſuchen; als er in deſſen Hauſe anlangt, bedeutet ihm der Alte, er ſolle ſich an ſeine Neffen wenden, die namhafte Beträge der Dame Bryond übergeben hätten. Trotzdem heißt er ihn auf der Straße warten und übergibt ihm einen Sack mit zwölfhundert Franken, die Vauthier der Dame Lechantre für ihre Tochter bringt.

Auf das Drängen Léveillés kehrt Courceuil zu Bourget zurück, der ihn diesmal direkt an ſeine Neffen verweiſt. Der ältere Chaussard nimmt Vauthier in das Gehölz mit und bezeichnet ihm einen Baum, an dem man einen Sack mit tauſend Franken in der Erde vergraben findet. Schließlich machen Léveillé, Hiley und Vauthier immer neue Fahrten, und jedesmal

wird ihnen eine im Verhältnis zu dem geraubten Betrage minimale Summe ausgeliefert.
Frau Lechantre nahm diese Summen in Mortagne entgegen und brachte sie auf ein Anweisungsschreiben ihrer Tochter nach Saint-Savin, wohin die Dame Bryond zurückgekehrt war.
Es ist hier jetzt nicht zu untersuchen, ob die Dame Lechantre schon vorher von dem Komplott Kenntnis gehabt hat.
Es genügt in diesem Moment, darauf hinzuweisen, daß die Dame Mortagne verließ, um am Abend vor der Ausführung des Verbrechens sich nach Saint-Savin zu begeben und ihre Tochter von dort abzuholen; daß die Damen sich unterwegs begegnen und nach Mortagne zurückkehren; daß am nächsten Tage der Notar, von Hiley benachrichtigt, sich von Alençon nach Mortagne begibt, sofort zu ihnen kommt und sie dann veranlaßt, die von den Brüdern Chaussard und von Bourget so schwer herausbekommenen Gelder in ein Haus in Alençon, von dem gleich die Rede sein wird und das einem Herrn Pannier, einem Kaufmann, gehört, zu bringen.
Die Dame Lechantre schreibt dem Wächter in Saint-Savin, er solle sie und ihre Tochter in Mortagne abholen und auf geradestem Wege nach Alençon bringen.
Die Gelder, die sich im ganzen auf zwanzigtausend Franken belaufen, werden bei Nacht verpackt, und das Dienstmädchen Godard leistet dabei Hilfe.
Der Notar hatte ihnen den Weg angegeben. Man langt in der Herberge eines Vertrauten, eines gewissen Louis Chargegrain, in der Gemeinde Littray an. Trotz der Vorsichtsmaßregeln des Notars, der dem Wagen vorausgeht, haben sich Zeugen gefunden, die

das Ausladen der Felleiſen und Säcke, die das Geld enthielten, mitangeſehen haben.

Als aber Courceuil und Hiley, als Frauen verkleidet, auf einem Platze in Alençon ſich mit dem Herrn Pannier, dem Schatzmeiſter der Rebellen ſeit dem Jahre 1794, der Rifoël ganz ergeben war, trafen, um zu verabreden, wie man Rifoël den verlangten Betrag übermitteln ſolle, war der Schrecken über die bereits erfolgten Verhaftungen und die weiteren Verfolgungen ſo groß geworden, daß die Dame Lechantre in Angſt bei Nacht aus der Herberge, in der ſie ſich befand, mit ihrer Tochter auf Umwegen entfloh und den Notar Léveillé im Stich ließ, um ſich in den im Schloſſe Saint-Savin hergeſtellten Verſtecken zu verbergen. Dieſelben Alarmnachrichten ſtörten die übrigen Schuldigen auf. Courceuil, Boislaurier und ſein Verwandter Dubut wechſelten zweitauſend Talerſtücke in Gold bei einem Kaufmann ein und flohen durch die Bretagne nach England.

In Saint-Savin angelangt, erfahren die Damen Lechantre und Bryond die Verhaftung Bourgets, des Poſtillons und der Banditen.

Die Gerichte, die Gendarmerie, die Behörden gingen mit ſo feſter Hand vor, daß es dringend nötig erſchien, die Dame Bryond den Nachforſchungen der Juſtiz zu entziehen; denn ſie war der Gegenſtand der Verehrung aller dieſer Übeltäter, die ſich vor ihr gebeugt hatten. Daher verließ die Dame Bryond Saint-Savin und verbarg ſich zuerſt in Alençon, wo ihre Getreuen Rat hielten und beſchloſſen, ſie in einem Keller Panniers zu verſtecken.

Hier treten neue Ereigniſſe in die Erſcheinung.

Zwei Gendarmen, mit den Nachforſchungen nach der Dame Bryond beauftragt, gelingt es, bei Pannier einzudringen, und einer Beſprechung beizuwohnen; aber dieſe des Vertrauens ihrer Vorgeſetzten unwürdigen Leute unterliegen, ſtatt die Dame Bryond feſtzunehmen, der Verführung. Dieſe unwürdigen Soldaten, namens Ratel und Mallet, bezeigen für die Frau das lebhafteſte Intereſſe und bieten ſich an, ſie ungefährdet zu den Chaussards zu bringen, um dieſe zur Herausgabe des Geldes zu zwingen.

Die Dame Bryond reitet, als Mann verkleidet, weg, begleitet von Ratel, Mallet und dem Mädchen Godard. Die Reiſe wird bei Nacht ausgeführt. Sie kommt an und hat allein mit einem der Brüder Chaussard eine ſehr lebhaft geführte Unterredung. Sie war mit einer Piſtole bewaffnet und entſchloſſen, ihren Mitſchuldigen, wenn er ſich weigerte, niederzuſchießen; aber er führt ſie in das Gehölz, und ſie kehrt mit einem ſchweren Geldſack zurück. Sie findet darin Scheidemünzen und Zwölfſousſtücke im Betrage von fünfzehnhundert Franken.

Man beſchließt nun, alle Komplicen bei Chaussard zu verſammeln, um ſie feſtzuhalten und ſie der Folter zu unterwerfen.

Pannier, von dem Mißerfolg benachrichtigt, kommt wütend dazu und ſtößt Drohungen aus; und die Dame Bryond, obwohl ſie ihrerſeits ihm mit dem Zorne Rifoëls droht, iſt genötigt, zu fliehen.

Alle dieſe Einzelheiten ergaben ſich aus dem Geſtändnis Ratels.

Mallet, gerührt von ihrer bedrängten Lage, ſchlägt der Dame Bryond vor, ſie in einem Verſtecke unterzubringen. Alle bringen dann die Nacht in dem Gehölz von Troisville zu. Dann begeben ſich Mallet und Ratel in Begleitung Hileys und Cibots nachts zu den Brüdern Chaussard; hier aber hören ſie, daß die

beiden Brüder die Gegend verlaſſen haben, und daß der Reſt des Geldes ſicherlich fortgeſchafft iſt.
Dies war die letzte Anſtrengung der Mitglieder des Komplotts, die geraubten Gelder wiederzuerlangen.
Es muß nun feſtgeſtellt werden, welcher beſondere Anteil einem jeden der Anſtifter des Komplotts zuzuſchreiben iſt.
Dubut, Boislaurier, Gentil, Herbomez, Courceuil und Hiley ſind als Führer anzuſehen, die einen als Anſtifter, die andern als Täter.
Boislaurier, Dubut und Courceuil, alle drei flüchtig, gegen die alſo in contumaciam verhandelt werden muß, ſind berufsmäßige Rebellen, Begünſtiger von Unruhen und unverſöhnliche Feinde Napoleons des Großen, ſeiner Siege, ſeiner Dynaſtie und ſeiner Regierung, unſerer neuen Geſetze und der Verfaſſung des Kaiſerreichs.
Herbomez und Hiley haben frech mit bewaffneter Hand das ins Werk geſetzt, was ſie geplant hatten.
Die Schuld der Sieben, deren man ſich als Inſtrumente zur Ausführung des Verbrechens bediente, der Cibot, Liſieux, Grenier, Bruce, Horeau, Cabot und Minard, iſt klar; ſie ergibt ſich aus den Geſtändniſſen derjenigen von ihnen, die ſich in Haft befinden, denn Liſieux iſt während der Unterſuchung geſtorben, und Bruce iſt flüchtig.
Das Verhalten des Poſtillons Rousseau trägt den Stempel des Einverſtändniſſes mit den Verbrechern an ſich. Seine langſame Fahrt unterwegs, die Eile, mit der er die Pferde beim Eingang des Gehölzes antrieb, ſein hartnäckiges Betonen, daß ihm die Augen verbunden waren, obwohl der Anführer der Briganten ihm das Taſchentuch abnehmen ließ, damit er ſie erkenne, was die jungen Leute bezeugt haben:

alle diese Umstände lassen sehr klar auf sein Einverständnis schließen.
Was die Dame Bryond und den Notar Léveillé anlangt — kann es eine bündigere und klarere Mitschuld geben als die ihrige? Sie haben fortgesetzt die verbrecherischen Handlungen unterstützt, gekannt und jede Hilfe dabei geleistet. Léveillé war bei jeder Gelegenheit unterwegs. Die Dame Bryond ersann eine List nach der anderen, sie setzte alles, sogar ihr Leben aufs Spiel, um die Herausgabe der Gelder zu erreichen. Sie hat ihr Schloß, ihren Wagen zur Verfügung gestellt, sie war von Anfang an an dem Komplott beteiligt; sie hat auch den Hauptanführer nicht davon abzubringen versucht, indem sie pflichtmäßig ihren Einfluß auf ihn geltend machte, um ihn daran zu verhindern. Sie hat auch ihr Kammermädchen, die Godard, mit hineingezogen. Léveillé war an der Ausführung so sehr beteiligt, daß er sogar versucht hat, den Briganten das Beil, das sie verlangten, zu beschaffen.
Die Frau Bourget, Vauthier, die Chaussards, Pannier, die Dame Lechantre, Mallet und Ratel waren alle in verschiedenem Grade an dem Verbrechen beteiligt, ebenso die Herbergswirte Melin, Linet, Laravinière und Chargegrain.
Bourget ist während der Untersuchung gestorben, nachdem er ein Geständnis abgelegt hat, das jede Ungewißheit bezüglich des Anteils Vauthiers und der Dame Bryond beseitigt; und wenn er dabei versucht hat, die Schuld seiner Frau und seines Neffen Chaussard abzuschwächen, so sind die Gründe seiner Zurückhaltung leicht begreiflich.
Die Chaussards haben als Mitwisser den Briganten Lebensmittel gegeben, sie haben gesehen, daß sie

bewaffnet waren, ſie waren Zeugen aller Verabredungen, ſie haben das zum Aufbrechen der Kaſſe notwendige Beil wegnehmen laſſen, wobei ſie wußten, wozu es dienen ſollte. Endlich waren ſie die Hehler, ſie haben geſehen, wie die geraubten Gelder fortgeſchleppt wurden, ſie haben einen Teil davon verſteckt und das meiſte verſchleudert.

Pannier, der alte Schatzmeiſter der Rebellen, hat die Dame Bryond verſteckt gehalten; er iſt einer der gefährlichſten Komplicen des Verbrechens und war von Anfang an darin eingeweiht. Auf ihn weiſen noch andere Verdachtsmomente hin, die zwar noch nicht aufgeklärt ſind, denen aber die Juſtiz nachgeht. Er iſt der getreue Anhänger Rifoëls, der Vertrauensmann für die geheimen Umtriebe der gegenrevolutionären Partei im Weſten; er bedauerte, daß Rifoël Frauen an dem Komplott beteiligt und ihnen Vertrauen geſchenkt hat; er hat Geldſummen an Rifoël geſandt und war Hehler der geraubten Gelder.

Was das Verhalten der beiden Gendarmen Ratel und Mallet anlangt, ſo fordert es die äußerſte Strenge der Juſtiz heraus; denn ſie haben ihren Eid gebrochen. Der eine von ihnen, der ſein Schickſal vorausſah, hat Selbſtmord begangen, nachdem er wichtige Eröffnungen gemacht hatte. Der andere, Mallet, hat nichts geleugnet; ſein Geſtändnis beſeitigt jede Ungewißheit.

Die Dame Lechantre hat, trotz ihres ſtandhaften Leugnens, von allem gewußt. Das Vorleben dieſer heuchleriſchen Frau, die es verſucht, ihre angebliche Unſchuld durch eine äußerliche, lügneriſche Frömmigkeit glaubhaft zu machen, beweiſt ihre Entſchloſſenheit und Unerſchrockenheit in Notfällen. Sie beruft ſich darauf, daß ſie von ihrer Tochter getäuſcht worden ſei, daß ſie geglaubt habe, es handele ſich um Gelder, die dem Herrn Bryond gehörten. Das iſt eine plumpe Lüge! Wenn der Herr Bryond Geld beſeſſen hätte, würde er nicht die Gegend verlaſſen und den Anblick ſeines wirtſchaftlichen Zuſammenbruchs vermieden haben. Die Dame Lechantre behauptet, daß ſie an einen Raub nicht glauben konnte, da ſie ſah, daß die Sache von ſeinem Genoſſen Boislaurier gebilligt wurde. Aber wie erklärt ſie die Anweſenheit Rifoëls in Saint-Savin, die Ausflüge und die Beziehungen dieſes jungen Mannes zu ihrer Tochter, den Aufenthalt der Briganten, der ihnen durch das Mädchen Godard und die Dame Bryond ermöglicht wurde? Sie ſchützt ihren tiefen Schlaf vor, ſie verſteckt ſich hinter ihrer angeblichen Gewohnheit, abends um ſieben Uhr zu Bett zu gehen, wußte aber auf die Bemerkung des Unterſuchungsrichters, daß ſie dann doch mit Tagesanbruch aufſtünde und ſodann etliche Spuren des Komplotts und die Anweſenheit ſo vieler Leute hätte bemerken und ſich über das nächtliche Fortgehen und Wiederkommen ihrer Tochter beunruhigen müſſen, nichts zu erwidern. Sie hielt dem nur entgegen, daß ſie im Gebet verſunken geweſen ſei. Dieſe Frau iſt das Muſterbild einer Heuchlerin. Ihre Reiſe am Tage des Verbrechens, die Mühe, die ſie ſich gibt, ihre Tochter nach Mortagne zu bringen, ihre Fahrt mit dem Gelde, ihre eilige Flucht, als alles entdeckt war, die Sorgfalt, mit der ſie ſich verſteckt, ihr Verhalten bei ihrer Feſtnahme — alles beweiſt, daß ſie als Mitſchuldige ſeit langer Zeit beteiligt war. Sie hat nicht gehandelt wie eine Mutter, die ihre Tochter eines Beſſeren belehren und ſie der

Gefahr entziehen will, ſondern wie eine Mitſchuldige, die zittert; und ihre Mitſchuld war nicht der Ausfluß übermäßiger Zärtlichkeit, ſondern die Folge des Parteigeiſtes, der wohlbekannte Haß gegen die Regierung Seiner Kaiſerlichen und Königlichen Majeſtät. Auch ein Übermaß von mütterlicher Zärtlichkeit würde ſie nicht entlaſten, und es darf nicht überſehen werden, daß ihre ſeit langem und mit Vorbedacht gegebene Zuſtimmung den klarſten Beweis ihrer Mitſchuld liefert.

Ebenſo wie über die Tatſachen des Verbrechens iſt auch über ſeine Anſtifter Klarheit geſchaffen. Es zeigt ſich dabei eine abſcheuliche Vereinigung von wütendem Fanatismus mit Verleitung zum Raube und zum Morde, wozu der Parteigeiſt angeſtiftet hat, auf den man ſich zu berufen verſucht, um vor ſich ſelbſt die niedrigſten Miſſetaten zu rechtfertigen. Die Anführer geben das Signal zum Raube von Staatsgeldern, um Geld für die ſchlimmſten Verbrechen zu beſchaffen; elende wilde Söldner übernehmen um niedrigen Lohn die Ausführung und ſcheuen auch nicht vor dem Morde zurück; und die nicht weniger ſchuldigen Helfershelfer der Rebellen unterſtützen das Verteilen und Verſtecken der Beute. Welche menſchliche Geſellſchaft darf ſolche Attentate dulden? Keine Strafe iſt dafür ſtreng genug.

Deshalb wird der Sondergerichtshof für Strafſachen über die vorbezeichneten Angeklagten Herbomez, Hiley, Cibot, Grenier, Horeau, Cabot, Minard, Melin, Binet, Laravinière, Rousseau, die Frau Bryond, Léveillé, die Frau Bourget, Vauthier, den älteren Chaussard, Pannier, die Witwe Lechantre und Mallet, alle bereits näher bezeichnet und hier anweſend, und die ſchon benannten Boislaurier, Dubut, Courceuil, Bruce, den jüngeren Chaussard, Chargegrain, das Mädchen Godard, diese sämtlich flüchtig, das Urteil zu fällen haben, ob sie schuldig oder nicht schuldig der in dieser Anklageschrift erwähnten Handlungen sind.

Caen, den 1. Dezember 180 . . .

Die Staatsanwaltschaft.
Gezeichnet: Baron Bourlac."

Diese Anklageschrift, die viel kürzer und bestimmter abgefaßt war als die heutigen, die so peinlich genau und eingehend sich mit allen Nebenumständen und besonders mit dem Vorleben der Angeklagten befassen, erregte Gottfried aufs tiefste. Der trockene Stil, in dem die amtliche Feder mit roter Tinte die Hauptumstände der Sache darstellte, setzte seine Phantasie in Tätigkeit. Zusammenfassende, präzise Berichte sind für manche Geister Texte, in die sie sich eingraben, um sich in ihre geheimnisvollen Abgründe zu vertiefen.
Mitten in der Nacht, in der Stille und Dunkelheit, die ihn umgab, und im Nachsinnen über die furchtbaren Beziehungen zwischen diesem Schriftstück und Frau de la Chanterie, die der gute Alain ihn hatte ahnen lassen, wandte Gottfried all seinen Scharfsinn auf, um sich über diesen Punkt Aufklärung zu verschaffen.
Sicher mußte der Name Lechantre der Stammname der de la Chanterie sein, in den man unter der Republik und dem Kaiserreich ihren Aristokratennamen geändert hatte.
Er sah die Landschaft, in der sich diese Tragödie abgespielt hatte, vor sich. Die Figuren der Mitschuldigen zweiten Ranges zogen an seinem Auge vorbei.

Seine Phantaſie ſtellte ſich nicht einen gewiſſen Rifoël, ſondern einen Chevalier du Viſſard vor, einen jungen Mann, der etwa dem Fergus Walter Scotts ähnlich und eine Art franzöſiſcher Jakobit war. Er erlebte den Roman eines jungen Mädchens mit, das, durch die Niederträchtigkeit ihres Gatten in grober Weiſe betrogen (ſolche Romane waren damals modern), einen jungen Rebellenführer, der gegen den Kaiſer konſpirierte, liebt, ſich wie Diana Vernon Hals über Kopf in die Verſchwörung ſtürzt, ſich dafür begeiſtert und, einmal auf dieſe abſchüſſige Bahn geraten, nicht mehr haltmacht! War ſie bis auf das Schafott gekommen?

Gottfried ſah eine ganze Welt vor ſich. Er irrte in den normänniſchen Gehölzen umher, er erblickte den bretoniſchen Chevalier und Frau Bryond hinter den Hecken; er lebte mit im Schloſſe Saint-Savin; er wohnte den verſchiedenen Szenen bei, in denen ſo viele Menſchen verführt wurden, und ſah den Notar, den Kaufmann und alle die kühnen Führer der Chouans leibhaft vor ſich. Er ahnte, wie faſt das ganze Land daran teilhatte, in dem die Erinnerung an die Anſchläge des berüchtigten Marche-à-Terre, der Grafen von Bauvan und Longuy, an das Maſſaker von la Vivetière, an den Tod des Marquis von Mautauran, von deſſen Heldentaten ihm ſchon Frau de la Chanterie erzählt hatte, fortlebte. Dieſe Art Viſion der Dinge, Menſchen und Ortſchaften ging ſchnell vorüber. Da er daran dachte, daß es ſich um die bedeutende, vornehme, fromme alte Frau handelte, deren edle Eigenſchaften einen ſolchen Einfluß auf ihn ausübten, daß er im Begriff war, ein anderer Menſch zu werden, ſo nahm Gottfried voll Schrecken die zweite Schrift, die ihm der biedere Alain gegeben hatte, in die Hand; ſie war überſchrieben:

„Gnadengeſuch
für Frau Henriette Bryond des Tours-Minières,
geborene Lechantre de la Chanterie."

„Hier iſt kein Zweifel mehr möglich!" ſagte ſich Gottfried.

Die Schrift lautete:

„Wir ſind verurteilt und ſchuldig; aber wenn jemals ein Souverän Grund gehabt hat, von ſeinem Begnadigungsrecht Gebrauch zu machen, iſt das nicht in der vorliegenden Sache der Fall?

Es handelt ſich um eine junge Frau, die erklärt hat, daß ſie ſich Mutter fühlt, und die zum Tode verurteilt iſt.

Auf der Schwelle des Gefängniſſes, im Anblick des Schafotts, das ſie erwartet, wird dieſe Frau die reine Wahrheit ſagen.

Die Wahrheit wird für ſie reden, ihr wird ſie die Begnadigung zu verdanken haben.

Der vor dem Strafgerichtshof von Alençon verhandelte Prozeß hat, wie alle Prozeſſe, bei denen eine große Anzahl Angeklagter in ein gemeinſames Komplott verwickelt iſt, das vom Parteigeiſt angezettelt wurde, ganz unaufgeklärte Teile gezeigt.

Die Kanzlei Seiner Kaiſerlichen und Königlichen Majeſtät weiß, was ſie heute von der myſteriöſen Perſönlichkeit des ſogenannten Le Marchand zu halten hat, deſſen Anweſenheit im Departement l'Orne während der Prozeßverhandlungen vor dem öffentlichen Ankläger nicht geleugnet wurde, den vorzuladen aber die Staatsanwaltſchaft ſich nicht veranlaßt geſehen hat, während die Verteidigung keine Möglichkeit hatte, ihn vorführen zu laſſen, noch ihn überhaupt aufzufinden.

Dieſe Perſönlichkeit iſt, wie die Staatsanwaltſchaft, die Präfektur, die Pariſer Polizei und die Kanzlei Seiner Kaiſerlichen und Königlichen Majeſtät wiſſen, der Herr Bernhard-Polydor Bryond des Tours-Minières, ſeit 1794 Korreſpondent des Grafen von Lille, im Ausland als Baron des Tours-Minières und in den Annalen der Pariſer Polizei unter dem Namen Contenſon bekannt.

Das iſt ein Ausnahmemenſch, ein Mann, deſſen Adel und Jugend durch ſo laſterhafte Neigungen, durch eine ſo tiefe Immoralität, durch ſo ſtrafbare Verirrungen befleckt ſind, daß dieſes elende Daſein ſicher ſchon auf dem Schafott geendet hätte, ohne die Kunſt, mit der er ſich in einer Doppelrolle, entſprechend ſeinem doppelten Namen, nützlich zu machen verſtand. Aber mehr und mehr von ſeinen Leidenſchaften, von immer neuen Bedürfniſſen beherrſcht, wird er ſchließlich noch unter die tiefſte Stufe des Laſters ſinken und bald bei deſſen unterſten Ausläufern angelangt ſein, trotz ſeiner unbeſtreitbaren Begabung und ſeinem bemerkenswerten Verſtande.

Als die Vorſicht des Grafen von Lille Bryond nicht mehr erlaubte, Geld im Auslande zu erheben, wollte er der blutigen Arena, in die ihn ſeine Geldanſprüche hinabgezogen hatten, entrinnen.

War ſeine Karriere nicht ertragreich genug geweſen? Waren es Gewiſſensbiſſe oder die Schande, die dieſen Mann in das Land zurückführten, wo ſeine Beſitzungen, die bei ſeiner Abreiſe mit Schulden überlaſtet waren, ſeinem Genie wenig Hilfsmittel darbieten konnten? Es iſt unmöglich, das zu glauben. Es iſt wahrſcheinlicher, anzunehmen, daß er in den Departements, wo noch einige Funken unſerer Bürgerkriege glommen, eine Miſſion zu erfüllen hatte.

Als er die Gegend durchforſchte, in der ſeine hinterliſtige Zuſammenarbeit mit den von England und dem Grafen von Lille angeſponnenen Intrigen ihm das Vertrauen der Familien, die der durch das Genie unſeres unſterblichen Kaiſers beſiegten Partei anhingen, verſchafften, begegnete er einem früheren Anführer der Rebellen, zu dem er ſeit der Unternehmung von Quibéron und der letzten Erhebung der Rebellen im Jahre VII als Abgeſandter des Auslandes Beziehungen hatte. Er beſtärkte den großen Agitator, der ſeine Komplotte gegen den Staat mit dem Tode gebüßt hat, in ſeinen Hoffnungen. So vermochte Bryond die Geheimniſſe dieſer unverbeſſerlichen Partei zu erfahren, die den Ruhm Seiner Majeſtät des Kaiſers Napoleon I. und damit die wahren Intereſſen des Landes, die in ſeiner geheiligten Perſon vereinigt ſind, verkannte.

Im Alter von ſechsunddreißig Jahren, tiefſte Frömmigkeit heuchelnd, eine grenzenloſe Ergebenheit für die Intereſſen des Grafen von Lille und eine anbetungsvolle Ergebenheit für die Inſurgenten, die ihren Tod bei den Kämpfen im Weſten gefunden hatten, wußte er geſchickt die Anzeichen ſeiner erſchöpften Jugendkraft, die ſich noch durch einige äußerliche Vorzüge empfahl, zu verbergen; und aufs beſte unterſtützt durch das Schweigen ſeiner Gläubiger und durch eine unerhörte Gefälligkeit der Junker des Landes, ließ ſich dieſer Menſch, ein wahres übertünchtes Grab, mit großen Anſprüchen auf Berückſichtigung bei der Dame Lechantre, die für ſehr reich galt, einführen.

Man machte ein Komplott, um dieſen Schützling der

Junker die einzige Tochter der Frau Lechantre, die junge Henriette, heiraten zu laſſen.

Prieſter, frühere Adlige, Gläubiger, jeder aus anderen Beweggründen, die bei den einen loyal waren, bei den andern auf Habgier beruhten, für deren Folgen aber die Mehrzahl blind war, — alle arbeiteten zuſammen, um die Heirat Bernhard Bryonds mit Henriette Lechantre zuſtande zu bringen.

Die Vorſicht des Notars, der die Geſchäfte der Frau Lechantre führte, und vielleicht auch etwas Mißtrauen waren die Veranlaſſung, daß die junge Dame ins Verderben geſtürzt wurde. Herr Chesnel, der Notar von Alençon, ſchloß die Beſitzung Saint-Savin, das einzige, was die künftige Ehefrau beſaß, von der Gütergemeinſchaft aus, wobei er der Mutter die Wohnung und eine beſcheidene Rente vorbehielt.

Die Gläubiger, die bei der Dame Lechantre auf Grund ihres Ordnungsſinnes und ihrer Sparſamkeit erhebliche Kapitalien vermuteten, ſahen ſich in ihren Erwartungen getäuſcht; alle hielten die Dame für geizig und gingen nun gegen Bryond vor, deſſen prekäre Lage jetzt offenbar wurde.

Es brachen ſcharfe Zwiſtigkeiten zwiſchen den jungen Ehegatten aus, bei denen der jungen Frau die Verdorbenheit, die religiöſe und politiſche Gottloſigkeit und — darf ich es ſagen? — die Niederträchtigkeit des Mannes klar wurden, an den ihr Geſchick ſo verhängnisvoll geknüpft war. Bryond ſah ſich genötigt, ſeine Frau in das Geheimnis der verabſcheuungswürdigen Komplotte gegen die kaiſerliche Regierung einzuweihen und in ſeinem Hauſe Rifoël du Viſſard ein Aſyl anzubieten.

Der abenteuerliche, tapfere, edelmütige Charakter Rifoëls übte auf alle, die ihm nähertraten, eine verführeriſche Anziehung aus, wofür eine Unzahl von Beweiſen in den Strafprozeſſen vorliegen, die vor den drei Sondergerichtshöfen in Straſſachen geführt worden ſind.

Sein unwiderſtehlicher Einfluß, ſeine abſolute Herrſchaft über eine junge Frau, die ſich in einen Abgrund geſtürzt ſah, wird nur zu deutlich bei der Kataſtrophe, deren Schrecken ſie als Bittflehende vor den Stufen des Thrones niederknien läßt. Was aber die Kanzlei Seiner Kaiſerlichen und Königlichen Majeſtät leicht feſtſtellen kann, das iſt die niederträchtige Bereitwilligkeit Bryonds, mit der er, weit entfernt, ſeine Pflicht als Führer und Berater des Kindes, das eine betrogene Mutter ihm anvertraut hatte, zu erfüllen, eine Freude daran fand, das Band der Intimität zwiſchen der jungen Henriette und dem Rebellenführer nur noch enger zu knüpfen.

Der Plan dieſes verabſcheuungswürdigen Menſchen, der ſich rühmt, alles zu verachten und jede Sache nur unter dem Geſichtspunkte ſeiner Gelüſte zu betrachten und der die moraliſchen und religiöſen Vorſchriften nur als leicht zu beſeitigende Hinderniſſe betrachtet, dieſer Plan war folgender:

Es muß zunächſt betont werden, wie vertraut mit einem derartigen Vorgehen ein Mann war, der ſeit dem Jahre 1794 eine doppelte Rolle ſpielt und der es acht Jahre hindurch verſtanden hat, den Grafen von Lille und ſeine Anhänger und vielleicht auch die oberſte Polizeibehörde des Reichs zu täuſchen: dienen ſolche Menſchen nicht demjenigen, der ſie am beſten bezahlt?

Bryond trieb Rifoël zu dem Verbrechen, er drängte darauf, mit bewaffneter Hand die Staatskaſſen zu rauben und von den Käufern von Nationalgütern

eine hohe Kontribution unter Anwendung scheußlicher Martern zu erheben, die fünf Departements in Schrecken setzen sollten, und die er ausgedacht hatte. Er verlangte, daß ihm dreihunderttausend Franken ausgehändigt würden, um damit die auf seinen Gütern lastenden Schulden abzulösen.
Falls seine Frau oder Rifoël ihm Widerstand leisten würden, hatte er sich vorgenommen, sich für die tiefe Verachtung, die er dieser geradsinnigen Seele eingeflößt hatte, zu rächen, indem er beide der Strenge des Gesetzes ausliefern wollte, sobald sie ein Kapitalverbrechen begangen haben würden.
Als er sah, daß die Anhänglichkeit an die Partei bei diesen beiden Wesen, die er aneinander gebunden hatte, stärker war als die Berücksichtigung seiner Interessen, verschwand er und kehrte nach Paris zurück, versehen mit eingehenden Auskünften über die Situation in den westlichen Departements.
Die Brüder Chaussard und Vauthier waren Bryonds Korrespondenten, das ist der Kanzlei bekannt.
Heimlich und verkleidet erschien er, sobald das Attentat auf die Kassen von Caen ausgeführt war, wieder im Lande unter dem Namen Le Marchand und setzte sich im geheimen mit dem Herrn Präfekten und den Behörden in Verbindung. Was geschah nun? Niemals ist eine so weit verbreitete Verschwörung, an der so viele Personen der verschiedensten Stufen der gesellschaftlichen Stellung teilnahmen, der Justiz so schnell bekannt geworden wie dieses unerwartete Attentat auf die Kassen von Caen. Alle Schuldigen wurden verfolgt und sechs Tage nach dem Attentat aufgespürt, und zwar mit einer Sicherheit, die die vollkommenste Kenntnis der Pläne und der Individuen beweist. Die Verhaftungen, der Prozeß, der

Tod Rifoëls und ſeiner Mitſchuldigen ſind der Beweis dafür, den wir nur erwähnen, um zu zeigen, daß wir deſſen ſicher ſind. Der Kanzlei, wir wiederholen es, iſt über dieſen Punkt mehr bekannt als uns.
Wenn jemals ein Verurteilter ſich an die Gnade des Souveräns wenden dürfte, ſo iſt es Henriette Lechantre.
Mitgeriſſen von ihrer leidenſchaftlichen Liebe, von den Ideen der Rebellion, die ſie mit der Muttermilch eingeſogen hatte, iſt ſie in den Augen der Juſtiz ſicherlich nicht zu entſchuldigen; werden aber von dem großherzigſten der Kaiſer der niedrigſte Verrat und der heißeſte Enthuſiasmus nicht zu ihren Gunſten ſprechen?
Der größte Feldherr, der unſterbliche Genius, der den Fürſten Hatzfeld begnadigte und, gleich Gott ſelbſt, die verhängnisvollen Triebe des Herzens verſteht, wird er nicht zugeben, daß dieſer Trieb unüberwindlich iſt und ein Verbrechen, ſo groß es auch ſei, zu entſchuldigen vermag?
Zweiundzwanzig Köpfe ſind bereits durch das Schwert der Gerechtigkeit gefallen, nachdem die drei Strafgerichtshöfe das Urteil geſprochen haben; es iſt nur noch der einer jungen Frau von zwanzig Jahren, einer Minderjährigen übrig: wird Kaiſer Napoleon der Große ſie nicht ſchonen, damit ſie bereuen kann? Wird er die Vergeltung nicht Gott überlaſſen?

Für Henriette Lechantre,
die Gattin Bryonds des Tours-Minières,

ihr Verteidiger Bordin,
Advokat am Gerichtshof erſter Inſtanz des Seine-Departements."

Diese furchtbare Tragödie beunruhigte den kurzen Schlaf, den Gottfried fand. Er träumte von der Hinrichtung, wie sie der Arzt Guillotin in philanthropischem Interesse erfunden hat. Mitten in seinem schweren Albdrücken sah er die junge Frau nach den letzten Vorbereitungen auf dem Karren fortgeschleppt, wie sie das Schafott bestieg mit dem Rufe: Es lebe der König!

Die Neugierde peinigte Gottfried. Bei Tagesanbruch erhob er sich, kleidete sich an, ging im Zimmer auf und ab und stellte sich schließlich ans Fenster, indem er mechanisch den Himmel betrachtete und sich, wie es ein moderner Autor machen würde, die Tragödie als einen Roman in mehreren Bänden vor Augen stellte. Beständig sah er von dem dunklen Hintergrunde von Chouans, Landleuten, Provinzedelleuten, Anführern, Gerichtspersonen, Advokaten, Spionen sich strahlend die Figuren der Mutter und der Tochter abheben; der Tochter, die ihre Mutter täuschte, der Frau, die das Opfer eines Ungeheuers geworden war und das Opfer ihrer Zuneigung zu einem jener kühnen Männer, die man später Helden nannte, und dem die Einbildungskraft Gottfrieds eine Ähnlichkeit mit Leuten wie Charette, Georges Cadoudal, mit den Gewaltigen in dem Kampfe zwischen Republik und Monarchie verlieh.

Sobald Gottfried den braven Alain sich in seinem Zimmer bewegen hörte, ging er zu ihm; aber als er die Tür geöffnet hatte, kehrte er wieder um. Der Greis kniete auf seinem Betschemel und sprach sein Morgengebet. Der Anblick dieses weißen, in tiefste Andacht versunkenen Hauptes erinnerte Gottfried an seine versäumte Pflicht, und er kniete nieder, um ein heißes Gebet zum Himmel zu richten.

„Ich erwartete Sie," ſagte der Alte, als er Gottfried eine Viertelſtunde ſpäter eintreten ſah, „ich habe Ihrer Ungeduld Rechnung getragen und bin früher als ſonſt aufgeſtanden."
„Frau Henriette? ..." fragte Gottfried in ſichtlicher Angſt.
„Iſt die Tochter der gnädigen Frau," unterbrach der Alte Gottfried. „Die gnädige Frau nennt ſich Lechantre de la Chanterie. Unter dem Kaiſerreich wurden weder die Adelstitel noch die dem Familien- oder dem urſprünglichen Namen hinzugeſetzten anerkannt. So nannte ſich die Baronin des Tours-Minières Frau Bryond. Der Marquis d'Esgrignon nahm wieder den Namen Carol an, er wurde der Bürger Carol und ſpäter der Herr Carol. Die Troisvilles wurden die Herren Guibelin."
„Und wie lief die Sache aus? Hat der Kaiſer ſie begnadigt?"
„Leider nicht!" erwiderte Alain. „Die unſelige kleine Frau von einundzwanzig Jahren ſtarb auf dem Schafott. Als der Kaiſer die Eingabe Bordins geleſen hatte, antwortete er ſeinem Juſtizminiſter etwa folgendes:
‚Weshalb ſoll ich mich um einen Spion bekümmern? Ein Polizeiagent iſt kein gewöhnlicher Menſch mehr, er darf auch keine menſchlichen Gefühle haben; er iſt ein Rad in einer Maſchine, Bryond hat nur ſeine Pflicht getan. Wenn ſolche Inſtrumente nicht das wären, was ſie ſein müſſen, Männer von Eiſen, die ihren Geiſt nur im Sinne des Herrn, dem ſie dienen, anſtrengen, dann wäre jede Regierung unmöglich. Die Urteilsſprüche der Sonderſtrafgerichte müſſen vollzogen werden, ſonſt würden meine Beamten weder zu ihnen noch zu mir Vertrauen haben.

Übrigens ſind die Söldner dieſer Leute hingerichtet worden, und ſie waren weniger ſchuldig als die Anführer. Außerdem muß man den Frauen aus dem Weſten zeigen, daß ſie ſich nicht an Komplotten beteiligen ſollen. Gerade weil hier eine Frau durch den Spruch des Gerichts betroffen iſt, muß der Gerechtigkeit freier Lauf gelaſſen werden. Gegenüber dem Staatsintereſſe kann es keine Entſchuldigung geben.‘ Das war ungefähr der Inhalt deſſen, was der Juſtizminiſter ſo freundlich war, Bordin aus ſeiner Unterredung mit dem Kaiſer mitzuteilen. Als er erfuhr, daß Frankreich und Rußland ſich bald miteinander meſſen ſollten und daß der Kaiſer ſich ſiebenhundert Meilen von Paris entfernen mußte, um ein ungeheures ödes Land anzugreifen, begriff Bordin die wahren Gründe der kaiſerlichen Ungnade. Um Ruhe im Weſten zu haben, der ſchon Rebellen genug in ſich barg, ſchien es Napoleon notwendig, ſtarken Schrecken zu verbreiten. Daher riet der Juſtizminiſter dem Advokaten auch, nichts weiter für ſeine Klienten zu verſuchen.“

„Und für ſeine Klientin?“ ſagte Gottfried.

„Frau de la Chanterie wurde zu zweiundzwanzig Jahren Zuchthaus verurteilt,“ ſagte Alain. „Da ſie ſchon nach Bicêtre, nahe bei Rouen, überführt war, um ihre Strafe zu verbüßen, durfte man ſich mit ihr erſt befaſſen, nachdem ihre Henriette ſcheinbar gerettet war, die nach der ſchrecklichen Gerichtsverhandlung ihr ſo ans Herz gewachſen war, daß ohne Bordins Zuſicherung, daß er ihre Begnadigung durchſetzen würde, die gnädige Frau die Verurteilung wohl nicht überlebt hätte. Man täuſchte alſo die arme Mutter. Sie ſah ihre Tochter noch, nachdem die andern zum Tode Verurteilten ſchon hingerichtet waren, ohne zu ahnen, daß dieſer Aufſchub nur ihrer fälſchlichen Angabe, ſie ſei ſchwanger, zuzuſchreiben war.“

„Ach, nun begreife ich alles!“ rief Gottfried.

„Nein, mein Kind, es gibt Dinge, die man ſich nicht vorſtellen kann. Die gnädige Frau hat ihre Tochter ſehr lange Zeit am Leben geglaubt . . .“

„Wie das?“

„Als Frau des Tours-Minières von Bordin die Abweiſung ihres Gnadengeſuchs erfuhr, hatte die großherzige kleine Frau den Mut, zwanzig Briefe zu verfaſſen, von Monat zu Monat nach ihrer Hinrichtung datiert, um den Glauben zu erhalten, daß ſie noch lebe, und in ihnen die Leiden einer erdichteten Krankheit, die zum Tode führte, zu beſchreiben. Dieſe Briefe umfaßten einen Zeitraum von zwei Jahren. Frau de la Chanterie wurde ſo auf den Tod ihrer Tochter vorbereitet, aber auf einen natürlichen Tod: von ihrer Hinrichtung erfuhr ſie erſt im Jahre 1814. Zwei Jahre lang war ſie im Kerker zuſammen mit den elendeſten Geſchöpfen ihres Geſchlechts in Gefangenenkleidern; nach Ablauf des zweiten Jahres erhielt ſie dann auf das dringende Bemühen der Champignelles und der Beauséants ein eigenes Zimmer, in dem ſie wie eine Nonne im Kloſter lebte.“

„Und was geſchah mit den anderen?“

„Der Notar Léveillé, d'Herbomey, Hiley, Cibot, Grenier, Horeau, Cabot, Minard und Mallet wurden zum Tode verurteilt und am gleichen Tage hingerichtet. Pannier, zu zwanzig Jahren Zwangsarbeit verurteilt, auch Chauſſard und Vauthier wurden gebrandmarkt und in den Bagno geſchickt; aber der Kaiſer begnadigte Chauſſard und Vauthier;

Melin, Laravinière und Binet wurden zu fünf Jahren Zuchthaus verurteilt, Frau Bourget zu zwanzig Jahren Zuchthaus. Chargegrain und Rousseau wurden freigesprochen. Alle Geflüchteten wurden in contumaciam zum Tode verurteilt, außer dem Mädchen Godard, die niemand anderes ist, Sie ahnen es wohl, als unsere arme Manon ..."

„Manon? ..." rief Gottfried verblüfft.

„Oh, Sie kennen Manon noch nicht!" erwiderte der gute Alain. „Dieses aufopfernde Wesen, das zu zweiundzwanzig Jahren Zuchthaus verurteilt war, stellte sich freiwillig, um Frau de la Chanterie im Gefängnis als Dienerin beizustehen. Unser verehrter Vikar ist der Priester von Mortagne, der die Baronin des Tours-Minières mit den Sterbesakramenten versah und den Mut hatte, sie auf das Schafott zu geleiten, und der ihren letzten Abschiedskuß empfangen hat. Dieser mutige, hochherzige Priester hat auch dem Chevalier du Vissard beigestanden. Unser teurer Abbé hat also alle Geheimnisse der Verschwörer erfahren ..."

„Nun weiß ich, was ihm das Haar gebleicht hat!" sagte Gottfried.

„Ach!" fuhr Alain fort, „er hat von Amédée du Vissard das Miniaturbild der Frau des Tours-Minières empfangen, das einzige Bild, das von ihr existiert; daher war der Abbé für Frau de la Chanterie ein Heiliger, als sie glorreich wieder in die Gesellschaft zurückkehrte."

„Wie das? ..." fragte Gottfried erstaunt.

„Nun, bei der Rückkehr Ludwigs XVIII. im Jahre 1814. Boislaurier, der jüngere Bruder des Herrn Boisfrelon, hatte vom König den Befehl gehabt, den Westen im Jahre 1809 und dann nochmals im Jahre

1812 aufzuwiegeln. Sein Name ist Dubut, der Dubut aus Caen ist sein Verwandter. Es waren drei Brüder: Dubut de Boisfranc, Präsident des Hilfsgerichts; Dubut de Boisfrelon, Parlamentsrat, und Dubut-Boislaurier, Dragonerrittmeister. Der Vater hatte seinen Söhnen die Namen von drei verschiedenen Besitzungen gegeben, um ihre niedere Herkunft zu verbergen, denn der Großvater der Dubuts war Leinwandhändler. Der Dubut aus Caen, der sich zu retten vermochte, gehörte zu den Dubuts, die Kaufleute geblieben waren, und er hoffte, durch seine Hingabe für die Sache des Königs es zu erreichen, daß er den Titel des Herrn de Boisfranc übertragen bekam. Ludwig XVIII. hat auch den Wunsch dieses treuen Dieners erfüllt, der im Jahre 1815 Generalprofoß und später Generalstaatsanwalt, unter dem Namen de Boisfranc, wurde; er ist als erster Präsident eines Obergerichts gestorben. Der Marquis du Vissard, der ältere Bruder des armen Chevalier, zum Pair von Frankreich ernannt und vom König mit Ehren überhäuft, wurde Leutnant der Maison rouge und nach Auflösung der Maison rouge Präfekt. Der Bruder des Herrn d'Herbomez wurde Graf und Generalsteuereinnehmer. Der arme Bankier Pannier ist kinderlos als Generalleutnant und Gouverneur eines königlichen Schlosses gestorben. Die Herren von Champignelles und von Beauséant, der Herzog von Verneuil und der Großsiegelbewahrer haben Frau de la Chanterie dem König vorgestellt. ‚Sie haben um meinetwillen viel gelitten, Frau Baronin; Sie haben Anspruch auf meine Gunst und meine volle Dankbarkeit', sagte er zu ihr. ‚Sire,' erwiderte sie, ‚Euer Majestät haben so viele Unglückliche zu trösten, ich will Sie nicht noch mit einem untröstlichen Schmerz belasten. In Zurückgezogenheit leben, meine Tochter beweinen und Gutes tun, das soll den Rest meiner Tage ausfüllen. Wenn etwas meinen Jammer versüßen kann, so ist das die Güte meines Königs und die Freude, zu sehen, daß die Vorsehung so viel Hingebung nicht hat vergeblich sein lassen.'"

„Und was hat Ludwig XVIII. getan?" fragte Gottfried.

„Der König ließ Frau de la Chanterie zweihunderttausend Franken zustellen, denn die Herrschaft Saint-Savin war verkauft worden, um die Prozeßkosten zu decken," antwortete der Alte. „Die Begnadigungsschreiben für die Frau Baronin und ihre Dienerin sprechen das Bedauern des Königs über die in seinem Dienste ausgestandenen Leiden aus und erwähnen, ‚daß der Eifer seiner Diener in der Anwendung der Mittel zu weit gegangen sei'; aber, schrecklich zu sagen, und was Ihnen als der merkwürdigste Charakterzug dieses Monarchen erscheinen wird: er verwendete Bryond weiter während seiner Regierung in seiner Geheimpolizei."

„Oh, die Könige, die Könige!" rief Gottfried aus. „Und lebt der Schurke noch?"

„Nein. Der Elende, der seinen Namen wenigstens hinter dem Namen Contenson verbarg, ist Ende 1829 oder Anfang 1830 gestorben. Als er einen Verbrecher verhaften wollte, der auf das Dach eines Hauses geflüchtet war, stürzte er auf die Straße hinab. Ludwig XVIII. teilte die Anschauungen Napoleons über die Polizei. Frau de la Chanterie ist eine Heilige, sie betet für das Seelenheil dieses Ungeheuers und läßt jährlich zwei Messen für ihn lesen. Obgleich von einem der größten Redner und berühmteſten Advokaten der Zeit verteidigt, konnte Frau de la Chanterie, die von der Gefahr, die ihre Tochter lief, erſt erfuhr, als das geraubte Geld weggeſchafft wurde, und auch erſt dadurch, daß ihr Verwandter Boislaurier ſie darüber aufklärte, doch niemals ihre Unſchuld beweiſen. Der Präſident du Ronceret und Blondet, der Vizepräſident des Gerichts von Alençon, verſuchten vergeblich, die arme Frau zu retten; der Einfluß des kaiſerlichen Gerichtsrats, der dem Sonderſtrafgericht präſidierte, des berühmten Mergi, der ſpäter Generalſtaatsanwalt und ein fanatiſcher Anhänger von Thron und Altar wurde, auf ſeine beiden Kollegen war ſo groß, daß er die Verurteilung der armen Baronin de la Chanterie durchſetzte. Die Herren Bourlac und Mergi bewieſen während des Prozeſſes eine unglaubliche Hartnäckigkeit. Der Präſident redete die Baronin des Tours mit Frau Bryond und die gnädige Frau mit Frau Lechantre an. Die Namen der Angeklagten wurden nach republikaniſchem Muſter ſämtlich verkürzt und beinahe verſtümmelt. Der Prozeß zeichnete ſich durch ganz ungewöhnliche Umſtände aus, von denen ich mich nicht mehr an alle erinnere; nur ein kühner Zug iſt mir im Gedächtnis geblieben, der Ihnen beweiſen kann, was für Leute die Chouans waren. Die Menſchenmaſſen, die den Prozeßverhandlungen beiwohnen wollten, überſtiegen alles, was Sie ſich vorſtellen können; ſie füllten die Korridore an, und auf dem Platze ſah es aus wie an einem Markttage. Eines Tages, bei Eröffnung der Sitzung, noch vor Eintreten des Gerichtshofs, ſprang Pille-Miche, der berüchtigte Chouan, über die Schranken mitten in die Menge hinein, machte ſich mit den Ellbogen Platz, verſchwand in der Maſſe und flüchtete mit dem Strom der erſchreckten Menſchen, ‚ſich vorwärts kämpfend wie ein wilder Eber‘, erzählte mir Bordin. Die Gendarmen und die Wache ſtürmten hinter ihm her, und er wurde erſt am Ende der Treppe, gerade als er den freien Platz erreicht hatte, gepackt. Infolge dieſes kühnen Wagniſſes wurde die Wache verdoppelt. Eine Gendarmerieabteilung wurde auf dem Platze konſigniert; denn man befürchtete, daß ſich Chouans finden könnten, die bereit waren, den Angeklagten Schutz und Hilfe zu gewähren. Bei dieſen Verſuchen wurden drei Menſchen im Gedränge totgedrückt. Nachher hat man erfahren, daß Contenſon (ebenſo wie mein alter Freund Bordin kann ich mich nicht entſchließen, ihn den Baron des Tours-Minières oder Bryond, was auch ein alter Adelsname iſt, zu nennen), man hat alſo, ſage ich, erfahren, daß dieſer Elende ſechzigtauſend Franken von dem geraubten Gelde beiſeite geſchafft und verſchwendet hat; zehntauſend hat er dem jungen Chauſſard gegeben und ihn für die Polizei angeworben, wobei er ihn mit ſeinen Gelüſten und Laſtern angeſteckt hat; aber keiner ſeiner Mitſchuldigen hat Glück gehabt. Der flüchtige Chauſſard wurde von dem Herrn von Boislaurier ins Meer geſtürzt, ſobald dieſer durch ein Wort Panniers den Verrat dieſes Schurken erfuhr, dem Contenſon geraten hatte, ſich mit den flüchtigen Verſchwörern zu vereinigen, um ſie zu überwachen. Vauthier wurde in Paris ermordet, zweifellos von einem der heimlichen ergebenen Genoſſen des Chevaliers du Viſſard. Der jüngſte Chauſſard endlich wurde bei einer der beſonderen nächtlichen Streifzüge der Polizei ermordet; es iſt anzunehmen, daß Contenſon ſich von ſeinen Anſprüchen oder ſeinen Gewiſſensbissen befreite, indem er ihn, wie man sagt, ‚dem Himmel empfahl'. Frau de la Chanterie ließ ihr Geld ins Staatsschuldbuch eintragen und kaufte dieses Haus, um den Wunsch ihres Oheims, des alten Rats de Boisfrelon, zu erfüllen, der ihr das zum Erwerbe nötige Geld gab. Diese ruhige Gegend liegt in der Nachbarschaft des erzbischöflichen Palais, wo unser teurer Abbé bei dem Kardinal tätig ist. Das war der Hauptgrund der gnädigen Frau, dem Wunsche des Alten zu entsprechen, dessen Vermögen nach fünfundzwanzig Revolutionsjahren auf eine Rente von sechstausend Franken zusammengeschmolzen war. Im übrigen hatte die gnädige Frau das Verlangen, ihrem entsetzlichen Unglück, das sie seit sechsundzwanzig Jahren verfolgte, durch ein klösterliches Leben ein Ende zu setzen. Sie werden sich jetzt die majestätische Größe dieses, wie ich zu sagen wage, erhabenen Opfers erklären können ..."

„Ja," sagte Gottfried, „der Druck aller Schicksalsschläge, die sie getroffen haben, hat ihr eine gewisse majestätische Größe verliehen."

„Jede Wunde, jeder neue Schlag hat ihre Geduld, ihre Ergebung nur verdoppelt", fuhr Alain fort; „wenn Sie sie aber erst so wie wir kennten, wenn Sie wüßten, wie feinfühlig ihr Empfinden, wie unerschöpflich die Zärtlichkeit ihres Herzens sich betätigt, so würden Sie erschreckt sein, wenn Sie zählen wollten, wieviel Tränen sie vergossen, wieviel heiße Bitten sie an Gott gerichtet hat. Man muß, wie sie, nur eine flüchtige Zeitspanne voll Glückes gekannt haben, um so vielen Schicksalschlägen widerstehen zu können! Sie hat ein zärtliches Herz, eine sanfte Seele in einem Körper von Eisen, den

Entbehrungen, Arbeiten, Kasteiungen nur noch härter gemacht haben."

„Ihr Leben läßt Einen das lange Leben der Einsiedler begreifen", sagte Gottfried.

„Zuweilen frage ich mich, welchen Sinn ein solches Leben haben mag ... Hat Gott diese schlimmsten, grausamsten Prüfungen denjenigen unter seinen Geschöpfen vorbehalten, die sich am Tage nach ihrem Hinscheiden an seine Seite setzen dürfen?" sagte der brave Alain, ohne zu ahnen, daß er damit ganz unbewußt Swedenborgs Lehre von den Engeln wiedergab.

„Aber wie denn," rief Gottfried aus, „Frau de la Chanterie war zusammengesperrt mit ...?"

„Im Gefängnis hat die gnädige Frau ihre ganze Erhabenheit bewiesen", erwiderte Alain. „Drei Jahre hindurch hat sie die Dichtung des Vikars von Wakefield in die Tat umgesetzt, denn sie hat etliche von den verdorbenen Weibern, die sie umgaben, bekehrt. Während ihrer Haft hat sie das Leben dieser Zuchthäuslerinnen studiert, und ein heißes Mitleid mit dem Jammer des Volkes hat sie ergriffen, das sie nie verlassen und sie zur Königin der Pariser Wohltätigkeitswerke gemacht hat. In dem scheußlichen Bicêtre bei Rouen hat sie den Plan entworfen, dessen Verwirklichung wir uns geweiht haben. Das war, wie sie sagt, ihr wundervoller Traum, eine himmlische Eingebung inmitten der Hölle; sie glaubte nicht, ihn jemals verwirklichen zu können. Als im Jahre 1819 in Paris die Ruhe wieder eingekehrt zu sein schien, kam sie auf ihren Traum zurück. Die Herzogin von Angoulême, dann die Dauphine, die Herzogin von Berri, der Erzbischof, später der Kanzler und andere fromme Persönlichkeiten spen-

deten freigebig die erſten erforderlichen Beiträge. Dieſe Summen wurden um den verfügbaren Anteil unſerer Einkünfte vermehrt, von denen jeder von uns nur das unbedingt Notwendige verbraucht."
Gottfried ſtiegen die Tränen in die Augen.
„Wir ſind die getreuen Verweſer einer chriſtlichen Idee, und wir gehören mit Leib und Seele dem Werke, deſſen geiſtiges Haupt und Begründerin die Baronin de la Chanterie iſt, die Sie von uns ſo reſpektvoll mit ‚gnädige Frau' anreden hören."
„Ach, ich will einer der Ihrigen werden", ſagte Gottfried und ſtreckte dem ehrlichen Alten die Hände entgegen.
„Verſtehen Sie jetzt, daß gewiſſe Dinge bei der Unterhaltung nicht berührt werden dürfen, nicht einmal durch eine Anſpielung?" fuhr der Alte fort. „Begreifen Sie, welche Verpflichtungen zu taktvollem Verhalten jeder Bewohner dieſes Hauſes derjenigen gegenüber übernimmt, die wir für eine Heilige halten? Begreifen Sie, welche Anziehungskraft eine Frau auszuüben vermag, die durch ſo viel Unglück geweiht iſt, die ſo viel erfahren hat, die das Elend bis auf die Neige ausgekoſtet, aber in jedem Schickſalsſchlag nur eine Mahnung geſehen hat, deren edle Tugenden durch die härteſten Prüfungen und durch beſtändige Tätigkeit doppelt geheiligt ſind, deren Seele ohne Fehl, ohne Tadel iſt, die von der Mutterſchaft nur die Schmerzen, von der ehelichen Liebe nur die Bitterkeiten kennengelernt, der das Lebensglück nur ein paar Monate gelächelt hat, und der im Himmel ſicherlich eine Palme zugedacht iſt für ſo viel Ergebung und Sanftmut bei allen Kümmerniſſen? Steht ſie nicht höher als Hiob, ſie, die niemals über ihr Elend gejammert hat? Nun werden

Sie ſich nicht mehr darüber wundern, daß ihre Worte ſo eindringlich, ihr Alter ſo jugendlich, ihre Seele ſo mitteilſam, ihre Blicke ſo überzeugend ſind; ſie beſitzt außerordentliche Fähigkeiten, in den Seelen der Duldenden zu leſen, denn ſie hat ſelbſt alles erduldet. Neben dem ihrigen muß jeder andere Schmerz ſchweigen."

„Sie iſt das lebende Bild der Barmherzigkeit!" rief Gottfried begeiſtert aus. „Werde ich zu Ihnen gehören dürfen?"

„Sie müſſen ſich der Prüfung unterwerfen und vor allem gläubig werden!" ſagte der Alte ſanft. „So lange Sie den Glauben nicht haben, ſo lange Sie in Ihr Herz und in Ihren Geiſt den göttlichen Sinn des Kapitels im heiligen Paulus über die Barmherzigkeit nicht aufgenommen haben, ſo lange können Sie an unſerm Werke nicht mitarbeiten."

☆

—

## DER AUFGENOMMENE

☆

EBENSO WIE DAS BÖSE WIRKT AUCH DAS GUTE ansteckend. So empfand auch der Pensionär der Frau de la Chanterie, nachdem er einige Monate in dem alten stillen Hause verbracht hatte, nach den letzten vertraulichen Eröffnungen des guten Alain, die ihm den tiefsten Respekt für die, mit denen er wie mit Ordensbrüdern zusammen lebte, einflößten, das geistige Wohlgefühl, das ein geregeltes Leben, eine angenehme Tätigkeit und die harmonische Übereinstimmung mit der Umgebung verleihen. Nach vier Monaten, in denen er weder laute Worte noch einem Streit gehört hatte, mußte sich Gottfried selbst gestehen, daß er sich nicht erinnern konnte, seit Beginn seines Mannesalters sich, wenn auch nicht glücklich, doch niemals so beruhigt gefühlt zu haben. Da er sie jetzt nur von fern sah, beurteilte er die Welt verständig. Und schließlich wurde der Wunsch, den er seit drei Monaten hegte, Mitarbeiter an dem Werke der geheimnisvollen Personen zu werden, zur Leidenschaft; ohne ein großer Philosoph zu sein, kann sich jeder vorstellen, wie stark eine Leidenschaft in der Einsamkeit werden kann.

Eines Tages nun, — und dieser Tag wurde für ihn ein feierlicher, da er an ihm die Allmacht des Geistes empfand —, begab sich Gottfried, nach dem er sein Herz durchforscht und seine Kräfte geprüft hatte, zu dem guten alten Alain, den Frau de la Chanterie „ihr Lamm“ nannte, und der von allen Hausgenossen der am wenigſten imponierende und der zugänglichſte war, mit der Abſicht, von ihm einige Aufklärungen über die Art der opferwilligen Tätigkeit, die die Ordensbrüder in Paris entfalteten, zu erbitten. Die Anſpielungen auf eine Zeit der Prüfung verhießen ihm die erwartete Aufnahme. Durch das, was der ehrwürdige Greis ihm über die Bedingungen ſeines Beitritts zu dem Werke der Frau de la Chanterie geſagt hatte, war ſeine Neugierde nicht befriedigt worden; er wollte mehr darüber wiſſen.

Zum drittenmal fand ſich Gottfried bei dem braven Alain um zehneinhalb Uhr abends ein, wo der Alte bei der Lektüre der „Nachahmung Chriſti" zu ſein pflegte. Dieſes Mal vermochte der freundliche Führer ein Lächeln nicht zu unterdrücken, als er den jungen Mann erblickte; und ohne ihm Zeit zum Reden zu laſſen, ſagte er:

„Warum wenden Sie ſich an mich, mein lieber Junge, anſtatt an die gnädige Frau? Ich bin der Unwiſſendſte, der Geiſtloſeſte und Unvollkommenſte des ganzen Hauſes. Seit drei Tagen ſchon leſen die gnädige Frau und meine Freunde in Ihrem Herzen", fügte er mit einem etwas liſtigen Geſichtsausdruck hinzu.

„Und was haben ſie darin geleſen? . . ." fragte Gottfried.

„Oh", erwiderte der Gute ohne Umſchweife, „ſie ahnten, daß Sie ziemlich inſtinktiv Luſt haben, zu unſerer kleinen Truppe zu gehören. Aber dieſe Empfindung iſt bei Ihnen noch nicht zu dem glühenden Gefühl geworden, dazu berufen zu ſein. Ja," fuhr er lebhaft fort, als er eine Bewegung Gottfrieds bemerkte, „noch iſt es bei Ihnen mehr Neugierde als ein heißer Wunſch. Und dann haben Sie ſich noch nicht ſo völlig von Ihren früheren Anſchauungen losgeſagt, daß Sie nicht in unſerer Tätigkeit etwas gewiſſermaßen Abenteuerliches, etwas Romantiſches, wie man ſagt, ſähen ...“

Gottfried konnte ein Erröten nicht unterdrücken.

„Sie betrachten unſer Tun wie das der Kalifen in ‚Tauſendundeiner Nacht‘, und Sie empfinden ſchon im Voraus eine Art Genugtuung, die Rolle des guten Genius in Wohltätigkeitsromanen, die Sie ſich zuſammenzudichten belieben, zu ſpielen! ... Ja, mein Sohn, Ihr verlegenes Lächeln beweiſt mir, daß wir uns nicht getäuſcht haben. Wie können Sie glauben, daß es möglich ſei, Leuten eine Empfindung zu verheimlichen, deren Beruf es iſt, den geheimſten Seelenvorgängen, den Liſten der Armen, den Spekulationen der Bedürftigen auf die Spur zu kommen, die ehrenhafte Spione ſind, Poliziſten des lieben Gottes, alſo Richter, deren Geſetzbuch nur Freiſprüche kennt, Ärzte für alle Leiden, deren einziges Heilmittel klug verteiltes Geld iſt. Aber, ſehen Sie, mein Kind, wir bekümmern uns nicht um die Beweggründe, die uns einen Neophyten zuführen, wenn er nur bei uns bleibt und ein Bruder unſeres Ordens wird. Wir werden Sie nach Ihren Taten beurteilen. Es gibt zwei Arten von Neugierde: die auf das Gute und die auf das Böſe gerichtete; Sie ſind jetzt auf das Gute neugierig. Wenn Sie ein Arbeiter in unſerem Weinberge werden ſollten, ſo wird der Saft der Trauben Ihnen den unſtillbaren Durſt nach der göttlichen Frucht einflößen. Der Anfang iſt, wie in allen Wiſſenſchaften, ſcheinbar leicht, in Wirklichkeit aber ſchwer. Es geht mit der Wohltätigkeit wie mit der Dichtkunſt. Nichts leichter als den äußeren Schein vorzuſpiegeln. Aber hier wie auf dem Parnaß ſind wir erſt befriedigt, wenn wir das Vollkommene erreicht haben. Wenn Sie einer der Unſrigen werden wollen, müſſen Sie ſich umfaſſende Kenntnis des Lebens erwerben, und was für eines Lebens, mein Gott! Des Pariſer Lebens, das ſelbſt dem Scharfſinn des Herrn Polizeipräfekten und ſeiner Leute ſpottet. Müſſen wir nicht gegen die beſtändigen Verſchwörungen des Böſen ankämpfen und es in all ſeinen wechſelnden Formen packen, die ſchier unendlich zu ſein ſcheinen? Die Barmherzigkeit muß in Paris ebenſo ſchlau ſein wie das Laſter, gleichwie der Polizeiagent ebenſo geriſſen ſein muß wie der Dieb. Jeder von uns muß zugleich offenherzig und mißtrauiſch ſein und auf den erſten Blick klar und ſchnell zu urteilen vermögen. Wir alle, mein Kind, ſind ja auch alte oder gealterte Leute; aber wir ſind ſo zufrieden mit den Reſultaten, die wir erreicht haben, daß wir nicht ſterben möchten, ohne Nachfolger zu hinterlaſſen; und Sie ſind uns allen um ſo teurer, als Sie, wenn Sie an Ihrem Vorſatz feſthalten, unſer erſter Schüler ſein werden. Einen Zufall gibt es nicht für uns, wir haben Sie Gott zu verdanken! Sie ſind gut, aber verbittert; und ſeitdem Sie hier wohnen, ſind die ſchlechten Keime in Ihnen kraftloſer geworden. Das göttliche Weſen der gnädigen Frau hat ſeinen Eindruck auf Sie nicht verfehlt. Geſtern haben wir Rat gehalten; und da ich Ihr Vertrauen beſitze, haben meine Mitbrüder beſchloſſen, mich Ihnen als Beſchützer und Lehrer zur Seite zu ſtellen ... Sind Sie damit zufrieden?"

„Ach, mein lieber Herr Alain, Ihre beredten Worte haben in mir ..."

„Nicht ich bin es, mein Kind, der gut redet, es ſind die Dinge, die ſo beredt ſprechen ... Man kann immer der großen erhebenden Wirkung ſicher ſein, wenn man Gott gehorſam iſt und Jeſus Chriſtus nachzuleben verſucht, ſo weit das Menſchen vermögen, denen der Glaube hilft ...“

„Ja, dieſer Augenblick hat über mein Leben entſchieden, und ich fühle die Begeiſterung des Neophyten in mir!“ rief Gottfried. „Auch ich will meir Leben damit hinbringen, Gutes zu tun ...“

„Darin beſteht das Geheimnis der Vereinigung mit Gott“, verſetzte der biedere Alain. „Haben Sie ſich den Spruch recht überlegt: Transire bene faciendo? Transire, das will heißen: aus dem Leben ſcheiden, nachdem man eine tiefe Spur ausgedehnter guter Taten hinterlaſſen hat.“

„Ich habe ihn wohl verſtanden, ich habe den Spruch ſelbſt über meinem Bette angeſchrieben.“

„Das iſt gut! Dieſe an ſich ſo unerhebliche Handlung wiegt ſchwer in meinen Augen! Alſo, mein Kind, ich habe ein erſtes Geſchäft für Sie, Ihren erſten Kampf mit dem Elend, ich werde Ihnen den Steigbügel halten... Wir müſſen voneinander ſcheiden... Ich ſelbſt, ich bin vom Kloſter entſandt worden, um Aufenthalt im Krater eines Vulkans zu nehmen. Ich ſoll Werkmeiſter in einer großen Fabrik werden, deren ſämtliche Arbeiter von den Lehren der Kommuniſten angeſteckt ſind und eine ſoziale Umwälzung planen, die Vernichtung ihrer Leiter, ohne zu bedenken, daß das der Tod der Induſtrie, des Handels, der Fabriken bedeutet ... Ich werde dort, wer weiß, vielleicht ein Jahr bleiben, die Kaſſe und die Bücher führen, die hundert bis hundertzwanzig Haushaltungen armer Leute kennenlernen, die gewiß ſchon durch das Elend zu Verirrungen gebracht worden ſind, bevor ſie es durch ſchlechte Bücher wurden. Trotzdem werden wir uns hier an allen Sonn- und

Feiertagen ſehen . . . Da wir in demſelben Bezirk weiter wohnen bleiben, bezeichne ich Ihnen als Ort, wo wir uns treffen können, die Kirche Saint-Jacques du Haut-Pas; dort werde ich täglich um ſiebeneinhalb Uhr die Meſſe hören. Wenn Sie mir anderswo begegnen, dürfen Sie mich nicht kennen, es ſei denn, daß ich mir mit zufriedener Miene die Hände reibe. Das iſt eins unſerer Zeichen. Wir haben wie die Taubſtummen eine Zeichenſprache, deren Notwendigkeit Ihnen bald ausgiebig klar werden wird."

Gottfried machte eine Bewegung, die der gute Alain verſtand, denn er lächelte und fuhr ſogleich fort:

„Alſo, Ihr Geſchäft iſt dieſes: Die Art von Wohltätigkeit und Philanthropie, die Ihnen bekannt iſt, und die in mehrere Zweige zerfällt und von Schwindlern auf dem Gebiete der Wohltätigkeitsbeſtrebungen wie des Handels ausgebeutet wird, die üben wir nicht aus; wir ſtellen uns in den Dienſt der Barmherzigkeit ſo wie ſie unſer großer erhabener, heiliger Paulus verſtanden wiſſen will; denn wir meinen, mein liebes Kind, daß die Mildtätigkeit allein die klaffenden Wunden der Stadt Paris verbinden kann. Deshalb haben in unſeren Augen das Unglück, das Elend, das Leid, der Kummer, das Böſe, was auch ihre Urſache ſein mag, in welcher Geſellſchaftsklaſſe ſie auch zutage treten mögen, dasſelbe Recht. Welchen Glauben, welche Anſichten er auch hat, ein Unglücklicher iſt vor allem ein Unglücklicher; und wir dürfen ihn erſt an unſere heilige Mutter, die Kirche verweiſen, nachdem wir ihn vor der Verzweiflung und dem Hunger bewahrt haben. Und auch dann ſollen wir ihn mehr durch unſer Beiſpiel und unſere Sanftmut bekehren als anderswie; denn wir glauben, daß Gott uns hierbei helfen wird.

Jeder Zwang ist also von Übel. Von allem Pariser Elend ist das am schwersten zu entdeckende und das böseste das der anständigen Leute, das der oberen Klassen des Bürgertums, deren Familien in Not geraten sind; denn sie setzen ihre Ehre darein, das geheimzuhalten. Diese Unglücksfälle, mein lieber Gottfried, sind der Gegenstand unserer besonderen Sorgsamkeit. Und diese Personen zeigen, wenn wir ihnen geholfen haben, Verständnis und Herz: sie erstatten uns die geliehenen Summen mit Zinsen zurück, so daß nach einer gewissen Zeit diese Wiedererstattungen unsere Verluste decken, die wir an Schwachsinnigen, an Betrügern oder an solchen, die das Unglück verblödet hat, erleiden. Wir erhalten wohl manchmal Auskünfte von unsern eigenen Schuldnern; aber unser Werk ist so sehr ins Ungeheure gewachsen, die besonderen Umstände sind so mannigfaltige geworden, daß wir ihnen nicht mehr genügen können. So haben wir auch seit sieben oder acht Monaten in jedem Pariser Bezirk einen eigenen Arzt. Jedem von uns sind vier Bezirke zugeteilt. Wir bezahlen jedem Arzte jährlich dreitausend Franken für die Behandlung unserer Armen. Dafür muß er uns in erster Linie seine Zeit und seine Tätigkeit zur Verfügung stellen; wir verbieten ihm aber nicht, auch andere Kranke zu behandeln. Wissen Sie, daß wir im Verlaufe von acht Monaten nicht zwölf solche wertvollen Männer, zwölf ehrenwerte Leute zu finden vermochten, trotz der Hilfe unserer Freunde und unserer persönlichen Beziehungen? Brauchten wir doch Männer von unbedingter Verschwiegenheit, reinem Lebenswandel, erprobten Kenntnissen, arbeitsfreudig und von dem Wunsche beseelt, Gutes zu tun! Obwohl es nun in Paris zehntausend Personen gibt, die mehr oder weniger für unſern Dienſt geeignet ſind, haben wir erſt nach einem Jahre zwölf Auserwählte zuſammengebracht."

„Unſer Herr hat Mühe gehabt, ſeine Apoſtel um ſich zu ſammeln, und auch unter ihnen fanden ſich noch ein Verräter und ein Ungläubiger!" ſagte Gottfried.

„Jetzt endlich, ſeit vierzehn Tagen, haben alle unſere Bezirke ihren Aufſeher, wie wir unſere Ärzte nennen," fuhr der Alte lächelnd fort; „ſeit vierzehn Tagen haben wir auch übermäßig zu arbeiten; aber wir verdoppeln eben unſere Tätigkeit. — Wenn ich Ihnen dieſes Geheimnis unſeres neuen Ordens anvertraue, ſo geſchieht das, weil Sie den Arzt des Bezirks, in den Sie ſich begeben ſollen, kennenlernen müſſen, um ſo mehr, da die Auskünfte von ihm herrühren. Dieſer Aufſeher heißt Berton, Doktor Berton, und wohnt in der Rue d'Enfer. Es handelt ſich um folgendes: Der Doktor Berton behandelt eine Dame, deren Krankheit aller Wiſſenſchaft ſpottet. Das geht uns allerdings nichts an, ſondern die Fakultät; unſer Geſchäft beſteht darin, das Elend, in dem ſich die Familie der Kranken befindet, feſtzuſtellen, das nach der Vermutung des Doktors furchtbar ſein muß und das mit einer Hartnäckigkeit und einem Stolz verborgen gehalten wird, die unſere ganze Sorgſamkeit erfordern. Früher, mein Kind, hätte ich dieſer Anforderung genügen können; heute iſt für das Werk, dem ich mich geweiht habe, ein Helfer in meinen vier Bezirken nötig, und dieſer Helfer ſollen Sie ſein. Die Familie alſo wohnt in der Rue Notre-Dame des Champs, in einem Hauſe, das auch an dem Boulevard Mont-Parnasse liegt. Sie werden dort wohl ein Zimmer mieten können und verſuchen, während der Zeit, wo Sie dort wohnen, die Wahrheit herauszubekommen. Für sich selbst seien Sie schmutzig geizig; aber wegen des Geldes, das Sie spenden sollen, brauchen Sie sich nicht zu beunruhigen; ich werde Ihnen, unter uns gesagt, die Beträge, die wir nach eingehender Prüfung aller Umstände für erforderlich halten, zustellen. Aber studieren Sie genau den Charakter dieser Unglücklichen. Das gute Herz, die vornehme Gesinnung, das sind unsere Hypotheken! Geizig für uns selbst, freigebig gegen die Leidenden, müssen wir vorsichtig und berechnend sein, denn wir schöpfen aus dem Schatz der Armen. Also morgen früh brechen Sie auf, und denken Sie daran, über welche Macht Sie verfügen. Die Brüder werden Sie mit ihren Gedanken begleiten! . . ."

„Oh," rief Gottfried aus, „daß Sie mir die Möglichkeit geben, Gutes zu tun und mich würdig zu zeigen, eines Tages einer der Ihrigen zu werden, das bereitet mir eine solche Freude, daß ich nicht schlafen werde! . . ."

„Und nun noch eine letzte Bemerkung, mein Kind. Ebensowenig wie mich dürfen Sie ohne das verabredete Zeichen auch die anderen Herren, die gnädige Frau und selbst die Angestellten des Hauses kennen. Dieses unbedingte Incognito ist für unsere Unternehmungen notwendig, und wir waren so oft gezwungen, es zu bewahren, daß wir es uns zum Gesetz gemacht haben. Im übrigen müssen wir ja auch in Paris unbekannt und verborgen bleiben . . . Denken Sie auch, lieber Gottfried, an den Grundsatz unseres Ordens, daß wir niemals als die Wohltäter auftreten, sondern die bescheidene Rolle der Vermittler spielen. Wir geben uns immer als die Agenten einer frommen, gottergebenen Person (wir arbeiten ja für Gott!) aus, damit man ſich nicht für verpflichtet zur Dankbarkeit gegen uns hält und uns nicht für reich anſieht. Die wahre, echte, nicht die falſche Beſcheidenheit, die ſich klein macht, um ans Licht gezogen zu werden, muß Sie begeiſtern und Ihr ganzes Denken beherrſchen ... Wohl dürfen Sie Befriedigung empfinden, wenn Ihnen etwas geglückt iſt; aber ſolange Sie noch eine Regung von Eitelkeit und Stolz verſpüren, ſind Sie nicht würdig, in unſern Orden einzutreten. Zwei vollkommene Menſchen haben wir gekannt: der eine war einer unſerer Gründer, der Richter Popinot; der andere, der durch ſeine Schöpfungen berühmt geworden iſt, war ein Landarzt, der ſeinen Namen in ſeinem Kanton unvergeßlich gemacht hat. Dieſer, mein lieber Gottfried, war einer der größten Männer unſerer Zeit; eine ganze Gegend hat er aus der Barbarei in einen geſegneten Zuſtand gebracht, die Religionsloſen hat er zu Katholiken gemacht, die Barbaren zu ziviliſierten Menſchen. Die Namen dieſer beiden Männer ſind in unſere Herzen eingegraben, und wir betrachten ſie als unſere Vorbilder. Wir würden ſehr glücklich ſein, wenn wir einmal auf Paris denſelben Einfluß ausüben könnten wie dieſer Landarzt auf ſeinen Kanton. Aber hier iſt die klaffende Wunde ungeheuer groß, und unſere Kräfte reichen, vor der Hand wenigſtens, nicht aus. Möge Gott uns noch lange die gnädige Frau erhalten und uns Helfer wie Sie ſenden, dann werden wir vielleicht eine Inſtitution hinterlaſſen, die die Menſchen ihre heilige Religion ſegnen laſſen wird. Alſo, leben Sie wohl ... Ihre Probezeit beginnt ... Ach! Ich ſchwatze wie ein Profeſſor und vergeſſe die Hauptſache. Hier iſt die Adreſſe der Familie“, ſagte er und reichte Gottfried ein Stück

Papier; „ich habe auch die Nummer des Hauſes aufgeſchrieben, in dem der Herr Berton in der Rue d'Enfer wohnt . . . Und nun gehen Sie und beten Sie zu Gott, daß er Ihnen hilfreich beiſtehe."

Gottfried ergriff die Hände des guten Alten, drückte ſie zärtlich, wünſchte ihm gute Nacht und verſprach ihm, alle ſeine Anordnungen zu befolgen.

„Alles, was Sie mir geſagt haben," fügte er hinzu, „iſt für alle Zeit in mein Gedächtnis eingegraben."

Der Alte lächelte, ohne einen Zweifel zu äußern, und erhob ſich, um auf ſeinem Betſchemel niederzuknien. Gottfried kehrte in ſein Zimmer zurück, glücklich darüber, daß er endlich in die Geheimniſſe dieſes Hauſes eingeweiht wurde, und daß er eine Tätigkeit gefunden hatte, die er bei ſeinem jetzigen Geiſteszuſtande mit Freuden ergriff.

Am andern Morgen fehlte der gute Alain beim Frühſtück; Gottfried machte keine Andeutung über den Grund ſeiner Abweſenheit; er wurde auch nicht über die Miſſion befragt, mit der ihn der Alte betraut hatte; ſo nahm er ſeine erſte Lektion in der Zurückhaltung. Trotzdem ging er nach dem Frühſtück mit Frau de la Chanterie beiſeite und meldete ihr, daß er einige Tage abweſend ſein würde.

„Schön, mein Kind!" antwortete Frau de la Chanterie; „geben Sie ſich Mühe, Ihrem Paten Ehre zu machen; Herr Alain hat ſich für Sie bei den Brüdern verbürgt."

Gottfried verabſchiedete ſich von den drei andern Brüdern, die ihn mit einem freundlichen Gruß entließen, als wollten ſie ſein Debüt in ſeiner ſchwierigen Laufbahn ſegnen.

Die Aſſoziation, eine der bedeutendſten ſozialen Kräfte, die aus den mittelalterlichen Staaten das heutige Europa gemacht hat, beruht auf einer geiſtigen Tendenz, die ſeit 1792 in Frankreich nicht mehr vorhanden iſt, wo der Individualismus über den Staatsbegriff geſiegt hat. Die Aſſoziation verlangt vor allem eine Hingebung, die hier nicht verſtanden wird, dann einen kindlichen Glauben, der dem Geiſt der Nation widerſpricht, und ſchließlich eine Diſziplin, gegen die ſich alle ſträuben und die allein die katholiſche Religion durchſetzen kann. Sobald ſich eine Aſſoziation in unſerem Lande bildet, denkt jedes Mitglied, wenn es aus einer Verſammlung, in der die ſchönſten Grundſätze verkündet wurden, heimkehrt, nur daran, wie es ſich von dieſer gemeinſamen Hingebung, von dieſer Zuſammenfaſſung der Kräfte loslöſen, ſinnt nur darauf, wie es die gemeinſame Kuh für ſich ſelber melken könne, die dann, da ſie ſo vielen einzelnen Anſprüchen nicht genügen kann, die Schwindſucht bekommt.

Man ahnt nicht, wie viele edelmütige Gefühle ſo hinwelkten, wie viele fruchtbringende Keime verdorrten, wie viele Federn zerbrachen und ſo für unſer Land verlorengingen infolge der elenden Betrügereien der franzöſiſchen Carbonari, durch die patriotiſchen Sammlungen für das Kinderaſyl und anderen politiſchen Schwindel, durch den aus gewaltigen edlen Dramen Vaudevilles der Zuchtpolizei wurden. So ging es mit den induſtriellen wie mit den politiſchen Aſſoziationen. Die Eigenliebe hat ſich an die Stelle der Sorge für das Allgemeinwohl geſetzt. Die Korporationen und die Hanſen des Mittelalters, auf die man wieder zurückkommen wird, ſind vorläufig noch unmöglich; daher ſind die einzigen „Geſellſchaften“, die noch übriggeblieben ſind, die religiöſen; und die bekämpft man jetzt aufs ſchärfſte, denn die Kranken ſind von Natur aus beſtrebt, ſich gegen die Heilmittel und oft auch gegen die Ärzte aufzulehnen. Die Franzoſen kennen den Begriff der Selbſtverleugnung nicht. Daher kann auch jede Aſſoziation nur auf dem religiöſen Empfinden aufgebaut werden, dem einzigen, das die Auflehnung des Geiſtes, die Pläne des Ergeizes und die Begierden jeder Art zu bändigen vermag. Die Weltverbeſſerer wiſſen nicht, daß die Aſſoziation uns neue Welten zu ſchenken imſtande iſt.

Als er durch die Straßen ſchritt, fühlte ſich Gottfried wie ein anderer Menſch. Wer in ſein Inneres hätte blicken können, würde beobachtet haben, wie ſich die zuſammengefaßte Macht der anderen auf ihn übertragen hatte. Er war nicht mehr ein einzelnes, ſondern ein verzehnfachtes Weſen, da er ſich als Repräſentant von fünf Perſonen fühlte, deren vereinte Kräfte ſein Handeln ſtützten, und die ihn auf ſeinen Wegen begleiteten. In dem Bewußtſein einer ſolchen Kraft empfand er ſein Leben als ein ſo reiches, ſeine Macht als ſo erhaben, daß er von Begeiſterung erfüllt wurde. Es war, wie er ſpäter erzählte, einer der ſchönſten Momente ſeines Daſeins; er genoß ſein Leben in einem neuen Sinne, in dem Gefühl einer Allmacht, die feſter gegründet war als die eines Deſpoten. Die moraliſche Kraft iſt wie der Geiſt unbegrenzt.

‚Für ſeinen Nächſten leben,‘ ſagte er ſich, ‚gemeinſam wie ein einzelner handeln und allein wie alle zuſammen; als Leitſtern die Barmherzigkeit haben, die ſchönſte und lebendigſte Idealgeſtalt, die die katholiſchen Tugenden geſchaffen haben, das heißt leben! Aber ich muß dieſes kindliche Freudengefühl, über das der Vater Alain lächeln würde, unterdrücken. Iſt es aber nicht eigentümlich,' ſagte er ſich weiter, ‚wie ich gerade dadurch, daß ich allem entſagen wollte, dieſe Macht, die ich ſeit ſo langer Zeit erſehnt hatte, erlangt habe? Die ganze Welt der Unglücklichen wird mir gehören!'

Er legte den Weg von dem Kloſter Notre-Dame bis zur Avenue de l'Obſervatoire in ſolcher Erregung zurück, daß er die Länge der Entfernung gar nicht gewahr wurde. Als er in der Rue Notre-Dame des Champs bis an die Stelle gelangt war, wo ſie in die Rue de l'Oueſt mündet, die damals beide noch nicht gepflaſtert waren, erſtaunte er, an einem ſo herrlichen Orte einen ſolchen Moraſt zu finden. Man konnte nur an den Bretterzäunen der ſumpfigen Gärten oder an den Häuſern entlang auf ſchmalen Steigen vorwärts kommen, die auch bald von dem ſtagnierenden Waſſer in Rinnſteine verwandelt wurden. Nach einigem Suchen entdeckte er ſchließlich das bezeichnete Haus, das er nicht ohne Mühe erreichte. Es war anſcheinend eine alte verlaſſene Fabrik. Der ziemlich gedrückte Bau ſah aus wie eine lange, von Fenſtern durchbrochene Mauer ohne jeden Schmuck; aber die Fenſteröffnungen befanden ſich nur im Erdgeſchoß, wo man außerdem nur noch eine kleine Tür ſah.

Gottfried nahm an, daß der Hauseigentümer hier kleine Wohnungen eingerichtet habe, um einen Ertrag zu erzielen; denn über der Tür befand ſich eine mit der Hand geſchriebene Anzeige: ‚Mehrere Zimmer zu vermieten.' Gottfried läutete, aber niemand erſchien; und während er wartete, machte ihn ein Vorübergehender darauf aufmerkſam, daß das Haus noch einen Eingang am Boulevard habe, dort würde er jemanden finden, mit dem er reden könne.

Gottfried befolgte dieſen Rat und erblickte am Ende eines kleinen Gartens, der ſich am Boulevard hinzog, die Faſſade des Gebäudes hinter den Bäumen. Das ziemlich ſchlecht gehaltene Gärtchen war tief gelegen, denn zwiſchen dem Boulevard und der Rue Notre-Dame des Champs iſt ein ziemlich beträchtlicher Höhenunterſchied, der das Gärtchen zu einer Art Graben machte. Gottfried betrat eine Allee, an deren Ende er eine alte Frau erblickte, deren zerlumpte Kleidung in vollkommener Übereinſtimmung mit dem Hauſe ſtand.

„Waren Sie das, der in der Rue Notre-Dame geklingelt hat?“ fragte ſie.

„Jawohl ... Können Sie mir die Zimmer hier zeigen?“

Auf die bejahende Antwort dieſer Portiersfrau von zweifelhaftem Alter erkundigte ſich Gottfried danach, ob das Haus von ruhigen Leuten bewohnt werde; er habe eine Beſchäftigung, die Ruhe und Schweigen brauche; er ſei Junggeſelle und wolle mit der Portiersfrau ein Abkommen treffen, daß ſie ihm die Aufwartung machen ſolle.

Nach dieſer Ankündigung machte die Frau ein freundliches Geſicht und ſagte:

„Der Herr trifft es hier gut, denn außer an den Tagen, an denen in der Grande Chaumière getanzt wird, iſt der Boulevard ſo menſchenleer wie die Pontiniſchen Sümpfe ...“

„Kennen Sie denn die Pontiniſchen Sümpfe?“ ſagte Gottfried.

„Nein, mein Herr; aber ich habe da oben einen alten Herrn wohnen, deſſen Tochter beſtändig im Sterben liegt, der ſagt ſo; ich ſpreche es ihm bloß nach. Der arme Alte wird ſehr froh ſein, wenn er erfährt, daß der Herr Ruhe liebt und verlangt; denn ein Mieter, der Skandal macht, würde ſeiner Tochter den Reſt geben . . . Im zweiten Stock haben wir zwei Leute, die ſo was wie Schriftſteller ſind; aber die kommen am Tage um Mitternacht nach Hauſe, und nachts gehen ſie um acht Uhr früh wieder weg. Sie nennen ſich Autoren, aber ich weiß nicht, wo und ob ſie arbeiten."

Unter ſolchem Geſchwätz hatte die Portiersfrau Gottfried eine ſcheußliche Treppe hinauf geführt, die aus Bruchſteinen und Holz beſtand, welche ſo ſchlecht miteinander verbunden waren, daß man nicht wußte, ob das Holz ſich von den Steinen trennen wollte oder ob die Steine unwillig waren, daß ſie vom Holze feſtgehalten wurden, weshalb ſich dieſe beiden Materien gegeneinander durch Mengen von Staub im Sommer und von Kot im Winter wehrten. Die riſſigen Kalkwände trugen mehr Inſchriften, als die Akademie des Belles-Lettres aufgefunden hat. Am erſten Abſatz hielt die Portiersfrau ſtill.

„Hier, mein Herr, ſind zwei zuſammenhängende, ſehr ſaubere Zimmer, die nach dem Flur des Herrn Bernard hinausgehen. Das iſt der alte Herr, von dem ich ſprach, ein ſehr feiner Mann. Er beſitzt Orden, hat aber, wie es ſcheint, Unglück gehabt, denn er trägt ſeine Orden niemals . . . Sie hatten zuerſt einen Dienſtboten aus der Provinz, aber vor drei Jahren haben ſie ihn entlaſſen . . . Der junge Sohn der Dame iſt nun für alles da, er beſorgt die Wirtſchaft . . ."

Gottfried machte eine Bewegung.

„Oh," rief die Portiersfrau, „haben Sie keine Angſt, ſie werden Ihnen nichts erzählen, ſie reden mit niemandem. Der Herr wohnt hier ſeit der Julirevolution, er iſt im Jahre 1831 hergezogen . . . Es ſind Leute aus der Provinz, die wohl durch den Regierungswechſel werden ruiniert worden ſein; ſie ſind ſtolz und ſtumm wie die Fiſche . . . Seit vier Jahren, lieber Herr, haben ſie ſich von mir auch nicht den geringſten Dienſt leiſten laſſen, aus Angſt, daß ſie etwas dafür bezahlen müßten . . . Hundert Sous zu Neujahr, das iſt alles, was ich an ihnen verdiene . . . Da ſoll einer noch über die Schriftſteller reden! Da kriege ich zehn Franken monatlich bloß dafür, daß ich allen, die nach ihnen fragen, ſage, daß ſie am letzten Termin ausgezogen ſind."

Dieſes Geſchwätz ließ Gottfried hoffen, daß er an der Portiersfrau eine Verbündete haben würde; während ſie rühmte, wie geſund die beiden Zimmer ſeien, teilte ſie ihm mit, daß ſie keine Portiersfrau, ſondern die Vertrauensperſon des Hauseigentümers ſei, für den ſie gewiſſermaßen das Haus verwalte. „Man kann mir Vertrauen ſchenken, lieber Herr; die Frau Vauthier möchte lieber gar nichts beſitzen als einen Sou, der einem andern gehört."

Frau Vauthier war mit Gottfried bald einig, der die Wohnung nur möbliert und bei monatlicher Kündigung mieten wollte. Die elenden Zimmer wurden an Studenten oder unglückliche Schriftſteller möbliert und unmöbliert vermietet. Die rieſigen Dachböden, die ſich über dem ganzen Gebäude hinſtreckten, enthielten die erforderlichen Möbel. Herr Bernard hatte die von ihm bewohnten Zimmer ſelber möbliert.

Aus dem Gerede der Dame Vauthier merkte Gottfried, daß es ihr Wunſch war, eine bürgerliche Penſion zu halten; aber ſeit fünf Jahren hatte ſich unter ihren Mietern auch nicht einer bei ihr in Pension geben wollen. Sie hauste in dem nach dem Boulevard hin belegenen Erdgeschoß und bewachte von dort aus das Haus mit Hilfe eines großen Hundes, eines dicken Dienstmädchens und eines kleinen Laufjungen, der die Stiefel putzte, die Zimmer aufräumte und die Gänge besorgte; diese beiden armen Wesen paßten, ebenso wie sie, zu dem Elend des Hauses, der Mieter und des vernachlässigten traurigen Gartens vor dem Hause.

Die beiden waren Findelkinder, denen die Witwe Vauthier als Lohn Essen gab, und was für ein Essen! Der Junge, den Gottfried gesehen hatte, trug als Livree eine zerlumpte Bluse, Tuchstrümpfe statt Stiefel und auf der Straße Holzschuhe. Zerzaust wie ein Sperling, der eben ein Bad genommen hat, mit schwarzen Händen, arbeitete er auf den Holzplätzen des Boulevards, nachdem er vorher seinen Morgendienst gemacht hatte; und nachmittags, wenn er bei den Holzhändlern um viereinhalb Uhr seine Arbeit beendet hatte, nahm er seine häusliche Tätigkeit wieder auf. Er holte dann das für das Haus nötige Wasser aus dem Brunnen an der Sternwarte, das die Witwe, ebenso wie das von ihm kleingemachte Brennholz, den Mietern lieferte.

Seinen Lohn mußte Nepomuk, so hieß der Sklave der Witwe Vauthier, seiner Herrin abliefern. Im Sommer, an den Sonn- und Montagen, war das arme Findelkind Kellner bei den Weinschenken im Weichbild. Dazu gab ihm die Witwe anständige Sachen.

Das dicke Dienstmädchen besorgte die Küche unter der Leitung der Witwe Vauthier, der sie auch während der übrigen Zeit bei ihrem Gewerbe half;

denn die Witwe übte einen Beruf aus: sie machte für Hausierer Schuhe aus Tuchleisten.

Gottfried erfuhr alle diese Einzelheiten im Verlauf einer Stunde, während deren die Witwe ihn überall herumführte, ihm das Haus zeigte und seine Umwandlung erklärte. Bis zum Jahre 1828 war dort eine Seidenwürmerzucht eingerichtet gewesen, weniger um Seide zu fabrizieren, als um das zu erzielen, was man die Eier nennt. Elf mit Maulbeerbäumen bepflanzte Morgen in der Ebene von Montrouge und drei Morgen in der Rue de l'Ouest, die dann später mit Häusern bebaut wurden, hatten die Fabrik mit den Eiern der Seidenwürmer versorgt. Gerade als die Witwe Gottfried auseinandersetzte, wie Herr Barbet von einem Italiener, namens Fresconi, dem Inhaber der Fabrik, das als Hypothek auf den Grund und Boden und die Fabrik eingetragene Darlehn nur durch den Verkauf der drei Morgen, die sie ihm auf der andern Seite der Rue Notre-Dame des Champs zeigte, hatte zurückbekommen können, erschien ein großer hagerer alter Herr mit vollkommen weißem Haar am Ende der Straße, die an der Ecke der Rue de l'Ouest einmündet.

„Ah, da kommt er gerade recht!" rief die Vauthier; „sehen Sie, das ist Ihr Nachbar, Herr Bernard . . . — Herr Bernard," sagte sie zu ihm, als der Alte in Hörweite war, „Sie werden nicht mehr allein sein, der Herr hier hat eben die Wohnung gegenüber von Ihrer gemietet . . ."

Herr Bernard richtete seinen Blick auf Gottfried mit leicht begreiflicher Besorgnis; er schien sagen zu wollen:

‚Das Unglück, vor dem ich mich immer fürchtete, ist endlich über mich hereingebrochen . . .'

„Mein Herr,“ ſagte er laut, „gedenken Sie wirklich, hier zu wohnen?“
„Jawohl, mein Herr“, erwiderte Gottfried höflich. „Das iſt zwar keine Behauſung für Leute, die zu den Glücklichen der Welt gehören, aber es iſt das Billigſte, das ich in dieſem Bezirk gefunden habe. Frau Vauthier beanſprucht wohl auch nicht, an Millionäre zu vermieten ... Adieu, meine gute Frau Vauthier, richten Sie es ein, daß ich heute abend um ſechs Uhr einziehen kann; ich werde pünktlich zu dieſer Stunde da ſein.“
Und Gottfried lenkte ſeine Schritte nach der Ecke der Rue de l'Ouest, indem er langſam ging, denn die Angſt, die ſich auf dem Geſichte des großen hageren Alten malte, ließ ihn annehmen, daß er noch eine Auseinanderſetzung mit ihm haben würde. In der Tat wandte ſich nach kurzem Zögern Herr Bernard um und kam hinter Gottfried her, um ihn einzuholen.
‚Der alte Spion! Er will ihn verhindern, daß er wiederkommt ...‘ ſagte die Vauthier zu ſich, ‚das iſt ſchon das zweitemal, daß er mir einen ſolchen Streich ſpielt ... Aber nur Geduld! In fünf Tagen muß er ſeine Miete bezahlen, und wenn er nicht auf Heller und Pfennig bezahlt, ſchmeiße ich ihn raus. Herr Barbet iſt ein Tiger, den man nicht erſt zu reizen braucht, und ... Aber ich möchte wohl wiſſen, was er ihm erzählt ...‘ „Felicitas! ... Felicitas! Du dicke Schlampe! Kommſt du denn nicht?“ ... ſchrie die Witwe mit ihrer rauhen, ſchrecklichen Stimme; vor Gottfried hatte ſie ſich bemüht, mit ſanften Flötentönen zu reden. Das Mädchen, eine dicke, rothaarige, ſchielende Perſon, kam jetzt herbeigelaufen.

„Paß hier ein paar Augenblicke gut auf, verstehst du? Ich bin in fünf Minuten wieder hier.“

Und die Dame Vauthier, die frühere Köchin des Buchhändlers Barbet, eines der erbarmungslosesten Darleihers auf Wucherzinsen, schlich hinter ihren beiden Mietern her, um von weitem zu horchen und mit Gottfried zu reden, wenn seine Unterhaltung mit Herrn Bernard beendet sein würde.

Herr Bernard bewegte sich langsam vorwärts, wie ein Mann, der unschlüssig ist, oder wie ein Schuldner, der für seinen Gläubiger, der ihn eben mit unheilvollen Absichten verlassen hat, neue Vorschläge aussinnt. Obwohl Gottfried vor dem Unbekannten herging, beobachtete er ihn doch, indem er so tat, als betrachte er die Umgebung. So geschah es, daß Herr Bernard Gottfried erst in der Mitte der großen Allee des Luxembourggartens ansprach.

„Ich bitte um Verzeihung, mein Herr,“ sagte Herr Bernard und grüßte Gottfried, der seinen Gruß erwiderte; „ich bitte tausendmal um Verzeihung, daß ich Sie aufhalte, ohne die Ehre zu haben, von Ihnen gekannt zu sein, aber ist Ihre Absicht, in das scheußliche Haus, in dem ich wohne, einzuziehen, unwiderruflich?“

„Aber, mein Herr . . .“

„Gewiß,“ unterbrach der Alte Gottfried mit befehlender Geste, „ich weiß wohl, daß Sie mich fragen können, mit welchem Rechte ich mich in Ihre Angelegenheiten einmische und Sie danach frage . . . Aber hören Sie mich an, mein Herr, Sie sind jung, und ich bin sehr alt; ich sehe älter aus, als ich bin, und bin doch schon siebenundsechzig Jahr alt; man würde mich aber für achtzigjährig halten . . . Alter und Unglück berechtigen Einen zu vielem, da ja auch das Gesetz die Siebzigjährigen von gewissen öffentlichen Pflichten entbindet . . . Aber ich will Ihnen nicht von dem Recht sprechen, daß mir mein weißes Haar verleiht; es handelt sich hier um Sie. Wissen Sie, daß das Viertel, in dem Sie wohnen wollen, um acht Uhr abends ganz einsam ist und daß man sich dort Gefahren aussetzt, von denen die geringste ist, bestohlen zu werden? Haben Sie auf diese unbewohnten Strecken hier geachtet, auf diese Felder und Gärten? . . . Sie werden mir antworten, daß ich ja auch hier wohne; aber ich, mein Herr, ich gehe nach sechs Uhr abends nicht mehr aus . . . Sie werden einwerfen, daß hier ja auch zwei junge Leute in der zweiten Etage wohnen, über den Zimmern, die Sie mieten wollen . . . Aber, mein Herr, das sind zwei arme junge Schriftsteller, die wegen einer Wechselschuld von ihren Gläubigern verfolgt werden und die sich versteckt halten, frühmorgens fortgehen und erst um Mitternacht nach Hause kommen; die fürchten weder Diebe noch Mörder; außerdem gehen sie immer zusammen und sind bewaffnet . . . Ich habe ihnen auf der Polizeipräfektur die Erlaubnis verschafft, Waffen zu tragen . . .“

„Oh, mein Herr,“ sagte Gottfried, „die Diebe fürchte ich aus ähnlichen Gründen, wie sie diese Herren schützen, nicht, und auf das Leben lege ich so wenig wert, daß ich den Mörder, der mich irrtümlich ermordet, segnen würde . . .“

„Sie sehen aber doch gar nicht so unglücklich aus“, entgegnete der Alte, der Gottfrieds Äußeres geprüft hatte.

„Ich besitze höchstens so viel, daß ich leben kann und gerade mein Brot habe, und ich bin hierhergekommen, mein Herr, weil es hier so still ist. Aber darf ich fragen, welches Interesse Sie daran haben, mich von dem Hause fernzuhalten?"

Der Alte zögerte mit seiner Antwort, da er Frau Vauthier kommen sah; Gottfried, der ihn aufmerksam beobachtete, war erstaunt, wie abgemagert er durch Kummer, vielleicht durch Hunger oder auch durch Arbeit war; Spuren aller dieser Gründe für seine Hinfälligkeit waren auf seinem Gesichte zu erkennen, an dem die vertrocknete Haut sich so eng über die Knochen spannte, als ob sie der glühenden Sonne Afrikas ausgesetzt gewesen wäre. Die hohe Stirn mit ihrem drohenden Ausdruck beschirmte mit ihrer Kuppel zwei stahlblaue Augen, zwei kalte, harte, kluge, vorsichtige Augen, wie die von Wilden, die aber von dunklen, tiefen, ganz runzlichen Ringen umgeben waren. Die gerade, lange, schmale Nase und das stark vorspringende Kinn verliehen dem Alten eine Ähnlichkeit mit dem bekannten, so populär gewordenen Bilde Don Quichotes; aber es war dies ein böser Don Quichote, ohne alle Illusionen, ein schreckenerregender Don Quichote.

Trotz seines durchaus strengen Wesens ließ der Alte doch etwas von Furcht und Schwäche durchblicken, wie sie die Bedürftigkeit allen Unglücklichen einflößt. Diese beiden Gefühle gruben gewissermaßen Risse in dieses so festgefügte Antlitz, an dem das zerstörende Beil des Elends schartig geworden zu sein schien. Der Mund hatte einen ernsten, aber beredten Ausdruck. Es war eine Vereinigung Don Quichotes mit dem Präsidenten Montesquieu.

Seine gesamte Kleidung war aus schwarzem Tuch, aber aus Tuch, das fadenscheinig geworden war. Der altmodische Rock und das Beinkleid wiesen verschiedene ungeschickt ausgeführte Ausbesserungen auf. Die Knöpfe waren kürzlich erneuert worden. Der bis zum Kinn zugeknöpfte Rock ließ die Farbe der Wäſche nicht erkennen, und die Krawatte, deren Schwarz rot geworden war, verbarg geſchickt den Hemdkragen. Dieſe ſeit langem getragene ſchwarze Kleidung roch nach Elend. Aber das herriſche Weſen des geheimnisvollen Alten, ſein Auftreten, die Ideen, die hinter ſeiner Stirn wohnten und aus ſeinem Blick ſprachen, ſchloſſen den Gedanken an Armut aus. Ein Beobachter würde nicht gewußt haben, zu welcher Klaſſe er dieſen Pariſer zählen ſolle.

Herr Bernard erſchien ſo tief in Gedanken verloren, daß er für einen Univerſitätsprofeſſor genommen werden konnte, für einen in widerſpenſtige, quälende Grübeleien verſunkenen Gelehrten; Gottfried faßte ein lebhaftes Intereſſe für ihn und wurde von einer Neugierde ergriffen, die ſeine Wohltätigkeitsmiſſion noch mehr anſtachelte.

„Wenn ich ſicher wäre, mein Herr, daß Sie Ruhe und Zurückgezogenheit ſuchen, ſo würde ich Ihnen ſagen: Mieten Sie ſich neben mir ein“, fuhr der Alte fort. „Mieten Sie dieſe Zimmer“, ſagte er ſo laut, daß die Vauthier ihn hören konnte, die vorbei kam und in der Tat horchte. „Ich bin Vater, mein Herr, und ich habe nichts mehr auf der Welt als meine Tochter und ihren Sohn, um mir das Elend des Lebens ertragen zu helfen; nun braucht meine Tochter Schweigen und abſolute Ruhe . . . Alle, die bisher erſchienen waren, um die Zimmer, die Sie nehmen wollen, zu mieten, haben den Gründen und Bitten eines verzweifelten Vaters nachgegeben; es war ihnen gleichgültig, ob ſie in der einen oder der anderen Straße eines vollkommen öden Viertels wohnen, wo es an billigen Wohnungen nicht mangelt, noch auch an Penſionen zu mäßigen Preiſen. Aber ich ſehe, daß Ihr Entſchluß feſtſteht, und ich flehe Sie an, mein Herr, täuſchen Sie mich nicht; denn ſonſt wäre ich genötigt, auszuziehen und mich ganz draußen einzumieten ... Aber erſtens könnte ein Umzug meiner Tochter das Leben koſten," ſagte er mit erregter Stimme, „und dann, wer weiß, ob die Ärzte, die ſo ſchon nach meiner Tochter nur um Gottes willen ſehen, auch nach dort hinauskommen würden ..."

Hätte dieſer Mann weinen können, ſo wären ſeine Wangen bei dieſen letzten Worten naß von Tränen geweſen; aber er hatte, nach einem jetzt allgemein üblichen Ausdruck, Tränen in ſeiner Stimme, und er bedeckte ſeine Stirn mit einer Hand, die nur noch aus Knochen und Muskeln beſtand.

„An welcher Krankheit leidet denn Ihre Frau Tochter?" fragte Gottfried teilnahmsvoll und freundlich.

„An einer furchbaren Krankheit, der die Ärzte alle möglichen Namen geben, oder, richtiger geſagt, die überhaupt keinen Namen hat ... Mein Vermögen iſt dabei draufgegangen ..." Er fuhr dann mit einer Geſte, wie ſie nur den Unglücklichen eigen iſt, fort: „Das wenige Geld, das ich noch beſaß, denn ich war im Jahre 1830 ohne Vermögen und aus meiner hohen Stellung verdrängt — kurz, alles was ich hatte, wurde ſchnell durch meine Tochter aufgezehrt, die ſchon ihre Mutter und die Familie ihres Gatten zugrunde gerichtet hatte ... Heute genügt die Penſion, die ich beziehe, kaum, um das Nötigſte zu bezahlen, das bei dem Zuſtand, in dem ſich meine arme, gottergebene Tochter befindet, erforderlich iſt ... Meine Fähigkeit, Tränen zu vergießen, iſt erſchöpft ... Ich habe unzählige

Martern erlitten. Ich muß aus Granit ſein, mein Herr, daß ich nicht ſchon geſtorben bin, oder vielmehr: Gott hat dem Kinde den Vater erhalten, damit es einen Wärter und einen Schutzengel habe; denn die Mutter iſt vor Kummer geſtorben . . . Ach, junger Mann, Sie kommen gerade in dem Moment, wo der alte Baum, der ſich nie gebeugt hat, fühlt, wie ihm das Beil des Elends, vom Schmerz geſchärft, ins Herz dringt . . . Ich, der ich niemals geklagt habe, ich will Ihnen von dieſer Krankheit erzählen, um Sie zu verhindern, in unſer Haus zu ziehen, oder, wenn Sie doch dabei verharren, um Ihnen zu beweiſen, wie notwendig es iſt, unſere Ruhe nicht zu ſtören . . . In dieſem Moment, mein Herr, bellt meine Tochter wie ein Hund Tag und Nacht! . . .“

„Iſt ſie denn geiſteskrank?“ ſagte Gottfried.

„Sie iſt vollkommen bei Verſtande, ſie iſt die reine Heilige“, antwortete der Alte. „Sie werden wahrſcheinlich gleich denken, daß ich verrückt bin, ſobald ich Ihnen alles mitgeteilt habe. Meine einzige Tochter iſt das Kind einer Mutter, die ſich der vortrefflichſten Geſundheit erfreute. Ich ſelbſt habe in meinem ganzen Leben nur eine Frau geliebt, die meinige; ich hatte ſie mir erwählt. Ich habe eine Neigungsheirat gemacht, als ich die Tochter eines der tapferſten Oberſten der kaiſerlichen Garde, Tarlowſkis, eines Polen, heiratete, eines ehemaligen Ordonnanzoffiziers des Kaiſers. Das Amt, mit dem ich betraut war, verlangte von mir vollkommene Sittenreinheit; in meinem Herzen haben nicht vielerlei Empfindungen Platz, ich hab' mein Weib treu geliebt, das einer ſolchen Liebe auch würdig war. Und da ich ein Vater bin, wie ich ein Gatte war, ſo iſt mit dieſem einen Worte alles geſagt. Meine Tochter hat ihre Mutter niemals verlaſſen, und nie hat ein Kind keuſcher und chriſtlichfrömmer gelebt als dies teure Kind. Sie war mehr als hübſch, ſie war eine vollkommene Schönheit; und auch ihr Gatte, ein junger Mann, deſſen ſittliches Verhalten einwandfrei war — er war der Sohn eines meiner Freunde, eines Präſidenten am Obergericht, — hat ſicherlich keinen Anlaß zu der Krankheit meiner Tochter gegeben."

Gottfried und Herr Bernard ſchwiegen unwillkürlich eine Weile und betrachteten einander gegenſeitig.

„Die Heirat verändert, wie Sie wiſſen werden, bisweilen die jungen Leute", begann der Alte wieder. „Die erſte Schwangerſchaft verlief glücklich, es wurde ein Sohn geboren, mein Enkel, der jetzt bei mir wohnt, der einzige Nachkomme zweier verbundener Familien. Die zweite Schwangerſchaft war von ſo merkwürdigen Symptomen begleitet, daß die Ärzte, die ſich alle darüber wunderten, ſie den ſeltſamen Erſcheinungsformen, die dieſer Zuſtand manchmal mit ſich bringt und die ſie in den Annalen der Wiſſenſchaft ſammeln, zuſchrieben. Meine Tochter brachte ein totes Kind zur Welt, das buchſtäblich verrenkt und erſtickt war durch innerliche Bewegungen. Jetzt begann erſt die Krankheit, die Schwangerſchaft hatte nichts mit ihr zu tun gehabt . . . Sie ſind vielleicht Student der Medizin?"

Gottfried machte eine Bewegung, die man ebenſo gut für eine Bejahung wie für eine Verneinung halten konnte.

„Nach dieſer ſchrecklichen, qualvollen Entbindung," fuhr Herr Bernard fort, „einer Entbindung, die einen ſo furchtbaren Eindruck auf meinen Schwiegerſohn machte, daß er in einen Zuſtand von Melancholie verfiel, die ſeinen Tod herbeiführte, klagte zwei bis drei Monate danach meine Tochter über eine allgemeine Schwäche in den Füßen, die ihr, wie ſie ſich ausdrückte, wie aus Watte vorkamen. Dieſe Schlaffheit ging in eine Lähmung über, und in was für eine Lähmung, mein Herr! Man kann meiner Tochter die Füße biegen, man kann ſie verrenken, ohne daß ſie etwas ſpürt. Das Glied hat anſcheinend weder Blut, noch Muskeln, noch Knochen. Dieſes Leiden, das mit keiner bekannten Tatſache in Zuſammenhang ſteht, hat auch die Arme und die Hände ergriffen, ſo daß wir an irgendeinen Fall von Rückenmarkserkrankung geglaubt haben. Alle Ärzte und Heilmittel haben ihren Zuſtand nur verſchlimmert, meine arme Tochter konnte ſich nicht mehr bewegen, ohne ſich die Hüften, die Schultern oder die Arme zu verrenken. Lange Zeit haben wir einen ausgezeichneten Chirurgen gehabt, der beinahe ſtändig bei uns weilte und der, im Einverſtändnis mit dem Arzte oder den Ärzten (denn es ſind noch manche aus Wißbegierde zu uns gekommen) damit beſchäftigt war, ihr die Glieder wieder einzurenken, und zwar — würden Sie das glauben, mein Herr? — drei- bis viermal am Tage! . . . Ach, dieſe Krankheit hat ſo viele Symptome, daß ich vergaß, zu erwähnen, daß während der Periode der Schwäche vor der Lähmung der Glieder die merkwürdigſten Erſcheinungen der Starrſucht bei meiner Tochter auftraten . . . Sie wiſſen, was Starrſucht iſt? Sie blieb mit offenen unbeweglichen Augen mehrere Tage in der Lage, in der ſie dieſer Zuſtand überfallen hatte. Sie hat die ungeheuerlichſten Arten von Anfällen dieſes Leidens erduldet, bis zu Starrkrämpfen.

Dieſe Phaſe ihrer Krankheit hat mich auf den Gedanken gebracht, ihre Heilung mit dem Magnetismus zu verſuchen, da ſie ſo eigenartig gelähmt war. Meine Tochter war von einer fabelhaften Hellſichtigkeit: ihr Geiſt war der Schauplatz aller Wunder des Somnambulismus wie ihr Körper der aller Krankheiten . . ."

Gottfried fragte ſich, ob der Alte auch ganz bei Vernunft wäre.

„Ich, der ich in Wahrheit mit Voltaire, Diderot und Helvetius großgezogen wurde und ein Kind des achtzehnten Jahrhunderts bin," fuhr er fort, ohne auf den Ausdruck in Gottfrieds Geſicht zu achten, „ich, ein Sohn der Revolution, ich hatte mich immer über alles luſtig gemacht, was das Altertum und das Mittelalter von Beſeſſenen erzählten; nun, mein Herr, nur Beſeſſenheit kann den Zuſtand erklären, in dem ſich mein Kind befindet. Obwohl ſomnambul, hat ſie uns doch nie die Urſache ihrer Leiden angeben können; ſie erkannte ſie nicht, und alle Behandlungsmethoden, die ſie uns angab, haben ihr, trotzdem ſie aufs peinlichſte durchgeführt wurden, abſolut nichts genützt. So wollte ſie zum Beiſpiel in ein friſch geſchlachtetes Schwein hineingeſteckt werden; dann gab ſie an, man ſolle ihr mit ſtark magnetiſiertem, glühend gemachtem Eiſen in die Beine ſtechen . . . man ſolle ihr heißes Siegelwachs über den Rücken hinabfließen laſſen . . .

Und was für Verwüſtungen hat die Krankheit angerichtet! Die Zähne ſind ihr ausgefallen! Sie wurde taub und dann ſtumm; und nach ſechs Monaten vollkommener Stummheit und Taubheit kehrten Gehör und Sprache bei ihr plötzlich wieder zurück. Ebenſo unerwartet, wie er verlorengeht, iſt der Gebrauch der Hände auch wieder da; nur die Füße ſind ſeit ſieben Jahren unbeweglich geblieben. Sie hat ausgeſprochene, ganz deutlich charakteriſierte Anfälle von Waſſerſcheu gehabt. Nicht nur der Anblick, auch das Geräuſch von Waſſer, das Erblicken eines Glaſes, einer Taſſe verſetzte ſie in Wut, und dazu hat ſie ſich auch noch angewöhnt, wie ein Hund zu bellen, ſo melancholiſch zu bellen, wie die Hunde es tun, wenn ſie Orgelſpielen hören. Mehrmals ſchon lag ſie im Sterben und hat die Letzte Ölung erhalten, und immer lebte ſie wieder auf, um bei vollem Verſtande und voller Geiſtesklarheit weiterzuleiden; denn ihr Verſtand und ihr Gefühl ſind unberührt geblieben . . . Sie iſt am Leben geblieben, mein Herr, aber ſie hat den Tod ihres Mannes und ihrer Mutter herbeigeführt, die dieſen Jammer nicht ertragen konnten. Und was ich Ihnen erzählt habe, mein Herr, das iſt noch gar nichts. Alle körperlichen Funktionen ſind bei ihr ins Gegenteil verkehrt, ein Mediziner allein könnte Ihnen die ſeltſame, unnatürliche Tätigkeit ihrer Organe erklären . . . Und in dieſem Zuſtande mußte ich ſie im Jahre 1829 aus der Provinz nach Paris überführen, denn die wenigen berühmten Pariſer Ärzte, Desplein, Bianchon und Haudry, glaubten alle, daß man ſie myſtifizieren wolle. Der Magnetismus wurde damals von den Akademien ſehr energiſch abgelehnt; und ohne den Provinzärzten und mir ſelbſt den guten Glauben abzuſprechen, nahmen ſie eine unzureichende Beobachtung, oder, wenn Sie wollen, eine Übertreibung an, wie ſie bei Kranken und ihren Familien ziemlich häufig vorkommt. Aber ſie ſahen ſich genötigt, ihre Anſicht aufzugeben, und gerade dieſe Phänomene gaben den Anlaß für die Unterſuchungen der letzten Zeit über Nervenkrankheiten; denn ſie hielten dieſen merkwürdigen Zuſtand für eine Neuroſe. Die letzte Konſultation dieſer Herren ergab als Reſultat, daß alle Medizin beiſeite zu laſſen ſei; ſie erklärten, man müſſe die Natur frei walten laſſen und ihr Wirken ſtudieren; und ſeitdem habe ich nur noch einen Arzt, und das iſt der Armenarzt dieſes Bezirks. Es genügt ja auch in der Tat, Palliativmittel anzuwenden, um die Schmerzen zu lindern, da man die wirkliche Urſache der Krankheit nicht kennt."

Hier ſtockte der Alte wie vernichtet von dieſer entſetzlichen Eröffnung.

„Seit fünf Jahren", fuhr er dann fort, „lebt meine Tochter zwiſchen Beſſerung und beſtändigen Rückfällen, aber es iſt kein neues Phänomen aufgetreten. Sie leidet mehr oder weniger infolge der verſchiedenartigen nervöſen Anfälle, die ich Ihnen kurz geſchildert habe, aber die Unbeweglichkeit der Beine und die Störung der natürlichen Funktionen dauert an. Die Not, in der wir uns befinden und die inzwiſchen noch ſchlimmer geworden iſt, hat uns gezwungen, die Wohnung, die ich im Jahre 1829 in dem Viertel du Roule gemietet hatte, zu verlaſſen; und da meine Tochter einen nochmaligen Umzug nicht aushalten würde und ich ſie bei einem ſolchen ſchon zweimal beinahe verloren hätte: das erſtemal, als ich ſie nach Paris brachte, und dann, als ich mit ihr aus dem Beaujonviertel fortzog, ſo habe ich gleich meine jetzige Wohnung genommen, da ich das Unglück vorausſah, deſſen Hereinbrechen über mich auch nicht lange auf ſich warten ließ; denn nach dreißig Dienſtjahren hat man mich auf die Regelung meiner Penſion bis zum Jahre 1833 warten lassen. Erst seit sechs Monaten erhalte ich sie, und die neue Regierung hat, in Verfolg ihrer sonstigen Härte gegen mich, mir auch nur das Minimum zugebilligt."

Gottfried machte eine Bewegung des Erstaunens, die eine weitere Aufklärung verlangte; der Alte verstand das auch, denn er antwortete sofort, nicht ohne einen vorwurfsvollen Blick nach oben zu richten: „Ich bin eins von den tausend Opfern der politischen Reaktion. Ich verheimliche einen Namen, der der Gegenstand vieler Rachegedanken ist, und wenn die Lehren der Erfahrung, die eine Generation der anderen hinterläßt, nicht immer wieder verloren sein sollen, so denken Sie daran, junger Mann, daß Sie sich niemals zu harten Maßnahmen irgendeiner Politik hergeben sollen ... Nicht daß ich bereue, meine Pflicht erfüllt zu haben: mein Gewissen ist vollkommen ruhig; aber die heutigen Gebieter haben nicht mehr das Gefühl der Solidarität, die die Regierungen, so verschiedenartig sie auch sein mögen, miteinander verbinden muß; und wenn der Eifer belohnt wird, so geschieht das nur aus einer vorübergehenden Angst. Das Instrument, dessen man sich bedient hat, mag es noch so treue Dienste geleistet haben, gerät früher oder später vollkommen in Vergessenheit. Sie sehen in mir eine der festesten Stützen der älteren Linie der Bourbonen, ebenso wie ich es vorher für die kaiserliche Regierung gewesen war, und jetzt befinde ich mich in solchem Elend! Da ich zu stolz war, zu bitten, hat man sich niemals darum gekümmert, in welches unerhörte Unglück ich geraten bin. Vor fünf Tagen, mein Herr, hat mir der Bezirksarzt, der meine Tochter behandelt, oder, wenn Sie wollen, beobachtet, gesagt, daß er außerstande ſei, eine Krankheit zu heilen, die alle vierzehn Tage unter einer anderen Form auftrete. Den Neuroſen ſteht, wie er meint, die Medizin ratlos gegenüber, weil ſie auf unerklärbaren Urſachen beruhen. Er hat mir geraten, ich ſolle mich an einen Arzt wenden, der allerdings nur für einen Empiriker gilt, und er hat mich darauf aufmerkſam gemacht, daß es ein Ausländer ſei, ein flüchtiger, polniſcher Jude, daß die Ärzte ſehr eiferſüchtig auf ihn ſind wegen einiger außerordentlicher Heilungen, von denen viel geſprochen wird, daß aber gewiſſe Perſönlichkeiten ihn für ſehr gelehrt und ſehr geſchickt halten. Nur iſt er teuer und mißtrauiſch; er ſucht ſich ſeine Kranken aus und opfert ſeine Zeit nicht umſonſt; ſchließlich iſt er . . . Kommuniſt . . . er heißt Halperſohn. Mein Enkelſohn iſt ſchon zweimal vergeblich bei ihm geweſen, denn er iſt noch nicht zu uns gekommen, und ich kann mir denken, weshalb nicht! . . ."

„Und weshalb nicht?" ſagte Gottfried.

„Oh, mein ſechzehnjähriger Enkelſohn iſt noch viel ſchlechter gekleidet als ich; und ich — würden Sie es glauben, mein Herr? — ich wage nicht, vor dieſen Arzt hinzutreten; mein Äußeres ſteht in einem zu peinlichen Mißverhältnis mit dem Auftreten, das man von einem alten würdigen Herrn, wie ich einer bin, erwartet. Wenn er den Großvater in dieſem Aufzuge ſieht, nachdem der Enkel ebenſo ſchlecht gekleidet vor ihm erſchienen iſt, wird dieſer Arzt meiner Tochter dann die erforderliche Sorgfalt angedeihen laſſen? Er wird ſie ſo behandeln, wie man arme Leute behandelt . . . Und bedenken Sie, verehrter Herr, daß ich meine Tochter liebe um der Schmerzen willen, die ſie mir bereitet hat, ebenſo wie ich ſie ehedem liebte um der Glückſeligkeit willen, womit ſie mich überhäufte.

Sie iſt ein wahrer Engel geworden. Ach, ſie iſt nur noch Seele; der Körper exiſtiert nicht mehr, denn ſie hat die Schmerzen beſiegt ... Stellen Sie ſich vor, welcher Anblick das für einen Vater iſt! Für meine Tochter iſt ihr Zimmer ihre Welt! Sie muß hier Blumen haben, die ſie liebt; ſie lieſt viel, und wenn ſie die Hände gebrauchen kann, macht ſie feenhafte Handarbeiten ... Sie weiß nichts von der tiefen Armut, in die wir alle geraten ſind ... Darum führen wir ein ſo merkwürdiges Leben, daß wir niemanden zu uns hineinlaſſen können ... Verſtehen Sie mich jetzt richtig, mein Herr? Begreifen Sie, daß ich keinen Nachbar dulden kann? Ich würde zu viel von ihm verlangen müſſen und würde zu viele Verpflichtungen auf mich laden, als daß ich ſie wettmachen könnte. Denn erſtens fehlt mir für alles das die Zeit; ich muß meinen Enkel erziehen, und ich arbeite ſo viel, mein Herr, daß ich nachts nicht mehr als drei bis vier Stunden ſchlafe."

„Mein Herr," unterbrach Gottfried den Alten, dem er bis dahin geduldig und mit teilnahmsvoller Aufmerkſamkeit zugehört hatte, „ich werde doch Ihr Nachbar werden, und ich werde Ihnen hilfreich beiſtehen ..."

Der Alte machte eine ſtolze, unwillige Bewegung, denn er hatte keinen Glauben mehr an etwas Gutes vonſeiten der Menſchen.

„Ich werde Ihnen beiſtehen", wiederholte Gottfried, ergriff die Hände des Alten und drückte ſie mit achtungsvoller Freundlichkeit; „aber wie ſoll ich Ihnen beiſtehen? ... Hören Sie mich an. Was gedenken Sie aus Ihrem Enkel zu machen?"

„Er wird bald Jura ſtudieren, denn er ſoll Richter werden."
„Ihr Enkel wird Sie jährlich ſechshundert Franken koſten, alſo . . ."
Der Alte verhielt ſich ſchweigend.
Nach einer Pauſe fuhr Gottfried fort: „Ich ſelbſt beſitze nichts, aber ich vermag viel; ich werde Ihnen den jüdiſchen Arzt zuführen! Und wenn Ihre Tochter geheilt werden kann, ſo wird ſie geheilt werden. Wir werden das Geld auftreiben, um Halperſohn zu bezahlen."
„Oh, wenn meine Tochter geheilt würde, dann könnte ich ein Opfer bringen, wozu ich nur ein einziges Mal imſtande wäre!" rief der Alte aus. „Dann würde ich meine letzten Notgroſchen hergeben!"
„Den werden Sie behalten! . . ."
„Ach, die Jugend, die Jugend! . . ." rief der Alte kopfſchüttelnd . . . „Leben Sie wohl, mein Herr, oder vielmehr: Auf Wiederſehn. Ich muß jetzt in die Bibliothek; da ich alle meine Bücher verkauft habe, bin ich gezwungen, meiner Arbeiten wegen täglich dorthin zu gehen . . . Ich bin Ihnen dankbar für Ihre guten Abſichten; wir wollen ſehen, ob Sie die Rückſichten auf mich nehmen werden, die ich von einem Nachbar verlangen kann. Das iſt alles, was ich von Ihnen erwarte . . ."
„Jawohl, mein Herr, laſſen Sie mich Ihren Nachbarn werden; denn, ſehen Sie, Barbet iſt nicht der Mann, um ſich lange hinhalten zu laſſen, und Sie könnten auf einen ſchlechteren Genoſſen in Ihrem Elend treffen als auf mich. Ich verlange jetzt nicht, daß Sie mir vertrauen, ſondern daß Sie mir geſtatten ſollen, Ihnen nützlich zu ſein . . ."
„Und was für ein Intereſſe haben Sie daran?" rief

der Alte, während er ſich anſchickte, die Stufen des Kartäuſerkloſters hinabzuſteigen, von wo man damals aus der großen Allee des Luxembourggartens in die Rue d'Enfer gelangte.

„Haben Sie denn während Ihrer Amtstätigkeit ſich niemanden zu Danke verpflichtet?"

Der Alte betrachtete Gottfried mit gerunzelten Augenbrauen, in ſeiner Erinnerung nachforſchend, wie ein Mann, der das Buch ſeines Lebens nachſchlägt und nach einer Handlung ſucht, der er eine ſo ſeltene Erkenntlichkeit zu verdanken hätte, und wandte ſich dann ab mit einem Gruße, in dem ſeine Zweifel ſich ausdrückten.

„Nun, für ein erſtes Zuſammentreffen hat er ſich nicht allzu ſcheu gezeigt", ſagte ſich der Ausgeſandte. Gottfried begab ſich nun ſogleich in die Rue d'Enfer, in das Haus, das ihm Alain bezeichnet hatte, und fand dort den Doktor Berton, einen kühlen, ernſten Mann, der ihn ſehr in Erſtaunen ſetzte, als er ihm die Richtigkeit aller Einzelheiten beſtätigte, die Herr Bernard ihm über die Krankheit ſeiner Tochter mitgeteilt hatte; er erhielt auch die Adreſſe Halperſohns.

Dieſer polniſche, ſeitdem berühmt gewordene Arzt wohnte damals in Chaillot, in der Rue Marbeuf, in einem kleinen, einzelnſtehenden Hauſe, wo er das erſte Stockwerk in Beſitz hatte. Der General Roman Zarnowicki bewohnte das Erdgeſchoß, und die Dienerſchaft der beiden Flüchtlinge das Dachgeſchoß des kleinen Hauſes, das nur eine Etage hoch war. Gottfried traf den Doktor nicht zu Hauſe; er hörte, daß er ziemlich weit weg in die Provinz zu einem reichen Kranken gefahren war; er war beinahe froh, ihn nicht getroffen zu haben, denn in ſeiner Eile hatte er vergessen, sich mit Geld zu versehen und war genötigt, in das Haus de la Chanterie zurückzukehren, um sich welches mit nach Hause zu nehmen. Durch diese Wege und die Zeit, die er mit seiner Mahlzeit in einem Restaurant in der Rue de l'Odéon verbrachte, war für Gottfried die Stunde herangerückt, wo er von seiner Wohnung am Boulevard Mont-Parnasse Besitz ergreifen mußte. Nichts konnte elender sein, als das Mobiliar, mit dem Frau Vauthier die beiden Zimmer ausgestattet hatte. Diese Frau schien gewöhnt zu sein, Zimmer zu vermieten, die nicht bewohnt wurden. Das Bett, die Stühle, die Tische, die Kommode, der Sekretär, die Vorhänge rührten sicherlich von Zwangsversteigerungen her, oder ein Wucherer hatte sie als Pfand genommen, ohne sie dann verwerten zu können, ein Fall, der häufig vorkommt.

Frau Vauthier, die Fäuste in die Seiten gestemmt, schien einen Dank zu erwarten; sie nahm daher Gottfrieds Lächeln für ein Lächeln der Überraschung.

„Oh, ich habe Ihnen von allem, was wir haben, das Schönste ausgesucht, mein lieber Herr Gottfried", sagte sie mit triumphierender Miene ... „Solche schönen seidenen Vorhänge und ein Mahagonibett, wo die Würmer noch nicht dran waren! ... Das hat dem Fürsten von Weißenburg gehört und stammt aus seinem Hause. Als er aus der Rue Louis le Grand wegzog, im Jahre 1809, war ich Küchenmädchen bei ihm ... Seitdem bin ich bei meinem Hauseigentümer im Dienst."

Gottfried hemmte den Fluß ihrer vertraulichen Herzensergießungen, indem er seine Miete auf einen Monat vorausbezahlte, und gab ihr auch die sechs Franken im voraus, die er Frau Vauthier für die

Aufwartung zu zahlen hatte. In dieſem Augenblick vernahm er ein Hundegebell, und wäre er nicht von Herrn Bernard verſtändigt worden, ſo hätte er glauben können, daß ſein Nachbar einen Hund in der Wohnung halte.

„Bellt der Hund auch nachts?“

„Oh, ſeien Sie ganz beruhigt, mein Herr, nur etwas Geduld, Sie werden darunter nur noch dieſe Woche zu leiden haben. Herr Bernard wird ſeine Miete nicht bezahlen können und hinausgeſetzt werden . . . Aber es gibt wirklich recht merkwürdige Leute! Noch nie habe ich ihren Hund zu Geſicht bekommen. Monatelang, was ſage ich, Monate? Sechs Monate lang kriegt man den Hund nicht zu hören! Man möchte glauben, ſie haben gar keinen Hund. Das Tier verläßt das Zimmer der Dame nie . . . Es iſt da eine ſehr kranke Dame, wiſſen Sie. Seit ihrem Einzug hat ſie ihr Zimmer nicht verlaſſen . . . Der alte Herr Bernard arbeitet viel und der Sohn auch. Der iſt Externer am Gymnaſium Louis le Grand, wo er mit ſeinen ſechzehn Jahren ſchon bald mit der höchſten Klaſſe fertig iſt! Das iſt tüchtig! Aber der kleine Bengel paukt auch wie ein Verrückter! . . . Sie werden ſehen, wie ſie Blumen aus dem Zimmer der Dame herausbringen; ſie leben nur von Brot, der Großvater und der Enkel, aber ſie kaufen Blumen und Leckerbiſſen für die Dame . . . Die Dame muß wohl ſehr krank ſein, daß ſie ſeit ihrem Einzug hier nicht ausgegangen iſt; wenn man Herrn Berton hört, den Arzt, der ſie behandelt, wird ſie hier wohl nur mit den Füßen nach vorn herauskommen.“

„Und was tut der Herr Bernard?“

„Das iſt ein Gelehrter, wie es ſcheint; denn er ſchreibt

und geht auf die Bibliothek arbeiten, und der Herr hat ihm auf das, woran er arbeitet, Geld geborgt."
„Welcher Herr?"
„Mein Hausbesitzer, Herr Barbet, der frühere Buchhändler, der sechzehn Jahre etabliert war. Der ist aus der Normandie, hat erst auf der Straße Salat verkauft und ist dann 1818 Buchhändler auf den Kais geworden; nachher hat er einen kleinen Laden gehabt, und jetzt ist er sehr reich ... Das ist so eine Art Jude, der sechsunddreißig verschiedene Berufe betreibt, denn er war auch mit dem Italiener assoziiert, der die Baracke hier für die Seidenwürmer gebaut hat ..."
„Das Haus ist also ein Zufluchtsort für unglückliche Schriftsteller?" sagte Gottfried.
„Sollte der Herr auch das Unglück haben, einer zu sein?" fragte die Witwe Vauthier.
„Ich beginne erst damit", antwortete Gottfried.
„Oh, mein lieber Herr, erbarmen Sie sich und lassen Sie die Hände davon ... Journalist, nun ja, da will ich nichts dagegen sagen ..."
Gottfried konnte ein Lächeln nicht unterdrücken und wünschte der Portierfrau gute Nacht, die, ohne es zu wissen, ein Musterbild der Bourgeoisie war. Als er sich in dem scheußlichen Zimmer mit seinem Fußboden aus roten Ziegelsteinen, die nicht einmal von gleicher Farbe waren, und mit seiner Tapete zu sieben Sous die Rolle, zu Bett legte, sehnte sich Gottfried nicht nur nach seinem kleinen Zimmer in der Rue Chanoinesse, sondern auch nach der Gesellschaft der Frau de la Chanterie. Er empfand eine große innere Leere. Sein Geist hatte bereits eine andere Richtung genommen, und er erinnerte sich nicht, in seinem früheren Leben eine solche Sehnsucht nach

irgendetwas empfunden zu haben. Der ſchnelle Vergleich machte einen tiefen Eindruck auf ſein Gemüt; er begriff, daß kein Leben ſo viel wert war wie das, mit dem er jetzt beginnen wollte, und ſein Entſchluß, dem guten Vater Alain nachzueifern, war unerſchütterlich geworden. Wenn er noch kein Berufener war, ſo hatte er doch den Willen, einer zu werden. Am andern Morgen ſah Gottfried, der ſich bei ſeiner neuen Lebensweiſe an ſehr frühes Aufſtehen gewöhnt hatte, vom Fenſter aus einen jungen Menſchen von etwa ſiebzehn Jahren, bekleidet mit einer Bluſe, der offenbar aus einem Brunnen Waſſer holte, denn er trug in jeder Hand einen Waſſerkrug. Auf dem Geſicht dieſes jungen Menſchen, der ſich nicht beobachtet glaubte, ſpiegelte ſich deutlich ſein Empfinden, und nie hatte Gottfried etwas ſo Unſchuldiges und gleichzeitig ſo Trauriges geſehen. Die jugendliche Grazie war von Elend, Arbeit und großer körperlicher Ermüdung überſchattet. Der Enkelſohn des Herrn Bernard fiel auf durch einen Teint von ungewöhnlicher Weiße, die von dem dunkelbraunen Haar noch ſtärker hervorgehoben wurde. Dreimal machte er ſeinen Weg, beim letztenmal ſah er, wie eine Fuhre friſches Holz abgeladen wurde, das Gottfried am Abend vorher beſtellt hatte, denn der im Jahre 1838 ſpät eingetretene Winter begann ſich bemerkbar zu machen, und es hatte in der Nacht leicht geſchneit.

Nepomuk, der ſeine Tagesarbeit damit begonnen hatte, das Holz zu holen, das Frau Vauthier ſich reichlich hatte vorausbezahlen laſſen, plauderte mit dem jungen Menſchen, während er wartete, bis der Holzhacker ihm das Holz kleingemacht hatte, das er hinaufbringen ſollte. Es war leicht zu merken, daß der plötzlich eingetretene Froſt den Enkel des Herrn Bernard beunruhigte, und daß der Anblick des Holzes und der graue Himmel ihn an die Notwendigkeit mahnten, ſich auch mit Vorräten zu verſehen. Aber plötzlich ergriff der junge Menſch, wie wenn er ſich Vorwürfe machte, daß er ſeine koſtbare Zeit verliere, die beiden Krüge und ging eiligſt ins Haus hinein. Es war in der Tat ſchon einhalb acht Uhr, und als er die Uhr des Kloſters de la Viſitation ſchlagen hörte, dachte er daran, daß er um einhalb neun Uhr im Gymnaſium Louis le Grand ſein müſſe.

Gerade als er hineinkam, öffnete Gottfried der Frau Vauthier die Tür, die kam, um bei ihrem neuen Mieter einzuheizen, ſo daß Gottfried Zeuge der Szene wurde, die ſich auf dem Treppenabſatz abſpielte. Ein Gärtner aus der Nachbarſchaft hatte mehrmals an der Tür des Herrn Bernard geklingelt, ohne daß jemand herauskam, denn die Glocke war mit Papier umwickelt, und hatte nun einen ziemlich groben Zank mit dem jungen Menſchen angefangen, von dem er die für das Abonnement der von ihm gelieferten Blumen noch rückſtändige Bezahlung verlangte. Als der Gläubiger immer lauter wurde, ging die Tür auf, und Herr Bernard erſchien.

„Auguſt," ſagte er zu ſeinem Enkel, „kleide dich um, du mußt ins Gymnaſium gehen."

Dann nahm er die beiden Krüge und ſtellte ſie in das erſte Zimmer ſeiner Wohnung, wo ſich Blumen in Jardinieren befanden; darauf ſchloß er die Tür wieder und kehrte zu dem Gärtner zurück. Gottfrieds Tür ſtand offen, denn Nepomuk hatte mit dem Heraufbringen des Holzes begonnen, das er im vorderen Zimmer aufſchichtete. In Gegenwart des Herrn

Bernard war der Gärtner ſtill geworden; jener trug einen Hausrock von violetter Seide, der bis ans Kinn zugeknöpft war, und hatte ein achtunggebietendes Auftreten.

„Sie könnten das, was wir Ihnen ſchulden, auch ohne zu ſchreien verlangen“, ſagte Herr Bernard.

„Seien Sie doch gerecht, mein lieber Herr“, ſagte der Gärtner; „Sie wollten mich doch alle Woche bezahlen, und jetzt ſind es drei Monate, zehn Wochen, und ich habe nichts bekommen; dabei ſind Sie mir hundertundzwanzig Franken ſchuldig. Wir ſind gewöhnt, daß reiche Leute bei uns ein Abonnement auf Blumen nehmen, das ſie uns bezahlen, ſobald wir es verlangen, und jetzt bin ich ſchon zum fünftenmal deswegen hier. Wir müſſen doch unſere Miete und unſere Arbeiter bezahlen, und ich bin gewiß nicht reicher als Sie. Meine Frau, die Ihnen Milch und Eier liefert, wird heute nicht mehr damit kommen; ihr ſind Sie dreißig Franken ſchuldig: ſie will lieber gar nicht kommen, als Sie drängen, ſie iſt eine gute Seele, meine Frau! Wenn es nach ihr ginge, dann könnte man überhaupt keine Geſchäfte machen. Aber ich, ich höre auf dieſem Ohr nicht, verſtehen Sie . . .“

In dieſem Augenblick ging Auguſt fort mit einem elenden kurzen grünen Rock, einer Hoſe aus Tuch von gleicher Farbe, einer ſchwarzen Krawatte und abgetragenen Schuhen bekleidet. Seine Sachen, obwohl ſauber abgebürſtet, verrieten den äußerſten Grad von Bedürftigkeit, denn ſie waren ſo kurz und ſo eng, daß ſie bei der geringſten Bewegung des Schülers aufzuplatzen drohten. Die weiß gewordenen Nähte, die eingeſchrumpften Ränder, die trotz der Ausbeſſerungen ausgeriſſenen Knopflöcher zeigten auch dem ungeübteſten Auge die jammervollen Merkmale der Not. Dieſe Kleidung ſtand in ſchreiendem Gegenſatz zu der friſchen Jugend Auguſts, der dahinging, ein Stück altes Brot kauend, das die Eindrücke ſeiner ſchönen ſtarken Zähne aufwies. Er frühſtückte ſo während ſeines Weges vom Boulevard Mont-Parnaſſe bis zur Rue Saint-Jacques, während er ſeine Bücher und Hefte unter dem Arm und auf dem Kopfe eine Mütze trug, die ihm zu klein war, und unter der ſein prächtiges dunkles Haar hervorquoll.

Als er bei ſeinem Großvater vorbeiging, wechſelte er mit ihm einen Blick voll tiefſter Betrübnis, denn er ſah ihn im Kampfe mit einer faſt unüberwindlichen Schwierigkeit, deren Folgen ſchrecklich ſein mußten. Um dem Primaner Platz zu machen, zog ſich der Gärtner bis an die Tür Gottfrieds zurück; in dieſem Moment verbarrikadierte Nepomuk mit ſeiner Tracht Holz den Treppenabſatz ſo, daß der Gläubiger bis ans Fenſter zurücktreten mußte.

„Herr Bernard,“ ſchrie jetzt die Witwe Vauthier, „denken Sie etwa, daß Herr Gottfried ſeine Wohnung dazu gemietet hat, daß Sie hier Ihre Sitzungen abhalten?“

„Verzeihen Sie,“ ſagte der Gärtner, „der Flur war ſo voll . . .“

„Ich habe das ja auch nicht zu Ihnen geſagt, Herr Cartier“, entgegnete die Witwe.

„Bleiben Sie nur hier“, rief Gottfried jetzt dem Gärtner zu. „Und Sie, mein verehrter Herr Nachbar,“ wandte er ſich an Herrn Bernard, der gegen dieſe grobe Beleidigung unempfindlich zu ſein ſchien, „kommen Sie, wenn Sie mit dem Gärtner zu verhandeln haben, nur ruhig in mein Zimmer herein.“

Der große Alte, vor Schmerz ſtumpf geworden, warf Gottfried einen Blick zu, in dem ſich heiße Dankbarkeit ausdrückte.

„Was Sie anlangt, liebe Frau Vauthier, ſo ſeien Sie gefälligſt nicht ſo grob gegen einen Herrn, der erſtens ein Greis iſt und dem Sie es auch zu verdanken haben, daß ich die Wohnung hier genommen habe."

„Ach was!" rief die Witwe.

„Außerdem aber, wenn die Leute, die nicht zu den Reichen gehören, ſich nicht gegenſeitig helfen, wer wird ihnen denn helfen? Laſſen Sie uns jetzt allein, Frau Vauthier, ich werde ſelber einheizen. Laſſen Sie mein Holz in Ihren Keller bringen, ich hoffe, Sie werden gut darauf achtgeben."

Frau Vauthier verſchwand; daß Gottfried ihr sein Holz zum Aufbewahren gegeben hatte, war ein rechtes Freſſen für ihre Habgier. –

„Kommen Sie hier herein, meine Herren", ſagte Gottfried, machte dem Gärtner ein Zeichen und bot dem Schuldner und dem Gläubiger Stühle an.

Der Alte blieb ſtehen, aber der Gärtner ſetzte ſich.

„Hören Sie, lieber Herr Cartier, die Reichen zahlen auch nicht ſo prompt, wie Sie behaupten, und Sie dürfen einen ehrenwerten Mann nicht wegen einiger Louisdor drängen. Der Herr bekommt ſeine Penſion nur alle ſechs Monate ausgezahlt und kann Ihnen keine Anweiſung auf eine ſo unbedeutende Summe geben; ich werde das Geld vorſtrecken, wenn Sie es durchaus verlangen."

„Herr Bernard hat ſeine Penſion vor etwa zwanzig Tagen empfangen und hat mich doch nicht bezahlt ... Es tut mir leid, daß ich ihm Umſtände mache ..."

„Wie denn? Sie liefern ihm Blumen ſeit ..."

„Jawohl, lieber Herr, ſeit ſechs Jahren, und er hat immer pünktlich bezahlt."
Herr Bernard, der immer ängſtlich auf das horchte, was in ſeiner Wohnung vorging, ohne auf die Diskuſſion zu achten, hörte plötzlich ein Geſchrei durch die Tür und ging voll Schrecken, ohne ein Wort zu sagen, fort.
„Hören Sie, mein Beſter, bringen Sie nur ſchöne Blumen, Ihre allerſchönſten Blumen noch heute früh Herrn Bernard, und Ihre Frau ſoll ihm friſche Eier und Milch ſchicken; ich werde es Ihnen heute abend bezahlen."
Cartier ſah Gottfried mit eigentümlichem Ausdruck an.
„Sie ſind jedenfalls beſſer unterrichtet als Frau Vauthier, die mir geraten hat, ich ſolle mich beeilen, wenn ich zu meinem Gelde kommen wolle. Weder Sie noch ich, mein Herr, können ſich erklären, warum Leute, die ſich von Brot ernähren und Gemüſeabfall, die Reſte von Mohrrüben, Bohnen und Kartoffeln an der Tür der Reſtaurants aufſammeln . . . Jawohl, mein Herr, ich habe den Kleinen überraſcht, wie er einen alten Handkorb damit füllte . . . alſo, wie ſolche Leute mehr als vierzig Franken monatlich für Blumen ausgeben können . . . Man erzählt ſich, daß der Alte nur dreitauſend Franken Penſion hat."
„Na, jedenfalls", entgegnete Gottfried, „brauchen Sie ſich doch nicht darüber zu beklagen, wenn ſie ſich mit der Ausgabe für Blumen ruinieren."
„Gewiß, mein Herr, vorausgeſetzt, daß Sie ſie mir bezahlen."
„Bringen Sie mir nur Ihre Rechnung."
„Sehr wohl, mein Herr," ſagte der Gärtner mit einem

Anflug von Respekt, „der Herr will wohl die versteckte Dame zu Gesicht bekommen?"

„Hören Sie, mein Freund, Sie vergessen sich!" erwiderte Gottfried trocken. „Gehen Sie nach Hause und suchen Sie Ihre schönsten Blumen aus als Ersatz für die, die Sie abholen. Wenn Sie mir selbst gute Sahne und frische Eier liefern wollen, so können Sie meine Kundschaft bekommen, ich werde mir heute Vormittag Ihr Etablissement ansehen."

„Das ist eins der schönsten in Paris, mein Herr, ich stelle auch im Luxembourg aus. Mein drei Morgen großer Garten liegt am Boulevard, hinter dem Garten der Grande-Chaumière."

„Schön, Herr Cartier. Wie mir scheint, sind Sie reicher als ich . . . Sie müssen uns gut behandeln, wer weiß, ob wir einander nicht einmal brauchen werden."

Der Gärtner entfernte sich jetzt, sehr beunruhigt darüber, wer Gottfried wohl sein möge.

‚So bin ich auch mal gewesen', sagte Gottfried sich, während er seinen Kamin heizte. ‚Was für ein Musterbild der heutigen Bourgeoisie! Klatschsüchtig, neugierig, auf die Gleichheit aller pochend, auf Kundschaft bedacht, wütend darüber, daß er nicht erfahren kann, warum eine arme Kranke in ihrem Zimmer bleibt und sich nicht sehen läßt, seine Wohlhabenheit verhehlend, aber so eingebildet, daß er sich doch ihrer rühmt, um seinen Nachbar herabsetzen zu können. Dieser Mensch muß mindestens Leutnantsrang in seiner Kompanie bekleiden. Mit welcher Leichtigkeit spielt sich doch zu allen Zeiten die Szene von Monsieur Dimanche ab! Noch einen Augenblick länger, und der Herr Cartier hätte mit mir Freundschaft geschlossen.'

Der große alte Herr unterbrach jetzt das Selbstgespräch Gottfrieds, das bewies, wie sehr sich in den letzten vier Monaten seine Anschauungen geändert hatten.

„Verzeihen Sie, lieber Nachbar," sagte er mit stockender Stimme, „ich sehe, daß Sie den Gärtner beruhigt haben, denn er hat mich höflich gegrüßt. Wahrhaftig, junger Mann, die Vorsehung scheint Sie uns expreß hierhergesandt zu haben, gerade als wir nicht mehr weiter konnten! Ach, die Indiskretion dieses Menschen hat Ihnen vieles klar werden lassen! Es ist richtig, daß ich meine halbjährliche Pension vor vierzehn Tagen empfangen habe; aber ich hatte dringendere Schulden als diese hier, und ich mußte den Betrag für die Miete zurückbehalten, sonst wäre ich hier hinausgesetzt worden. Da ich Ihnen anvertraut habe, in welchem Zustande sich meine Tochter befindet, und da Sie gehört haben . . ."

Er sah Gottfried unruhig an, der ihm ein zustimmendes Zeichen machte.

„Nun, so werden Sie beurteilen können, ob das nicht ihr Tod sein würde! . . . Ich hätte sie ja ins Hospital bringen müssen! . . . Mein Enkel und ich, wir fürchteten uns vor diesem Morgen, und zwar fürchteten wir am meisten nicht Cartier, sondern die Kälte . . ."

„Mein lieber Herr Bernard, ich habe ja Holz, nehmen Sie sich nur davon", versetzte Gottfried.

„Aber", rief der Alte, „wie kann ich mich denn jemals für solche Dienste erkenntlich zeigen?" . . .

„Indem Sie sie ungeniert annehmen," entgegnete Gottfried lebhaft, „und indem Sie mir Vertrauen schenken."

„Aber welches Recht habe ich auf solche Freigebigkeit?" fragte Herr Bernard, der wieder mißtrauisch geworden war. „Mein Stolz und der meines Enkelſohnes iſt ja gebrochen!“ rief er, „denn wir haben uns ja ſchon herablaſſen müſſen, mit unſern zwei oder drei Gläubigern zu verhandeln. Ach, die Armen haben ja keine Gläubiger; dazu bedarf es eines gewiſſen äußeren Glanzes, der uns entſchwunden iſt . . . Aber ich habe noch nicht meinen geſunden Menſchenverſtand, meine Vernunft eingebüßt . . .“, fügte er wie im Selbſtgeſpräch hinzu.

„Mein Herr,“ erwiderte Gottfried ernſt, „was Sie mir geſtern mitgeteilt haben, könnte einen Wucherer zum Weinen bringen.“

„Ach nein, denn Barbet, dieſer Buchhändler, unſer Hauseigentümer, ſpekuliert ja gerade auf mein Elend und läßt mich durch dieſe Vauthier, ſeine ehemalige Dienerin, ausſpionieren.“

„Worauf kann er denn bei Ihnen ſpekulieren?“ fragte Gottfried.

„Das werde ich Ihnen ſpäter mitteilen“, antwortete der Alte. „Meine Tochter könnte frieren, und da Sie es geſtatten wollen — ich bin ja in einer Lage, wo ich von meinem ſchlimmſten Feinde ein Almoſen annehmen würde . . .“

„Ich werde Ihnen Holz hinüberbringen“, ſagte Gottfried, trug ein Dutzend Scheite über den Treppenflur und legte ſie im Vorderzimmer der Wohnung des Alten nieder.

Herr Bernard hatte ebenſoviel hinübergebracht, und als er den kleinen Holzvorrat anſah, konnte er ein blödes und faſt kindiſches Lächeln nicht unterdrücken, mit denen ſich bei Leuten, die aus einer ſcheinbar unüberwindlichen Todesgefahr gerettet wurden, ihre Freude kundtut, eine Freude, die das Schreckensgefühl noch nicht ausgelöſcht hat.

„Nehmen Sie nur alles an, was ich Ihnen anbiete, mein lieber Herr Bernard, und ſeien Sie nicht mißtrauiſch; wenn Ihre Tochter gerettet und das Glück wieder bei Ihnen eingekehrt ſein wird, werde ich Ihnen alles erklären... Bis dahin aber laſſen ſie mich handeln . . . Ich war ſchon bei dem jüdiſchen Arzte, aber unglücklicherweiſe iſt Halperſohn abweſend und kommt erſt in zwei Tagen zurück."
In dieſem Moment rief eine Stimme, deren friſcher melodiſcher Klang Gottfried auffiel, zweimal laut: „Papa, Papa!"
Während er mit dem Alten redete, hatte Gottfried an dem Türfalz gegenüber der Eingangstür die weißen Linien einer ſorgfältigen Bemalung bemerkt, die auf einen großen Unterſchied zwiſchen dem Zimmer der Kranken und den übrigen Räumen der Wohnung ſchließen ließen; ſeine lebhaft erregte Neugierde wurde dadurch nur noch höher geſchraubt; ſeine Wohltätigkeitsmiſſion war nur noch ein Vorwand, ſein Ziel war, die Kranke zu Geſicht zu bekommen. Er konnte nicht glauben, daß ein Weſen mit ſolch einer Stimme ein Gegenſtand des Widerwillens sein könne.
„Sie machen sich wirklich zuviel Mühe, Papa", ſagte die Stimme. „Warum nehmen Sie ſich nicht mehr Dienſtboten? . . . Bei Ihren Jahren! . . . Mein Gott!"
„Du weißt doch, liebe Wanda, ich will nicht, daß andere dich bedienen als dein Sohn und ich!"
Dieſe beiden Sätze, die Gottfried durch die Tür vernahm oder vielmehr ſich zuſammendachte, denn eine Portiere dämpfte den Ton, ließen ihn die Wahrheit ahnen. Die von Luxus umgebene Kranke konnte keine Ahnung von der wirklichen Lage ihres Vaters und ihres Sohnes haben. Herrn Bernards ſeidener

Hausrock, die Blumen und ſeine Unterredung mit Cartier hatten bereits den Verdacht Gottfrieds erregt, der nun wie gebannt vor dieſem Übermaß väterlicher Liebe daſtand. Der Kontraſt zwiſchen dem Zimmer der Kranken, wie er es ſich vorſtellte, und dem übrigen war ja auch erſtaunlich. Man mache ſich nur ein Bild davon.

Durch die Tür des dritten Zimmers, das der Alte offen gelaſſen hatte, bemerkte Gottfried zwei gleiche hölzerne angeſtrichene Bettſtellen, wie man ſolche in Penſionen unterſter Sorte findet, die mit einem Strohſack, einer dünnen Matratze und nur einer Bettdecke verſehen waren. Ein kleiner gußeiſerner Ofen von der Art, wie ſie die Portiers zum Kochen verwenden, und vor dem eine Menge Torfklumpen lagen, hätte die Not des Herrn Bernard genügend bewieſen, auch ohne die anderen Einzelheiten, die völlig zu dieſem ſcheußlichen Ofen paßten.

Als er einen Schritt weiter machte, erblickte Gottfried Geſchirr, wie man es nur in den ärmſten Haushaltungen findet; glaſierte irdene Näpfe, worin Kartoffeln in ſchmutzigem Waſſer ſchwammen. Zwei Tiſche aus ſchwarz gewordenem Holz, die, mit Papieren und Büchern beladen, am Fenſter ſtanden, das nach der Rue Notre-Dame hinaus ging, zeugten von den nächtlichen Arbeiten des Großvaters und des Enkels. Zwei ſchmiedeeiſerne Leuchter, wie arme Leute ſie haben, ſtanden auf den Tiſchen und waren mit den billigſten Kerzen, von denen acht auf das Pfund gehen, verſehen.

Auf einem dritten, der als Küchentiſch diente, glänzten zwei Kuverts und ein kleiner ſilbervergoldeter Löffel, Teller, ein Topf, Taſſen aus Sèvresporzellan, ein vergoldetes Meſſer mit zwei ſtählernen Klingen in ſeinem Etui und das übrige Eßgeſchirr der Kranken.

Der Ofen brannte, das Waſſer in dem Keſſel dampfte ſchwach. Ein angeſtrichener Wandſchrank enthielt jedenfalls die Wäſche und die Kleider der Tochter des Herrn Bernard; denn auf dem Bette des Vaters lag der Anzug, den Gottfried am Abend vorher bei ihm geſehen hatte, und zwar quergelegt, um als Fußwärmer zu dienen.

Andere Kleidungsstücke, die in gleicher Weiſe auf dem Bett des Enkels lagen, ließen annehmen, daß das ihre geſamte Garderobe war. Der ſicherlich ſelten gereinigte Fußboden ſah aus wie der der Schulklaſſen in Penſionaten. Ein angeſchnittenes Sechspfundbrot lag auf einem Brett oberhalb des Tiſches. Das Ganze war ein Bild des Elends auf ſeiner unterſten Stufe, eines ganz planmäßig organiſierten Elends, das man mit kühler Überlegung zu ertragen entſchloſſen iſt, des abgehetzten Elends, daß trotz guten Willens, das Nötige zu tun, doch nicht alles im Hauſe zu tun vermag und daher von dem elenden Hausrat einen verkehrten Gebrauch macht. Dieſer ſelten gereinigte Raum ſtrömte einen ſcharfen ekelerregenden Geruch aus.

Das Vorzimmer, in dem ſich Gottfried befand, war wenigſtens anſtändig gehalten; er dachte ſich, daß es dazu diente, die Scheußlichkeit des Zimmers, in dem der Enkelſohn und der Großvater hauſten, zu kaſchieren. Dieſes Vorzimmer mit ſeiner ſchottiſch karierten Tapete enthielt vier Stühle aus Nußbaumholz und einen kleinen Tiſch; an den Wänden hingen bunte Stiche: ein Porträt des Kaiſers von Horace Vernet, eins Ludwigs XVII. und dann die Karls X. und des Fürſten Poniatowſki, jedenfalls eines Freundes des Schwiegervaters Bernards. Das Fenſter hatte Kattunvorhänge mit roten Säumen und Franſen.

Gottfried, der auf Nepomuk aufpaßte und hörte, wie er eine Tracht Holz heraufbrachte, machte ihm ein Zeichen, daß er ſie ohne Geräuſch in Herrn Bernards Vorzimmer hinlegen ſolle, und mit einer Vorſorge, die anzeigte, daß der Neophyt ſchon einige Fortſchritte gemacht hatte, ſchloß er die Tür des Hundeloches, damit der Laufburſche der Witwe Vauthier nichts von dem Elend des Alten wahrnehmen könne.

Das Vorzimmer war gerade mit drei Jardinieren, die die herrlichſten Blumen enthielten, vollgeſtellt, zwei länglichen und einer runden, alle drei aus Polyſanderholz und ſehr elegant; daher konnte Nepomuk ſich nicht enthalten, nachdem er das Holz auf dem Fußboden aufgeſchichtet hatte, zu ſagen:

„Ach, wie hübſch! . . . Das muß viel Geld koſten!..."

„Johann, mach doch nicht ſolchen Lärm! . . ." rief Herr Bernard.

„Haben Sie gehört?" ſagte Nepomuk zu Gottfried. „Der gute, alte Kerl iſt wahrhaftig verrückt! . . ."

„Weißt du, wie du in ſeinem Alter ſein wirſt? . . ."

„O ja, das weiß ich ganz genau!" antwortete Nepomuk. „Ich werde dann in einer Zuckerdoſe ſein."

„In einer Zuckerdoſe? . . ."

„Jawohl, dann wird man gewiß Kohle aus meinen Knochen gemacht haben. Ich hab' geſehen, wie die Kutſcher der Zuckerfabrikanten ziemlich häufig in Montſouris ſolche Kohle für die Fabriken geholt haben; die haben mir geſagt, daß man daraus Zukker macht."

Und er ging nach dieſem philoſophiſchen Ausſpruch fort, um weiter Holz hinaufzutragen.
Gottfried ſchloß diskret Herrn Bernards Tür, um ihn mit ſeiner Tochter allein zu laſſen. Frau Vauthier hatte inzwiſchen das Frühſtück für ihren neuen Mieter zubereitet und brachte es ihm, von Felicitas unterſtützt, herein. Gottfried ſtarrte in ſein Kaminfeuer, in Nachdenken verſunken. Er war in die Betrachtung dieſes Elends vertieft, das ſo viele verſchiedene Seiten aufwies, das aber auch die unausſprechliche Freude über die tauſend Triumphe umfaßte, die die kindliche und die väterliche Liebe davongetragen hatten. Sie waren wie auf groben Stoff aufgeſtickte Perlen.
‚Welche Romane, und ſeien es auch die berühmteſten, kommen dieſer nackten Wirklichkeit gleich?' ſagte er ſich. ‚Aber wie reich iſt ein Leben, das ſich mit ſolchen Exiſtenzen befaßt! . . . wo der Geiſt bis zu den Urſachen und den Wirkungen vordringt und Hilfe bringt, die Schmerzen lindert und zum Heile beiträgt! . . . Sich ſo in das Unglück vertiefen, ſich in ſolchen Haushaltungen feſtſetzen! Ständig mithandeln bei neu ſich entwickelnden Tragödien, wie ſie uns in den Dichtungen berühmter Schriftſteller entzücken . . . Ich hatte nicht geahnt, daß das Gute reizvoller ſein könne als das Böſe.'
„Iſt der Herr ſo zufrieden? . . ." fragte Frau Vauthier, die mit Felicitas' Hilfe den Tiſch vor Gottfried hinſtellte.
Gottfried ſah vor ſich eine Taſſe vortrefflichen Milchkaffee, ein heißes Omelett, friſche Butter und kleine roſige Radieschen.
„Donnerwetter, wo haben Sie denn die Radieschen aufgetrieben?" fragte Gottfried.

„Herr Cartier hat ſie mir gegeben,“ antwortete ſie, „und ich wollte dem Herrn damit eine Freude machen.“

„Und wieviel verlangen Sie für ein ſolches tägliches Frühſtück?“ ſagte Gottfried.

„Na, lieber Herr, wenn Sie gerecht ſein wollen, werden Sie mir zugeben, daß es ſehr ſchwer wäre, es Ihnen billiger als für dreißig Sous zu liefern.“

„Nun, alſo meinetwegen für dreißig Sous“, ſagte Gottfried; „wie kommt es denn aber, daß man nur fünfundvierzig Franken monatlich für das Diner verlangt, hier nebenan bei Frau Machillot? Das würde doch auch nur täglich dreißig Sous ausmachen? . . .“

„Oh, lieber Herr, was iſt das für ein Unterſchied, ob man ein Diner für fünfzehn Perſonen herſtellt, oder ob man alles zuſammenholen muß, was für ein Frühstück erforderlich iſt! Rechnen Sie mal: ein Brötchen, Eier, Butter, dann muß man Feuer anmachen, dann Zucker, Milch, Kaffee . . . Bedenken Sie doch, daß man Ihnen auf dem Odeonplatz für eine einfache Taſſe Milchkaffee ſechzehn Sous abverlangt, und dann müſſen Sie dem Kellner noch ein bis zwei Sous Trinkgeld geben! . . . Hier aber haben Sie es ganz bequem, Sie frühſtücken zu Hauſe in Pantoffeln.“

„Alſo, es iſt gut“, antwortete Gottfried.

„Ohne Frau Cartier, die mir die Milch, die Eier und ſonſtiges liefert, könnte ich dabei nicht beſtehen. Sie müſſen ſich mal ihr Etabliſſement anſehen, lieber Herr. Ach, das iſt eine feine Sache! Sie beſchäftigen fünf Gärtnerjungen, und Nepomuk ſchleppt ihnen den ganzen Sommer das Waſſer; ich vermiete ihn zum Beſprengen . . . Sie verdienen viel Geld mit ihren Melonen und Erdbeeren ... Der Herr ſcheint ſich ja ſehr für Herrn Bernard zu intereſſieren ...?" fragte die Witwe Vauthier dann mit ſüßer Stimme, „denn wenn Sie für ihre Schulden einſtehen wollen... Der Herr weiß vielleicht nicht, was ſie alles ſchuldig ſind ... Da iſt die Dame, die das Leſekabinett am Sankt-Michaels-Platz hat, die kommt alle drei bis vier Tage wegen ihrer dreißig Franken, und ſie hat ſie wirklich ſehr nötig. Gott im Himmel, was lieſt die arme kranke Dame zuſammen! Sie lieſt und lieſt! Und bei zwei Sous für den Band macht das dreißig Franken im Vierteljahr ..."

„Das wären ja hundert Bände im Monat!" ſagte Gottfried.

„Ah, da holt der Alte die Sahne und das Brötchen für die Dame!" fuhr die Witwe Vauthier fort. „Das iſt für ihren Tee, denn ſie lebt bloß von Tee, die Dame! Sie trinkt zweimal am Tage welchen und zweimal in der Woche muß ſie Süßigkeiten haben ... Sie iſt ſo ein Leckermaul! Der Alte kauft ihr Kuchen und Paſteten beim Konditor in der Rue Buci. Oh, wenn es ſich um ſie handelt, da kommt's ihm nicht drauf an. Er ſagt, ſie iſt ſeine Tochter! ... Als ob man in ſeinem Alter das, was er macht, für ſeine Tochter täte! ... Er quält ſich für ſie ab, er und ſein Auguſt ... Denkt der Herr auch ſo wie ich? Zwanzig Franken würde ich gern ſpringen laſſen, wenn ich ſie mal ſehen könnte. Herr Berton ſagt, ſie iſt ein Monſtrum, eine Sache, die man für Geld zeigen könnte. Sie haben gut daran getan, daß ſie in ein ſolches Viertel wie unſres gezogen ſind, wo es ſo menſchenleer iſt ... Gedenkt der Herr alſo ſein Diner bei der Frau Machillot einzunehmen?"

„Jawohl, ich wollte mich bei ihr abonnieren ..."

„Ich möchte Sie ja nicht davon abbringen, lieber Herr; aber eine Kneipe ist wie die andere, und da täten Sie besser, in der Rue de Tournon zu essen; da brauchen Sie sich nicht auf einen Monat zu binden, und für gewöhnlich ist's da besser . . ."

„Wo ist das in der Rue de Tournon?"

„Bei dem Nachfolger der Mutter Girard . . . Da gehen die Herren hier oben häufig hin, und sie sind so zufrieden, wie man es nur sein kann".

„Schön, Mutter Vauthier, ich werde Ihrem Rat folgen und dort essen . . ."

„Mein lieber Herr," sagte die Portiersfrau, durch die freundliche Haltung, die Gottfried ihr mit Absicht bezeigte, ermutigt, „ernsthaft gesprochen, sollten Sie wirklich auf den Leim gehen und Herrn Bernards Schulden bezahlen wollen? . . . Das würde mir sehr leid tun; bedenken Sie doch, mein guter Herr Gottfried, daß er beinahe siebzig Jahr alt ist, und wenn er tot ist, ja Prosit, dann ist es alle mit der Pension! Und wer wird Ihnen dann Ihr Geld wiedergeben? . . . Die jungen Leute sind so unvorsichtig! Wissen Sie auch, daß er mehr als tausend Taler schuldig sein muß?"

„Wem denn?" fragte Gottfried.

„Ach, wem? Das geht mich nichts an", erwiderte die Vauthier geheimnisvoll; „genug, er schuldet sie, und unter uns gesagt, er verkehrt ja mit niemandem, und daher wird er in unserm Viertel auch nicht für einen Heller Kredit bekommen . . ."

„Tausend Taler?" wiederholte Gottfried; „oh, da können Sie ganz beruhigt sein, wenn ich tausend Taler hätte, wäre ich nicht Ihr Mieter. Aber, sehen Sie, ich kann es nicht mit ansehen, wenn andere leiden, und für die paar hundert Franken, die mich das kosten kann, werde ich wenigstens wissen, daß

mein Nachbar — ein Mann mit weißen Haaren! — Brot und Holz hat . . . Was wollen Sie, man verliert häufig ſo viel beim Kartenſpiel . . . Aber dreitauſend Franken? Mein Gott, wo denken Sie hin!“
Durch die geſpielte Offenherzigkeit Gottfrieds getäuſcht, verzog die Mutter Vauthier ihr Geſicht zu einem ſüßlichen Lächeln der Befriedigung, das den Verdacht des Mieters beſtärkte. Gottfried war überzeugt, daß die Alte an einem Komplott beteiligt war, das gegen den armen Herrn Bernard geſchmiedet wurde.
„Es iſt doch merkwürdig, mein Herr, was für Einbildungen man ſich in den Kopf ſetzt! Sie werden mir ſagen, daß ich ſehr neugierig bin! Aber als ich Sie geſtern hier mit Herrn Bernard plaudern ſah, habe ich mir eingeredet, daß Sie Angeſtellter in einer Buchhandlung ſind; denn das iſt hier das Quartier der Buchhändler. Ich hatte hier einen Korrektor zu wohnen, deſſen Druckerei in der Rue Vaugirard war, und der hieß ebenſo wie Sie . . .“
„Was intereſſiert Sie denn mein Beruf?“ ſagte Gottfried.
„Na, ob Sie mir's nun ſagen wollen oder nicht,“ begann die Vauthier wieder, „ich werde es doch erfahren . . . Da iſt zum Beiſpiel der Herr Bernard. Nun, anderthalb Jahre habe ich nichts über ihn erfahren können; aber einen Monat darauf habe ich doch endlich herausbekommen, daß er ein Beamter, ein Richter oder ſonſt ſo was bei der Juſtiz geweſen iſt, und daß er jetzt darüber ſchreibt . . . Was hat er nun davon, ſage ich! Hätte er ſich mir anvertraut, ſo hätte ich geſchwiegen. So iſt das!“
„Ich bin noch kein Angeſtellter in einer Buchhandlung, aber ich werde es vielleicht bald ſein.“

„Das dachte ich mir doch", ſagte die Witwe Vaulthier lebhaft, drehte ſich um und verließ das Bett, das ſie zurechtmachte, um einen Vorwand zu haben, bei ihrem Mieter zu verweilen. „Sie ſind hergekommen, um ihnen die Sache vor der Naſe wegzuſchnappen. Wenn man gewarnt iſt, iſt man doppelt vorſichtig . . ."

„Halt!" rief Gottfried und ſtellte ſich zwiſchen die Vauthier und die Tür. „Was für ein Intereſſe haben Sie denn, um ſich da hineinzumiſchen?"

„Sieh, ſieh!" bemerkte die Alte und ſah Gottfried ſchief an, „Sie ſind ja wirklich ein geriſſener Schlaukopf!"

Sie verriegelte die Türe des erſten Zimmers und ſetzte ſich auf einen Stuhl am Kaminfeuer.

„Mein Ehrenwort, ſo wahr ich Vauthier heiße, ich habe Sie für einen Studenten gehalten, bis ich ſah, wie Sie Ihr Holz dem alten Bernard ſchenkten. Ach, Sie ſind ein Schlauberger! Donner noch mal, was ſind Sie für ein Komödiant! . . . Und da hielt ich Sie zuerſt für einen Gimpel! Hören Sie mal, wollen Sie mir tauſend Franken zuſichern? So wahr wie der Tag ſcheint, mein alter Barbet und Herr Métivier haben mir fünfhundert Franken verſprochen, wenn ich gut aufpaſſe."

„Die, und fünfhundert Franken? . . . Gehen Sie doch!" rief Gottfried, „höchſtens zweihundert, Mutterchen, und auch bloß verſprochen . . . Sie werden ſie deshalb nicht verklagen können! Wenn Sie mir das Geſchäft zuſchieben können, daß ſie mit Herrn Bernard machen wollen, würde ich vierhundert Franken geben! . . . Nun ſagen Sie mal, wie weit ſtehen ſie denn damit?"

„Sie haben fünfzehnhundert Franken Vorſchuß auf

das Werk gezahlt, und der Alte hat ihnen ein Anerkenntnis über tausend Taler ausgestellt . . . Sie haben das immer so hundertfrankenweise hergegeben . . . absichtlich so, daß er immer in Not blieb . . . Sie sind es auch, die die Gläubiger auf ihn loslassen, sicher haben sie auch den Cartier hergeschickt . . ."

Hier warf Gottfried einen durchdringenden ironischen Blick auf die Vauthier, der sie erkennen ließ, daß er verstanden hatte, welche Rolle sie zugunsten ihres Hausbesitzers spielte.

Ihre Worte brachten ihm in zwiefacher Richtung Klarheit, denn jetzt erklärte sich auch die ziemlich merkwürdige Szene, die sich zwischen dem Gärtner und ihm abgespielt hatte.

„Oh," fuhr sie fort, „sie halten ihn an der Strippe; wo soll er jemals die tausend Taler hernehmen? Sie wollen ihm, wenn er ihnen die fertige Arbeit übergibt, fünfhundert Franken bieten und fünfhundert Franken für jeden Band, wenn er fertiggestellt ist . . . Die Sache wird auf den Namen eines Buchhändlers gemacht, den die beiden Herrn am Quai des Augustins etabliert haben . . ."

„Ach so, der kleine Dingsda?"

„Jawohl, Morand, der frühere Kommis des Herrn . . . Es scheint, daß dabei viel Geld zu verdienen ist."

„Oh, man muß da viel Geld hineinstecken", erwiderte Gottfried und verzog den Mund in bezeichnender Weise.

Jetzt wurde leise an die Tür geklopft, und Gottfried, froh über die Unterbrechung, erhob sich, um zu öffnen.

„Was gesagt ist, bleibt gesagt, Mutter Vauthier", bemerkte Gottfried, als er Herrn Bernard erblickte.

„Herr Benard," rief ſie dieſem zu, „ich habe einen Brief für Sie . . ."

Der Alte ging einige Stufen mit ihr hinab.

„Ach nein, ich habe gar keinen Brief, Herr Bernard. Ich wollte Ihnen bloß ſagen, daß Sie ſich vor dem kleinen jungen Mann hüten ſollen, das iſt ein Buchhändler."

„Ah, nun erklärt ſich alles", ſagte der Alte zu ſich. Und er kehrte zu ſeinem Nachbar mit völlig verändertem Geſichtsausdruck zurück.

Dieſer Ausdruck kalter Ruhe, mit dem jetzt Herr Bernard wieder erſchien, kontraſtierte ſo ſehr mit der liebenswürdigen offenen Miene, in der ſich die Dankbarkeit geſpiegelt hatte, daß Gottfried über dieſe plötzliche Veränderung betroffen war.

„Entſchuldigen Sie, mein Herr, wenn ich Sie in Ihrer Ruhe ſtöre; aber ſeit geſtern überhäufen Sie mich mit Wohltaten, und der Wohltäter räumt dem Verpflichteten gewiſſe Rechte ein."

Gottfried verneigte ſich.

„Ich, der ich ſeit fünf Jahren alle vierzehn Tage die Paſſion Chriſti erdulde! Ich, der ſechsunddreißig Jahre hindurch Vertreter der Geſellſchaft und der Regierung als öffentlicher Ankläger war — ich mache mir, wie Sie ſich denken können, keine Illuſionen . . . nein, ich vermag nur noch Schmerz zu empfinden. Nun, mein Herr, die Aufmerkſamkeit, die Sie mir erwieſen, als Sie die Tür des Hundelochs ſchloſſen, in dem ich mit meinem Enkelſohn hauſe, dieſer unerhebliche Umſtand war für mich das Glas Waſſer, von dem Boſſuet ſpricht . . . Ja, ich habe da in meinem Herzen . . . in dieſem erſchöpften Herzen, das keine Träne mehr hervorzubringen vermag, wie mein Körper keinen Schweiß mehr, — ich habe darin den letzten Tropfen jenes Elixiers gefunden, das uns in der Jugend alle menſchlichen Handlungen ſchön färbt, und ich kam zu Ihnen, um Ihnen meine Hand zu reichen, die ich ſonſt nur meiner Tochter gebe; ich wollte Ihnen die himmliſche Roſe des Glaubens an das Gute bringen ...“

„Herr Bernard,“ ſagte Gottfried, der ſich an die Lehren des guten Alains erinnerte, „ich habe nichts getan in der Abſicht, mir Ihre Dankbarkeit zu erwerben ... Darin täuſchen Sie ſich ...“

„Ach, das nenne ich Offenheit“, fuhr der alte Beamte fort. „Nun, das gefällt mir. Ich wollte Ihnen Vorwürfe machen ... Verzeihen Sie, jetzt ſpreche ich Ihnen meine Achtung aus. Sie ſind alſo ein Buchhändler und ſind hergekommen, um der Firma Barbet, Métivier und Morand mein Werk wegzuſchnappen ... Damit erklärt ſich alles. Sie geben mir Vorſchüſſe, wie jene es gemacht haben; nur, daß Sie das in gefälliger Weiſe tun.“

„Hat Ihnen die Vauthier eben geſagt, daß ich Kommis eines Buchhändlers bin?“ fragte Gottfried den Alten.

„Jawohl“, antwortete dieſer.

„Nun, Herr Bernard, um zu wiſſen, was ich mehr geben kann, als was Ihnen die Herren bieten, iſt es erforderlich, daß Sie mir die Bedingungen nennen, die Sie mit ihnen vereinbart haben.“

„Das iſt nicht mehr als billig“, bemerkte der ehemalige Beamte, der glücklich darüber zu ſein ſchien, daß er Gegenſtand einer Konkurrenz geworden war, bei der er nur gewinnen konnte. „Wiſſen Sie, um was für ein Werk es ſich handelt?“

„Nein, ich weiß nur, daß damit ein gutes Geſchäft zu machen iſt.“

„Es ist jetzt erst einhalb zehn Uhr, meine Tochter hat schon gefrühstückt, mein Enkelsohn August kommt erst um dreiviertel elf zurück, und Cartier bringt die Blumen erst in einer Stunde; wir können also miteinander reden, Herr ...?"
„Gottfried."
„Also, Herr Gottfried, das Werk, um das es sich handelt, ist von mir im Jahre 1825 begonnen worden, zu der Zeit, als das Ministerium, in Sorge über die andauernde Entwertung des Grundeigentums, den Gesetzentwurf über die Fideikommisse einbrachte, der abgelehnt wurde. Gewisse Mängel unserer Gesetzbücher und unserer französischen grundlegenden Institutionen hatten meine Aufmerksamkeit erregt. Unsere Codes sind Gegenstand wichtiger Arbeiten gewesen; aber alle diese Abhandlungen bewegten sich nur auf juristischem Boden; niemand hatte es gewagt, das Werk der Revolution, oder, wenn Sie wollen, Napoleons in seiner Gesamtheit zu prüfen, den Geist dieser Gesetze zu studieren und ihre Wirkungen zu beurteilen. Das behandelt in der Hauptsache mein Werk; es hat vorläufig den Titel: ‚Der Geist der neuen Gesetze'; es umfaßt die Grundsätze der natürlichen Entwicklung ebenso wie die Codes, alle Codes, denn wir besitzen viel mehr als fünf Codes: Mein Buch wird also in fünf Bänden erscheinen und einem sechsten Bande mit Zitaten, Noten und Nachweisen. Ich habe noch drei Monate daran zu arbeiten. Der Eigentümer dieses Hauses, ein früherer Buchhändler, hat aus einigen Fragen, die ich an ihn gerichtet hatte, hierbei eine gute Spekulation geahnt oder gewittert, wenn Sie wollen. Ich habe von Anfang an dabei nur an das Wohl meines Landes gedacht. Aber dieser Barbet hat mich

umgarnt . . . Sie werden ſich fragen, wie ein Buchhändler einen alten Beamten hat überliſten können; nun, mein Herr, Sie kennen meine Geſchichte, und dieſer Menſch iſt ein Wucherer; er beſitzt den Scharfblick und die Geriſſenheit dieſer Leute . . . Sein Geld hat immer meiner Not ausgeholfen . . . Er wußte ſich immer einzufinden, wenn die Verzweiflung mich wehrlos gemacht hatte."

„Ach nein, mein werter Herr", ſagte Gottfried; „er beſaß in der Mutter Vauthier ganz einfach einen Spion; aber welches ſind ſeine Bedingungen? Bitte, ſagen Sie ſie mir genau."

„Man hat mir fünfzehnhundert Franken geliehen, für die jetzt als Unterlage drei Wechſel von mir über je tauſend Franken vorliegen, und dieſe dreitauſend Franken ſind hypothekariſch durch Vertrag auf mein Eigentum an dem Werke eingetragen, über das ich alſo nur verfügen darf, wenn ich die Wechſel einlöſe; die Wechſel ſind nach kontradiktoriſcher Verhandlung proteſtiert . . . das ſind die Folgen meines Elends, mein Herr . . . Bei beſcheidenſter Bewertung würde für die erſte Auflage dieſes rieſigen Werkes, des Ergebniſſes zehnjähriger Arbeit und ſechsunddreißigjähriger Erfahrung, ein Preis von mindeſtens zehntauſend Franken angemeſſen ſein . . . Nun, vor fünf Tagen bot mir Morand tauſend Taler und meine quittierten Wechſel für das volle Eigentum daran . . . da ich nicht dreitauſendzweihundertvierzig Franken aufzutreiben vermag, ſo werde ich es ihnen, wenn Sie nicht dazwiſchen treten, wohl hingeben müſſen . . . Sie haben ſich nicht mit meinem Ehrenworte begnügt; zu ihrer größeren Sicherheit verlangten ſie Wechſel, die ſie proteſtieren ließen und ausklagten, ſo daß ſie mich verhaften laſſen können. Wenn ich ſie bezahle, dann haben die Wucherer ihr angelegtes Geld verdoppelt; wenn ich mit ihnen abſchließe, werden ſie ein Vermögen verdienen, denn der eine von ihnen iſt ein früherer Papierhändler, und Gott weiß, wieviel ſie noch bei der Drucklegung erſparen können. Und da ſie meinen Namen dazu beſitzen, ſo wiſſen ſie, daß der Abſatz von zehntauſend Exemplaren garantiert iſt."

„Aber wie können Sie, mein Herr, Sie, ein ehemaliger hoher Beamter! . . ."

„Was wollen Sie? Nicht einen Freund! Nicht einen, der ſich meiner erinnerte! . . . Und ich habe doch viele Köpfe gerettet, wenn ich auch welche abſchlagen laſſen mußte! . . . Und dann, meine Tochter, meine Tochter, deren Krankenwärter ich bin, der ich Geſellſchaft leiſten muß, denn ich arbeite nur nachts . . . Ach, junger Mann, nur die Unglücklichen können über das Elend urteilen . . . Heute denke ich, daß ich einſtmals zu ſtreng geweſen bin."

„Mein Herr, ich wünſche nicht Ihren Namen zu wiſſen. Ich kann nicht über tauſend Taler verfügen, zumal da ich Halperſohn und Ihre kleinen Schulden bezahlen will; aber ich werde Sie retten, wenn Sie mir ſchwören, daß Sie nicht über Ihr Werk verfügen wollen, ohne mich vorher benachrichtigt zu haben; es iſt nicht möglich, ſich auf ein ſo bedeutendes Geſchäft einzulaſſen, ohne Fachleute befragt zu haben. Meine Prinzipale ſind vermögend, und ich kann Ihnen einen Erfolg verſprechen, wenn Sie mir tiefſtes Geheimnis zuſichern wollen, ſelbſt Ihren Kindern gegenüber, und wenn Sie Ihre Zuſage halten . . ."

„Der einzige Erfolg, den ich erſtrebe, iſt die Ge-

ſundheit meiner armen Wanda; denn ſolche Leiden löſchen in dem Herzen eines Vaters jede andere Empfindung aus, und die Ruhmesliebe bedeutet dem nichts mehr, der das Grab vor ſich offen ſieht ..."
„Ich werde heute abend zu Ihnen kommen; Halperſohn wird jeden Augenblick erwartet, ich habe mir vorgenommen, alle Tage nachzuſehen, ob er zurückgekommen iſt ... Ich will Ihnen den ganzen heutigen Tag opfern."
„Oh, wenn Sie die Heilung meiner Tochter erreichen können, mein Herr ... mein Herr ..., dann will ich Ihnen mein Werk überlaſſen! ..."
„Mein Herr," ſagte Gottfried, „ich bin kein Buchhändler."
Der Alte machte eine Bewegung des Erſtaunens.
„Was wollen Sie, ich habe die alte Vauthier das glauben laſſen, um beſſer hinter die Ihnen geſtellte Falle zu kommen ..."
„Aber wer ſind Sie denn?"
„Gottfried!" erwiderte der Neophyt. „Und da Sie mir geſtatten, Ihnen ſo viel anzubieten, daß Sie etwas beſſer leben können," fügte er lächelnd hinzu, „ſo können Sie mich ja Gottfried von Bouillon nennen."
Der Alte war zu erregt, als daß er über dieſen Scherz hätte lachen können. Er ſtreckte Gottfried die Hand hin und drückte die Hand ſeines Nachbars.
„Sie wollen Ihr Incognito bewahren? ..." ſagte er, und ſein Blick zeigte eine Miſchung von Traurigkeit und Beunruhigung.
„Wollen Sie mir das nicht erlauben?"
„Nun gut, machen Sie das, wie Sie wollen! ... Und kommen Sie heute abend; Sie ſollen meine Tochter ſehen, wenn ihr Befinden es geſtattet ..."
Das war offenbar das größte Zugeſtändnis, das der

arme Vater machen konnte; und aus dem dankbaren Blick, den ihm Gottfried zuwarf, ersah der Alte mit Genugtuung, daß er verstanden worden war.

Eine Stunde später erschien Cartier mit herrlichen Blumen, erneuerte selbst den Inhalt der Jardinieren, tat frisches Moos hinein, und Gottfried bezahlte seine Rechnung ebenso wie die des Lesekabinetts, die bald darauf präsentiert wurde. Bücher und Blumen waren das Brot der armen kranken oder vielmehr gemarterten Frau, die sich mit so wenig Nahrung begnügte. Wenn er an diese, wie die des Laokoon, (dieses genialen Abbildes so vieler Existenzen) vom Unglück erdrückte Familie dachte, empfand Gottfried, der nach der Rue Marbeuf hin schlenderte, doch noch mehr Neugierde als Drang zur Wohltätigkeit. Diese inmitten des furchtbarsten Elends von Luxus umgebene Kranke ließ ihn die schauderhaften einzelnen Erscheinungen der abnormsten aller nervösen Erkrankungen vergessen, die glücklicherweise, wie mehrere Fachschriftsteller bekunden, eine ganz seltene Ausnahme ist; einer unserer plauderlustigsten Berichterstatter, Tallemant des Réaux, erwähnt ein Beispiel davon. Man stellt sich die Frauen auch bei den furchtbarsten Leiden gern elegant vor. So versprach sich Gottfried auch ein Vergnügen davon, daß er nun in dieses Zimmer eindringen sollte, das seit sechs Jahren nur der Arzt, der Vater und der Sohn betreten hatten. Trotzdem schalt er sich schließlich wegen seiner Neugierde aus. Er begriff, daß dieses natürliche Gefühl in dem Maße zurücktreten müßte, in welchem er seinen Wohltätigkeitsdienst weiter ausüben würde, bei dem er immer neue Familien und immer neue Leiden zu sehen bekäme.

Man gelangt in der Tat schließlich zu der götter-

gleichen Anpaſſungsfähigkeit, in der Einen nichts mehr in Erſtaunen ſetzt und überraſcht, ebenſo wie man in der Liebe zu der erhabenen Gemütsruhe gelangt, und durch beſtändige Fürſorge und Zärtlichkeit ihrer Kraft und Dauer ſicher wird.
Gottfried erfuhr, daß Halperſohn in der Nacht zurückgekehrt war; aber ſchon frühmorgens hatte er zu ſeinen Kranken, die ihn erwarteten, fahren müſſen. Die Portierfrau ſagte Gottfried, er ſolle am nächſten Morgen vor neun Uhr wiederkommen.
Da er ſich der Ermahnung Alains über die Sparſamkeit in perſönlichen Ausgaben erinnerte, ſpeiſte Gottfried für fünfundzwanzig Sous in der Rue de Tournon und wurde für ſeine Selbſtverleugnung belohnt, indem er ſich hier mitten unter Setzern und Korrektoren einer Druckerei befand. Er hörte eine Diskuſſion über Herſtellungskoſten mit an, an der er ſich beteiligte, und erfuhr ſo, daß ein Oktavband von vierzig Druckbogen bei einer Auflage von tauſend Exemplaren nicht mehr als dreißig Sous pro Exemplar bei ſorgfältigſter Ausführung koſte. Er nahm ſich vor, ſich noch über den Preis zu informieren, zu dem juriſtiſche Bücher verkauft wurden, um einer Verhandlung mit den Buchhändlern, die Herrn Bernard in der Hand hatten, gewachſen zu ſein, wenn er mit ihnen zuſammenträfe.
Gegen ſieben Uhr abends kehrte er durch die Rues Vaugirard, Madame und de l'Oueſt nach dem Boulevard Mont-Parnaſſe zurück und überzeugte ſich, wie einſam dieſes Viertel war, denn er begegnete keinem Menſchen. Allerdings war ſtrenge Kälte eingetreten, der Schnee fiel in dicken Flocken, und die Wagen fuhren geräuſchlos über das Pflaſter.
„Ah, da ſind Sie ja, lieber Herr!“ ſagte die Witwe

Vauthier, als ſie Gottfried erblickte; „hätte ich gewußt, daß Sie ſo früh nach Hauſe kommen würden, ſo hätte ich Ihnen Feuer gemacht."

„Das iſt überflüſſig," antwortete Gottfried, als er ſah, daß die Vauthier ihm folgte; „ich werde den Abend bei Herrn Bernard verbringen . . ."

„Nanu, ſind Sie denn ſein Vetter, daß Sie ſchon am zweiten Tage auf Einladungsfuß mit ihm ſtehen? . . . Ich dachte, der Herr würde die Beſprechung mit mir, die wir angefangen hatten, fortſetzen."

„Ach ſo, wegen der vierhundert Franken!" ſagte Gottfried leiſe zu der Witwe. „Hören Sie mal, Mama Vauthier, Sie wollen ſich zwiſchen der Ziege und dem Kohlkopf hindurchſchlängeln, und werden nun weder die Ziege noch den Kohlkopf bekommen; denn was mich betrifft, ſo haben Sie mich bereits verraten . . . das Geſchäft iſt mir ganz mißlungen . . ."

„Aber glauben Sie doch das nicht, lieber Herr . . . Morgen früh, wenn Sie frühſtücken . . ."

„Oh, morgen muß ich, wie Ihre beiden Schriftſteller, ſchon bei Tagesanbruch fortgehen . . ."

Das frühere Leben Gottfrieds als Dandy und als Journaliſt kam ihm darin zuſtatten, daß er genügend Erfahrung beſaß, um ſich denken zu können, daß, wenn er nicht ſo handelte, Barbets Spießgeſellin den Buchhändler von jeder Gefahr benachrichtigen, und daß die Verfolgungen beginnen und ſehr bald die Freiheit Bernards bedrohen würden; während das Trio der habgierigen Geſchäftsleute, wenn er ſie in dem Glauben ließ, daß ſie keinerlei Gefahr liefen, ſich ruhig verhalten mochte. Aber Gottfried kannte die Natur einer Pariſerin noch nicht genügend, wenn ſie ſich als Witwe Vauthier verkleidet. Dieſes Weib wollte Geld von Gottfried und von ihrem Hausbesitzer haben. Sie rannte also schnurstracks zu ihrem Herrn Barbet, während Gottfried seinen Anzug für den Besuch bei Herrn Bernards Tochter wechselte. Es schlug acht vom Kloster de la Visitation, auf der Turmuhr des Viertels, als der neugierige Gottfried leise an der Tür seines Nachbars klopfte. August öffnete; da es ein Sonnabend war, so hatte der junge Mensch den Abend für sich; Gottfried fand ihn mit einem kurzen Rock aus schwarzem Samt, blauseidener Krawatte und einer ziemlich guten schwarzen Hose bekleidet; aber sein Erstaunen, den jungen Mann so anders als sonst gekleidet zu sehen, schwand sofort, sobald er das Zimmer der Kranken betreten hatte: er begriff, weshalb der Vater und der Sohn hier gut angezogen sein mußten.

In der Tat war der Gegensatz zwischen der elenden Behausung, die er am Morgen gesehen hatte, und dem Luxus dieses Zimmers so stark, daß Gottfried davon geblendet sein mußte, wenn er auch an das Raffinement und die Eleganz reicher Leute gewöhnt war.

Die Wände waren mit gelber Seide, unterbrochen von grünseidenen Streifen von lebhafter Farbe, bespannt und machten das Zimmer außerordentlich freundlich, dessen Fußboden ganz mit einem Moketteteppich mit weißem, geblümtem Fond bedeckt war. Die beiden Fenster, die schöne, mit weißer Seide gefütterte Vorhänge hatten, bildeten gleichsam zwei Bosketts, mit so viel Jardinieren waren sie vollkommen ausgefüllt. Stores ließen nichts von dem Reichtum, der in diesem Viertel so selten war, von draußen erkennen. Die in Leimfarbe ganz weiß gestrichene Holztäfelung würde von einigen goldenen Streifen belebt.

An der Tür hing eine ſchwere, mit fein ausgenähter Stickerei geſchmückte Portiere, die jedes von außenkommende Geräuſch abhielt. Dieſe prächtige Portiere war von der Kranken verfertigt worden, die wie mit Feenfingern arbeitete, wenn ſie ihre Hände gebrauchen konnte.

Im Hintergrunde des Zimmers, der Tür gegenüber, befand ſich der Kamin, mit grünem Sammet bekleidet und mit einer ausgeſuchten Garnitur geſchmückt, den letzten Überbleibſeln des Reichtums der beiden Familien; ſie beſtand aus einer merkwürdigen Uhr, (ein Elefant trug einen Porzellanturm, aus dem eine Unzahl von Blumen heraushingen) aus zwei Kandelabern gleichen Stils und aus koſtbaren Chinaarbeiten. Der Aſchenkaſten, die Feuerböcke, die Feuerſchaufeln und -zangen, alles war äußerſt koſtbar.

Die größte der Jardinieren ſtand in der Mitte des Zimmers unter einem an einer Roſette hängenden Kronleuchter von Porzellanblumen.

Das Bett, in dem die Tochter des Beamten lag, war eins von den ſchönen Betten aus geſchnitztem Holz, in Weiß und Gold gehalten, wie ſie zur Zeit Ludwigs XV. hergeſtellt wurden. Am Kopfende ſtand ein hübſcher Tiſch mit eingelegter Arbeit, auf dem ſich alles für ein ſolches Leben im Bette Erforderliche befand. An der Wand war ein zweiarmiger Wandleuchter befeſtigt, der mit einer leichten Handbewegung hin und her geſchoben werden konnte. Ein außerordentlich bequemer, den Bedürfniſſen der Kranken angepaßter kleiner Tiſch ſtand neben ihr. Das Bett hatte eine prachtvolle Steppdecke und aufgenommene Vorhänge und war ganz überdeckt mit Büchern und einem Handarbeitskorb; ohne die beiden Kerzen des beweglichen Wandleuchters hätte

Gottfried die Kranke nur ſchwer hinter all dieſen Dingen entdecken können.
Sie war nur noch ein Antlitz mit ſehr weißem, um die Augen von den Schmerzen dunkel gewordenem Teint, in welchem Feueraugen brannten, und das als Hauptſchmuck prachtvolles ſchwarzes Haar zeigte, deſſen viele Rieſenwellen in Locken herabhingen und zeigten, daß die Friſur die Kranke einen großen Teil des Morgens in Anſpruch nahm, was ſich auch aus einem tragbaren Spiegel am Fuße des Bettes erſehen ließ.
Nichts von modernem Raffinement fehlte hier. Verſchiedenes Spielzeug, womit ſich die arme Wanda die Zeit vertrieb, bewies, wie die väterliche Liebe ſich bis zum Unſinnigen verſtieg.
Der Alte erhob ſich von einem prächtigen, in weiß und gold gehaltenen Lehnſtuhl im Stile Ludwigs XV., der mit einer Stickerei bezogen war, und ging Gottfried einige Schritte entgegen, der ihn ſicher nicht wiedererkannt hätte, denn das ſonſt ſo kühle ſtrenge Geſicht hatte den heiteren Ausdruck, wie er alten Herren eigen iſt, die die vornehmen Manieren und das gewandte Auftreten von Hofleuten beibehalten haben. Sein geſteppter brauner Rock ſtand in Einklang mit der Pracht ringsum, und er ſchnupfte aus einer goldenen, diamantenbeſetzten Tabaksdoſe! . . .
„Hier, mein liebes Kind," ſagte Herr Bernard zu ſeiner Tochter und nahm Gottfried bei der Hand, „iſt der Nachbar, von dem ich dir erzählt habe."
Und er machte ſeinem Enkelſohn ein Zeichen, daß er einen dem Lehnſtuhl ähnlichen Seſſel, von denen zwei zu beiden Seiten des Kamins ſtanden, heranſchieben ſolle.

„Der Herr heißt Herr Gottfried und ist außerordentlich liebenswürdig gegen uns.“
Wanda antwortete mit einem Kopfnicken auf Gottfrieds tiefe Verbeugung; an der Art, wie sich ihr Hals hin und her bewegte, sah Gottfried deutlich, daß das ganze Leben der Kranken auf das Haupt beschränkt war. Die abgemagerten Arme, die schlaffen Hände lagen auf der feinen weißen Decke wie zwei Dinge, die dem Körper fremd geworden waren, der gar keinen Platz in dem Bette einzunehmen schien. Die für die Kranke notwendigen Dinge befanden sich hinter ihrem Kopfkissen auf einer mit einem seidenen Vorhang verhüllten Etagere.
„Sie sind die erste Person, mein Herr, abgesehen von den Ärzten, die für mich keine Männer sind, die ich seit sechs Jahren zu Gesicht bekommen habe; Sie können sich daher nicht vorstellen, wie gespannt ich war, Sie zu sehen, als mein Vater mir Ihren Besuch ankündigte ... Meine Neugierde war wirklich unbezwinglich, leidenschaftlich, so wie die unserer Mutter Eva ... Mein Vater, der so gütig gegen mich ist, und mein Sohn, den ich so lieb habe, genügen ganz gewiß, um die Einsamkeit einer Seele zu beleben, die beinahe schon körperlos ist; aber die Seele ist doch trotzdem eine weibliche geblieben; ich habe das an der kindlichen Freude gemerkt, die mir die Erwartung Ihres Besuches einflößte ... Sie werden mir das Vergnügen machen, eine Tasse Tee mit uns zu nehmen, nicht wahr?“
„Der Herr hat mir den Abend zugesagt“, antwortete der Alte mit dem Anstand eines Millionärs, der in seinem Hause die Repräsentationspflichten erfüllt.
August, der auf einem mit Stickerei überzogenen

Stuhl an einem kleinen Tiſch mit eingelegter Arbeit und Bronzeverzierungen ſaß, las bei dem Lichte der Kandelaber auf dem Kamin.

„Auguſt, mein Kind, ſag, daß Johann uns in einer Stunde den Tee bringen ſoll.“

Sie begleitete dieſe Worte mit einem ausdrucksvollen Blick, auf den Auguſt mit einem Nicken antwortete.

„Würden Sie glauben, mein Herr, daß ich ſeit ſechs Jahren keine andere Bedienung habe als meinen Vater und meinen Sohn, und auch keine andere ertragen könnte? Wenn ſie mir fehlten, würde ich ſterben . . . Mein Vater will nicht, daß Johann, ein armer Normanne, der ſeit dreißig Jahren in unſerm Dienſt ſteht, mein Zimmer betritt.“

„Das meine ich wohl“, ſagte der Alte ſchlau; „der Herr hat ihn geſehen, wie er Holz ſpaltete und es hinaufbrachte; er beſorgt die Küche und die Gänge; er trägt eine ſchmutzige Schürze; er würde die ganze Eleganz hier zerſtören, die meine Tochter ſo notwendig braucht, da dieſes Zimmer ihre ganze Welt bedeutet . . .“

„Oh, gnädige Frau, Ihr Herr Vater hat vollkommen recht . . .“

„Aber warum denn?“ ſagte ſie. „Wenn Johann mein Zimmer beſchädigte, ſo würde es mein Vater wieder neu herſtellen laſſen.“

„Gewiß, mein Kind; aber dem ſteht im Wege, daß du es doch nicht verlaſſen kannſt; und die Pariſer Tapezierer, die kennſt du nicht! . . . Sie würden drei Monate brauchen, um das Zimmer wieder neu herzuſtellen. Denke nur daran, was für einen Staub es geben würde, wenn man den Teppich aufnähme. Johann hier aufräumen laſſen — wie kannſt du nur an ſo etwas denken! . . . Nur durch die peinlichſte Vorſicht, deren allein ein Vater und ein Sohn fähig ſind, haben wir das Ausfegen und den Staub vermieden . . . Und wenn Johann bloß zum Bedienen herein käme, wäre es damit in einem Monat zu Ende . . .“

„Es geſchieht ja nicht aus Sparſamkeit,“ ſagte Gottfried, „ſondern Ihres Geſundheitszuſtandes wegen. Ihr Herr Vater hat recht . . .“

„Ich beklage mich ja auch nicht“, verſetzte Wanda in kokettem Tone.

Ihre Stimme klang wie Muſik. Seele, Bewegung, Leben — alles konzentrierte ſich in ihrem Blick und ihrer Stimme; durch Übung, zu der ihr ja die Zeit nicht mangelte, war Wanda dahin gelangt, die Schwierigkeiten, die ihr aus dem Verluſt der Zähne erwuchſen, zu überwinden.

„Ich bin immerhin noch glücklich zu nennen, mein Herr, bei all dem Unglück, das über mich hereingebrochen iſt; denn der Reichtum hilft ſehr, ſolche Leiden zu ertragen . . . Wären wir in Not, ſo würde ich ſchon vor achtzehn Jahren geſtorben ſein, ſo aber lebe ich noch! . . . Ich kann mir Genüſſe verſchaffen, die um ſo köſtlicher ſind, als ich ſie beſtändig dem Tode abringen muß . . . Sie werden mich gewiß für ſehr ſchwatzhaft halten . . .“ ſchloß ſie lächelnd.

„Gnädige Frau,“ erwiderte Gottfried, „ich möchte Sie am liebſten bitten, immer weiter zu ſprechen, denn ich habe noch nie eine Stimme gehört, die mit der Ihrigen zu vergleichen wäre . . . Das iſt die reine Muſik: Rubini kann Einen nicht mehr begeiſtern . . .“

„Ach, ſprechen Sie nicht von Rubini und der italieniſchen Oper“, ſagte der Alte mit einem Anflug von

Traurigkeit. „Wie reich wir auch ſind, — es iſt mir doch nicht möglich, meiner Tochter, die eine bedeutende Muſikerin war, dieſen Genuß, den ſie leidenſchaftlich begehrt, zu verſchaffen."
„Oh, verzeihen Sie", ſagte Gottfried.
„Sie müſſen ſich an uns gewöhnen", bemerkte der Alte.
Lächelnd ſagte die Kranke: „Das geſchieht folgendermaßen: Wenn man Ihnen mehrmals ‚Achtung' zugerufen haben wird, dann werden Sie das Blindekuhſpiel unſerer Unterhaltung begriffen haben."
Gottfried wechſelte einen ſchnellen Blick mit Herrn Bernard, der, als er Tränen in den Augen ſeines Nachbars ſah, einen Finger auf den Mund legte, um ihm anzudeuten, er ſolle den Heroismus, den er mit ſeinem Enkelſohn ſeit ſieben Jahren bewies, nicht erſchüttern.
Dieſer ſtändige erhabene Betrug, den die völlige Ahnungsloſigkeit der Kranken beſtätigte, machte auf Gottfried den Eindruck, als wenn zwei Gemſenjäger einen ſteilen Bergabſturz mühelos hinabſtiegen. Die prachtvolle goldene, diamantenbeſetzte Doſe, mit der der Alte am Fußende des Bettes ſeiner Tochter unbefangen ſpielte, erſchien als ein genialer Zug im Spiele eines überragenden Mannes, der einen Ruf der Bewunderung auslöſen müßte. Gottfried betrachtete die Tabaksdoſe und fragte ſich, warum ſie nicht verkauft oder ins Leihhaus getragen worden ſei; er beſchloß, mit dem Alten darüber zu reden.
„Meine Tochter, Herr Gottfried, iſt durch die Ankündigung Ihres Beſuches heute abend in eine ſolche Erregung geraten, daß alle die abnormen Erſcheinungsformen ihrer Krankheit, die uns ſeit zwölf Tagen in Verzweiflung verſetzten, vollkommen

verschwunden sind . . . Urteilen Sie also, ob ich Ihnen dankbar bin!"

„Und ich erst! . . ." rief die Kranke mit ihrer einschmeichelnden Stimme und machte eine kokette Kopfbewegung. „Der Herr ist für mich der Abgesandte der großen Welt . . . Seit zwanzig Jahren, mein Herr, weiß ich nicht mehr, was ein Salon, eine Soirée, ein Ball ist . . . Dabei liebe ich den Tanz und schwärme fürs Theater, besonders für die Oper. Ich kann mir alles nur in Gedanken vorstellen. Ich lese sehr viel. Und dann erzählt mir mein Vater, was in der Welt vorgeht . . ."

Als er das hörte, machte Gottfried eine Bewegung, als wolle er vor dem armen Alten niederknien.

„Ja, wenn er in die Italienische Oper geht, und er geht oft hin, dann beschreibt er mir die Toiletten und berichtet mir, wie gesungen wurde. Ach, ich möchte so gern gesund werden, zunächst um meines Vaters willen, der einzig und allein für mich lebt, wie ich durch ihn und für ihn lebe; dann für meinen Sohn, dem ich eine andere Mutter sein möchte! Ach, mein Herr, was für vollkommene Wesen sind mein alter Vater . . . und mein vortrefflicher Sohn . . . Aber ich möchte auch gesund werden, um Lablache, Rubini, Tamburini, die Grisi und die Puritaner zu hören . . . Aber . . ."

„Ruhe, mein Kind! . . . Wenn wir über Musik reden, dann sind wir verloren", sagte der Alte lächelnd.

Er lächelte, und dieses Lächeln, das sein Gesicht verjüngte, täuschte offenbar die Kranke immer.

„Ja, ich will artig sein", sagte Wanda mit mutwilligem Gesicht; „aber schenk mir das Akkordeon."

Damals war dieses tragbare Musikinstrument erfunden worden, das gerade auf dem Bettrande der

Kranken Platz hatte und das nur mit den Füßen getreten zu werden brauchte, um Orgeltöne von ſich zu geben. In beſter Ausführung kam dieſes Inſtrument einem Klavier gleich; aber es koſtete damals dreihundert Franken. Die Kranke hatte aus den Zeitungen und Revuen, die ſie las, von der Exiſtenz dieſes Inſtruments erfahren und wünſchte ſich eins ſeit zwei Monaten.

„Ja, gnädige Frau, Sie ſollen eins haben", entgegnete Gottfried auf einen Blick, den ihm der Alte zuwarf. „Ein Freund von mir, der nach Algier geht, beſitzt ein ausgezeichnetes, das ich mir von ihm leihen werde; bevor Sie ſich eins kaufen, können Sie das ja ausprobieren . . . Es wäre möglich, daß die ſtark vibrierenden Töne Ihnen nicht zuſagen . . ."

„Kann ich es morgen haben? . . ." ſagte ſie mit der Lebhaftigkeit einer Kreolin.

„Morgen," bemerkte Herr Bernard, „das wäre ſehr ſchnell, und morgen iſt Sonntag."

„Ach! . . ." ſagte ſie und ſah Gottfried an, der ihre Seele umherflattern zu ſehen meinte, während er die überall hin gerichteten Blicke Wandas anſtaunte. Bisher hatte Gottfried noch nicht gewußt, welche Macht der Stimme und den Augen innewohnt, wenn ſich das ganze Leben in ihnen konzentriert. Ihr Blick war kein Blick mehr, ſondern eine Flamme oder, beſſer geſagt, ein göttliches Auflodern, ein ſich mitteilender Strahl von Leben und Intelligenz, der ſichtbar gewordene Gedanke! Dieſe Stimme mit ihren tauſend Nuancen erſetzte die Bewegungen, die Geſten und die Haltung des Kopfes. Die Veränderung ihres Teints, der ſeine Farbe wechſelte wie das ſagenhafte Chamäleon, machte dieſe Illuſion oder, wenn man will, dieſes Wunder vollſtändig. Das in die batiſtenen, mit Spitzen garnierten Kissen vergrabene Haupt war eine ganze Person.

In seinem ganzen Leben hatte Gottfried niemals ein so großartiges Schauspiel vor Augen gehabt, und er konnte seine Erregung kaum bewältigen. Dazu kam noch eine andere erhabene Wirkung! Denn die ganze Situation war so eigenartig, so poetisch und so grauenhaft, daß bei den Zuschauern nur noch die Seele lebendig war. Die nur von Empfindung gespeiste Atmosphäre übte einen wunderbaren Einfluß auf sie aus. Sie fühlten ihren Körper ebenso wenig wie die Kranke. Alle empfanden sich nur als geistig. Wenn er diesen dürftigen Überrest einer hübschen Frau betrachtete, vergaß Gottfried die tausend eleganten Details dieses Zimmers und fühlte sich wie im Freien. Erst nach Verlauf einer halben Stunde bemerkte er eine mit Kuriositäten besetzte Etagere, die unterhalb eines herrlichen Porträts angebracht war, das ihn die Kranke zu betrachten bat; denn es war von Géricault.

„Géricault“, sagte sie, „stammte aus Rouen, und da seine Familie meinem Vater, dem ersten Präsidenten, verpflichtet war, so stattete er uns seinen Dank mit diesem Meisterwerke ab, das mich im Alter von sechzehn Jahren darstellt.“

„Sie besitzen da ein sehr schönes Bild,“ sagte Gottfried, „das denen, die sich mit den so seltenen Werken dieses Genies beschäftigt haben, völlig unbekannt ist.“

„Für mich“, entgegnete sie, „hat es nur als Zeichen der Freundschaft Bedeutung, ich lebe ja nur mit dem Herzen, und ich führe das schönste Leben,“ fügte sie hinzu, sah ihren Vater an und legte ihre ganze Seele in diesen Blick. „Ach, mein Herr, wenn Sie wüßten, was ich für einen Vater habe! Wer hätte jemals geglaubt, daß dieſer hohe ſtrenge Beamte, dem ſich der Kaiſer ſo ſehr verpflichtet fühlte, daß er ihm dieſe Tabaksdoſe ſchenkte, und den Karl X. mit jenem Sèvresgeſchirr belohnen zu müſſen glaubte, das dort," ſagte ſie und zeigte auf die Konſole, „daß dieſe feſte Stütze von Thron und Regierung, dieſer gelehrte Publiziſt, in ſeinem Herzen von Eiſen die Zartheit einer Mutter beſäße. Oh, Papa, Papa, küſſe mich! ... Komm! Ich verlange es, wenn du mich lieb haſt."

Der Greis erhob ſich, neigte ſich über das Bett und drückte einen Kuß auf die große, weiße, von poetiſchen Gedanken erfüllte Stirn ſeiner Tochter, deren krankhafte Einfälle nicht immer dieſem Ausbruch von Zärtlichkeit glichen.

Dann ging er im Zimmer auf und ab in von ſeiner Tochter geſtickten Pantoffeln, ohne das geringſte Geräuſch zu machen.

„Und womit beſchäftigen Sie ſich?" fragte ſie Gottfried nach einer Pauſe.

„Ich bin von frommen Leuten angeſtellt, gnädige Frau, um ſehr unglücklichen Menſchen Hilfe zu bringen."

„Ach, was für ein ſchöner Beruf, mein Herr!" ſagte ſie. „Würden Sie glauben, daß auch ich die Abſicht hatte, mich ihm zu widmen? ... Aber was für Pläne habe ich nicht ſchon geſchmiedet!" fuhr ſie kopfſchüttelnd fort. „Der Schmerz iſt wie eine Fackel, die uns den Lebensweg erhellt ... Ach, wenn ich doch wieder geſund würde!"

„Dann würdeſt du dir Vergnügungen gönnen, mein Kind", ſagte der Alte.

„Gewiß," entgegnete ſie, „ich ſehne mich danach, aber werde ich es auch können? Mein Sohn wird, ſo hoffe ich, ein ſeiner beiden Großväter würdiger Beamter werden, und er wird mich verlaſſen. Was ſoll ich tun? . . . Wenn Gott mir das Leben wiederſchenken ſollte, werde ich es ihm weihen! Oh, aber erſt, wenn ich euch alles vergolten haben werde, was ihr an mir getan habt!“ rief ſie und ſah ihren Vater und ihren Sohn an. „Es gibt Augenblicke, lieber Vater, wo die Ideen des Herrn de Maiſtre mich beunruhigen, ich glaube, daß ich irgend etwas abzubüßen habe.“

„Das kommt von dem vielen Leſen“, rief der Alte ſichtlich bekümmert aus.

„Der tapfere polniſche General, mein Urgroßvater, wird ganz ahnungslos bei der Teilung Polens mitgewirkt haben.“

„So, da ſind wir wieder bei Polen!“ bemerkte Bernard.

„Was willſt du, Papa! Meine Schmerzen ſind unerträglich, ſie machen mir das Daſein zur Hölle, es ekelt mir vor mir ſelber. Womit habe ich das nur verdient? Eine ſolche Krankheit iſt keine einfache Störung der Geſundheit, alle Organe funktionieren falſch, und . . .“

„Sing uns doch das Volkslied, das deine arme Mutter immer ſang, du wirſt dem Herrn eine Freude damit machen, ich habe ihm von deinem Geſang erzählt“, ſagte der Alte, der anſcheinend ſeine Tochter von den Gedanken, in die ſie ſich verrannte, abbringen wollte. Wanda begann nun mit leiſer ſüßer Stimme ein polniſches Lied zu ſingen, das Gottfried ſtarr vor Bewunderung machte und ihn in Trauer verſetzte. Die Melodie, ähnlich den melancholiſchen Weiſen der Bretagne, gehörte zu denen, die noch lange Zeit, nachdem man ſie gehört hat, im Herzen nachklingen. Während Wanda ſang, betrachtete Gottfried ſie, aber er konnte den verzückten Blick dieſes Überbleibſels einer Frau, die faſt irrſinnig war, nicht ertragen und richtete ſeine Augen auf die Quaſten, die an beiden Seiten des Betthimmels herabhingen.

„Ach,“ ſagte Wanda und begann über Gottfrieds aufmerkſame Betrachtung zu lachen, „Sie fragen ſich, wozu das dient!“

„Wanda,“ ſagte der Vater, „beruhige dich doch, mein Kind! Sieh, hier kommt der Tee. Das, mein Herr,“ wandte er ſich an Gottfried, „iſt eine ſehr koſtbare Maſchinerie. Meine Tochter kann nicht aufſtehen, und ebenſowenig kann ſie in ihrem Bette bleiben, ohne daß es zurechtgemacht, und ohne daß die Wäſche gewechſelt wird. Dieſe Schnüre laufen über Rollen, und indem wir ihr ein viereckiges Stück Leder unterſchieben, das an den vier Ekken von den Schnüren gehalten wird, können wir ſie ohne Anſtrengung für ſie und für uns in die Höhe heben.“

„So entführt man mich“, rief Wanda ausgelaſſen.

Glücklicherweiſe erſchien jetzt Auguſt mit der Teekanne, die er auf einen kleinen Tiſch ſtellte; daneben ſetzte er die Schüſſel aus Sèvresporzellan und belegte ſie mit Gebäck und Sandwichs. Dann brachte er Sahne und Butter. Der Anblick dieſer Zurüſtungen gab den Gedanken der Kranken, die eine Kriſis befürchten ließen, eine ganz andere Richtung.

„Hier, Wanda, haſt du den neuen Roman von Nathan. Wenn du heute Nacht wach wirſt, dann haſt du etwas zu leſen.“

„‚Die Perle von Dol‘. Ach, das muß eine Liebesgeſchichte ſein! Auguſt, höre nur, ich werde ein Akkordeon bekommen.“

August richtete sich jäh auf und warf seinem Großvater einen eigentümlichen Blick zu.
„Sehen Sie nur, wie er seine Mutter lieb hat!" bemerkte Wanda. „Komm, küsse mich, mein Engel. Nein, nicht deinem Großvater, sondern dem Herrn hier mußt du danken; denn unser Nachbar will mir morgen eins leihen. Wie ist es denn beschaffen?"
Auf einen Wink des Alten erklärte Gottfried eingehend das Akkordeon, während er den von August bereiteten Tee schlürfte, der von hervorragender Güte war.
Gegen einhalbelf Uhr zog sich Gottfried zurück, ermüdet von dem Schauspiel dieses unerhörten Kampfes von Vater und Sohn, indem er ihren Heroismus und ihre Geduld bewunderte, alle Tage diese Doppelrolle zu spielen, die in beiden Beziehungen gleich drückend war.
„Jetzt, mein Herr," sagte Herr Bernard, der ihn in seine Wohnung begleitet hatte, „werden Sie das Leben, das ich führe, verstehen! Zu jeder Stunde fühle ich mich wie ein Dieb, der auf alles achtgeben muß. Ein Wort, eine Geste könnten meiner Tochter den Tod bringen! Wenn eine Kleinigkeit unter den Dingen, die sie umgeben, fehlte, würde ihr Verstand, der durch die Mauern sieht, alles erraten."
„Mein Herr," entgegnete Gottfried, „Montag wird Halpersohn seine Diagnose stellen; er ist zurückgekommen. Aber ich zweifle, ob die Wissenschaft diesen Körper wieder wird gesundmachen können ..."
„Oh, darauf rechne ich auch nicht", sagte der alte Richter; „wenn man ihr nur das Leben erträglich machen kann ... Ich verließ mich auf Ihre Einsicht, mein Herr, und ich wollte Ihnen jetzt danken, daß Sie alles so gut verstanden haben ... Ach, da ist der

Anfall wieder!“ rief er, da er durch die Wände hindurch einen Schrei hörte; „ſie hat ſich über ihre Kräfte angeſtrengt!“

Und der Greis drückte Gottfried die Hand und eilte in ſeine Wohnung.

Am nächſten Morgen klopfte Gottfried um acht Uhr früh an die Tür des berühmten polniſchen Arztes. Er wurde von einem Kammerdiener in die erſte Etage des kleinen Hauſes geführt, daß er betrachten konnte, während der Portier den Diener aufgeſucht und benachrichtigt hatte.

Glücklicherweiſe erſparte, wie er ſich das gedacht hatte, ſeine Pünktlichkeit Gottfried die Unannehmlichkeit, warten zu müſſen; er war jedenfalls der zuerſt Gekommene. Aus einem ſehr beſcheidenen Vorzimmer gelangte er in ein großes Arbeitszimmer, wo er einen Greis im Hausrock vorfand, der eine lange Pfeife rauchte. Der abgeſchabte Hausrock rührte wohl ſchon aus der Zeit der Flucht aus Polen her.

„Womit kann ich Ihnen dienen?“ ſagte der jüdiſche Arzt. „Sie ſind doch nicht krank!“

Und er richtete auf Gottfried den neugierigen durchdringenden Blick der Augen eines polniſchen Juden, dieſer Augen, die hören zu können ſcheinen.

Zum lebhaften Erſtaunen Gottfrieds war Halperſohn ein Mann von ſechsundfünfzig Jahren, mit kleinen krummen Beinen und einem breiten, mächtigen Oberkörper. Er hatte etwas von einem Orientalen, in ſeiner Jugend mußte ſein Geſicht ſehr ſchön geweſen ſein; davon war jetzt nur noch eine jüdiſche Naſe übriggeblieben, lang und krumm wie ein Damaszenerſäbel. Die breite, edle, offenbar polniſche Stirn, die mit Runzeln durchfurcht war wie ein zerknittertes Stück Papier. erinnerte an die des heiligen Josephs auf alten italienischen Bildern. Die meergrünen, wie bei Papageien mit grauer faltiger Haut umgebenen Augen drückten List und Habsucht in hohem Grade aus. Der wie eine Wunde eingeschnittene Mund gab dieser düsteren Physiognomie noch die volle Schärfe des Mißtrauens. Das blasse magere Antlitz, denn Halpersohn war von auffallender Magerkeit, das von grauen, schlecht gekämmten Haaren bekrönt war, hatte als Schmuck einen langen, sehr starken schwarzen, graugesprenkelten Bart, der die Hälfte des Gesichts verdeckte, so daß man nur die Stirn, die Augen, die Nase, die Backenknochen und den Mund sehen konnte.

Der Freund des Revolutionärs Lelewel trug ein schwarzsamtenes Käppchen, das mit einer Ecke über die Stirn hinabhing und den gelblichen, des Pinsels eines Rembrandt würdigen Teint nicht hervortreten ließ.

Die Frage des ebenso durch seine Begabung wie durch seine Habsucht berühmt gewordenen Arztes überraschte Gottfried ein wenig, der sich sagte: ‚Sollte er mich für einen Dieb halten?'

Die Antwort auf diese Frage gab der Tisch und der Kamin des Doktors. Gottfried glaubte als erster gekommen zu sein und war der letzte. Die Patienten hatten auf dem Kamin und dem Tischrand schon genügend reichliche Opfergaben niedergelegt; Gottfried sah Stapel von Zwanzigfrankenstücken, Vierzigfrankenstücken und zwei Tausendfrankenscheine. War dies das Ergebnis eines Morgens? Er bezweifelte das stark und glaubte an irgendeine kluge Vorspiegelung. Vielleicht wollte der habgierige, aber unfehlbare Doktor seine Einnahmen vermehren, indem

er ſo ſeine Patienten, die er ſich unter den Reichen auswählte, glauben ließ, daß man ihm Goldrollen ſtatt Anweiſungen brächte.
Moſes Halperſohn hatte übrigens einen Anſpruch auf hohe Honorare, denn er heilte ſeine Kranken wirklich, und er heilte gerade die verzweifelten Krankheiten, auf deren Heilung die Medizin verzichten mußte. Man weiß in Europa noch nicht, daß die ſlawiſchen Völker viele Geheimmittel beſitzen; ſie kennen eine Fülle ſolcher unfehlbarer Mittel infolge ihrer Beziehungen zu den Chineſen, Perſern, Koſaken, Türken und Tartaren. Manche als Zauberinnen geltenden Bäuerinnen heilen mit Kräuteraufgüſſen vollkommen die Tollwut. Es gibt in dieſem Lande eine Reihe von Beobachtungen, die nicht niedergeſchrieben ſind, über die Wirkungen gewiſſer Pflanzen und zerſtoßener Baumrinden, die, von Geſchlecht zu Geſchlecht überliefert, wunderbare Kuren zuſtande bringen.
Halperſohn, der infolge ſeiner Pulver und ſeiner Medizinen fünf bis ſechs Jahre lang für einen Kurpfuſcher galt, beſaß die großen Ärzten angeborene Begabung. Er war nicht nur ein Gelehrter und hatte nicht nur vieles beobachtet, er hatte auch Deutſchland, Rußland, Perſien und die Türkei durchreiſt und dort viele Überlieferungen geſammelt; und da er in der Chemie Beſcheid wußte, wurde er zu einer lebendigen Bibliothek der zerſtreuten Geheimniſſe der „weiſen Frauen“, wie man in Frankreich ſagt, aller Länder, in die ihn ſein Weg mit ſeinem Vater, einem Hauſierer, geführt hatte.
Man darf nicht glauben, daß die Szene aus „Richard in Paläſtina“, wo Saladin den König von England

heilt, eine Erdichtung ſei. Halperſohn beſitzt eine ſeidene Börſe, die er in Waſſer taucht, das ſich danach ſchwach färbt und gewiſſe Fieber verſchwinden macht, wenn der Kranke dieſes Waſſer trinkt. Die Heilkraft der Pflanzen iſt nach ſeiner Meinung unbegrenzt und macht die Heilung der furchtbarſten Krankheiten möglich. Gleichwohl ſteht auch er wie ſeine Kollegen manchmal vor unbegreiflichen Krankheitsbildern. Halperſohn ſchätzt die Homöopathie, mehr um ihrer Therapeutik willen als wegen ihrer mediziniſchen Lehre; er korreſpondierte mit Hedenius in Dresden, mit Chelius in Heidelberg und mit andern berühmten deutſchen Ärzten, wobei er aber immer ſeine zahlreichen Entdeckungen für ſich behielt. Er wollte keine Schule bilden. Der Rahmen paßte übrigens gut zu dieſem aus einem Gemälde Rembrandts herausgetretenen Porträt. Das Sprechzimmer mit ſeiner Tapete, einer Imitation von grünem Samt, war elend mit einem grünen Sofa möbliert. Der verſchoſſene grüne Teppich war abgetreten. Ein großer ſchwarzledener Lehnſtuhl für die Patienten ſtand am Fenſter, das mit grünen Vorhängen verſehen war. Ein Schreibtiſchſeſſel von römiſcher Form, aus Mahagoniholz und mit grünem Maroquinleder bezogen, diente dem Doktor als Sitz.

Zwiſchen dem Kamin und dem langen Tiſch, an dem er ſchrieb, befand ſich dem Kamin gegenüber eine gewöhnliche eiſerne Kaſſette, auf der eine Uhr aus Wiener Granit mit einer Bronzegruppe, Amor mit dem Tode ſpielend, ſtand, das Geſchenk eines großen deutſchen Bildhauers, den Halperſohn gewiß geheilt hatte. Der Kaminaufſatz trug als einzigen Schmuck eine Schale zwiſchen zwei Leuchtern. Zu beiden Seiten des Diwans dienten zwei Eckſchränke aus Ebenholz zum Abſtellen von Tabletts, auf denen Gottfried ſilberne Schalen, Karaffen und Servietten wahrnahm.

Dieſe faſt an Nacktheit ſtreifende Einfachheit fiel Gottfried ſehr auf, der alles das mit einem Blicke umfaßte und ſeine Kaltblütigkeit wiedergewann.

„Ich bin ganz geſund, mein Herr; ich komme auch nicht meinetwegen, ſondern um einer Dame willen, die Sie ſchon längſt hätten beſuchen ſollen. Es handelt ſich um eine Dame, die am Boulevard Mont-Parnaſſe wohnt ...“

„Ach ja, die Dame hat ſchon mehrmals ihren Sohn zu mir geſchickt. Alſo, mein Herr, dann mag ſie doch in meine Sprechſtunde kommen.“

„Hierherkommen?“ ſagte Gottfried unwillig; „aber, mein Herr, ſie kann ja nicht einmal aus ihrem Bett auf einen Seſſel gebracht werden; man muß ſie mit Schnüren in die Höhe heben.“

„Sind Sie Arzt, mein Herr?“ fragte der jüdiſche Doktor und verzog ſein Geſicht zu einer Grimaſſe, die es noch boshafter machte.

„Wenn der Baron von Nucingen Ihnen ſagen ließe, er ſei krank und wolle Sie ſehen, würden Sie ihm da auch antworten, er ſolle herkommen?“

„Nein, da würde ich zu ihm gehen“, erwiderte der Jude kühl und ſpuckte in den holländiſchen Spucknapf aus Mahagoniholz, der mit Sand gefüllt war.

„Sie würden zu ihm gehen,“ fuhr Gottfried leiſe fort, „weil der Baron von Nucingen zwei Millionen Einkommen hat, und ...“

„Das übrige hat nichts damit zu tun, ich würde jedenfalls hingehen.“

„Nun, mein Herr, aus demſelben Grunde werden

Sie auch die Kranke am Montparnasse aufsuchen. Ohne das Vermögen des Barons von Nucingen zu besitzen, bin ich hier, um Ihnen zu sagen, daß Sie selbst den Preis für die Heilung, oder, wenn sie mißlingt, für Ihre Mühewaltung festsetzen sollen ... Ich erkläre mich bereit, vorher zu zahlen; aber, mein Herr, würden Sie, ein polnischer Emigrant, ein Kommunist, wie ich glaube, nicht für Polen ein Opfer bringen? Die Dame ist die Enkelin des Obersten Tarlowski, des Freundes des Fürsten Poniatowski."

„Mein Herr, Sie sind hergekommen, um mich zu bitten, die Dame gesund zu machen, nicht um mir Ratschläge zu erteilen. In Polen bin ich Pole, in Paris Pariser. Jeder tut Gutes auf seine Weise, und auch meine Habsucht hat, glauben Sie mir, ihre Gründe. Der Schatz, den ich zusammenraffe, hat seine Bestimmung, er ist unantastbar. Ich verkaufe die Gesundheit; die Reichen können zahlen und sie von mir kaufen. Die Armen haben ja ihre Ärzte ... Wenn ich nicht ein bestimmtes Ziel verfolgte, würde ich die ärztliche Tätigkeit nicht ausüben ... Ich lebe bescheiden und verbringe meine Zeit mit Umherrennen; von Natur aus bin ich faul und ein Spieler ... Ziehen Sie Ihre Schlüsse daraus, junger Mann! ... Sie sind noch zu jung, um über alte Leute urteilen zu können."

Gottfried schwieg.

„Nach dem, was Sie mir sagen, handelt es sich um die Enkelin dieses Dummkopfs, der nicht den Mut hatte, sich zu schlagen, und sein Land an Katharina II. ausgeliefert hat?"

„Jawohl, mein Herr."

„Seien Sie am Montag um drei Uhr bei der Kranken", sagte der Arzt, nahm seine Pfeife aus dem

Munde und ſchrieb einige Worte in ſein Notizbuch.
„Wenn ich komme, werden Sie mir zweihundert Franken übergeben, und wenn ich mich für die Heilung verbürge, tauſend Taler . . . Man hat mir erzählt," fuhr er fort, „daß die Dame zuſammengeſchrumpft iſt, als ob ſie ins Feuer gefallen wäre."
„Nach der Anſicht der berühmteſten Ärzte von Paris handelt es ſich um eine Neuroſe, deren verwüſtende Wirkungen ſolche ſind, daß ſie ſie leugneten, ſolange ſie ſie nicht ſelbſt geſehen hatten."
„Ach, ich erinnere mich jetzt an die Einzelheiten, die mir der kleine Kerl berichtet hat . . . Alſo auf morgen, mein Herr."
Gottfried entfernte ſich, nachdem er ſich von dem ebenſo ſeltſamen wie ungewöhnlichen Manne verabſchiedet hatte. Nichts an ihm zeigte, nichts verriet einen Arzt, ſelbſt nicht ſein kahles Empfangszimmer, deſſen einziges ins Auge fallendes Möbel die rieſige Kaſſette von Huret oder Fichet war.
Gottfried langte noch rechtzeitig in der Paſſage Vivienne an, um vor Schluß des Geſchäfts ein prächtiges Akkordeon zu kaufen, das er, nach Angabe der Adreſſe, vor ſeinen Augen an Herrn Bernard ſchicken ließ.
Dann begab er ſich nach der Rue Chanoineſſe über den Quai des Auguſtins, wo er noch eins der Buchhändlergeſchäfte offen zu finden hoffte; in der Tat entdeckte er ein ſolches und hatte dort mit einem jungen Angeſtellten eine lange Unterredung über juriſtiſche Bücher.
Er traf Frau de la Chanterie und ihre Freunde, als ſie aus der Hauptmeſſe heimkehrten; auf den erſten Blick, den ſie ihm zuwarf, antwortete Gottfried mit einem verſtändnisvollen Kopfnicken.

„Iſt unſer lieber Vater Alain nicht bei Ihnen?“ ſagte er dann.

„Er kommt dieſen Sonntag nicht“, erwiderte Frau de la Chanterie; „Sie werden ihn erſt heute in acht Tagen zu ſehen bekommen . . . es ſei denn, daß Sie ihn an dem angegebenen Treffpunkt aufſuchen wollen.“

„Sie wiſſen ja, gnädige Frau,“ ſagte Gottfried leiſe zu ihr, „daß er mich weniger einſchüchtert als die andern Herren, ich rechnete darauf, ihm meinen Bericht abſtatten zu können.“

„Und ich?“

„Oh, Ihnen würde ich alles ſagen, und ich habe viel zu erzählen. Ich habe bei meinem erſten Debüt das eigenartigſte Unglück vorgefunden, eine tolle Miſchung von Elend und Luxus; dazu Menſchen von einer erhabenen Geſinnung, die alle Phantaſien unſerer beliebteſten Romandichter hinter ſich laſſen.“

„Die Natur, und vor allem die ſeeliſche Seite der Natur, ſteht immer über der Kunſt, ebenſo wie Gott immer über ſeinen Geſchöpfen ſteht. Aber kommen Sie und erzählen Sie mir“, fuhr Frau de la Chanterie fort, „von Ihrer Expedition in die unbekannten Länder, in die Sie Ihre erſte Reiſe geführt hat.“

Herr Nikolaus und Herr Joſeph — der Abbé de Vèze war noch für kurze Zeit in Notre-Dame zurückgeblieben — ließen Frau de la Chanterie allein mit Gottfried, der, noch unter dem Eindruck der Erregung des vorhergehenden Abends, alles bis auf die kleinſten Einzelheiten ſchilderte, und zwar mit der Friſche und Verve, die der erſte Eindruck eines ſolchen Schauſpiels mit ſeinen handelnden Perſonen und ſeinen Kuliſſen hervorruft. Er hatte großen Erfolg damit, denn die ſanfte ruhige Frau de la Chanterie mußte weinen, ſo ſehr ſie daran gewöhnt war, in die Abgründe des Elends hinabzuſteigen.

„Sie haben recht daran getan," ſagte ſie, „daß Sie das Akkordeon hingeſandt haben."

„Ich möchte gern noch mehr tun," erwiderte Gottfried, „da dieſe Familie ja die erſte iſt, die mich die Freude, wohlzutun, kennengelehrt hat; ich möchte dieſem edlen Greiſe den größten Teil des Gewinns an einem großen Werke zuwenden. Ich weiß nicht, ob Sie genügend Vertrauen zu meinen Fähigkeiten haben, um mich in den Stand zu ſetzen, ein ſolches Geſchäft ſelber in die Hand zu nehmen. Nach den Erkundigungen, die ich eben eingezogen habe, ſind für die Drucklegung des Buches bei einer Auflage von fünfzehnhundert Exemplaren etwa neuntauſend Franken erforderlich, während ihr geringſter Wert mit vierundzwanzigtauſend Franken anzunehmen wäre. Da wir die dreitauſend und etliche hundert Franken, mit denen das Manuſkript belaſtet iſt, vorweg bezahlen müßten, wären alſo zwölftauſend Franken dabei zu riskieren. Ach, gnädige Frau, wenn Sie wüßten, wie bitter ich auf dem Wege vom Quai des Auguſtins bis hierher bereut habe, daß ich mein kleines Vermögen ſo töricht vergeudete! Der Geiſt der Barmherzigkeit iſt über mich gekommen und hat mir die heiße Sehnſucht des Neophyten eingeflößt; ich will auf das Getriebe der Welt verzichten, ich will ebenſo leben wie die Herren hier, ich will Ihrer würdig werden. In den letzten zwei Tagen habe ich ſchon oftmals den Zufall geſegnet, der mich hierher geführt hat. Ich werde Ihnen in allen Stücken gehorchen, bis

Sie mich für fähig halten, einer der Ihrigen zu werden."
Frau de la Chanterie überlegte reiflich und erwiderte dann in ernſtem Tone: „Hören Sie mich an, ich habe Ihnen wichtige Dinge mitzuteilen. Mein liebes Kind, Sie ſind von der Poeſie des Unglücks verführt worden. Ja, oft hat auch das Unglück einen poetiſchen Charakter; für mich beruht die Poeſie auf der Empfindung, und der Schmerz iſt auch eine Empfindung. Wie ſehr lebt man manchmal vom Schmerze! . . ."
„Ja, gnädige Frau, ich bin vom Dämon der Neugierde überwältigt worden . . . Was wollen Sie, ich bin noch nicht daran gewöhnt, den unglücklichen Weſen ins Herz zu ſchauen und mit der Ruhe Ihrer drei frommen Gottesſoldaten vorzugehen. Bedenken Sie aber wohl, daß ich mich erſt nach Aufgeben dieſer Verirrung Ihrem Werke geweiht habe! . . ."
„Alſo hören Sie, mein geliebtes Kind," ſagte Frau de la Chanterie, die dieſe drei Worte mit einer himmliſchen Sanftmut ausſprach, von der Gottfried ſeltſam berührt wurde, „wir haben uns abſolut unterſagt, und wir deuteln hier nicht an den Worten; was unterſagt iſt, das beſchäftigt uns auch nicht einmal in Gedanken — alſo wir haben uns unterſagt, ſpekulative Geſchäfte zu machen. Ein Buch drucken, um es zu verkaufen und auf den Gewinn warten, das iſt ein Geſchäft, und Operationen ſolcher Art würden uns in alle Schwierigkeiten des Handels verwickeln. Gewiß erſcheint mir dieſes Geſchäft ausführbar, ſogar notwendig. Glauben Sie, daß dies der erſte derartige Fall für uns iſt? Zwanzigmal, hundertmal haben wir darin ein Mittel geſehen, um Familien oder Geſchäftshäuſer zu retten! Was

würde aber aus uns bei Geschäften solcher Art werden? Wir wären Kaufleute geworden ... Bei einem Unglück mit Geld helfen, das heißt nicht selbst arbeiten, sondern das Unglück in den Stand zu setzen, sich herauszuarbeiten. In einigen Tagen werden Sie noch viel fürchterlicherem Elend begegnen, als dieses hier ist; werden Sie da ebenso handeln? Sie würden dabei unterliegen. Bedenken Sie, mein Kind, daß die Herren Mongenod seit Jahresfrist nicht mehr imstande sind, sich mit unseren Abrechnungen zu befassen. Sie werden die Hälfte Ihrer Zeit auf unsere Buchführung verwenden müssen. Wir haben heute annähernd zweitausend Schuldner in Paris; es ist erforderlich, daß wir wenigstens bei denjenigen, die uns das Geld zurückgeben können, die Höhe ihrer Schuld kennen ... Wir fordern niemals zurück, wir warten ab. Wir rechnen damit, daß die Hälfte des ausgeliehenen Geldes verloren ist. Die andere Hälfte wird uns manchmal doppelt zurückgegeben. Nehmen Sie einmal an, daß dieser Richter stirbt, dann sind die zwölftausend Franken stark gefährdet. Setzen wir nun den Fall, daß seine Tochter geheilt wird, daß ihr Sohn Erfolg hat und eines Tages auch Richter wird ... Gewiß, wenn er Ehrgefühl hat, wird er sich der Schuld erinnern und uns das Geld der Armen mit Zinsen zurückgeben. Wissen Sie, daß mehr als eine Familie, die von uns aus dem Elend gerettet und auf den Weg gebracht worden ist, wieder durch unsere zinslosen Darlehen zu Vermögen zu gelangen, für die Armen einen Teil beiseite gelegt und uns die Beträge verdoppelt und manchmal verdreifacht zurückgegeben hat? ... Das sind unsere einzigen Spekulationsgeschäfte! Überlegen Sie zunächst einmal in bezug auf das, was Sie beſchäftigt (und es muß Sie beſchäftigen), daß der Verkauf des Werkes dieſes Richters von der Güte des Werkes abhängt; haben Sie es geleſen? Und dann, wenn auch das Buch vortrefflich iſt, wieviel vortreffliche Bücher ſind ein, zwei und drei Jahre liegengeblieben, bis ſie den verdienten Erfolg hatten! Wieviel Kronen hat man auf Gräber legen müſſen! Ich weiß auch, daß die Buchhändler eine Art haben, Geſchäfte zu behandeln und zu realiſieren, die ihren Beruf zu dem am meiſten vom Glück abhängigen und am ſchwierigſten zu durchſchauenden von allen Pariſer Handelszweigen machen. Herr Nikolaus wird Ihnen auseinanderſetzen, was für Schwierigkeiten mit dem Herausgeben von Büchern naturgemäß verbunden ſind. Wir handeln alſo, wie Sie ſehen, vernünftig, wir haben Erfahrung in bezug auf jede Art von Unglück, wie auf jede Art von Geſchäft, denn wir ſtudieren Paris ſeit langer Zeit ... Die Mongenods unterſtützen uns, wir beſitzen in ihnen zwei Leuchten; und gerade von ihnen wiſſen wir, daß die Bank von Frankreich den Buchhandel ſtändig in Verdacht hat, obwohl es einer der ſchönſten Handelszweige iſt; aber er wird ſchlecht geführt ... Was die erforderlichen viertauſend Franken anlangt, um die edle Familie vor den Schrecken der Bedürftigkeit zu retten, denn es iſt erforderlich, daß das arme Kind und ſein Großvater ſich ordentlich ernähren und anſtändig kleiden, ſo will ich ſie Ihnen geben ... Es gibt Leiden, Elend und Wunden, wo wir unmittelbar helfen, ohne Zögern und ohne zu fragen, wem wir helfen; Religion, Ehre, Charakter, alles das iſt gleichgültig; ſobald es ſich aber darum handelt, das Geld der Armen auszuleihen, um dem

Unglück durch tätige Beteiligung an Induſtrie oder Handel zu helfen ... Oh, dann verlangen wir Garantien mit der Peinlichkeit eines Wucherers. Deshalb müſſen Sie Ihre Begeiſterung höchſtenfalls darauf beſchränken, für den Alten einen möglichſt ehrenhaften Verleger zu finden. Das iſt eine Sache, die Herrn Nikolaus angeht. Er kennt Advokaten, Profeſſoren und Autoren von juriſtiſchen Büchern; und nächſten Sonntag wird er Ihnen gewiß einen guten Rat geben können ... Alſo ſeien Sie ruhig; wenn es möglich iſt, wird ſich dieſe Schwierigkeit beſeitigen laſſen. Immerhin wäre es vielleicht gut, wenn Herr Nikolaus das Werk des Richters leſen würde ... Sehen Sie zu, ob Sie das vermitteln können ..."

Gottfried war verblüfft über den klaren Verſtand dieſer Frau, die er allein vom Geiſte der Barmherzigkeit erfüllt glaubte. Er kniete nieder, küßte die ſchöne Hand der Frau de la Chanterie und ſagte: „Sie ſind alſo auch der Inbegriff der Vernunft?"

„In unſerer Lage muß man alles ſein", entgegnete ſie mit der ſanften Heiterkeit, die dem wahrhaft Frommen eigen iſt.

Nach einem Moment des Schweigens rief Gottfried aus: „Zweitauſend Schuldner, haben Sie geſagt, gnädige Frau? Zweitauſend Konten!" wiederholte er, „aber das iſt ja ungeheuer!"

„Oh, zweitauſend Konten," erwiderte ſie, „bei denen man auf Rückgabe rechnen kann, die, wie ich Ihnen eben ſagte, von dem Zartgefühl unſerer Schuldner abhängt; denn wir haben noch gut dreitauſend andere Familien, die uns niemals mit etwas anderem als mit Dankbarkeit entſchädigen werden. Daher empfinden wir auch, ich wiederhole es Ihnen, die

Notwendigkeit, Bücher zu führen. Und wenn Sie unbedingte Diskretion zu bewahren verstehen, dann können Sie unser finanzielles Orakel werden. Wir müssen ein Journal führen, ein Hauptbuch, ein Kontokorrent und ein Kassabuch. Wir machen uns wohl Notizen, aber wir verlieren zu viel Zeit mit Nachsuchen . . . da kommen die Herren," schloß sie.

Gottfried, der ernst und nachdenklich geworden war, nahm zuerst wenig teil an der Unterhaltung; er war ganz betroffen über die Eröffnungen, die ihm Frau de la Chanterie eben gemacht hatte, und zwar in einem Ton, der bewies, daß sie ihn für seinen Eifer belohnen wolle.

‚Zweitausend unterstützte Familien', sagte er sich; ‚aber wenn sie uns ebenso viel kosten wie uns Herr Bernard kosten wird, dann haben wir ja Millionen über Paris ausgestreut!'

Dieses Empfinden war eine der letzten Regungen weltlichen Geistes, der bei Gottfried ganz unmerklich erlosch. Bei näherer Überlegung begriff er, daß die vereinigten Vermögen der Frau de la Chanterie, der Herren Alain, Nikolaus und Joseph und das des Richters Popinot, die von dem Abbé de Vèze gesammelten Gaben und die Unterstützung des Hauses Mongenod ein erhebliches Kapital zusammengebracht haben mußten, und daß dieses Kapital in zwölf bis fünfzehn Jahren, vermehrt durch die Schuldner, die sich erkenntlich zeigten, wie ein Schneeball anschwellen mußte, da die mildtätigen Personen ja nichts davon für sich ausgaben. Er wurde sich allmählich klar über das ungeheure Werk, und sein Wunsch, daran mitzuarbeiten, wurde immer stärker.

Er wollte um neun Uhr zu Fuß nach dem Boulevard

Mont-Parnaſſe zurückkehren; aber Frau de la Chanterie, die Bedenken wegen der Einſamkeit der Gegend hatte, nötigte ihn, einen Wagen zu nehmen. Als er den Wagen verließ, vernahm Gottfried, obwohl die Fenſterläden ſo ſorgfältig geſchloſſen waren, daß kein Lichtſtrahl hindurchdrang, die Töne des Inſtruments; und ſobald er auf dem Treppenabſatz anlangte, öffnete Auguſt, der jedenfalls auf ihn gewartet hatte, die Tür der Wohnung und ſagte:
„Mama möchte Sie gern begrüßen, und mein Großvater läßt Sie zu einer Taſſe Tee bitten."
Als Gottfried eintrat, fand er die Kranke von der Freude, Muſik machen zu können, ganz verändert, ihr Geſicht leuchtete, und ihre Augen funkelten wie zwei Diamanten.
„Ich hätte eigentlich mit dem Anſchlagen der erſten Akkorde auf Sie warten ſollen; aber ich habe mich auf die kleine Orgel geſtürzt wie ein Verhungerter auf ein Feſtmahl. Sie beſitzen eine Seele, die mich verſtehen wird, alſo iſt mir verziehen."
Wanda gab ihrem Sohn einen Wink, der ſich näherte und die Pedale trat, die dem Inſtrument die Luft zuführten; und die Augen nach oben gerichtet, wie die heilige Cäcilie, wiederholte die Kranke, deren Finger vorübergehend ihre Kraft und Fertigkeit wiedererlangt hatten, Variationen über das Gebet Moſis, das ihr Sohn ihr gekauft, und die ſie in wenigen Stunden komponiert hatte. Gottfried ſtellte feſt, daß ſie eine Begabung wie Chopin beſaß. Es war eine Seele, die ſich in himmliſchen Tönen, bei denen eine ſanfte Melancholie vorherrſchte, kundgab. Herr Bernard hatte Gottfried mit einem Blick begrüßt, in dem ein ſeit langem verſchwundenes Gefühl zum Ausdruck kam. Wenn die Tränen bei dieſem, von

ſo vielen brennenden Schmerzen ausgetrockneten Greiſe nicht für immer verſiegt wären, dann würde dieſer Blick feucht geweſen ſein. Das ſah man.

Herr Bernard ſpielte mit ſeiner Doſe und betrachtete ſeine Tochter mit unausſprechlichem Entzücken.

„Morgen, gnädige Frau," begann Gottfried, als die Muſik verſtummt war, „morgen wird ſich Ihr Schickſal entſcheiden, ich bringe gute Nachrichten. Der berühmte Halperſohn wird morgen um drei Uhr zu Ihnen kommen. – Er hat mir verſprochen," ſagte er leiſe zu Herrn Bernard, „daß er mir die Wahrheit ſagen wird."

Der Alte erhob ſich, nahm Gottfried bei der Hand und zog ihn in den Winkel des Zimmers neben dem Kamin; er zitterte.

„Ach, was werde ich für eine Nacht verbringen! Es iſt die endgültige Entſcheidung!" ſagte er leiſe zu ihm. „Meine Tochter wird geheilt werden, oder ſie iſt verloren!"

„Faſſen Sie Mut," erwiderte Gottfried, „und kommen Sie nach dem Tee zu mir herüber."

„Hör' auf, mein Kind, hör' auf," ſagte der Alte jetzt, „du wirſt wieder einen Anfall bekommen. Auf ſolche Kraftanſtrengungen folgt die Erſchöpfung."

Er ließ das Inſtrument von Auguſt wegnehmen und reichte ſeiner Tochter ihre Taſſe Tee mit der ganzen einſchmeichelnden Art einer Amme, die der Ungeduld eines kleinen Kindes vorbeugen will.

„Wie iſt dieſer Arzt denn?" fragte ſie, die die Ausſicht, ein neues Weſen zu Geſicht zu bekommen, ſchon auf andere Gedanken gebracht hatte.

Wanda war, wie alle Gefangenen, von Neugierde verzehrt. Wenn die phyſiſchen Erſcheinungsformen ihrer Krankheit ſchwanden, ſchien ſich dieſe auf

das Psychische zu werfen; sie hatte dann wunderliche Launen und phantastische Gelüste. Sie wollte Rossini sehen, und sie weinte darüber, daß ihr Vater, den sie für allmächtig hielt, sich weigerte, ihn zu ihr zu bringen.
Gottfried gab nun eine minutiöse Beschreibung des jüdischen Arztes und seines Sprechzimmers, denn sie wußte nichts von den Schritten, die ihr Vater schon getan hatte. Bernard hatte seinem Enkelsohn über die Besuche bei Halpersohn Schweigen auferlegt, so sehr fürchtete er, bei seiner Tochter Hoffnungen zu erregen, die dann nicht erfüllbar gewesen wären. Wanda hing an den Lippen Gottfrieds, sie war entzückt und verfiel in eine Art von Tollheit, so brennend wurde ihr Wunsch, den fremden polnischen Juden zu Gesicht zu bekommen.
„Polen hat oft solche eigenartige, geheimnisvolle Wesen hervorgebracht“, sagte der alte Richter. „Heute haben wir zum Beispiel außer diesem Arzte Hoëné Wronski, den erleuchteten Mathematiker, den Dichter Mickiewicz, den Hellseher Tawianski und Chopin mit seinem übernatürlichen Talent. Große nationale Umwälzungen bringen immer solche Arten von Halbgiganten hervor.“
„Ach, lieber Papa, was bist du für ein Mann! Wenn du alles, was du uns hören läßt, bloß um mich zu unterhalten, niederschriebest, könntest du ein Vermögen damit erwerben ... Stellen Sie sich vor, mein Herr, daß mein alter Vater wundervolle Geschichten für mich erfindet, wenn ich keinen Roman zum Lesen habe, und mich so einschläfert. Seine Stimme wiegt mich in Schlaf, nnd oft besänftigt er mit seinem Geist meine Schmerzen ... Wer wird ihn jemals dafür belohnen? ... August, mein

Kind, um meinetwillen müßtest du die Fußtapfen deines Großvaters küssen."

Der junge Mann erhob seine schönen feuchten Augen zu seiner Mutter, und dieser Blick, in dem ein lange zurückgedrängtes Mitgefühl überströmte, war eine ganze Dichtung. Gottfried erhob sich und drückte August die Hand.

„Gott hat Ihnen zwei Engel an die Seite gestellt, gnädige Frau!" rief er aus.

„Ja, das weiß ich. Deshalb werfe ich mir auch oft vor, daß ich ihnen Ärger bereite. Komm her, lieber August, umarme deine Mutter. Das ist ein Kind, mein Herr, auf das jede Mutter stolz sein würde. Er ist rein wie Gold, freimütig und eine Seele ohne Fehl, nur eine ein bißchen zu leidenschaftliche Seele wie die seiner armen Mutter. Gott hat mich vielleicht ans Bett geschmiedet, um mich vor den Torheiten zu bewahren, die die Frauen begehen ... die zu viel Herz besitzen ...", fügte sie lächelnd hinzu.

Gottfried antwortete nur mit einem Lächeln und einer Verbeugung.

„Leben Sie wohl, mein Herr, und danken Sie vor allem Ihrem Freunde für das Instrument, das eine arme Kranke glücklich gemacht hat."

„Herr Bernard," sagte Gottfried, als er mit diesem, der ihn begleitet hatte, allein war, „ich glaube, ich kann Ihnen die Zusicherung geben, daß Sie von diesem edlen Trio nicht werden ausgebeutet werden. Ich besitze schon die erforderliche Summe, aber Sie müssen mir Ihren Vertrag bezüglich des Vorkaufsrechtes anvertrauen ... Um aber noch mehr für Sie zu tun, müssen Sie mir auch Ihr Werk zur Lektüre anvertrauen ... nicht mir selbst, ich besitze nicht

Kenntnisse genug, um es beurteilen zu können, sondern einem ehemaligen Richter von absoluter Integrität, der es auf sich nehmen will, wenn das Werk es verdient, eine ehrenhafte Firma zu finden, mit der Sie einen gerechten Vertrag abschließen können ... Aber ich will Sie nicht dazu drängen. Inzwischen sind hier fünfhundert Franken," fuhr er fort und reichte dem verblüfften alten Richter ein Bankbillett, „damit Sie Ihre dringendsten Bedürfnisse befriedigen können. Ich verlange keine Quittung von Ihnen, Sie sollen nur durch Ihr Gewissen gebunden sein, und auch das soll erst sprechen, sobald Sie in einigermaßen bessere Verhältnisse gekommen sind ... Halpersohn zu bezahlen, übernehme ich."

„Aber wer sind Sie denn?" sagte der Alte und sank auf einen Stuhl.

„Ich," erwiderte Gottfried, „ich bin nichts; aber ich diene mächtigen Persönlichkeiten, denen Ihre Not jetzt bekannt geworden ist, und die sich für Sie interessieren ... Mehr fragen Sie mich nicht."

„Und was ist der Beweggrund dieser Leute?" fragte der Alte.

„Die Religion, mein Herr", entgegnete Gottfried.

„Wäre das möglich? ... Die Religion? ..."

„Ja, die römisch-katholische apostolische Religion."

„Ah, Sie gehören zum Jesuitenorden?"

„Nein, mein Herr", erwiderte Gottfried. „Seien Sie beruhigt; diese Personen verfolgen in bezug auf Sie keine andere Absicht, als daß sie Ihnen helfen und Ihre Familie wieder glücklich machen wollen."

„Die Philanthropie ist also doch noch etwas anderes als ein Ausfluß der Eitelkeit? ..."

„Oh, mein Herr," entgegnete Gottfried lebhaft,

„beſchimpfen Sie die heilige katholiſche Barmherzigkeit nicht, die Tugend, die der heilige Paul verkündigt hat! . . .“

Als Herr Bernard dieſe Antwort vernahm, fing er an, mit großen Schritten im Zimmer auf und ab zu gehen.

„Ich nehme Ihren Vorſchlag an,“ ſagte er dann plötzlich, „und ich kann Ihnen meinen Dank nur dadurch ausdrücken, daß ich Ihnen mein Werk anvertraue. Die Noten und Zitate ſind für einen alten Richter überflüſſig; ich brauche auch noch, wie ich Ihnen ſchon ſagte, zwei Monate, um die Zitate herauszuſchreiben . . . Alſo auf morgen“, ſchloß er und drückte Gottfried die Hand.

‚Sollte ich eine Bekehrung zuſtande gebracht haben? . . .‘ fragte ſich Gottfried, der betroffen von den veränderten Ausdruck war, den das Geſicht des großen Alten bei ſeiner letzten Antwort gezeigt hatte.

Am übernächſten Tage hielt um drei Uhr ein Mietwagen vor dem Hauſe, und Gottfried ſah Halperſohn, in einem rieſigen Bärenpelz vergraben, ausſteigen. Während der Nacht hatte ſich die Kälte verdoppelt, und das Thermometer zeigte zehn Grad.

Der jüdiſche Arzt muſterte neugierig, wenn auch verſtohlen, das Zimmer, in dem ihn ſein Beſucher vom Tage vorher empfing, und Gottfried bemerkte, daß ein mißtrauiſcher Gedanke aus ſeinen Augen wie eine Dolchſpitze herausleuchtete. Dieſes ſchnelle Aufflackern eines Verdachtes ließ Gottfried ein kaltes Durchrieſeln empfinden, und er dachte daran, daß dieſer Menſch in geſchäftlichen Angelegenheiten mitleidlos ſein mußte; es iſt ſo natürlich, zu glauben, Genie ſei immer mit Güte vereint, daß er ein neues Gefühl des Ekels empfand.

„Ich ſehe, mein Herr,“ ſagte er, „daß die Einfachheit meiner Wohnung Sie in Unruhe verſetzt; Sie werden ſich daher über mein Vorgehen nicht wundern. Hier ſind Ihre zweihundert Franken, und hier ſind drei Billette, jedes zu tauſend Franken,“ fügte er hinzu und zog aus ſeiner Brieftauſche die Billette, die ihm Frau de la Chanterie übergeben hatte, um Bernards Werk auszulöſen; „ſollten Sie aber noch Bedenken wegen meiner Zahlungsfähigkeit haben, ſo nenne ich Ihnen als Bürgen dafür, daß unſere Abmachungen innegehalten werden, die Bankiers Mongenod in der Rue de la Victoire.“

„Ich kenne ſie“, antwortete Halgerſohn und ſteckte die zehn Goldſtücke in die Taſche.

‚Er wird ſie aufſuchen‘, dachte ſich Gottfried.

„Und wo wohnt die Kranke?“ fragte der Arzt und erhob ſich wie ein Mann, der den Wert ſeiner Zeit kennt.

„Hier, mein Herr“, ſagte Gottfried und ging voran, um ihm den Weg zu zeigen.

Der Jude prüfte mit argwöhniſchen durchdringenden Augen die Räume, durch die er ging; denn er beſaß den Blick eines Spions; ſo bemerkte er recht gut die ſchrecklichen Anzeichen der Not durch die Tür des Zimmers, in dem der Richter und ſein Enkelſohn ſchſiefen; unglücklicherweiſe hatte Bernard ſich den Anzug geholt, in dem er vor ſeiner Tochter zu erſcheinen pflegte, und in ſeiner Eile, die Tür zu öffnen, hatte er die ſeines Hundelochs nicht richtig geſchloſſen.

Er begrüßte Halperſohn mit vornehmen Anſtand und öffnete vorſichtig das Zimmer ſeiner Tochter. — „Wanda, mein Kind, hier iſt der Arzt“, ſagte er. Und er trat beiſeite, um Halperſohn vorbeizulaſſen, der ſeinen Pelz anbehielt. Der Jude ſtaunte über den Kontraſt, den das Zimmer darbot, das in dieſer Gegend, und beſonders in dieſem Hauſe, eine Anomalie war; aber Halperſohns Erſtaunen währte nicht lange, denn er hatte häufig bei deutſchen und ruſſiſchen Juden ähnliche Kontraſte zwiſchen ſcheinbar äußerſtem Elend und verborgenen Reichtümern zu ſehen bekommen. Während er von der Tür bis an das Bett der Kranken ging, hörte er nicht auf, ſie zu betrachten, und als er am Kopfende anlangte, fragte er ſie auf polniſch:

„Sind Sie Polin?“

„Ich nicht, aber meine Mutter war Polin.“

„Wen hat Ihr Großvater, der Oberſt Tarlowski, geheiratet?“

„Eine Polin.“

„Aus welcher Provinz?“

„Eine Sobolewska aus Pinsk.“

„Schön. Iſt der Herr Ihr Vater?“

„Ja, mein Herr.“

„Mein Herr,“ fragte er dieſen, „Ihre Frau Gemahlin . . .“

„Sie iſt tot“, antwortete Herr Bernard.

„War ſie ſehr bleich?“ ſagte Halperſohn mit einer leichten Bewegung von Ungeduld, daß man ihn unterbrochen hatte.

„Hier iſt ihr Bild“, erwiderte Herr Bernard, und nahm einen prächtigen Rahmen von der Wand ab, in dem ſich mehrere ſchöne Miniaturen befanden. Halperſohn befühlte inzwiſchen den Kopf und das Haar der Kranken, während er das Bild der Wanda Tarlowska, geborenen Gräfin Sobolewska, betrachtete.

„Beſchreiben Sie mir jetzt, wie ſich Ihre Krankheit äußert.“ Und er ſetzte ſich auf das Sofa und ſah

Wanda während der zwanzig Minuten, die der abwechſelnd von Vater und Tochter erſtattete Bericht dauerte, ſtarr an.

„Wie alt ſind Sie?"

„Achtunddreißig Jahre."

„Schön," rief er jetzt und erhob ſich, „ich ſtehe dafür ein, daß ſie geheilt wird. Ich kann mich nicht dafür verbürgen, daß ſie den Gebrauch der Beine wieder erlangt, aber geſund wird ſie werden. Nur muß ſie in eine Klinik in meiner Gegend gebracht werden."

„Aber, mein Herr, meine Tochter iſt ja nicht transportabel."

„Ich übernehme die Verantwortung dafür", ſagte Halperſohn beſtimmt; „aber ich übernehme die Verantwortung für Ihre Tochter nur unter dieſer Bedingung . . . Wiſſen Sie auch, daß ſich ihre Krankheit in eine andere ſchreckliche Krankheit verwandeln wird, die vielleicht ein Jahr oder mindeſtens ſechs Monate dauern wird? . . . Sie können ſie aber beſuchen, da Sie ihr Vater ſind."

„Und ſind Sie Ihrer Sache ſicher?" fragte Herr Bernard.

„Ganz ſicher," wiederholte der Jude. „Die Dame hat in ihrem Körper ein Gift, eine Nationalkrankheit, davon muß ſie befreit werden. Sie werden ſie mir nach der Rue Baſſe-Saint-Pierre in Chaillot in die Klinik des Doktors Halperſohn bringen."

„Aber wie denn?"

„In einer Sänfte, ſo wie man alle Kranken ins Hoſpital bringt."

„Aber die Überführung wird ihr Tod ſein!"

„Nein!" Und Halperſohn war nach dieſem trockenen „Nein" ſchon aus der Tür, ſo daß Gottfried ihn erſt auf der Treppe erreichte. Der Jude, der vor Hitze erstickte, sagte leise zu ihm: „Außer den tausend Talern kostet es fünfzehn Franken täglich, und davon sind drei Monate vorauszubezahlen."

„Schön, mein Herr. Und", fragte Gottfried, der auf den Tritt des Wagens, in den sich Halpersohn geworfen hatte, stieg, „Sie übernehmen die Verantwortung für die Heilung?"

„Ich übernehme sie", wiederholte der jüdische Arzt. „Sie lieben die Dame . . .?"

„Nein", sagte Gottfried.

„Was ich Ihnen jetzt anvertraue, werden Sie nicht weitersagen; ich teile es Ihnen nur mit, um Ihnen zu beweisen, daß ich meiner Sache sicher bin, und wenn Sie eine Indiskretion begehen, so könnte das der Tod der Dame sein . . ."

Gottfried antwortete nur mit einer Geste.

„Sie ist seit siebzehn Jahren ein Opfer des polnischen Weichselzopfgiftes (Plica polonica), das alle diese Verwüstungen bei ihr hervorgerufen hat; ich habe noch viel schrecklichere Beispiele davon gesehen. Ich allein nur bin heute imstande, den Weichselzopf so zu vertreiben, daß Heilung erfolgt, denn nicht immer gelingt die Heilung. Sie sehen, mein Herr, daß ich recht uneigennützig handle. Wäre es eine große Dame, eine Baronin von Nucingen, oder jede andere Frau oder Tochter eines modernen Krösus, so würde mir eine solche Kur mit hundert-, mit zweihunderttausend Franken, mit jeder Summe, die ich fordern würde, bezahlt werden . . . Aber das hier ist nur eine unerhebliche Sache."

„Und die Überführung?"

„Bah! es wird aussehen, als ob sie stürbe, aber sie wird nicht sterben! . . . Sie hat noch für hundert

Jahre Leben in ſich, wenn ſie einmal geheilt ſein wird. Vorwärts, Jakob! ... Schnell nach der Rue de Monſieur! ... Schnell! ..." ſagte er zu dem Kutſcher. Und er ließ Gottfried auf dem Boulevard zurück, der verblüfft dem ſich entfernenden Wagen nachblickte.

„Wer war denn der komiſche Mann in dem Bärenpelz?" fragte die alte Vauthier, der nichts entging. „Iſt das wahr, was mir der Droſchkenkutſcher geſagt hat, daß das der berühmteſte Pariſer Arzt iſt?"

„Was geht Sie denn das an, Mutter Vauthier?"

„Ach, nichts!" entgegnete ſie und verzog ihr Geſicht zu einer Grimaſſe.

„Sie haben ſehr falſch gehandelt, daß Sie ſich nicht auf meine Seite geſtellt haben," ſagte Gottfried, der mit langſamen Schritten ſich dem Hauſe wieder zuwandte, „Sie hätten mehr verdient als bei den Herren Barbet und Métivier, von denen Sie nichts bekommen werden."

„Bin ich denn für dieſe Herren?" entgegnete ſie und zuckte die Achſeln. „Herr Barbet iſt mein Hauseigentümer, das iſt alles!"

Es bedurfte zweier Tage, bis ſich Herr Bernard entſchloß, ſich von ſeiner Tochter zu trennen und ſie nach Chaillot zu bringen. Gottfried und der alte Richter machten den Weg, jeder an einer Seite der Sänfte, die mit blauweiß geſtreiften Vorhängen verſehen war, und auf der die geliebte Kranke an die Matratze beinahe feſtgebunden war, ſo ſehr fürchtete ihr Vater die Erſchütterungen bei einer Nervenkriſe. Endlich langte der Zug, der um drei Uhr aufgebrochen war, gegen fünf Uhr bei Sonnenuntergang in der Klinik an. Gottfried bezahlte gegen

Quittung die im voraus verlangten vierhundertfünfzig Franken; als er dann hinunterging, um den beiden Trägern ein Trinkgeld zu geben, kam ihm Herr Bernard nach, zog ein unter der Matratze verſtecktes, ſehr umfangreiches, verſchnürtes Paket hervor und übergab es Gottfried.

„Einer von den Leuten wird Ihnen einen Wagen holen“, ſagte der Alte, „denn Sie könnten die vier Bände nicht lange tragen. Das iſt mein Werk, übergeben Sie es meinem Zenſor, ich vertraue es ihm für dieſe ganze Woche an. Ich werde mindeſtens acht Tage mich in dieſer Gegend aufhalten, denn ich will meine Tochter nicht ſo alleinlaſſen. Ich kenne meinen Enkelſohn, er kann das Haus hüten, beſonders wenn Sie ihn dabei unterſtützen; im übrigen empfehle ich ihn Ihrer Obhut. Wenn ich noch der alte wäre, würde ich Sie nach dem Namen meines Kritikers, des alten Richters, fragen, denn ich werde ihn wohl ſicher kennen ...“

„Oh, das iſt kein Geheimnis“, unterbrach Gottfried Herrn Bernard. „Da Sie Ihr volles Vertrauen in mich geſetzt haben, kann ich Ihnen ſagen, daß Ihr Zenſor der ehemalige Präſident Lecamus de Tresnes iſt.“

„Ach, vom Oberſten Gerichtshof in Paris! Hier, nehmen Sie! Das war einer der edelſten Charaktere ſeiner Zeit ... Er und der ſelige Popinot, der Richter am Tribunal erſter Inſtanz, das waren Richter, würdig der ſchönſten Zeiten des alten Parlaments. Damit ſind alle meine Befürchtungen, die ich noch hegte, zerſtreut ... Und wo wohnt er? Ich möchte ihm doch für die Mühe, die er ſich machen will, danken.“

„Sie finden ihn in der Rue Chanoineſſe unter

dem Namen eines Herrn Nikolaus . . . Ich gehe gerade dorthin. Und Ihr Vertrag mit den Schurken? . . .“

„Auguſt wird ihn Ihnen übergeben“, ſagte der Alte und kehrte wieder in den Hof der Klinik zurück.

Eine Droſchke, die einer der Kommiſſionäre vom Quai Billy geholt hatte, fuhr jetzt vor; Gottfried ſtieg ein und verſprach dem Kutſcher ein gutes Trinkgeld, wenn er rechtzeitig in der Rue Chanoineſſe ankäme, denn Gottfried wollte dort ſpeiſen.

Eine halbe Stunde nach dem Fortbringen Wandas ſtiegen drei ſchwarzgekleidete Männer, die die Vauthier von der Rue Notre-Dame des Champs her hereingeführt hatte, wo ſie jedenfalls den geeigneten Moment abgewartet hatten, die Treppe, von dem weiblichen Judas begleitet, hinauf und klopften leiſe an die Tür von Herrn Bernards Wohnung. Da es gerade ein Donnerstag war, konnte der Schüler das Haus hüten. Er öffnete, und die drei Männer glitten wie Schatten in das erſte Zimmer.

„Was wünſchen Sie, meine Herren?“ fragte der junge Mann.

„Wir ſind hier doch bei Herrn Bernard . . . das heißt bei dem Herrn Baron?“

„Aber was wünſchen Sie denn?“

„Ach, das wiſſen Sie ja recht gut, junger Mann; man hat uns geſagt, daß Ihr Großvater eben mit einer geſchloſſenen Sänfte abgezogen iſt . . . Das wundert uns nicht, das iſt ſein Recht. Ich bin Gerichtsvollzieher und werde hier alles mit Beſchlag belegen . . . Am Montag haben Sie die Aufforderung erhalten, dreitauſend Franken als Hauptbetrag nebſt den Koſten an Herrn Métivier bei Strafe der Verhaftung, die wir Ihnen angedroht haben, zu zahlen;

und da ein alter Zwiebelhändler ſich auf Bollen verſteht, hat der Schuldner Reißaus genommen, um der Gefängniszelle in Clichy zu entgehen. Aber wenn wir ihn auch nicht faſſen können, ſo werden wir uns doch wenigſtens an ſein reiches Mobiliar halten, denn wir wiſſen alles, junger Mann, und werden ein Protokoll aufnehmen.“

„Da ſind die Zuſtellungen, die Ihr Großvater nie hat annehmen wollen,“ ſagte jetzt die Vauthier und ſteckte drei Zahlungsbefehle Auguſt in die Hand.

„Bleiben Sie hier, liebe Frau, wir werden Sie als gerichtlichen Verwahrer einſetzen. Das Geſetz billigt Ihnen täglich vierzig Sous zu; das iſt auch nicht zu verachten.“

„Ach, da werde ich ja endlich ſehen, was in dem ſchönen Zimmer iſt!“ rief die Vauthier.

„Sie werden nicht in das Zimmer meiner Mutter hineingehen!“ rief der junge Mann mit furchtbarer Stimme und ſprang zwiſchen die Tür und die drei ſchwarzen Männer.

Auf einen Wink des Gerichtsvollziehers packten die beiden Gehilfen und der erſte Schreiber, der dazugekommen war, Auguſt.

„Keinen Widerſtand, junger Mann; Sie ſind hier nicht der Herr; ſonſt werden wir ein Protokoll aufnehmen und Sie auf die Polizeiwache bringen ...“

Als er dieſes verhängnisvolle Wort hörte, brach Auguſt in Tränen aus.

„Ach, was für ein Glück,“ ſagte er, „daß Mama fort iſt! Das wäre ihr Tod geweſen!“

Es wurde jetzt eine Art von Konferenz zwiſchen den Gehilfen, dem Gerichtsvollzieher und der Vauthier abgehalten. Auguſt verſtand, ſo leiſe ſie auch ſprachen, daß man die Manuſkripte ſeines Großvaters

beſchlagnahmen wolle; daraufhin öffnete er die Tür des Zimmers.
„Kommen Sie herein, meine Herren, aber beſchädigen Sie nichts", ſagte er. „Morgen werden Sie Zahlung erhalten." Und er ging weinend in ſein elendes Zimmer, wo er die Papiere ſeines Großvaters nahm und ſie in den Ofen ſteckte, in dem, wie er wußte, kein Funken mehr glimmte.
Das wurde ſo ſchnell ausgeführt, daß der Gerichtsvollzieher, ein ſchlauer, geriſſener, ſeiner Auftraggeber Barbet und Métivier würdiger Kerl, den jungen Mann weinend auf einem Stuhl vorfand, als er in ſeine Höhle eilte, nachdem er ſich überzeugt hatte, daß die Manuſkripte in dem Vorzimmer nicht zu finden waren. Obgleich ſonſt weder Bücher noch Manuſkripte beſchlagnahmt werden dürfen, hätte der von dem alten Richter unterzeichnete Vertrag dieſes Vorgehen gerechtfertigt. Aber man konnte ſich leicht durch aufſchiebende Anträge gegen eine ſolche Beſchlagnahme wehren, was Herr Bernard auch ſicher nicht unterlaſſen hätte. Daher erſchien es nötig, mit Verſchlagenheit vorzugehen. Deshalb hatte auch die Witwe Vauthier ihren Hauseigentümer wundervoll unterſtützt, indem ſie die Zahlungsbefehle den Mietern gar nicht zuſtellte; ſie rechnete darauf, ſie ins Zimmer werfen zu können, wenn ſie mit den Leuten der Juſtiz hereinkäme, oder nötigenfalls Herrn Bernard zu ſagen, daß ſie geglaubt hätte, es ſeien Zuſtellungen für die beiden Schriftſteller, die ſeit zwei Tagen abweſend waren.
Das Protokoll über die Beſchlagnahme nahm etwa eine Stunde in Anſpruch; der Gerichtsvollzieher ließ nichts beiſeite und erachtete dann den Wert der beſchlagnahmten Sachen für ausreichend zur

Bezahlung der Schuld. Sobald der Gerichtsvollzieher ſich entfernt hatte, nahm der arme junge Mann die Zahlungsbefehle und eilte fort, um ſeinen Großvater in der Klinik aufzuſuchen, nachdem der Gerichtsvollzieher ihm mitgeteilt hatte, daß die Vauthier bei ſchwerer Strafe für die beſchlagnahmten Gegenſtände verantwortlich ſei. Er konnte alſo die Wohnung ohne Bedenken verlaſſen.

Der Gedanke, ſeinen Großvater wegen Schulden ins Gefängnis geſchleppt zu ſehen, machte das arme Kind toll, ſo toll, wie junge Menſchen es werden können, das heißt, er wurde die Beute einer gefährlichen und verhängnisvollen Aufregung, in der alle Kraft der Jugend auf einmal emporſchießt und ſie ebenſowohl ſchlimme Handlungen wie heroiſche Taten begehen läßt. Als er in der Rue Baſſe-Saint-Pierre anlangte, ſagte der Portier dem armen Auguſt, daß er nicht wiſſe, was aus dem Vater der Dame geworden ſei, die um einhalb fünf Uhr eingeliefert wurde, daß aber Herr Halperſohn verboten habe, irgend jemanden, ſelbſt nicht den Vater, in den nächſten acht Tagen die Dame beſuchen zu laſſen, da ſonſt ihr Leben in Gefahr ſei.

Dieſer Beſcheid brachte Auguſt vollends außer ſich. Er ging wieder nach dem Boulevard Mont-Parnaſſe zurück, voller Verzweiflung und die wildeſten Pläne ſchmiedend. Gegen einhalb neun Uhr abends kehrte er heim, faſt noch nüchtern und derart von Hunger und Schmerz erſchöpft, daß er der Vauthier folgte, als ſie ihm vorſchlug, ihr Abendeſſen zu teilen, das aus einem Hammelragout mit Kartoffeln beſtand. Das arme Kind fiel halb tot neben dieſem gräßlichen Weibe auf einen Stuhl. Ermutigt durch die hinterliſtigen honigſüßen Worte der Alten, antwortete

er auf mehrere geſchickt geſtellte Fragen über Gottfried und gab ihr zu verſtehen, daß der Mieter morgen die Schulden des Großvaters bezahlen würde, denn ihm habe man die glückliche Veränderung ihrer Situation ſeit einer Woche zu verdanken. Die Witwe hörte dieſe Eröffnungen mit zweifelndem Geſichtsausdruck mit an und nötigte Auguſt, mehrere Glas Wein zu trinken.
Gegen zehn Uhr hörte man das Rollen eines Wagens, der vor dem Hauſe hielt, und die Witwe rief:
„Da iſt Herr Gottfried."
Sogleich nahm Auguſt den Schlüſſel ſeiner Wohnung und ging hinauf, um den Gönner ſeiner Familie zu begrüßen; aber er fand Gottfrieds Geſicht dermaßen verändert, daß er gezögert hätte, ihn anzureden, wenn nicht die Gefahr, in der ſein Großvater ſchwebte, das edelmütige Kind dazu beſtimmt hätte.
Inzwiſchen hatte ſich in der Rue Chanoineſſe etwas ereignet, was den ſtrengen Ausdruck, den Gottfrieds Geſicht zeigte, erklärt. Rechtzeitig eingetroffen, hatte der Neophyt Frau de la Chanterie und ihre Getreuen im Salon vorgefunden und hatte Herr Nikolaus beiſeite genommen, um ihm die vier Bände des „Geiſtes der neuen Geſetze" zu übergeben. Herr Nikolaus brachte ſogleich das Manuſkript in ſein Zimmer und kam dann wieder zum Eſſen herunter; nachdem er dann den erſten Teil des Abends verplaudert hatte, ging er wieder hinauf, um mit der Lektüre des Werkes zu beginnen. Gottfried war nun ſehr erſtaunt, als er wenige Augenblicke nach dem Verſchwinden des Herrn Nikolaus durch Manon erſucht wurde, zu ihm hinaufzukommen. Er ging mit Manon zu Herrn Nikolaus und konnte ſich gar nicht in ſeiner Wohnung

umſehen, ſo ergriffen war er von dem beſtürzten Geſichtsausdruck dieſes ſonſt ſo ruhigen, gemeſſenen Mannes.

„Kennen Sie“, fragte Herr Nikolaus, der wieder der alte Präſident geworden war, „kennen Sie den Namen des Verfaſſers dieſer Arbeit?“

„Es iſt ein Herr Bernard,“ erwiderte Gottfried, „ich kenne ihn nur unter dieſem Namen. Ich habe ja das Paket nicht geöffnet ...“

„Ach, richtig,“ ſagte ſich Herr Nikolaus, „ich habe es ja ſelbſt aufgemacht. Sie haben nicht“, fuhr er dann laut fort, „verſucht, ſich über ſein Vorleben zu informieren?“

„Nein. Ich weiß nur, daß er aus Liebe die Tochter des Generals Tarlowski geheiratet hat; daß ſeine Tochter wie ihre Mutter Wanda heißt und ſein Enkelſohn Auguſt; das Porträt, das ich von Herrn Bernard geſehen habe, war, wie ich glaube, das eines Präſidenten des Oberſten Gerichtshofs in roter Robe.“

„Hier, leſen Sie,“ ſagte Herr Nikolaus und zeigte auf den Titel des Werkes, der, von Auguſts Hand in kalligraphiſcher Schrift geſchrieben, ſo lautete:

Geiſt
der neuen Geſetze.

Von M. Bernard-Jean-Baptiſte Macloud
Baron Bourlac,
Ehemaligem Generalſtaatsanwalt am Obergericht
von Rouen,
Großoffizier der Ehrenlegion.

---

„Ah, der Henker der gnädigen Frau, ihrer Tochter und des Chevaliers du Vissard!“ sagte Gottfried mit matter Stimme. Seine Beine wurden ihm schwach, und er ließ sich auf einen Sessel fallen. — „Ein hübsches Debüt“, murmelte er.

„Dies, mein lieber Gottfried,“ fuhr Herr Nikolaus fort, „ist eine Sache, die uns alle angeht: Sie haben Ihre Arbeit getan, das übrige ist unsre Sache. Mischen Sie sich, ich bitte Sie, weiter in nichts und holen Sie alles, was Sie noch dort gelassen haben, ab. Kein Wort weiter und absolutes Stillschweigen! Und dem Baron Bourlac sagen Sie, er solle sich an mich wenden. Bis dahin werden wir uns schlüssig gemacht haben, wie wir weiter in dieser Angelegenheit verfahren wollen.“

Gottfried ging hinunter, entfernte sich, nahm einen Wagen und langte schnell am Boulevard Mont-Parnasse an, voller Entsetzen, wenn er an den Prozeß vor dem Gerichte in Caen, an das blutige Ende des Dramas auf dem Schafott und an den Aufenthalt der Frau de la Chanterie in Bicêtre dachte. Er verstand jetzt die Verlassenheit, in der der frühere Generalstaatsanwalt, ähnlich einem Foucquier-Tinville, seine letzten Tage verbrachte, und die Gründe für sein so sorgsam bewahrtes Incognito.

„Möchte doch Herr Nikolaus die arme Frau de la Chanterie recht grausam an ihm rächen!“ Als er diesen nicht sehr katholischen Wunsch im Geiste formulierte, bemerkte er August.

„Was wünschen Sie von mir?“ fragte Gottfried.

„Mein guter Herr, uns ist eben ein Unglück passiert, das mich ganz toll macht! Verbrecher haben alles bei meiner Mutter beschlagnahmt, und man sucht nach meinem Großvater, um ihn zu verhaften. Aber nicht um dieses Unglücks willen flehe ich Sie an," sagte der Jüngling mit römischem Stolz, „sondern nur um Sie zu bitten, uns einen Dienst zu leisten, den man auch zum Tode Verurteilten nicht abschlägt ..."

„Sprechen Sie", sagte Gottfried.

„Man hat sich der Manuskripte meines Großvaters bemächtigen wollen; und da ich glaube, daß er Ihnen sein Werk übergeben hat, so wollte ich Sie bitten, auch die Notizen an sich zu nehmen, denn die Portiersfrau wird mich nichts von hier fortbringen lassen ... Tun Sie sie zu den Bänden, und ..."

„Gut, gut," erwiderte Gottfried, „holen Sie sie schnell."

Während der junge Mann in sein Zimmer eilte, um sogleich wiederzukommen, überlegte sich Gottfried, daß dieses Kind an dem Verbrechen unschuldig war, und daß er es nicht zur Verzweiflung bringen dürfe, indem er ihm von seinem Großvater und der Verlassenheit rede, mit der sein trauriges Alter für die Grausamkeiten seines politischen Wirkens bestraft wurde, und er nahm das Paket mit einer gewissen Freundlichkeit entgegen.

„Wie heißt Ihre Mutter eigentlich?" fragte er.

„Meine Mutter, mein Herr, ist die Baronin de Mergi; mein Vater war der Sohn des Ersten Präsidenten am Obergericht von Rouen."

„Ah," sagte Gottfried, „Ihr Großvater hat also seine Tochter mit dem Sohne des berühmten Präsidenten Mergi verheiratet?"

„Jawohl, mein Herr."

„Lassen Sie mich jetzt allein, junger Freund", sagte Gottfried. Er begleitete den jungen Baron bis zum Treppenabsatz und rief dann nach der Vauthier.

„Mutter Vauthier," ſagte er, „Sie können über meine Wohnung verfügen, ich komme nicht mehr hierher." Und er ging hinunter, um in ſeinen Wagen zu ſteigen.
„Haben Sie dem Herrn da etwas übergeben?" fragte die Vauthier Auguſt.
„Ja", ſagte der junge Mann.
„Sie ſind gut! Das iſt ja ein Agent ihrer Feinde! Er hat hier alles angezettelt, das iſt ſicher. Und der Beweis, daß der Streich geglückt iſt, iſt der, daß er gar nicht mehr hierherkommt . . . Er hat mir geſagt, daß ich ſeine Wohnung anderweitig vermieten kann."
Auguſt ſtürzte auf den Boulevard hinaus, rannte hinter dem Wagen her und brachte ihn endlich zum Halten, ſo laut ſchrie er.
„Was wollen Sie denn noch von mir?" fragte Gottfried.
„Die Manuſkripte meines Großvaters! . . ."
„Sagen Sie ihm, er ſoll ſie ſich bei Herrn Nikolaus holen."
Der junge Mann hielt dieſe Worte für den grauſamen Spott eines Diebes, der alles Schamgefühl verloren hat, und fiel auf den Schnee hin, als er ſah, wie der Wagen ſeinen Weg eiligſt fortſetzte. Dann erhob er ſich mit wildem Entſchluſſe und begab ſich zu Bett, erſchöpft von dem ſchnellen Laufen und gebrochenen Herzens. Am andern Morgen erwachte Auguſt de Mergi allein in ſeiner Wohnung, in der noch am Tage vorher ſeine Mutter und ſein Großvater ſich befunden hatten, in peinlicher Erregung über die Lage, in die er ſich verſetzt ſah. Die tiefe Stille der ſonſt ſo belebten Wohnung, wo für jeden Moment eine Pflichterfüllung, eine Tätigkeit vorgezeichnet

war, ließ ihn ſo viel Unglück gewahr werden, daß er hinabging und die Mutter Vauthier fragte, ob ſein Großvater nicht in der Nacht oder am frühen Morgen zurückgekommen ſei; denn er war erſt ſehr ſpät aufgewacht und nahm an, daß, wenn der Baron Bourlac heimgekehrt wäre, ihn die Portierfrau von der Nachſuche nach ihm in Kenntnis geſetzt haben würde. Aber die Portierfrau antwortete ihm höhniſch, er wiſſe doch recht gut, wo ſein Großvater zu finden ſei; und wenn er dieſen Morgen nicht zurückgekommen wäre, ſo ſei das deshalb, weil er im Schloß Clichy wohne. Dieſer Spott von ſeiten einer Frau, die ihn noch am Abend vorher ſo freundlich behandelt hatte, verſetzte den jungen Mann wieder völlig in Wut, und er eilte nach der Klinik in der Rue Baſſe-St-Pierre, verzweifelt bei dem Gedanken, daß ſein Großvater im Gefängnis ſei.

Der Baron Boulcac war die ganze Nacht um die Klinik, deren Eintritt ihm unterſagt war, und um das Haus des Doktors Halperſohn herumgeirrt, von dem er natürlich Rechenſchaft über ein ſolches Verfahren verlangen wollte. Der Doktor war erſt um zwei Uhr morgens nach Hauſe gekommen. Um einhalb zwei Uhr war der Alte an der Tür des Doktors geweſen und dann in der großen Allee der Champs-Elyſées umhergegangen; als er um einhalb drei Uhr wiederkam, ſagte ihm der Portier, daß Herr Halperſohn heimgekehrt und ſchlafen gegangen ſei, und daß er ihn nicht wecken dürfe.

Seit einhalb drei Uhr irrte der arme verzweifelte Vater in der Gegend am Quai unter den mit Rauhfroſt überzogenen Bäumen der Seitenalleen des Cours-la-Reine umher und wartete, bis es Tag wurde. Um neun Uhr morgens erſchien er bei dem Arzt und fragte ihn, warum er ſeine Tochter derart abgeſperrt halte.

„Mein Herr," erwiderte der Doktor, „geſtern habe ich die Verantwortung für die Geſundheit Ihrer Tochter übernommen; aber jetzt bin ich Ihnen für ihr Leben verantwortlich, und Sie werden begreifen, daß ich in einem ſolchen Falle unbeſchränkter Herr ſein muß. Ich muß Ihnen mitteilen, daß Ihre Tochter geſtern eine Arzenei bekommen hat, die den Grundſtoff des Weichſelzopfes heraustreiben ſoll, und ſolange dieſer ſchreckliche Krankheitsſtoff nicht entfernt iſt, darf niemand zu ihr. Ich will nicht, daß eine heftige Erregung, ein Diätfehler mir die Kranke und Ihnen die Tochter raubt; wenn Sie ſie durchaus ſehen wollen, ſo werde ich drei Ärzte zu einer Konſultation zuſammenberufen, um mich von der Verantwortlichkeit zu entlaſten, denn die Kranke könnte ſterben!"

Von Müdigkeit überwältigt, ſank der Alte auf einen Stuhl, erhob ſich aber ſchnell und ſagte: „Verzeihen Sie mir, mein Herr. Ich habe die ganze Nacht mit entſetzlicher Angſt auf Sie gewartet; Sie wiſſen nicht, wie ich meine Tochter liebe, die ich ſeit fünfzehn Jahren zwiſchen Leben und Tod ſchwebend mir erhalten habe, und dieſe acht Tage des Wartens ſind für mich eine Folter."

Der Baron verließ Halperſohns Sprechzimmer wankend wie ein Betrunkener. Ungefähr eine Stunde nach ſeinem Fortgehen, wobei ihn der jüdiſche Arzt am Arm bis an das Geländer der Treppe führen mußte, erſchien Auguſt bei dieſem. Der arme junge Mann hatte die Portierfrau der Klinik ausgefragt und von ihr gehört, daß der Vater der am Tage vorher eingelieferten Dame am Abend wiedergekommen ſei, daß er nach ihr gefragt und davon geſprochen habe, am Morgen den Doktor Halperſohn aufzuſuchen; dort würde er ſicher Näheres über ihn erfahren. Als Auguſt de Mergi in das Arbeitszimmer Halperſohns trat, frühſtückte dieſer gerade ein Taſſe Schokolade nebſt einem Glas Waſſer, alles auf einem kleinen Tiſch neben ihm ſtehend; er ließ ſich durch den jungen Menſchen nicht ſtören und fuhr fort, ſeine Schnitte in die Schokolade zu tauchen; er aß niemals etwas anderes als ein Franzbrot, das mit einer Genauigkeit in vier Teile geteilt war, die die Geſchicklichkeit eines Operateurs verriet. Halperſohn war in der Tat auf ſeinen Reiſen auch als Chirurg tätig geweſen.

„Nun, junger Mann," ſagte er, als er Wandas Sohn hereintreten ſah, „kommen Sie auch, um Rechenſchaft wegen Ihrer Mutter zu verlangen? . . ."

„Ja, mein Herr", erwiderte Auguſt de Mergi.

Auguſt hatte ſich dem Tiſch genähert, auf dem gleich mehrere Bankbillette zwiſchen etlichen Goldrollen ihm in die Augen ſtachen. Bei der Lage, in der ſich das arme Kind befand, war die Verführung ſtärker als ſeine Grundſätze, ſo feſt ſie auch ſonſt ſein mochten. Hier ſah er eine Möglichkeit, ſeinen Großvater und die Frucht von deſſen zwanzigjähriger Arbeit, die von ſchlauen Spekulanten bedroht war, zu retten. Er unterlag der Verſuchung. Die Verblendung überfiel ihn mit Gedankenſchnelle und erſchien dem armen Kinde gerechtfertigt durch ſeine opfervolle Hingebung. Er ſagte ſich: ‚Wenn ich mich auch ins Verderben ſtürze, ſo rette ich doch meine Mutter und meinen Großvater! . . .'

Bei dieſem Kampf zwiſchen Vernunft und Verbrechen entwickelte er, wie die Wahnſinnigen, eine eigenartige momentane Gewandtheit; ſtatt nach ſeinem Großvater zu fragen, ging er auf die Unterhaltung des Arztes ein. Halperſohn hatte ſich, wie alle bedeutenden Beobachter, rückblickend das Leben des Alten, des Kindes und der Mutter zurechtgelegt. Er ahnte oder erkannte die Wahrheit, die die Geſpräche mit der Baronin de Mergi ihm enthüllt hatten, und er empfand ein gewiſſes Wohlwollen für ſeine neue Klientin; zu Reſpekt oder Bewunderung war er unfähig.

„Nun, mein lieber Junge," erwiderte er in vertraulichem Tone, „ich werde Ihnen Ihre Mutter am Leben erhalten und ſie Ihnen jung, ſchön und geſund wiedergeben. Sie hat eine von den ſeltenen Krankheiten, die das Intereſſe der Ärzte erregen, und außerdem ſtammt ſie durch ihre Mutter aus demſelben Lande wie ich. Sie und Ihr Großvater müſſen den Mut aufbringen, zwei Wochen auszuhalten, ohne ſie zu ſehen . . ."

„Die Baronin de Mergi . . ."

„Wenn ſie Baronin iſt, dann ſind Sie alſo ein Baron?" fragte Halperſohn.

In dieſem Augenblick wurde der Diebſtahl vollführt. Während der Arzt ſeine mit Schokolade getränkte Brotſchnitte betrachtete, hatte Auguſt vier zuſammengefaltete Bankbillette genommen und ſie in ſeine Hoſentaſche geſteckt, indem er ſo tat, als ſtecke er ſeine Hand hinein, um Haltung zu bewahren.

„Jawohl, mein Herr, ich bin Baron. Auch mein Großvater iſt Baron; er war Generalſtaatsanwalt unter der Reſtauration."

„Sie werden rot, junger Mann; man braucht nicht zu erröten, weil man arm und ein Baron iſt, das kommt ſehr oft vor."

„Wer hat Ihnen denn gesagt, mein Herr, daß wir arm sind?"

„Ihr Großvater hat mir erzählt, daß er die Nacht in den Champs-Elysées verbracht hat; und wenn ich auch keinen Palast mit einer ebenso schönen Decke kenne, wie die, die dort um zwei Uhr morgens strahlte, so versichere ich Ihnen doch, daß es in dem Palast, in dem Ihr Großvater promenierte, recht kalt war. Man sucht nicht aus Liebhaberei das Hotel zu den ‚schönen Sternen' auf ..."

„Mein Großvater war hier?" unterbrach ihn August, der die Gelegenheit ergriff, um fortzukommen; „ich danke Ihnen, mein Herr; wenn Sie gestatten, werde ich wiederkommen, um mir Nachricht über meine Mutter zu holen."

Sobald er hinausgelangt war, begab sich der junge Baron zu dem Gerichtsvollzieher, indem er einen Wagen nahm, um schneller hinzukommen, und bezahlte die Schuld seines Großvaters. Der Gerichtsvollzieher übergab ihm die Schuldurkunden und die Kostenaufstellung und sagte ihm dann, er solle sich einen seiner Gehilfen mitnehmen, um die gerichtliche Verwahrerin ihres Amtes zu entheben.

„Die Herren Barbet und Métivier wohnen ja in Ihrem Viertel," fügte er hinzu; „mein junger Mann wird ihnen das Geld bringen und ihnen sagen, daß sie Ihnen die Urkunde über das Vorkaufsrecht herausgeben ..."

August, der nichts von diesen Fachausdrücken und Formalitäten verstand, ließ alles mit sich machen. Er erhielt siebenhundert Franken in Silber auf die viertausend Franken zurück und entfernte sich in Begleitung eines Schreibers. Er stieg in den Wagen in einem Zustande unsagbarer Betäubung: denn nachdem die Sache gelungen war, begannen ſich die Gewiſſensbiſſe zu regen, er ſah ſich entehrt, von ſeinem Großvater, deſſen Unbeugſamkeit er kannte, verflucht, und er mußte daran denken, daß ſeine Mutter vor Schmerz, ihn ſchuldig zu wiſſen, ſterben würde. Das Ausſehen der ganzen Natur erſchien ihm verändert. Es wurde ihm heiß, er ſah den Schnee nicht mehr, die Häuſer erſchienen ihm wie Geſpenſter. Zu Hauſe angelangt, faßte der junge Baron einen Entſchluß, wie er jedenfalls einen ehrenhaften jungen Mann ziemte. Er ging in das Zimmer ſeiner Mutter, um dort die diamantenbeſetzte Doſe zu holen, die der Kaiſer ſeinem Großvater geſchenkt hatte, und ſie mit den ſiebenhundert Franken an den Doktor Halperſohn mit folgenden Brief, für den mehrere Entwürfe nötig waren, zu ſchicken:

„Mein Herr,

die Frucht zwanzigjähriger Arbeit meines Großvaters ſollte von Wucherern vernichtet werden, die auch ſeine Freiheit bedrohten. Dreitauſenddreihundert Franken konnten ihn retten, und als ich ſo viel Gold auf Ihrem Tiſche ſah, konnte ich dem Verlangen, meinen Ahnherrn frei zu ſehen und ihm den Lohn für ſeine durcharbeiteten Nächte zu erhalten, nicht widerſtehen. Ich habe von Ihnen, ohne Ihre Einwilligung einzuholen, viertauſend Franken entliehen; aber da nur dreitauſenddreihundert Franken erforderlich waren, ſo ſchicke ich Ihnen die übrigen ſiebenhundert Franken zurück und lege eine diamantenbeſetzte Doſe bei, ein Geſchenk des Kaiſers an meinen Großvater, deren Wert der übrigen Summe entſprechen wird.
Wenn Sie an die ehrenhafte Geſinnung desjenigen,

der ſein Leben lang in Ihnen ſeinen Wohltäter ſehen wird, nicht glauben ſollten, ſo bewahren Sie wenigſtens über eine Handlung, die in jedem andern Falle nicht zu rechtfertigen wäre, Schweigen. Dann werden Sie meinen Großvater ebenſo wie meine Mutter retten, und ich werde mein Leben hindurch Ihr ergebener Sklave bleiben.

August de Mergi."

Gegen einhalb drei Uhr ließ Auguſt, der bis nach den Champs-Elyſées gegangen war, durch einen Kommiſſionär bei dem Doktor Halperſohn eine geſchloſſene Schachtel abgeben, in der ſich zehn Louisdors, ein Fünfhundertfrankenbillett und die Doſe befanden; dann kehrte er langſam zu Fuß über den Pont d'Iéna, den Invalidenplatz und die Boulevards nach Hauſe zurück, indem er auf den Edelmut Halperſohns rechnete. Der Arzt, der den Diebſtahl bemerkt hatte, änderte ſofort ſeine Anſicht über ſeine Klienten. Er nahm an, daß der Alte gekommen war, um ihn zu beſtehlen, und daß er, da ihm das nicht geglückt war, den jungen Menſchen geſchickt habe. Er bezweifelte, ob ſie das ſeien, wofür ſie ſich ausgaben, und begab ſich direkt zum Staatsanwalt, um ſeine Klage einzureichen und ſofortige Verfolgung zu verlangen.

Die Vorſicht, mit der die Juſtiz zu handeln pflegt, erlaubt ein ſo ſchnelles Vorgehen, wie es die klagenden Parteien verlangen, nur ſelten; aber ſchon um drei Uhr richtete ein Polizeikommiſſar, der von Agenten begleitet war, die auf den Boulevards zu flanieren ſchienen, an die Mutter Vauthier Fragen über ihre Mieter, und die Witwe verſtärkte, ohne etwas von der Sache zu wiſſen, noch den Verdacht des Polizeikommiſſars.

Nepomuk, der die Polizeiagenten witterte, glaubte, daß man den Alten verhaften wolle; da er Herrn August gern hatte, lief er Herrn Bernard entgegen, und als er ihn in der Avenue de l'Observatoire bemerkte, rief er ihm zu:

„Retten Sie sich, Herr! Man will Sie verhaften. Gestern sind die Gerichtsvollzieher bei Ihnen gewesen. Die alte Vauthier, die die Zahlungsbefehle versteckt hatte, hat gesagt, Sie würden heute oder morgen in Clichy schlafen. Da, sehen Sie die Polizisten?"

Dem alten Generalstaatsanwalt genügte ein Blick, um in den Polizeiagenten Gerichtsvollzieher zu erkennen, und ihm wurde alles klar.

„Und Herr Gottfried?"

„Der ist fort und kommt nicht mehr wieder. Die alte Vauthier sagt, daß er ein Spion ihrer Feind war."

Der Baron Bourlac entschloß sich sogleich, zu Barbet zu gehen, bei dem er nach einer guten Viertelstunde eintraf; der ehemalige Buchhändler wohnte in der Rue Sainte-Catherine d'Enfer.

„Ach, Sie wollen sich Ihr Anerkenntnis über das Vorkaufsrecht holen?" sagte der frühere Buchhändler und erwiderte den Gruß seines Opfers; „hier ist es."

Und zum großen Erstaunen des Barons Bourlac reichte er ihm das Papier hin, das der alte Generalstaatsanwalt an sich nahm, während er sagte:

„Ich verstehe nicht . . ."

„Waren Sie es denn nicht, der mir Zahlung geleistet hat?"

„Sie sind bezahlt worden?"

„Ihr Enkelsohn hat das Geld heute früh zu dem Gerichtsvollzieher gebracht."

„Ist es wahr, daß Sie gestern bei mir beschlagnahmt haben? . . .“

„Sind Sie denn die letzten zwei Tage nicht nach Hause gekommen?“ fragte Barbet; „Ein Generalstaatsanwalt weiß doch recht gut, was die Androhung der Verhaftung bedeutet . . .“

Nach diesen Worten verabschiedete sich der Baron kühl von Barbet und kehrte nach Hause zurück im Glauben, daß der Gerichtsvollzieher zweifellos wegen der in der zweiten Etage versteckten Schriftsteller sich dort aufhielte. Er ging langsamen Schritts, mit unbestimmten Vermutungen beschäftigt; je weiter er kam, desto dunkler und unerklärlicher erschienen ihm Nepomuks Worte. Sollte Gottfried ihn wirklich verraten haben? Mechanisch bog er in die Rue Notre-Dame des Champs ein, ging durch die kleine Tür, die zufällig offen stand, und stieß hier auf Nepomuk.

„Ach, Herr, kommen Sie doch schnell! Man bringt Herrn August ins Gefängnis! Er ist auf dem Boulevard verhaftet worden; er war's, den sie gesucht haben; sie haben ihn ausgefragt . . .“

Mit einem Sprung wie ein Tiger flog der Alte über die Allee durch das Haus und den Garten wie ein Pfeil auf den Boulevard und kam gerade noch rechtzeitig, um zu sehen, wie sein Enkelsohn zwischen drei Männern in einen Wagen stieg.

„Was soll das bedeuten, August?“ sagte er.

Der junge Mann brach in Tränen aus und wurde ohnmächtig.

„Mein Herr, ich bin der Baron Bourlac, der frühere Generalstaatsanwalt,“ sagte er zu dem Polizeikommissar, den er an der Schärpe erkannte, „ums Himmels willen erklären Sie mir . . .“

„Wenn Sie der Baron Bourlac ſind, mein Herr, ſo werden Sie alles begreifen, wenn ich Ihnen in zwei Worten ſage: ich habe den jungen Mann eben vernommen, und er hat geſtanden . . ."

„Was denn?"

„Daß er einen Diebſtahl von viertauſend Franken bei dem Doktor Halperſohn begangen hat."

„Aber wie iſt das möglich, Auguſt?"

„Großvater, ich habe ihm dafür als Unterpfand deine Diamantendoſe geſchickt; ich wollte dich vor der Schande, ins Gefängnis zu kommen, retten."

„Unglücklicher, was haſt du getan!?" rief der Baron aus. „Die Diamanten ſind ja falſch, die echten habe ich ſchon vor drei Jahren verkauft."

Der Polizeikommiſſar und ſein Gehilfe ſahen ſich mit eigentümlichen Blicken an. Dieſe vielſagenden Blicke, die der Baron Bourlac auffing, ſchmetterten ihn zu Boden.

„Herr Kommiſſar," begann der alte Generalſtaatsanwalt wieder, „ſeien Sie beruhigt, ich gehe ſelbſt zu dem Herrn Staatsanwalt; Sie werden mir aber bezeugen können, daß ich meinen Enkel und meine Tochter in Unkenntnis gelaſſen habe. Sie müſſen Ihre Pflicht tun; aber im Namen der Menſchlichkeit bitte ich Sie, meinem Enkelſohn ein beſonderes Zimmer zu geben . . . Ich werde ſelbſt in das Gefängnis kommen . . . Wohin bringen Sie ihn denn?"

„Sind Sie auch wirklich der Baron Bourlac?" fragte der Polizeikommiſſar.

„Oh, mein Herr!"

„Ich frage deshalb, weil der Staatsanwalt, der Unterſuchungsrichter und ich nicht glauben wollten, daß Leute wie Sie und Ihr Enkelſohn ſchuldig ſein könnten, und weil wir, ebenſo wie der Doktor,

annahmen, daß Schurken ſich für Sie ausgegeben hätten."
Er nahm den Baron beiſeite und ſagte zu ihm:
„Waren Sie heute morgen bei dem Doktor Halperſohn?"
„Jawohl."
„Und iſt Ihr Enkelſohn eine halbe Stunde nach Ihnen dort erſchienen?"
„Davon weiß ich nichts, mein Herr, denn ich komme eben nach Hauſe und habe meinen Enkel ſeit geſtern nicht geſehen."
„Die Zahlungsbefehle, die er uns gezeigt hat, und die Akten haben alles erklärt," fuhr der Polizeikommiſſar fort, „ich kenne den Grund für das Verbrechen. Eigentlich müßte ich Sie, mein Herr, als Mitſchuldigen Ihres Enkels ebenfalls verhaften, denn Ihre Antworten beſtätigen die in der Klage angeführten Tatſachen; aber die Zahlungsbefehle, die Ihnen zugeſtellt wurden, und die ich Ihnen hier zurückgebe," ſagte er und reichte ihm die Stempelpapiere hin, „beweiſen, daß Sie wirklich der Baron von Bourlac ſind. Jedenfalls aber müſſen Sie ſich bereithalten, vor Herrn Mareſt, dem Unterſuchungsrichter, der mit der Angelegenheit betraut iſt, zu erſcheinen. Ich denke, daß ich mir mit Rückſicht auf Ihr früheres Amt ein ſcharfes Vorgehen erſparen darf. Was Ihren Enkelsohn anlangt, ſo will ich gleich mit dem Staatsanwalt ſprechen, und wir werden dem Enkel eines früheren Erſten Präſidenten, dem Opfer einer jugendlichen Verirrung, jede Rückſicht angedeihen laſſen. Aber die Klage iſt angeſtrengt, der Angeklagte geſteht, ich habe ein Protokoll aufgenommen, es iſt ein Haftbefehl ergangen: ich kann alſo nichts ändern. Was das Gefängnis anlangt, ſo

werden wir Ihren Enkelsohn in die Conciergerie bringen.“

„Ich danke Ihnen, mein Herr!“ ſagte der unglückliche Bourlac.

Und er fiel der Länge nach auf den Schnee hin und rollte in eine der Vertiefungen, die ſich damals zwiſchen den Bäumen des Boulevards befanden.

Der Polizeikommiſſar rief nach Hilfe, und Nepomuk lief mit der alten Vauthier herbei. Man brachte den Greis in ſeine Wohnung, und die Vauthier bat den Polizeikommiſſar, wenn er durch die Rue d'Enfer käme, ſo ſchnell als möglich den Doktor Berton herzuſchicken.

„Was iſt denn meinem Großvater?“ fragte der arme Auguſt.

„Er iſt wahnſinnig geworden!... das kommt davon, wenn man ſtiehlt! ...“

Auguſt machte eine Bewegung, als ob er ſich den Kopf zerſchmettern wolle, aber die beiden Agenten hielten ihn feſt.

„Ruhig, junger Mann!“ ſagte der Polizeikommiſſar, „ruhig! Sie haben zwar unrecht gehandelt, aber das iſt wieder gut zu machen! ...“

„Aber, lieber Herr, ſagen Sie der Frau doch, daß mein Großvater wahrſcheinlich ſeit vierundzwanzig Stunden nichts zu ſich genommen hat! ...“

„Ach, die armen Leute!“ ſagte der Kommiſſar leiſe. Er ließ den Wagen, der ſchon abgefahren war, halten und ſagte leiſe ein paar Worte zu ſeinem Sekretär, der hinlief, um mit der Vauthier zu reden, und gleich wiederkam.

Herr Berton hielt die Krankheit des Herrn Bernard, den er nur unter dieſem Namen kannte, für ein ſehr heftiges, hitziges Fieber; nachdem ihm aber die

Vauthier die Ereignisse, die diesen Zustand herbeigeführt hatten, in der Weise, wie Portierfrauen zu erzählen pflegen, berichtet hatte, hielt er es für nötig, am andern Morgen Herrn Alain von der Sache in Kenntnis zu setzen, und dieser sandte durch einem Kommissionär ein paar mit Bleistift beschriebene Zeilen an Herrn Nikolaus in die Rue Chanoinesse. Gottfried hatte am Abend vorher beim Nachhausekommen die Notizen zu der Arbeit Herrn Nikolaus übergeben, der den größten Teil der Nacht damit zubrachte, den ersten Band von Baron Bourlacs Werk zu lesen.

Am andern Morgen forderte Frau de la Chanterie den Neophyten auf, sich, wenn er immer noch an seinem Entschlusse festhielte, sofort an die Arbeit zu machen. Gottfried, von ihr in die Finanzgeheimnisse der Gesellschaft eingeweiht, arbeitete nun mehrere Monate hindurch täglich sieben bis acht Stunden unter der Aufsicht Friedrich Mongenods, der alle Sonntag seine Arbeiten prüfte, und von dem er Lobsprüche darüber erntete.

„Sie sind", sagte er, als alle Konten abgeschlossen waren und eine klare Übersicht gestatteten, „eine kostbare Akquisition für die frommen Leute, in deren Mitte Sie leben. Von jetzt aber werden zwei bis drei Stunden täglich genügen, um die Bücher kurrent zu halten, und in der übrigen Zeit werden Sie ihnen helfen können, wenn Sie sich immer noch ebenso dazu berufen fühlen, wie Sie vor sechs Monaten erklärten . . ."

Man befand sich damals im Monat Juli des Jahres 1838. Während der ganzen Zeit, die seit dem Abenteuer am Boulevard Mont-Parnasse verflossen war, hatte Gottfried, bestrebt, sich seiner Freunde würdig zu zeigen, keine einzige Frage in bezug auf den Baron Bourlac geſtellt; da er kein Wort darüber ſprechen hörte und nichts in den darauf bezüglichen Schriftſtücken fand, ſo ſah er das über die beiden Henker der Frau de la Chanterie bewahrte Stillſchweigen für eine Prüfung an, der man ihn unterwarf, oder für einen Beweis, daß die Freunde der edlen Frau ſie gerächt hatten.

Er war zwei Monate danach bei einem Spaziergang bis zum Boulevard Mont-Parnaſſe gekommen, hatte es eingerichtet, mit der Witwe Vauthier zuſammenzutreffen und ſich bei ihr nach der Familie Bernard erkundigt.

„Weiß ich denn, mein lieber Herr Gottfried, was aus den Leuten geworden iſt? . . . Zwei Tage nach Ihrem Vorgehen — denn Sie waren es doch, Sie Schlaukopf, der die Sache meinem Eigentümer geſteckt hat — ſind Leute gekommen, die uns von dieſem alten hochnäſigen Kerl befreit haben. In vierundzwanzig Stunden war alles weggebracht, und aus den Augen, aus dem Sinn! Niemand hat mir eine Silbe verraten wollen. Ich glaube, er iſt mit ſeinem Briganten von Enkel nach Algier gegangen; denn Nepomuk, der eine Schwäche für den Dieb hatte und der auch nicht mehr wert iſt als er, hat ihn nicht mehr in der Conciergerie vorgefunden, und er allein weiß, wo ſie ſind, der Schuft, der mich hier hat ſitzen laſſen . . . Da ſoll man noch Findelkinder aufziehen! Als Lohn laſſen ſie Einen in der Patſche ſitzen. Ich habe noch keinen andern für ihn gefunden, und da die Gegend ſehr in Aufnahme kommt, ſo iſt das ganze Haus vermietet, und ich komme um vor Arbeit."

Niemals hätte Gottfried etwas über den Baron Bourlac erfahren, hätte nicht dieſe Angelegenheit ihre Löſung infolge einer jener Begegnungen gefunden, wie ſie in Paris vorkommen.

Es war im September, als Gottfried die große Avenue des Champs-Elyſées entlang ging und dabei an den Doktor Halperſohn denken mußte, als er an der Rue Marbeuf vorbeikam.

„Ich müßte ihn eigentlich aufſuchen," ſagte er ſich, „um zu hören, ob er die Tochter Bourlacs geheilt hat! . . . Was hatte ſie für eine Stimme und für eine Begabung! . . . Und dabei wollte ſie ins Kloſter gehn!"

Als er an dem Rondell angelangt war, überquerte Gottfried es ſchnell wegen der Wagen, die eilig vorbeifuhren, und ſtieß in der Allee einen jungen Mann an, der eine Dame am Arm führte.

„Sehen Sie ſich doch vor!" rief der junge Mann. „Sind Sie denn blind?"

„Was, Sie ſind es?" erwiederte Gottfried, der in dem jungen Manne Auguſt de Mergi erkannt hatte.

Auguſt war gut gekleidet, hübſch, elegant und ſtolz, daß er ſeinen Arm der Dame reichen durfte, die Gottfried ohne die Erinnerungen, die er wieder wach werden ließ, nicht wiedererkannt haben würde.

„Ach, das iſt ja der gute Herr Gottfried", ſagte die Dame.

Als er den himmliſchen Klang von Wandas entzückendem Organ vernahm und ſie gehen ſah, blieb Gottfried wie feſtgewurzelt ſtehen.

„Geheilt!" ſagte er.

„Seit zehn Tagen darf ich gehen! . . ." erwiederte ſie.

„Halperſohn? . . ."

„Ja", ſagte ſie. „Aber warum haben Sie uns denn

nicht besucht?“ fuhr sie fort . . . „Oh, Sie haben Recht daran getan! Erst vor acht Tagen haben sie mir meine Haare abgeschnitten! Was Sie an mir sehen, ist eine Perücke; aber der Doktor hat mir heilig versichert, daß sie wieder wachsen werden! . . . Ach, was haben wir uns alles zu erzählen! . . . Kommen Sie doch zum Essen zu uns! . . . Oh, und Ihr Akkordeon! . . . Oh, lieber Herr . . .“

Und sie führte ihr Taschentuch an die Augen.

„Ich werde es mein Lebelang behalten! Und mein Sohn wird es wie eine Reliquie aufbewahren! Mein Vater hat in ganz Paris nach Ihnen geforscht; außerdem ist er auf der Suche nach seinen unbekannten Wohltätern; er würde vor Kummer sterben, wenn Sie ihm nicht helfen, sie zu finden . . . Eine düstere Melancholie nagt an ihm, deren ich nicht alle Tage Herr zu werden vermag.“

Ebenso von der Stimme der reizenden, dem Grabe entstiegenen Frau verführt, wie von brennender Neugierde verzehrt, bot Gottfried der Baronin de Mergi den Arm, die ihren Sohn vorausgehen ließ; sie hatte ihm durch einen Wink einen Auftrag erteilt, den der junge Mann wohl verstanden hatte.

„Ich entführe Sie, aber nicht weit weg, wir wohnen in der Allee d'Antin, in einem hübschen kleinen Hause in englischem Stil; wir bewohnen es ganz allein; jeder von uns hat ein Stockwerk für sich. Oh, es geht uns recht gut. Mein Vater ist der Ansicht, daß Sie eine große Rolle bei den Glücksfällen spielen, die uns in so reichem Maße zuteil geworden sind! . . .“

„Ich? . . .“

„Wissen Sie denn nicht, daß man für ihn infolge eines Berichtes des Unterrichtsministers einen

Lehrſtuhl für vergleichende Rechtswiſſenſchaft an der Sorbonne geſchaffen hat? Im nächſten November wird mein Vater ſeine erſte Vorleſung halten. Das große Werk, an dem er arbeitete, erſcheint in einem Monat; das Verlagshaus Cavalier gibt es heraus und teilt den Gewinn mit meinem Vater; als Vorſchuß auf ſeinen Anteil hat es ihm dreißigtauſend Franken ausgezahlt, daher konnte er auch das Haus, in dem wir jetzt wohnen, kaufen. Der Juſtizminiſter hat mir eine Penſion von zwölfhundert Franken bewilligt, als jährliche Beihilfe für die Tochter eines ehemaligen Richters; mein Vater hat ſeine Penſion von tauſend Talern und fünftauſend Franken als Profeſſor. Wir leben ſo beſcheiden, daß wir beinahe reich werden könnten. In zwei Monaten beginnt mein Auguſt ſein Rechtsſtudium; aber er arbeitet jetzt ſchon im Bureau des Generalstaatsanwalts und verdient dort zwölfhundert Franken . . . Ach, Herr Gottfried, reden wir nicht von der unglückſeligen Affäre meines Auguſt. Ich ſegne ihn jeden Morgen um dieſer Tat willen, die ſein Großvater ihm immer noch nicht verzeihen kann! Seine Mutter ſegnet ihn, Halperſohn iſt in ihn verliebt, nur der alte Generalſtaatsanwalt iſt unnachgiebig."

„Welche Affäre meinen Sie denn?" ſagte Gottfried.

„Ach, daran erkenne ich Ihre vornehme Geſinnung!" rief Wanda. „Was haben Sie für ein edles Herz! . . . Ihre Mutter muß ſehr ſtolz auf Sie ſein." Sie blieb ſtehen, als ob ſie Herzbeſchwerden empfände.

„Ich ſchwöre Ihnen, daß ich nichts von der Angelegenheit weiß, von der Sie reden", ſagte Gottfried.

„Ach, Sie kennen ſie wirklich nicht?"

„Wenn wir vor dem Herrn Baron Bourlac nicht

darüber ſprechen dürfen,“ bemerkte Gottfried, „ſo erzählen Sie mir doch, was mit Ihrem Sohn geworden iſt . . .“

„Aber“, erwiderte Wanda, „ich glaube, ich ſagte Ihnen ſchon, daß er bei dem Generalſtaatsanwalt tätig iſt, der ihm ein außerordentliches Wohlwollen bezeigt. Er iſt nur achtundvierzig Stunden in der Conciergerie geblieben, wo er bei dem Direktor untergebracht war. Der gute Doktor, der den ſchönen, hochherzigen Brief Auguſts erſt abends vorgefunden hat, nahm ſeine Klage zurück; und infolge der Intervention eines ehemaligen Präſidenten des höchſten Gerichtshofs, den mein Vater nie geſehen hat, hat der Generalſtaatsanwalt das Protokoll des Polizeikommiſſars annulliert und den Haftbefehl zurückgenommen. Es iſt alſo von dem ganzen Vorfall keine Spur mehr vorhanden als die in meinem Herzen, im Gewiſſen meines Sohnes und im Kopfe ſeines Großvaters, der ſeit jenem Tage ‚Sie‘ zu Auguſt ſagt und ihn wie einen Fremden behandelt. Geſtern erſt hat Halperſohn um Gnade für ihn gebeten; aber mein Vater, der ſelbſt mich zurückweiſt, mich, die er ſo ſehr liebt, hat geantwortet: ‚Sie ſind der Beſtohlene, Sie können ihm verzeihen; aber ich bin für den Dieb verantwortlich . . . und als ich noch Generalſtaatsanwalt war, habe ich niemals verziehen! . . .‘ ‚Aber Sie werden damit Ihre Tochter töten!‘ hat Halperſohn geſagt, während ich zuhörte. Mein Vater aber hat dazu geſchwiegen.“

„Aber wer hat Ihnen denn Beiſtand geleiſtet?“

„Ein Herr, von dem wir annehmen, daß er beauftragt iſt, im Namen der Königin Wohltaten zu erweiſen.“

„Wie ſieht er denn aus?“ fragte Gottfried.

„Er ist ein feierlicher, magerer Herr von traurigem Wesen, so wie mein Vater . . . Er war es, der meinen Vater in das Haus bringen ließ, das wir bewohnen, als er von dem hitzigen Fieber befallen wurde. Stellen Sie sich vor, daß man mich, sobald mein Vater wiederhergestellt war, aus der Klinik dorthin gebracht hat, und daß ich mich wieder in meinem Zimmer befand, das so war, als ob ich es nie verlassen hätte. Halpersohn, den dieser lange Herr, ich weiß nicht wie, für sich zu gewinnen verstand, hat mir dann von all den Leiden erzählt, die mein Vater durchgemacht hat! Von den verkauften Diamanten der Dose! Und wie mein Sohn und mein Vater den größten Teil der Zeit hungerten und vor mir die Reichen spielten! . . . Oh, Herr Gottfried! . . . Die beiden sind ja wahre Märtyrer . . . Was soll ich meinem Vater sagen? . . . Zwischen meinem Sohne und ihm stehend, kann ich ihnen nicht Gleiches mit Gleichem vergelten und um ihretwillen leiden, wie sie für mich gelitten haben.“

„Sieht dieser lange Herr nicht etwas soldatisch aus? . . .“

„Ah, Sie kennen ihn also?!“ rief Wanda, als sie an der Tür des Hauses angelangt waren.

Und sie nahm Gottfried bei der Hand mit der Kraft einer Frau, die einen Nervenanfall hat, zog ihn mit sich in den Salon, dessen Tür sich öffnete, und rief: „Vater! Herr Gottfried kennt deinen Wohltäter.“

Der Baron Bourlac, der, wie Gottfried bemerkte, gekleidet war, wie es einem früheren Beamten von so hohem Range geziemte, erhob sich, reichte Gottfried die Hand und sagte: „Ich dachte es mir!“

Gottfried machte eine verneinende Bewegung, als wollte er eine so edle Rache ablehnen; aber der

Generalstaatsanwalt ließ ihn nicht zu Worte kommen. „Ach, mein Herr," fuhr er fort, „nur die Vorsehung ist mächtiger, nur die Liebe ist erfindungsreicher, nur die Mütterlichkeit ist scharfblickender als Ihre Freunde, die von allen diesen drei erhabenen göttlichen Dingen etwas haben . . . Ich segne den Zufall, dem wir unser Zusammentreffen verdanken; denn Herr Joseph ist für immer verschwunden, und da er sich allen Fallen, die ich ihm stellte, um seinen wahren Namen und seine Wohnung zu erfahren, zu entziehen verstanden hat, so wäre ich vor Kummer darüber zugrunde gegangen . . . Hier, lesen Sie seinen Brief. Aber kennen Sie ihn denn?"
Gottfried las folgende Zeilen:

„Herr Baron Bourlac,

Die Summen, die wir auf Anordnung einer wohltätigen Dame für Sie ausgegeben haben, belaufen sich auf fünfzehntausend Franken. Nehmen Sie Kenntnis davon, um sie uns selbst oder durch Ihre Deszendenten wieder zurückzugeben, wenn die Wohlhabenheit Ihrer Familie es gestatten wird. Sobald das möglich sein wird, zahlen Sie den geschuldeten Betrag bei dem Bankhause der Brüder Mongenod ein. Möge Gott Ihnen Ihre Schuld vergeben!"
Fünf Kreuze bildeten die geheimnisvolle Unterschrift dieses Briefes, den Gottfried wieder zurückgab.
‚Die fünf Kreuze sind . . .' sagte er zu sich.
„Ach, mein Herr," sagte der Alte, „Sie, der Sie alles wissen, der von der geheimnisvollen Dame entsandt wurde . . . nennen Sie mir doch ihren Namen!"
„Ihren Namen?" rief Gottfried. „Ihren Namen? Unglückseliger! Fragen Sie niemals nach ihm!

Verſuchen Sie niemals, ihn zu erfahren! Ach, gnädige Frau," ſagte Gottfried und faßte mit zitternden Händen die Hand der Frau de Mergi, „ſorgen Sie dafür, daß er in Unkenntnis bleibe und auch nicht den geringſten Schritt in dieſer Sache tue!"

Tiefſtes Erſtaunen ließ den Vater, die Tochter und Auguſt erſtarren.

„Aber wer . . .?" fragte Wanda.

„Nun, die, die Ihre Tochter gerettet," fuhr Gottfried fort und ſah den Alten an, „die ſie Ihnen jung, ſchön, friſch, neubelebt wiedergeſchenkt, die ſie aus dem Grabe hat auferſtehen laſſen; die Ihnen erſpart hat, daß Ihr Enkelſohn ehrlos wurde, die Ihnen ein glückliches, ehrenvolles Alter geſchenkt hat und die Retterin von Ihnen dreien geworden iſt . . ."

Er ſtockte.

„Das iſt eine Frau, die Sie unſchuldig auf zwanzig Jahre ins Zuchthaus geſchickt haben!" rief Gottfried dem Baron Bourlac zu; „die Sie in Ihrem Amt mit den grauſamſten Beſchimpfungen überhäuft, deren heiliges Weſen Sie ſchimpflich verdächtigt und der Sie eine reizende Tochter entriſſen haben, um ſie dem ſchrecklichſten Tode zu überantworten, denn ſie ſtarb auf dem Schafott! . . ."

Als Gottfried ſah, daß Wanda ohnmächtig auf einen Seſſel geſunken war, eilte er über den Korridor in die Allee d'Antin und fing an, aus Leibeskräften zu laufen.

„Wenn du dir meine Verzeihung verdienen willſt", ſagte der Baron Bourlac zu ſeinem Enkel, „dann folge dieſem Manne und ſuche herauszubekommen, wo er wohnt! . . ."

Auguſt flog davon wie ein Pfeil.

Am nächſten Morgen klopfte der Baron Bourlac um

einhalb neun Uhr an die alte gelbe Tür des Hauses la Chanterie in der Rue Chanoinesse und fragte beim Portier nach Frau de la Chanterie, der auf die Freitreppe hinwies. Es war glücklicherweise die Zeit der Frühstücksstunde, und Gottfried hatte durch eins der Fenster, die dem Korridor Licht gaben, den Baron im Hofe bemerkt; er hatte gerade noch Zeit, hinunterzugehen, in den Salon zu stürzen, in dem alle versammelt waren, und zu rufen:

„Der Baron Bourlac! . . .“

Als sie diesen Namen hörte, zog sich Frau de la Chanterie, von dem Abbé de Vèze gestützt, in ihr Zimmer zurück.

„Du kommst hier nicht herein, du Satansbraten!“ rief Manon ihm zu, die den Generalstaatsanwalt wiedererkannte und sich vor die Tür des Salons hinstellte. „Willst du die gnädige Frau töten?“

„Vorwärts, Manon, mach dem Herrn Platz“, sagte Herr Alain.

Manon fiel auf einen Stuhl, als ob sie ihre Beine nicht mehr tragen wollten.

„Meine Herren,“ sagte der Baron in tief bewegtem Tone, als er Gottfried und Herrn Joseph erkannte und sich vor den beiden andern verneigt hatte, „die Wohltat gibt auch dem Verpflichteten Rechte!“

„Sie haben keine Verpflichtungen gegen uns, mein Herr,“ sagte der gute Alain, „sondern nur gegen Gott . . .“

„Sie sind heilige Männer, und Sie besitzen die Ruhe der Heiligen“, sagte der alte Richter. „Aber Sie werden mich anhören! . . . Ich weiß, daß die übermenschlichen Wohltaten, mit denen ich seit anderthalb Jahren überhäuft werde, das Werk einer Person sind, die ich bei der Erfüllung meiner Pflicht schwer verletzt habe; fünfzehn Jahre waren nötig, bis ich mich von ihrer Unſchuld überzeugte, und das, meine Herren, ſind die einzigen Gewiſſensbiſſe, die ich im Rückblick auf die Ausübung meiner Tätigkeit empfunden habe. — Hören Sie mich an! Ich habe nicht mehr lange zu leben, aber ich will das Wenige vom Leben, was mir noch bleibt, und was für meine von Frau de la Chanterie geretteten Kinder ſo nötig iſt, verlieren, wenn ſie mir nicht verzeihen will. Meine Herren, ich werde vor dem Tor von Notre-Dame ſo lange auf den Knien liegen, bis ſie ein Wort zu mir geſprochen hat . . . Dort werde ich auf ſie harren . . . Ich werde die Spur ihrer Füße küſſen, ich werde Tränen finden, um ſie zu rühren, ich, den die Martern meines Kindes ausgetrocknet haben, wie Stroh . . ."

Jetzt öffnete ſich die Tür des Zimmers der Frau de la Chanterie, der Abbé de Vèze glitt wie ein Schatten heraus und ſagte zu Herrn Joſeph: „Die Stimme bringt der gnädigen Frau noch den Tod."

„Ach, ſie iſt hier! Sie iſt hier vorbeigekommen!" ſagte der Baron Bourlac.

Und er fiel auf die Knie, küßte den Fußboden, brach in Tränen aus und rief mit herzzerreißender Stimme: „Im Namen Jeſu Chriſti, der am Kreuze geſtorben iſt, verzeihen Sie mir, verzeihen Sie mir, denn meine Tochter hat tauſend Tode erduldet!"

Und der Greis ſank ſo völlig zu Boden, daß die Anweſenden ihn für tot hielten. In dieſem Augenblick erſchien Frau de la Chanterie wie ein Schemen im Rahmen der Tür ihres Zimmers, an die ſie ſich halb ohnmächtig klammerte.

„Im Namen Ludwigs XVI. und Marie-Antoinettes, die ich auf dem Schafott erblicke, im Namen der

Prinzeſſin Eliſabeth, im Namen meiner Tochter, in Ihrem Namen und im Namen Jeſu Chriſti verzeihe ich Ihnen . . ."

Als er das letzte Wort vernahm, erhob der alte Staatsanwalt die Augen und ſagte: „So rächen ſich nur die Engel."

Herr Joſeph und Herr Nikolaus richteten den Baron Bourlac auf und führten ihn in den Hof hinab; Gottfried ließ einen Wagen holen, und als er heranrollte, ſetzte Herr Nikolaus den Alten hinein und ſagte:

„Kommen Sie niemals wieder hierher, mein Herr, ſonſt würden Sie die Mutter töten, wie Sie die Tochter getötet haben; Gottes Macht iſt unbeſchränkt, aber die menſchliche Natur hat ihre Grenzen."

An dieſem Tage wurde Gottfried in den Orden der Brüder der Barmherzigkeit aufgenommen.

☆

*Pierrette.* Erzählungen. Deutsch von Rosa Schapire. detebe 130/XV

*Junggesellenwirtschaft.* Roman. Deutsch von Franz Hessel. detebe 130/XVI

*Nebenbuhler.* Erzählungen. Deutsch von Paul Mayer. detebe 130/XVII

*Verlorene Illusionen.* Roman. Deutsch von Otto Flake. detebe 130/XVIII

*Geschichte der Dreizehn.* Erzählungen. Deutsch von Viktor von Koczian. detebe 130/XIX

*Cäsar Birotteaus Größe und Niedergang.* Deutsch von Hugo Kaatz. detebe 130/XX

*Das Bankhaus Nucingen.* Erzählungen. Deutsch von Else von Hollander. detebe 130/XXI

*Glanz und Elend der Kurtisanen.* Roman in zwei Bänden. Deutsch von Emil A. Rheinhardt. detebe 130/XXII–XXIII

*Die Geheimnisse der Fürstin von Cadignan.* Erzählungen. Deutsch von Luci und Hans Pollnow, Paul Mayer und Else von Hollander. detebe 130/XXIV

*Tante Lisbeth.* Roman. Deutsch von Paul Zech. detebe 130/XXV

*Vetter Pons.* Roman. Deutsch von Otto Flake. detebe 130/XXVI

*Volksvertreter.* Erzählungen. Deutsch von Paul Mayer und Charlotte Stucke-Kornfeld. detebe 130/XXVII

*Die Kleinbürger.* Roman. Deutsch von Hugo Kaatz. detebe 130/XXVIII

*Eine dunkle Geschichte.* Erzählungen. Deutsch von Friedrich von Oppeln-Bronikowski und Frieda von Oppeln. detebe 130/XXIX

*Die Königstreuen.* Roman. Deutsch von Magda Kahn. detebe 130/XXX

*Die Bauern.* Roman. Deutsch von Hugo Kaatz. detebe 130/XXXI

*Der Landarzt.* Roman. Deutsch von Emmi Hirschberg. detebe 130/XXXII

*Der Landpfarrer.* Roman. Deutsch von Emmi Hirschberg. detebe 130/XXXIII

*Die Lilie im Tal.* Roman. Deutsch von Charlotte Braun-Wogau. detebe 130/XXXIV

*Die tödlichen Wünsche.* Roman. Deutsch von Emil A. Rheinhardt. detebe 130/XXXV

*Buch der Mystik.* Erzählungen. Deutsch von Franz Hessel, Else von Hollander und Emmi Hirschberg. detebe 130/XXXVI

*Das ungekannte Meisterwerk.* Erzählungen. Deutsch von Heinrich E. Jacob und Hete Maass. detebe 130/XXXVII

*Der Alchimist.* Roman. Deutsch von Emmi Hirschberg. detebe 130/XXXVIII

*Der verstoßene Sohn.* Erzählungen. Deutsch von Sigrid von Massenbach. detebe 130/XXXIX

*Katharina von Medici.* Roman. Deutsch von Paul Hausmann. detebe 130/XL

*Über Balzac.* Zeugnisse und Aufsätze von Victor Hugo bis Somerset Maugham. Mit einem Repertorium der wichtigsten Romanfiguren, Chronik, Bibliographie. Herausgegeben von Claudia Schmölders. detebe 152

## Charles Baudelaire

*Die Tänzerin Fanfarlo* und *Der Spleen von Paris.* Sämtliche Prosadichtungen in einem Band. Deutsch von Walther Küchler. detebe 144

## Alexandre Dumas père

*Horror in Fontenay.* Roman. Übersetzt von Alexander Schmitz. detebe 129

## Gustave Flaubert

*Briefe.* Ausgewählt und übersetzt von Helmut Scheffel. detebe 143

## Erckmann-Chatrian

*Der Rekrut.* Roman. Deutsch von J. von Harten, K. Henninger und Tatjana Fischer. Vorwort von V. S. Pritchett. detebe 12

Guy de Maupassant

*Meistererzählungen.* Ausgewählt, übersetzt und eingeleitet von Walter Widmer. Ein Diogenes Sonderband

Molière

*Komödien und Materialien in 8 Einzelbänden*

Neuübertragung von Hans Weigel:

*Der Wirrkopf / Die lächerlichen Schwärmerinnen / Sganarell oder Der vermeintlich Betrogene.* Komödien I. detebe 95/I

*Die Schule der Frauen / Kritik der ‚Schule der Frauen' / Die Schule der Ehemänner.* Komödien II. detebe 95/II

*Tartuffe oder Der Betrüger / Der Betrogene oder George Dandin / Vorspiel in Versailles.* Komödien III. detebe 95/III

*Don Juan oder Der steinerne Gast / Die Lästigen / Der Arzt wider Willen.* Komödien IV. detebe 95/IV

*Der Menschenfeind / Die erzwungene Heirat / Die gelehrten Frauen.* Komödien V. detebe 95/V

*Der Geizige / Der Bürger als Edelmann / Der Herr aus der Provinz.* Komödien VI. detebe 95/VI

*Der Hypochonder / Die Gaunereien des Scappino.* Komödien VII. detebe 95/VII

*Über Molière.* Zeugnisse, Essays und Aufsätze von Anouilh bis Voltaire. Mit Chronik und Bibliographie. Herausgegeben von Christian Strich, Rémy Charbon und Gerd Haffmans. detebe 37

Georges Simenon

*Neuedition in Einzelbänden*

Bisher liegen vor:

*Der Verdächtige.* Roman. Deutsch von Eugen Helmlé

*Der Mörder.* Roman. Deutsch von Lothar Baier

*Als ich alt war.* Tagebücher 1960–1963. Deutsch von Linde Birk

*Georges Simenon/André Gide.* Briefwechsel. Deutsch von Stefanie Weiss

*Brief an meinen Richter.* Roman. Deutsch von Hansjürgen Wille und Barbara Klau. detebe 135/I
*Der Schnee war schmutzig.* Roman. Deutsch von Willi A. Koch. detebe 135/II
*Die grünen Fensterläden.* Roman. Deutsch von Alfred Günther. detebe 135/III
*Im Falle eines Unfalls.* Roman. Deutsch von Hansjürgen Wille und Barbara Klau. detebe 135/IV
*Sonntag.* Roman. Deutsch von Hansjürgen Wille und Barbara Klaus. detebe 135/V
*Bellas Tod.* Roman. Deutsch von Elisabeth Serelmann-Küchler. detebe 135/VI

Roland Topor

*Memoiren eines alten Arschlochs.* Roman. Deutsch von Eugen Helmlé
*Der Mieter.* Roman. Deutsch von Wolfram Schäfer. detebe 126

Jules Verne

*Hauptwerke in Einzelbänden:*
Ungekürzt, originalgetreu, mit allen Stichen der französischen Erstausgabe.

Bisher liegen vor:
*Reise um die Erde in achtzig Tagen.* Roman. Deutsch von Erich Fivian. detebe 64/I
*Fünf Wochen im Ballon.* Roman. Deutsch von Felix Gasbarra. detebe 64/II
*Von der Erde zum Mond.* Roman. Deutsch von William Matheson. detebe 64/III
*Reise um den Mond.* Roman. Deutsch von Ute Haffmans. detebe 64/IV
*Zwanzigtausend Meilen unter Meer.* Roman in zwei Bänden. Deutsch von Peter Laneus und Peter G. Hubler. detebe 64/V–VI
*Reise zum Mittelpunkt der Erde.* Roman. Deutsch von Hansjürgen Wille und Barbara Klau. detebe 64/VII

*Der Kurier des Zaren.* Roman in zwei Bänden. Deutsch von Karl Wittlinger. detebe 64/VIII–IX

*Zwei Jahre Ferien.* Roman. Deutsch von Erika Gebühr. Ein Diogenes Sonderband

*Die großen Seefahrer und Entdecker.* Ein Diogenes Sonderband

Als deutsche Erstausgabe erscheint, in der Übersetzung von Eva Rechel-Mertens:

*Die erstaunlichen Abenteuer der Expedition Barsac.* Ein Diogenes Sonderband

# Diogenes Taschenbücher

Alphabetisches Verzeichnis

Titel mit * sind Erstausgaben oder deutsche Erstausgaben.
Titel mit o sind auch als Studienausgaben empfohlen.

## Diogenes Kinder Taschenbücher

Alphabetisches Verzeichnis